西部小说系列

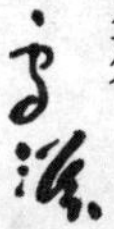

那纷纷扰扰的花花世界，

其实不过是心的幻影。

——作者题记

雪漠 著

西夏的苍狼（上）

中国大百科全书出版社

图书在版编目（CIP）数据

西夏的苍狼 / 雪漠著. —北京：中国大百科全书出版社，2017.5

ISBN 978-7-5202-0048-6

Ⅰ. ①西… Ⅱ. ①雪… Ⅲ. ①长篇小说-中国-当代
Ⅳ. ①I247.5

中国版本图书馆CIP数据核字（2017）第086921号

出 版 人　刘国辉
责任编辑　李默耘　程　园
责任印制　魏　婷
装帧设计　U-BOOK
出版发行　中国大百科全书出版社
地　　址　北京阜成门北大街 17 号
邮　　编　100037
网　　址　http://www.ecph.com.cn
电　　话　010-88390603
印　　刷　文畅阁印刷有限公司
开　　本　880 毫米 ×1230 毫米　1/32
字　　数　426 千字
印　　张　15
版　　次　2017 年 5 月第 1 版
印　　次　2022 年 5 月第 5 次印刷
定　　价　58.00 元

目　录

目　　录

引　子

我想告诉你一段传奇，它跟历史上著名的黑水国有关。

那黑水国，是人类历史上最有阳刚气的所在。

我讲的这故事发生时，距黑水国兴盛的那时，至少有千年了。千年间，世事纷纷扰扰，人流熙熙攘攘，前不见古人，后不见来者，黑水国跟人类一样，总显得那么孤独。那时的日头爷仍照着人类，但肯定已老了千年。那山川，那河流，那世上的一切，都在瞬息万变着。我们再也找不到当初的它们。我们找不到过去，我们留不住当下，我们抓不住将来。岁月的流水奔流不息，冲刷着一切。一切都永远地走样了。

不过，在我的故事里，却有一种不曾走样的东西。

在我的故事里，有一个歌手，一个女人，一条狗。那歌手，一直在寻找娑萨朗。那是他歌中的净土。就是说，那歌手，是一个寻找自己歌声的人。那女人，却在寻找一条狗。那两种寻找，在某一天相遇了，便撞击出一段生命的传奇。

那狗的名字，叫苍狼。它的祖先，是远古的一种獒，属于祁连山系。

苍狼是西部许多部落的图腾，笔者的祖先便自称是苍狼的子孙。多年之前，我们村的家府祠里，供着一面类似唐卡的旗子，上面绣的，便是苍狼。那苍狼的模样不像狼，倒像我们家乡称之为“狮子狗”的那种，嘴头厚，裙毛长，背宽如马，似能骑人。要不是有那两个怪模怪样的字样——某学者说它们是西夏文的“苍狼”——的提醒，谁也不会将这动物称为苍狼。那旗子，据说可能是西夏军队的战旗，某年出土于西夏的岩窟，被村里人弄来供了。

据某学者考证，这苍狼，学名应该叫“苍猊”。他说许多流行于西部文献中的“苍狼”，其实不是狼，而是西部独有的一种猛犬。其重要证据是，西部出土的文物中，发现那些以“苍狼”为图腾的部落，旗子上画的，却是狗。他说，狗和狼在外相上的重要区别，就是狼总是夹着尾巴，而狗的尾巴老是像旗子般招摇。

家府祠旗子上的苍狼尾巴，便是直矗的。再后来，笔者又在一幅西夏岩画中发现了高矗着尾巴的苍狼。

在西部的传说里，狼是土地爷的狗，意思是大地的守护神。那学者称，以此因缘，西夏人便将他们独有的猛犬当成了大地的守护神，冠名为“狼”，以示尊崇。

据说，无论在匈奴时，还是西夏时，那些曾雄视中原的西部汉子都将苍狼当成了重要的武器。一本流传于凉州的笔记小说记载了当时的宋朝人见到猛扑而来的苍狼的情景。文字的意思是，当他们见到那席卷而来的黑云般的苍狼时，觉得它像降临的黑夜一样不可阻挡。

见到那名为“苍狼”的猛犬时，大宋的战马都会屁滚尿流，仿佛见到了老虎，逃且不能，想打仗，几乎是不可能的。那时西夏的胜利，跟苍狼有极大的关系。

苍狼者，神犬也。大夏人赞曰：“天地之性最贵者也。”

相传，大唐王朝虽雄视天下，唯独对吐蕃束手无策。在某次大战中，连那个名扬天下的薛仁贵竟然也全军覆没了。后来，吐蕃占领凉州——那时叫六谷部——的时候，将许多缴获的西夏苍狼带回了吐蕃，与当地藏狗混杂，衍化为后来的藏獒。但纯种的苍狼，仍在与世隔绝的祁连山里留下了一线血脉。

我们将那保留了纯种苍狼的所在叫老山。笔者小说《西夏咒》中，主人公雪羽儿跟琼逃往并双修的所在，便是老山。那“老”字，含义极深，它有着化石的神韵。笔者在二十多岁的时候，曾背个黄包——便是佛教徒们常背的那种，我背了，以示苦行。可见那时，我还是很在乎名相的——沿着祁连，深入到老山深处。笔者看到了别处看不到的风景。除了人，除了物，我还看到了苍狼。那所在，每个寻常的人家，都拴着一条硕大的猛犬，我爹称之为老山狗。笔者在长篇小说《猎原》中，就写过老山狗，专家称那是《猎原》中最传神的内容。一位识货的朋友说，那老山人家，每家的门口，都拴着几十万美元。

我的青春，有很长时间，就是在老山里度过的。我一直走到后来躲进了一间黑屋为止，在十多年时间里，我除了在黑屋里禅修外，便是进沙漠和老山了。一天，一位朋友给我拍了张照片，那是我行走途中留下的唯一照片。后来，一个女孩一见它，就哭了。她从那照片的寂静之中，品出了我的孤独。后来，我将这一段生命经历写成了《西夏咒》。本书的许多内容，也得益于老山对我的启迪。

那些隐居在老山深处的歌手和苍狼，跟我有着相同的孤独。他们不知道那是孤独。他们甚至不知道“孤独”一词。我老说，那些老是叫嚷“孤独”者，其实并不孤独，他们只有欲望得不到满足时的失落。真正的孤独者在老山里。他们和祖先在老山深处孤独了千年。千年间，没人知道他们。直到我的这支笔将他们写出来时，他们依然孤独着。后来，我在法兰西学院演讲时，将他们的这种孤独公诸于世，法国人很感兴趣。他们当然没想到，在他们眼中可以忽略不计的所在，却有着一种无与伦比的人文风景。

那是一种大孤独。真正的大孤独是没有孤独名相的。他们的所有孤独，都化成了《西夏咒》中琼们想实现的“超越”，也化成了本书中黑歌手的“寻觅”。真正的孤独是一种灵魂的寻觅。不过，这“寻觅”，还包含了两个方面，一是自省，二是向往。

我也一直在寻觅。许多研究我的学者，认为书中的主人公其实是我自己。是的。也许是这样。但不仅仅是这样。《西夏咒》中的琼和本书中的黑歌手其实属于另外的生命本体。他们老是跟我对话。他们不是我。虽然他们的气味老是熏染我，时不时就跟我串味，但他们属于他们自己。

同样，那苍狼亦然。我的生命中老是出现它们的影子。在童年里，我老是跟老山狗玩耍。那时，家中就有老山狗，它大若牛犊，裙毛垂地，赛过黑缎。其声如雷，却老是沉默着摇尾巴。它用此方式时时向人类表示着它的友爱。一天，某亲戚来到我家，它照样摇尾欢迎。亲戚在跟它的玩耍中扎住了它的嘴，然后，用利刀狠劲抹它的脖子。它的血流了一院子。亲戚乐滋滋剥皮，剁肉，烧煮。它的肉头很厚，很像羊肉。那时，我家很穷，我老是挨饿。但我没有吃那肉，爹妈也没有吃。它的肉都叫亲戚吃了。后来，因为这个缘故，我发现“亲戚”是个很丑陋的词。

爹也管那狗叫苍狼。这苍狼，跟故事中的苍狼属于同一个种类。一些文人于是将我的家乡称为苍狼大地。他们写了许多文章，但都跑调了。他们并不知道，老祖宗所说的苍狼，其实是一种狗，并不是狼。

本故事中的苍狼也来自那老山深处。

这苍狼，跟历史上有名的黑水国有着极深的因缘。

黑水国黑将军的故事，是西部历史上很炫目的一团亮光。据说此人修证极高，有大定力，其英魂千年不散，一直眷顾着西部。只是其精魂的载体，必须借助苍狼之助，才能生起大力。本书讲的，就是黑将军及其后裔与苍狼的因缘。那苍狼，是藏獒的祖先，它来自远古，兴于西夏，王气十足，神勇无比。据说，那西夏苍狼扑向大宋士兵时，像降临的黑夜一样不可阻挡。

我故事里的女人叫紫晓。她是一个广东东莞的客家女子。在某个很偶然的机缘里，她跟我相遇了，并进入了我的小说。

本书中有一个歌手，一个女子。那歌手，一直在寻找他歌中的永恒。那女子，却在寻找苍狼。这两种寻找，在某一天相遇了。于是，西部历史和岭南文化，便撞击出生命的传奇。……黑喇嘛城堡山的神秘、黑寡子遭雷殛的魔幻、黑歌手寻觅后的超逸、东莞大杂院的世相百态，在本书中皆有精彩展现。书中描写的秘境，更是神奇难测，充满象征，魅力无穷，令人神往。

据说，那女子得到的，便是一条真正的苍狼。

第一章 月亮潭

1

紫晓认为，苍狼一直躲在那座祁连山深处的褶皱处，等待着她的到来。她认为那是她的命运之约。当然，她根本没想到，伴随那苍狼出现的，会是一个人称黑歌手的人。在流传于西部的传说中，黑歌手是黑将军英魂的载体之一。

西部文化中有许多跟现代科学相悖的内容。前边所说的英魂载体，便是其中之一。那英魂，要是换一个词，人们也许就会理解了：精神。事实上，“英魂”真的是“精神”的另一种称谓。西部文化认为，人类虽然一茬一茬地换着面孔，但其中定然有一种换不了的东西，这便是精神。这跟我们老说的中华民族的“精神”含义相若，而表述不一。在西部文化中，人格是能以一种我们称之为精神的力量传承的。事实上，所有的文化传承，其本质也是文化精神。孔子死后，对儒家文化，虽然各代的表述不一，名相也有差异，但其精神，却定然有相通的一面。

本书中的黑歌手，据说就是黑水国黑将军的一个精神载体。若将那精神喻为水，这歌手便是水的另一个杯子。

紫晓跟苍狼相遇在西部的某个月夜里。跟她一起去的，还有常昊。常昊是紫晓的老公。那时，紫晓还认为她和常昊是有爱情的。那时，她还不懂爱情。她将常昊对她强烈的控制欲当成了爱情。常昊凭借手机，将他的控制欲织成了网，无论紫晓走到哪儿，那网随时会罩了来。紫晓于是有了一种错觉，觉得常昊爱她爱到了离不开的程度。她对此感动了好几年。

在没有体验到真正的爱情时，许多女人都会将异性间的相吸当成爱情。只有在遇到黑歌手之后，对方那沙尘暴一样的气势将她裹挟而去时，她才发现，相对于她跟黑歌手那劫火般的大爱，她跟常昊的那点感觉，只不过是一点游弋于夜空中的萤火而已。

紫晓到西部参拜那个神秘的月亮潭时，时令已到五月。这时的东莞，天气已经很热了。而在祁连山里，却仍觉寒风如刀。幸好她备了羽绒服，装备了只有在冬天才用得着的行头之后，她和常昊才走出农家小院，踏上了通往月亮潭的小路。

紫晓爱修瑜伽，她最崇拜一个叫奶格玛的瑜伽大师。奶格玛出生在克什米尔地区，此地的领土现在大部分由印度控制，小部分归属巴基斯坦。其主权问题，至今争论不休。由于印巴两国都拥有核武器，这一领土的争端最具危险性。上世纪，印巴两国为了争夺克什米尔已爆发过三场战争。要是哪一天，某个掌握了核按钮的疯子一犯病，那核火便会四下里舔了去。在流传于瑜伽行中的传说，核武器是恶魔的一种，降伏它，最好的方法便是修光明大手印瑜伽。因为此瑜伽的修证目的，便是证得无缘大慈和同体大悲。那大爱之力，便是伏魔之能。这种说法，跟儒家的“仁者无敌”很相似。但这世界观只有在方法论的支持下，才会具有真正的操作性。

按大手印瑜伽理论的说法，单纯的理论是很难改善行为的。因为许多时候，人大多能知道是非，但问题是身体不一定听你的话。比如，许多人虽知道吸烟的害处，但他们偏偏戒不了烟。原因很简单：身体不听话。所以，瑜伽学认为，单纯在理论上的明白是不够的，还必须让身体也听你的话。他们认为，人的许多烦恼，缘于身体上脉结的纠结。这跟中医的“疼则不通”很相似。后来，科学发现，人在生气时，血液中定然有一种促使他生气的分泌物；还发现，许多有暴力倾向的杀人犯，他们的某个染色体定然有缺陷。

那个叫奶格玛的瑜伽大师，就传承了许多既能修身、又能修心的方法。只要如法训练，就可能实现基因突变，进而超越自己。千年之后，美国科学家真的发现，按一种特殊的方式训练，可以激活人的某个基因。这基因人人本具，不假外求，但一直处于休眠状态。通过特殊训练，激活该基因后，它就会像太阳那样一直照耀它依附的生命本体，使它健康、快乐、幸福和长寿。这一发现，为中国传统文化的修身之说提供了科学依据。

虽然克什米尔的归属问题至今难定，但瑜伽行习惯上称奶格玛为印度人，因为在人们眼中，印度是个神圣的国度。毕竟，那儿诞生过释迦牟尼那样的圣者——但其实，释迦牟尼出生在今天的尼泊尔。

诸多的瑜伽行者坚信，奶格玛是金刚亥母的化身，金刚亥母是瑜伽修炼最重要的图腾，其体性便是瑜伽的至高境界——光明大手印。相传，月亮潭便是由金刚亥母的眼泪化现的，其中融入了无数得到大成就的瑜伽师们证悟的灵魂。流传了千年的说法是，你只要在明月之夜，跟自己相爱的人于子夜时分在月亮潭旁发愿，你们的所有愿望都会在成就者愿力的相助下达成。在瑜伽的话语体系里，月亮代表慈悲，太阳代表智慧，莲花代表清净无染。

上面的那种说法，记录在一部叫《空行母应化因缘》的丛书里。这是从西夏的岩窟中发现的秘藏之一，笔者在长篇小说《西夏咒》中，曾写过此事。《空行母应化因缘》讲了许多女瑜伽成就师的故事，《西夏咒》中的飞贼雪羽儿是其中之一。

《奶格玛秘传》也来自《空行母应化因缘》。这世上，读过这部书稿的，不会超过十人。紫晓的老师——她更愿意叫他上师，即引领她向上的老师——是其中之一。因为这书稿是用西夏文写成的。在某个农历二十五，紫晓向她的老师供养了一个金曼扎。老师说，去吧，去找祁连山老山深处的香匈寺，寺西面十里处有个月亮潭。按老祖宗的传说，有缘的人，就会在那月亮潭中看到一片净土，那是瑜伽行者们向往了千百年的净土，史书上叫娑萨朗。后来，它甚至成为流传于西部诸地的一个美丽传说。要是你的心足够纯净和虔诚的话，你还可以在明镜般的水中见到来自那净土的女子。她身着白衣，人称“白空行母”，她们是大手印瑜伽的护法女神。据说，不同的时代，有不同的白衣女子，无论其服饰如何变异，人们都称其为“白空行母”。以其衣襟掠风，飘然出尘，有人也称之为“白轻衣”。敦煌莫高窟的许多壁画中，就有这种轻衣女子的形象，衣带当风，飘然于空中，人称“飞天”。

紫晓很喜欢“白轻衣”这个称谓。还是在上大学的时候，同学们就叫她“白轻衣”，那是她常用的一个网名。奇怪的是，后来，每当她遇到困难的时候，梦中都会出现一个自称“白轻衣”的女子，来指点她。问老师，他先是神秘地笑了，却又说“日有所思，夜有所梦”。

后来，紫晓真的遇到了一个叫白轻衣的女子。她是在被人们称之为净相的状态下见到白轻衣的。二人还进行过一次灵魂的对话。那时，白轻衣还有一段十分精彩的灵魂述说，讲述了她的某次生命传奇。它在本书的后面部分，是本书最精彩的内容。

流传于瑜伽行的说法称，白轻衣属于世间空行母，她们类似于西方传说中的精灵，是比人类更伟大的一种存在。某些经典中称之为非人，瑜伽经典中称为空行母，老祖宗称之为母夜叉。当那些母夜叉皈依了真理或发愿护法时，便升华为我们所说的空行母。空行母有两种：没证悟空性者，被称为世间空行母。证悟了空性者，便是出世间空行母。按某些科学家的说法，她们也许是一种功能性存在，属于暗物质或暗能量。科学家认为，在宇宙中，我们看到的物质只占4%，暗物质和暗能量占96%，它们至今仍是科学的未解之谜。

在民俗学家眼中，空行母是人类母系氏族崇拜的产物。瑜伽行者认为，自己得到的所有宇宙和大自然中的能量，都源于空行母的加持。那所谓的加持，你可以这样理解：它是你跟另一种伟大存在的心灵频率达到共振后，得到的一种外力磁化。

老师用一种形象的比喻，向紫晓解释了何为加持：那伟大存在宛如电脑，你便是U盘，你对它的信心是数据线。我们所说的加持，便是电脑向U盘传递的智慧数据。明白了吧？上师说，相应后得到的加持，是证得光明大手印的重要方式。

老师还说，在月圆之夜的子夜时分，当天上的月亮映入月亮潭的波心时，你要是跟你相爱的人一起在潭边发愿，你的所有愿望都会在今生达成。这种现象，被国外学者称为“吸引力定律”，意思是当你有了某种愿望时，就会吸引来跟愿望相应的那种东西，比如幸福的心态会吸引幸福，富足的心态会引来富足，等等。据说，这是所有大师成功的秘密。

不过，紫晓的老师却认为，不是每一种愿望都有达成的可能，比如那些老想发财的“想钱疯”，想了一辈子钱，却可能仍是穷困潦倒；比如，那些小公务员想了一辈子升官发财，那官帽却连影儿也不一定有；再比如，那些买了一辈子彩票的人，却不一定都能中奖。

老师认为，愿望的达成，必须借助传承内某种神秘力量的加持。只有在相同的心灵频率和能量的帮助中——瑜伽行称之为“相应”，意思是和宇宙精神达成共振——愿望的达成才成为可能。换句话说，一个合格的灯泡，只有在进入适宜的供电系统，并得到了适宜的电流时，才会发光。灯泡、电路和电流三者缺一时，那灯泡的光明是不会出现的。

老师说，我在十三岁那年，在香匈寺生活过六个月，我常去那个月亮潭里背水喝。虽然没跟心爱的人一起在那儿发过愿，但我单个儿的祈请后来都应验了。那年，老师已经是瑜伽界的大师级人物，名满天下。他已成为瑜伽标准的制定者，就是说，无论你经过了怎样的修炼，要是得不到他的印证，瑜伽界就不会认可你。他写了《光明大手印·实修心髓》，制定了《大手印瑜伽次第表》，系统阐述了从凡夫到证悟者的十三个次第，被国际学术界认为是大手印瑜伽国际标准化的重要标志，是传统瑜伽与时俱进的产物。紫晓说即使你修成了孙悟空，老师却有着如来佛的手掌，无论你咋翻跟头，你还是在他的手掌中打转转。明白了吧？

于是，紫晓就来了。

后来，经历了生活中巨大的变故之后，她常常会想起老师说过的话。她想，也许，她命运中的巨大变故，就缘于在月亮潭边的发愿。

2

在日记中，紫晓记载了那次香匈寺之行：

月亮潭位于香匈寺旁的老山深处。此寺建于千年之前，由香巴噶举开派祖师琼波浪觉创立。初建时历时三年，建筑宏伟，寺院宽敞，能容纳三万多僧众。在千年岁月的冲刷和摧毁下，现仅存一座经堂几间僧舍。

那时天还未亮，高原的早晨寒冷而清新，空气如圣洁的雪水，沁人肺腑。东方逐渐翻滚出红云，像是喇嘛僧袍的颜色，瑰丽而神奇。

一路上景色如画，风声如歌。车窗外时而晴朗无云，时而雷声滚滚，时而阴雨绵绵，时而彩虹当空，处处展示着高原的神奇。不经意间，数小时的车程便仿佛一闪而过了。

香匈寺周围群山连绵不断，这些山既壮美又清秀，气势不凡，自然之中蕴含着古朴。寺旁有条大河奔腾而过，河水很是清洌。千年之前，琼波浪觉大师就是在此处开始传递香巴噶举的智慧之火，从此世上无数的心灵得到了清凉，无数的灵魂得到了自由，无数的生命得到了太阳般的智慧。

我静静地伫立在寺前，默默地感受着大师的气息，并由衷地敬畏这片神圣的土地，还有这片土地上曾存在过的伟大的灵魂。那个瞬间，在冥冥之中，我仿佛看到了佛陀圣明的微笑。

千年之前，智慧的火把在这里开始传递。千年之后，我承载着智慧之火重新踏上这片土地，我相信，不久的将来，那智慧之火就会燃遍世界。

推开古旧的木门，我来到了经堂。经堂上陈列着历代上师的法像，法像上有他们亘古不变的微笑。酥油灯在法像下轻轻地摇曳，更显得宁静安详。我点了一盏酥油灯，共同发愿弘扬香巴噶举，让更多的人从大手印瑜伽的智慧中得到清凉。

供台的右边有一块神圣的石头，石头上是琼波浪觉十三岁时的脚印。脚印深深地陷入石头里，呈现出黑红色。我顶礼了这个脚印，并把这个脚印刻进心里。我希望能循着这位大师的足迹，走出更远的路。

3

在另一篇日记中，紫晓重点描述了她的另一种感受：

初到西部，最初让我感到惊奇的，便是那美轮美奂的景色。也许是由于远离都市的喧闹，这里的每一寸土地，都是大自然神奇而美丽的画幅。那山，似从天际勾勒到自己的脚下，如此蜿蜒曲折，起伏不定。我到西部那天，更显得无与伦比。当你眨眼之际，它便把你脚下的"肌肤"分隔为阴阳两半，呈现出那种流传千古的神奇。当每一个拥有灵魂的鲜活生命置身于这片沃土时，都会有超然于九霄云外的清凉。

一路上，我寻找着向往了许久的圣地，但呈现在眼前的，是山坡上那星星点点的牛羊。渴盼中，我耐心等待着，等待着那片神秘的净土。

时过不久，远处山路的一侧隐约映出几座宏伟的宝塔，与天地相隔的山头交会成一幅历史遗留的画卷。再近些，便是坐落在山腰处的殿宇，似透出一种古朴气息。骤然间，一种前所未有的感觉涌上心头。

第一夜，我们住在寺管会主任家。说是家，其实也就是几间房子围几道墙罢了。但这已经出乎我的意料，因为临行之前，我总认为这儿的寺院跟东莞的一样。但此时，才发现，他们有着各自独立的院落。

我们居住的房子占着一块风水宝地，像一座隐蔽的藏宝阁坐落于大殿一旁。一缕木门特有的响声打破宁静之后，我带着一种探索的心绪慢悠悠踏进小院。那沉浸在寂静中的院落并不大，房屋却显得很独特，古典式木制结构，古色古香，把我的心带入另一个更为广阔的遐想空间。进了屋，我坐在条形的木椅上，静静地品味另一种气息。许久，便忘了自己。隔着那扇透明的窗，我愣愣地望着外面……天，依旧纯净，依旧透彻，只是在不经意间，会有一只飞鸟悠然划过，在湛蓝的天空中，留下稍纵即逝的生命印记。当我再次回过神时，那所有的一切，都成了过眼云烟，化为记忆里远去的幻影。

夜间，整个宇宙都显得很静，时不时会听到僧众的诵经声，给这座古老的庙宇增添了几分神韵。此夜正是月圆之夜，那月光也作美，添加了一抹特有的韵味。

给我印象最深的是奶格玛殿。最惹眼的，是那有序排列的经轮。每日清晨，都会有很多人来转经。他们净了心，一边走，一边转那经轮，一边默诵“奶格玛千诺”。据说，谁只要有足够的信心，并在行为上时时自省和向往的话，临终时都会到达娑萨朗。在大手印经典的记载中，那是一片永恒的净土。香匈寺的许多僧人临终时都看到奶格玛来接迎他们。

奶格玛殿的规模不是最大，但由于占领了寺院的制高点，便显得很是醒目。每日清晨，它都能和大美的红日隔山相望。大殿内还供有红白空行母像等，均由紫铜鎏金所造。

相传很久以前，每到夜幕降临的时候，奶格玛殿内总会传出彻夜的脚步声。说是奶格玛曾发大愿，只要虔诚念诵“奶格玛千诺”者，她都会循声救苦，无不应其所求。于是，每天夜里，奶格玛都不愿休息，以经行的方式保持警觉，为的是随时能聆听众生的心愿。据说每天早上，那像上总是有很多汗水。寺内僧众心疼其劳累，便在奶格玛像的腿部拴了一块巨石。从此，殿内便听不到脚步声了。至今，那巨石仍保留在殿内。据说，大殿里虽没了脚步声，但奶格玛的愿力却一直帮助着无数的具缘众生。每天，这儿都会拥来成千上万的信仰者。

俗话说“山有水则秀”。古老的黄河奔腾而来，在山脚下形成了九曲河湾。蜿蜒的河水涌动着来自天际的阳光，与湛蓝的天、碧绿的山，构成了美轮美奂的山水画卷。群山形成的大鹏金翅鸟也与蓝天相接，与大地共吻。我悠然立在山头，抛开了尘世的一切杂念，似置身于画中，又似漫游于仙境。心是那般自由，那般洒脱。闭上眼，深深地呼吸一口，只感觉空气中夹杂着的，是那种尘世间久别的清凉。

4

通往月亮潭的小路很窄。一旁是山，仰望不见顶；一旁是沟壑，虽然可见底，但那底却很是模糊，隐隐可闻水声。沿着那宽仅盈尺的小道，紫晓和常昊提心吊胆地踏着月光前行。她老是害怕自己会掉下去。她想，自己空着身子走路都这样，当初十三岁的老师背着水桶该多么艰难呀。她于是被一种东西感动了。就是在这种近乎宗教狂热的感动激励下，她走向了那个传说中的月亮潭。

月亮潭已经探入老山深处了。香匈寺本来就是一座藏在深山中的古寺。除了一些知识渊博的学者，几乎很少有人知道香匈寺。它建于宋朝，历史悠久。但近百年来一向香火不旺。据记载，寺院常住僧人没有超过十人。自民国以来，这儿大多只有两三个僧人。一向是一个师父，两个徒弟，仅此而已。令香匈寺能为世界瑜伽界所知的原因是，几乎每一代僧人中，都有虹身成就者。据说，他们圆寂的时候，肉体都化成了光。

一个摄影师拍摄过一位住持的圆寂情形。录像中，有缕虹光始终萦在那僧人上方，虹如乐曲，人们仿佛能听到一种音乐。在神奇的虹光和音乐声中，高僧的肉体渐渐缩小，最后只剩下头发和指甲。

那本叫《奶格玛秘传》的书中记载，月亮潭是瑜伽大师奶格玛的三十六处坛城之一。按该书的说法，坛城是秘境的一种。就是说，在凡夫俗子的眼中，潭只是寻常的潭，但在瑜伽成就者看来，它却是金碧辉煌的坛城。据说，那儿有无数的瑜伽成就者在修习一些利益众生的仪轨，或是会供，或是放光，或是聆听人类的祈请，以便行使愿力，循声救苦，助其达成愿望。

据瑜伽老师说，东莞也有一处奶格玛的坛城，此地风水大好，适宜修道，只是他不知具体地点。多年之后，紫晓才从黑歌手的一张神秘地图中得知，那所在，正是樟木头百果洞的大坑口水库。在修建水库之前，这儿有处泉眼，涌出甘霖，便是那坛城中央，金刚亥母与其龙众眷属居住于此。以是因缘，此地脉气极好，适宜修道。黑歌手授记说：多年之后，这儿会成为许多人眼中的圣地。后来，笔者定居岭南时，便选择了此地。当然，也有人说，正是有了笔者的住，这儿才成了一些人眼中的圣地。

据《樟木头志》记载，上古时候，太上老君和元始天尊的两位弟子火龙和缥缈就曾在不远处的仙宫岭结庐清修，成就了道业。

对上面的秘境之说，一些民俗学家进行了研究。他们认为，这秘境之说，甚至影响了客家人的民俗风情和民众心态，于是，客家人将秘境之说引申开来，变成了“举头三尺有神灵”——那秘境就无处不在了。

那本神秘的小书中还说，红尘中的所有秘境，都跟娑萨朗有虹光道相通。有缘者的所有发愿，都会依托虹光进入净土，并在一种神秘的宇宙力量帮助下，达成其愿望。

紫晓在泉边发的第一个愿，就是希望自己能精通西夏文字，将那本《奶格玛秘传》翻译出来。在发愿之后的第二十五天，在东莞的一个旧书摊上，她遇到了一本破烂不堪的书，名字叫《番汉合时掌中珠》。书上有两种文字，一种是汉文，一种是西夏文。

那时，她才吃惊地发现，那西夏文，竟是她幼年时姐婆教过的一种文字。东莞的客家人管外婆叫姐婆。那时，姐婆并没告诉她那是西夏文。姐婆只说是女书——一种女人专用的文字，叫她记下就是，日后肯定有用的。姐婆叫她用那些文字，记下了许多木鱼歌。

木鱼歌是东莞独有的曲艺形式，明清时便已盛行。过去的数百年中，到处都能听到木鱼歌声。木鱼歌分为雅唱和俗唱两种。俗唱是单一的语调诵读，雅唱须用三弦伴奏。紫晓的姐婆会雅唱，而且内容跟别人唱的不一样，有一种神秘的旋律和内容。紫晓虽然听不懂内容，但仍会陶醉在那善美的旋律中，她常常会听出一脸的泪。关于姐婆和木鱼歌的故事，笔者会写入一本叫《木鱼歌》的长篇小说，此处不赘。

直到看到那本《番汉合时掌中珠》时，紫晓才明白，姐婆教她的，竟然是西夏文。它们记载着一个天大的秘密。姐婆是客家人。小时候，姐婆老是讲黑将军的故事。她说南宋末年，元朝骑兵灭了西夏，一部分不愿降元的党项汉子，便携家带口，逃往中原，又南迁至珠江三角洲。元代统一天下之后，那些欲勤王抗元的汉子才隐姓埋名，择居深山。在客家的历史上，这是第三次较大的迁徙。

再后来，紫晓才知道，她半生的所有努力，都跟那个神秘的黑将军密切相关。

5

月亮潭在距寺院十公里外的沟壑底下。

月亮从高天的尽头探下脑袋，映在月亮潭中。潭水很静。水中的月亮也凝着，不显一点恍惚。那模样，很像紫晓修瑜伽时的月亮观。她觉得这个意象很好。按老师的说法，有着很好的缘起。

在那本《奶格玛秘传》中，用了相当的篇幅写了奶格玛坛城的殊胜。在奶格玛的三十六处坛城中，月亮潭是很重要的一处。在瑜伽行者的观修中，月亮观是很重要的一种，象征慈悲，代表一种清凉的智慧。在瑜伽修习者眼中，“清凉”是个很有境界的词，跟“热恼”相对。关于坛城秘境，老师以及老师的老师，都形容过它的庄严。在他们的话语中，有许多很典型形象的细节，仿佛他们真的进入过秘境。不过，在此刻紫晓的眼中，这潭仍是寻常的一个小潭。虽然名之为潭，其实也不过是一眼泉而已。坚硬的花岗岩中间，有着形似井的一潭水，径约二尺，月亮恍惚于其中。唯一明显的神奇之处，便是潭壁上印满了人的手印，据说是历代瑜伽成就者留下的。他们像抓烂泥一样在月亮潭的花岗岩上留下了深深的指痕。据说，这是瑜伽修炼的成就标志之一，象征着他们已能借助空性的力量改变物质。

在子夜时分，紫晓一边摸索那印入石头的指痕，一边发了愿。

关于她的一个个愿，我们将在后文中介绍。

就是在她发完愿的时候，她听到了一声狼嚎。

开始，他们并没将那声音当成狼嚎。紫晓只在电视上听到过狼嚎。像秋风吹过驴耳一样，那种怪异的声响并没在她的心中刻下印痕。但常昊的一声战栗传递了过来。

狼嚎！他叫。

仿佛一下唤醒了某种东西，那声响一波波涌了过来。空寂的夜空中涌着一种奇异的声波。在紫晓的眼中，月光一下变成了绿色。快走！她叫。两人沿着那灰色的小道，向上爬。纷乱的脚步踢下了土块，溅出些许响声。

小心小心！常昊叫。

他们没想到，十多盏绿绿的灯，正在上方的拐弯处等着他们。

常昊叫：狼！

6

关于紫晓们遭遇狼的事后来成了一个谜。因为，香匈寺的僧人并不认为那是狼。那个瘦瘦的老僧说，这儿只是在上世纪六十年代有过狼。后来，人们组织了打狼队，打呀打呀，就没狼了。

真的没狼了。老僧强调说。

紫晓们在前往月亮潭前问询老僧时，他这样回答。紫晓很怕狼。在她的印象里，狼是西部的图腾之一，另一个图腾便是骆驼和沙漠。后来，她便和这几种图腾结下了不解之缘。再后来，她想到西部的时候，首先就想到了黑歌手。黑歌手便超越了西部的其他象征物，成为她生命的图腾。

不过，在她的印象中，最先跟西部结缘的图腾，便是狼。

她先是看到了月光下游弋而来的几盏灯。那是质感极强泛着绿光的灯。后来，她才听说，狼眼采光，它将大自然中的光采了来，在夜里一发出，便成灯了。

听得常昊叫：妈呀！

常昊老是叫妈，在不小心弄疼了身体时，他叫妈；在遇到急难时，他也叫妈。爱叫妈的常昊，在紫晓眼中就成了长不大的孩子。

常昊抱住了紫晓。远处，一波一波的狼嚎声传了来，像月夜中起伏不已的山的脊梁。

紫晓的大脑一片空白，那种特异的感受一直印进她的心里。多年之后，她的老师告诉她，在那个时候，要是有人为她开示心性的话，她会在那个瞬间开悟的。后来，她真的从那本叫《奶格玛秘传》的书中找到了相似的内容。书中讲了许多修大手印瑜伽的方法，其中之一就是选择凶煞之地，在恐惧袭来的时候，经善知识开示而认知心性。

后来，广州有个叫杨菲菲的瑜伽女子，在遭遇某次巨大恐惧时，笔者也这样开示：

恐惧融诸念，彼时空荡荡。
无法亦无我，空寂而明朗。
无执亦无舍，如梦更如幻。

于此觉受中，警觉并宽坦。
祈请且聆听，放下诸尘缘。
认知自心性，法身已绚烂。
悟道见法性，登堂渐入殿。
修道保任之，忆持光明相。

但在那个月夜，紫晓却被吓呆了。她觉得手脚都变成了跟她不相关的物件。她很想跑。虽然她知道跑不过狼，但那种跑的欲望裹挟着她，手脚却软了。她觉得常昊软得更快。就是在常昊萎倒在她怀中时，一种母亲才有的感觉产生了，她马上恢复了镇定。

常昊瘫在她怀中的事实一直扎在她的心头。后来她多次向相好的女友谈这个细节，她说那个时候她才发现，自己并没有靠山。女人是需要靠山的。当然，这靠山还可以换成其他的名字，比如“盼头”，比如“灵魂的依怙”啥的。无论它是啥名儿，都不重要。重要的是，那东西要给她一种实实在在的安稳和宁静，能让灵魂得到宁静和寄托。在女人的天性中，她的爱人应该充当这种角色。要是她找不到这种男人时，就可能选择别的东西，或是宗教，或是事业，或是别的依怙。

紫晓摸摸常昊的背。她发现，常昊其实更像是她的儿子。

月光下的绿灯近了些，依稀可以看清狼的轮廓了。最前边的是一匹很大的狼。狼在高处。那身影映在月亮上，显出很美的剪影。这剪影产生了很强的力量。那是一种涌动的力，后来每一念及，都会叫她激动。紫晓发现，自己跟别的女人不太一样。她更像一位诗人，她无法像寻常女人那样平庸地活下去。即使在日常生活中，她也一直在寻找一份诗意。正是在这一点上，她发现，她和常昊后来的分手，似乎是命中注定的事。

狼叫了一声。叫声低沉中透出哀怨。这声响是如此的近，唤醒了紫晓被母爱冲淡的恐惧。

她想，看来真要遭狼口了。那时，她有种很不甘心的感觉，认为自己没有活出该有的精彩。这辈子，白活了。她想。

她听到了常昊恐惧的呻吟，感到了他的发抖。她反倒平静了。她想，在这时候，失态是没用的。当人改变不了命运时，最应该改变的，是面对命运时的那种姿态。于是，她真的静了下来。当然，这得益于她严格的瑜伽训练。在诸多的瑜伽中，她选择的是能滋养和操控心灵的那种，也即大手印瑜伽。于是，她便按老师教的那样，安住于自己的心性之中，开始了观察。

她想，要是真该命遭狼口的话，也不要紧。对于命运送来的所有礼物，她的老师都告诉她，要接下来，不怨天，不尤人，泰然处之。

要全然接受！老师这样强调。

那时，她才发现，那匹狼的四周，又多了许多绿灯。一股股腥气蔓延了过来。她有些恶心。

远处，似乎还有海潮般的狼嚎。后来，她怀疑自己当时是幻觉。因为，即便是在回到东莞的前半年里，她还是能在深夜里听到狼嚎声。东莞想来是没狼的。那么，她听到的狼嚎声，只能出自她的心灵。她想，莫非，真的是“一切唯心造”吗？

那些散开的绿光渐渐聚了来，又渐渐散开来，将她和常昊围在中间。

7

那个时候，紫晓想到了一些书中常讲的狼讨命债的故事。她便想，也许，我前世里欠了狼的命。今世里，它们讨债来了。以前，对这种故事，她总是将信将疑。虽然紫晓喜欢瑜伽，但她对宗教还保持着警惕。她发现，许许多多自命为教徒的人，虽然能说一些很高尚的话，但一旦做起事来，却总是贪欲熏心。她仅仅是喜欢那属于生命科学的瑜伽，却远离那些有着宗教名相的群体。

但在此刻，她似乎相信了宿命。因为只有相信宿命，她才能得到一丝安慰和平衡。

常昊仍抖成一团。他很像电视上那一遇急难就往草丛里钻的野鸡。他似乎以为，闭了眼睛，看不到那种令他恐怖的东西，那东西就会远他而去。在紫晓的眼中，这真是很滑稽的镜头。日后，她一想起它，就对常昊没了感觉。

紫晓已经清晰地看到了那些狼的轮廓。它们渐渐移了来，显得缓慢而坚定。她觉得它们马上会扑来。虽然她经过了很好的控心训练，但心还是不太听话，狂跳不已。

记得，苍狼便是在这时出现的。

最先到达的，是一阵滚雷似的叫。那摊绿灯晃了一下。后来，一道黑影掠了过来。

此后，她跟常昊的叙述，就出现了分歧。紫晓说她看到那黑影和绿灯们搅在一起，有几盏绿灯旋即掉下了深壑。她甚至听到了软物坠地时才有的那种沉闷声响。她确定无疑地记得，至少有三匹狼掉下了深壑。而常昊则认为，黑影出现时，那堆绿灯就炸散了。

两人的叙述中出现了偏差，一个用了“摊”，一个用了“堆”。紫晓的感觉中，那些绿灯是散开的，而常昊则认为它们聚在一起。

只有结果是相同的。那些绿灯消失之后，他们见到了一位老人。

8

虽然苍狼的存在一直成为那夜紫晓们遇狼的证据，但许多人还是不相信他们遭遇过狼。第一个不相信他们遭遇狼的是香匈寺的老僧。当常昊们惊魂渐定，回到香匈寺谈起昨夜的那段奇遇时，老僧笑了。他说，那是你们的幻觉，这儿根本没有狼。

当老僧说这话时，紫晓又听到一声狼嚎。她认真地望望老僧，老僧却啥也没有听到似的。另一位和尚也不相信他们遇到了狼。

但夜里遇到的那位老人——人们叫他阿爸九老却说，他们真的遇到了狼。那夜，他将紫晓和常昊领到他的家里时，他指着墙上的狼皮说，瞧，这些，都是狼皮，是我的狗扯的。老人不叫“咬”，而叫“扯”，紫晓觉得很新奇。

老人叫了一声，吆——

那狗便来了。这便是苍狼。

苍狼便是那老僧给它起的名字。正是从这一点上，紫晓发现老僧不简单。但阿爸九老从来不用这个名字。他只叫它“吆”，这是当地人叫狗的口令。

后来，一位国际知名的狗专家证实了老僧的说法，他对紫晓说，这是真的苍狼。这是来自远古的神犬，到了西夏时，达到了它的顶峰。从苍狼身上，这位生物学家发现了来自远古的优秀基因。同时，他强调说，许多西部文献中的“苍狼”，其实是指这种狗。

就像成吉思汗的优秀基因至今还散布于世界各地一样，苍狼也将它来自西夏的优秀基因延续了下来。

随着“吆”声出现的，是一条毛白如雪的猛犬，头大如斗，裙毛垂地，状极威猛，却不凶恶。紫晓奇怪地发现，虽然她从没见过这样的猛犬，但她一点也不害怕。她只感到那扑面而来的某种威猛和高贵。是的，真是高贵。这狗有一种帝王才有的神韵。

老人告诉他们，他们遇到的，真是狼。这狼来自老山深处，只是在子夜前后，才到这儿来觅食。平时，人们是很难见到它们的。它们都是山神爷的狗。

次日，紫晓就听到了关于苍狼的许多神奇故事。除了它能斗过狮子的说法无法证实外，别的故事多有证人证物，比如说它在某个黄昏里一狗独挑六狼，五狼丧命，一狼重伤，落荒而逃。阿爸九老指着墙上的五张狼皮说，瞧，这是它扯死的。看到紫晓疑惑的模样，阿爸九老说，要是我说了谎话，叫山神爷滚我的洼。滚洼的意思是在上山时滚下山坡，摔成肉泥。紫晓忙说，这咒赌得重了，我信我信。

那苍狼还有一个战绩，在某个黄昏里，曾斗死过一头熊。据说看到死熊的人多，但紫晓没有见到那张熊皮。阿爸九老解释说，那熊皮，叫乡上的书记要去做了皮褥子……要不，我去取那张皮褥子？紫晓忙说不用了不用了。

就是在那个瞬间，她决定，买下这条苍狼。阿爸九老不要钱，只希望她给当地的学校捐一个图书室——大约得花十万元——他本来不敢提这要求，但学校的老师极力撺掇他。因为，除了学生课本之外，整个山村几乎看不到任何“闲”书。紫晓马上答应了。她说，别说有这么好的苍狼，就是没有它，她也愿意做这件事。

紫晓并不知道，在村里人眼里，这苍狼仅仅是条狗。据说，跟它同时出生的，是五只崽，三只黑的，两只白的。阿爸九老怕这些狗长大后会吃很多肉，就将它们扔到雪地里。按他的惯例，早上活下哪只，他就养哪只。冬天的大雪里，他已经冻死了几十只小狗。他根本不知道，日后某一天，冻剩下的那只白色的狗，会给村里娃儿带来几千册图书。据说，紫晓走的那夜，阿爸九老可惜了半夜。他捶胸顿足，对面黄肌瘦的老婆说，早知老山狗那么值钱，我就不扔那些小狗了。

后来，紫晓对灵非说，谁也想不到，这苍狼，竟然出现在这个寻常的山洼里，这真是大自然的奇迹。她叹道，不知有多少像苍狼这样的人才，在还没成人时，就被冻死在山洼里了。后来，当她见到黑歌手时，同样产生了无数的感叹。黑歌手有着大师的品质，却竟然生长在寻常的山村里。

除了那些证人证物外，紫晓还将苍狼拉进某个动物园。一到了狮笼旁，苍狼便猛扑上前，站立而起，沉闷地哮吼。狮子竟露出慌张神色，远远躲了。这就是说，即使在力量上没和狮子较量出高低，但至少在胆量和气势上，苍狼已赢了。

紫晓回到东莞后，广州狗市便有人来找紫晓，希望苍狼能和自己的母獒交配，开价是交配成功一次，付十万元。那人靠养獒积累了大量财富，成为狗市上最活跃的人。紫晓永远忘不了他见到苍狼后眼中放出的光。那光，比饥饿了十年的色狼见了美貌少妇还要强烈百倍。他对紫晓说，你简直白捡了它，这是喜马拉雅山的纯种苍狼，在国际市场上，它决不会低于百万美元。

可是，就是这样一条珍贵的苍狼，竟然丢了。紫晓说，在那个溢着黄雾的清晨，她去遛狗，因为尿急，她将苍狼拴在路旁的电线杆上。几分钟后，她走出厕所时，苍狼却不翼而飞。

这样一条曾和狼熊搏斗丝毫不落下风的凶猛苍狼就这样神秘地消失了。它甚至没发出任何声音。按苍狼的习性，它可以将任何进入它领地的猎物撕成碎片的。

但怪的是，电线杆处并没有厮打迹象。

那儿，跟蒸发了似的干净。

第二章 紫晓

1

紫晓是樟木头的名人。

第一次令紫晓名声大噪的，是她跟常昊的私奔。她当然不承认是私奔，那时，她认为是一次成功的出逃。那次，她成功地逃脱了父亲对她的控制。自打懂事起，她就一直生活在父亲的阴影里。父亲坐过十多年牢，在监狱里养成了严格的作息制度。他将这一套搬到了家中，对母亲，对姐姐，对紫晓，都进行了相似的管教。紫晓从心底里反抗着父亲。从很小的时候起，她就想逃走，但直到和常昊私奔的时候，那逃跑才化成了行动。

那次成功的出逃，虽有点惊天动地——在家族和父亲的单位，都引起了轩然大波——但最后，都化成了记忆。于是，紫晓认为，所有的生命过程，都不过是记忆而已。这成为她后来的一种人生哲学，在这种哲学的观照下，许多执著就消失了。

她老说，生命中的一切都终将消逝，变得遥远而模糊，像风尘中远遁的一条黄狗。

紫晓因酷似某部影片里扮演“十三姨”的演员，人们已不叫她的本名，而叫她“十三姨”。紫晓很喜欢这个外号，每有人叫，总是响亮地回答。在樟木头，许多人都知道“十三姨”。不仅仅因为她美，还因为她是常昊的妻子。

常昊也是樟木头的名人。他曾是个有名的混混，打架斗殴，无恶不作。后来，他竟然娶到了天女似的紫晓。这一下，名声大噪了。

常昊原籍温州，是典型的新东莞人。他先到东莞打工，后干小生意，渐渐发迹，几年之后，便熟悉了东莞行情。待得机缘成熟之后，他便凭借温州人独有的精明，依托其家族资源，瞅准机遇，一过来，便建了几个酒店，车来人往，热闹非凡。常昊由酒店业楔入东莞，再兼及其他行业，不几年，其财路就盘根错节，像地下芦芽的根须那样一漫千里，无孔不入了。常昊有着温州人天生的精明，善于利用各种资源。他脸皮厚，可以公开地向可能求到他二哥的任何人伸手。后来，他更是进入了各种圈子，如宗教圈、文化圈、各种商会、民主党派等，以此作为平台，利用各种名义向人伸手。他的理由总是冠冕堂皇。他会跟宗教徒谈宗教，跟文化人谈文化，跟商人谈经营，总是显得博学多才，但其所有目的，仅仅是想得到一种资源。他没有信仰，却知道用信仰的理由去控制别人；他没有文化，却会用文化的借口去打动别人。于是，几年之后，便渐成气候了。

常昊相信风水学说，发迹之后，虽有了多处房产——他只在广东白云山的一处房产，据说价值就超过千万，当然包括那些塞满屋子的海南黄花梨家具——但他仍将家安在樟木头风水极佳的百果洞水库旁。听一位精通风水的大师说，这儿山抱水依，是聚气之地，经商可聚宝，修道可得道，养生可长寿；进能通达十方，精进入世；退可洗尽尘劳，立命养生。常昊极信此说，自打安居某花园之后，他的事业大弘，所向随心，便索性定居此处。每到心烦气躁之时，便驱车前来，躲入家中，将那商界诸事，拒于心外，净心咀嚼山水之翠意，任那山间鸟鸣和风中绿意，洗去心间热恼，倒也能忙里偷闲，逍遥数日。

常昊的二哥常兴，是浙江温州的副市长。在温州人眼中，婚姻是得到人生资源的重要途径。对弟弟常昊跟紫晓的婚姻，常兴以前持反对态度。因为常昊一表人才，要是选择一桩好的政治婚姻，就会为常家带来巨大的资源。常家的每个棋子都是用来构建家族政治版图的。许多时候，一个偶然的机缘，就能改变家族的命运。常副市长就是靠婚姻完成了官场的原始积累。因为婚姻的如愿，他官运亨通。而他的官运亨通，又为家族带来了巨大的现实利益。常昊在东莞大红的这几年，只温州市，就有好几个部委的头儿是常家兄弟。

前些年，虽然常家人——那时的常家还没发迹呢——坚决反对常昊跟紫晓的婚事，但紫晓惊人的美貌，早勾去了常昊的心。常昊铁了心，对妈说，你有八个儿女，你就当少生了我好吗？后来，见家人仍不松口，他便跟紫晓私奔了，将那生米做成了熟饭。他们以打工仔的身份过了几年苦日子后，常家只好接受了紫晓，并为他们提供了许多资金，才建起了酒店。后来，紫晓的婚礼，便成了樟木头历史上最隆重的婚礼之一。婚礼是按温州的习俗办的，只伴娘，就有十个。为了照顾东莞客人，宴席上也有当地人爱吃的名菜，比如桥头镇的豉油焗鹅等等。前来捧场的小车挤满了那条大街。公安局只好派出警力维持秩序，才算没闹出大乱子。

那天，还是宣传部副部长的常兴特地从温州赶来，参加了弟弟的婚礼。他的出席，给了紫晓很大面子，这等于承认了紫晓在常氏家族的地位。紫晓脸上洋溢着无限风光。虽然她不喜欢张扬，但欢快的笑仍时不时飞扬开来。

在樟木头，跟紫晓的美貌同样有名的便是那苍狼。它毛色如雪，头大如斗，壮若牛犊，裙毛垂地，其声如雷。它每一出声，周围的狗们都不敢放出一个响屁。

一狗出声，百狗哑音。

但谁也想不到，它会在紫晓的眼皮下蒸发。

2

灵非正在工厂的娱乐室里上网时，接到了紫晓的电话。从电话里，他听出了紫晓的焦虑。他不知道如何劝她。他明白这狗在紫晓心中的分量。他见过那苍狼，其外相凶猛赛过雄狮。但他不明白，这样一条猛犬，咋会蒸气般地消失呢？他想不通。

灵非去见紫晓。他从西部到东莞已经三年了，在一家报社供职。近日为了写一部打工族的报告文学，在工厂体验生活。这家工厂生产芭比娃娃，据说是专为国外生产的。灵非看到那流水线时，心灵受到了震撼。他想，也许要不了多久，随着科学的发展，新的人类也会从流水线上被生产出来。记得某一瞬，他觉得自己被喧嚣的声响消解了。

早在紫晓刚跟常昊私奔至东莞时，灵非就跟她认识了。他们曾同住在樟木头的某个大杂院里。后来，本书的许多人物都跟这大杂院有关。灵非甚至将它当成了书中人物的起跑点。这成为本书主要的结构理由。像那些家族小说中的血缘关系一样，大杂院也成了连接所有人物的纽带。

记得，第一次在大杂院见到紫晓的刹那，灵非就被紫晓身上的某种东西打动了。他不能清晰地说明那是啥。他发现紫晓身上有种山间野百合那样的清丽和纯朴，身上洋溢着他向往的某种东西的光芒。当时，他就想，这是个活在梦中的女人。后来，他将这一感觉告诉了紫晓，从此两人就成了朋友。

"你身上有种被压抑的生气。"那天，灵非这样说。大约在一年之后，紫晓才发现自己真是这样。于是，她对灵非说，你有着作家的直感。

灵非发现，苍狼的丢失，对紫晓影响很大，她的脸上没了以往的那种慵懒和华贵，便安慰了一番。

紫晓将苍狼的不翼而飞当成命运对自己的某种暗示，心情糟透了。那是常昊送给她的生日礼物。某夜，在常昊的手机上，她发现了几条短信，其中蕴含的信息使她痛不欲生。常昊对此很是歉疚，想给她买辆车。紫晓说，我不要车，我要去朝拜月亮潭。于是，他们便飞往西部，沿着祁连山的某条盘山公路，找到了那个蜷伏在群山褶皱处的小村。后来，当紫晓无意间将买苍狼的所在透露出来后，狗市上的男人们蜂拥而至，但除了找到几条样子也很猛的獒犬外，再也没发现一条有王者气度的苍狼。

紫晓说，真正的苍狼，跟人中之圣王一样，是百年难遇的。

在那本叫《奶格玛秘传》的小书中，她发现了一种说法：那苍狼，跟印度的白象一样，能带来诸多吉祥。

3

紫晓出了屋子。她发现，太阳很灿烂。山流着碧色，空气也溢着绿。但自打丢了苍狼，多好的美景，也进不了紫晓的心。

她开了宝马，走向狗墟。

狗市也叫狗墟，原为牛墟，原以耕牛和肉牛交易为主，它起源于明末清初，有四百年历史了。早年，每逢墟日，广东、山东、安徽、湖南、广西、福建等地的牛客就会蜂拥而来。那些成交的牛，除了运至周边地区外，更有漂洋过海、到港澳台和东南亚者。

现在，牛墟又成了狗墟，里面有狗宾馆、狗泳池、狗花园、狗医院和金狗酒店，配套设施一应俱全。每逢三六九日，这儿便集中了世上的许多名犬。紫晓叫不上名字的种类很多。她不是狗类专家，也不想靠捣腾狗挣钱。她有着花不完的钱，不需要打听狗墟行情。她仅仅是想打听苍狼的讯息。她已打听过多次，只有一次得着过信儿，说某个下午，有个人来过，拉着一条白獒，很像是她说的苍狼。据说，有人出价五十万——但也仅仅是据说而已。

紫晓不喜欢狗墟的热闹和气味。她是很有艺术品位的人。还在很小的时候，她就被父亲逼着学国画。父亲给她找了东莞最有名的画家。除了逼她学画之外，父亲还用他独有的严厉给了紫晓噩梦般的记忆。在几乎所有的童年记忆里，紫晓就做两件事，一是被父亲逼着学英语，一是在日记中诅咒父亲。每天一放学，父亲就拿着鸡毛掸子，叫她背英语。她老是挨揍，每到不会背的时候，她便大哭，主动将屁股伸给父亲。父亲打坏了好多鸡毛掸子。后来，私奔之后，最叫她快乐的感觉是：她终于逃离了父亲的魔爪。她先后写了几十本日记，其中绝大部分内容就是对父亲的诅咒。滑稽的是，父亲的严厉并没有将紫晓造就成画家，倒成就了她作家般的文笔。灵非对她说，你有今天的文笔，要感谢你的父亲。后来，紫晓谈小时候挨打的故事时，总显得十分开心。

紫晓爱读书，喜欢寻找生命的意义之类。正是这一点，将她从女人堆里拔了出来，给了她一种异乎寻常的忧郁之美。

紫晓穿行于狗墟中，那份慵懒的尊贵引来了好些目光。自打拥有了苍狼，她就成了狗墟上最惹眼的人。老有人出十万的价码想叫那苍狼下种，但紫晓一直没有答应。她非常喜欢苍狼身上的那种雄突突的气息。那是真正的猛兽气息。即使是苍狼静静地卧在深夜的某处，她也能感受到那种雄突突的猛兽气息。对那种气息，她很是着迷。她最喜欢看苍狼顾盼自雄的神姿。有时的瞬息里，她想，要是常昊身上有这种味道多好。除了在爱情的选择上，常昊显示了唯一的一次主见外，他似乎成了他哥的影子，老听他将“我二哥”“咱常家”挂在嘴上，这是紫晓最不喜欢的地方。

“狗鸨子”霍宝带着他惯有的谄笑迎了上来。他跟一般的狗贩子不同，他是专门为需要配种的狗服务的。就是说，谁的母狗需要什么样的种犬，他都能找到种源。换句话说，他是专为狗拉皮条的。你可别小看这一职业，要是你的爱犬害了相思病不思饮食彻夜嘶叫六神无主，你只要拨通他的电话，他总能给它找到门当户对的主儿。在狗墟上，门当户对是非常重要的，因为它直接涉及到种性的纯洁。门当户对者，可能是纯种名犬；要是门不当户不对，就只能是“杂种”了。在这儿，除了一些名犬杂交的种外——便是这种狗，价码也远比纯种的低—— 一般杂种是卖不出好价的。

紫晓是很能理解害了相思病的狗的。对那种相思的滋味，她有着太深的体会。在离开常昊的某月间，一想他，她就心里发堵，胸闷欲死。那时，她恨不得插上翅膀，飞到常昊身边，叫他把那幸福的眩晕注入灵魂深处。她想，要是她的苍狼需要，她肯定会替它选一条心爱的母獒，叫它们倾心相爱一场。但要是叫它当种狗挣钱，她真的有些受不了。别说做，仅仅是想一下，也觉得自己亵渎了它。正是在这一点上，她发现，自己已将那苍狼，当成了生命中的某种不可碰触的所在。

有音信吗？“狗鸨子”霍宝问。

紫晓懒得回答他。她装作没听到他问话似的将目光转向远处。她想，他定然在幸灾乐祸。她甚至听得出他心里的话：“叫你的狗放一次骚也不愿意，这下，嘿嘿。”这时，紫晓才发现，她不仅喜欢苍狼身上那种令她着迷的高贵和野性，也将苍狼当成了亲人。许多个恍惚里，她甚至升华了苍狼。她想，要是常昊身上有苍狼的那份强悍，该有多好。因为她发现，跟她在一起时，他似乎越来越力不从心了。她认为，定然是紧张的工作影响了他的男性功能。她甚至将它当成安慰自己的最大理由。其实，连她自己也不相信这个理由。他们相聚的时光越来越少，即使偶然在一起时，他也不再像以前那样深情地望她。即使在同居一床的时候，他也有种虚应故事的敷衍。但越是这样，他对她的控制欲越强，她必须随时随地接他的电话，告诉他自己的行踪。他的短信时不时就飞了来，她必须及时回复，否则，他便会大发雷霆。

紫晓很怀念当初私奔时的常昊。记得那时，每次见到她，他总是很有激情。但她也明白，像苍狼这样有猛兽气的男人，在现实生活里真的不多了。高速的城市化异化了人性。许多本来不属于人类的东西，填满了男人的天空。城里的男人已越来越不像男人，他们已成了高速运转的机器上微不足道的小部件。所以，一看到那野性十足的苍狼，她马上就被那野性征服了。

对紫晓的冷落，“狗鸨子”霍宝并没显出尴尬。他跟过去年代的“人鸨子”一样，显示了超人的忍耐天分。紫晓知道，这种人的脸皮，当然比一般人厚。虽然她也在人事上久经历练，但还是不敢看配种的狗。记得，第一次逛狗墟时，在某个角落，她发现有一对狗正在配种。那是两只很小的宠物狗，它们显得小心翼翼又急不可耐，懦弱的神情让她想起常昊的那种力不从心的赧然。她感到好笑。她想，也许，三十岁后，男人在那方面的能力就会变得像西山的落日，虽也有种淡定和从容，但热度和力量是明显减了。望那袖珍宠物狗时，她想，城里的人种，也许真的退化了。记得那时，一股浓浓的失落涌上心来。

但随后，一对獒犬的相搏却惊心动魄地扑入眼帘。后来，她认为，她之所以选择到遥远的西部去朝圣，除了瑜伽行中的某种传说外，也许就是因为看到了那强劲的一幕。獒犬们喷发的野性、力量和震撼，一下就击晕了她。公獒头大如斗，强劲的肉棱在肩背上滚动着，充盈着原始的力。它的神韵里充满了她向往的辽阔和壮美。紫晓觉得有种大力冲向胸膛，压得她喘不过气来。记得那时，两条獒只是在嬉戏，它们并没有交配。跟人类在性爱前的嬉戏一样，獒也喜欢有过渡。它们可不像城里的宠物狗，一见面便直奔主题，却每每于瞬息之间丢盔卸甲赧然而退。她从一份资料得知，獒在交配前，总要经过漫长的力的角逐。它们或是奔跑，或是相搏，或是嬉闹。后来，在祁连山区，她真的发现了那一幕：苍狼在奔跑着追一条母獒，苍狼的背部远山般起伏着，涌动着令她着迷的弹性和力量。从那两条獒身上，紫晓明白了什么是自由和力量。

她想，要是常昊那样待我，该有多好！

她于是想，我当然不能叫我的苍狼当种狗，虽然它的介入可以为城市的狗注入鲜活的生命力，但城市狗们的退化，跟我有什么关系？她想，要是你有个非常优秀的老公和儿子，当有人希望你将他们优良的种子出卖时，你定然不愿意。哪怕对方出价极高，你也定然不愿做出那种令你心口发堵的勾当。不是吗？

“狗鸨子”霍宝凑上前来。紫晓嗅到了一股令她恶心的口臭。她往后躲躲，露出不快。霍宝并不介意，悄声说：“你别信那班公安了。你想，好些人命案都破不了，人家咋会为你的狗大动干戈？要是你真想找到你的狗，你只有自己行动了。”

紫晓动心了。她明白对方说得有道理。无论你的苍狼如何值钱，也不就是条狗吗？为一条狗，似乎不值得叫公安部发通缉令的。她便用探问的目光望对方。

这下，“狗鸨子”霍宝受宠若惊了。他四下里望望，悄声说，你要知道，全国虽大，可著名的狗市就那么几个。只有在那儿，好狗才能真正卖出好价。要是偷了苍狼的人想出售的话，他们肯定会在狗市上露面的。

紫晓露出了一丝笑。她掏出钱包，抽出几张票子，给了霍宝，说，该请你吃饭的。你自己喜欢啥，就吃些啥吧。

霍宝笑没了眼，说，要不，你把手机号码留下，有了啥线索，我告诉你。

紫晓说，好的。

4

下班后，灵非去找紫晓，见紫晓闷闷不乐，劝了一阵后，两人开始翻译《奶格玛秘传》。

灵非在西部的凉州城打工时，跟西夏博物馆的专家学过西夏文。虽然还不精通，但结合查字典，也能像老鼠啃铁那样，将紫晓的那本西夏文《奶格玛秘传》猜个八九不离十。西夏文字跟汉字很相似，粗看很熟悉，也有偏旁部首，也有横竖撇捺点，但没有竖钩，多斜笔。

就是在灵非和那本《番汉合时掌中珠》的帮助下，紫晓才弄懂了那本书的大致内容。那天在月亮潭，紫晓发的愿之一，就是将《奶格玛秘传》的内容用当代人喜闻乐见的方式传播开来。灵非给她出了个主意，最好是用她擅长的那种感性文字，将那本来自西夏的秘传内容公诸于世。

灵非笑道，这便是老祖宗常说的普度众生了。

紫晓说，我才不想普度谁，我只想度我自己。

灵非说，当每个人都能度自己时，便是普度众生了。

西夏文跟汉字很相像，因为时代久远，后世人虽能弄懂字意，但很难准确地读音了。不过，文字传递的信息，还是大致地保留下来了。

紫晓说，用我的感性文字？可我一向没有自信。要不，我们相约，两个人一起写这本书。将来，谁写得好，就用谁的。咋样？

要是两人写得都好呢？

那就出两个版本。

灵非答应了。

为了排遣寂寞，紫晓边翻译那本小书，边开始了《奶格玛传》的写作。

5

紫晓写道，奶格玛是第四次参加乌鸦节的那个早晨，忽然感到了袭来的无常的。在奶格家族的传说中，乌鸦是地狱的使者。奶格家族的人，都不伤害乌鸦。所以，那些乌鸦都不怕人。它们总是哄抢孩子们手中的食物。一次，弟弟抡着树条，揍了一只乌鸦，没想到，竟招来了千百只乌鸦，它们吱吱呱呱，在奶格玛家的上空盘旋着。此后一年多里，一见弟弟，它们就嘶叫着扑了下来，鸟粪下雨般落到弟弟头上。后来，奶奶请来了一个有名的婆罗门，给弟弟念了忏经，又给乌鸦们许了愿，还施舍了许多谷物，乌鸦们才放过弟弟。

那婆罗门给乌鸦神许的愿是，每年的十月底，待得人们收拾完稻谷，农闲的时候，要举办一个灯节。灯节有五天，第一天便是乌鸦节。过乌鸦节的习俗，便是在早餐之前，用树叶缝成碟子，装上炒米和各种揉碎的面食来喂乌鸦。喂时，还必须许愿，叫所有的小孩子不许再伤害乌鸦。

奶格家族的乌鸦节就是这样来的。

后来，整个地区都过起了乌鸦节。只要是人，都会怕地狱的使者。

第四个乌鸦节那天，乌鸦们格外喧闹。正是在那喧闹声中，奶格玛想到了无常。

奶格玛不是她的本名，是外族人这样叫的，意思是“奶格族的女子”，后来，许多人叫呀叫呀，就都忘了她的本名。一提奶格玛，人们便都知道，它指的是奶格族的那个最漂亮的女孩。

过第四个乌鸦节那天，奶格玛十四岁了。

看到那搅天喧闹的乌鸦时，她忽然发现身边不再有可以依赖的东西了，因为她发现，一切都在哗哗地变。奶奶在变中死了，父亲在变中老了，弟弟在变中大了，族里的许多人在变中进了尸林，成了散落在林中的一摊摊骨头。

奶格玛于是想，我要寻找永恒。

于是，奶格玛开始了她不同寻常的一生。

灵非说，你写得太粗略了些。虽然，那秘传中也是这样简略，但要是你这样简略的话，奶格玛的一生就仅仅成了粗线条的一段曲线。虽然，她是闻名古今的瑜伽大师，她的一生辉煌无比，光照千古。但人们最在乎的，不是她的人生结果，而是她的求索过程。相较于她独步古今的瑜伽造诣，人们更感兴趣的，是她如何从一个寻常的女子，成为她最想成为的那类人。换句话说，人们最在乎的，是她的生命过程和灵魂历练，而不仅仅是平铺直叙的简历。你要进入她的灵魂，写出她心灵深处的炼狱和疼痛来。

紫晓说，你看高我了。我这根筷子，咋能探到大海的底呀？

灵非说，咋不能？精诚所至，金石为开。你连条狗都放不下，咋能进入那颗广如苍宇的大心？

紫晓笑道，行了。我试着慢慢来吧。说真的，那狗成了我心头的刺，稍稍一碰，便是钻心的痛。

灵非说，叫你痛的，也许是另一种东西吧？

紫晓惨然一笑。

6

常昊又打来了电话，一说就是一个多小时。紫晓解释着她的行踪，解释她为啥没及时给他发短信。紫晓一声接一声地道歉。

放下电话的时候，灵非发现，紫晓一下子衰老了十年。她揉着耳朵，一脸无奈。但灵非什么也没问，这是他常常看到的情景。某次，他看不惯了，就说，你也可以不接他的电话呀。紫晓苦笑着，要是我不接，他会打爆电话的，还会折腾好多天，夜里也没法睡觉。

常昊对紫晓的控制，大多是通过电话实施的。他老是以爱的名义打电话，监督她的去向。许多时候，他一打电话，就是几个小时。他可以在电话里大谈爱，目的仅仅是谴责她没有及时给他汇报自己的行踪。开始的时候，紫晓真的将它当成了爱。后来，她终于发现，面对她时，常昊口中的爱，跟他面对教徒谈信仰、面对学者谈文化一样，仅仅是一种控制她的借口。

紫晓疲惫地回了家。她的心中充满了无奈。她知道，常昊又该口若悬河地训她了。到家门口掏钥匙时，她的腿竟然有些发软。她忽然发现，她开始害怕回家了。

果然，常昊又大谈了两个小时的爱。他读书不多，谈不出多少新鲜内容，老是那套似是而非的理论，他会把自己刚刚听到或是在电视上看到的某个理论运用在自己的谈话中，不惜扭曲其精神，来支持自己的某个论点。在这一方面，他很有天才。许多时候，他的演讲甚至能感动他自己。

待得紫晓一再认错之后，他才笑道：不就是一条狗吗？丢了，再买一条。嘿，分不清轻重。是我重要，还是狗重要？

紫晓笑笑，她很想说，那苍狼，虽然是狗，但也不仅仅是狗，它是我生命的图腾呢。却明白，他是不明白这话的。对金钱的渴望已叫他变了许多。她想，挣钱没啥不好，可要是为了挣钱丧失了人性的许多美，似乎是不划算的。因为某一天，她发现，拥有了许多钱的她并不快乐。她第一次进入城市时，她想，等我有了一万块钱时，我肯定快乐，不久，她就真的拥有了一万块钱，也真的快乐了几天。但也仅仅是快乐了几天，因为她忽然发现，相较于身边那么多的有钱人，她还是真正的穷人；于是她想，等我有了十万块钱时，我就会很快乐，几年之后，她真的有了十万块钱，她也确实快乐了，但也仅仅是几天而已。

以前，紫晓总在设计着自己的快乐，却总是发现，许多她费尽心机得到的快乐，消失得总是很快。她拥有了一次次短暂的快乐，也就是说，从物质层面上，她成了别人眼中的成功者。快乐一次次光顾了她，又终于一次次远离了她。

她发现，快乐就像莲花上的露珠，虽然很美，但无论如何小心地守候，它总是会不翼而飞的。她当然想不到，日后的某一天，有个跟苍狼一样神秘的男人，会告诉她什么是真正的快乐。在那个西部独有的血色黄昏里，黑歌手告诉她，生存的问题解决之后，快乐取决于心灵的明白和自主。当你的心灵强大到外物不能左右它时，你才可能拥有真正的幸福和快乐。

对这些问题，常昊向来是懒得追问的。他的眼中只有钱。所以，对于她对苍狼的那份情感，常昊是不可能理解的。他只是问：要不，我们再去买条獒？

紫晓摇摇头。

他又说，要不，我再催催公安朋友？他们倒是很尽力的，听说向各地发了好些函，要求配合通查。可你知道，天下这么大，真是老虎吃天，无处下口呢。

紫晓说，这事，又不是人命。人家当然不在乎的。我想自己查。她将“狗鸨子”霍宝说的话重述了一遍。

常昊沉默了许久，说你瞧，我把公安朋友电话给你，要是需要，你就找他们。

紫晓发现，这次回家，常昊最明显的变化是，来的短信格外多，他也总是偷偷地回。她长长地叹了口气。她想，好多东西，还是不说明的好。你强求太多，反倒会失去他。

看到紫晓闷闷不乐，常昊有意强打了精神。但强打的精神，总是强打的。很快，他就从她身上下来了。谁都觉出了无趣。

忽然，苍狼在高原上追逐异性的那份强健一下扑入紫晓的心，她觉得眼眶一热，泪泻了一脸。

夜里，她梦到了那个自称白轻衣的女子，她朝她神秘地笑着，然后指着西方。很怪，梦里的她弄不清方向，但她却明白那女子指的方向，是西部。

7

接下来的几天里，紫晓和灵非又找了广州的几个狗市，虽没发现苍狼的影子，但还是得到了一点讯息：有个男人曾牵着一条雪白的獒犬，来过狗市。闻其形貌，很像她的苍狼。听说，有人出了五十万元的价格，那人却不卖。在另一个狗市上，紫晓听说，那个牵着雪獒的男人也出现过。虽然不知道是不是她的苍狼，但听说那真是一条罕见的纯种雪獒，毛色如雪，神情威猛，王气十足。听说，有人出了六十万元的高价，那人也不卖。后来，据说那条雪獒的价码每天都在上涨，等紫晓到第五个狗市时，价码已涨到八十万了。

这天，她忽然接到“狗鸨子”霍宝打来的电话，说他从同行处得知，有个汉子牵着一条纯种獒犬转过好多狗市。听说，他不是为了卖狗，而是在寻找能接受雪獒配种的纯种雌獒。听说他走了好多狗市，却一直没找到看得上眼的雌獒。又听说，有几次，那汉子瞅中了雌獒，可雪獒却毫不起性，懒得一顾。那汉子说，狮子乳是不能倒入尿壶的。

霍宝愤愤不平地说，那家伙真可恶，他说只要他和雪獒瞅中，宁愿白送獒种。要是他们看不上，给多少钱也不配。这不是坏了行情吗?

开始，紫晓听到那汉子竟拉着她心爱的苍狼——她竟真的将那白獒当成苍狼了——到处配种时，心头涌起十分难受的感觉。这感觉，跟她发现常昊第一次红杏出墙时很相似，似堵非堵，似噎非噎。她很吃惊，她竟然产生了如此强烈的醋意。很快，她便明白，那其实是某种她珍爱的东西忽然被打碎后的感觉。但雪獒的那份高贵马上又打动了她。她泪流满面了。她想，瞧人家……你连条狗也不如吗？忽又觉得这想法，有些亵渎了苍狼。

紫晓将“狗鸨子”霍宝带来的信息告诉了公安朋友。很快，那朋友打来电话，说她提供的情况很有效。他们调取了那段时间的一些跟狗市有关的电话，终于发现，其中有个电话在那个时段先后跟各地的狗市有联系。经查，那号码是西部小城凉州的号码。就是在那几天里，有个持凉州号码手机的汉子先后出没于各地狗市。只是，那人身份不明。

紫晓很想前往凉州。她将这想法告诉常昊，对方显然不愿她这样。他说，不就是一条狗吗？难道它在你心中比我还重要?

紫晓解释了一番。她与其说在解释，还不如说在坚持。

最后，常昊同意了。随你吧。电话里，常昊的声音很疲惫。

紫晓甚至能够想象得出他的表情。

她想，说不定，此刻，他正躺在哪个小妹的怀里呢。

她心里虽然有一点噎，但还是很高兴。毕竟，有了一点苍狼的讯息。她毫不怀疑地认为，那人牵的，肯定是她的苍狼。

但叫她疑惑的是：当初，她是经过了好多天的熟悉，先是跟着主人喂食，慢慢亲近，直到苍狼终于接纳了她，她才牵回的。

她想，那么凶猛的苍狼，咋会乖乖地跟一个陌生人走呢？

第三章　樟木头的大杂院

1

灵非和紫晓，最初相识在樟木头的一个大杂院里。那时，这个后来被称为“小香港”的樟木头，还是个寻常的乡间小镇呢。

那个大杂院是典型的樟木头民居，显得古朴深幽，路面由石条铺成，整体基调呈青碧色。麒麟木雕从高墙上的洞中探出，很是扎眼。樟木头被称为麒麟文化之乡，随处可见麒麟图案。

在本书中，大杂院是个很重要的内容。关于它的故事，可以写好几本书。它既是过去的樟木头，更成了红尘中的一种意象。没有它，本书中的紫晓等人就有点不食人间烟火了。它还是书中许多人物的起点。多年之前，他们都是从这个大杂院起步的，后来却有了相异的人生。其原因，便源于他们在大杂院中的选择。那时的心，决定了他们后来的命。灵非说，那不同的命，是不同的心造的。

所以，那大杂院，其实是本书中人物生存的土壤。

对早年的樟木头，灵非的记忆已一片模糊了，清晰的只是轰隆隆过往的车辆。每天夜里，乱七八糟的车声催命似的吼。噪音穿越虚空似穿越墙壁，撞击灵非的耳膜。尤其是那辆黄昏必来的送奶车，叫起来，像不顾廉耻的泼妇，扯着嗓门，酷似铁片刮锅底。第三天夜里，那泼妇又叫起来时，灵非拉开门，扑出去，吼一声：

“催命呀，你。”

叫声随之息了。但次日，依旧。这是小巷独有的景致。一想到麒麟巷，就想到那泼妇似的车。好在久居鲍鱼之肆，不闻其臭。几日过去，便不再刺耳了。

麒麟巷是樟木头最独特的巷子。说它独特，主要是因了巷中高墙上的洞中探出了许多麒麟木雕。改乡为镇之后，这儿又成了城镇和乡村的分界线。中有道，一面为城镇，一面为乡村。它很像凉州人说的“店”。院中的房子，多用来出租给打工仔。

同院的老王爷以前掏厕所。他掏了粪，运回乡下做肥料。后来，见城里人喜欢土鸡，他就从乡下搜了来宰卖。他虽然换了行，但对粪仍有奇异的好感。半年后的某夜，灵非梦见自己置身在山一样的粪堆中。次日一说，老王爷便猛拍巴掌。

“哎呀，你要发财。”

“发财？”灵非笑了。打工仔发啥财？“真的呀。”老王爷说，“财，你以为是自己挣的呀？是财神爷给的。唔发，由了你？全是命定的。一天，夜游神怨财神爷，骂他溜沟子，越富越给。财神爷说，那是命定的。唔信？试试。就扔给叫花子一个元宝，把叫花子绊了一跤；扔三回，绊三跤。倒被叫花子骂了三回。为啥？命穷。你肯定发财，唔发，还由了你？”果然，一月后，一笔生意找上门来——不是他找生意——他发了笔小财。

因为住的人杂，这条小巷显得异样的杂乱。随着住宅区的开发，一些屋主人便搬上了楼。这房便为各色各样的人所租，成了真正的大杂院。

灵非租的就是大杂院里的房子。灵非到来之前，这儿已有好多住户：美貌女郎柳莺。玲，私营企业职工。老王爷，专门杀鸡的老人……还有，刁钻古怪的蔡奶奶。

便成为一个世界。

而且，灵非入住小院不久，又来了一对小恋人：紫晓和常昊。他们的表演，将成为那时大杂院里的戏眼。

2

因了紫晓的出现，灵非的记忆清晰起来。那时的紫晓，是个毒日头一样灿烂和邪恶的女孩。那时，她刚和常昊私奔到东莞。常昊身边总有一群“坏”男孩。在这个独特的世界里，她是太阳。她有着惊人的美。说“惊人”，是因为她在做什么事时，都能笑得灿烂而天真。即使当着许多人接吻，她也能发出童稚天真的笑。而且，绝无丝毫的伪装。那笑，很透明，像她的眼珠，白是地道的白，黑是纯粹的黑，不掺别的杂色。她的穿着永远那么随意而贴身，即令她穿一件破乞丐服，也能显出奇异的美。

此后数月，紫晓成了灵非眼中唯一的风景。虽说那时的紫晓，还只是个女孩。单纯的女孩，是璞。发现女孩美的过程，就是剖石见玉的过程。这需要眼力，更需要技巧。可惜世上的良匠太少，不知有多少“璞”，带着“刁妇”的恶名，离开了人世。

女人是钢琴，能否弹出美曲全在于演奏者。蠢猪男人，只会乱拱乱踩一气，喘吁吁弄出满屋的噪音。

记得紫晓来的那天正在刮风。地面上飞着各色的纸片，这是有人散发的广告。这是麒麟巷的另一道风景。白的红的互相追逐，像这个世上的男人女人一样，胡搅蛮缠一气。

那天的风里有一条狼狗，很壮，黄色，很粗的尾巴，很大的嘴，英雄气十足。樟木头有好多狗，说不清是野狗还是家养的。有的吊着长长的奶头，有的抖动着裆间的卵蛋。它们老是蹿入小区，老叫保安们揍得乱叫。街上四处游动的狗，成为樟木头独有的景致，一直保留了许多年。

那条老来大杂院的狗是条公狗。它老是到下水道口吃那些乱七八糟的东西。这当然影响不了它的英雄气。韩信不是也乞食于漂母吗？他之所以后来成为英雄，是他当时还有羞耻心。灵非认为这狗英雄气十足的理由就是：它在下水道前就餐时总流露出掩饰不住的羞愧。它总在东张西望，一见有人过来，就飞快地曳尾而去，瞬间便湮没于风中。

那天的风里，过来一位白衣女子。

这个女子就是紫晓。

白衣的紫晓成了灵非生命中的一个图腾。她永远鲜活着。日后许多年里，无论紫晓穿啥衣服，黑的或是别的颜色，活在灵非心里的，也总是白衣的紫晓。后来，他才知道，紫晓喜欢穿白衣的原因，是她老是梦到那个自称“白轻衣”的女子。灵非偷偷写了一首诗：“很想与你偕行江湖/一手执剑/一手搂定白衣的你/挽长弓/射下你声声笑语。”日后的某一天，灵非把它给了紫晓，紫晓说：“得了吧，你是写给林青霞的。”灵非笑了。那时，他只知道林青霞是个女人，演过电影。

紫晓的出现使灵非感到了惊喜。在进这个破旧院落前，他就知道在这儿会遇到一个女子，他寻了半生的女子。

紫晓一出现，他就认定：就是她。

紫晓明显异于灵非以往遇到的东莞女子。他接触的多是文人。女人太文了，就像玉石上涂了银粉，亮则亮耳，惜乎掩盖了本色。含蓄的女性还看不出文之害，善于卖弄者便恶心了。她们总自作聪明地卖弄。内容虽丰富，可惜没消化，半是原物，半是黏液，像醉后的呕吐物。——女人味因之没了。

紫晓没那种酸掉牙的文味，但也没浅薄到只剩下一个肉体。也许这就是那种被称为“尤物”者了。一颦一笑间，她总有种让人心旌摇曳的美。那美，永远是鲜活的。灵非身居下水道旁三月而不闻其臭，就因了紫晓邪恶而奇异的美。

那时的常昊形瘦如病鬼，一口温州腔，说话似醉鬼。玲形容他口中含了泔水。柳莺也老是冲他皱眉。可咋会叫紫晓抛弃父母，跟他私奔呢？

这是个谜。

3

那个六月天的许多都模糊了，除了紫晓的出现和玲的骂娘。

紫晓来的那天早晨，玲把大行截在门口，问他为啥夜里敲门？

这是个极有戏剧性的场面。

“说呀！”玲紧逼一句，“为啥敲我的门？”

“要水……要……一些……水。”大行满面通红。

“为啥把窗纱撕烂？”

院里人都憋了笑。玲的声音很大：“半夜里，敲门不说，还要翻窗子。我说你翻，翻进来给你点好看。”

“哟，别骂了……瞧，人家脸都红了。”蔡奶奶笑嘻嘻说。

“就是。得饶人处且饶人嘛。”老王爷说。

玲便愤愤住了口。这是个形神酷似巫婆的女子。因了这事，日后许多天里，灵非不和她说一句话。这个早晨发生的故事，影响了他和玲的交往。半年后，玲明显地对他表示了亲密，并多次暗示。

但灵非的兴趣在那天早晨就死了。

4

紫晓蜷曲在阴暗的墙角里看书的那个场面很美。她仿佛很专注。身边的一切都近不了她。常昊在收拾屋子。屋里苍蝇很多，像轰炸伦敦的纳粹飞机。这是那时小巷里的夏季景致。爱情少不了的。苍蝇少不了。搅天的臭味也少不了。爱情，诗意，臭味，就是生活。

常昊疯狂地唱：来呀来个酒啊，不醉不罢休，东边我的美人，西边黄河流。灵非不喜欢这个曲调，也听不清含了泔水的常昊口里吐出的词。日后的某一天，他终于听清了词并爱上了它。是的，东边美人，西边黄河，多壮美。江山好，美人更好。

紫晓是另一个世界。

紫晓总在若有所思地翻一本书。那本书很旧，似乎是毛套纸制的，但她保护得很好。她似在阅读，又似在乱翻。但显然，爱江山更爱美人的常昊们并没影响她。常昊很喜欢她这样，搂过来，亲一口。紫晓才合了书，咯咯笑。

紫晓的笑很真，很纯，仿佛不谙世事的孩子天使般的笑。最美的语言也形容不了这笑。也许，只有一个词可以形容出万一。

那个词叫“灿烂”。

正是草青柳绿的季节。

这个季节的一切都美，掩蔽了所有的丑。岁月像那条黄狗一样溜走了，那缕温馨却印在灵非的心头。

灵非对紫晓印象最深的除了她很美的笑，还因为她的呻吟。此前，灵非不会想到一个女孩会在做爱时那样呻吟。那呻吟贯穿始终。而寻常女子，只在高潮时才那样。

由于那房子不太隔音，紫晓的呻吟，总惊醒隔壁的灵非。那呻吟很水，很柔，很有节奏，伴着床的响动。很怪的是，灵非无丝毫的情绪波动，只觉得那呻吟很美，是柳浪闻莺般的天籁。

确是天籁。

灵非从来都认为性爱是上帝送给人类的最美礼物。

那天籁能响许久。

这成为灵非对紫晓之所以爱上常昊的一个解释。是的。对情窦初开并体验了性爱甜蜜的女孩来说，最能吸引她的，便是情爱本身。

每夜，那天籁总响起多次。

5

那时，紫晓的风采如日中天。每天，她身边都围一群男孩，众星捧月似的。紫晓老在笑，仍那样天使般纯真，也魔鬼般邪恶。她的牙很白很齐整，一笑，总有种炫目的美。隔壁搅天似的喧闹。男孩的声音像吵架，一个跟一个过不去，都成江湖豪客了。间或，夹杂着紫晓的咯咯。

夜里，他们便去学麒麟舞。麒麟舞是樟木头独有的一种民间舞，明末清初时，便具规模了。一到农闲时，一些青年便在师傅的带领下，习拳术，扎马步，练套路，练至大年初一，便整了装，舞了那麒麟，去挨家串户地拜年。这麒麟舞，以家族为主要传承载体，轻易不外传的。但常昊认识了一个老头，很投缘，愿意教他。老头也想造造人势，按江湖一行的说法："有钱了帮个钱场，没钱了帮个人场。"老头一接纳常昊，他那班哥们儿便一拥而来了，时不时给老头买点酒肉，哄得老头很开心。

常昊们学这舞，主要是喜欢那麒麟舞的基础功：李家拳和蔡家棍。那时节，他们老看武打片，都成了武迷。

紫晓一去，院落便坟地似的空寂。当然，这只是灵非的感觉。

此时，玲在听录音机。蔡奶奶在唱佛。老王爷屋里的破电视吱吱哇哇——他的屋里总是弥漫着一股沸水中的鸡毛臭。这些，都进不了灵非的心。灵非的心是坟地。那时，紫晓是心里的太阳。

一切印象，都遥远而模糊。也因此，所有回忆都显示了奇异而朦胧的美。

紫晓一走，灵非就怅然若失地捡起笔，写一部似乎要流传千古但总也写不完的书。

小屋很凉。他的印象中，那个六月天不热，反倒有种奇怪的凉。太阳是照不进小屋的。一堵墙掠去了所有的阳光。下水道穿过墙角，墙皮因之脱落了。因关紧门窗的缘故，苍蝇也进不来。小屋里，老是孤零零的一个人。孤零出阴森的凉。

每天早上三点，灵非就起床了，出了门。在黑黑的晨色中，他抬头向天，长嘘一口气。一种伟大的感觉弥漫开来——谁能想到，一个小城的大杂院里，正在诞生一部大作品呢？

他有种恶作剧似的快意。

还有孤独。

后来，灵非很喜欢谈孤独。他说，孤独是"举世皆浊我独清，众人皆醉我独醒"。

紫晓一来，噪闹随之而到。执笔是不可能了。他很想去隔壁看看这位女子。只有在这时，他才觉得当一个平常人是多么幸福。他很羡慕这群无忧无虑的年轻人。

这也是一种活法。

今日有酒今日醉，不管明天喝凉水。

肉常吃。隔壁常响起嗞啦啦的声响。间或，一窝蜂去餐厅。那时，他们阔着呢。有大哥大，有摩托，还有打工挣来的钱，够花一阵子了。不吃干啥？不笑干啥？

一阵子后，咋办？管他呢。白水下面也成，饿几顿也成，或者借，或者卖样东西，又是一阵子。

灵非很羡慕这无忧无虑。他没这样活过。童年、少年在贫困中度过。青年后，就进了书堆。

这也是一种活法。

灵非是幸福的。那时的常昊们也是幸福的。后者的幸福一点也不比前者淡。

灵非永远忘不了一个镜头：在东莞街头，一对很丑的男女乞丐，忘情地看着对方，让着一个讨来的粽子。谁都不愿先吃第一口。

他相信，那一刻，他们是世上最幸福的恋人。

幸福是一种感觉。幸福与财富无关。当窗外一个拾粪老汉躺在地上头枕土坯香甜地扯起鼾声时，屋里的胖子富翁却懊恼地在席梦思上翻来滚去。很难说后者比前者幸福。

灵非也忘不了凉州的那些闹社火的农民。他们背个腰鼓，跳，闹。汗水冲下脸上的尘土，但冲不走笑，那是真正能称做“笑”的东西。在这世上，一切都成工具了。笑亦然。笑成了戏子脸上的油彩，需要了，就抹他一下。笑于是成了献媚，成了巴结，成了可以出卖的商品。只有农民的笑，才是发自内心的没有走样的笑。

常昊们的笑亦然。他们不伟大，不高尚，不求进步，但他们也是真正活着的。真正活着的人为自己的心灵活着，不为别人的颜色而活。

灵非想，这世上，真正活着的人不多。

6

那个小院里还有个叫灵非难忘的人物：蔡奶奶。这是东莞人中的异类。东莞人大多憨厚，但蔡奶奶却刻薄得讨厌，天真得掉牙，又有针头上削铁的精明。

在灵非的印象中，蔡奶奶成了老东莞的象征，后来，他一想到先前的东莞，就会想到蔡奶奶。那时的东莞人很穷，很穷的人是很计较的，因为他也得活。

那时的东莞，老有人跑到香港，蔡奶奶没跑，她就得算计着活。

记得那时，蔡奶奶七十多岁，戴副眼镜。她自己也说不上是近视镜还是老花镜，度数很高。镜片把她的眼睛放成了牛眼。

蔡奶奶的精明表现在同房客计较电费上。这时，她的话就成瀑布了。她会把过去许多年里在电上的投入诸一述说，把一项项费用均摊开来。其目的，仅仅是为多要几角钱。

蔡奶奶又是天真的，时不时就会给你个狗血淋头。当“狗血”还在你鼻洼里淅沥时，她就能笑嘻嘻和你拉家常。而且，这不是伪装的。蔡奶奶不会伪装。她是个天马行空的性子。无论骂或是拉家常，她都非常认真。

在她的天真面前，要是你对她在乎的话，倒显得小家子气了。

蔡奶奶老骂人。

玲屋里的录音机一响，蔡奶奶的破锣嗓门也响了。这时的玲成了她不共戴天的仇人。原因仅仅是听录音机要用电。

蔡奶奶气势汹汹地扑出来了：“你出来！你出来！不租了，给我滚！你知道一度电多少钱吗？骚货！”

这时候，“骚货”往往静悄悄的。当然，录音机也因蔡奶奶的发威而哑了。也就静静过了半小时，屋里又会传出郑智化来：“……他说风雨中，这点痛，算什么，擦干泪，不要问为什么……”只是音量控制到了耳背的蔡奶奶听不见的程度。

于是，蔡奶奶就成了侦察兵。她那双被镜片放大的牛眼格外骇人。平日里蹒跚的双脚也异常轻捷，三蹿两蹿，就到玲的窗前，耳贴玻璃，诡秘异常，一有动静，扑门而入。

因证据确凿，无法抵赖。院里便响起蔡奶奶犬吠般的怒骂。

解决这一冲突的方式很简单，也永远千篇一律：玲冷了脸，捻几张角票，打发叫花子似的扔给蔡奶奶。蔡奶奶马上雨过天晴，破怒为笑，和玲拉起家常。

这是小院里常演的喜剧。

常昊们的到来为蔡奶奶的生活增添了新的光彩：入夜供电时，常昊们正去学麒麟舞。他们回来时，蔡奶奶已经拉下了电闸。

因此，每个深夜，院里总响起常昊的哀求：

“蔡奶奶，给些电吧。”

耳背的蔡奶奶这时却惊人的灵敏：“不给！”

接下来，双方隔着窗户，开始辩论。

常昊的理由是前半夜没用电，这时要电是合理的。

蔡奶奶更理直气壮：“谁叫你前半夜不用唻？”

辩论的结局也千篇一律：常昊屈服了，从窗户里递进几张角票。蔡奶奶摸索清楚，委屈地嘟囔几句，才开灯。

但马上，蔡奶奶又会暴起破锣嗓音。因为统一控电，大家都不关灯。常昊一用电，院里就灿烂了。蔡奶奶一边擂门，一边吼叫：“起来！关灯！”

要是有人正好外出无法关灯，院里人就别想再睡安稳觉了。蔡奶奶会把这人的祖宗和子孙都拉上来，控诉成不齿于人类的狗屎堆。

老这样。

闲得无聊时，蔡奶奶就死命祈求谭公保佑。相传，谭公是樟木头围黄氏族人，八岁时成道。先前，石马河畔有谭公庙，建于光绪二年。庙虽不大，只有三间，但香火很好。庙里供着六十四签，签上不仅有卜辞，还有药方。若人有病，只管求签，并按那签中的药方抓药，吃了就好。据说，在所有治病的药方中，眼科的最好，有神效。蔡奶奶早年害过眼病，到处求医，吃药不应，差一点瞎了，后来，她按谭公庙里抽去的药方抓了药，才吃了几服，眼病便好了。从那以后，她便供奉谭公。她给孩子起的名字中，便带了“谭”字。再后来，人们拆了谭公庙，但蔡奶奶却每日里给谭公供燃莞香屑。

在流传于樟木头的传说中，谭公是八岁成道的，凉州的金刚亥母离开红尘前往佛国也是八岁。后来的紫晓考证说，这不仅仅是巧合，而是因为，在修习瑜伽者看来，谭公其实是空行勇父，是证得了空性智慧成就的男性菩萨的一种。在他的法界力量的护持下，樟木头才有了后来的观音山。

瞧，待得那香烟袅袅而起时，蔡奶奶就开始唱了——

“保佑保佑的谭公爷，保佑保佑的谭公爷——”

神婆子跳大神般的声音终日不息。

7

不过，那时的小院里依然有掩饰不了的温馨。

度过了恐怖的夜和冷寂的晨。到了上午十时，小院又活了。紫晓用她独有的笑为小院营造了很美的氛围。美丽的柳莺也会端杯倚在门口。这是个恬静、温柔的美人，话不多，但有种异样的风流。不过，最引灵非注意的是她的茶。灵非对茶道颇在行。他发现柳莺杯里荡漾的是高级龙井。在这样一个很俗的小院里，能够把钱花到喝茶上的柳莺不能不令灵非刮目相看。

在私企工作的柳莺，无疑是出色的。她不浓妆艳抹，不打情骂俏，不把乱七八糟的男人带进小院。

柳莺在院里总是孤独的。她从不和院里任何人拉扯。她总是悄悄来，悄悄去。多数时辰，她不望人。只有在常昊们闹得实在不像话时，她才轻轻敲开门，说：

“唱歌，请去夜总会。”

紫晓便吐吐舌头。大行也朝常昊吼：“叫啥哩？牦牛嗓子！”常昊便讪讪地把“一把火”咽进肚里。但要不了几分钟，又会忘情地喷出“另一把火”。紫晓则翻书，蜷在墙角里，像只小狗。

灵非常见柳莺捧个茶杯倚在门口，若有所思。很美的长发在风里飘。

8

一天，紫晓小猫似的进了灵非的小屋。

紫晓没了邪恶，只有怯怯的小猫的神情。紫晓的眼里写满了崇拜。灵非很受用这眼神。以前同女孩的交往，他极力营造的，正是这。虚荣心因之满足了。男人总是虚荣。

那时的灵非还不明白，与女孩交往，重要的，不是叫她崇拜，而是叫她喜欢。

那天的紫晓，小鸟依人，没了邪恶。而紫晓的邪恶，是奇异的炫目的美。没了邪恶，也没了动人心旌的美。

日后有一天，灵非会为紫晓的变好而困惑。那时的紫晓已成了“常财神”的太太，显得慵懒而没有生气。

紫晓的眼里充满了小学生望老师的神情，回答着灵非的提问。灵非于是知道了紫晓的身世。她父亲是个刻板的文人，曾被打成右派特务，坐牢多年。父亲坐牢的经历，改变了他的一生。父亲老是讲他坐牢时的故事，狱中的父亲老是蹲黑屋子。那屋子很小，没有光亮，直不起腰来，许多人于是死了。父亲却活了下来。他将自己的活，认为是坚持锻炼的原因。父亲即使在蹲黑屋子时，也要猫了身子跳几千次。父亲的刻板，量化到了个位数——他规定自己每天必须做多少次仰卧起坐和下蹲起立，必须原地跑步多少次——但正是这种刻板的锻炼，使他活着走出了大牢。

出狱后的父亲性格大变，他将命运不公带给他的压抑和愤怒，全部还给了子女。父亲总是牢骚满腹，愤世嫉俗。他的心中积满了炸药，稍有个火星，就爆炸了。父亲老是揍紫晓姐妹。那时，姐姐已成了大姑娘，却老是被父亲揍得浑身伤痕。于是，某一天，父亲抡起武器时，姐姐开始跟他对打。姐姐说，我们得联合起来，跟他拼，不然，他会一直打下去的。但紫晓却很同情父亲，她说她们一直在替那些伤害过父亲的人挨打。政治毁了父亲后半生的幸福，也毁了紫晓一家的幸福。

对于父亲立的规矩，紫晓是不敢违背的，他的话从来都是命令（起码他号令了紫晓的前十八年，她姐的前二十年和她妈的大半辈子）。很多时候，那命令的威慑力高于法律。因为违法的后果有多种可能性，而违反父亲命令的结果只有一个：肯定被暴打。虽然紫晓天生有叛逆基因，但在小时候她的违抗基本是在背地里，很像是偷鸡摸狗。所以，她要么特别逍遥，要么特别狼狈地挨揍。当揍变成常规和习惯时，她慢慢就有点死不悔改的倾向了。她只是把挨揍当成了事情的了结，错不错是另外的事。

在紫晓的印象中，父亲的揍有很多花样。一般说来，父亲打女儿，是不该打脸的，但父亲打她没有规则可依。这主要看父亲怎么顺手。在女儿惊恐慌乱的拦挡中，父亲总是善于避实击虚，拦头打身，拦上打下，越躲越打。要是紫晓犯了错又无处可逃时，父亲要是时间宽裕，就会用“豪华揍”，他可以从容地挑选场地工具等。比方说，父亲会反绑了她的手，固定到高处，用竹鞭抽她。这时，紫晓就一边哇哇大喊“我再也不敢了”，一边原地跳舞。如果紫晓不小心触犯了父亲，那揍也是突击性的。那是一柄悬在头上的剑，说不准啥时候就会落下来。

因为父亲老觉得命运和政治对他不公，便老是怨天尤人。他的心情总是很坏，很少有开心的时候。紫晓发现自己很轻易地就会激怒父亲，她挨了无数莫名其妙的揍，有时被揍得晕头转向后回过神来还不知道为什么挨揍。她不问也不申辩，总会在爸的第二轮攻击之前喊出“我再也不敢了”这句口号似的忏悔。这是她总结出来的减轻挨揍的最有效的方法。记得有一次，她又用了这办法，爸果然把举起的手放了下来，半嗔半笑地说：“你再不敢干什么？”她哪里知道，一下子更慌了。因为无法预估事情的严重性，而自己的小聪明又眼看被识破，她吓得哇哇大哭，结果爸余怒未息地甩出一句：“你是不是又把我刚夹给你的肥肉偷偷丢掉？我怎么没见你吃碗里又没了？”她做梦都没想到是这么小的事情。其实她并没扔，只是整块地吞了。从此，她反而摸索出了一套扔肥肉扔蒜头等严重抗拒食物的方法，在这方面少挨了很多打。但很快，那挨打的理由，又转到其他层出不穷的事上了。

爸揍她的理由很多，用的工具也不少。除了前边提到的鞭子和巴掌外，还有筷子头、晾衣棍、拖鞋、竹竿、鸡毛掸子及其他既随手又好使的家伙。按爸的喜好来说，他更喜欢用硬实的家伙，如他的双拳、竹竿等。他当年的拖鞋也是硬物，打到身上铁板似的。鞭子倒是妈怕她受到内伤要求爸用的。妈甚至提前准备好给爸，当然妈也偶尔会用，直到长大后紫晓才体会到了妈的慈母之心。

小时候的紫晓，有两个笑柄被妈一直挂在嘴边：一个是逢打必喊“再也不敢了”，但从来都是死不悔改；另一个是幼儿园时为了让她学英语不知打断了家里多少鸡毛掸子。

不过，后来紫晓的口号也不奏效了，她学会了直接闪躲和逃跑。于是，她练出了一副敏捷的身手。

9

紫晓一直想冲破那严厉的囚笼。正是在这种背景下，她才和常昊走到一起。不明白这一点，你是决不会理解，一个完美到极致的女子，为什么会跟常昊私奔？

那时候，许多人对紫晓选择了常昊大惑不解。因为无论咋看，二人都不般配。那时的常昊头发纷乱，衣着不整，老像没洗脸，有种鸦片烟鬼的神韵。

灵非后来将这一切归于“缘”了。

“缘”是个奇妙的东西。有缘则聚，无缘则散。随缘来，缘尽去。紫晓与常昊的相遇，除了“缘”，还能是什么？

紫晓惊人的聪明。对书，她似乎没精读的耐心。她永远似乎只是随手乱翻，但就在这随手乱翻中，她记下了《红楼梦》中的几乎所有诗词。

那个六月里的紫晓给灵非留下了很深的印象。

日后很长日子里，既邪恶成毒太阳，又小鸟般清纯的紫晓占着他的心。紫晓一惊一乍的孩童神情令他疑惑：夜里的呻吟，难道真出自她的口？

灵非因之明白了：女孩的成熟和苍老与性无关，而相关于心灵。也即相关于铭心刻骨并影响心灵的某种经历。要是没有历经沧桑的变故，她即使活到百岁，也会有颗女儿心。

那个六月天里的紫晓也有颗女儿心。

紫晓对灵非的学问表现了由衷的惊奇和崇拜。而灵非，则更是将所学所知尽情地卖弄。

也许，这次交谈，决定了二人的关系。灵非在对方崇拜的眼神中把自己送上神位，再也下不来了。

常昊则在门外焦急地踱来踱去。

窗户大开着，显示了屋内交谈者有绝对的透明度。

可以说，从交往一开始，灵非就畏惧别人说他。而这畏，正暴露了他心怀鬼胎。

紫晓说，别管他。他就那个熊样。

灵非笑了。那时，他看不起常昊。一个老是盯贼似的盯着女友的男人算啥？显然，在与紫晓的交往中，常昊缺乏自信。

“值得吗？”灵非问，“跟这样一个男人私奔？”

紫晓说：“我只管愿不愿意，不考虑值不值得。”

灵非汗颜。是的，“值得”一词，显出了十足的市民气。感情，毕竟不是生意。

10

这天，灵非走出小屋，跟了常昊们，进了那个宽敞的所在。那是一个大祠堂的院落。

当一个闭门造车的文人真正进入沸腾的生活时，他会发现自己的无知。灵非第一次见到麒麟舞时，就有这感觉。

他终于明白了为什么紫晓爱上这儿。这儿可以戴了那麒麟套，这儿可以尽情地放纵，这儿可以将红尘中的一切抛到脑后。

这儿只面对两个东西：麒麟套和节奏。

这儿可以挥洒激情。你可以忽而腾空而起，忽而伏地翻滚，忽而东扭，忽而西晃，你可以将平素生活中时时袭来的烦恼抛到脑后。你可以在醉人的节奏中起舞，让那舞影的千姿和百态塞满你的大脑空间。

你也可以选择头套或是尾套。那麒麟头套由细篾扎成，在外形上糊多层砂纸，看似很大，其实却轻。麒麟尾套则用布料衔接而成。有时，紫晓也会从常昊手中夺了那头套，舞动一气。

热闹的节奏中没有清晰。清晰的生活太累。清晰的生活中你不能不表演。这儿只有激情和热闹：热闹的氛围，热闹的打击乐，织成一段热闹的人生。

紫晓是这儿的宠物。男孩们围了紫晓，像众星捧了月亮。

紫晓开心地笑，开心地舞，舞出一身又一身的汗水。

紫晓仿佛天生是这个世界的人。紫晓在这个世界里如鱼得水。紫晓有种奇异的美。紫晓是麒麟舞的王后。

紫晓舞麒麟头时，更有一种男人舞不出的神韵。她像狂舞的印度女子那样充满了诱惑的力量。时时从她身上溢出的那种邪恶叫人迷醉。她只是坏，不是荡。荡的女人仅能勾起人的情欲。紫晓的坏却能给人以享受。女人应该有点坏。只要掌握好那种坏的分寸，不要成世俗意义上的坏女人即可。

在热闹的间隙，常昊过来了，开始教灵非麒麟舞的基础功。

这个事实一直叫灵非遗憾：他的麒麟舞启蒙是由“半吊子”常昊完成的。

他发现舞着麒麟的紫晓总是朝他这边看。无论她舞到哪个方向，她都朝他这边看。

常昊向朋友们介绍了灵非的“身份”：黑社会老大。

他们都肃然起敬。

11

灵非一直忘不了麒麟舞。在他的记忆中，那是他真正进入樟木头的分水岭。此前，他只是个纯粹与书本打交道的文人。此后，他开始习拳、扎马、练拳脚功夫。有时，他也会腰扎绸带，缠上绑腿，上场亮相。他渐渐学会了徒手单打、双人对打、持械对打等。他也会“徒手对双刀”，“锐针对拳遮”——这是客家人对矛戟对盾牌的称谓。有时，灵非也会跟常昊们一起舞了刀枪剑戟，来一段“连环桩”。多年之后，他阴差阳错，竟成了麒麟舞专家，带着樟木头的麒麟舞艺术团出访了许多国家，赢得了无数老外的喝彩。

就这样，由麒麟舞开始，灵非一日日进入了东莞的民间社会。他开始发现一个全新的世界。他参与了东坑的卖身节、桥头的莲花节、横沥的荔枝节和龙舟赛事等；他也开始了经商、打架、接触女孩子。一天，他终于被文友们称为“堕落文人”。

他成了贩毒集团的头目。他有几把手枪。他在金三角有五个情人，肤色各异，来自五大洲。他拥有私人飞机。他几乎买通了各地的警官，买不通的就一杀了之。他是许多无头案的真正导演。他是黑手党在珠江三角洲的总负责。

他也贩人。他把许多女孩介绍到泰国红灯区。一个可得五千美元。他把乡下搜集的小男孩贩卖给南方需要为自己顶门立户的老板。他在哪个村子一露面，哪儿便会消失几个小孩。从此，他路过的地方，别人都将男孩转移到别处。他开了三家妓院，装潢成最豪华的第一流宾馆，专为大款提供色情服务。

——这些，都是那夜他对常昊的麒麟舞朋友吹嘘的内容，逗得他们哈哈大笑。

第四章　父亲的背影

1

紫晓老是给灵非谈那场她跟常昊相遇的舞会。那时的东莞有很多舞厅。人很多，仿佛那时的人都成舞迷了。食夜——紫晓这样称晚饭——后，疯蚂蚁似的，拥往舞池。

那盏东莞有名的千角灯安放在大厅里，招摇出无穷的诱惑。

这家舞厅的老板很有头脑，打的是民俗牌。他的舞厅里，最惹眼的，便是千角灯。

东莞人好灯。生意开张要挂灯，祭祀祖先要挂灯，生孩子要挂五子莲灯，端午节要放荷花灯，中秋更是离不开灯笼。那千角灯原本是宗祠祭祀时的专用，但随着经济的发展，灯也异化了。一盏本该在宗族祠堂安放的千角灯，却摆进了舞厅。那灯号称“灯王”，它宽四米，高五米，由两个著名艺人用了八个多月才制作完成。在某次国际新春灯会上，此灯赢得无数喝彩，被誉为“天下第一灯”。该舞厅因此声名大振，生意很是火爆。

那是个热闹的所在。灯光在暧昧，人影在千姿，乐队在支吾……无一不使初出大学校园的紫晓感到新奇……哇，“外面的世界很精彩”。

后来她才明白，“精彩”的后面还有句歌词：“外面的世界很无奈。”

紫晓说，二十多年了，自己一直生活在父亲的阴影里。走不出阴影，她心灵的太阳就闪不了光。父亲是座丰碑，高大，廉洁，刻板，不解风情。她很少见父亲笑。父亲那张瘦长的脸总拉得老长。那双冷漠的如黑白冰嵌成的眼球很少对准她。他甚至不让她看家谱。所以，她一直不知道自己的祖先究竟来自何处。祭祖的时候，父亲也不让女儿参加。好些客家人都这样。

她曾在日记中写道："我的父母像是世仇，三天一大吵，每天一小吵，吵打了一辈子，却没有分开过。父亲对每个子女都很极端。在我的记忆中，父亲笑着的几句关怀或玩笑非常稀罕，只有几个镜头。"

父亲总是将她的生命空间填得很满。还是在上小学的时候，父亲就为她定了许多计划，把她的生命切割成了许多个小时。每个小时里做啥，都由父亲说了算。父亲老是撕她正在阅读的小说，老是揍她。每天下午回家后，父亲总是一手拿英语书，一手拿鸡毛掸子。一发现紫晓有不会读的地方，父亲就会抡起掸子。父亲打坏了好多鸡毛掸子。后来，紫晓一见父亲，就想哭。

到了青春期，紫晓便开始反叛，其反叛程度超越同龄人，几乎无所畏惧了。她跟常昊私奔后最美的感觉，便是觉得终于逃出了父亲的魔爪。

紫晓不爱父亲。但认为父亲是个好父亲。原因是人们都夸他。确实，父亲刻板，正直，公正，能干。后来，灵非说，紫晓的精通英语，也得益于父亲的鸡毛掸子。

紫晓没有理由不爱父亲。

她常在同学面前夸父亲，还是在上大学的时候，班上同学就知道她有个好父亲。那时，她也是事事以父亲为标杆。所以，在那所很有名的大学里，她成了老师眼中的宠儿。她是那所大学博物馆里的讲解员。那博物馆的镇馆之宝，是一套完整的人体标本。据说，都是用真人的遗体制成的。每周，那儿总能迎来几批前来观赏的人们。紫晓总是在重复着那些她已重复了千百遍的内容。同学们都很羡慕她，都说紫晓很像明星。确实，在那么多的参观者群体里，白衣的紫晓显得非常出色。那时，她也喜欢白衣，那种耀目的白，给了她一种聚光灯一样的感觉。

同学们叫她白轻衣。她很喜欢这个名字。后来，她的梦中老是出现一个神秘的女子，也自称是白轻衣。

紫晓后来说，她对那所博物馆最强烈的印象有两点，一是她接待过一个来自西部的歌手，是西部史诗《娑萨朗》的传人。在那人身上，她感受到一种从来不曾有过的活力，她跟他有过短暂但热烈的一段纯洁交往。此外，便是博物馆中的那些人体标本。毕业后的很长一段时间里，每次看到人，她都会想到跟人的诸多位置相对应的标本部件。所以，外表开朗的她其实并不开心，老觉得她的世界，有种博物馆的刻板和死寂。

后来，大学毕业了，紫晓进了一家很好的单位。父亲的影子更成了她生活中摆脱不了的阴影。父亲丰碑般压在她心上，叫她胸闷，气憋。这时候，常昊出现了。

一天，常昊将她带进了一间小屋。一进屋，他就反锁了门，扒下了她的衣服。常昊不顾紫晓的挣扎，强行做了他想做的事。那是紫晓的第一次。看到很多血，常昊吃惊地说：你是文物呀？大学毕业还是处女。

这是最令紫晓感到遗憾的事实。从本质上说，她的第一次，确实不是自愿的。但很快，常昊的那种强烈的占有欲，就让她产生了错觉。她以为他爱她。常昊威胁说，你要是嫁给任何一个男人，我都会杀了他全家。这话，既叫她感动，又叫她害怕。此后多年里，每遇到一个令她怦然心动的男人时，都会想到常昊的这句话。她觉得他做得出来。她发现，在对付女人的时候，常昊是无赖和恶棍的混合体。

但常昊没有任何规律的生活，却让紫晓认为她得到了自由。远离了父亲的监督和约束，他们没日没夜地做爱，没日没夜地看碟片。他们可以毫无顾忌地睡到次日午后。这一切，都在诠释着紫晓心中的自由含义。

那时，常昊的梦想是当一个艺术家。紫晓总认为常昊会成为艺术家。艺术家是许多女孩心中的梦。后来，柳莺就养着自称是诗人的梁子。梁子蓬头垢面，懒惰至极，却说自己在写诗。写诗成了梁子吃软饭的遮羞布。后来，灵非觉得伪诗人梁子糟蹋了柳莺。但柳莺说："那有啥？我愿意。"梁子也时不时释放一些迷雾，说他这辈子是搞艺术来的，柳莺则是供养他来的。于是，梁子总是理直气壮地花柳莺的钱，时时将她训得泪流满面。

常昊的出现，挖掘了紫晓强压在灵魂深处的放纵，成为紫晓从此变“坏”的诱因。见面的场景是他们津津乐道的内容。

尤其是初次接吻。

“跳着跳着，她慢慢转过头。我闭了眼，也转过嘴唇，就接在一起了。”常昊说。

紫晓感到有个东西在脑中炸裂了。一阵眩晕袭来，她便软软地倚在常昊怀里了。这是她第一次和男性接触。后来的紫晓老悔恨自己的这次失态，并自责了许久。在紫晓的印象中，这是她堕落之始。她像从山顶滚落的圆石一样在惯性的左右下，一直滚向深渊，成为樟木头人唾沫星的焦点。

他们像鱼一样在舞池里游弋着。每夜如此。那时的常家还没有得势，常昊的二哥仍是一个给温州市委书记写材料的文秘，享受副科级待遇。常昊在东莞市场开了个小店，他把小把小把的钱都花在紫晓身上，叫紫晓误认为自己傍了个大款。直到有一天，常昊将紫晓哄到了那间很小的营业室，不顾紫晓的拼命挣扎，扒下了她的裤子。记得，紫晓流了很多血。

此后，他们开始了更亲密的接触。他们通宵达旦地做爱。紫晓将自己压抑了二十多年的生命激情完全释放了出来。

直到有一天，紫晓的父亲将他们堵在小屋里。

2

父亲的出现在紫晓的记忆中噩梦般清晰。据后来的母亲讲，他们早就注意到他们的异常。父亲为此动用了本家族人。这是最令紫晓恼火的事。因为，父亲一闹，她没了退路。

暴怒的父亲抡着巴掌，在常昊的脸上扇出巨大而清晰的啪啪声。在父亲高大身影的映衬下，常昊显得弱小至极。他瑟缩着，口中吐着不清晰的声音，既像告饶，又像解释。这令紫晓伤感不已。当然，她不希望常昊和父亲对打。只希望，常昊勇敢些，不该像癞皮狗。她希望常昊能像《红岩》中的成岗那样在毒刑拷打后吼出气壮山河的“我的自白书”，向父亲表达他的爱情。可惜，他只是求饶，承认他错了。这一认错，分明又否定了自己。等于向父亲承认，要是重活一次，他再也不干了。而这，无疑也否定了紫晓。

紫晓有些看不起常昊了。虽然后来她仍然喜欢过常昊，但那种不快的种子却一直埋在心里，时不时地，它就会吐出芽来，扫紫晓的兴。后来，紫晓甚至认为，这成为她和常昊分手的一个直接原因。

那场殴打延续了许久。

记得那天的太阳很红。洞开的门里涌进的风像刀子。涌进的目光也像刀子。樟木头人不爱管闲事，但爱看闲事，便观者如堵了。紫晓就是在那样的风中和那样的目光中缓缓穿上衣服，冷冷地看父亲的表演。

常昊已成一条死狗，在地上咻咻地喘气，并夸张地呻吟。父亲把他提起，扔到门外，砸倒了没来得及躲开的一个女人。

“那时，他可真丢人。”多年之后，紫晓说。

丢人的常昊被父亲拖死狗一样拖出了樟木头市场，扔在大街上。鼻血染红衣襟。紫晓印象中的那天是世界末日，脑中早一片空白了。是常昊的血提醒了她。她知道父亲的用意：先把他弄到派出所，再慢慢收拾。因为紫晓有个当警察的叔叔。

“爸——”她叫了一声。

此刻，紫晓的心中充满了恼恨，恨父亲把她晒在这儿丢人现眼，恨父亲多管闲事——她认为这是多管闲事：你当你的教授，我爱我的常昊，互不相干——恨父亲下的那种狠手。父亲已不像父亲了。父亲不动声色的威严反倒可怕。一动手，便和平常人没啥两样了。

父亲冷冷地望着她，眯缝了眼。这是他震怒时常做的表情，眼缝中射出刀子。他冷冷地说：“怎么？还心疼这种东西？”

紫晓说：“我爱他。”

父亲冷笑一声：“是吗？好吧，你选择吧。父母，还是他？”

“他！”紫晓毫不犹豫地说。

父亲惨然一笑：“好。好。”他走了，高大身子摇摇晃晃。

在她和父亲的所有较量中，这一次，她胜了。她甚至有种恶作剧般的快感。

不过，后来她发现，自己所有的行为，最终伤害的，只能是自己。父亲给她讲过一个故事：一头驴子想跳悬崖，农夫死命拉它。在一次次的较量中，农夫筋疲力尽了，手一松，对驴子说：你赢了。

几年之后，她才会发现，父亲对她婚姻的干预，真的是为她好。那时，那张“合法”的纸，已成了常昊控制或折磨她的最大理由。他可以在任何时候或任何场所向她宣泄他的控制欲和暴力。许多时候，她的脸上正在流光溢彩呢，但在他一声暴喝之后，她马上就灰头土脸，变成老太婆了。

3

那个早晨，紫晓流着无助的泪。她后来的解释是：她怕父亲弄残了常昊。这是那时老发生的事，许多暴怒的族人可能会干出一些丧失理智的事。

但她不承认那时她爱常昊，只承认喜欢他。她说，那所谓的爱是后来的事。

这解释很合理。紫晓是个异常聪明的女孩。以她的眼界和智商，常昊绝非她心中的白马王子。但她很喜欢常昊，因为他能陪她玩。而他的那陪，又是全身心投入的。理想呀，事业呀，时间观念啥的，在那时常昊的字典中不存在。只要紫晓需要，常昊能整年整月地跟她“泡”。

“泡”是常昊得到紫晓的主要原因。

女人很希望男人同她“泡”。但同时，她又看不起仅仅是会“泡”的男人。女人的天性富于幻想而好大喜功。女人的一半，生活在现实中。另一半，则放飞到幻想里。没幻想的女人，会实际得很恶心。因为这时的她，已不再是女人，而仅仅是一个雌性的动物。

成功的男人，既要善于现实地“泡”，又要不停地施放“幻想”的迷雾，即令它是虚无缥缈的。

那时的常昊很实际。他只会跳舞，只会做爱，只会做饭。那时的常昊虽然说自己爱艺术，但那爱仅仅停留在口头上。那时他哥还是个小小的副科长。常昊即使有梦想，也总能说服自己屈服于现实。

无梦想，便无未来。一个女孩，不会心甘情愿地像磨道里的驴那样在既定的轨道上转一辈子圈。

4

和常昊私奔到樟木头不久，紫晓出逃过一次。她想回家，因为她不想跟一群混混在一起。待得私奔带来的刺激消失之后，生活便露出了尖牙利齿的一面。她不想这样过。她想回到家中。虽然早年的她很反感父亲，但现在，那种家的氛围却很令她迷醉。

那夜，待常昊熟睡的时候，紫晓披了常昊的衣服，小猫似的溜了出来。她的衣服被常昊当了“人质”。那段日子，常昊最怕的，就是紫晓的出逃。

月亮很亮。

白色的光透进屋里，照着那张稍一动就吱吱乱叫的小床。常昊大张着嘴，发出难听的声音。大行的呼吸声很静。那时，大行和常昊住一个房间。大行的存在早被常昊和紫晓忽略了。他们该闹就闹，该吻就吻，该做爱就做爱。初时，紫晓不习惯大行同他们住在一起，但常昊同意。因为，房租是大行付的。

紫晓手扶墙，轻轻下床，穿鞋。心跳得很凶。一旦被发现，常昊就会发作，会叫嚣着说要杀她的全家。常昊很委屈，会骂她没良心。他想不通：他这样待她，她为啥还要跑?

紫晓最害怕常昊的发作。她最怕自己的事影响到她的家人和朋友，给他们带来麻烦。所以，她总是容忍常昊。这次，她觉得自己再也忍不住了。

月亮地里的小院静得只剩下紫晓的心跳了。她从常昊的衣袋里抽出几张纸币。她想，这会儿肯定没公交车了，得打的。她开门，关门。而后，鱼一样游向院里。几乎所有的灯都熄了，除了院门口的那间。那里住着魔鬼般神秘的灵非。据说，他干着天大的事，是个作家，可老见他端个茶杯游来荡去，无嗔无怒，无怨无争。紫晓产生了极强的冲动，想敲开灵非的门求救。但她只是抚抚胸口，吐吐舌头，游出了那个永远大开的叫院门的豁口。

月色中，通向大路的小路无限延伸着。小城睡了。夜里连车也少了。紫晓很想家，很想家中那缕安全的温馨。

当然，回到家中，她又会想常昊，想和常昊待在一起的放纵和自由。

女人都这样。

紫晓在月色中游动着，眼前浮起了一张石头般老实的脸。那是妈妈。在紫晓的记忆中，妈没有自己，只有父亲和子女。妈老是那么慢悠悠沉默寡言地忙家务。妈在嫁父亲之前，因为父母的包办，妈有过短暂的嫁人经历。后来，妈遇到了父亲，就毫不犹豫地跟前夫离了婚，嫁给了父亲。但因为那短暂的嫁人经历，母亲在父亲面前一辈子抬不起头来。妈对待任何厄运，只有两个字：顺从。所以，妈老是影子般沉默寡言。只是有一天，妈惊慌失措了。因为有个年轻女人打电话找爸。她说她在夜总会工作。妈因此惊慌失措了，去算了一卦。爸知道，嘿嘿笑了："那是学生的家长。我在家访时认识的。"

莫非那个丰碑一样严肃或僵死的父亲也会风流？紫晓笑了。不苟言笑的爸一直想当大官，一直想在政治上有所作为。他最爱读那些著名政治家的传记，但命运却没有给他一次当大官的机会。但父亲的那种追求，却使得他很像一个当官的。父亲不是大官，但他的身上充满了大官气。灵非老说，官气一多，人气就少了。也许，他说的是对的。

与常昊私奔后的紫晓常想到父亲。她不敢想象最爱面子的父亲在她丢人现眼后的痛苦。那个雪后的早晨父亲摇摇晃晃远去的高大背影一直在紫晓的心头晃。她觉得对不起他。

常昊也常谈她父亲。父亲的本科学历成了常昊骄傲的谈资，也成了他在伙伴中牛气的资本。这是教授的女儿，不得意才怪呢。紫晓最恼恨常昊的，就是这。这如同阿Q老夸祖宗的阔一样没出息。更恶心的，是常昊有意的张扬。仿佛紫晓的名声越坏，就越有可能是他法定的女人。

紫晓看到了家。

那幢高大的黑黝黝的楼就在眼前了，紫晓迟疑地驻足。但她同时却翻进大门。她小心地跨过那排长矛。她老怕脚下一滑，几柄尖利的矛定然会插进她的屁股。她甚至能想象到那种尖利的痛和流出的殷红的血，但她终究安全地翻过了那个叫她触目惊心的障碍。

她踏上了楼梯。脚步声很响，啪啪啪的，准能惊醒那个全靠安眠药来麻醉神经的老女人。那是个神经质的女人。紫晓在这个家属院的名声大噪与她全身心投入的免费广告关系最大。紫晓甚至能想象出她听到脚步声后从床上弹起扑向猫眼的情形。楼道内靠声音控制的灯全亮了。紫晓的一切暴露无遗。穿男人衣服踏男人鞋子的紫晓定会叫她胃口大开。紫晓不怕。这样的女人到处都有。你总不能为顾忌这样的窥视而解下长筒袜上吊吧?

紫晓终于站在“家”门口了。她轻轻敲敲。她没按门铃。她怕门铃的刺耳。但她的敲击很果断。她怕她的迟疑会令她丧失勇气。

门开了。父亲那张刻板严肃的脸出现在门口。他只是冷冷望一望紫晓，就用力关了门。

他有权利这样做。因为她在那么多人面前毫不犹豫地放弃了父亲，自然也放弃了做女儿的权利。

他完全有可能这样做。

紫晓觉得一瓢凉水浇上心头。

……紫晓依然站在那个冰凉的大门前。

方才的一切都是幻想，但却是真实的幻想。

她知道，父亲不会接纳她。

一辆车呼啸而来。马达在夜里泼妇般吼。

5

紫晓说，那时，她最怕的，不是父亲可能的拒绝，而是常昊对她家人的骚扰。要是她真的回家，常昊定然会上门闹的。这是可能的。他甚至会去骚扰她的亲戚朋友。他能做得出来。有许多次，常昊说，要是你离开我，我会杀了你全家。紫晓害怕他这样。即使她明知他做不出来，但那种“也许”和“可能”，总是能吓退她逃跑的念头。

她觉得人生已到了尽头。一切都灰茫茫苍白起来。家离她很远。幸福同样离她很远。她的“字典”中没有了“希望”。很想回家，可父亲那张铁青的脸叫她一想就抽冷气。他到处都在说他没有这个女儿，就当她死了。从父亲的变态中，紫晓知道了自己对他的伤害有多深。她很后悔。

紫晓茫无目的地在街上转着。晨风透过那件薄薄的夹克一直浸到她心中。她觉得自己是世上最孤独的人。那是灵魂深处的孤独。即令在平时，常昊们的笑也进不了她封闭的心。她可以笑，可以闹，可以跳舞，可以歇斯底里地发作，但她无法排遣心中的孤独。她的心是一间进不了任何光线、透不进一丝儿风的暗屋，已带霉味儿了。

老像在梦中。紫晓想，要真是一场梦多好，哪怕是噩梦，水呀火呀都成，总有梦醒的时候。梦一醒，一切可怕的东西都无影无踪了。多希望樟木头市场的那个雪后的早晨是梦，多希望父亲的暴怒是梦。多希望，一切是梦。

可怕的是，一切都不是梦。而且，她异常清醒地知道，她正朝一个可怕的未知滑去。

她有些恨常昊。虽说她明明知道一切都是她心甘情愿的，可她还是恨常昊。女人总爱把自己的一切过失都推到别人身上，紫晓也一样。明知道人生有它自己的轨迹。许多时候，人力左右不了，甚至可以说是避免不了，但她还是恨常昊。老想要没有他，自己一定不会成这个样子。一定更好。因为父亲已经为她张罗好了对象，一个刚毕业的大学生，跟父亲同校任教，很帅，吊膀子上街，一定比常昊体面。但一想离开常昊时，又觉得常昊也不错，待她是那么真心。想到常昊要和别的女孩厮混，心上总是不自在。

天渐渐亮了。那轮高空的圆月失去了它本有的皎洁变为一个瓷制的白盘了。车辆多起来，一辆辆赛疯似的叫。几个女人在打扫大街，扫出搅天的尘灰。紫晓想，也许，有朝一日，自己连她们也不如。对未来生活的忧患，是悬在紫晓心头的剑。和常昊在一起，她没有一点安全感。来到樟木头不久，常昊就在市场里开了个皮包批发部，他专门代销温州老乡的皮包，收入也不错。但自打他发现紫晓开始想家的时候，他已有好几个月不照料他的店了。有人想盘他的店，转让费很可观。常昊老向大行和王纪炫耀他的这笔财富。紫晓只是笑笑。她想出口而没出口的话是：花光之后，又怎么办？

大街无尽地朝前方逃去，紫晓却觉得没有了路。一切都到了尽头。她觉得自己快要死了。才二十岁，却觉得自己经历了千百年沧桑，到了生命尽头。淡淡的晨雾中，一切都显得那么朦胧。紫晓想到那英唱的那首《雾里看花》。她想，要是真有双慧眼的话，会咋样？也许，一切都不会发生。毕竟生活在这个世上，人言可畏。奇怪的是，以前最害怕的是人言，一旦真正可畏的人言袭来时，倒没了那种预料的可怕。紫晓最怕的不是人言，而是自己没有着落的未来。常昊靠不住。那时的常昊老说：“今朝有酒今朝醉，不管明日喝凉水。”这种人玩玩可以，托付终身，似乎有些勉强。

对常昊的不信任是紫晓出逃的主要原因。紫晓甚至不需要他有什么大志，只要能过日子即可。问题是，常昊把所有身心都用在了“泡”上。他应当分出另一部分，干一些实际的事。

可是没有。

那时的紫晓，几乎成了常昊生命的全部。他把大量的精力花在“看”她上。跟踪她，监视她，不让她跟人说话，露出令她厌恶的委琐和可怜。常昊不知道，女人是看不住的。女人是一种奇怪的生物。许多时候，逆反心左右着女人。可以说，常昊对她的防范，反而促成了紫晓的出逃。

紫晓想，常昊应当着力去干自己的事，无论做啥，只要努力，总会有成功的可能。女人不嫌弃摔倒的男人。只要他能在一次次摔倒后，再一次次爬起。女人看不起的，是一有小挫折，就哎哟呻唤或怨天尤人的男人。

常昊总是把自己皮包店后来的不景气归咎于紫晓，老对人说要没有她，会如何如何。他甚至一次次在人面前说她花了他多少钱。这令紫晓大失面子，仿佛紫晓同他的接触，纯粹是看上了他的钱。常昊把一个很美的爱情故事用金钱进行了图解。

紫晓很恶心。

紫晓常用冷笑来回答常昊。她没有说出口的话是，你那点臭钱算啥？紫晓在遇到常昊之前确实不缺钱。紫晓有份体面的收入不低的工作。与常昊同居后，她扔了那份工作。

这也是常昊炫耀的资本之一。一个温州乡下小子，挂了个教授的女儿，她还有份正式工作。

常昊不能不骄傲。

紫晓想，要是常昊正正经经谋份事干，她说不准会嫁他。

6

在紫晓逃跑的次日，常昊在紫晓常去的地方“抓”住了紫晓。换句话，紫晓有意让常昊“抓”住了她。

那时，这是他们常演的节目。

常昊扑上来，抱住紫晓，哭。常昊显然动了真情。他以为这次是失去紫晓了。每次，他都认为“这一次”失去了。每一次的失而复得都叫他惊喜得痛哭。

常昊爱哭。仿佛除了哭，他找不到其他能表白爱情的方式了。常昊的哭不美，眼泪鼻涕一起涌。紫晓因此不喜欢常昊的哭。紫晓爱看台湾的那些电视，迷恋那种爱情。甚至可以说，她和常昊的接触就是想炮制那种爱情。电视里面的男主人公也爱哭，一动情，疯疯癫癫，哭哭啼啼。常昊哭起来也那样疯癫。只是前者疯癫出痴迷，后者除痴迷外，还疯癫出鼻涕。这是令她大倒胃口的事。

常昊肆无忌惮地哭着，抱了她，死命啃。口水沾了她一脸。街上人都望他们。紫晓不在乎他们望，甚至讨厌他们多事的目光。紫晓只是叹口气。她知道，一切又回到以前的老样子了。

她的生活又画了一个圆圈：从起点到了终点。

那时，她真想不到，命运会为她和常昊带来后来的转机。

第五章 热闹的小院

1

一天，紫晓谈起了她的父亲。她很为自己有这样的父亲而骄傲。灵非发现，女人可以很坏，但她的潜意识中依然敬重正派人。虽说不一定喜欢，但她敬重。

经过这场人生变故，父亲依然是紫晓心头的丰碑。

“我可伤透了他的心……他不要我了……”紫晓显出痛苦的样子。

灵非记得那是个下午。昏黄的日光射进面西的门窗，照着那张小床，照着墙上的明星，也照着突然间变得那么忧伤的紫晓。那是个很静的场面。紫晓垂着眼帘，长长的睫毛上萦一缕抹不去的伤感。她仿佛在说一个遥远的隔了几百年的故事。语气很淡，淡出浓浓的沧桑。

那日的小院，很静。别的人都忙自己应忙的事去了。蔡奶奶去了莞香园。一个时辰后，她会拖着长长的一根白木香树条走进小院。此前，小院里只有静，只有那个女孩说一件仿佛与她不相干的事情时淡得像矿泉水的声音。

那个下午一直鲜活在灵非的生命中。那份生命的宁静和淡然总令他难忘。许多时候，紫晓只是眯着眼望天。天上有很白很灿烂的云。云外，有很晴很高的天。

紫晓就是在那个下午请灵非去见她父亲。她要灵非转达她的懊悔和痛苦。要灵非问问父亲，他是否还要她这个女儿。灵非答应了她。

灵非一直为自己做的这事感到内心不安。因为，常昊所有的保险值仅仅寄托在紫晓父亲不要紫晓这一点上。一旦家庭容接了她，她会义无反顾地离开常昊。常昊也知道，紫晓其实看不起他。

2

次日中午，灵非走进了紫晓家。

那是一个显得十分贫寒的家。水泥地坑坑洼洼，墙也陈旧了，没啥好家具，唯一醒目的是那部红色电话。

当你知道这是位领导着几千个工人的大企业的总经理家时，你便不能不对它的主人肃然起敬了。那时，紫晓的父亲已辞去教职，当了一家企业的老总。

后来，当灵非与紫晓爸爸谈起别的总经理家的豪华时，他只是淡淡地说："人家有本事，多花几个；我没本事，少花几个。"

那天中午，当不速之客的灵非向他谈到紫晓时，他也只是淡淡地说："我没有女儿。"他消瘦的脸上写满冷漠。他甚至站起了身。灵非知道那是逐客令。

于是，灵非说：

"你不是个父亲。你不配做父亲。你为什么只将过错归到女儿身上？请问，你对她做过什么？你是否了解她的心事？你是否理解她的痛苦？她可以犯一百次错误。当她想悔改时，你必须宽容女儿一百零一次。否则，你不配做父亲。"

紫晓的父亲愕然地望灵非，许久，他笑了："这么说，倒是我的错了？"

"好吧。叫她来吧。"他说。

改变紫晓命运的过程就这么简单。

3

常昊一直没有原谅灵非的这一行为。他认为灵非在门背后踢飞脚，等于在拆他的台。那时，常昊一见人就谈灵非的劣迹，并在口气上与灵非不共戴天。

常昊说可以忍受一切，就是不能容忍紫晓的离去。所以，他的所有精力和心思都用来防止紫晓的离去。上厕所时，他也不放松对紫晓的窥视。在无尽的提防、窥视和跟踪中，他日渐贬值，变成了一个摆脱不掉的尾巴。

常昊始终以为紫晓的父母已不再要紫晓。常昊同时却希望他们接纳紫晓，更接纳他。这是他最美的梦想。他梦想紫晓的父亲给他找一份好工作后同紫晓结婚。一些日子，紫晓的父母真有这样的打算。按流行的说法，生米已成了熟饭。但他们能接纳这种想法，最终却不能接纳常昊。

“这是条死狗。”紫晓的母亲这样评价常昊。

最令灵非忘不了的一个细节是：紫晓一直不和灵非跳麒麟舞，灵非拿出一块糖：“跳不跳？跳，就给你。”

“不。”紫晓笑。灵非扔了糖。紫晓笑嘻嘻跑过去，捡起，剥了纸，扔进口中。

她叭叭地吹着泡，望着灵非笑。

这个细节同那个下午紫晓忧伤的述说一样，也一直鲜活在灵非的记忆中。

灵非把紫晓父亲的话告诉了紫晓。紫晓孩子似的叫。

“别告诉常昊。”灵非不想叫常昊知道他介入这事。

“哪能？”紫晓说。

那时，紫晓最大的变化是爱往灵非房中跑。一进门，就坐在那张窄窄的小床上。太阳暖融融斜射进来，照在桌上的玻璃上，在紫晓脸上映出灿烂。紫晓总在天真地发问，灵非总在夸夸其谈。

灵非记忆中的天总是很晴，有几朵棉花似的云。风清凌凌吹着。小院很静，静出淡淡的忧伤来。紫晓总在笑，总在灿烂地笑，一惊一乍的。没有了邪恶的紫晓，是另一种可人的女孩。

紫晓说她想当演员。灵非便说她一定能当上。他是真心的。他真觉得她比许多演员强。紫晓讲她的学生时代，讲一个她喜欢的老师，也谈她的姐姐。那是她家除她爸之外的另一个话题。

“我可丢尽了人呀。”紫晓说。

灵非就说不要紧的，古人云朝闻道夕死可矣。他说那个打虎杀蛟除三害的周处。说她才二十岁，一切都来得及。

“是吗？”紫晓问。

此刻，可怜的常昊定然在窗外徘徊，时而咳嗽一声。他仿佛明白紫晓同灵非的接触会加剧他的危机。恋人的警觉在他身上照样存在。

“瞧，这样的男人。”紫晓说。

有时候，紫晓就一个人偷偷来。

常昊单独外出的机会不多。他依然防范很紧。他不懂那句每个男人都应该懂的话：男人为事业而活，女人为爱情而活。

当一个男人没了事业而仅仅为追逐爱情而活，他就没有男人气。没有男人气的男人被西部人称为“女人精”。“女人精”能叫女人一时喜欢，而不能赢得长久的爱情。

常昊的所为注定了他后来的结果。

常昊的严加管束激活了紫晓的叛逆。即令有一小段时间，她也会溜进灵非的小屋，说几句话。常昊一去买菜或上厕所，灵非就知道门该响了。果然。

门一开，紫晓就恶作剧似的吐吐舌头。

“他出去了。”紫晓悄悄说。

4

后来，紫晓在学麒麟舞时一定要叫上灵非，否则，她宁愿待在那间棺材似的小屋里。

麒麟舞训练场建在一家宗祠里，院子很大，据说年代久远。东莞多祠堂，祠堂文化是客家人重要的精神支柱。这后来成为灵非的研究课题。除了举行隆重的祭祖仪式外，祠堂大多闲置，后来就成了麒麟舞训练场。据老人说，宗祠里舞麒麟，是一件非常吉祥的事。那洋溢的喜庆味，会冲去所有的晦气。

白衣的紫晓在训练场里很醒目。许多时候，她总是若有所思，梦游似的。她的脸始终朝着灵非的方向。后来灵非发现，她在寻找着他。

一次，灵非走向一个不被人发现的角落。

紫晓看到那个所在消失了灵非的踪影后，就弃了常昊，走出祠堂院子。

但紫晓不和灵非一起跳麒麟舞。开始是灵非不会跳，后来，灵非成为最优秀的麒麟舞传人后，她仍然不跟他一起舞那麒麟。

她可以和任何人配合，除了灵非。

前面描绘过的那个细节就发生在这时候：紫晓笑着跑过去，捡起灵非扔掉的泡泡糖，扔进嘴里。

后面的情节是：

她吊了眼，望灵非，吹出很大的泡，叭叭地响，而后问："你会吗？"

"会。只会吹，不会嚼。"灵非答。

紫晓于是微微地笑。

紫晓一直没有同灵非跳麒麟舞。

5

次日早晨，惯于睡懒觉的紫晓，忽然产生了早起的冲动。她飞快地穿衣，端了水，去倒水。

路过灵非的房间时，她看到灵非大开的窗户。她觉得好激动，就唱起了歌，目的是想告诉灵非：她在门外。

灵非的门忽然开了。紫晓看到懒洋洋端个茶杯朝她微笑的灵非。

紫晓的心头和眼前，顿时一片光明。

紫晓就是在那个早上才发现：不知不觉，她已爱上了灵非。

那个早晨之后的常昊日渐丑陋。紫晓发现了常昊的许多令她无法容忍的缺点：懒惰、无知、心胸狭窄、得过且过、不解风情，等等。

紫晓知道，产生这感觉的原因，是灵非的身上，有相应优点。不知不觉间，她已把灵非当成了常昊的参照物。

此后与常昊的接触，紫晓不再有激情。

感情真是个奇妙的东西。紫晓对常昊的感情一旦消失，她便无法再接纳常昊的侵入。

于是，紫晓开始贬低灵非。这心理很微妙。

常昊几乎被紫晓骗了。

常昊一直以为，紫晓讨厌灵非。他并不知道，紫晓说灵非的坏话，是紫晓想谈灵非，想提灵非的名字而已。而且，灵非待紫晓，总是不冷不热。紫晓很恼火。几乎她身边所有的男人都讨好她，像哈巴狗朝主人摇尾巴一样。独独灵非没有。

灵非总是一个独立的个体。

灵非总没失去自己。

他是不是嫌我？紫晓想。世人眼里，她已是地道的坏了。但灵非，则是公认的成功，勤奋，好学，有事业心，工作自由，收入固定。

紫晓想，也许，他看不起我。

这一想，紫晓恼火不已。她于是在常昊面前损灵非。那是痛快的发泄，仿佛把千年的怨气都出了。而后，她在床上笑成一堆。

次日，常昊便把紫晓骂灵非的话告诉了灵非。

灵非笑了，问紫晓：

“你想把我也拉到他们的档次，心理才平衡？”

紫晓记得自己点了点头。灵非一下就说准了她的心事。灵非是个魔鬼。

虽然，灵非很真诚，很坦率，很自然，但越接触，紫晓便越发现：灵非有难测的神秘。

有的男人，是碟中水，用火柴便能探到底；有的男人，是杯中水，用筷子即可探测；有的是湖中水，用篙即可；有的则是大海，任你用什么，也不能一下子探出其奥秘。

同灵非的接触，令紫晓的眼界发生了质的飞跃。紫晓从此看不起同常昊一起的所有男孩。

6

小院里越加热闹。

玲和一个男人开始同居。这是个斗鸡一样的男人，脸很红，头发向后梳去像鸡冠。看起来，三十多岁了。

没想到，玲竟找了这样一个男人。

院里人都愤愤不平。玲是姑娘呀。玲多能干。玲多漂亮，玲多厉害——她骂过大行之后，再也没人敢朝她窗户里探脑袋了。

她竟然找了这样一个男人。

男人姓李。“你们就叫我老李吧。”这男人这样介绍自己，他大方地向人们撒烟。

男人是某个夜里来的。和玲聊到深夜，耍了“死狗”，就住下了。玲怕别人说闲话，就决定嫁他。

玲这样解释。

人们都相信了这个解释。

玲需要耍死狗的男人。

灵非知道玲需要男人。她常往他房里钻，去了，就耍“死狗”，不出来。男人耍死狗是“恋”。女人耍死狗是“烂”。灵非不想为一个“烂”女人浪费时间。

从她的眼里可以看出。她很馋。所以那夜，那个斗鸡似的男人就耍死狗了。

想玲的大行想不通：为啥斗鸡男人想要死狗就能要成？他一要却叫她骂了个驴死鞍子烂。他愤愤不平且懊悔不休。

灵非告诉他：时机不对。

大行要“死狗”的时候，蔡奶奶早倒了玲的胃口。那斗鸡男人要“死狗”的时候，玲正希望有人“死狗”她一回。这时机，也叫缘分。

那斗鸡男人一住下，玲就发出一阵猫叫，引得巷子里其他的猫一齐大叫。惊天动地的，像千万只猫在用美声唱法吼贝多芬的英雄交响乐。

老王爷说那人盛。

老王爷没说那人啥盛，但谁都知道啥盛。都笑。

那人每夜都来，引得每夜都有惊天动地的猫叫。后来，没有猫叫了。猫都吃了药死的老鼠过奈何桥去了。只有玲屋里的猫叫了。

后来，玲搬走了。

院里顿时静得寡淡。

第六章　姐婆的娑萨朗

1

紫晓跟朋友转了几处狗市，没得到任何有价值的讯息。那苍狼，仍蒸发了似的。她急得上火了，牙龈肿得老高。疼不说，有几个牙竟然松动了。

五岁前的紫晓一口虫牙，父亲怕她长大后影响美观，每周都带她去看牙医。后来，刚开始换牙时，姐婆就教了她一种乡下老人传下的秘法：每次换牙，旧牙都不能乱扔，要留下跟老鼠换牙。据说，换了后便有好牙，还会丰衣足食，有大口福。怎么换呢？很简单，只要把掉下的旧牙扔到床底下，对着床底念叨："老鼠仔，唧唧唧！我用银牙跟你换旧牙，我换金牙吃鱼吃肉，你换银牙吃米吃谷！"（那时，紫晓就想：这不是欺负老鼠吗？）念叨完，把牙往床下一扔就行了。

六七岁时，紫晓很乐意跟老鼠换牙。每次换牙后，她隔几天就会往床下看，看老鼠把牙换去了没。要是看到那牙还在，她就特别着急跑去问姐婆："姐婆，牙还在哩，是不是老鼠不愿换牙？"姐婆就说你别看，你老看老看，老鼠就不敢来了。于是，她就在一次次的关注和淡忘中，长出一颗颗白刷刷的新牙。

父亲是知识分子，尤其反对封建迷信，姐婆教的这些，都只能在背地里干。长新牙后，父亲对她的牙齿保健非常严格：1.一天必须刷三次，早中晚各一次；2.每次刷牙三分钟，既保证清洁又不能过度；3.刷牙力度要轻，轻握牙刷上下刷；4.不准剔牙和把牙签往嘴里塞（怕养成习惯不雅观）；5.每天叩齿一百下；6.常吃要用力咀嚼的食物（父亲常把煮得跟柴皮似的肉给她吃），锻炼牙齿……除此之外，还严格挑选她的牙刷等。在父亲和姐婆的双管齐下之后，紫晓的牙齿长得非常完美，所以她特别爱笑。直到在遭遇常昊之后，她学会了吸烟，才毁了那嘴碎玉般的牙。

后来，紫晓给灵非谈及此事时，灵非的心一阵抽疼。正是从上面诸多的细节中，他读懂了紫晓父亲那颗对女儿的心。

灵非说：你不但打碎了你父亲心中的女儿，还打碎了你美丽的牙齿。

这一说，紫晓便一脸泪光了。

政治打碎了父亲的人生梦想和幸福之后，他一直将紫晓当成了一生中最后打造的艺术品。除了逼她学国画、学英语外，父亲还在生活细节上要求极严。吃饭时，紫晓一说话，父亲的筷子就会飞了来，或是飞向她的嘴，或是打飞她手中的筷子。成年后的紫晓人见人爱，极有教养，就得益于父亲严格到近乎刻板的家教。

当紫晓忍受不了父亲的苛刻时，她就会逃向姐婆家。妈是姐婆的小女儿。姐婆有好几个子女，但她最爱紫晓妈。

2

姐婆爱修奶格玛瑜伽。每天早上，她都会打坐，诵一种韵律奇怪的文字。她本来想教紫晓的，可父亲不让。父亲说，妈，你可不能给她教那些封建东西。于是，姐婆只给她教一些优美的口歌儿，还讲一些故事。

姐婆最爱讲的，是那个婆萨朗的故事。

那是个很美的故事，美得叫紫晓神往不已。

瞧，姐婆张着没了门牙收不住风的嘴说，那婆萨朗，可美了。它有三层保护圈呢：第一层是由金刚杵织成的，烈火于杵间喷出，任何邪魔都靠近不了；第二层由无数的骷髅制成，象征着出离，那儿超然于红尘之外，绝没有人间的那些污七八糟；第三层由莲花织成，象征那是个清净的世界，清凉快乐，毫无热恼。姐婆说，所有向往娑萨朗的人们，只要信心不退，临终时诵“奶格玛千诺”，都能到达娑萨朗。那儿有无数的莲池，有斗大的莲花，每片莲瓣上都有百灵鸟在啁啾，它们唱着清净的歌儿。那儿黄金铺地，白玉为墙，琉璃点缀，珍宝庄严。那儿有八功德水。那水可大了，哗啦啦的，连个尘滓儿也没有。

姐婆边讲，边指那天上的星星，仿佛那娑萨朗在星星上似的。

紫晓于是也跟着指。

姐婆就说，小孩子不可以指，一指，手指头就会化脓。说时，姐婆鬼鬼地笑，悄没声气的。紫晓就知道，姐婆在逗她。

那时，紫晓一不高兴，姐婆就会教她唱客家歌谣：

月光光，照四方；
食龙眼，米枝香；
食腊蔗，透心凉；
好酒食人三日醉，
好花插人满头香……

落大水，刮大风；
亚姨仔，嫁老公；
嫁去哪？嫁三峰；
哪下做媒人？高鼻公。

边莲塘，骑白马，
连莲妹，唔爱她，
伢爱精精奶格玛。

姐婆除了教她儿歌之外，还教她唱木鱼歌。姐婆说，鱼在睡觉时也不闭眼，僧人敲木鱼，就是提醒自己要精进苦修。最早的木鱼歌现编现唱，后来才有人记录曲词，或辗转传抄，或刻印传唱，才渐渐成了气候，像大海的浪花一样多了。

在紫晓的记忆中，她的童年，就是在记诵木鱼歌中度过的。不过，她记诵的木鱼歌多佛教善本。它们已渗入了她的灵魂，许多时候，它们自个儿会在灵魂深处吟唱起来。虽然她不懂木鱼歌的内容，但那奇妙的文字和韵律，却一直印在她的灵魂深处。

后来，从那本《奶格玛秘传》中，她发现了一首《奶格金刚偈句》：

诸法现象显，其实为虚幻。
禅修其体性，也是为虚幻。
真实佛果位，究竟亦为幻。
缘为虔诚故，离执而解脱。

姐婆小时候教她的木鱼歌中，也有相似的内容，翻译成白话文就是——

那纷纷扰扰的花花世界，
其实不过是心的幻影；
那禅修时追求的殊胜觉受，
也不过是空谷的回声；
那万千人追求的佛的证果，
究竟看何曾有永恒的实体？
因为有虔诚的光道相连，
我们才到达自由的幻城。

除了翻译时的不同文字外现，两者的精神内涵则惊人的相似。后来，她发现，姐婆教她的木鱼歌，都在《奶格玛秘传》中有相似的内容。

姐婆还教了一种奇怪的木鱼歌。那歌儿只有音，并不知道是什么字。姐婆在她很小的时候，就教她唱那种歌儿。虽然她一直不知道歌中的意思，但她还是一直唱着。因为那歌的韵律很美，像天籁一样，能带给她一种异样的清凉。

歌的内容很多，有烟海般的意韵和内涵，但她终于记熟了它们。小时候的东西记得最牢。后来的大学里，紫晓记不住许多考试内容，却一直忘不了姐婆教她的那些莫名其妙的天籁般的木鱼歌。

记得姐婆说，不懂意思不要紧，将来因缘成熟后就会懂的。那时，她当然不知道，姐婆教她的歌，其实是西夏文的音译。她更没想到，还在她懵懵懂懂的时候，姐婆就将一个巨大的使命赋予了她。

后来，姐婆到了娑萨朗。姐婆相信世上有个娑萨朗。姐婆常打坐，常念“奶格玛千诺”，念了四五十年。一天，她安顿好了家务，说奶格玛和红白空行母来接她。

就走了。

想到姐婆“走了”的时候，紫晓的心里有点憋。一股酸酸的感觉涌向鼻头。

姐婆是坐着走的，很安详，连颜色都没变，脸红扑扑的，似在微微地笑。紫晓不信姐婆走了，就“姐婆”“姐婆”地叫。可姐婆总是笑，不应她。妈说：“傻丫头，别叫了，你姐婆走了。”紫晓就问：姐婆到哪儿去了？她啥时回来？

妈就告诉她，姐婆再也回不来了。

走了，就是死了。妈说。

那时的紫晓还以为死多可怕呢，就整天地念叨：为什么会死？为什么会死？她想逃过死去。可不知咋个逃法。夜里也合不了眼。她想，是不是快快地跑，死就撵不上自己了？

后来，她才知道：死是个很大的黑洞。谁都会被吸进去的。一进去，就再也出不来了。

紫晓记得，自己忽然长大了，知道了人会死。

可人为什么会死？她问妈，妈也答不上。后来，紫晓才知道，这问题，答不上的人多着呢。他们只会说，活了，当然要死。再后来，紫晓才知道，这是最好的答案。要是不活，就再也死不了了。再后来，遇到了黑歌手，紫晓才知道，死其实也没啥可怕的。

望着姐婆微笑的核桃脸，紫晓不信姐婆走了。姐婆老说："晓儿，好乖乖，快些长大。长大了，嫁个好女婿儿，买上一大包奶糖，叫姐婆吃。"姐婆说这话时，也鬼鬼地笑。姐婆不骗人。她怎么会走了？

紫晓于是就哭。紫晓哭得很凶。紫晓一哭，她就知道姐婆走了。因为姐婆最见不得她哭。紫晓一哭，姐婆就瘪了嘴：乖乖，乖乖，我的乖乖。手忙脚乱个不停，恨不得掏了心，给紫晓包饺子；或干脆把紫晓含在嘴里。

知道姐婆走了的时候，紫晓就更凶地哭。

她知道，走了，就是死了，就是再也见不上姐婆了，再也没人叫紫晓"乖乖"了，再也没人讲牛郎织女了，再也没个鬼鬼地笑的姐婆了，再也没个"胳肢"着逗她的姐婆了。

可村里人都说，姐婆修成了。一说，妈就抹了泪叹息。

紫晓不知道"修成"是什么意思。有人就解释说是去了娑萨朗。那里没有痛苦，没有烦恼。人都坐在莲花里，想什么，就有什么，清凉，快乐，再也不到这个"五浊恶世"来了。

紫晓就想，姐婆肯定是到卖火柴的小女孩的外婆那儿了。书上写那儿也没有痛苦，没有寒冷，没有饥饿，没有忧愁。紫晓想，有一天，姐婆肯定也会来接她。

姐婆最疼她。

想起姐婆的时候，紫晓就唱姐婆教她的歌。每当唱起那歌的时候，她就会融入一种善美的旋律中，渐渐地消解了自己。那时，她每每在无我的时分看到姐婆，只是她发现，她看到的，是年轻时的姐婆，那模样很年轻，很美丽，甚至有些不像姐婆了。

后来的某一天，紫晓才知道，她便是奶格玛。

3

紫晓领结婚证的那一天，是个风天。

那天，紫晓很幸福。她说，风天也好。

那天早上，紫晓很早就醒了。出门的时候，还看到了满天的星斗。紫晓于是看到了一条波涛滚滚的天河。姐婆说：河这边的那颗很亮的星星叫织女。河那边的，是牛郎。他肩个担子，一头挑一颗小星星。姐婆说，那是牛郎和织女生的娃儿。织女叫王母逮走后，老牛就叫牛郎杀了它。牛郎披了牛皮，挑了娃儿，“嗖——”，就追上去了。王母就取下簪子，一划，“哗——”，就成天河了。牛郎在这头，织女在那头。七月七那天，才相会。姐婆说。

紫晓于是想起了一首词：君住长江头，我住长江尾。日日思君不见君，共饮长江水。紫晓觉得这味儿挺美，就记下了。

紫晓很想有一个小星星一样美丽的孩子。紫晓怀过几次孕，还没长成孩子样，就叫她“化”了。

那时，常昊不要孩子。他家也不想他娶一个没有多少官场背景的客家女子，老是向他施压。于是，常昊说，也好，趁年轻多玩几年，不想叫那些贼崽子拖累。常昊把孩子叫贼崽子，紫晓不高兴。但紫晓不表露自己的不高兴，就说不要也成，就去流了产。

后来，常昊想要孩子时，紫晓却再也坐不了胎。

结婚那天，紫晓想：要是姐婆知道她今日结婚，会咋样？肯定高兴。姐婆会张着那张没牙的大嘴很鬼地笑，会用指头划那张核桃脸，羞她。肯定会的。姐婆越老，越像个娃娃。可是，姐婆走了。

姐婆要是不走，她定会教她唱东莞婚俗中的哭嫁歌、铺床歌啥的，会教她跨火盆、洗和顺水等。这些，都是当地人结婚离不了的。可是，姐婆走了。

紫晓叹口气。

紫晓和常昊早就商量好了，今日去领婚书。手续都办好了，介绍呀，户口呀，婚检证明呀，就差去那个婚姻服务中心了。领回那个红本本，她就是常昊的人了。

紫晓觉得自己逃出了父亲编制的牢笼。

能逃脱父亲暴力的紫晓当然高兴。

常昊仍躺在那张小床上悠悠晃晃地打呼噜。这呼噜是家庭的象征。暖融融的家庭味儿，就是从呼噜里溢出来的。没有男人打呼噜的家，还算个啥家？

听惯了父亲的咆哮的紫晓，当然更喜欢常昊的呼噜。

紫晓舀了水，洗过脸，坐在桌前。镜中就出现了一张温柔耐看的脸。这是没有明显个性的脸。没个性好。据说脸上不需要个性。有个性的脸就是怪相。最讨人喜欢的脸就是没有个性的脸。大家都能接受，就成大众情人了。

这是紫晓在一本杂志上看的。这话，紫晓信。

紫晓的特色是温柔。人说客家女子是世上最好的妻子。紫晓有温柔的声音，有温柔的明眸，有温柔的笑颜，有温柔的善解人意的性格。

紫晓能温柔得化了男人。

4

常昊起床的时候，起风了。被杀鸡的那个老王爷名之为“灌风洞”的院落口卷进一股股腥味。纸片到处飞。电线被风刮成一线翻飞的浪了，电灯便眨起了眼。

紫晓很失望。

她多希望这是个阳光灿烂的日子呀。她和常昊慢慢走过那条大街。大街上最好有好多人。人们最好都望他们。她和常昊就在人们的视线织成的网里，一直走进婚姻。

可是却起风了。

早上还好好的，一道天河横贯南北哩，星星喝了兴奋剂般地贼亮呢。明明是个晴天，可为啥就起风了？莫非天这东西，也像神经质的诗人，说变脸就变脸？一变脸，就把尘土呀啥的直往人的脸上扇。但也没啥，大不了打的去。

紫晓多想同常昊漫步走过那条长长的街道，在人们的注目礼中走向婚姻啊，可天公不作美。

不过。也没啥。

只要有常昊，风天，也没啥。

天又没给紫晓一个人风。

紫晓于是静静坐在沙发上，看常昊起床。常昊每次撩开被子，总要发一阵呆。那时，常昊身子瘦，肋骨像搓板。紫晓喜欢胖些的男人，威风，可靠。可常昊瘦，也成。紫晓总是做好吃的叫常昊吃。常昊总是死命地吃，可总胖不了。胖不了就胖不了，瘦也没啥大不了。

紫晓觉得自己已经爱上常昊了。紫晓这样认为。紫晓喜欢同常昊在一起的那种放纵。她喜欢屋里的自由氛围。

出入于城市里，就如同在波浪滚滚的大海上行舟，很疲惫。回到这个小屋，就如同回到了港湾，就有一种安全感了。

紫晓喜欢这安全感，也就喜欢常昊。

要不是去领结婚证的话，紫晓倒是喜欢刮风或是下雨。这样，她就可以拥了被子，躺在床上。她便在暖融融的迷醉里望常昊。

这时，她是不喜欢两人相拥的。她想一个人静静躺着，希望常昊静静看书。紫晓喜欢静静看书的男人。自己操持家务，丈夫静静看书，忽而，“哗——”，翻一页；忽而“哗——”，再翻一页。太阳暖融融照进屋子。多好。

当然，最好是雪后了——可惜她只能在电视上看到雪。最好，再刮丝儿风——那种没有丁点尘土的风。她把床弄得热乎乎的，掩了小屋门。雪后格外灿烂的太阳光亮晃晃地从窗里射进，照到大红大红的缎子被上。丈夫就偎了被子看书。小星星一样可爱的儿子就在炕头堆积木。她呢，就陶醉在温馨里织毛衣。忽而，望一眼看书的丈夫；忽而，嗔一声调皮的儿子。旁边是火炉，炉上正炖着羊肉，“咕嘟——”一声，“咕嘟——”一声。丈夫则“哗——哗——”地翻书……

这是紫晓盼了半世的一个家庭之梦。

5

可常昊不看书。常昊对那些看不到眼前实惠但却对人生有大益的学问不感兴趣。没办法，这也成为一种基因了。许多时候，人是很难超越环境的。

常昊只有在睡不着觉时才看书。书是常昊的催眠药。紫晓最遗憾的就是这一点，但也没法。便想，读书也不一定有用，读通了当然好。要是读不通，成个半吊子书呆子，反叫人倒胃口了。紫晓喜欢读书人，喜欢那种书卷气，但不喜欢书呆子。

紫晓最看不起的是那种酸溜溜咬文嚼字的玩意儿。戴副眼镜儿，哼哼咛咛，弱不禁风，口中放些莫名其妙的文屁。

最讨厌。

紫晓喜欢灵非那样的人，咋也看不腻，书卷味儿总是渗出他的屠夫外表，叫人迷醉。

紫晓给常昊热牛奶。炉火正红，一晕晕的灼热荡向紫晓。紫晓看常昊洗脸，看常昊刷牙。常昊捧水洗脸时很响地吹气，吹出噗噗的声音。这个习惯很好笑。紫晓多次提醒，常昊总是改不了。

洗完脸，常昊说：“叫你猜个谜语：一头光秃秃，一头毛乎乎。插到肉里头，吐出白乎乎。打一生活行为。”

常昊老说这类话，显出一副流里流气来。紫晓喜欢他这样。紫晓不喜欢太木讷的男人。但常昊总给人一种不安全感。紫晓觉得，常昊一定会在别的女人面前也表演这一套。肯定的。常昊曾在梁子面前吹嘘，说自己玩过几百个女孩。虽然有点夸张，但常昊肯定玩过别的女孩。他最爱夸耀的，便是这一点。在跟朋友聚会时，他时不时就会冒出一句：“你一晚上来几次？”有时，也会问一些女孩："你男朋友功夫咋样？"有时，常昊也会问紫晓，要是他在街上碰到一个性感的女孩，他想操时，咋办？紫晓便笑着说：那随你了，别太压抑了你。

紫晓很奇怪，她似乎不在乎常昊的过去。她不吃常昊的醋。她就是在不吃常昊的醋这一点上，才怀疑自己不爱常昊。

"刷牙。"紫晓回答了常昊的谜语。

"哟，你知道。"常昊笑了。他掏出烟，点一支，美美地吸。

6

紫晓把热好的牛奶放在常昊面前。她希望自己吃常昊的醋。

吃醋是爱的标志。

据说，检验一个人是否是真爱的唯一标准是看他（她）吃不吃醋。这是一本杂志上说的。也许有道理。但按这一理论来检验，紫晓不爱常昊。她只是喜欢对方而已。紫晓对这个结论很伤心。但无法，她无法强迫自己吃常昊的醋。

叫紫晓最伤心的是：每次，常昊与她做爱时，必定要叫她说一些黄话，而且要像上学时作文老师要求的那样：过程详细，叙述生动，情景交融。紫晓达不到常昊要求的程度，就轻描淡写地应付几句。但心里，总是别扭。

常昊也谈自己的艳遇，谈每次感觉的不同。常昊谈得很细。常昊能谈出那种味道。常昊用乡下人才用的那种很粗的语汇叙述过程，叫紫晓感到很刺激。

紫晓就是在那时才伤心地发现：她不吃常昊的醋。

她只是像看黄色录像一样把常昊谈的情节当成了"别人"的表演。"他"当然不是自己的丈夫。"他"在讲别人的故事。

紫晓只是很吃惊：不爱看书的常昊，咋掌握了那么多传神的语汇？

7

常昊喝牛奶的姿势很优雅。有时，常昊也会注意自己的姿势。常昊的一切都像表演给人看。紫晓能看出那种表演的痕迹。

紫晓自然喜欢看常昊的表演。但紫晓总是清醒地知道：那一切，是在表演。

他总是进不了角色，总是在表演自己。

她喜欢至情至性的投入。

紫晓多希望常昊能至情至性地把心捧出啊，哪怕粗些，哪怕野些，至情至性，自然流露。可是不。常昊只有在床上才露出本性。紫晓喜欢床上的常昊。

紫晓看不出常昊对今天有什么大的反应。也许真应了“曾经沧海难为水”了。常昊似乎并没因今天去登记而显出应有的激动。

常昊老在讲他曾经有过的所谓初恋。第一次讲时，紫晓很感动他的痴情。第二次，第三次……当常昊第十次讲时，紫晓便发现了故事的虚假。

紫晓于是笑了。

常昊再讲时，她便笑着揭露。

常昊就搓搓头，笑出一脸无赖。

等常昊喝完牛奶，紫晓就催常昊出门。紫晓觉得不该由她催，而应由常昊催，可是常昊只是在床上才显出十足的热情，一下床，常昊就蔫蔫的，一脸无赖相。

紫晓小心地检查着结婚的手续，一遍遍数：单位证明，户口本，身份证，婚前体检表，合影照。

看着那张合影照，紫晓很幸福。

紫晓很在乎那张合影，也很在乎今天要领的这个证书。按说，在这个时代，许多女孩都把那张纸看淡了。可紫晓不。紫晓觉得有了那张纸，才可以真正地逃离父亲编织的牢笼。

一想到过去父亲对自己的那些行为，紫晓的腿便会发软。

这种状况，一直到后来她想逃离常昊的时候，才会变成另一个样子。

8

那天，紫晓与常昊进了那栋大楼。

紫晓的感觉是牵一头巨兽进了笼子。真怪。紫晓感觉中的常昊，总是有种兽的味道。

有时，常昊会说他不想结婚。当他发现紫晓不想结婚时，他就想结婚；当他发现紫晓想结婚时，他就不想结婚。

紫晓知道常昊是想有个自由的身子。这样，他便能以谈恋爱的名义和女孩们交往，进而讲他的爱情故事，进而哄她们上床。但他也想和紫晓结婚，因为那时节，他不可能再找到像紫晓这样的女子。在许多人的眼中，常昊只是个混混。

紫晓知道常昊狗肚子里的酥油，但紫晓不点破。

虽然常昊时时兽性大发，发作一番——她甚至怀疑他有间歇性精神病——但紫晓总能像春雨那样“随风潜入夜”地滋润常昊。紫晓用温柔的鞭子和善解人意的绳索，慢慢地叫那头巨兽安静下来，再诱它入笼。

紫晓听过许多叫女人聪明的故事。紫晓知道该怎么做。

9

婚姻服务中心的年轻人是个叫人讨厌的角色。他仿佛患了性饥饿症，说出的每句话都带着性和与之有关的暗喻。一个前来登记的姑娘羞红了脸。显然是个雏儿。紫晓想。

检验一个女孩是否经过大的阵势的标尺是：看她害不害羞。紫晓的许多女友是毫不害羞的。“害羞”是个处女，早已从她们的词典中抹去了。望着那位羞红了脸的姑娘，紫晓感到很有趣。

常昊的嘴角挂着笑，望那姑娘。

他是否被那个女孩的羞涩打动了心？紫晓想。

她知道，羞涩是世上最美的表情。任何金钱也买不来它。紫晓和伙伴们早把羞涩的雾纱剥去了，赤裸得只剩个器官了，不再有美，只有欲望。

常昊定然是被女孩的羞涩打动了。紫晓想。

年轻人拿出一本书，翻出一段叫女孩读。那是一段有关婚后性生活的知识。内容很露。女孩的脸涨得通红，扭扭捏捏的。

屋里一片笑声。

女孩的男友也笑着。这是个很腼腆很老实的人。他笑得很小心。显然，他怕太大的笑或不笑，会得罪办事人员。

他一下下揪女孩衣服，示意她读。

“不行！不学习怎么行？连这个都不懂，会闹出笑话的。”

说着，年轻人讲了个故事：一对研究生夫妇婚后不育，到医院检查，那女的竟是处女。“放错了。哈哈。”年轻人笑了。那玩意儿放到不该去的地方了。

“所以，要学习。要像列宁说的那样：学习，学习，再学习。”他说。

“念，念。”男友轻声催促姑娘。

女孩瞪一眼男友。“你能了，你念。”她低声嗔道。

“哟，念都怕，那结婚后咋办？啊！不行，不行！”年轻人合了桌上的书。

“念呀。”男友催道。

女孩又捧起桌子上的书。但视线刚触及内容，便低了头，连耳根子也红了。她扔了书，跑出门去。男友嘿一声，追出。

“嘿，这一对。”年轻人笑了，又将视线转向紫晓。

常昊说：“也叫我们念吗？那玩意儿，小儿科，早学过了。要不要将操作过程说一遍？或是索性表演给你看？”他边说边掏出一包红塔山，抽出一支给对方，把那包烟扔在了桌子上。

“算了，算了。”年轻人笑了，“你不羞，我还嫌牙碜呢。看得出，你是大炮底下轰过的。”

“她也是。”常昊笑道，“我们是一对活宝。”

10

领了证书，紫晓的心里轻松了。但很怪，似乎没有她想象的那种幸福。她仅仅是轻松。做完了一件她必须要做的事，压在心上的石头没了。仅此而已。

领过结婚证之后，好感觉反不如早晨了。清晨，她睁开眼时，脑中是异样的清新。一种新生活即将到来的好感觉在她的心中荡出了浓浓的醉意。可现在，仅仅是轻松了而已。

她望望常昊，常昊也似乎很平静。紫晓想，这可是一生的大事呀。人的一生，能有几件这样的大事呀？就这样平平静静地办了？

出了门，紫晓见那对男女仍在门道里扭捏，便笑道：“放心念。那有啥？他能听，你为啥不能念？”那男的悄声说：“就是。”女的又瞪一眼男的，说：“那你念。”

“怕啥呀？”紫晓轻轻地推那女孩一把，搂了常昊的腰，下了楼。

虽说和常昊的结婚使紫晓高兴，但她知道，即令她结婚，一切，也只是现在生活的惯性延续。她的一生，也许会成为死水一潭。——要真是“死水一潭”，倒也好。死水一潭，虽无趣味，倒也安稳。但紫晓知道，常昊不是个“安稳”人，因为温州人的血液里，是没有“安分”二字的。

紫晓不知道自己的未来。

那时，紫晓并不知道，她领结婚证的那时，常昊的二哥常兴已经成了温州的宣传部副部长。在“生米做成熟饭”领了证之后，常昊回了老家。他以为，父母和二哥肯定会骂他。但没想到，常兴会欣喜地捕捉住其中的商机。他知道，介于广州、深圳和香港之间的东莞，是天然的风水宝地。

于是，他策划了一次规模空前的婚礼，作为常家进入东莞的序曲。

他成功了。

第七章　黑将军

1

在姐婆讲的故事中，紫晓最难忘的，便是黑将军的故事。

那时节，兴致好的时候，姐婆时不时就取出骨头做的拨指儿，套在拇指和食指上，两指在三弦上一抖，甘霖般的弦音便响了：

那风云变色的时候，
几十万大军围住了黑水国；
黑水国里有黑水，
黑水便是那弱水；
人们说弱水凶险，
连羽毛也漂不起来。
黑将军的王国便在黑水流域。
黑水养育了万千的百姓。
黑水国是大夏的城池，
大夏的李元昊是一代天骄，
他的子孙也是虎狼之王，
将整个中原揍得嗷嗷乱叫。

话说那蒙古大军崛起于塞北，
长弓劲弩打遍了天下。
只大国便灭了近四十个，
仅剩下黑水国砥柱中流。
这一年蒙古大军席卷而来，
将黑水城围了个水泄不通……

那时，姐婆一脸皱纹，肤呈黑色，脸上堆积着无尽的沧桑。因为老是抽烟，姐婆的牙部叫烟熏黑了，口一张，那黑牙便十分扎眼。姐婆年事已高，老得看不出她的实际年岁。

姐婆吼起来满嗓门的唱声，仿佛那声音撑大了她的嗓门，声音便显得很是嘶哑。她的脸已经够沧桑了，但她的声音更显沧桑，溢着血丝——

那黑将军犹如天神下凡骁勇无比，
一根大戟舞得鬼怕神惊。
直杀得血流成河尸横遍地，
咦呀，天上也充满了血污。
瞧那乱飞的燕子被熏成了血鸟，
那老鼠更成游动的血污。
将蒙古人杀成了遍地的麦捆子，
日头爷也熏得不知去处。
但城小人少并无救兵，
鞑子军却涌成了疯狂的蚂蚁。
一堆一堆涌了过来，
整个天下都成了它的兵源。
那四十个国家的子民，
都被驱赶成蒙古的兵马。

黑将军带着人马杀呀杀呀，
杀死一个却涌上一堆……

姐婆在院里唱的时候，村里人就会闻声而来，多是些老头老太太，有的人提个小板凳，围着姐婆坐了。那姐婆一脸的皱纹里满是悲怆，仿佛那黑将军是她自己——

忽一日，鞑子爷绝了水源，
黑水城干成了裂缝的戈壁。
人们像缺水的鱼儿叫渴呀渴呀，
渴死鬼充满了整个城池。
黑将军连叫士兵城中挖井，
挖了百十丈湿气全无。
黑将军仰天长啸慨叹不已，
说天亡我也天亡我也。
命将那金银八十余车倒入井中，
还不算无法计数的珠宝玉器。
黑将军想问鼎中原经营多年，
积累了富可敌国的财富。
不承想鞑子兵如此勇猛，
潮水般涌来狂如疯虎。
黑将军掩埋了井中的财宝，
杀光了妻妾决定一死。
他安排一心腹带了幼子，
叫奔走他乡留点血脉。
黑将军在北门冲杀而出，
勇猛将出南门带着幼子。

咦呀，日不亮天不明腥风四溢，
如旋风搅动着满天血雨。
黑水国男儿全部战死，
只有那勇猛将下落不知。
都说他带出了将军血脉，
马后面追随着西夏的苍狼，
还有那八十车金银的宝图。
城破后蒙古兵掘地百尺，
将城池挖得满目疮痍，
但那口井却神秘消失，
谁也不知道它藏身何处？
千年来寻宝者一批又一批，
到头来找了个屁打胡子。
连那外国人斯文赫定，
也兴冲冲而来败兴而去。
你要问黑喇嘛何方人氏？
他便是黑将军的嫡系后裔。

2

姐婆说，黑将军的传说里，有许多秘密。第一个秘密，便是那埋到井里的财宝。千年了，不定有多少人寻找过它，但没听说一个人找到过它。另一个巨大的秘密是，听说黑将军的后人承载着一个使命。至于究竟是什么使命，却没人知道。只听说它比那宝库还重要万分。据说，洞悉那秘密的人，便能证得永久的安乐。金银是无常的，那安乐却能生生世世地受用。

姐婆唱道：

那最大的秘密源于人心，
当然这是传说的一种。
据说它来自克什米尔，
从亘古传向大夏的皇宫。

没人知道它究竟是什么，
没人窥破它真正的面容。
它像美梦一样不可捉摸，
恍恍惚惚犹如水中月影。

那黑歌手便是秘密的主人，
只有具缘者才明白真相。
那一代一代的黑歌手，
便是那生生不息的黑将军。

我眼睛虽瞎心却朗明，
看得清因果却望不见红尘。
谁要找到那黑歌手呀，
真好似泥里栽葱沙里澄金……

姐婆说，在传说中，黑将军并没有像历史上记载的那样死去，因为他修成了幻身，那是由心气造成的一个身子，据说能不生不灭，永恒住世。他的心肝脾肺肾和五大系统已经转化为五个脉轮，依次安住于身体之中，他再也没有了粗重的肉身。所以，那蒙古兵的屠刀砍去时，总是像斩春风那样一挥而过。后来，黑将军便化成了清风。这清风，一直在河西走廊和黑戈壁上旋来旋去，一遇到有缘的载体，便附了上去，制造出一段历史的辉煌。

据说，河西走廊历史上许多响当当的故事，无一不是黑将军的魂魄载体所为。

3

姐婆还告诉紫晓：

黑将军死于一个悬挂着晕圈的月夜里。据说，黑将军本来可以依仗自己的高超本领逃生的，他甚至已经冲出了重围。但城中突起的惨叫声，像箭一样射向他柔软的心。黑将军力大千钧，心却是慈悲至极。据说，他有着观世音菩萨的慈悲、文殊菩萨的智慧和金刚手菩萨的大力，这成为他在日后数百年中受到敬仰的主要原因。在瑜伽行的传说中，黑将军是上面三位菩萨身口意的总集代表，意思是他承载了菩萨们的利众精神。

抡圆了宝戟杀开一条血路，逃进祁连山里的黑将军用他遍知的天耳听到了黑水国百姓的惨叫。屠城是蒙古骑兵的惯例。对所有抵抗过的城池，他们必然会施以报复。那报复的常见方式便是屠城。

姐婆说，黑将军并不是派心腹带走了自己的儿子，而是他自己像赵云怀揣阿斗那样揣着儿子，身后是心腹爱将和两条苍狼。那苍狼一公一母，后来祁连山系的苍狼便是它们的直系血亲。它们有着狮子的威猛、狐狸的机诈和苍狼的坚韧。它们的祖先曾随着李元昊为大宋造出过许多噩梦。

姐婆说，当那惨叫声阻住了黑将军的马蹄之后，黑将军下了马。他将儿子、苍狼和一包东西交给了心腹爱将，叮嘱了一番后，便拨马向黑水而行。他打发随他杀出重围的亲兵去找蒙古将军，说愿意以自己的生命换取剩余百姓的性命。

这是一个十分俗套的情节。历史上有许多这样的情节，如太平天国的石达开、李秀成都想用这种方式换取部下的生命。对于小说来说，这样雷同的情节是十分忌讳的，但对于黑将军来说，正是有了这样的情节，才将他从那私自逃命者中突兀了出来。据说，后来黑将军得到了河西走廊的千古敬仰，便是因为他的这一选择。

蒙古将军答应了他。因为他想从黑将军口中得到那八十多车金银。

黑将军从西山的尽头缓缓走向黑水国，时令已到黄昏。西山上有无数的红云，放出无数的红光照着黑水国，黑水国便成血水国了。

黑将军骑着乌骓马，倒提着黑戟，对城头的蒙古人吼，先开城门，放走百姓，我再入城。据说，他是用蒙古语吼的。因为那个时候，懂西夏文的蒙古人也不多。

黑将军用他这一看似俗套的寻常一吼把自己吼入了圣者的行列。后来出土的诸多关于黑水国的文字中，黑将军最为醒目，成为那个时代最为醒目的记忆。这跟他的这一吼不无关系。所以，许多时候，一个哪怕是看起来抄袭别人的利众行为，带给我们的，仍然是感动和崇敬。因为许多精神，便是依托那抄袭行为传承下来的。在传统修炼中，老祖宗管这抄袭叫“胜解作意”。

然后，我们便看到了熙熙攘攘而出的百姓，因为城中缺粮许久了，那些百姓一脸菜色。他们衣服褴褛，形容恐慌，因为他们的许多伙伴已叫蒙古人祭了刀，或成了箭靶。他们能活着走出城池，显然是梦也不曾梦过的事。

一出城门，他们便扑向城外的河水。他们渴疯了，于是，一些人就在那牛饮之后痛苦地死去。于是，黑将军再吼一声，别喝太多的水！

在姐婆的叙述中，黑将军痛苦地晃晃脑袋，走向黑水城门。他是从西门入城的，他于是看到了黄昏霞光泼在城墙上的模样。他不知道这算不算吉祥。因为那红光既是血淋淋的颜色，又是“敬爱法”的象征色。跟许多西夏将军一样，黑将军也是大手印瑜伽的修持者。

黑将军进了城门，城头上的蒙古兵静静地望着他。他们虽然是对手，但蒙古人总是敬慕英雄的。

城门关了。该出的出了，该进的也进了。

黑将军就这样走进了历史，也进了姐婆的三弦音里。

4

关于黑将军进城后的命运，姐婆有三种不同的唱法。

姐婆说她有三种传承，不同的传承，传唱着不同的内容。

第一种传承这样唱：

那北国的鞑子们努足了力气，
想从黑将军口中掏出财宝的秘密。
他们鞭子抽火钳烫拳打脚踢，
黑将军咬了牙一字不吐。
鞑子们气红了眼睛恼羞成怒，
将黑将军捆成了小猪娃儿。
拖在了马后打马扬蹄，
黑英雄立马间血肉模糊……

第二种传承这样唱：

黑将军被绑在拴马桩上，
软刀刀细绳绳慢慢收拾。
割一刀薄肉片扔给老鸹，
割一刀厚肉块扔给猫儿。

就这样连割了三千多刀，
那英雄咬了牙不吐一字。
想财疯鞑子们绝了念想，
罢罢罢操他娘白费力气……

第三种传承这样唱：

黑将军修成了绝世神功，
身子里还有个绝妙身子。
那是他心气自在后的产物，
叫幻身不生不灭永恒住世。

黑将军肉身虽死幻身却生，
神识入驻之后光明再生。
他持咒观想修了一场诛法，
霎时间天昏地暗飞沙走石……

5

在姐婆的多种传承唱法中，只有黑水国的结局是惊人的一致。

都说，黑将军的粗重肉身——都说他灵魂没死——死去的当夜，一场百年不遇的黑风光顾了黑水国，有的说这是黑将军修成的法力所致，有的说是护法神显灵的原因，反正无论哪种原因，结果却是一样的：黑水国被那场黑风埋了。

埋了的，据说还有蒙古兵。

对这内容，姐婆是这样唱的——

呼啦啦西天上显出大神，
充满了半天口似山洞。
它一口一口地喝起天来，
哗啦啦天进了它的嘴中。

接下来电光交织在空中，
东一道西一道像渔网临池。
日头爷成了网中的小鱼，
刷刷刷轰隆隆天摇地动。
天一摇地一动沙子来了，
泼水般泼在了黑水国上空。
一瓢又一瓢一桶再一桶，

最后是沙山一重又一重。

鞑子在梦里睡成了死猪，
哪承想这沙山压向头顶。
待到他醒来时已到黄泉，
急匆匆直往那阴曹狂奔。

昨夜里还有那黑水城郭，
今早上已成为黄沙百里。
咦呀那黑将军英灵显圣，
遣阴兵报了那血海深仇……

二十世纪的某一天，一批探险家的挖掘证实了姐婆弹唱的内容。他们从黑水国挖出了大量的被黄沙掩埋的文物。那些文物告诉了世界关于这个黑水国黑将军的故事。

6

黑将军及其后裔的故事一直留在历史的最深处，以潜流的方式传承了下来。

但另一个版本的传说里，黑将军是被跟他一起逃出的部下灌醉后捆绑给蒙古人的。原因有两种，一说是那部下贪图埋入井中的财宝，于是，他希望蒙古人看在他捕俘了黑将军的功劳上，能将那批埋入井中的财宝，赐予他；另一种说法是，那部下交给蒙古人的是长得很像黑将军的一个勇士，真的黑将军却在祁连山中隐居了下来，经过多年的苦修，证得了幻身，成就了果位。

姐婆还告诉紫晓两个流传于瑜伽行的传说：

一个传说是，黑水国的被埋是黑将军行的咒术所致。他的肉体被毁坏之前，他以作意的方式修了一种十分厉害的诛法。同时，还发出了某种诅咒，跟寻常诅咒不一样的是，这种诅咒是以大悲心为基础的。据说，能使其咒术加持力不中断的保证之一，便是那苍狼高贵的基因。姐婆说，正是黑将军咒力的庇佑，地处西域兵家必争之地的凉州才安稳了几百年。有一首民谣形象地唱道：秦川中，血没腕，唯有凉州倚柱观。

另一个传说是，凉州等地的安稳和平得益于黑将军幻身的庇佑。说是黑将军真的修成了幻身，那是经过长期的修炼，由心气造成的另一个身子，可以不生不灭，永恒住世。这一点，紫晓在一本专谈无上部瑜伽的书中看到过。紫晓的瑜伽老师说，他只知道一部分幻身的修炼之法，只要知道另外一种方便之法，就可以如法修习了。据说，任何一个洞悉了那秘密的瑜伽修习者，证得幻身并不难。

据说，黑将军的粗重肉身毁灭之后，他的光明心便跟幻身融为一体了。他的智慧可以使他不入轮回。他的慈悲，又可以使他不入涅槃。这样，他就一直以其独有的灵界方式留在了人间，成了河西的守护神。在凉州民间的传说中，遇到危难，只要至诚向黑将军祈请，便会得到救助。

但另一个传说是，黑将军的幻身必须有苍狼的高贵基因作为助缘，才能产生大力。要是没有纯正的苍狼基因作为助缘，那幻身也近似于旋在黑戈壁上的旋风。

瑜伽行里流行的说法称，黑将军原是印度大神大黑天的真实化身，印度语叫玛哈嘎拉。近千年以前，一场兵灾毁灭了印度的某一种辉煌的文化，其文化的一个重要载体就转移到了中国西部，那玛哈嘎拉的魂魄便随之而行了。黑将军是其载体之一。

姐婆还向紫晓讲了从瑜伽行师傅那儿传下的秘密故事，说是黑将军的后代逃出了黑水国后，在祁连山深处藏了下来。她还特地谈到了那两条苍狼，多年之后，那两条纯种苍狼养下了许多优秀的犬种。任何一个黑将军的后裔移居某处或是远行时，都必须带上一公一母两条苍狼，作为助缘，这样，就可以保证黑将军的咒力不至于中断。

黑将军的咒术被姐婆称为黑咒。黑咒最明显的标志是，其咒力所及之处，连石头都是黑的。从敦煌通往新疆的途中，有一片巨大的黑戈壁，一粒粒石子都泛着黑光，据说就是黑将军的咒力所致。

7

姐婆还讲了苍狼跟藏獒的渊源。

姐婆管藏民叫西番子，管藏獒叫老山狗。她说，西番子最纯正的老山狗，都是苍狼引下的种。

姐婆说，西夏被大元灭了约四十年后的一天，黑将军的后裔之一去凉州朝拜。在一种神秘的业力作用下，跟他同行的两条苍狼，进了一个神秘洞窟。主人等待多时，却不见苍狼出洞。他尾随进去，见那洞深不可测，旁边的洞壁上竟然有许多燃着的酥油灯。主人再前行时，发现前边有条巨大的蟒，挡在前方，朝他愤怒地吐出舌头。他便马上回转了身子。他当然不知道，两个多月之后，这两条苍狼，会从拉萨某寺院的一个地洞中出现。

据说，后来真正的纯种藏獒，便是那两条苍狼的子孙。

据说，黑将军的子孙在祁连山深处繁衍了千年。他们很少与外界联系。他们跟奶格星球上的人一样，也在修习一种瑜伽秘法。得到了该秘法真传的人，只要如法修习，都可以见到证得了究竟的黑将军，并得到他的点拨。他们管这一现象，叫“见到本尊”。

据说，千年间，他们也期待着另一个宝藏的密钥。

另外，一本神秘的书中还记载了一种说法：黑将军的一部分子孙离开了西部，他们随着客家的第三次迁徙到了岭南。在一处原始森林里，他们建了一个神秘的茶园，其格局大势，跟黑水国相若。不过，书中同时还记载了另一种说法，说那茶园的建立者，其实是大手印瑜伽的另一支传承者。他们跟黑将军一系，有着缘起上的不同。

他们是一幅织锦的两个侧面。

第八章 巨大的沼泽

1

接下来，我们介绍本书中又一个重要人物：大行。

大行跟本书的几位主人公关系密切，他先是黑歌手的对手，后来却成了他的重要传承者。

大行是和灵非一起到东莞的，他也来自西部。两人性格虽然差异很大，但关系很好。大行天性尚谝。谝是个凉州方言，有喜欢夸耀和吹牛之意。大行爱吹牛，但他的吹跟一般人的吹不一样，他与其说是吹，倒不如说有种“气吞万里如虎”之感，人们不太习惯他的语气，就当成吹了。

灵非在东莞跟文字打起了交道，而大行则搞起了教学用品。跟他合作的是一个叫丁成的浙江义乌人。对丁成，灵非印象不好。丁成一表人才，有着令人羡慕的家庭，妻子是有名的美女，身材高挑，气质高雅，生了一男一女，皆聪明伶俐，可爱异常。樟木头人眼中，丁成的一生，确实是十分完美的。

但灵非却反对大行跟丁成合作。因为他发现，丁成人很浮，且巧言令色，巧舌如簧。最叫灵非不放心的是，丁成看人时眼珠总是在躲避着什么。在灵非的经验中，这种人不可以信任。于是，当大行征求他的意见时，他说，我希望你别跟他合作，将来他会害你的。

虽然大行一向很信任灵非，但这一次，他没有听灵非的话。因为教学用品是个稳赚的行业，只要有学生，就会用教学用品。而且，在浙江某领导的引荐下，他们认识了东莞教委负责人，承包了教委下属的一家教学用品公司。每学期的教学用品，就由教委发文件，由大行雇车送往各学校。

没想到，就是这样一个看起来稳赚的行当，使大行陷入了一生中最深的陷阱。

当得知大行已决定跟丁成合作的时候，灵非长叹一声。他说，既然你一定要跟他合作，我也不好说啥。不过，我只希望你别叫他弄进监狱即可。记住，日后你所有的商业活动，一定要以日记的形式记录下来，并注明证人，或许日后有用。

后来，大行真的这样做了。正是因了这一点，他才躲过了漫长的牢狱之灾。

大行曾向灵非谈他初到东莞的感觉，他觉得自己像一片被抛入陌生大海的落叶。他经年累月地浸泡在梦幻之中，一切都向他喷射着十分陌生但强劲无比的信息。对于从来没离开过凉州的他，这是另一个世界。对那些老东莞人，他一向印象很好。多年间，大行从那些十分憨厚的人那里，得到过无数次的帮助。后来，帮他的那些人都富了。那些看似很普通甚至很土气的人，都有着叫他咂舌的财富。灵非于是说，那些人拥有的财富，都不是偶然的。他们的心，决定了他们的命。也许，正是因为有了那种憨厚德行，才使他们拥有了很多财富。对此说法，大行总是疑惑。因为他发现，凉州有许多同样憨厚的农民，却受了一辈子穷，说明除了憨厚之外，定然还有别的原因。

大行来东莞时，带着父亲帮他筹到的五万元钱。对于一家教学用品公司来说，这点钱实在太少，但却使大行从打工者变成了合作者。他被丁成任命为公司的业务经理。丁成每年大约有一半时间待在东莞，其他时候，则在义乌老家。他在义乌还经营着几家夜总会，生意红火，这儿的许多事务，就由大行负责打理。每到开学时，大行就负责把货送到需要的学校，然后，将收到的钱交给专程前来收款的丁成。

两人就这样相安无事地合作了几年。后来，出事了。丁成每次发货时，大行都要给他打收条，而他将款交给丁成时，却不知道要收条。对此，他的解释是，货是人家发来的，收来的钱当然也得给他，我咋好意思要收条。

于是，当丁成手头的收条数额积累到上百万的时候，就将大行告上了法庭。

直到那时，大行手头仍然没有一张丁成的收条。于是，大行当然成了上百万货款的贪污者。

对此，大行愤愤不平地在法庭上解释："在凉州，朋友间借款，连收条都不打的。丁成咋会这样？"

2

大行在看守所里的几个月成了他命运中摆脱不了的噩梦。

关于它，大行一直视为隐私，从不给人轻谈。甚至在灵非询问时，他也是轻描淡写地一带而过。他说，问啥？我只是告诉你，那儿的警察很好，可号子里的犯人不好。号子里有六十四道菜。灵非问啥六十四道？大行说，我只说其中一道，叫嫦娥奔月的，他们在你的鼻子里插两根筷子，下端拴两根绳子，一人站在高处，提那绳子。那一提，你便鼻腔被撬，眼泪横流……为了减少些疼痛，你只好随了那提势，踮起脚尖来，他一提，你一踮，便是嫦娥奔月了。这道菜说来简单，吃起来却很难消受。那筷子别说提了，只消插入你的鼻腔，你便能尝到那滋味了。

大行轻描淡写地说着，灵非却感到一种难言的难受，一连打了好几个喷嚏。

大行说，我再给你讲个倒点天灯的……将那卫生纸拧成长长的捻子，用筷子插入你的肛门，点了那纸，再叫"吊吊灰"去吹那纸捻，那纸便一直烧进你屁眼了。

啥是吊吊灰？

就是刚进看守所的那个犯人。

灵非觉得肛门发紧，就说，你别说了，我明白那六十四道菜了。

大行眯了眼，望一阵虚空，长长地嘘了一口气。

后来呢？

后来，你叫我记的日记救了我。我终于没有判刑，但背了三十多万元的债。

为啥？

因为另一个骗子，骗去了公司的三十多万。这一笔债，就算在我账上了。

再后来呢？

后来，丁成又进了看守所。有时候，命运很奇怪，丁成处心积虑地设计，终于把自己弄进了监狱，他被判了八年。不久之后，他的娇妻便跟一个警察泡在一起。大行还以为她是想救丁成才这样呢，没想到，后来最想要丁成命的，还是他的美人妻子。因为她和警察有了感情，怕丁成出狱之后，会碍他们的事。丁成的所有算计，最终毁了的，是他原本幸福的家。

大行说，他出了看守所，回到樟木头时，觉得这辈子完了。在他眼中，那三十多万的债务，是他生命里很难逾越的一个障碍。那时，他想，自己便是打一辈子工，也不可能偿还那债，而逃避，又不符合他的性格。于是，他对教委领导说，你们放心，我吃屎喝尿，也会还上这笔钱的。

3

大行是在一个无月的夜里偷渡的。他想去香港。早些年，老有东莞人偷渡去香港的，近些年少了，但还是有不少内地人冒险来东莞，以寻找偷渡之机。他们眼中的香港，跟那时大行眼中的香港一样，是一个充满神奇和诱惑的地方。

大行买到了一个人称塑胶枕头的游泳圈。他想游过去。他问过霍宝，哪种方式容易偷渡成功？霍宝告诉他：游泳。霍宝曾跟人到当地人称为“东南角”的香港去混过几天光阴。在他眼中，“东南角”真是天堂，即便他在那边事发入狱，也要比在这边挨饿强，因为香港监狱里有着很好的吃食。他一次次偷渡过去，又一次次被香港警方遣送回来。因为熟悉线路，他后来成了偷渡者最好的向导。带一次路，收点信息费啥的，混口饭吃。

霍宝告诉大行，所有偷渡方式中，最安全的就是游泳。他说，乘船最不安全，你想，那么大个东西，人家只要一用望远镜，很容易发现你。

大行曾帮霍宝从一个骗子那儿弄回过被骗的古董款，霍宝知恩图报，两人相处得很好。一天，因为饥饿，霍宝从大行包里抽了五百元钱。大行不动声色，反倒又给了霍宝二百元“吃饭钱”。从那以后，霍宝再也没动过大行的一分钱。这个故事，也是霍宝传播出去的。在他的鼓吹下，许多人都知道大行是个好人。

于是，大行落难之后，霍宝说，要是你真的想去东南角，我可以带路。

大行在凉州时，就是当地的游泳高手。那时，凉州人不将游泳叫游泳，而叫“打澡儿”。几乎每个夏天，大行和娃儿们都要“打澡儿”。不过，大行的游泳技术很不规范，虽然他也能一口气游上好几个小时，但只能算“狗刨”而已。好在他总算熟悉了水性，在海边训练了几周之后，连霍宝也对他竖起了大拇指。

一个无月的夜里，两人带着游泳圈，跳进了大海。

在大行的记忆里，那夜他跳入的，是另一个梦幻世界。最初的记忆是冷，那是海水独有的寒凉，他觉得五脏六腑都冻透了，好在不久之后，他就适应了。他的第二个记忆是无边无际的黑暗。记得，当他们漂游了几个小时之后，岸上那星星点点的灯火便淡成了洒在天边的一点萤光。在哗哗的水声中，那萤光增加了他心中的梦幻感。他永远忘不了那种被抛入无边黑暗的感觉。这成为他生命里永远没能抹去的记忆。后来，这种感觉一直伴随着他。他一直觉得自己被命运抛入了暗夜。那暗夜很是强大，他无论怎样想突破暗夜的包围，但总是徒劳无功。后来，他称之为孤独。

身边的黑夜像浓稠的液体僵住了大行的思维，他懒得去想啥。他想，就这样漂吧漂吧，走哪山，打哪柴。他一直不敢想那三十多万的债务，那是一道厚厚的铁墙，总在挡着他生命的路。但他想，只要他活着，他就要偿还这笔钱。其主要原因，是因为负责教学用品公司的教委主任蒲岳待他很好。那是真的好，而不是作秀和客气。他从蒲岳眼眉的细小动作中，也能发现对他那份浓浓的关爱。蒲岳是老东莞人，有着当地人独有的那种憨厚。大行的免予刑事责任，跟蒲岳的力保有关。最叫大行感动的是，即使在丁成已将他送上法庭的时候，蒲岳仍坚信大行不是丁成说的那种人。后来，大行用确凿的事实证明了自己并没有犯罪。大行想，就是冲着蒲岳待他的这份真情，也要还上那些债务。因为那些债务，是教委给教学用品公司的投资。他不想叫蒲岳担骂名。

大行记不清自己漂了多久。后来，灵非跟他喧谈的时候，他仍然说不清具体的时间。在感觉中，他一直在漂。开始还能看到萤火似的光，后来，许多灯光都渗入了夜色，只有一个地方很亮。那便是他和霍宝前往的方向，后来，他才知道，那是香港的电厂。这是那个夜里最亮的所在。

再后来，他便看到了天边渗出了一抹耀目的红。那红渐渐渗洇开来，溅向四处的天空。一道亮得甜晕的弧透出了水面。

大行将这画面当成了命运的转机。

他想，这真是一个好的缘起。

4

大行在香港找到了一份临时工作。相较于东莞，这儿的工资确实出乎他的意料。但大行仍不满足。因为他总在算工资跟债务的距离。他一直想在蒲岳的任期内偿还这笔债务，他不想让自己的失误影响蒲岳的仕途前程。那些日子，老有人拿此事做蒲岳的文章。据说，蒲岳已经内定的财政局长就是叫此事搅黄的。

大行一直很内疚。所以，一跟那债务相比，他的打工收入就变得轻飘飘了。

一天，大行对霍宝说，我不干了。我得想个别的法子。霍宝说，你先别急，我找几个朋友，看看有没有别的路。几天后，霍宝笑嘻嘻地告诉他一个消息。

“有人愿意替你偿还那笔债务。不过，他有个条件。”

“啥条件？”

“你们面谈。”

大行便见到了王纪。

王纪是个笑模笑样的人，看上去很儒雅，总是一副忧国忧民的圣者模样。他显得很有见识。见了大行的第一面后，便很欣赏大行的义气。大行马上就喜欢上了他，并对他有了相当的信任。大行是个爱面子的人，只要对方欣赏他，他总能给足对方面子。

王纪说他愿意帮大行。

王纪说他可以担保叫他的朋友借给大行三十万，叫他马上还了那笔欠款。只是有个条件，大行必须帮他们做几件事。这几件事做成了，那笔款就顶了他的劳务费。要是做不成，大行得在半年内还上这笔钱，还得付很高的利息——否则，大行得用一个肾来还债。

王纪笑嘻嘻地摊了牌。

大行问清了啥事之后，答应了王纪。

大行的命运，从此走上了另一条轨道。

王纪说的第一件事，便是要他去偷紫晓的那条苍狼。

5

于是，在某个夜里，大行接近了苍狼。他想知道，传说中的这种神犬究竟神在何处?

大行有种别人没有的特殊功能：无论多么厉害的狗，见了他，都会屁滚尿流，魂飞魄散，瘫软无力。关于这一点，东莞知道的人很多。

大行看到了苍狼，他暗自喝彩。他见过无数名犬，但像苍狼这样的，还不曾见过。苍狼的神情很傲慢，但不是那种浅薄的傲慢，而是从骨子里透出的一种王者之气。他想起了书上看过的一个词：佛慢。也许，那佛慢便是苍狼的这种神情。苍狼淡然地望着远处，眼神中充满了辽远和苍茫，那眸子里盛的，仿佛是整个世界。大行想，纵然是地球马上要爆炸时，它也不会惊慌失措的。

大行心里没底了。他见过无数的猛犬，无一例外地驯顺在他的面前。小时候就这样。有人说是他前世杀过无数的狗，身上有杀气，就像多厉害的狼也怕猎人一样，大行是狗的天敌；有人说，大行的前世想来是一头狮子，这一世身上还带有狮子味，所以狗一闻那味道，骨头就酥了……总之，说法是各种各样的。

大行第一次产生了惶恐。他想，苍狼会不会买我的账呢？

他走近了几步。苍狼扭过脑袋，冷漠地望望大行。四只眸子相对了，大行知道他们两者之间的较量开始了。以前，许多狗一见他，就会发出低低的呜咽，但也有个别的狗，敢和他对视一阵，凉州人管这叫绷脸。这是小孩老玩的游戏，两人板了脸，直视对方的眸子，你可以不动声色，也可以做出各种怪相，只要有一方笑了，便等于输了。

那些十分强悍的狗，即使是见了他不屁滚尿流，也会输在跟他的绷脸上。

大行开始和苍狼绷脸了。

他看到了苍狼眼中的那王者才有的傲慢，它从那眸子中喷了出来，挟带着极强的生命能量。大行不由得暗暗喝彩。

大行看到了两口深不可测的井，井中旋出一晕一晕的波，仿佛要将他吸进去似的。大行心有点虚了。以前，他可从来没遇到过这种场景的。往常，只要他一靠近，那些狗大多会像见到狮子一样呜呜哀鸣，仿佛末日来临似的。

大行专注了心，用了心力，深入那两口井中。他用意识的长矛，四下里横冲直撞，他想找到苍狼的弱点。在他的经验中，所有的狗都有弱点，你只要抓住它的弱点，那么，它就会乖乖地成为你的奴仆。在对付狗上，大行很像那些有经验的商人对付贪官一样，有种天生的敏感。

但大行觉得自己进入了一个巨大的沼泽。

他第一次心中无底了，反倒有了怯意。

他明白，要是他再进一步行动的话，那苍狼就会吞了自己。会的。他想。

那是大行和苍狼的第一次相遇。

据说后来，大行又采取了多种方式想叫苍狼上他的圈套，比如在肉中放麻药、用母狗引诱等，但怪的是，这些对付一般狗的招数，在苍狼面前都失灵了。

不过，这一切都发生在暗中，紫晓并不知道。

第九章 奶格玛

1

紫晓和灵非发现，那本神秘的西夏小书的内容越来越玄幻了。

该书按印度人的行文规矩，记载了瑜伽大师奶格玛的前世、今世和后世。这种体例，是古代印度常见的传记形式。后来，藏地的某些传记也采用了这种写法。你可以去看那些高僧大德的传记，你会发现，他们往往会一代代追溯上去。于是，历史上的名人都成了他们的前世。有时候，好多当代人会抢某一个历史人物，仿佛不如此，便不能赢得世人信任似的。灵非很反感这一点。他想，就算你们真有前世，真的是历史人物，但过去是过去，今生是今生。更何况，许多所谓的大德连基本的历史知识也不懂，有时，他们隔了几代的所谓转世者中，甚至有同时代的人物，似乎那些人在活着的时候，就已经开始了下一代的转世。

但这本西夏小书中的前世之说，跟灵非以前看到的不同。它将奶格玛的前世放到了遥远的太阳系外，你可以称之为外星球，也可以称为其他世界。这与其说它在沿袭印度的传统，倒不如说是科学幻想作品。书中主要讲了那位瑜伽大师的前世。书中说，奶格玛是从北俱芦洲的奶格星球来到地球的。据说，古代印度的奶格族便是奶格星球人在地球上的“移民”，也有人说他们是仿照地球人制造出的试验品。后来，西方有人沿袭了这一说法，说地球人是外星人的试验品。

在印度传统的宇宙观中，将宇宙分为四个大洲：东胜神洲、南赡部洲、西牛贺洲和北俱芦洲。《西游记》中的孙悟空就来自东胜神洲。也有学者将这一划分当成了地球上的范围。但在那本西夏小书中，这四洲，代指整个宇宙。

书中说，奶格玛便来自北俱芦洲。

在古印度的说法中，生在北俱芦洲是人生的八难之一。因为此洲的人非常安逸快乐，看不到人生的苦难，所以生不起修道之心。这跟盲人哑子等残疾人，构成了古印度人所说的八难。但书中又说，瑜伽大师奶格玛是个千古罕见的例外。

正因为是例外，她才成就了光照千古的事业。在印度瑜伽大师的行列中，奶格玛前无古人，后无来者。

书中说，奶格玛走出了北俱芦洲的奶格星球，是想到地球上寻找一种能够永恒的光明。据说，它的名字叫光明大手印。在北俱芦洲的传说里，这是一种永恒的光明。奶格玛的爷爷想找，没有找到；奶格玛的爸爸想找，也没有找到；后来，奶格玛也想找。

在那无尽的时空里，光明大手印成了北俱芦洲人的一个梦。其特征，很像地球人向往的天堂。

但奶格玛想，天堂有啥好呢？因为，在地球上许多人眼中，那北俱芦洲就是天堂，那儿的人寿命无尽，很少夭亡。

奶格玛说，地球人向往北俱芦洲，我却向往那永恒的光明大手印。

她找了多年，一直没有走出她的寻觅。

紫晓问，她找到了没有呢？

灵非说，那本书讲的，便是你问的内容。

2

紫晓和灵非像老鼠啃铁那样，翻译那本西夏文小书。书中有种令紫晓着迷的氛围，她很像被神话故事迷住了的孩子，总觉得书中有股神秘的力量勾住了她的魂。那种力量很大，大到她有时甚至忘了丢失苍狼的痛苦。常昊安排了一个得力的警察朋友，帮她到处访查。紫晓自己也找了几个闲人四处寻觅。虽然她尽了大力，但仍是有种老虎吃天、无处下口的感觉。为了排解难以摆脱的失落，她索性将闲暇时间都用来破译那本西夏文小书。

在灵非的帮助下，她从偏旁和部首开始，渐渐掌握了西夏文字的规律。这样一来，她就能借助那本《番汉合时掌中珠》，慢慢了解小书的内容。

西夏人的思维很有意思，充满了许多神奇的想象。很难想象，他们怎么会将那位瑜伽大师的前世当成外星人。书中没有外星人的提法，但那意思是“来自另一个世界的人”，紫晓有心译为外星人，但她又怕这会跟时下流行的概念相混。奶格玛的意思是来自“奶格世界的人”。在古印度文里，“玛”的意思是“……的人”，当然这是对女人的称谓；要是奶格玛是男人，就会被人们称为“奶格巴”。在古印度，充满了这类的称谓，如“卢伊巴”是“吃鱼肠的人”“谛诺巴”是“榨芝麻的人”，等等。

那本西夏文的小书中说，奶格玛从北俱芦洲逃出许久之后，仍忘不了那种遮天蔽日的尘埃造成的黑暗。那黑暗是块巨大的幕布，把天呀地呀世界呀都遮了，那遮了的，还有奶格玛的希望。

以前，奶格玛认为，她所在的世界是能够永恒的。因为北俱芦洲的人世世代代修一种无想瑜伽，代代进化下来，其生命里就不再有迅速衰老的基因，便可以相对无限地生活在自由的空间里。关于他们的故事，地球人在几千年前就已经知道了。佛经中有他们的故事，说是这儿的人寿命极长，过于安乐，是很难教化的。

元朝八思巴大师写了一本叫《大乘要道密集》的书，其中收录了一种修炼长寿的法门，就叫《北俱芦洲延寿仪》。书中讲了一个神奇的故事，说是有一个叫惠庆的和尚，在龙树岩中修行十三年。一天早上，见到一个学者模样的人来找他，那人自称是龙树，说明天会有一个在家人来找他，领他到某个地方去修习，会有奇异的事发生。第二天，果然有一个在家人来找他，请他到某处，供养他衣食等物。这和尚夜间坐禅，不久便证得了罗汉果位，天眼能看见四大部洲。他每天晚上都要进行施食，施食时，十方鬼神都来受供，和尚也能看见他们。

有一天，罗汉看到前来受食的鬼神都在哭，他感到奇怪，问他们为啥哭。鬼神们哭道，因为你还有七天的寿命，所以我们悲痛不已。罗汉说，我也知道我七天后必死，可是你们哭有啥意思？你们可有叫我不死的法门？鬼神说，我们没有。其中有一个在家居士模样的人，长得怪模怪样，他的一只眼睛瞎了，一条腿也瘸了，对罗汉说，我有不死的法门，这法门在北俱芦洲，叫北俱芦洲延寿陀罗尼，要是如法行持，肯定能长命的。罗汉说谁能求得此法？那人说我能。罗汉说，你又瞎又瘸，哪能到达北俱芦洲。那人说，我的肉体虽残，却不妨碍我的神通。罗汉说，你一年时间，能否到那儿？居士说，你的命只剩下七天了，我在你寿命没尽的时候，就会求来那延寿之法。说罢，他便前往北俱芦洲。三天后，他求来了延寿之法。罗汉如法修习，延寿千年，人称无死罗汉。

修此瑜伽时，须端坐软座，放宽身心，观想空中，有上师诸佛而做皈依，然后诵曰：皈命礼敬大智妙吉祥菩萨，皈命礼敬大悲观世音菩萨，皈命礼敬大力金刚手菩萨，皈命礼敬惠庆阿罗汉，我今为利一切众生，修此延寿法仪。

这样发心之后，观想自已身坐四叶白莲，转成青色种子吽字，其字融合成五股铁杵，杵脐也有青色吽字，左绕白色咒鬘，咒曰："南无布达亚，南无达玛亚，南无僧伽亚。怛的牙塔，嗡爹亚发爹亚必爹亚，孤难爹，隔塔怛隔怛隔呼噜麻帝兮里兮，里密里密里三'葛巴'尼牙尾'葛巴'，恰发目捺赞南细萨萨埵，班答莎哈。"

乌鸦云烟未起时诵此咒最妙，日落时不可诵。每日诵持一百零八遍者，决定延寿，所有灾难悉能消灭。

北俱芦洲人世世代代都在修炼这种延寿瑜伽，已经远离了衰老。按地球人的算法，奶格玛来地球寻找永恒的那时，也已一千多岁了。这一千年中，她就没有见到啥死人。只是在某些传说中，奶格玛听到过死人。她的父亲像地球人谈论曾祖父的故事那样谈论死去的人们。他们不是因衰老而死的，而是因为觉得无聊而自己结束了生命。你想，因为没有死亡，大家除了修那种无想瑜伽外，也没别的啥事可做，有许多人就想，这样活着有啥意思呢？第一个千年里，他们生起了这种疑问；第二个千年里，这种疑问便笼罩了他们，这时他们便开始寻找活着的意义，结果是越寻找，越找不到意义；第三个千年里，有些人就失望了，他们便开始痛苦。许多时候，由于这种意义丧失带来的痛苦，他们再也不想修无想瑜伽。于是，虽有长寿基因的支撑，那些不再修持者，仍开始有了衰老的迹象。于是，他们想，与其一天天老死，还不如早一点死去的好。于是，他们就选择了用自己喜欢的方式来结束生命。

那些传说中的死者，就是这样死的。其中，就有奶格玛十代之前的一位祖先。

3

紫晓继续翻译那本小书。

书上说，因为长寿，北俱芦洲的人越来越多。多到什么程度呢？告诉你，要是你有天眼——紫晓补注：或是有足够倍数的天文望远镜，并能够看到奶格星球的话——你就会看到那星球变得像刺猬一样。那一根根刺，就是奶格星球人住的楼房。为了节省生存空间，他们早就向空中发展了。那一道道刺向天空的建筑物遮住了地面。好在因为历时几千年地修炼延寿瑜伽，奶格星球的人都不再有地球人那样的粗重肉身，而是变成了智慧的光身，他们叫幻身，那模样很像彩虹，望之有形，触之无物。据说，那住所也是彩虹样的，很像星体在发光。

不过，因为常修无想瑜伽，北俱芦洲人都变得非常安静，除了像奶格玛这样的调皮鬼——北俱人叫她散人，意思是心中杂念太多。这称呼是带了贬义的，跟地球人骂人“二流子”差不多——时不时光顾地球外，其他人是懒得动的。

奶格玛这样的“散人”光顾地球时有三种方式：一种是通过他们临时建

成的道路，地球人叫它彩虹。当你看到彩虹的时候，你就有可能见到奶格玛和她的朋友；另一种是乘载他们独有的飞行物，地球人叫它飞碟啥的；还有一种，就是奶格玛的这种形式。奶格玛是北俱芦洲的上根之人，她已经有了彩虹之身。这虹身的动力是她的意念，当她想到啥地方去时，一想，就到啥地方了。

也许，你在地球上的某些城市中遇到的人流中，就可能有奶格玛呢。除了在触摸她时，才发现她是虹身之外，别的特征跟我们地球人很相似……对了，还有一个重要特征，就是她显得非常单纯，因为她老修延寿瑜伽，心没有地球人的那种复杂，所以看起来她非常单纯。她的脸上，总是有一种非常灿烂的笑。

当你看到你从来没有见过的那种灿烂而单纯的笑时，就有可能见到了奶格玛。

4

奶格玛到地球上来，目的是想寻找传说中的那种叫光明大手印的东西。书中说，在北俱芦洲人的眼中，它代表着永恒。

北俱芦洲有好多星球，虽然各有信仰，但都认同光明大手印。于是，它便成了一种美丽的传说。

奶格玛一直寻找光明大手印的原因，是奶格星球已接连发生过多次异常。那异常，一次比一次猛烈。第一次，只是某个地方冒了几股青烟；第二次，那青烟就像地球上的原子弹那样爆炸了；第三次，青烟便笼罩了大半个奶格星球；第四次，青烟半年没散……奶格星球乱成了一团。因为老祖宗留下一个传说：当奶格星球冒烟的时候，它的寿命就到头了。那时，该星球上的所有生物就到了灭绝的时候。所以，冒第一次烟时，奶格星球人便知道自己面临灭亡了，他们都很害怕。

有读者问了，那么，他们为啥不到地球上来呢？

当然，对于奶格星球人来说，到地球上并不难。只是他们的虹身只有在奶格星球还健在的时候才能相对永恒，他们像那个希腊神话中的安泰一样，只有在双脚接触到属于自己的土地时，其生命才能得到无穷无尽的能量。奶格星球一旦毁灭，其虹身便失去了能量的补充，那光明和色泽便会渐渐变淡，终而变成一缕青烟，被岁月的飓风吹得不知所终了。奶格玛很小的时候，人们就说，孩子，你要想永恒，必须找到那个叫光明大手印的东西。

奶格玛曾问，那是啥东西呀？

老先人说，那是永恒的光明。

于是，一代一代的奶格星球人都在寻找那种光明，但一直没有找到。

直到奶格星球冒起了第一股青烟。

从那时起，奶格玛也开始了寻找。

永恒！永恒！

奶格玛像啼血的杜鹃那样，一直呼唤着这个词。

就是在那种呼唤声中，她一次次逃离了北俱芦洲。

不过，虽然属于她的星球已经冒烟，但它总是属于自己的土地。每次到地球上的时候，她一发现自己的虹身有点褪色的时候，便赶紧回到自己的家乡，直到补充了足够的生命滋养，再进行新一次的逃离和寻找。

虽然老先人还告诉过她，说是你只要放弃虹身，以地球人能接受的方式入胎出生，那么，你也可以安稳地生活在地球上——佛经中就充满了这样的传说，说地球人就是从光音天来的——但奶格玛不愿意失去虹身，她很害怕地球人的那种粗重肉身。

所以，她只好一次次逃离出现了异常的奶格星球，又不得不一次次回去补充能量。

她觉得好累。

5

书中说，奶格玛走遍了许多城市，一直在寻找光明大手印。

她向每一个她认为的智者问询：你见过光明大手印吗？

那些智者大多会问：啥是光明大手印？

奶格玛说：就是永恒呀！

但叫奶格玛哭笑不得的是，许多人都不知道永恒是啥。

6

紫晓将《奶格玛秘传》中的奶格玛第一次来地球的内容进行了意译，其内容分明带了现代色彩。灵非见过那部分的原始内容，其内容和原文大致相若，但话语却变成了现代人能接受的方式。

紫晓意译道：

第一次回答了奶格玛提问的，是一位书生。书生说：哎呀，你说的永恒，想来是爱情吧？你不见书上老说，爱情是人类永恒的主题呀。

翻译书中的那个西夏文的“爱情”时费了不少周折。因为西夏文中的爱情有殉情的含义。西夏人是鼓励情侣们殉情的。书中说，殉情而死的人，跟战死者一样会受到敬仰。而当代汉语的“爱情”一词中显然没有这样的含义。但紫晓说，还是翻译为爱情吧。

奶格玛说：我不知道。我只听说，那永恒的名字叫光明大手印。

书生笑了，说一样，一样呀，不同的语言，叫法也不同。中国有好些方言，差异很大的。瞧，南方话和北方话，一个天上，一个地上哩。你说的永恒，肯定是爱情。你不瞧，自打有了人类的时候起，就有了爱情，一代一代的人死了，可那爱情，一直没死呀。难道它不是永恒？

奶格玛问：爱情是啥？

书生吃惊地问：你不知道爱情？

奶格玛不好意思地摇摇头。因为奶格星球人，是从来不胡思乱想的。他们都修无想瑜伽，也正是因为无想，消耗的能量很少，他们的寿命才格外长，但她不敢把自己的身份告诉他。

书生说：那你还没有初恋过？

奶格玛问：啥是初恋？

书生解释道：就是第一次和人恋爱。

奶格玛又问：啥是恋爱？

书生说：恋爱就是两人生死不分地爱呀。

这回，奶格玛懂了，因为奶格星球人不是也面临死亡的威胁吗？虽然她不知道爱是啥，但她还是点点头。

书生说：要不，我们相爱吧？这样，你便知道啥叫相爱了。

奶格玛问：你爱我吗？

书生道：当然爱呀。像你这么美的女孩子，谁都会爱的。

奶格玛说：好的。

接下来，书生就提出要和奶格玛上床。奶格玛不知道啥叫上床，因为在北俱芦洲，人们是用不着上床的，他们的智慧进化到了很高的程度，没有了粗重的肉身，生个孩子啥的，只互相对望一下，就能完成生命的交流。

在那儿，床是个陌生的词。书生费了很大的劲才解释清楚啥叫上床，上床要做什么。

这下，奶格玛惶恐了。因为她是彩虹之身，望之有形，触之无物，不要说上床，对方只要一摸她的手，就会发现她不是地球人。

奶格玛后退几步。

书生不高兴了。高兴时的书生很帅，不高兴时的书生就不帅了。奶格玛便想，书生的那帅，也是无常的。她接着想，书生的帅都是无常的，爱他的帅的那些人的爱，咋会永恒呢？

奶格玛就想离开书生。

书生接近了几次，奶格玛便躲了几次，书生于是怒了。书生怒起来很可怕。奶格玛想，像他这模样，谁会爱他呢。

奶格玛问：你不是爱我吗？

那人道：你碰都不叫我碰，咋爱你？

奶格玛问：爱非得要碰吗？

那人道：不做是不算爱的，爱是要做的。

奶格玛问：要是不做呢？

那人说：那就不是爱。

奶格玛想，原来人类的爱，是建立在肉体上面。连那肉体，都不能永恒，何况爱呢？

为了证实自己的推论，奶格玛利用自己身体轻盈的优势，又去了好些地方。她发现，果然，即使是那些利用肉体之便相爱的人，只要心情和环境一变化，爱也就变化了。奶格玛还见到了好些被打得头破血流的女子，她们曾被那些打手称为“爱人”。

奶格玛断定：那爱情，绝不是她要找的光明大手印。

在奶格星球的时候，奶格玛从来不习惯想东西，这些天一想，她觉得很累。她发现自己身上的虹光淡了许多，于是，她便赶紧回到了奶格星球。

7

越往下翻译，灵非和紫晓越觉得吃惊。他们发现，这本书中的故事有着浓浓的寓言色彩，而寓言总是有种能超越时空的东西。

紫晓甚至从奶格玛身上找到了自己。

灵非说，写此书的人，定然是一位智者。

第十章 柳莺的爱情

1

灵非跟紫晓又去了几处狗市，多方打听，又托了几个狗贩子，仍是没有苍狼的下落。他便回到了住处。

多年来，灵非一直住在麒麟巷的大杂院里。虽然他的单位提供集体宿舍，但因为多人同居一室，灵非怕影响自己的创作，就一直没从那个小院里搬出。除了租金不贵之外，还因为这儿是另一个世界的窗口。正是通过这个窗口，他才了解了东莞，了解到一个跟他生活过的凉州完全不一样的世界。

因为处于郊区，这个小院才得以相对久远地保持了下来。这些年中，好些这样的小院都消失了，变成了一栋栋拔地而起的大楼。这小院想来也不会保存太长时间了，老说要拆，但终于还没有拆。

一进小院，灵非便发现，蔡奶奶的外孙梁子又来了。以前，他来过许多次。

梁子个子很高，一双柳叶眼，见了人，总暧昧地笑。那笑仿佛在嘲弄人，像历经沧桑的骗子哄小孩。那笑早成运用纯熟的道具了。仿佛他随时都会从脸上揭下它，换上另一种，比如凶残的、下流的……各色各样的。

梁子不读书，但会唱一些流行歌曲，还背下了一些流行诗，以迷惑女孩。梁子很善于对付女孩。无文化的他常会装出“文化”来，而且这装出的“文化”看来比真正的“文化”还圆融。

梁子常说他的字丑，但有两个字写得惊人地好。那是他女朋友的名字。后来，女友去了日本。他便老写她的名字。那两个字便龙飞凤舞了。

这个故事很能感动人。

梁子老讲这个故事。一遇到年轻女孩便讲。

以前，紫晓还住在大杂院的时候，就曾被感动得泪花闪闪。记得那时，紫晓就多打量了他几眼。常昊将它当成了暗送秋波而醋性大发。

梁子还讲他的所谓经历，传奇色彩很浓。他把自己塑造成黑社会头目，老抡斧头，老打群架，老与警察对阵，老坐牢。他把自己塑造成了一个敢于拼命的恶棍，这一印象，深深地种在了柳莺的潜意识里。后来，梁子原形毕露之后，她一直不敢想象自己如何摆脱他，因为总怕他会杀了她。

梁子说他的人生理想是当一个诗人，为他爱的女人写一万首诗，或是写上一部歌剧，叫他心爱的女人去演唱。但梁子从不读书，也识不了多少字。奇怪的是，一些女孩竟然相信从来不读书的梁子会成为诗人，就像相信从不练武的人会成为武林高手一样。

梁子的经历和理想感动过许多女孩。事实上，梁子的故事都是他编的。他老家在凉州城北乡。父亲老年得子，格外宠他，他东游西逛，便成了凉州人所说的“二杆子”。

许多女孩的天性中无疑有罪恶成分，爱幻想，爱冒险。有些，甚至宁愿爱一个阳刚气十足的可能被砍脑壳的江洋大盗，也不愿和一个安分守己唯唯诺诺的好男人厮守终生。这类女人，平时对不正经的女人口诛笔伐深恶痛绝，但一有机会，她们便会毫不犹豫地超过自己曾诅咒过的女人千倍万倍。只是这时，她们会更理直气壮地为自己的行为编造理论根据。这类人，被循规蹈矩的凉州人名之为“狐狸精”。

常昊老说，紫晓便是这类狐狸精。

世上有许多这样的女人。甚至可以说，所有女人都有那种“狐狸精”基因。只是，不少人用理性把“狐狸精”隐了，一如往水中按皮球。按至终生，便是好女人；反弹出来，便“坏”了。有口皆碑的好女人和声名狼藉的坏女人的区别仅仅是理性按力的大小。在佛教中，那种自我的“按力”被称为“戒”。

梁子无疑迎合了女人。他既有不停地写恋人姓名的痴迷，又有敢与警察对垒的阳刚，更有当诗人和剧作家的理想，便自然会叫紫晓多望一眼。

2

梁子来的那天夜里，还发生了一件事。这是件微不足道的小事，但后来影响巨大。

事情很简单：一支筷子掉到地上。

柳莺后来常谈到这个细节。她把这支筷子等同于打在西门庆头上的那个叉竿了。

后面的情节也如同抄袭。梁子在捡这支筷子时捏了柳莺的脚。后来的梁子已忘了这个细节，他甚至不相信自己这样下作。但柳莺赌咒发誓地证实了它。

柳莺的说法是：若没有那一“捏”，她可能不会爱他。因为那一“捏”等于告诉她：他在勾引她。在经历了许多个想入非非的不眠之夜后，她开始有意地迎合这勾引。

那时，同单位的好几个男孩似乎在追她。他们星星似的帅，成了她那段命运中的星星。

但在一个个不眠之夜里，柳莺按自己的理想设计着梁子，她真的将梁子设计成了诗人和剧作家，她依偎着他踏上了奥斯卡颁奖晚会的红地毯。直到有一天，梁子成了太阳。从此，所有星星黯然失色。

所有的故事也因之发生。

于是，一月后的某个夜里，柳莺对梁子说：“你坏些就好了。”

这时，大行正与玲在屋里旋转。靡靡的舞曲衍着欲望。玲放荡地扭着身子。那放荡地晃动的腰也晃荡了灵非的情绪。梁子就说，坏了，就要害你。

害也没啥。柳莺说。

说这话时，柳莺似笑非笑地望梁子，脸上溢着成熟的风韵。

3

梁子一来，就招来了一群打工仔。有的以前跟梁子很熟，一个串一个，就有一大帮了。梁子很会处世，他从来不跟别人正面冲突，他总是笑嘻嘻的。开始，灵非甚至相信了他真的当过啥头儿，跟警察对垒过。

在东莞打工的西部人中，多老乡。一个老乡来到这儿，立住脚跟后，同村的青年就借了这个跳板，都一窝蜂来了。凉州工资很低，好些行业每月大多三五百元，这儿却大多上千，甚至几千，所以，他们回到家乡的时候，总能招来许多孩子仰慕的眼神。而且，他们在东莞可以很艰苦地生活，一旦回家的时候，大多穿了高档的衣服，于是，经他们一宣传，东莞仿佛成了遍地是黄金的所在。

老乡见老乡，总是很亲切的。猜拳声就格外惊天动地，梁子的笑声也很响。梁子在这样的场合总是很会说笑，逗得男人们乱叫个不停。

院里人都侧目。

老王爷撇着嘴角，摇头晃脑，一汪亮亮的清涕珍珠似的嵌在鼻洼里。他有一肚子东莞的客家谚语，像“有钱三斤狗，有钱三伯公”，像“千跪万拜一炉香，不如生前半碗汤”，像“多子多女多偃蹇，无子无女赛神仙”，等等。他老说这种谚语，却不去解释，显得很是高深。许多时候，他确实是通达而莫测的，精彩睿智的句子时时出口，使灵非对客家文化神往不已。

老王爷最爱唱客家的《叫花歌》。也许，他老是将自己跟那些叫花子比较，才会显得快乐无比。有时候，一吃过饭，他就会陶醉地哼唱——

四块竹板走四方，
烂肉煎油出外香，
睡尽凉亭搭庵庙，
蚊叮虫咬一身痒，

一夜唔得到天光……

老王爷常以济公自居：“鞋儿破，帽儿破，身上的袈裟破；你笑我，他笑我，一把扇儿破。”

老王爷没扇子，但帽儿鞋儿都破，衣服也破，加之常带出看破红尘的诸多言辞，便破出几许潇洒来。若不是看到他杀鸡时的狰狞，倒真觉得他是得道高人呢。

蔡奶奶率性而为。她的绝招是骂街，梁子们的猜拳声一大，她便吼了：

“滚！到外头喝去。这儿又不是骡马市。”

梁子便笑嘻嘻探出脑袋，抓几个道窖裹蒸粽，往蔡奶奶手中一塞：“哟，奶奶，尝一尝，尝一尝。”

道窖裹蒸粽是东莞名吃，用晚造糯米、自制咸蛋黄、五花腩肉、精选绿豆、湖南特产莲子、上等冬菇，配以多种作料，包以粽叶，扎以东莞咸草绳，再经沸水浸泡、明火滚煮后，那蛋香、肉香、米豆香融为一体，芳香四溢。柳莺爱吃这，梁子就时不时弄来一些，供柳莺解馋。

蔡奶奶一见那蒸粽，便笑出一脸肉褶子来，口中却说：“我没见过粽子吗？嘿，我是个死老奶奶，没啥，可别人……聒噪呢……”话未落，便从梁子手中抓过粽子，扔一个入口，塞住唠叨。

梁子们老喝酒。每次喝酒，都要打架。那架势很惊人，提火钳，抡凳子，仇人相见，分外眼红。但很快，便烟消云散，互拍肩膀，称兄道弟。

一见他们来，老王爷便摇头晃脑地说：“鱼跟鱼，虾跟虾，乌龟王八共一家。鹞婆飞上天，蟾蜍蹲缸脚……”

这也是小院里常演的节目。

4

不久，梁子与柳莺同居了。院里人都知道了这事。

那天上午，蔡奶奶站在柳莺的门口使劲地吼：“梁子——梁子——”她疼爱梁子。按她的说法，女儿被女婿“拐”到了西部。后来，女儿害了急病死了，一提起女儿，她总是泪流满面。她老是牵挂外孙子，要是几个月见不到梁子，她就会唠叨个不停。她的好多房租都成了梁子来东莞的路费。要是梁子困住没钱了，他也会打着要路费的借口，问奶奶要钱，只要蔡奶奶有钱，总能满足外孙子的愿望。蔡奶奶将对女儿的所有思念都寄托在外孙身上，为了尽量满足外孙子的需要，蔡奶奶变得异常吝啬，并有种榨骨吸髓的刻薄。

蔡奶奶对梁子的期望很高，梁子的嘴很甜，又爱吹牛，吹得次数多了，蔡奶奶便真的将他当成了无所不能的人。她老是对人夸梁子，说他注定会干成了不起的大事。所以，她不想叫梁子同她认为的坏女子鬼混，就死命叫，一下下砸门。

院里人都笑。都说，叫啥呀？蔡奶奶，人家正忙呢。蔡奶奶却仍砸。老半天。梁子便出来了。“叫啥呀？你。”他吼一声。

院里人于是知道了那时他正和柳莺睡觉。

很般配的，都说。

梁子从此就公开地住在柳莺屋里。柳莺就给梁子做好吃的。柳莺会做饭。那香味老叫梁子流口水。柳莺温柔，说出话来能化了人。柳莺有钱。梁子说柳莺有七万块钱。

梁子老谈他与那个去了日本的女孩的爱情故事。他老写女孩的名字。那两个字于是写得惊人地好。谁也没见梁子写那两个字，但柳莺显然被感动了。

之后，梁子就谈他在兰州的黑社会经历。说他打架，哥们儿都穿黑衣，别斧头，一呼百应，把警察们整得够呛。

“匪首梁子及其团伙被围困在白塔山上。”梁子说报上都这样说了。

梁子还说他坏，坏了不知多少姑娘的身子。这是他的骄傲资本。他的亲戚们也常谈这，其语气异常自豪，仿佛韶山冲的人介绍毛泽东。灵非因此知道了无耻能传染。一个人无耻了，一个家族和一个团伙都会染上那种无耻。

梁子承认自己坏，承认自己爱玩女人。这有点“直捣黄龙”的味道了。

等于在告诉对方：只要你愿意，我也可以玩你。而且，因明了自己的坏，他便可以肆无忌惮地牵手，拥抱，接吻，解裤带。

梁子之所以频频得手的一个重要原因就是：承认自己是流氓。这仿佛老在说那句名言："我是流氓，我怕谁？"

不过，梁子在对付柳莺时，用的却是另一套话语。他对天性善良的柳莺说，上天为了成就一位伟大的诗人和剧作家，才派下你来帮我。这一说，柳莺心中马上充满了一种伟大和崇高。正是在这种情感的蛊惑下，柳莺才心甘情愿将打工挣来的钱毫无保留地交给梁子，供他挥霍。两人第一次上街，梁子就花光了柳莺身上所有的钱；在同居的第一周，梁子就花光柳莺当月的所有收入。此后多年里，梁子一直很伟大地表白自己的理想，柳莺总是心甘情愿地将自己的血汗钱奉上，供梁子挥霍一空。后来，梁子眼中的柳莺，仅成了一个挣钱机器。

近些年，灵非老是遇到梁子这样的诗人、剧作家、画家和修行人，他们四体不勤，五谷不分，更不靠工作养活自己。他们的生存，完全依托柳莺们的辛勤劳动。那些可爱也可怜的女孩，以为自己在为艺术和信仰作着贡献，但她们根本不知道，她们用青春、生命和爱情——更有将对方对自己的控制和占有当成了爱情而陶醉自慰者——供养的，其实是一个懒汉和骗子。要是再遇上一个变态的暴徒，说不定连性命也没了。灵非眼睁睁看着那些充满向往的女子，正扑向打着"爱情"旗号的骗子怀抱。他心疼如刀绞，却徒唤奈何。他知道，在被"爱情"美酒冲昏大脑之后，她们甚至是连爹妈都不要的。他纵然吼破嗓门，也无济于事。待得真相大白，生米已成熟饭，儿女绕膝，沧桑入心，只能自认命苦，自咽苦酒。或有不甘心者，便选择了离婚，将命运苦果抛给了可怜的孩子。

关于梁子的黑社会身份，灵非也很怀疑。原因是他似乎远没他标榜的那样仗义。一天，有人破坏他奶奶的东西，他却逃也似的躲到别处了。他仿佛很胆小怕事。

他所谓的兰州黑衣斧头帮和诗人理想，只是一个欺骗姑娘的童话。

5

吃过饭，太阳已悬到西面的那幢楼顶上。小院热闹起来。上白班的下班了，上夜班的还没走。院里就多了嘈杂。老王爷端个大海碗，堆满面条，轰轰隆隆往口里扒。老汉的吃手很好。灵非很惊奇：一个老汉竟能吃出那样的声音。他老吃肉，爱吃鸡肠子炒辣子，边吃边吸气，头上汗珠子乱滚。吃过饭，他就推辆车子出去卖杀好的鸡，谁也不知他啥时回来。

蔡奶奶又和玲吵架了。换句话，是玲又挨蔡奶奶的骂了。原因还是录音机。蔡奶奶立在斜晖中，两手叉腰，佘太君一样威风凛凛地大骂。

玲黑了脸："不住了！不住了！还能叫人活吗？"

"唔住就滚，现在就滚！"蔡奶奶直了声吼叫，"谁唔走，谁是三斤狗！"

院里人熟悉了这节目，也懒得看热闹。梁子用那个破锣嗓门吼："来呀来个酒啊，不醉不罢休。东边我的美人，西边黄河流。"大概，梁子觉得东边美人西边黄河的场面很壮观，他总在吼这歌。柳莺显然能算个美人了。惜乎无黄河，好在下水口旁常有女人来倒尿和脏水，权当黄河了。

倒也贴切。

柳莺大开了门，在屋里做饭。她是个天生优雅的女人，一举手，一投足，都流露出掩饰不住的韵味，显得自然和谐。尤其那头长发，乌黑，似瀑布，衬得那张俊美的脸有十足的风韵。

柳莺是一道奇异风景。她的存在是不容忽视的现实。她优雅的风姿，她小巧的床，她的长发，她轻柔的像春风一样的细语，她屋里摆设的许多精巧的小玩意儿，都令人赏心悦目。

梁子坐在沙发上，端个杯子。他露出自得的笑。

6

柳莺荡漾在沐浴春风的感觉里。她并不认为是梁子勾引了她。恰恰相反，是她勾引了梁子。因为梁子高大帅气，头发很长，时不时一甩，就甩出一种诗人才有的潇洒——有时候，她也会被梁子不知从哪里抄来的诗句打动，而坚信他定然会成为诗人。于是，她入迷般地爱上了他。梁子答应娶她。

柳莺很幸福。她开始洗衣，做饭，干起了妻子该干的一切。夜里，她和这个她视为老公的男人睡在一起，尽妻子的义务。这是她自愿的。她有种眩晕的亢奋。

她认为，这是她一生中最幸福的日子。柳莺有过一次短暂的婚姻，老公是龙舟发烧友。头一天结婚，第二天就去参加东江上的“赛龙夺景”，第三天便被一辆呼啸而来的汽车送上西天。这次婚姻，没给她带来甜蜜。前两夜，老公赐给她的，只有痛楚和怕。在老公尽情折腾她的时候，她真希望他死去。第三天，他便死了。

她甚至怀疑自己咒死了他。

家婆也将儿子的死因归咎于她，骂她扫帚星，克死了儿子。

那是段黑色的日子。家婆请了道士，设了超度道场。那哀乐，一直在柳莺的生命里飘着。生活是黑纱的模样。

柳莺回到娘家不久，阿爸就为她找了一个对象，那是一个很木讷的男子，阿爸却很认可。在阿爸的授意下，母亲老是唠叨，柳莺觉得忍受不了时，就只好走出家门，住进了这家小院。

在火葬炉的观望孔中，柳莺曾目睹了缠满纱布又罩了新衣的老公如何在火舌的舔舐下变成一堆骨头的全过程。她看透了，她觉得没有必要活在别人的评价里。

第十一章 光明大手印

1

灵非又开始了对那本小书的意译和改写：

奶格玛第二次到地球上的时候，又访查了几位智者，他们也不知道啥是光明大手印。

那些人问，啥是光明大手印?

奶格玛答，就是永恒呀。

那些人便笑了。一个叫工力的智者说，永恒便是永恒，叫啥光明大手印?

他想了想，又说：我知道，永恒便是事业。

奶格玛问：啥是事业?

工力道：事业就是事业。他认真地解释了许久，奶格玛才弄清楚啥叫事业。

工力说，瞧呀，人类在刚刚诞生的时候，就投身于事业了。一茬一茬的人类消失了，那事业却没有消失。你不看，人类有三不朽吗？一是立功，二是立德，三是立言。那事业，便是立功了。

见奶格玛还在疑惑，工力说，走呀，我带你去看看。

工力先带着奶格玛去了长城，他说，瞧，这便是一代天骄秦始皇修建的。他是中国历史上第一位皇帝，他统一了中国，他建立了不朽的功业。

奶格玛问：后来呢？

后来他死了。他的儿子当了皇帝。

再后来呢？

再后来，一个姓刘的人抢了他的皇位。

奶格玛想，那功业不是永恒呀，却不敢打断老人的话。

老人的话很多，他解释了秦始皇的许多丰功伟绩，但只要奶格玛一问“后来呢”，就会发现：后来，那些丰功伟绩都没了，它们全被另一种东西代替了。

忽然，工力愤怒地吼叫了几声，因为不远处有几个农民正在刨长城上的土。工力叫：你们不知道这是长城吗？

农民道：我们只知道这叫边墙。

工力道：你们不知道这是文物？

农民笑了，啥文物呀，打爷爷手里，我们就刨这边墙上的土垫圈。瞧，他指指远处的一片空地说，那儿也是边墙，以前还有城池呢，都叫爷爷们垫圈了。

工力愤怒至极地叫，败家子呀，祖宗的脸都叫你们丢尽了。

望着工力涨红的脸，农民笑得越加厉害。第一个说，即使我们不刨，那边墙也没了。知道不？三十年前，有场大地震，一摇，就摇倒了好些边墙。按你的说法，那地震，也是败家子？

第二个又说，后来，那风削呀削呀，那雨冲呀冲呀，又将剩下的丈二高的边墙，弄矮了三尺，莫非，那风雨也是败家子？

第三个农民指着在城墙上打洞的几只老鼠，说：瞧，还有那些老鼠啦，虫子啦，也弄倒了好几段边墙呢。它们也是败家子？

工力面如土色，惋惜不已。

第一个说，瞧见那最高的没？那墙底，早就酥了，再来场大些的风，它肯定就倒了。县里虽然立了块牌子，叫保护，可那墙要倒，是谁也保不了的。

第二个又说，那边墙，自打它立的时候起，就走向要倒的一天，谁也救不了。

农民们都说，是呀，谁也救不了。

工力叹道，是呀，连那么好的阿房宫也没了。

奶格玛于是说，这事业，肯定不是光明大手印了。那王朝，换了又换；那长城，建了又倒。那好些东西，都叫新东西取代了。这肯定不是光明大手印。

工力于是问，光明大手印是啥？

奶格玛说，是永恒。

2

紫晓发现，灵非对原书的内容，开始了生发。比如，原书中虽然有个建城墙的皇帝，但并没有说他就是秦始皇。当然，如果从历史史实的角度来分析，书中指的那人可能是秦始皇，但也可能是西夏的某个皇帝。那边墙，可能是长城，也可能是西夏王陵，或是城堡啥的。不过，从原文的寓意来看，灵非倒是准确地表达出了原书作者的本意。

她问，你这是翻译呢？还是改写？

灵非笑道，一样的。

3

奶格玛第三次来地球的时候，正赶上地球上有了一场战争。死了好些人，血把河流都染红了。好在奶格玛是彩虹之身，虽然那弓箭时时穿过她的身体，但她没有受到丝毫的伤害。

待得那战事稍稍缓下来时，她又开始了追问。

这回，她汲取了以前的教训，她不再先问光明大手印，而是先问永恒在哪里。

一个将军问，啥是永恒？

奶格玛不知道如何回答。以前，当她寻找光明大手印时，别人一反问，她便说光明大手印是永恒。可这回，这将军竟然不知道啥叫永恒。于是，她只好说，永恒便是光明大手印。没想到，将军竟然没有疑惑，却说，大手印我知道，书上说是一种绝世的武功。不过，我不知道那光明大手印是啥？我想也许是一种能发光的绝世武功吧。

奶格玛问，练这种武功的人会不会死？

将军笑道，哪有不死的？这世上，多厉害的武功，也挡不住死字呀。

奶格玛说，那么，它肯定不是永恒了。看到将军疑惑，她又认真地解释了啥叫永恒。将军笑了，我明白你那永恒了。他说，以前，我也想寻找永恒，不过我不叫永恒，而叫不朽。一样，一样呀。永恒就是不朽，不朽就是永恒。我差一点不朽了。当你日后翻开史书的时候，说不定还能看到我的名字呢。

以前，我听说立功能不朽，我便立了好些功……当然都是大功。瞧，这些，他指指那些满地的像乱石一样的头颅，说，这些都是我的功劳呀。像这样的功劳我建立了无数个，我指挥千军万马，杀了不知多少人了。可我不知道我能不能永恒。因为我的前任立的功比我还多，他抢了无数的地盘，后来那地盘又换了主人；他打败过许多敌人，后来敌人却成了我们的盟友；他赢得了许多喝彩，可造就了更多的哭声——我也一样。你瞧，他又指了指那满地的头颅，说，我杀了他们，我的士兵们当然笑了。可是，他们的爹妈却在哭。对于那些笑的人来说，我当然立功了；可对于那些哭的人来说，我却是罪人。我不知道，我是建立了不朽的功业呢，还是赢得了千古的骂名？

奶格玛不知如何回答，便说，这些功呀罪呀的，我也弄不清，但我知道，你干的事，不是永恒。这滚滚头颅，很快会变成累累白骨，要不了多久，就又被土腐蚀了。那浸透鲜血的土地里，也很快会长出青草的。这不会是光明大手印，因为它们不能永恒。

将军苦笑道，我当然知道的。我找呀找呀，也想找到不朽，可我一直没找到不朽。请你答应我，等你找到永恒之后，也告诉我一声好吗？

奶格玛答应了。

4

奶格玛第四次来地球的时候，遇到了一个老夫子。奶格玛一提光明大手印，老夫子就笑了。他说，这世上，知道这词儿的人多，但究竟啥是光明大手印，谁也说不清楚。听说，它源于一个叫金刚持的瑜伽大师。他出生在印度，据说证得了虹身。现在，他还在那儿上空的秘境里呢。

他是不是永恒？奶格玛问。

老夫子说，据说他是永恒的。当然，仅仅是据说而已。不过，在许多书籍里说，你说的那个光明大手印，就是从金刚持那儿来的。

奶格玛高兴极了。

这是她在这个星球上得到的最详细的一个信息。

接下来，老夫子又说，在人类的传说里，还有一种永恒的办法。

啥？

立言。

老夫子指着他满屋子的著作说，瞧，它们会流传千世万世的。这难道不是永恒吗?

奶格玛说，真会千世万世吗?

老夫子说，会的。他的学生正在为他筹集印刷经费，印好后，它们就会被送往世界各地的图书馆珍藏，就会一直流传下去。

奶格玛问，然后呢?

老夫子不知她问的“然后”是啥。

奶格玛于是回答，我说的然后，就是指你们这个星球毁灭的时候。

会毁灭吗?

会的。奶格玛便讲了奶格星球的故事，说他们那儿的星球，已冒起了烟，这说明，奶格星球的寿命到头了。

老夫子嗒然若丧。

奶格玛说，等这一茬茬的人类消失之后，地球的寿命到头了之后，你的著作还会永恒吗?

老夫子面如土色。

奶格玛又问，等你们南赡部洲也便是你们所说的太阳系啥的也在一次大爆炸后消失之后，你的著作还在吗?

老夫子闭了眼，一滴泪流下脸颊。

忽然，老夫子的几个弟子喘吁着追了过来。他们在追一只老鼠，因为那老鼠老是咬老夫子的书。奶格玛问，要是这些老鼠一次次一年年坚持不懈地咬下去，你立言的永恒又在哪里?

那些弟子终于捉到了一只老鼠，他们决定惩罚它。他们找到了一瓶灯油，在老鼠身上浇了油，提到院里，点着了火。

奶格玛老见地球人在做这个游戏。她叫，你们咋能这样对待小动物?

那些人笑道，谁叫它咬我们老师的书呢?

一点火苗在小老鼠身上蹿了起来。它吱吱地大叫。

弟子们呵呵大笑。老夫子仍在木然着。

待得那火苗燃得更大之后，那人将老鼠远远地抛了出去，一点火星，划向远处。

嗷——，嗷——。弟子们欢呼。

不料，那老鼠四处乱跑了一阵，又折了回来，蹿向老夫子的书房。

待得惊醒后的弟子追了进去时，那书房已成了一片火海。首先烧着的，便是老夫子的手稿，接下来，布幔啦，房顶啦，都着了火。

弟子们顾不上扑救书稿了，抬了老夫子，出了书房。才出书房，便见房门已盈满了火。

一个弟子说，怪，哪有这样着火的。一点火星，便燎原了。

老夫子木然了许久，才对奶格玛说，你说得对，那立言，也不是永恒的。

他梦游一样蹒跚着靠近了燃烧的书房，仿佛在凭吊那些在火中化为纸灰的书稿。忽然，他腾身扑入了火海。一个弟子眼快，却只抢下了一只鞋子。

第十二章 盗墓贼

1

紫晓到达凉州的时候，大行也回到了凉州。

大行开始了自己承诺的另一件事。他偷苍狼的失败，使他不得不从事王纪叫他做的另一件事。因为王纪的背后，据说有只更大的黑手，他让王纪带话给他，要是在三个月内大行还不上高利贷的话，就只好用他自己的一个肾来偿还那笔债务。据说，必要时，取他的两个肾也不是没有可能——当然，你也可以理解为“杀人灭口”啥的。

王纪便带着大行回到了西部。他们找了捕捉大象时用的那种麻醉枪，只需用一点点药，多厉害的狗也会麻成一摊泥的。他们甚至相信，紫晓丢失的苍狼就在黑歌手那儿。要是这次发现苍狼，他们会使用麻醉枪的。

王纪还告诉大行：黑歌手那儿有一张图，图中标明了河西走廊所有古墓的位置，得到此图，等于得到了千年来所有宝库的钥匙。因为从汉代建郡以来，这儿埋过数以万计的达官贵人，他们的墓，都是一个个宝库。

王纪背后的那只黑手，也有一张图，但他的图是略图，只是那整体详图的局部的一小部分，其中只标了有名的几十处古墓，其中一部分可能已在过去的千年里被人盗过。而黑歌手拥有的那张图，却囊括了河西走廊清朝之前的几乎所有古墓，甚至包括黑将军的宝藏位置。

据说，那张图才是黑将军后裔的传世之宝。从汉朝起，墨子的信仰者们便秘密地写一本书，他们秘密的遍布天下的网络将许多有用的信息都汇聚到每一代的巨子那儿，成为书中的素材。在那本书中，西夏之前的内容可以波及到中原。西夏之后，其中记载的便大多是河西走廊的大事。那些事都由当时住世的记载人根据考证核实的事实忠实记录，资料很是翔实。

那张河西走廊古墓分布图，便是该书的核心内容之一。

千年来，无数的盗墓贼们想得到这张图，但一直没有如愿。据说，曾有一位外国的探险家用重金取悦了黑喇嘛后，黑喇嘛便打开过一角，叫他扫过一眼。那张略图便是探险家根据记忆绘制的，至今仍保存在大英皇家博物馆里。凉州磨嘴子古墓群的被盗，跟这张图的外泄有很大关系。

黑喇嘛神秘地消失之后，那张详细的古墓图也不翼而飞。后来，王纪背后的那只黑手花费了大量的精力才打听到，那张图在黑歌手手中。

据说，黑歌手从八岁起，便一直跟着一个神奇的喇嘛。据说，那人便是黑喇嘛。黑喇嘛圆寂时，身边只有那个叫肉蛋的孩子。据说，黑喇嘛活了很大的岁数，有人说是一百二十五岁，有人说是一百五十岁。这两个数字，有象征意义。史载，香巴噶举祖师唐东喇嘛活了一百二十五岁，而开派祖师琼波浪觉则活了一百五十岁。他们都是奶格玛瑜伽的重要传承者。

关于黑喇嘛的死因，说法不一，有人说他是虹化的，他的肉身在一团团的虹光中渐渐消失，最后只剩下头发和指甲。持这种说法的人很多。在黑喇嘛幸存的追随者中，有三个人死后化成了虹光。还有一种说法，黑喇嘛肉身飞往娑萨朗净土，他安顿完事务后，身子腾空，在一种奇怪的声音中，渐渐高远，像飞逝的小鸟那样消失在空中。还有一种说法是，他既没有化光，也没有飞去，而是修成了不生不死的虹身。因为，便是在人们传言他死后的许多年里，仍有不少人能见到黑喇嘛。据说，要是有人虔诚地修一种大黑天的供养瑜伽，就可能看到黑喇嘛前来接受供养。俄罗斯曾出版过一本书，叫《东方的大黑天神》，其主人公便是黑喇嘛。在该书作者眼中，黑喇嘛是印度古神大黑天的化身。据说，至今，仍然有人时不时就会看到黑喇嘛。因为在凉州的民间传说中，黑喇嘛是那位六臂大黑天的化身。在这一点上，东方和西方的看法达到了惊人的一致。瞧，连那俄罗斯学者也将黑喇嘛当成了大黑天。大黑天的印度名字叫玛哈嘎拉，“玛哈”是“大”的意思，“嘎拉”的意思是“黑天”。据说，许多修玛哈嘎拉火供的人，只要虔诚祈请，就有可能看到前来应供的黑喇嘛。

某次，笔者在西夏的岩窟里火供时，请了许多护法神灵。一位通了天眼的守洞老人便说，他清晰地看到，那应供者中，就有一个黑胖子。他说那便是黑喇嘛。

2

在大行得到的可靠信息中，黑歌手便是黑喇嘛的真实继承者。据说他的身上，集聚了许多非常珍贵的东西。至于究竟是哪些珍贵的宝物，不同的人有不同的说法，但那张古墓分布图却是谁都认可的宝物之一。

大行便到了凉州。

以前，因为大行对狗也有一种天然的降伏功能，好些人甚至将他当成了传说中的黑狗王。王纪后面的那只黑手，便是听信了这种传言，才费尽心机将大行弄进了圈套。不过，他很快就发现大行离黑狗王差得太远了。两者的差别，几乎相似于神龙和泥鳅。于是，他马上改变了主意，他想利用大行，做一些其他事情。

据后来王纪说，头儿之所以选中大行，是因为一件事情。

一天，霍宝想在樟木头开一个商店，他的父亲将家中珍藏了多年的一件古物给了儿子，希望他卖个好价后作为资本，不承想，却叫一个文物贩子一舌头掠了去。他们在看货时，古物被闻讯而来的警察没收了。后来，经调查，那帮警察其实是贩子的托儿。但霍宝因为私贩文物，也不敢告官。大行便找到了那人，说凉州有一件国宝级的文物，他知道在哪儿。他的条件是，叫对方给他两万元介绍费。

对方有两点要求，一是那文物必须是真的，二是他必须见到那文物。要是文物是假的，他要求大行承担往返的机票钱。大行答应了。

两人到了兰州，大行不走了，要求对方将答应的两万元给他开个户头，存折可以在见到文物时再给他不迟。大行的理由是，文物贩子常见的把戏是：一见到文物的主人，就说看不上那文物，把中间人甩了之后，再私下跟那主人商议。这样，他就可以省下一大笔介绍费。

大行的要求很合理，那人就给他开了户头，存了两万元。两人到了凉州，大行带他到凉州铜鼓楼门口，对那人说，宝物就在里面，我们一进去，就会见到那文物，先把存折给我。那人便给了他。大行带他进了钟鼓楼，对工作人员说，这人要买那口古钟，价格你们商量，说完他便出来了，去银行取了钱。

结果是，那古钟虽然是真正的国宝级文物，文物贩子也确实见到了它，但那是国家级保护文物，没人敢卖的。

大行也确实没有骗对方，达到对方要求的那两个条件。对方也因为昧心在前，自认倒霉。但他发愿要报复，据说，大行后来的许多厄运，跟得罪了此人不无关系。

后来，回到樟木头后，大行将那两万元给了霍宝，作为其开店的第一笔启动资金。

后来，霍宝虽然没开起店来，并将这笔钱用于吃喝，挥霍一空，但他却因此有了很好的人缘，掌握了各类信息，后来，就索性吃起信息饭，当上了“狗鸨子”。

这个故事在凉州流传极广，逗得凉州人笑疼了肚子，大行于是名声大振。

据说，王纪背后的黑手，便是那文物贩子最大的买主。

3

大行并不知道黑歌手住在哪儿。但他知道，油把佬知道。

据说，油把佬也是黑喇嘛的徒弟。除了他的所谓秘传弟子之外，黑喇嘛也有些半公开的俗家弟子，油把佬便是其中之一。

大行找油把佬时，他正在处理一件大事：他的独生子被一个警察打死了。

事情很蹊跷，油把佬的儿子正在饭馆里吃饭，一个警察和一位顾客发生矛盾，警察拔枪威胁，却意外地走了火。那子弹绕过几个人之后，钻进了油把佬儿子的脑袋。

那警察被抓了起来。

油把佬便和公安局长交涉。他说，放了放了，你抓人家干啥？那是我儿子的命，那子弹没打死他前边的人，偏偏打死了他，他就这么个命，你们不要为难人家。人家也有老婆娃儿，叫人家好好过日子。要是你们不追究他，放了他，那我也就算了。要是你们不放他，我跟你们公安局没个完。

公安局长说，要不，赔些命价？

油把佬说，不要不要！我一个孤老头子，要钱干什么？我能吃多少？能喝多少？不要。你赶快放了他，当着我的面放了。这事就算完了。

一会儿，那警察被放出来了，一见油把佬，跪倒在地，痛哭失声。他希望油把佬收他做儿子，好照顾他的晚年。油把佬说，我一个儿子，已经死了。你还有老婆娃儿呢，去照顾他们吧。

后来，有人告诉大行，因为油把佬在家修道，弟子众多，公安局曾按反动会道门抓过他，那警察也为难过他。他们将油把佬抓了去，强迫吃素多年的油把佬吃羊肉饺子，油把佬笑了笑，抓起饺子就吃。警察嘲笑时，油把佬将那饺子一掰两半，给警察的一半是羊肉，他吃的那一半却是素食。警察还逼他喝刚烧滚的开水，油把佬举了茶壶，直接将仍在沸腾的开水倒进嘴里，头上却是蒸气直冒。

后来，政府给油把佬平了反。

这次，他儿子一死，公安局长很害怕，怕他会借机大闹，一闹，局长的乌纱帽就不稳了，因为政治对手正找他的茬子呢。

油把佬的以德报怨，让他拥有了大量的弟子。

从油把佬的弟子处，大行编了个谎，终于打听到黑歌手的住处。

4

油把佬的弟子告诉大行，黑歌手住在莲花山下的莲花寺后面的山洼里。莲花山属于祁连山系，形似莲花，故名。

大行雇了个熟悉地理的当地人。一入夜，王纪和大行就跟着向导上了路。天上有个白孤孤的月牙儿。风很柔，像绵羊的舌头在身上舔。他们先雇辆出租车，行车约两小时后，三人下了车。王纪备了熏香，其性能跟武侠小说上的迷魂香相似，据说能让野牛失去反抗之力；还带了把刀子，他当然不想杀人，可是需要的话——比如要是黑歌手想逮住他送官——他也会朝黑歌手的大腿上来一刀。他以前常干这活，多选在人影混乱时下手，事后也没证据证明他干了这事。王纪平时慈眉善目，说出话来文气十足。要是不打交道，谁也不知道他的真相。后来的某段日子，大行一想王纪，腿就会发软。

月牙儿在山头上悬着，山洼黑黝黝的。这儿有座寺院，叫接迎寺。山上有座塔，据说埋着一位空行母的舍利骨。她是著名的大德萨迦班智达的妹妹，元朝时，曾跟着哥哥来到凉州，参加跟当时的凉州王阔端的会盟。在中国历史上，这个会盟很有名，此前，西藏是另一个国家，此后，西藏正式归顺中国版图。那空行母叫索巴让姆。后来，听到萨迦班智达圆寂之后，她便立在莲花山上，说，历代的藏人躺着死，我索巴让姆站着死。说完，就站着圆寂了。后来，她的灵骨便被埋在山顶的舍利塔下。

再后来，山下就有了莲花寺，后面会讲到的黑寡子便是莲花寺的僧人。虽然他名相上是僧人，却穿着僧衣，戴着道冠，显得不僧不道，疯疯癫癫，很有点灵隐寺济公的风采。据说，在黑喇嘛风头最盛的时候，暗中给过莲花山一大笔银子，用来兴修寺院。因此，有人将莲花山当成了黑喇嘛碉堡山的属寺。更有人说，黑喇嘛的碉堡山被外蒙古骑兵攻破之后，黑喇嘛便以僧人的身份待在莲花寺，直到修成正果。

小时候，黑歌手就生活在莲花寺里。

据说，在一九六〇年挨饿的时候，黑歌手跟着他爹流浪到寺中，寺里的老喇嘛收留了他们。父子俩就在寺中干些杂活，种种菜啥的。后来，他们又在寺后山坡上辟了块地，盖了几间茅棚，用以避风遮雨，据说，父子俩白天干杂活，夜里却在修炼。据说，黑喇嘛将他传承下来的流传了千年的光明大手印瑜伽传给了黑歌手。就是在那茅棚里，黑歌手完成了其应修的许多瑜伽功课。

以上故事，是油把佬的弟子告诉大行的。

又据说，黑歌手修习瑜伽的事情是这样泄露的。某年，兰州一官员的孩子得了严重的心脏病，跑遍了北京的著名大医院，求医吃药，均不见效。后来，他找到了油把佬。油把佬算了算，叫他在当年的关老爷磨刀日也就是农历五月十三那天到凉州莲花山下，去找一个狗堆里玩耍的孩子，求他帮忙。到了那天，那官员依嘱而到凉州，果然在莲花山下发现一堆野狗，正围着一娃儿玩耍。官员便上前磕头，哀求不已。那娃儿便从一狗的胸膛中抓出一物，形似油糕，吞入自家腹中，叫官员回去。官员将信将疑，回到兰州，一进家门，自家娃儿正在院中欢蹦乱跳呢。从那后，娃儿的病再也没有犯过。

这个故事，也是油把佬的弟子讲的。众弟子曾问过油把佬其中缘由，油把佬笑而不答。

5

渐渐接近莲花寺了。寺院并不大。莲花寺几经战火，烧了建，建了再烧，已过了许多次轮回。寺中僧人也不多。除了在元朝时，因为索巴让姆的原因大盛过一段时间外，其他时候，香火很是惨淡。黑寡子虽是寺中的挂名僧人，他也有自家的茅屋。而且，每次求雨成功得到酬粮之后，他总是将那粮拉到自家的茅屋里，并不曾将其收入用于建寺，寺院显得很是冷寂。据说，黑寡子只在每年的五月十三前后住寺一段时间，用来给弟子们讲些修炼的法门，其余时间，他总是闲云野鹤，居无定所。

向导带他们绕过了莲花寺，赶往后山。黑歌手的茅棚隐在大山的褶皱里，看不出轮廓。山道很是崎岖，时不时便听到滚下山去的石头，声音很是刺耳。大行怕那响动会惊动黑歌手。不知为啥，他很怕黑歌手，那种怕就像恐惧夜的孩子对黑夜的怕一样。他觉得自己面对的是一个看不到边际的庞然大物。

那茅棚渐渐从夜里渗出了。没有灯光，似乎是这儿还没有拉来电。按王纪的设计，要是能够，他们先麻翻狗，捆了黑歌手，再翻遍茅棚，说不定会找到古墓分布图。当然，即使不能如愿，他们也能带走苍狼。他估计，苍狼肯定在黑歌手身边。

山道平缓了一些，向导说这儿离黑歌手的茅棚不远了。

他说啥也不再前行了。

6

月光照着一块巨大的石头，这便是历史上著名的兽纹石。关于它，大行听到过许多传说。上面有许多动物形象的纹道，石头因此而得名。

随着一步步的上行，夜幕上显出了一个人头轮廓，渐渐渗出肩膀，最后洇出的，是一个正在打坐的人。那人面朝他们，月光正从他背面射了来，形成一道剪影。

大行的直觉告诉他：这便是黑歌手。油把佬的弟子告诉他，他们每次见到黑歌手时，都发现他在打坐，或是经行，很少听到他讲废话。

两人驻足了。

王纪悄声说，一下子扑上去，按倒他再说。

大行提醒道，狗。

他的意思是，要是不先麻翻狗，他们是不可能得手的。但他们发现，黑歌手身边，并没有狗。

大行静静地望着黑歌手，他很想咋唬几声，壮壮胆子，但怪的是他发不出声。他仿佛被一种奇怪的力量震慑住了。他听到王纪咽唾沫的声音。

王纪说，哎，你是人是鬼？是神入庙去，是鬼入墓去，是人报个名姓。这是凉州人行夜路的规矩。夜行在外，遇到黑影，都会这样问。

那人不语。

王纪又问了一遍，那人仍不语。

王纪掏出麻醉枪，对准那人。这本来是为苍狼准备的。此刻掏出，也能壮胆。

不料想，一股清风过后，那枪忽地飞了。大行一扭头，便看了身后有一圈绿色的灯，仿佛有许多狗或是狼。离他们最近的，是一个巨大的狗的头颅。一股腥气扑面吹来。

大行脑中一片空白，不知所措。后来，他一直不知道那击落了枪的清风来自何处。

两人木在山道上，前行不得，后退又怕惹怒了那圈泛着绿光的眼睛。最可怕的是那条头大如斗的狗，一股股腥气罩住了他们。在那种巨大的悄无声息的静寂里，只有血在轰鸣。

不知过了多久，王纪扯扯大行的衣襟，说，走。

大行机械地挪着脚步。他很怕那静中的怕，也怕自己的走会激怒了狗们。

但怪的是，直到他们挪到山脚下，也没有听到一声狗叫。

见到向导的时候，两人的身子都湿透了。

听了他们的讲述，向导却笑了。

他说，胡说，山上哪有狗呀？

7

大行再次游向黑夜，去盗墓。没办法。他必须干自己不一定愿意干的事。跟黑歌手的第一次遭遇还没看清人家的面目，就已经输了。他觉得自己正面对着两个巨大的黑夜，一个是黑歌手，一个是王纪背后的那只手。两个都叫他莫名其妙，都叫他有种老虎吃天的感觉。

他只好去盗墓。这是他来西部前，王纪转述的另一个任务。所有吃文物饭的人，都对盗墓得来的东西情有独钟。因为除盗墓外，用其他方式得到的文物多是假的。他感到奇怪的是，那些人竟然对西部的古墓如此熟悉。

这一夜，大行们的目标是磨嘴子汉墓群。这是有名的墓群，不知被盗过多少次了。从汉代开始，这儿埋了一代又一代凉州人。这儿风水好，北面便是那个西夏的岩窟，据说跟二十四个空行圣地相通。据说，埋在这儿的人，是很容易往生佛国的。历代的富人们大多有点文化，都知道这儿的殊胜，磨嘴子是他们选择墓地时的首选。

大行雇了六个民工，是当地农民。他们的工钱是一夜一百元，这是死工资，无论挖出挖不出，都得给他们一百。这些农民常干这营生，必须守口如瓶，否则，就会被割去舌头。盗墓贼大多和黑社会有联系，花点钱取人的某个器官，是轻而易举的事。

以前，王纪常干这营生，熟悉行情。

按照约定，大行盗墓的所有行动，都得受王纪的管束。他看过他们这次来准备下手的墓群示意图。大行不明白，王纪选择的目标，为啥都是西夏的?寻常盗墓贼，多盗汉墓，不盗西夏墓，因为西夏人没厚葬习俗，墓中没多少值钱物品。而汉墓中多有好文物，一是年代久远，二是那时的人有厚葬习俗。

大行觉得，王纪的盗墓，似乎是在寻找什么东西。

8

那几个农民挖了半夜，终于挖开了一个通道。这是王纪的那张略图上标得较为详细的墓群，特点很明显。盗墓虽然是个非法行业，其中却不乏杰出人才。盗墓高手在荒滩上扫一眼，就会发现哪个突出的山包是古墓。许多人总是将亲人的坟墓建得尽量高大，却不料成为盗墓贼眼中最大的招摇。只有成吉思汗很是聪明，他不留墓堆，蒙古骑兵的铁蹄将葬埋他遗骨的那块土地踏得跟周围的大地一样硬一样平，次年的青草一冒出大地，人们便再也找不到他的葬身之地了。成吉思汗的坟墓，遂成为历史之谜。

这次盗的这个土包较小，费不了太大的劲，只管选个方向，一猛子挖下去，便见到了墓壁。那些砖排列得很整齐，中间据说浇以糯米熬的米糊糊，年代越久，显得越硬——当然只是“据说”而已。盗墓行里有许多据说，大行都是第一次听到。在凉州人的伦理道德中，最缺德的事有四种：套白狼、打闷棍、踢寡妇门、挖绝户坟。大行的心里有点悚然。虽然他被命运逼到了这一步，但他的天良并没有泯灭。在那些农民的铁锨、铁镐的撞击声中，大行一直在忏悔。其忏悔内容，便是告诉那些环视于四周的幽灵：他是被逼无奈才干这营生的，希望他们谅解他。

砖壁在农民铁镐的撞击下轰然开了洞。那巨响像一捧炒面在大行心上炸开了。他不知道为啥有这样的感觉。他觉得那迸开的洞口里冒出了许多白气，像是蒸气，但比蒸气要白上百倍。他甚至怀疑那是幻觉，但后来在场的人都说自己看到了白气。那白气腥臭至极，却白得耀目，竟呈蟒的形状。后来，大行一直将这白气当成自己生命中经历的神奇事件之一。他说那墓中干燥至极，是不可能有蒸气的。再后来，一个风水匠说，那墓地是个聚气的宝地，意味着它主人的后代中会出现大人物。对此说法，没人考证出对错。因为墓的年代太久了，恐怕连它的子孙们也弄不清自己祖宗有过怎样的墓了。

白气并没像寻常的蒸气那样散去，而是直直地上了天，那白气仿佛拧成了很亮的绳子，一直伸向夜空。大行脑中一片空白。他被那奇怪的景象震住了。这成为他后来忏悔的理由之一，他认为那是鬼神的某种示现。

白气消失之后，该进墓了。王纪点燃了一团蘸了酒精的棉花，抛入洞中。火苗在洞中闪出蓝幽幽的光，意味着洞中有氧气。历史上有好些不用此法检测氧气的盗墓贼就被窒息在墓中了。大行觉得那团蓝火光很瘆人，很像民间传说中的鬼火。他甚至发现蓝火旁有许多狞笑的鬼脸。他头皮发麻，舌头成了牛肉干。他听到自己的心脏在轰轰地叫，仿佛闷雷。

大行抬头看了看夜空，他并没看到异样，事实上他啥也没有看清，却又觉得他看到了许多东西。他仿佛看到了一种巨大的神秘，那个瞬间，他甚至觉得自己看到了未来。他恍恍惚惚地觉得，他们会遭到一种报应。他想，真不该打破这千年的宁静。

酒精棉团渐渐熄了，洞中复归于漆黑。大行擦擦头上的汗。他干着嗓子问，谁先下呢？王纪说等等，他取过一个袋子，掏出那只公鸡，扔进墓中。洞中传出公鸡惊恐的鸣叫声。

大行说，我还以为你带了鸡要祭墓呢。

王纪笑道，墓有啥好祭的？我想看看，墓里有没有毒气。千年了，说不定会生些毒气啥的。

公鸡的叫声仍在响着，在夜空中很是刺耳。大行干咽了一口唾沫。

王纪说，要是碰到蜈蚣啥的，它也正好收拾了。

公鸡叫了一阵，声音疲了些，但显然还活着。大行打了手电一看，发现公鸡的眼睛仍是精光四射。它已经开始啄食墓中的一些东西，想来墓中有许多湿虫。

王纪对大行说，你先下。

几个农民在大行腰上系了棕绳，将他顺入墓中。他闻到一股刺鼻的恶臭。他想那肯定是尸臭，千年的尸臭也是尸臭。那臭并不会因为年代的久远而变成香气。酒精的味儿仍很浓，要是没有酒精味儿，那恶臭也许会更加浓的。但因为有了公鸡，墓中的阴森味儿并不浓。凉州的传说中，公鸡是能够辟邪的。许多时候，村里死了小口也就是年轻人——若是他有炸尸危险的话，只要在他脚上拴只公鸡，便会万事大吉。大行便明白王纪为啥带公鸡了，想来定然有壮胆的原因。

公鸡静了下来，但它仍在四下里啄。看不清它在啄啥，但它啄，肯定有它啄的理由。大行觉得自己的脚落到了实处，他想他肯定会碰到一堆白骨。他很害怕那东西。虽然自己也老是拖着它，但他仍是害怕。记得，他第一次在医院里看到这东西时，吓得舌头脱水了。这是他的毛病。他一受惊吓，舌头便会脱水，瞬息间由水分十足变成晒干的牛皮。舌头是他生命的晴雨表。当啥东西叫他舌头充满弹性和水分时，他便觉得那是好东西，比如女人。一见美女，大行的每一个味蕾都会喷出水来。正是在这一点上，他觉得女人是好东西。他当然不喜欢骷髅。只是他忘了，每一个美女，都是由一个骷髅支撑着。没有那骷髅，美女只是一堆难看的肉。

大行用手电扫视一下地面，首先看到了一个大坛子，内盛五色五谷。四面墙壁上，竟有壁画，他不懂画的好坏，但看得出那色彩仍很艳丽。

叫他高兴的是，地上没有骷髅。地面很平整，除了开洞时坠下的一些土和砖块外，并没啥讨厌的物事。因为身边有了公鸡，大行反倒没有在洞外的那种恐怖。他吃惊地发现，洞很大，似乎不像当代凉州人的那种坟坑，而更像一座房子。他四下里扫扫，发现其中不像他想象的那样有许多宝物。本来，在他的想象中，每一座墓，都应该像阿里巴巴的山洞那样，充满珠光宝气，怪的是没有。这墓，仅仅是一个砖砌的房子而已，只是没有窗子。此外，他看不出有啥更明显的特点。

手电光照出了一个洞，分明是人精心砌的。很可能是个门。这时，王纪也下来了，他边下，边对上面的人说，操心瞭着些，有啥响动，出个声。大行知道他在安顿望风的。虽然他们打听到这儿没有专门的值夜人，心却慌了。因为，要是叫公安逮了去，坐牢是免不了的。

王纪到了身边，他观察一番，说，走，进里面。两人便进了那个狗洞样的门。门很低，需要低头弯腰才能进去。在凉州的传说里，鬼是能大能小的，所以，那大不盈尺的坟门儿在鬼眼中跟市政府的大门一样宽敞呢。

两人进了那门，发现里面更大，也许这便是墓的正室。这时，他们才看到了一口棺材，棺材下面，垫了一层草木灰，约有半尺厚。进门时，他们带动了空气，一些草木灰随风飘起，在空中颠簸开来。

棺中有一具尸骨。那尸骨很大，只腿骨就有大行腿骨的两倍长。尸骨旁，有一柄锈了的剑，因为锈得很厉害，王纪一提，便成碎片了。四下里没多少殉葬品，壁上倒有一幅画，画着一个很威风的将军。那画面虽很粗糙，但大行很喜欢。他想，不管值不值钱，他都要带走这画，他觉得画中将军很对他的脾胃。他的手伸向那画，想取下带走。不过，才觉出那是帛画，画就已变成纷飞的蝴蝶。他很是可惜。

王纪像搜寻食物的饿狗那样四下里嗅着。他似乎想寻找啥宝物。按说，要是这墓主人真的是将军的话，肯定会有许多殉葬品。但不知为啥，墓中没有多少物品。除了那具尸骨之外，墓中找不出一件像样的东西。

找了一阵，王纪恶狠狠地说，日你妈，你比老子还穷。骂完，他恶狠狠抓了那根长长的腿骨，扔出老远。

大行觉得王纪做得太过分。他想，说不定这是位清官呢。要是他是清官的话，是值得敬仰的。他取出备好的莞香屑，放在干净处，用打火机点了香头，引燃香屑，心中念祷：老将军，你别生气。我也是实在被逼无奈才干这营生的。你要是有好东西，给我们些，救救急。你活着为人，死了为神，反正你也用不着了。要是没东西，也别生我们的气。这样念叨了一阵，他的心里才平顺了些。

忽然，王纪指着一个地方说，怪不得没有宝物，这是个被盗过的墓。

果然，大行发现一个很隐蔽的角落里，有个被打开的口。

王纪说，这是专业的揭墓贼干的。瞧，他们没有弄乱墓里的东西，他们只拿走了自己想拿的东西，却没有搅乱墓主人的生存环境。

说完，他对那尸骨鞠个躬，说：老将军，错怪你了。

那是大行第一次盗墓。

后来大行老是想到他第一次盗墓的情形，许多细节他一直保留了下来，比如那忏悔。他几乎在每次入墓时都要祈祷忏悔。他还给墓主人焚香。他在莞香市场上选了上等的沉香屑，在每次入墓时点燃，供养墓主人。后来，几乎所有跟他盗墓的人都遭了恶报。而他遭到的报应，似乎是最轻的。

9

王纪的手肿了好多天，医生查不出原因。肿的正是他扔了尸骨的那只手。一入夜，他就死命地吼，妈妈老子地大叫。他说是扔那腿骨时伤了韧带，大行却怀疑是将军阴魂的报复。吃了好多药，也没起作用。大行叫王纪忏悔，因为心不诚，也没见啥大效。

王纪便去找油把佬。油把佬掐掐指头，说是叫死人冲了，他燃了一张黄纸，咕哝了一阵，也叫王纪忏悔。王纪说我为啥忏悔？我又没贪赃，又没枉法，不过为生活所迫盗个墓，还没有盗上啥东西，白出了几身臭汗，白花了近千块钱的工钱，有啥可忏悔的？油把佬说你不该扔人家的骨头，人家大小都是个官，有人家的护法神哩，人家稍稍戳你一下，你就吃不了兜着走。

王纪就行了忏悔，疼倒是真的轻了，但那疼的病根却一直没有去掉，不定啥时候，不定碰着个啥东西，就会有一阵揪心的疼，但拍片啥的，却没有任何伤痕。

又挖了几处那图上标好的墓，大多被人盗了，仍是白出了几身臭汗。王纪说，你有这图，人家也有这图，这图上标了的，肯定被人家盗了，得想个新的法子。他专程跑了趟西安，弄了个微波电阻仪。这玩意儿拆开可以背在身上，合起来像五斗橱那么大，供电用串联的几个汽车电瓶，就能发出磁波，可以测出地下五十米范围内的金属电阻，你便可以根据其电阻大小知道那儿埋了啥。王纪说，有了它，至少不会白出力气了。

此后又挖了几处，但也没多大的收获。虽然那微波仪也可测出电阻，但电阻总是电阻。某次，他们测出某处有铜，他们当然以为是青铜器，比如宝鼎啥的。但谁知，一挖开，却发现是一车铜钱，而且那铜钱早成锈片了，一见空气，都发出爆响，炸成碎片。即使剩下成形的，手一捻，也都成了灰。

每次盗墓，王纪都要安顿大行，叫他特别留意那些西夏文的书籍，他说这是“老板”特别安排过的。

王纪说，无论如何，不能再这样瞎猫碰死老鼠了，得想方设法弄到黑歌手的那张图。

大行也很着急，因为那定下的日子一天天逼近了。王纪说，为了显示自己的权威，“老板”说话，向来是说一不二的。说是最近的二十多年里，他从来没有食言过。这就是说，要是时间一到，大行仍不能践约的话，“老板”真的会派人取他的肾。

每每念及此事，大行的后腰就会一阵阵抽疼。

第十三章　紫晓的心灵震撼

1

紫晓对灵非说——

我想说出我心中的震撼。

在朋友的帮助下，我找到了苍狼丢失时的录像。那位置，正好在一个十字路口，那天的监控录像中，我找到了想了解的内容。

在并不漫长的一生中，我经历的那种震撼并不多。要知道，在别人眼中，我是个见过世面的人。除了因为父亲的原因，我接触到一般人接触不到的那种人和事外，还因为我经历的复杂。在别人眼中，我几乎算得上是曾经沧海了——尤其是那段名扬天下的私奔经历。要知道，对一个女人来说，形式就是内容。

记得，苍狼丢失的次日，我便看到了一个令我震撼的场景。

录像中出现的，是一个黑衣男子。其实，他更像一团气，一团虚虚朦朦的气。当然，这主要是我的心理感觉。因为，我从他身上看到的，是一种从容和淡然。我甚至没有看清他的面孔。在那段录像中，他是一晃而过的，然后，就成了一个背影，成了一个清清瘦瘦的背影。你知道，后来，那背影成为我生命中的一个抹不去的印记。

那个瞬间里，我马上想到了佛经中的某个场面：一天，佛陀遇到了尼乾子——尼乾子就是耆那教的那位著名祖师。传说中他是天衣，也就是不穿衣服。那天，佛陀和弟子们遇到了尼乾子，弟子骂他裸衣外道，佛呵斥了弟子，并称赞了尼乾子。但无论骂还是称赞，书中都没有记载尼乾子的表情。事实上，尼乾子也是面无表情的。在那个历史性的时刻，两个伟大的圣人相遇了，但尼乾子一脸淡然，不因骂而怒，也不因赞而喜。耆那教的经典中说，经过了十多年的苦修之后，尼乾子已经达到了“了无牵挂”的境界。

记得，读这段经典时，我便对尼乾子肃然起敬。我的面前，马上出现了一个瘦瘦的一脸淡然的男子。

在录像中看到黑衣男子时，我竟然产生了在读经时遭遇尼乾子时的感觉。

我大感意外。我发现，那人虽是个瘦瘦的身子，移来时，既影子般飘忽，却又有种山岳的凝重。当然，这是我的感觉。因为那男子走动的身姿很轻灵……是的，轻灵。

他穿着黑衣，是洗得褪了色的一种黑衣便装。

那人走向了苍狼。

那人的神态仿佛是行走在戈壁滩上，有种漫不经心的逍遥和散淡。他就那样静静地走向苍狼。

虽然画面上的影子大多只有男子背影。他的面孔仅仅是一晃而过，就模糊成一点暗晕了，但我还是感到了袭向自己心灵的一种巨大的波。说不清为啥，反正确实有这感觉。

我甚至能想象得出那人狗之间的对视所蕴含的信息。我看得最清楚的，是我的苍狼。我从它的眼中看到了一种它从来不曾有过的神色，我很难形容那种神情。我想，也许，三国时的赤兔马在见到关羽的时候，定然也会那样。虽然我跟苍狼生活过几个月，但我从来没有见它那样望过我。跟我的几个月里，苍狼一直显出一种王者才有的慢相。在瑜伽修习中，老师一直告诉我，生起次第瑜伽的所有目的，便是要生起“佛慢”。她想，老师所说的那“佛慢”，想来就是苍狼身上的那种王者之气吧。

苍狼抬起头，静静地望着他。

人与狗，就这样对视了许久。

然后，黑衣男子就转身走了。

苍狼也跟他走了。

人与狗在那画面上渐渐化为两个模糊的黑点，终于消失了。

那个我原以为可能惊心动魄的场面，竟是如此简单。

2

从那天起，我便开始了寻找。虽然我是在找苍狼，但分明，我的心中却有着另一种期待。直到有一天，我忽然发现，在找狗的同时，我其实在寻找那个黑衣男子。

记得那一刻，我大吃一惊。

那时我才发现，我的生命中一直在期待一种东西：我一直在寻找一种婴儿饱乳后的安详。

走了南方的几家狗市后，我没有打听到确切的信息。在一家狗市，甚至没人知道“苍狼”是啥。这是可以理解的。不读书的当代人早就淡漠了历史中的有益讯息。可是，要是玩狗的人不知道苍狼的话，不是跟读书人不知道孔夫子一样滑稽吗？苍狼是獒的祖宗呀。

一天，在广州狗市上，我遇到了一个乞丐。我有个习惯，对所有向我伸手的人，我都不会叫他失望。我将这个习惯保持了多年。一些精明的朋友老是劝我，说那乞丐大多是职业乞丐，是不值得同情的。我却不这样认为，我老是这样劝我的朋友：“就算他们是职业行乞者，那我们为啥不尊重这一职业呢？世上的资源是个相对的定数，当一些人占有多了，另一些人就必然会少一些。这个人之所以行乞，还不就是因为我们这些人占有了比他们更多的资源吗？”许多人将我的这种观点称为谬论。

那天，我遇到的乞丐，跟我以前遇到的所有乞丐一样，即使在事后，我也看不出他外相上跟别人有什么不同。他在接受了我的帮助——而不是施舍——之后，问我，你是不是在找一条狗？

你咋知道？

他说，你刚才不是在打听吗？我听说那是条毛白如雪的狗。它被一条汉子拉到了西部。

你咋知道？

因为商通九州，贼通九州，乞丐更通九州。我的一位朋友看到过它，在一辆西去的车上。你要想找到它，必须先到西部，找一个“狗王”。

狗王？

是的。西部狗王。

没待我再问出啥讯息，他便挤进人群，不见了，留给我一个巨大的空寂。

这就样，我走向西部，开始了我的寻找。

3

你想找哪个狗王？

西安狗市上，一位老者问。

老头是常昊的朋友介绍的。在西安狗市上，老头是近乎“半仙”的人物。那朋友说，西北五省的狗市上，老头是祖师级的人物。但怪的是，老头偏不玩狗。那么他玩啥呢？他玩玩狗的人。就是说，所有玩狗的人，一经他的首肯，便会身价倍增。他很像文坛上的大批评家，虽然不写小说，但一经其点评，作家便身价大涨。

老头躺在树荫下，一脸惬意。那躺椅，用笨布和木板做成，可高可低，一放低，就像床了。老汉就那样躺了，一杯一杯地灌酒。

朋友解释道，你别介意，他就这样。上回，市长来问事，他也这样。

老头懒洋洋道，是别人求我，又不是我求别人，还叫我咋样？

朋友笑道，是呀，不求人的人，总是很牛逼的。

那老头灌了一口酒，伸个懒腰，说，西部有四个狗王，一个长于相狗，一个长于养狗，一个长于抓狗，一个长于经营狗，大家都狗王狗王地叫他们。你要找哪个？

老头很清瘦，眼珠儿红红的。他一口一口地像喝水那样喝着酒，胡须上淋漓着酒水。

我明白，这老头的肚里有点货色，就说，你将那四个都介绍一下吧。我取出特地为他买的一瓶五粮液放在他面前。

老汉望也没望，只管说了去：

那善于相狗的，能从一大堆狗崽中，发现真正的獒犬——我不是说像獒犬，而是真正的獒犬，不是形似獒犬的癞皮狗——并相出它的寿命、性格以及秉性特点，也就是说，他是狗的命相学家。许多卖名贵狗的人，在做一笔大买卖时都要请教他。要不然，你花上几十万买条种狗，配了几次种，却死了，这不亏本了吗？

那善于养狗者，能顺应狗生命的规律，通晓其哪个生命需要什么样的营养。他养的狗，成活率极高而且品相极好。用个夸张的比喻：只要你给他一个狗脚趾，他就能给你养成一条獒王；你给他一头癞驹子，他就能养出个万马奔腾来。明白不？

那善于经营狗者，通晓经营之法，熟悉全球狗市行情，其朋友遍及天下，每日的狗市行情，他都了如指掌。你只要是条好狗，一进他的眼，便会卖到跟你身价相若的价格，决不会被埋没。用一句夸张的话说，你给他一撮谷子，他就能打下一堆雀儿子。能行不？

那善于抓狗者，多厉害的狗一见，也无不丧胆，无不匍匐于其脚下，发出呜呜的哀鸣声。据一位证得宿命通的老僧说，他已经有十八世当猎人的经历，路过之处，杀气冲天，多厉害的猛犬，一见他，也会魂飞魄丧。要是遇到一些欺生的恶犬、猛犬，没他，还真降不了。

最后，老汉问，要寻找哪个狗王？

老汉一身褴褛，说起话来，却显得很有文采。西部充满了这号人物，猛一看不咋样，却是满腹经纶。只是那老汉的神情实在滑稽，每说一句话，便眨眨发红的眼，仿佛在夸耀似的。

那前三个“狗王”，似乎跟那黑衣男子沾不上边。于是我问，你谈谈那抓狗的狗王模样。

老头拧开那瓶五粮液的盖子，一仰脖，半瓶酒没了。我想，哪有这样喝酒的？好酒是用来品的，不是用来牛饮的。

老头一抹嘴，放下瓶子，说，那善于抓狗的，是个小女孩，正上高中，叫小玲。你自个儿找去吧，在西安六中。到了学校，你一问，谁都知道。嘿，你可别小看她，别看她是个女娃，却是一身杀气，多厉害的狗，一见她，骨头就酥了。

这一说，紫晓失望了。这几个狗王，肯定不是她要找的人。

却听得老头又说，虽然人们叫他们狗王，但他们都不是真正的狗王。

真正的狗王是谁？

真正的狗王不叫狗王。叫狗王的，都不是真正的狗王。

老头说，真正的狗王，是狗一见就会爱上他的主儿。他就像佛经中的转轮圣王，所有见者，无不钦仰。

有这样的人吗？

有。

谁？

黑狗王。

黑狗王是谁？

黑狗王就是黑歌手。要知道，真正的西部狗王其实是黑歌手。

黑歌手是谁？

只闻其名，没见其人。他活在人们的传说中。

老头说，去凉州吧。听说，他是凉州人。

于是，紫晓就走向凉州。她当然不知道，她走向的，会是沙尘暴一样的生命境遇。

第十四章 紫晓的泪

1

紫晓在去西部之前，经历了一件事。这件事，直接促成了她的西部之行，进而改变了她的命运轨迹。

按她后来的说法，她去西部，虽有着找狗的理由，其实更想去散心。她说，要是再不外出，她会憋死的。

那时，常昊已经不满足于宾馆和餐饮业了，他想介入房地产，这是个傻瓜都能靠房地产赚钱的时代。那天，常昊请某部委的头儿吃饭，那是个实权人物。对这类人，常昊是舍得出血的。

吃过丰盛的大餐后，常昊请他去夜总会唱歌。按常昊的说法，唱歌是最能联络感情的方式。紫晓本不想去，但常昊发现，那头儿老是望紫晓，就说，去就去吧。

一进夜总会，一群女孩就围了上去。这里的竞争也很激烈，狼多肉少的。

和头儿同来的，是几个老板。他们选了浓妆艳抹的几人。头儿要老板再带个好的来。老板又推荐了几人，头儿看不中，就说，算了算了，我跟她聊天吧。

头儿醉醺醺地对紫晓说，她们还没你漂亮呢。

紫晓皱皱眉头，笑了。她虽然很反感头儿将她跟小姐比，但同时又高兴能被男性承认。许多时候，不抹浓妆的她反倒更引人注目。一些女友就很羡慕她，因为她们不得不用浓妆去修饰自己被化妆品伤害得惨不忍睹的脸。

常昊对那几个女孩说："先说好，他们要摸你，亲你。不同意，就换别人来。"

一女孩笑了："你们还有这么多毛病？"

"不是毛病。"常昊说，"我花钱，买的就是这。要只是看，不如买张碟片去。我付款期间，你是我的。我的客人想咋，都成。不是吗？"

紫晓却发现，头儿那亮亮的眼睛在望她。她发现他很像日本鬼子，像电影上一个举指挥刀的大佐。他的面部表情很硬，眼睛很利。他的笑不柔和，只是脸上偶现一道肉棱。但他身上有种紫晓说不出的东西，令她感到很新鲜。

紫晓笑了笑。紫晓的笑很美。许多男人，就是被她的笑迷倒的。笑是很暧昧的语言，咋理解都成。此外，紫晓还能说啥呢？她不想惹常昊不高兴。紫晓总是很含蓄。她知道，女人最美的不是肉体，而是裹在肉体上的那层若隐若现的白纱。那白纱是永不该脱去的。

"你的笑很美。"头儿道，"很像个姑娘。"

紫晓又笑了。"姑娘"是个西部人常用的词，灵非就老夸她的笑像姑娘。这是什么话？女人，本不该有姑娘和媳妇之分的。界限是什么？是结婚证？是第一次性关系？男人眼中的界限显然不是那张说撕就能撕去的纸。那么是第一次性关系？或者处女膜？现在有几个女孩还能将那片薄膜保存到扯到那张纸后？有许多"姑娘"都堕过胎，但最终，都以姑娘的身份嫁人了。她们对付老公的办法很简单：死不承认过去。既然老公在潜意识中也希望她没被别的男人用过，那不妨就给他一个美好的梦。口气干脆些。大不了再发个誓。男人就相信了。许多女人是不相信报应的。

紫晓望望常昊，发现他正大声地说着话，仿佛在掩饰着啥。

头儿点了饮料，说："我先来一首客家山歌吧。"

这人竟会唱客家山歌？叫紫晓不得不刮目相看了。紫晓很喜欢樟木头的客家山歌。它辞藻朴实，腔调粗犷，悠远中充盈着生命的激情——

八月十五看月光，
看见鲤鱼透水上，
鲤鱼唔怕漂江水，
连妹唔怕路途长。

日出东方一点红，
甘愿同郎唔怕穷，
只爱俩人情意好，
结发夫妻万年同……

头儿唱起来了。声音嘶哑而低沉，把紫晓带进那种朴素而美好的意境之中。

唱完山歌，头儿哈哈笑了："妈的，就爱这调调儿。一唱，就投进去了。这时代，已找不到那种不怕穷的爱情了。路途长倒不要紧，有了飞机，一阵风，哪儿也到了。可要找个不怕穷不爱钱的女子，比登天还难呀。对不？哈哈哈。"

"所以，我才爱这客家山歌中的真情。"他又补了一句。

紫晓笑了，抿了一小口饮料。她想说，我就不怕穷呀。她很想告诉对方，自己爱常昊时，他就没有钱，那时他还很穷。

头儿推开前面的露露，叫服务生上扎啤。

"生扎——"他大声说。

"上海姑娘寻找男子汉。"他又说，"我就是男子汉。"

2

那夜，紫晓回家时，已到深夜。那头儿很难缠，后来，他似乎醉了，竟将她当成了小姐，手疯了似的捏，嘴也疯了似的啃。紫晓受不住了，但为了给常昊面子，还得赔笑。

头儿趁着醉意问：“打一炮，多少？”

紫晓明白他的意思，嗔道：“你醉了。你认错人了吧。”

头儿大了舌头说：“没认错，你不是常昊女人吗？别的女人五百到一千，我给你的，是地王。知道不？地王呀。”

紫晓望望四周，发现那几位老板正拥了女孩缠绵。常昊却不见了。

“地王，你知道地王吗……”他晃晃手掌。

紫晓一笑，摇摇头。

“告诉你，我没见过经得起诱惑的女人，无论她是什么身份。要是她经得起诱惑，那是你出的价码不够。只要出够价码，谁都会脱裤子的。”

紫晓冷笑几声，说：“你醉了。”

“你爱你老公？”

“嗯。”

“妈的，你还爱这种男人？”头儿笑了，“我要是你老公，就把你锁在屋里，连门都不让出。还带你来这里？”

紫晓想，说得也是。

她有些恶心，就借故上厕所出了包厢。常昊正和服务生谝。常昊说他是黑社会贩毒的，也贩人，也贩枪。他问服务生要不要左轮手枪，五百元，带六颗子弹。服务生信了，叫他明日带来。紫晓出门，常昊便笑。以前，紫晓很喜欢他的笑。此刻，却觉得那笑很恶心。

包厢里蹲久了，头有些晕。那种嘈杂，那种喧哗，还有各色各样的折腾，紫晓疲惫不堪了。一出夜总会，清新的夜风扑面而来，紫晓感到异样清爽。紫晓很喜欢这样的风。

紫晓没理常昊，打的回家了。除了夜总会门口依稀有人影晃动，别处，都沉入梦乡了。紫晓的心里开始荡起一种新的东西。她觉得自己的身子已被那个所在弥漫的气息腌透了，有种污浊不堪的感觉。多希望风吹进她的每个毛孔，把每个细胞都清洗一遍。

只是，她没想到，常昊会发怒。

紫晓洗了澡，刷过牙，觉得把夜总会腌在她身上的所有脏气都洗了。回到自己温馨的小屋中，紫晓心中异样轻松。她很爱这方小天地。

迷糊了不知多久，常昊回来了。一进门，常昊就把所有的愤怒泼向紫晓。他的脸青紫着，脸肿胀了许多。以前，她老听人形容“气极了”叫“吹肿了”。那夜，常昊用他的愤怒诠释了啥叫“吹肿”。

紫晓这时才明白，常昊变了。这是最令她伤心的一个结论。一个男人，若是真爱一个女人，是容不得另一个男人对她的侵犯的。

她伤心地哭到天明。

次日早晨，常昊觉出了自己失态，劝她：“算了，不说它了。不就是地王吗？那有啥？你别生气。要说，答应也没啥。啥年头了，能看开的，还是看开些，对不？”说着，搂了她。

紫晓却没了兴致。她机械地任常昊解开扣子，剥去衣服。她听到常昊很粗的喘气。

为常昊这样一个男人，真不值。紫晓想。

第十五章 黑喇嘛

1

在凉州，紫晓听到了许多关于黑歌手的传说。

黑歌手的身世是个谜。紫晓听到了许多“据说”。

据说，黑歌手十几世单传。就是说，他的十几代祖先，每一代都养了一个儿子。据说，每一代祖先，都有一个特点，都是大光棍带着小光棍过活。据说，一生下儿子，黑歌手家族的男祖先便会休了妻子。一代一代，都这样。

谁都说黑歌手家族隐藏着一个巨大的秘密，但都不知道那是啥秘密。

有人说，黑歌手是一座宝藏的拥有者，那宝藏来自西夏，当成吉思汗的大军攻至城下之前，党项民族已将所有珠宝藏在一个人迹罕至的所在。千年了，一代一代的守宝人都守着这个秘密，他们期待着党项民族的再一次振兴。据说，黑歌手就是那个守宝人的后代。

又有人说，黑歌手是黑水国黑将军的后代。在许多史料中，也有过记载，在黑水国被攻破之前，黑将军将许多财富藏在一个井里，但谁也不知道那井在何处。

在凉州，紫晓也碰到了在西安街头碰到的那种老头，虽然形貌有差异，但那种味道却分明是相通的。后来，紫晓走过许多西部城市，都遇到了这样的老头。

那老头叫过一位盲艺人，对他说，瞎贤呀，你给这位大姐唱唱黑将军的故事吧。

那人说，不唱了吧。这年头，谁还听瞎子的胡咧咧呢？电视啦，电影啦，网络啦，啥都能填满脑子。

老头说，人家找狗王呢。

瞎贤问，哪个狗王？我知道两个真正的狗王。你是要找黑喇嘛，还是黑歌手？

老头笑了，黑喇嘛早就死了，当然找黑歌手。

瞎贤说，谁说黑喇嘛死了？人说活要见人，死要见尸，谁也没见过他的尸呀。要是人家修成了虹身呢？寿同日月哩。

老头笑道，哪有杀人魔王修成虹身的？

瞎贤道，谁说没有呢？放下屠刀，立地成佛呢。再说，别人眼中，那黑喇嘛在杀人，谁知道是不是他度众的一种方便呢？

2

紫晓说——

黑将军的英灵或是幻身一直在黑戈壁上游荡着。近千年了。那个所在，于是有了整日整夜不息的吼叫。那儿一年一场风，从春刮到冬，成了有名的世界风库。据说，黑将军想刮去那埋在黑水国上的黄沙，还原出黑水国的本来面目，实现他再造黑水国的梦想。但岁月以一种巨大的力量压息了他的希望，连那黑水也时不时就干涸了。

许多时候，历史是一页撕碎的纸，一旦碎了，就只好碎了。黑水国真的被黄沙埋了，只有黑将军的咒力或说愿力以一种能量的方式流传下来。此外，就是他的子孙和苍狼优秀的基因。在凉州的许多天里，我真的感到了黑将军英灵的加庇。

在西部狗市，到处是一幅闹嚷嚷的情景，纯种的獒犬很少见了，更多的是一种外来的在我眼中怪模怪样的宠物。跟到处可见的西方文化一样，狗市也成了西方狗的天下。在当代科技的参与下，各色各样的狗争奇斗艳，却找不到我所向往的那种苍狼独有的风姿。我想，照此趋势，也许要不了多久，苍狼便真的会成为一个历史的传说。

我在一个个狗市上闲逛着。说是闲逛，是因为我知道我的苍狼不可能出现在狗市上，这是我的直觉。就像黑歌手注定会离群索居一样，苍狼是不可能跟那些邀媚献宠的宠物混一起的。但我别无选择。除了狗市，我不知道我该去哪儿，我总在寻找，许多时候，寻找是一种过程，而不是目的。我在享受寻找这个过程，既然我不能安然地待在家中，那我就寻找吧。因为，寻找本身就是对寻找之心的最大安慰。

怪的是，我的寻找之心在寻找的过程中渐渐变了，那种变是不知不觉的。我从寻找苍狼变成了寻找黑歌手，又从寻找黑歌手变成了寻找黑将军的传说。我觉得一个陌生的世界向我展开了。虽然我只看到一条细缝，却从中发现了我从来不曾发现的风景。

一种巨大的预感告诉我，我的命运中已经出现了可怕的力量。虽然我不能清晰地洞悉它，但我已经觉出了它那裹挟一切的力量。它很像瞎贤们传说中的那种能吞天的怪兽。原本属于我的天空，正液体般流进它的口中。

我穿过了一个个喧闹的狗市，心却是越来越静了。那种静，是过去很少有过的。即使在练瑜伽时，也不曾有过。练瑜伽时的静更多的是做意，那诸多的念头虽也息了，但仿佛成了压在水中的一个皮球，只要手一松，球立马就反弹了。而这时的静，却似乎是本来如此。没有压抑，没有作意，很像是拿块抹布擦去了灰尘的镜面。我不知道是黑将军的故事洗去了我的热恼呢，还是西部独有的人文景观安抚了我浮躁的心。

虽然狗市上找不到我需要的东西，但怪的是，每到一处狗市，我总能得到一种新的讯息。像西安的老人，像凉州的瞎贤，像黑将军的传说……那些看起来似乎毫不相干的讯息，却似在汇成一个巨大的模糊图案。虽然我看不到它的尽头，但我总能感受到它的神秘和无与伦比的大。

我仔细地品味着我在狗市的经历，总觉得有种神秘的力量在左右我前行，甚至相信是黑将军的力量了。

当然，你也可以看成是命运。

3

在黑将军后裔的传说里，有个著名的黑喇嘛。他便是清末民初的那位名震一时的“黑喇嘛”。黑喇嘛在黑戈壁上创建了一座巨大的城堡，盛极一时，但谁也不知道黑喇嘛后来的结局。在民间的传说里，黑喇嘛是个图腾，他骑匹黑马，扛着枪，一条巨大的黑獒立在马臀上，爪子搭在黑喇嘛肩上，他先是定格许久，静若凝岳，然后疾驰而去，留下一路烟尘。

没人知道黑喇嘛从何处来，正如没人知道黑喇嘛的真正归宿一样。黑喇嘛是一股旋风，来了就来了，走了就走了，只留下席卷而起的漫天尘土。

凉州贤孝《黑喇嘛》中，专门讲了那个传奇。

瞎贤的唱音总是那么沧桑——

我说那黄粱一梦退凡心，
黑喇嘛本是那红尘人。
正因为受尽了千般苦，
才修成河西一真人……

在瞎贤们的传说中，黑喇嘛是有法力的人，据说那法力来自黑将军一系的传承加持。人们对黑将军使法术遣来黑风怪的说法不生疑心。因为，凉州专门有一些道士，就修习黑将军传承下来的道术。严格来说，那不能算道术。因为道术是中国本土的产物，黑将军的法术却来自古代印度。据说，它是由一位叫奶格玛的瑜伽大师传下来的。那法术虽有增益——增加福报、息灾——消除灾难、怀柔——叫人敬爱、降伏——诛灭仇敌等诸多功能，但这仅仅是该瑜伽中的方便法门，即使俱足了那四种成就，也仅仅是小成就。

按流传于民间的传法，修习奶格玛大手印瑜伽还可以证得中等成就，它共有八种：一是丸药成就，亦称仙丹成就，服此丹药，可增长身色精力，延年益寿，据说黑喇嘛就因为服了那丹药而寿命极高，大家认可的说法是，他活了一百五十岁；二是眼药成就，点药于眼，可透视地下宝藏；三是土遁成就，能像鱼儿游水一样，游行于地中，《封神演义》中的土行孙就有这能力；四是空行成就，能像鸟一样在空中飞行；五是宝剑成就，此剑可随意于千里之外，取恶人头颅，古代传说中的剑仙便有这能力；六是隐身成就，可隐身，为人所不能见；七是长寿成就，能成就长寿持明之身，远离死亡；八是治病成就，可以用意念给人治病。此外，还能证得五种神通：一、神足通，亦称神变通、神境通、神境智证通、如意通等，可以飞行无碍，游行虚空，隐显自在，能随意变化自身及外物，能此没彼出，千里之外，转瞬可至，如屈伸臂焉。二、天眼通，亦称天眼智证通，能遥见未来，其目力能穿透山岳大地，见人所不能见，千里之外，如对目前。三、天耳通，亦称天耳智证通，能辨万类生物之音，能闻人所不能闻，千万里外之音声，如在耳侧。四、他心通，亦称他心智证通，人与非人，即诸动物，众生心念，悉能晓知。五、宿命通，亦称宿住随念智证通，明他人及自身的生死因果。

至于大手印瑜伽的上等成就，据说是诸漏皆尽，永无痛苦，不生不死，恒居一个叫常寂光的净土。

凉州有名的瑜伽大师黑寡子有一本叫《奶格玛秘籍》的书，此书以伏藏的形式，从祁连山中的一个山洞里出土，后来以手抄本的形式流传于凉州。书中讲了大量的调动自然界神秘力量的方法，据说如法修持四十九天，便可以夺天地之造化，凉州人将那些法术称为黑咒。凉州道人中修炼黑咒的成就者，以黑寡子最为有名。此人狂极了，老是说他“风雨雷电随身带，由道不由天”。据说，他是黑将军黑咒法的传承者之一。

早年的凉州，黑寡子是专管求雨的道人，每当天旱无雨、禾苗快要枯死时，县太爷们总要去求黑寡子。黑寡子就会跟那些县太爷签订合同，由他来负责求雨，求下雨来，县里酬粮五百石，求不下雨来的话，就在广场上烧死他。结果是，每次求雨，黑寡子总能得到五百石粮。

后来，黑寡子被一个莫名其妙的雷，殛死在黑戈壁上。

据说，那雷是黑将军所发，因为他泄露了不该泄露的秘密。也有人说，那炸雷，其实是雷神的作品。

4

帐篷城的出现是一夜间的事。那时，西行的驼队很多，老有叮叮当当的驼铃声招摇而来，飘摇而去。谁也想不到，某夜，黑戈壁上突然出现了一个帐篷城。

历史上管这城的主人叫黑喇嘛。

在瞎贤的叙述中，黑喇嘛是黑歌手的爷爷。当然，这种说法并没有经过严密的考证，更不曾有基因检测，但凉州的瞎贤们都这样说。

许多事情，都这么说的事情，就是真的了。因为一茬子一茬子的人死了，除了都这么说的内容，没人知道真相。有时候，真相并不重要。

据说，黑喇嘛是个杀人不眨眼的魔王，他是来复仇的。

他专门劫掠蒙古人的驼队。当然，有时虽然驼队掌柜可能是汉人，但因为驼队里有了蒙驼，他也照劫不误。

有人却说，黑喇嘛把持这西行的古道，是想寻找或是等待一条真正的苍狼。瞎贤说，没有纯种苍狼的话，黑将军的愿力或咒力就会消失。

但没人告诉我们，黑将军的“咒”和“愿”的真实内容究竟是什么?

帐篷城里的其他住户也不知道。我们甚至不知道帐篷城里的其他人物来自何方，一些学者都说是黑喇嘛的追随者。但他们的成员来自何处，没人知道。有人异想天开地猜测说，那是些打劫的小土匪。

但瞎贤说，事实不会是那么简单。

瞎贤的解释充满了想当然的成分。他说，那些人，都可能是黑水国百姓的子孙。他们隐居在祁连山深处，一直等待着某个历史的机缘。

紫晓问，他们在等待啥？

瞎贤说，他们在等待另一个密钥的出现。这是老祖宗传下的一种流传极广的说法。

5

黑喇嘛的帐篷城锁住了河西走廊通往新疆的要道。

所有的过路客都要接受黑喇嘛的审查。据说，还要交相当数量的过路费。在当地的传说中，黑喇嘛是个可怕的人物。每当小孩们哭时，只要爹妈说：黑喇嘛来了，孩子就不哭了。孩子们当然不知道黑喇嘛的厉害，但爹妈会告诉他们，那天上的黑风便是黑喇嘛咒来的，埋了好多城市和国家。孩子们没见过黑喇嘛，但都见过黑风。

不久，帐篷城消失了，一个真正的城堡出现在黑戈壁上。据说它的模样，便是缩小了数十倍的黑水国。当然，这只是据说而已。我见到那城堡的时候，发现它根本不像一座城。黑水国绝对不可能是这种模样。

还有一个传说称，黑喇嘛及其追随者，从过往商队那儿劫获了大量獒犬。

在城堡深处，真的有一个獒犬繁殖遗迹。

在西部传说中，黑喇嘛一直和苍狼联系在一起。当然，老百姓不叫它苍狼，只叫它老山狗，据说它有牛犊子大。黑喇嘛来时，老山狗也就来了。后来，黑喇嘛不见了时，那狗仍在黑戈壁上等待主人。只有一位邮差管那狗叫苍狼。据说，邮差是黑喇嘛的人。

跟黑喇嘛一同来了的，有千百人。关于这些人的来历，说法不一。按学术界的正统说法，说那些人来自外蒙古。那时，外蒙古已经建立了红色政权，他们容忍不了黑喇嘛这样的人。于是，黑喇嘛便远走他乡，来到黑戈壁。许多同样为红色政权所不容的人追随着他。

但据那位邮差说，追随黑喇嘛的那些人，其实是黑水国百姓的后裔，因为他们信仰一种神秘的宗教，于是有了能传承千年的凝聚力。

邮差说，黑喇嘛跟他的追随者信仰的，是来自印度的一种神秘瑜伽。其首传祖师，便是那位叫奶格玛的瑜伽大师。

邮差说，在他们共修的时候，会一起念诵一句咒语。

邮差说，他还记得那咒语："奶格玛千诺。"它是密乘中的显宗。他说，修其他密法需要灌顶，这咒子，却是人人可诵的。它成了无上瑜伽中公开的圣号，无论灌顶与否，只要虔诚持诵，便会跟奶格玛相应，便能得到她的证量加持，马上契入光明大手印。

无论啥人，无论他信仰哪种宗教，只要他虔诚念诵"奶格玛千诺"，都会得到奶格玛及金刚亥母的加持。

当时的驼队中，流传着许多神奇的故事。据说，遇到灾难时，一诵那咒语，大多能逢凶化吉。最能使人信服的，是他们持咒净化了一个被瘟死的牲畜污染了的淡水湖。那湖水乌黑混浊，臭气熏天，人不能近。于是，黑喇嘛派人在湖边念诵"奶格玛千诺"。三天后，湖水开始变清；十天后，牲畜就能够饮用了。这湖，后来成为黑喇嘛控制的重要水源，为他带来了大量的财富。再后来，一位日本高僧用同样的办法，净化了一个被污染的池塘，成为轰动一时的新闻。

于是，骆驼客们信心大增。那咒语，便随着那驼铃声，传遍了西部。

多年之后，奶格玛大手印瑜伽在印度失传了，印度政府派了人来，想将这一瑜伽再"迎请"回去。

紫晓修的瑜伽，便是奶格玛大手印瑜伽。

6

黑喇嘛在黑戈壁上的所为成了一个历史之谜，没人知道他来这儿究竟为了啥目的，也没人知道他究竟来自何处，归于何时。所有的记载和传说都有着自相矛盾的内容，所有的事实后面都有个巨大的说不清道不明的阴影。有关黑喇嘛的话题已经流传了半个多世纪，但仍然没人洞悉其中的诸多关窍。

黑戈壁广袤无垠横亘天际，据说有好几个省大的地盘。这儿荒无人烟，鸟影也无，黑喇嘛选择此地显然有着他认为正当的理由。

帐篷城在黑戈壁上存在了几个月。因为在当空的烈日下，帐篷跟蒸笼相若，好些人中暑而死了。

某夜，一股沙匪甚至啸吁而来。他们骑着马，抡着刀，砍死了几个人。

在邮差传神的叙述中，紫晓看到了那个场面：

沙匪是随着漫天的黄尘出现的。那天无风。不久，密雨般的蹄声便渗出了黑戈壁。那时，黑喇嘛正在中间最大的那顶帐篷里讲大手印瑜伽。这是他每天下午都要做的事。黑喇嘛的作息时间是，早上和上午禅修，下午讲法。据说，黑喇嘛得到过外蒙古的一位大活佛的印证，并授予他“呼图克图”的称号。传说中的黑喇嘛证境很高，至少已经悟道。据说在外蒙古的时候，他就有许多信徒和弟子。

当然，这只是说法的一种。另一种为更多的信仰者认可的说法是，黑喇嘛不是来自外蒙古，而是来自祁连山深处。在来黑戈壁弘法之前，他一直在深山中禅修。跟他一起禅修的至少有几百人，他们将那个人迹罕至的山坳称为“娑萨朗”。传说中的娑萨朗净土是由奶格玛心间的无死明点化成的，但黑喇嘛将它搬到了人间。

由于黑喇嘛的原因，直到今天，许多人仍将黑喇嘛待过的那个所在叫“娑萨朗”。那“娑萨朗”，本是一个印度尸林的名字，类似于中国的乱葬岗。有的印度人死后，愿意将尸体用来供养一些众生，以便积累功德。笔者在《光明大手印·实修心髓》中如是写道：“奶格玛不顾父母的惊愕，前往娑萨朗寒林。这地方，是古印度著名的八大尸林之一，本是当地人弃尸之所，辄见尸体，臭气熏天，时有野兽出没。按当时印度流行的说法，尸林是最好的修道之所。这儿可以很形象地观察人生的无常，容易产生出离心。现代社会灯红酒绿，歌舞升平，电视网络等新玩意儿将人生的几乎所有空间都占满了，人们几乎没有时间和兴趣关心灵魂问题。他们不会想到死亡，只有在亲人和友人死亡时，才可能稍觉无常而生发感叹，但叹息易发，定力难生，叹声未落，心已他往。稍有觉悟的心总叫外物污染，如珍宝裹泥，如明珠蒙尘，难发本有之光明。所以，古印度的修道者多远离喧嚣，近趋死相，到尸林去修道。”

瞧，最初，笔者眼中的娑萨朗，便是这样一处地方。但一个流行了千年的传说称，那尸林，也是一个神奇的秘境，它的名字，便叫“娑萨朗净土”。

后来，黑喇嘛将他在黑戈壁上修建的城堡山，也命名为“娑萨朗净土”。在某些宗教学著作中，对黑喇嘛的这一行为评价极高，认为它有着跟太虚法师的“人间佛教”同等的意义。

黑喇嘛在他建立的净土中，主要工作就是每天教人们禅修。跟寻常的禅修不一样的是，黑喇嘛教授的，是他传承下来的大手印虔信瑜伽，据说长期修习，就可能跟奶格玛大师相应，而证得佛果。

沙匪便是在人们禅修时掠来的。

那是席卷着黄沙的一股旋风，沙匪们狂叫着，舞着刀。跑在最前边的那人将一顶帐篷一劈两半，露出了帐篷里正在念咒的两个老人。另一个沙匪又挥了一刀，一颗灰白的脑袋就飞了起来，滚向远处的沙洼。另一个脑袋同样不走运，在另一把刀挥过之后，倒随了那身子滚在帐篷里了。

沙匪疯狂挥动的刀溅起的血雨带来的影响很是久远。据说，那次沙匪的袭击中，有五个人被削去了脑袋。因为是在禅修时死亡的，如何为他们定位成了比较麻烦的事。按宗教的说法，一个人的临终一念十分重要，要是他在临终牵挂净土的话，他便会在死后往生净土，同样，要是一个人在专注地修炼虔信瑜伽时被削去脑袋的话，他也会往生娑萨朗净土。但问题是，要是他的临终一念是看到屠刀后的恐怖的话，往生显然就成了空话。但没人知道那五个人的临终一念究竟是什么，往生便成圣徒，恐怖和愤怒则可能堕入地狱。另外，按佛教的说法，被人削去脑袋也算是凶死。他们究竟算是殉道，还是属于凶死？性质不同，规格就不同。

但后来，黑喇嘛都按圣徒的规格进行了火葬。

其中，最不起眼的那个老人，竟烧出两大碗舍利子，五光十色，璀璨夺目。此人年轻时，曾是有名的酒色之徒，吃喝嫖赌，无恶不作，到垂暮之年，才皈依黑喇嘛，修炼大手印瑜伽。没想到，他仅仅修了两年，竟修出了如此神异。这舍利子，后来成了城堡山的圣物，它证明了黑喇嘛所传瑜伽的传承，像黄金般珍贵呢。

沙匪在砍去了五个头颅之后，遭遇了一件他们从来不曾遇过的事。他们看到沙丘上忽然出现了一头巨大的牛，它眼似铜铃，发出金光，身上长出无数的胳膊，拿着许多怪模怪样的武器。那牛的口中发出轰轰的声响，使人头疼欲裂。许多沙匪被那巨响震下马来。沙匪首领很顽固，舞着马刀才一扑上，那牛却拧着脑袋撞来，牛角穿过沙匪身子，将他挑下马来。

据说，那神牛，便是黑喇嘛变化的。

在黑戈壁上，有许多诸如此类的传说。某次，百里外的一个大户专门欺男霸女，受害者找到黑喇嘛，希望他主持公道。黑喇嘛便入定，人们先是看到黑喇嘛消失了，随后出现了一头大牛样的神灵，牛脖子越伸越长，延至百里，用角一挑，那大户庄园就成了一片废墟。

沙匪事件为黑喇嘛赢得了更多的信仰者。以前，许多人只听说黑喇嘛修成了很强大的法力，但大多只是耳闻，不曾目睹。这一次，黑喇嘛显现了奇迹。他的那一示现，至少表现出他已具足了生起次第的圆满证量，已经俱足了八种很厉害的特异功能。按修无上瑜伽部的行者的说法，那牛头神灵，便是大威德金刚，是由黑喇嘛化现的。在黑喇嘛传承的奶格玛的教法中，就有大威德金刚的修法。大威德金刚是诸佛事业的总集代表。

当那沙匪首领尸横黑戈壁之后，剩下的所有沙匪便皈依了黑喇嘛，成为黑喇嘛的忠实信徒。

那老人对紫晓说，黑喇嘛后来的横祸，也是源于这时埋下的隐患。

7

那老人还告诉紫晓，有许多沙匪垂涎黑喇嘛及其信众的家当。因为，几乎所有的沙匪都听说黑喇嘛是西夏黑将军的后裔，掌管着宝库的钥匙。都说黑喇嘛的帐篷城里有许多珍宝，不提别的，单说黑喇嘛常用的那套法器，便是无价之宝，据说是从印度瑜伽大师奶格玛那儿传承下来的。那手鼓，是用八十四个大成就者之一的头盖骨制的。那鼓号，是用金刚瑜伽母的腿骨做的。那修诛法时用的人皮，是从杀了九十九个人的一个魔鬼般的恶人身上剥下的。还有那右旋海螺，是恒河龙王供养奶格玛的。据说，黑喇嘛还有一件宝衣，穿上可以隐身，可挡刀枪剑戟，可以挂在太阳光线上。据说这些法器，在千年之前，就是印度瑜伽大师们仰慕不已的宝物。据说，别说拥有它们，只要能见一面，便会离苦得乐，不会堕入恶趣。

在沙匪眼中，无论是法器还是别的珍宝，仅仅是银子而已。他们可不管啥恶趣或是地狱。只要是值钱的东西，他们就要抢。

皈依的沙匪告诉黑喇嘛，黑戈壁及周围的大漠中，有大小几十股沙匪，靠劫掠过往商队为生。他们早就瞅中了黑喇嘛。这次来的这些，仅仅是问路的石子而已。

于是，黑喇嘛决定在黑戈壁上建立城堡。

这便是后来的城堡山。

城堡山是当时中国西部最好的军事城堡。即使按当代军事理论的要求，城堡的科学性也无懈可击。一座座山包变成了一个个堡垒，堡垒间有漫长的壕沟相通。当然，这是外观上的看法。后来的许多探险家甚至也将它当成了军事设施。而事实上，那一座座堡垒，只是一个个道场，供不同层次的人修行之用。那壕沟，则是经行之路。据一位参加过闭关的行者称，堡垒里的修炼十分严格。在闭关期间，每昼夜修炼十一个时辰，其间只休息一个时辰。那堡垒上巡游的，被外界人称作哨兵的，叫事业金刚，是专门负责办理闭关者的日常事务的。堡垒关房里的人需要啥，就写个纸条出来，由事业金刚去办理。

当然，充当事业金刚者，都是十分可靠的、由黑喇嘛带来的原班人马，有人认为他们便是黑水国的后裔。他们对黑喇嘛的信任，跟当初的黑水国人对黑将军的信任一样，是愿意抛头颅洒热血的。

那些参加闭关的人根据其修炼基础的高下分为三批。第一批，以修虔信瑜伽为主，闭关时间为三个月零三天；第二批修生圆二次第，闭关三年零三个月；第三批修大手印瑜伽，闭关三年零三个月后，再在日常生活中调心修习。据说，除了黑喇嘛带来的那些大修行人外，黑戈壁上的闭关者，大多只完成了虔信瑜伽的修习。该瑜伽以信仰为主，学者称之为“因信得度”。据说，完成了虔信瑜伽的修习者，对黑喇嘛就跟对瑜伽大师奶格玛一样虔诚。

以前，紫晓完成的，也是大手印虔信瑜伽的闭关。

正是由于修习虔信瑜伽，黑水国的子孙们才拥有了无与伦比的凝聚力。这便是千年里他们仍然能保持信仰和纯正血统的秘密。

在黑戈壁的传说中，只要如法修炼奶格玛传下的瑜伽，其生命密码就可能被改变。这种说法，也符合佛教改变命运的原理。一本叫《了凡四训》的书中，就讲了作者如何通过行善积德，最终改变了命运的故事。这是通过行为上的向上来改变命运的。而黑喇嘛传承下来的大手印瑜伽，则是通过冥想和发心来改变命运，它同样符合瑜伽学原理。

城堡的建立耗费了数不清的金钱，正是在这一点上，印证了沙匪们的某个传说：黑喇嘛是黑将军的后裔，他知晓那宝库的秘密。多年之后，连欧美的探险家们也惊叹城堡的宏伟和壮美，他们用“富可敌国”来形容黑喇嘛。他们于是认为，那富可敌国的原因，肯定是黑喇嘛对过往客商收取保护费所致。他们并不知道，当时过往的许多客商，虽然给了黑喇嘛一定的金钱，但他们不是在交保护费，而是在进行“供养”。就是说，他们确实将黑喇嘛当成了修行人，他们的交钱行为跟施主供养僧侣一样，是为了积累功德而选择的一种善行。

而这一切所谓的“供养”，大多是在城堡山建成后才出现的。这说明，在得到“供养”之前，黑喇嘛就已“富可敌国”了，那么，他们的财富来自哪里？这成为那些探险家们百思不得其解的一个秘密。其实，那些沙匪们当然明白缘由。当初，只黑将军掩埋的金银就达八十多车，还不算那些更加珍贵的奇珍异宝。

8

关于黑喇嘛的内幕故事，笔者是从启蒙上师吴乃旦那儿得知的，他是小说《西夏咒》中吴和尚的原型。他是奶格玛瑜伽的重要传人之一，他将“奶格六法”等精要传给了我。多年之前的某个夜里，他告诉了我黑喇嘛的秘密。他有许多师父，传给他许多绝活，后来，在我跟着他的二十多年中，他又将那些绝活传给了我。吴和尚的上师是石和尚，《西夏咒》里的雪羽儿在寄居松涛寺时见过他。小时候，石和尚曾在黑戈壁上替人家放羊。那时，他遇到过一个奇人——黑喇嘛的一个重要弟子，人称黑寡子。在黑喇嘛还住世的时候，他曾当过邮差。后来，此人以道人的身份被雷殛死。据说，其死因，就是泄露了一些不该泄露的秘密。据说，这秘密也包括了黑喇嘛的身世。

黑寡子告诉石和尚，黑喇嘛是黑将军第三十三代子孙。当时，黑喇嘛还保存着非常完整的传承家谱，黑寡子看过那个家谱，并用其过目不忘的惊人记忆力将传承情况记了个八九不离十。他将其内容告诉石和尚，石和尚又告诉了吴和尚，后来吴和尚又告诉了我。于是，我便知道了一段为血泪和岁月掩埋的历史。关于它的故事，我会写在另一部书中。

黑将军的宝库密钥一直控制在其后裔的手中。只是，每代人中只有一人明白其奥秘，这便是人们常说的“心传弟子”。在藏语中，“弟子”有两个不同的词：一种是一般“弟子”，一种是“心传弟子”。据说，每一代弟子中，称得上“心传弟子”者，大多只有一人。他类似于汉语中常说的“掌门人”，跟先秦墨家的“巨子”相若。

按黑将军传承家谱中的追溯，黑将军一系的最早祖先，便是墨子。早先的汉人姓中，“黑”字很是少见，它是由“墨家”的“墨”字引申而来的。

据说，先秦墨家因为其立志高远，行事又大多严苛，世人多敬而远之。他们在战国时虽盛行于一时，以其“兼爱”“非攻”等信条为世人所敬，但后来，终于湮没无闻了。其实，在汉代，墨家还曾以“侠”的形式出现于世，只不过人多不知其内幕罢了。再后来，墨家的潜修派融合了道家的修炼方式，形成了独特的隐修体系。再后来，西去求法的高僧将其修炼方式传到了印度、尼泊尔等地，被称为“大支那功”，成为后来印度瑜伽学的重要来源之一。印度大成就者莲花生大师有一位最重要的上师，人称吉祥狮子，他就是中国人。关于这一点，在一本极隐秘很少公开的书中有过记载。

黑将军的瑜伽体系融合了两大派，一是从先秦墨家那儿传承下来的文化，一种是从印度传来的由奶格玛等大师汲取了“大支那功”的营养之后，传承下来的无上瑜伽法门。明白了这一点，你便明白了为何藏密的修炼跟道教有诸多的相似。

黑水国人据说跟墨子渊源极深。其每一代的传承方式便是“巨子”制，只不过他们不叫“巨子”，而以“根本上师”和“亲炙弟子”或“心传弟子”的名相传承其法脉。那宝库的秘密，是典型的耳传法门，上一代的根本上师只是在圆寂之前，才以耳传的方式，将宝库的秘密告诉其心传弟子。

不过，历代上师对宝库的使用控制极严。要求是，只有在迫不得已的时候，才能将那宝库的财物用于弘法。这里有两个必要条件：一个是“迫不得已”，一个是“弘法”。离开了这两条，任何人不得私自动用宝库的哪怕一星儿银子。

又据说，在近千年里，那宝库从不曾开启过，原因很简单，你只要开启那宝库一次，那个秘密就可能为世人所知。从元到明清，几乎历代的统治者都垂涎那宝库。后来，国外的探险家们更是不惜一切手段想找到宝库，但据说连那宝库的毛也不曾沾过。

吴和尚说，在过去的千年里，那宝库的金钱不但没有减少，反倒增加了。因为历代的黑将军子孙都将其收入上交，不入旧库，另辟秘地进行贮藏。这所在，也只有“心传弟子”知道。

据说，所有的“巨子”级的传承者都是瑜伽修炼的大成就者，他们都拥有了调动护法的能力，那些护法原是非人或夜叉，为历代成就者降伏后，便自愿地搬运财物和护持宝库。这样，便免去了人力的守护和搬运，也保证了它有更好的保密性。

据说，黑喇嘛后来接受的所有供养除了购买必要的防身武器外，都进了那宝库。

据说，早期建筑城堡山时，费用便来自宝库。所以，虽然后来修建了城堡山，沙匪对黑喇嘛的骚扰反倒更频繁了。后来，他们觉得自己势单力薄，就开始游说那些境外的势力。据说，其中动心的国家，有外蒙古，也有苏联。

后来，那邮差对紫晓说，黑喇嘛后来的消失，跟其宝库有极大关系。

9

城堡山拥有当时世上最精良的武器。以是缘故，许多沙匪不敢再轻易骚扰了。那些武器被黑喇嘛的部下称为“护法神的手”。因为它们的作用是保护城堡山的人修行，客观上起到了护法神的作用。其购买行为本身，也就符合了黑将军定下的两条规矩。

多年之后，许多学者对黑喇嘛的存在产生了极大的兴趣，此事号称牵动了亚洲的神经，原因当然不仅仅是其中蕴含着巨大的谜团。除了其来历、其生存、其死亡叫人如罩一团迷雾之外，还因为其真实的面目并不为世人所知。事实上，黑喇嘛一直想建立一个乌托邦式的小国，他很愿意成为柏拉图《理想国》中的“哲学之王”。这也是黑将军当初想充当的角色，也是其几乎所有传承者想充当的角色。黑将军那时的黑水国，是地道的政教合一。西夏时，河西的许多地方就是由国师统治的。无论凉州，无论黑水国，国师大多参政。在国师的管理下，人们日常行为的主要活动便是修行，而且主要修炼奶格玛传承下来的一种无上瑜伽。

在西夏的传说中，奶格玛是不生不死寿逾日月的人物，至今，她仍以彩虹之身的方式安住于娑萨朗，仍在用那双慧眼观照着跟她有缘的众生。这种传说很是美好，代表了人类对幸福和永恒的某种向往。

据历史记载，奶格玛的光明大手印瑜伽有两个主要的传承者，一是藏地的叫琼波浪觉的伟大人物；另一位便是当时还属于西夏的一位国师。后来，他驻锡于凉州，担任国师，并将此瑜伽传给了西夏的具缘者。那时，大夏国皇帝李元昊也常来凉州。据说，他在岩窟里闭过三年零三个月的关。跟清朝的雍正皇帝一样，李元昊也在出世间法上有相当的造诣。后来，当蒙古大军逼近大夏国时，西夏国师以伏藏的形式将其教法藏在大手印坛城中。

许多时候，历史有着惊人的巧合，我们称之为缘分。在十八岁那年，我遇到了凉州松涛寺的吴乃旦，他也是奶格玛瑜伽的重要传承者。十四年之后，他会和从藏地来的另一位传承者在凉州会面。笔者目睹了他们见面的过程，其中暗藏了许多说不清道不明的玄机，我在《光明大手印·实修心髓》中有过记载。他们都是我的传承上师。

黑将军也是西夏国师的具缘弟子，据说得到过奶格玛的授记，说她的法脉将会传向世界，那时，依此大手印瑜伽离苦得乐证得究竟者会像天上的繁星一样多。

在某个历史秘籍中，记载了奶格玛瑜伽的传承情况，除了琼波浪觉外，大手印瑜伽还有许多传承者，如果算上非人和龙族，坛城多达三十六个。黑将军一系是其中之一。

在一本《奶格玛秘传》中说，在为琼波浪觉灌顶的那时，奶格玛肯定地说，她的加持，将波及所有众生，而不仅仅是她的法嗣。所有对她有信心者，都将得到加持，获得解脱。奶格玛称，只要至诚念诵“奶格玛千诺”者，都会得到她的智慧加持。在后来的黑戈壁城堡山中，那些信仰者的主要修炼方式，便是念诵“奶格玛千诺”。据说那时节，证得光明大手印者数以百计。

黑将军及其后裔的努力，成为文化史上十分有趣的现象。他们所做的，便是想将传说中的娑萨朗搬到人间。在许多个历史时期，他们甚至达到了目的。西夏时的黑水国在没被蒙古人消灭之前，便是一个类似净土的地方。其城中的建筑，大多有象征意味，很像唐卡中的佛国净土。但那场血腥的屠杀之后，一个乌托邦从西部消失了。

此后的近千年里，黑水国的后裔们便淡出了历史的视野。他们的存在不再有社会学意义。其间，虽然有许多人隐居于祁连山深处的山洞中，潜修奶格玛瑜伽，但他们的存在，更多地体现在信仰意义上。其生命的轨迹很少见于文字，只是口授传承了一些为岁月沉淀下来的故事。而且，其内容依托了戒律的约束，被严格控制在内部流通的范围内。据说，一个叫玛哈嘎拉的护法神像守护自家心髓一样，守护着那些秘密。对于所有泄密者，必施以惩罚。而且，其惩罚方式大多为雷殛。那个叫黑寡子的成就师宁愿冒着被雷殛的威胁，将许多秘密告诉了石和尚。后来，他便真的死于雷鸣电闪之中。关于他的故事，我们会在后面看到。

奶格玛在西夏的传承者有两次为史家所关注的乌托邦存在，一次是黑水国，另一次便是黑喇嘛的城堡山。这两次存在，都招来了世界的激烈反应。正如幽灵总是有自己的世界一样，当黑将军及其后裔出现在人类世界中时，人类的反应总是很激烈。于是，当黑喇嘛想在黑戈壁上建立一个神秘城堡时，便有无数的反对势力盯着他。除了那些沙匪外，还有新疆的杨增新、苏联、外蒙古等诸多势力，他们必欲除之而后快。

吴和尚说，黑寡子曾告诉过他的上师，说奶格玛瑜伽传向西夏的那一脉中，有一个巨大的缺陷，以是因缘，其信仰者便不能达成自己的愿望。究竟是啥缺陷，黑寡子没有讲。

按吴和尚转达的黑寡子的观点，我听出了一点端倪。黑寡子说，对于追求终极解脱而言，黑将军一脉的瑜伽不弱于任何一派，但由于一种十分玄妙的原因，导致其先天不足，这直接影响了它为红尘所接受。

吴和尚说，据黑寡子有名有姓的统计，黑水国的子孙中，只证得虹身成就的，便不下十万人。他们以一种特殊的形式生活在娑萨朗净土。但他们没有办法将其证悟的真理告诉这个世界，以便利益更多的人类。

同样，传向藏地的那一支瑜伽，也存在着严重缺陷。这使它一直没有成为能历经千年的大文化流派。许多时候，因为那缺陷的原因，其法脉甚至时时为岁月掩埋。

证得了宿命通的黑寡子预言道："铁鸟腾空时，苍狼绝种日。方便智慧合，星光遍大宇。"

对于诗中的意思，我似懂非懂。

后来，紫晓听了这首诗后，含蓄地笑了，脸上有种古怪的神韵。

10

为了能使黑寡子的死亡更有意义，我曾发愿，要将黑水国后裔在祁连山深处近千年的历史告诉世界。据吴和尚说，这也正是黑寡子的期望。据说，证得了宿命通的他曾预言，几十年后，会出现一个人物，会将他口授的这段历史公诸于世。他说，他已承接了所有泄密带来的果报，其意义，很像耶稣带走了人类的许多罪恶一样。说是那性命上的留难，不会再出现在泄密者身上，只是，泄密者会受到唾骂，说他编造故事。我想，这倒不要紧，比这更厉害的诅咒我也愿意承担呢。

在过去的千年里，黑水国的后裔们还留下了大量文字，但能读懂这文字的人并不多。这是一种死去的文字，没人再使用了。于是，那些书籍便被人们埋在一个秘密所在。在生命中的某一天，我会跟它们相遇。

这一过程，我已写在那本叫《西夏咒》的书中。

11

老人告诉紫晓，第一股沙匪皈依黑喇嘛之后，其他沙匪便闻风丧胆，有些人也开始投靠黑喇嘛。在那时的戈壁大漠中，沙匪的居住地必须靠近水源。沙匪正是依托对水源的控制，才控制了许多交通要道。那些零星沙匪投靠黑喇嘛的同时，也带来了许多水源。所以，在建筑了城堡山不久，黑喇嘛便成了黑戈壁中的水大王。从黑戈壁一直到新疆，长达几千里的路途中，几乎所有水源都由黑喇嘛控制着。

随着城堡山的信众越来越多，黑喇嘛的弟子遍布河西走廊，他们随着过往的商队传播文化。后来河西文化的繁荣和深厚，黑喇嘛功不可没。据说，许多宝卷和变文的最初源头便是城堡山，那些瑜伽的修习者，把其法脉的精髓以一种善文化的方式，传播开来。流传于今的凉州贤孝《吕祖买药》中，就渗透了大手印瑜伽的精髓。其借八仙之口唱的道歌《珍珠倒卷帘》中，便有从古印度传过来的大智慧瑜伽的修习方法。

沙漠中的驼道是一个个水源连接起来的线，几乎所有的驼队栖息地，都必须靠近水源。对水源的控制，客观上使黑喇嘛成为河西走廊直至新疆的无冕之王，这是其他势力所不能容忍的。

黑喇嘛想传递的思想，就是这样传向世界的。于是，他牵动了亚洲的神经。

事实上，黑喇嘛对水源的控制跟传统意义上的控制不一样。因为，他并不在那些水源上安排自己的人马驻守，因为很少有人知道在漫漫沙海中的某个地方有水源。要是没有黑喇嘛派人带路的话，许多商家是找不到水源的。这便是当时所谓的控制。而那个时候，想要黑喇嘛派人带路的方法只有两种，一种是接受黑喇嘛传播的文化，另一种便是支付一定的佣金。而后者，大多用来支付城堡山的日常花费。

因为佣金数目相对较大，许多商家更愿意成为黑喇嘛传播文化的信仰者，其形式便是皈依黑喇嘛，成为他的弟子。成为其弟子之后，黑喇嘛便会教他一个咒子，此咒也可以随缘广传。常诵此咒者，可以得到许多益处，从出世间法上来说，常诵此咒能契入光明大手印。这是几乎所有修炼者追求的终极果位。所有瑜伽的终极目标，便是证得那光明。从世间法上来说，凡诵此咒者，便是奶格玛的信仰者，也是黑喇嘛的弟子，沿途的所有土匪绝不敢有动你的心思。相传，此咒一诵，便会得到奶格玛的加持，就会有无数的善神护法像守护眼眸一样守护你。后来，黑寡子也将此咒传给了我的师爷，我以为那是多么神奇的咒子，不料，却是那十分寻常的五个字“奶格玛千诺”，意思是“奶格玛，请加持我”。后来，我从一个叫噶玛噶举的教派里也发现了类似的咒子。由于对奶格玛的净信，小时候我也常诵此咒。不知道我后来的成功是否得益于此咒，但怪的是，小时候的所有发愿，后来真的变成了事实。

一位精通古印度文化、专门研究原始佛教的专家对流传下来的咒语进行了考证。他发现，那些所谓的神秘咒语，其实是古代印度很普通的语言，比如“扫地呀扫地呀，扫出心灵的垃圾”等等，大多如是。他由此对那些咒语颇有微词。事实上，一切音声，皆是陀罗尼。那咒语，其实是在“自净其意”。黑寡子说他在祈雨时持诵最多的，也是“奶格玛千诺”。只要一念诚心，与造化相应，便无不应验如神。

因为黑喇嘛的弘扬，整个河西甚至亚洲都知道了大手印瑜伽。据说，虔心持那咒语者，皆得到了世间和出世间的许多利益，而且出现过许多超自然的奇迹。黑喇嘛声势大振，在西部无人不知。一些宗教教派的头领们感到一种巨大的威胁，因为他们的许多信徒都皈依了黑喇嘛，开始念诵那个神秘的咒语。待得完成了规定的数目之后，只要黑喇嘛开许，他们还可以到城堡山来，接受更进一步的瑜伽训练。据说，几乎每个参加完闭关修习者，都得到了一种神秘的体验，进而对黑喇嘛信心大增。长期下去，一些宗教教派的利益便会有相应的损伤。于是，他们开始利用其威望，做一些贬损黑喇嘛的勾当，其方式，不过是说黑喇嘛是假喇嘛，是魔，他传承的，是一种魔法，不是正法，等等。后来，他们发现，他们的这种宣传，反倒成了为黑喇嘛做广告的一种最好方式，拥向城堡山的人越来越多。于是，他们便开始从世间法的角度否定黑喇嘛，将他塑造成无恶不作的人物，编造了许多关于他的可怕传说。这些传说像瘟疫一样传向四方。到后来，河西的娃儿一哭，父母便会说黑喇嘛来了。这样，娃儿们便马上不哭了。

由于黑寡子对黑喇嘛的称谓跟别人不一样，一提起黑喇嘛，他总是称“老伯伯”，所以，后来在我的家乡——凉州洪祥镇陈儿村——吓唬娃儿们时，便会叫“老伯伯来了”，其效果同样惊人。

历史上的黑喇嘛，便是这样被丑化的。至今，当一些学者谈到黑喇嘛时，仍然将那些传说中的内容，当成了黑喇嘛的本质。

除了他真正的传承弟子外，没人知道黑喇嘛是真正具足大悲心的瑜伽成就者。

12

黑喇嘛创建的中国现代史上第一个大手印瑜伽道场就这样走入了历史。虽然它的名相是“城堡山”。

这是在那个兵荒马乱时代的奇迹。

在精良武器的掩护下，大型的闭关在城堡山举办了八次以上，每次约有五百人。他们大都明心见性，或是往生了奶格玛的净土。据说，以是因缘，城堡山也成了空行圣地，有二十四道彩虹织成的光道，一直通向娑萨朗。其外相上虽相隔千里，但一旦相应，刹那间便相通了。因为，按奶格玛的瑜伽理论，时间和空间皆是世人的分别心所致，究其本质，皆是虚幻的。她用前边我引用过的那首偈子如是说：“诸法现象显，均皆为虚幻；禅修其体性，也是为虚幻；真实佛果位，究竟亦为幻；缘为虔诚故，离执而解脱。”

许多实修者以其亲身经历传递着城堡山的神奇。在死寂的黑戈壁上，竟然有许多追求灵魂安宁的人们。在外相上，他们是土匪，但正是这种外相，保证了他们在兵荒马乱中有了许多证悟。一位和尚也曾参与闭关，得到证悟。城堡山的经历成为他一生最大的财富。后来，他创立了一个教派，至今传承不绝，成为影响西部文化的一个有益助缘。

13

城堡山后来毁于各种势力的绞杀。

据一些学者考证，黑喇嘛死于由苏联组织的一次斩首行动。一天，由苏联组织的一帮杀手进了城堡山，他们假称受某王爷之托来赐封黑喇嘛。由于黑喇嘛警惕性很高，没能如愿。后来，他们假称有病，请黑喇嘛为其祝福摩顶，就在其摩顶的时候，一柄利斧飞来，砍下了他的脑袋。之后，他们掏下了黑喇嘛的心，召集其部众，当众吞下了那颗鲜血淋漓的心。因为按某种说法，只要吞下他的心，便拥有了跟他一样的合法权力和法力。

据说，以此缘故，城堡山没有任何抵抗。

那颗头颅至今仍保存在俄罗斯的某博物馆里。

这种观点遂为学界接受。学者们认为，城堡山的被毁便源于这一事件。黑喇嘛的被俘部下约六百多人，被杀害于运往外蒙古的途中。没被俘虏的信众也一哄而散了。

但那些学者有五个疑团至今无法破解：一是不久，黑喇嘛的尸体不翼而飞了。二是在那个“黑喇嘛”的被斩首地，那条大如牛犊的狗竟然没有任何动作。要知道，它的任务便是保护黑喇嘛呀。后来，这狗又在城堡山待了许多天才消失。第三是几十年后的一九六九年，黑喇嘛又带着那条牛犊子大的狗出现在城堡山附近的农场里，有好些农民见过他，弄得当地人如临大敌。四是那些黑水国的子孙们在一哄而散之后，再也没露过面。五是那些斩首行动的实施者并没有在城堡山得到他们期望的大批财宝。

许多人于是怀疑，死的那人，是不是真正的黑喇嘛?

紫晓也这样问了，那老者却只是含笑不语。

第十六章 黑寡子

1

黑寡子以传说的形式，走进了紫晓的世界。

他的出现，让人有了对黑喇嘛的另一种解读。

在那个要命的大雷殛来前的某一天，黑寡子对在城堡山附近放羊的石和尚谈了黑喇嘛的故事。他说，黑喇嘛并没死于那次斩首行动，他只是借那事件完成了一次成功的转移。善于观察因缘的黑喇嘛发现，马上就要出现的一系列历史事件，再也不会允许他的城堡山在世上存在。是的，无论是后来的马步芳家族，还是后来的一系列政治风暴，都不会给这样的乌托邦留下存在的空间。

在那帮可疑的人马入境的同时，包括邮差在内的许多暗探就将这讯息告诉了黑喇嘛。有人甚至认为，那所谓“斩首行动”的策划者其实也是黑喇嘛的弟子。那被斩首者其实是黑喇嘛的一个替身。据说，黑喇嘛前后有十三个替身，象征十三尊玛哈嘎拉，也象征着黑喇嘛有十三条命，就是说他至少可以躲过十三次重大的生命磨难。

在黑戈壁上的经历，是黑喇嘛重大的生命磨难之一。此前，他已经历了八次重大磨难，每经过一次磨难，他的智慧便有一次重要的升华。

按黑寡子的说法，黑喇嘛的那十三个替身，无论长相或是智慧法力均证到了和黑喇嘛无二无别的境界。除了他最亲近的弟子，一般人根本分不清哪是黑喇嘛哪是替身。据说，这是由一种观想瑜伽完成的，就是说，行者修炼一种特殊的瑜伽，达到圆满时，就可以在空性证境中变成自己愿变的任何形象。孙悟空的七十二变，就是这种瑜伽最形象的注释。在瑜伽修炼中，将这种能力称为神境智证通。

有人甚至还将黑戈壁上的城堡山也认为是黑喇嘛的神变所造。因为，凉州就有个幻化寺，也就是现在的百塔寺，它便是萨迦派首领萨迦班智达跟一个幻术师斗法时，由幻术师幻化而成，萨迦班智达借用有巨大神力的咒土使它从此成为一个实体，再也不会从世上消失了，寺院故名幻化寺。于是，一些人便认为那城堡山也可能是由黑喇嘛幻化而成。同样，那所谓的斩首行动中的许多情节，也同样由黑喇嘛幻化而成。这种说法比那替身之说更为荒唐，为西部学者所诟病。

在黑寡子的叙述中，黑喇嘛又回到了祁连山深处，还有那些星散的信众。他们完成了一个人间童话之后，又回到了老山深处。

据说，老山深处，有黑将军的后裔们经营了近千年的美丽王国。

这个传说，叫紫晓神往不已。

2

一位凉州老人对紫晓说，黑寡子便是从那王国中回到红尘的。

在凉州话中，寡子带有傻瓜的意思，其内涵还有“疯癫”之意。黑寡子便是典型的疯子。在瑜伽修炼中，据说证境很高时，因为消除了分别心，其外相便不为世人所接受，就可能被人们称为疯子。

瑜伽士中，有许多疯子，如藏地的疯行者，如杭州的济癫，如凉州的黑寡子等等。笔者也曾有过一段疯行者的经历，已写入《光明大手印·实修心髓》中。那时，因为消除了分别心，垢净一如，心虽如无云晴空般澄净，但因禅乐充盈，人会不由自主地出现任运疯癫相。想来黑寡子便是如此。关于黑寡子，河西走廊流传着他的许多故事。这是另一本书的内容。本书中，只写他跟黑喇嘛有关的一些事。

黑寡子告诉我师爷，说黑喇嘛成功地金蝉脱壳之后，回到山中进行了他生命中最长的一次闭关。此后，河西大地上经历了无数的血腥，许多喧闹像放鞭炮一样热闹。在老山深处的黑喇嘛及其追随者却像桃花源的人那样“不知有汉，无论魏晋”，他们只是如法修习着大手印瑜伽，一批批的人往生娑萨朗，其中不乏肉身飞往净土者。其中也有青春常驻永不衰老者，如一个叫司卡史德的女子，她六十多岁时开始修炼瑜伽，最后修得时光倒流，变成了一位十六岁的少女，身子也像彩虹那样绚丽，望之有形，触之无物，能永恒驻世。有学者称，司卡史德的故事象征了人类最美好的一种愿望。

一位学者用调皮的语调写道：

时间象征上，奶格玛是正面正向的突破。司卡史德是反向的。她成道之后，容颜从六十岁变为十六岁，实现了人世间所有女人的梦想：返老还童。不要轻视这个世俗的梦，佛性上，时间本来是不存在的（年轻和年老的两个女人，一正一反，构成了完整的诠释）。返老还童，表面是女人的梦，其实是所有人的梦，秦始皇也派船出海寻仙丹呢。它代表对美好事物的执著、对永垂不朽的执著。它代表别走。还有，它代表回归。如果现在已是黑夜，那么，还有希望回到白天。它代表：回来（回去）。如果只是代表执著，那又很闷。或者，它应该代表：来去自如。自由！

他还用同样调皮的语气谈到了瑜伽大师“奶格玛”：

奶，母乳，天然的，浑然天成的，健康的有免疫力的，滋养的营养丰富的，给予的能量。母乳的给予是多么温柔与亲切的给予，母乳的给予也定位了接受者是如婴儿一般纯洁，有生机。接受者本身不是罪人，也不是残缺者和弱者，只是完美纯洁富有生命力的婴儿，如此给予，接受者本身是多么富有尊严。母乳的给予是多么温柔与亲切的给予。这个接受的关系充满了爱和交流的温馨和美。众生多么容易接受（简直是享受），这种给予又多么地利益众生！

格，特质与风格，格是一个温和的觉知的提醒：记住哦，要这样子利益众生！

格也是一个连贯，连接了（也平衡了）接纳和给予。有连接的接纳和给予才是、才能造就完整的接纳本身和造就完整的给予本身（而平衡，是太重要的生态元素。任何病态，都是平衡的失调。如果失调，格物是第一步，致知接着就会发生，这是自然规律）。格物致知，是一种客观精神。保持客观，平衡，连接。和众生融为一体。无为而治。

玛，接纳的，海纳百川的，吸收的能量。接纳是指完全接纳你本来的样子，所有的罪，所有的缺失都在里面溶化掉了，那些好的一面自然留下了……如此包容，众生多么完整而富有尊严！众生多么容易接受。这接受是指完全地接受，完全地接受首先（也可能不是首先，但一定包括接受自己）是接受自己。一个不接受自己的人，骨子里是不可能接受另一个人的，更不要说接受众生了。又如何度众生呢？光说说的阶段是比较容易的。

玛+奶：兼容并蓄，集大成而浑然天成。

奶格玛本身是一个循环，向内——玛之，吸收。向外，奶之，给予。内外交融，格格契入，生生不息。

黑喇嘛是奶格玛的传人与信使。

我们已经知道奶格玛了，等于已经签收了快递。

瞧，经过这类学者的解释，黑水国后裔们崇拜了近千年的奶格玛就变成了一个文化符号。这便是学者的“魅力”。

3

紫晓还听说了千年里黑水国的后裔们常做的一件事。

据说，他们繁殖了大量的苍狼。后来，青藏高原上被称为獒的那个物种，便是苍狼“发扬光大”的产物。因为按黑将军留下的密旨，说只要苍狼有纯种和血液，黑水国人的梦想就终有实现的一天。近千年了，祁连山深处的留守者一边修习奶格玛智慧瑜伽，一边将苍狼种子撒向青藏高原。他们也曾试图将苍狼种子撒向汉地，他们也确实努力过多次，但令他们感到滑稽的是，那种高贵的血液往往只能保持一两代，等到三代之后，汉族的癞皮狗们便会污染了苍狼的纯正。无论其爷爷辈父亲辈多么优秀，第三代必成癞皮狗无疑。后来，黑水国人只好放弃了在汉地的努力。

黑水国人发现，保持苍狼纯正血统的努力越来越艰难，除了撒向世界的苍狼总是“串种”外，在祁连山深处也日渐失去了宁静。人们的足迹开始在古老的王国旁响起，一些早已异化的动物也开始进入黑水国人的领地。某次，几匹被人类追杀的母狼竟然进入苍狼养殖圈，其中一匹美丽的母狼竟然成了一条年轻苍狼的情人。苍狼司正毫不犹豫地杀死母狼，并绞死了那条苍狼。此事虽然没有造成较大的影响，但苍狼司正还是惊出了一身冷汗。因为这是一个危险的信号。

按黑寡子的说法，虽然黑将军曾为他的子孙留下了富可敌国的财富，但千年过去了，为了维持苍狼的纯正血统，坐吃山空，那批财宝的大部分已被用掉了。黑喇嘛正是在这种情况下进入黑戈壁的，除了希望传播他想传播的东西之外，他还想积累大量财宝。因为乱世的讯息已渐渐逼近，他们剩下的那点财物，能否熬到和平的年代还是个未知数。

黑寡子说，黑喇嘛达到了他的目的。在黑戈壁上的十多年中，他再一次积累了富可敌国的财富。

黑寡子也以自己特有的方式为黑水国的子孙们筹了数千石粮。虽然黑水国的子孙也会在山坡上撒点种子，但那刀耕火种的方式很难带来极大的效益，有雨就收，无雨就丢。好在黑水国人大多以禅乐为食，多日中一食，只要收成一年，便能支撑几年，再加上像黑寡子这类人的努力，黑水国子孙倒也免去了饥馑之忧。

按黑寡子的说法，黑水人有两种，一种是没有成就者，一种是成就者。上面说的那种生活方式，当然是指没有成就的人，而成就者进入的，是另一个生命时空。他称之为娑萨朗。他说有无数的黑水人进了娑萨朗，成为奶格玛大师的眷属。他们不再有痛苦，不再有烦恼，不再有人间的所有牵挂。

4

黑寡子之所以将黑水国的秘密透露给石和尚，是因为一个偶然的机缘。

那时的石和尚还小——人叫他石娃——给黑戈壁附近的大户人家放羊。黑戈壁上有一处水源。以前，城堡山的人取水便在此处。此水据说是祁连山的雪水，由地下水路输送而来，汇集成一个池子，人称“天涝坝”。城堡山用的水，就是由天涝坝提供的。

因为有水，草便在黑戈壁上生了根，渐渐成了一个大草甸子，石娃就将附近大户家的羊赶到草甸子里放。除了冬天，他的大部分时间就在这里度过。那时，除了羊群外，他能见到的，便是每隔半月给他送一次吃食的人。

故事就开始于某个中午。

一天早上，石娃起得很早，当他赶了羊进入草甸子时，发现一条比牛犊子还大的狗。那狗正在舔饮涝池中的水。狗饮水时，舌头一卷一卷的。石和尚说，他从来没有见过那么大的狗，嘿，跟牛差不多大，嘴头很厚，裙毛很长，可怪，这狗见了他，一点也不凶……怪的是，当他快要接近狗时，狗却神秘地消失了，涝池边剩下自家那条瘦嶙嶙的狗。石娃问自家的狗，你见过那条狗吗？狗鼻子哼哼几声，这等于说，当然见了。寻常时候，石娃老是和狗对话。因为久不见人，要是他不跟狗跟羊对话，几年过去，他就再也不会说话了。狗肯定地回答它见过，使石娃相信方才见到的狗不是幻觉。石娃想，日怪，咋一眨眼，它就不见了呢？

第二天，石娃又看到了那狗，仍是那样喝水，可他一到近前，狗就忽然不见了。狗爪印却历历清晰，一直通到一个芨芨墩下面。

几天后，他发现自家瘦狗的嘴头上油乎乎的，好像吃过啥好东西。就问狗，你吃过啥好东西？狗却低了头不语。它在守护一个秘密呢。

石娃想，好，你不说。不说也不怕。他就开始留意观察自家的狗。他发现，那狗老是贼溜溜地看他，一发现他眯了眼睛时，就会鬼鬼祟祟溜到不远处的芨芨墩那儿哈气，一哈气，自家的狗也便神秘地消失了。

石娃想，日怪，见鬼了。他也就赶到那儿，见那地方，似乎也很平常，芨芨是平常的芨芨，戈壁上还有盐碱呢。他想，我也哈口气试试，一哈气，他发现他已经到了一个陌生的地方，前面是一口大缸，缸里有半缸油，自家的狗正在舔那旁边的灯油呢。

石娃吼一声，你个畜牲，咋偷人家的灯油？狗便心虚地溜了出去。

石娃发现，因为自家狗的偷吃，灯油已经很少了。加上那灯芯儿硬化了，不好吸油，烛苗儿不太亮，显得似熄未熄，他就找个东西，拨去灯花，再添了些灯油。灯光顿时亮了，他发现灯旁有一个银元宝，就揣进怀里。

然后，他才仔细地打量周围，发现那是个很大的空旷所在，有许多闪闪发光的宝物，往前走，见到有好些人在打坐，都眯了眼，也不望他。他觉得奇怪，这地方，竟然有这么多的修行人。待了一阵，也觉无趣，就四下里走，便发现有好多大殿，像佛庙那样庄严，四下里有许多宝物，有金锭，有宝石，有猫儿眼，还有好些他叫不上名字的东西。他就胡乱捡了些，他想，有了这么多东西，就再也不会受穷了。

他还发现了许多正在做事的人，他们穿着彩色的衣服，很是清雅，却不理他，只管忙自家的事。他想，他们会不会追究自己拿东西的事呢？不承想，他们竟是望也不望。石娃心中窃喜，就随缘走了去，见那所在，竟越来越大，成为一个世界了。宝物也更多，光明更亮，天空中飘着仙乐，百鸟啁啾，石娃心里充溢着奇妙的大乐。

忽见地上放着一书，书倒很是朴素。石娃上过几年私塾，认得封面上那“奶格五金法”几个字。翻开一看，上面画些人，他们做着各种动作。他虽然认得那些字，意思却不明白。一女子过来，就给他讲书中的内容。石娃似懂非懂，虽不理解，却记下了内容。女子一笑，说成了，先结个善缘，以后会有人教你的。石娃觉得那女子说了许多话，又像没有说话，但石娃明白了她的意思。

女子春风般一笑之后，就离开了。石娃觉得那笑进了心，荡出许多奇妙无穷的乐来。

石娃见宝物应有尽有，人们随心而取，也随手而扔。最惹眼的，是那个聚宝盆，里面的宝物，总是取之不尽。石娃想，那金钱啥的，一用就完了，我还是取个聚宝盆为好，就将那聚宝盆揣入怀中，有心将别的宝贝放回，却又舍不得。

观望一阵，见那世界，并无尽头，那往来之人，也川流不息，他怕那些人追究他拿宝物的事，就想，还是回去吧。他按原路返回去，到那燃灯之处，正要出门，却发现灯光熄了，光明不见了，只见黑四下里压了来。那门，也不见了，用手去摸，发觉四面皆是墙壁。恍惚中见那黑里，竟渗出大狗的形象，大逾山岳，正虎势势望他怀中的宝物，似要吃了它。石娃心惊肉跳，虽然舍不得，但还是一一掏出怀中宝物。他发现，他每掏出一种，那狗便缩小一分，最后，只剩下那个小元宝了，狗望着他笑了笑，不见了。

这时，光明又出现了。石娃发现，那光明，却是亮羞羞的日头爷发出的。他发现，自己正躺在草甸子上，仿佛打了个盹。

怪的是，怀中真有一个银元宝，上写几个字：“拨灯银二十两”。

这个故事流传极广，在凉州各地，都有这故事的变异版本。

5

后来，石和尚将这个故事告诉了黑寡子。

那时，黑寡子接受了凉州县太爷的请求，要为久旱的凉州求雨。石和尚是请来的事业金刚，帮黑寡子收拾坛场。

黑寡子肯定地说，石娃进入的，便是娑萨朗。那是黑水国人中修炼有成者常居的所在。

黑寡子说，要是他不贪恋红尘，也不贪那些财物的话，就会留在娑萨朗。那是永恒的净土，没有痛苦，没有烦恼，那儿的人，都享受着寂静之乐。

可惜了。黑寡子说。

他说，多少人终其一生，也不能进入那净土，因为人类的贪心淹没了道心。你进去了，却叫那贪欲拽了出来。

黑寡子说，因为那净土需要一个拨灯的人，他才有了这个因缘。

黑寡子说，佛国净境的灯，需要红尘中的人来拨。某圣贤故说，佛法在世间，不离世间觉，离世觅菩提，犹如寻兔角。

他说，出世间的所有愿心，必须借助世间的方式才可以实现。

以是因缘，他告诉了石和尚城堡山的故事。

他说，那城堡山下，也是奶格玛的净境。

黑喇嘛及其追随者用了十多年工夫，才在那儿造了一个净境。

他说，那净境是由观想完成的。于是，许多人眼中寻常的黑戈壁，在有缘者眼中，便是净境。

再后来，吴和尚又将那个故事告诉了我。

6

我二十岁那年到城堡山时，正当正午。焦热的太阳光泼向黑戈壁。我终于体会到当初黑喇嘛们在黑戈壁上生存的艰难。

我很想像石和尚那样进入娑萨朗，但我找不到那个传说中的水源。多年过去了，黑戈壁依然是黑戈壁，依然是黑石头的世界，正午的阳光泼上去时，依然会泛出亮哗哗的水气。但许多东西消失了，最先消失了的，是那水源。据说，祁连山上的雪线上升，雪水再也流不到黑戈壁了。再后来，水草没了，芨芨墩消失了。

我再也看不到石和尚描绘过的那种景象，再也找不到那个进入净境的芨芨墩了。

我不知道那个神秘的娑萨朗，是否会受到缺水的影响？那秘境中的人们，是否仍过着那种清净的生活？这焦黄的毒日头，是否也会射进那清凉的所在？

我站在黑戈壁上凭吊那个所在时，起风了，火辣辣的风吹向我的脸。我感受到的，是一种灵魂被燎烤的炽热。我多想躲进那清凉的净境呀。

我理解了石和尚后来的懊悔。

净境中的那次经历，成了他生命中抹不去的印迹。他一直忆持着净境带来的清凉。他很后悔自己那时的贪心，但他知道，那时的贪心已成了他的影子，有“他”时，便有贪心。而那时，他也不能没有“他”。后来，他的那个“他”让他做了许多他不得不做的事。直到他出家修行，得到成就，杀死了“他”，他才算得到了自由。他是奶格玛瑜伽在汉地的重要传人。多年之后，他在一位藏地大德那儿得到了“奶格五金法”，那时，他才真正读懂了净境中的那位女子。

后来，紫晓在一篇文章中提到了石和尚，她这样写道：

“我开始读懂了你，我眼前出现了你深邃、饱含悲悯却又不着一物的眼神。是的，这才是真正的你。这个外在世界再迷乱再颠倒再诱惑再多情，但一旦靠近你的灵魂领地，它们便统统都戛然而止，再也进不来了，刚刚还很喧嚣沸沸扬扬的世界，霎时便万籁俱寂了。你的心始终如如不动着。你只是眯了眼，从容地旁观着。……我感觉被电击了一下，像刚刚还在红尘俗世里，走着走着突然一脚踏进了圣殿的殿堂，不由自主地庄严肃穆了起来。我于是看到了一直在寂静中的你，禅定中的你安详、宁静、坚定、慈悲又欢喜……”

不过，我怀疑她写的，其实是心中的黑歌手。

7

据说，因为泄露了不该泄露的秘密，黑寡子被护法神殛死在黑戈壁上。

凉州的老人，都知道这个故事。至今，凉州人还爱说一个歇后语：黑寡子求雨——胡整。

按黑寡子自己的说法，他虽然有诸多的神通，但也仅仅是大手印瑜伽中的世间法成就。离终极的出世间法成就，还有相当的距离。

黑寡子的故事很多，但版本不一，其中流行最广的有两个版本，一个说他最终修成了，被皇帝封为“渗金佛”；一种是被殛死在黑戈壁上。

吴和尚告诉我的，是后一种。

吴和尚说，黑寡子凭借瑜伽修习之力做了许多大事，求雨是他的职业。他挣到了数不清的粮食，但谁也不知道那些粮食到哪儿去了。黑寡子家徒四壁，只有两间草房，一间住人，一间当厨房盛杂物。每天夜里，黑寡子都会长伸四腿地在那草屋里打呼噜。从来没有人见他打过坐，他总是睡觉，但人说他的睡觉就是他的修炼。

一天，黑寡子求雨得到了五百石粮，有好事者想知道他把粮藏在哪儿，就尾随了取粮的车。据说，那浩浩荡荡的车一直吆到了黑寡子家门口，那一袋袋粮食也搬进了黑寡子的厨房，但粮车走后，好事者发现那厨房里仍是空荡荡的。

据说，那些看起来像驮户的人，其实是黑寡子召来的夜叉们。他们是那个娑萨朗的守护神。男性的叫空行勇父，女的叫空行母。他们是古代印度的神灵，被那些瑜伽大师收摄后，成为娑萨朗的守护神。他们有着通天彻地的神通。千年里，他们一直守护着自己的誓言。

后来，“黑寡子的厨房”成了老凉州人口中“无底洞”的另一种说法，当人形容某人贪心太重时，便会说他的心像“黑寡子的厨房”，咋填也填不满。

8

关于黑寡子的死因，有两种版本，一种说是他在某次求雨之后，忘了送神，被震怒的雷神殛死了。凉州老百姓都这样认为。他们认为，雷神和官儿一样，你要是不知道尊敬他，他肯定会报复你的。

另一种说法是，黑寡子泄露娑萨朗秘境的事触怒了空行母。这是黑寡子亲自告诉石和尚的。他说，在他把秘密告诉石和尚的那一刻，听到了空行母愤怒的吼声，她们像凉州的悍妇那样狂怒不已。他说，完了。我触怒空行母了。于是，就在他从玉门祈雨成功后的返程途中，他被雷神所杀。按黑寡子的说法，雷神是护法神玛哈嘎拉的眷属之一，也听从空行母的调遣。

石和尚说，黑寡子知道雷神何时向他发威。这是老梁爷告诉他的。老梁爷精通奇门遁甲，料事如神。据说他算定黑寡子会死于雷神之手，他说会水的鱼儿叫浪打死，黑寡子一辈子玩雷神于股掌之上，终究必然死于雷神之手。对此说法，我心有怀疑。我想，要是黑寡子命中该死，那触怒空行母的做法便也是命中注定了。

后来，我见过老梁爷，他住在凉州西大街的一个寻常院落里。在我的小说《白虎关》中，他给月儿治过梅毒。他耳大如轮，垒垒乎十分扎眼。他是在年轻时为黑寡子卜算的。我见他时，他年近九旬，老有人来占卜，皆称神异。谈到黑寡子，他只用了两个字：胡整。他认为，黑寡子求雨的所有程序，都是胡整的，说他是用修成的功力强迫雷神的，而没按佛道两家的规矩行事。

黑寡子死于玉门求雨之后。此前，他找过老梁爷。老梁爷告诉他，此劫难逃，除非他在这次求雨之后，逃入甘州大佛寺的茅厕，那儿有一张月经纸，是一位得道的尼姑用过的。这尼姑的一生里，念诵“奶格玛千诺”已达十亿遍，功德圆满，成就非凡。你只要将那张月经纸顶在头上，便可躲过此劫。

于是，玉门祈雨之后，黑寡子并没按常规将雷神送走，而是将他扣在雷碗下面，叫弟子守候三天三夜。这三天时间中，他便可以从玉门走到大佛寺，用那张得道高尼的月经纸，躲过命难。

安顿之后，他便逃出玉门，逃向甘州。

吴和尚说，那弟子守了两天两夜，尿憋时也不上厕所，只用杯子接尿喝下而已。但两天之后，他的屎憋了。说到这里，吴和尚掩口笑了，说你总不能叫他把屎接上再吃了吧？他只好去上厕所。

就在这时，一个老者进了坛城，一见那雷碗，就说，瞧那黑寡子，连雷碗也忘拿了。说罢一揭雷碗，霎时间，一串雷声从碗下涌出，追向南方。

黑寡子听到雷声，面如土色，他连忙取下帽子，画上奶格玛名号，权当雷碗，打向空中。那奶格玛名号有着极大的加持力，雷神不敢造次，远远躲了。黑寡子趁机逃出老远。

就这样，当雷神袭来时，黑寡子就撕一片衣襟，画上奶格玛名号，打向雷神。待得雷神远遁，他复再逃。

就这样，双方斗了许久，快到甘州大佛寺了，但黑寡子身上再也没有一块可以当雷碗抛打雷神的布片。

那时，甘州城的许多人都看到了赤身裸体在雨中狂奔的黑寡子。他的身后，追着一串串炸耳的雷声。

到大佛寺门口时，雷神追上了黑寡子。

一声霹雳过后，黑寡子就成了一块黑炭。同时成黑炭的，还有一棵沙枣树。此树因为遭过雷殛而身价百倍。后来，一些道人调动雷神时所用的雷印，就用这雷殛枣木刻成，据说灵异非常。

黑寡子死后，凉州又多了一个新的传说：为了避免被一网打尽的命运，黑水国的部分后裔随着客家人的最后一次迁徙，在岭南的某个深山老林中，建立了另一个乌托邦王国。其外观，很像一个巨大的茶园。

又据说，此后东莞的木鱼歌中，便有了一种新的内容。

第十七章 黑歌手

1

那老人告诉紫晓，黑歌手一直在寻找那个神秘的娑萨朗。

老人说，虽然黑歌手跟他的上师学到了进入娑萨朗的方法，但一直没有真正地进入秘境。

不过，也有人说，黑歌手就来自娑萨朗。他之所以到红尘中来，是想让更多的人进入娑萨朗。老人将黑歌手的这一心愿称为“菩提心”。

有人说，黑歌手是带着使命从那个被人们遗忘了的千年秘境中来的。他的出现，跟耶稣的降生一样，肯定会带来一种能叫世界清凉的东西。

当然，以上说法只流传于那些熟知净土的人们中。对于寻常人来说，黑歌手仅仅是无数个被人们称为“狗王”的人中的一个。

跟其他狗王不一样的是，人们轻易看不到他。人们对他的传言，更多的是耳闻，而不是目睹。

所以，紫晓听到了许多个关于黑歌手的版本。

2

关于黑歌手的出生，是一位接生婆告诉紫晓的。

据说，那位接生婆的奶奶是黑歌手的接生婆。经过那次奇怪的接生后不久，奶奶就死了。有人说，奶奶是被吓死的。因为，她发现，那个女人惨叫了半夜后生下的，是个怪胎，不，那甚至算不上胎，仅仅是个肉蛋。奶奶受了惊吓，回来后不久，就死了。

据说，当时被吓死的，还有黑歌手的妈妈。一见那肉蛋，那个女人便晕了，再也没有醒过来。据说，她是被血迷死的。凉州人却说，那女人遭遇了血腥鬼。凉州人将死在月子里的女人叫血腥鬼。她们的死往往跟血有关，或是被血迷死，或是流血而死。这类死鬼往往很难超生，她们大多是孤魂野鬼，游荡在人间。因为她们的血腥和肮脏，阴曹地府一般是不收的。她们的超生，只有一种办法：再迷死一个女人。只有在另一个女人当了她替身的同时，她才能重新投胎，再活一次人。

黑歌手的妈妈就是被血腥鬼迷死的。

妈一死，爹便恨透了这个不吉利的肉蛋，就将它抛进狗窝。狗扯破了那个肉蛋，才露出一个娃儿来。

后来，也是那母狗喂他，娃儿才活下命来。狗既救了黑歌手的命，又是他的养母。

黑歌手出生时是个肉蛋的说法，流传很广。因为这一缘故，黑歌手的小名就叫肉蛋。当然，凉州叫肉蛋的小孩很多，并不能证明他们生下时都是肉蛋。在老祖宗的传统说法中，肉蛋虽然不全是八地菩萨，但八地菩萨出生时多是肉蛋，据说是为了避免不受血污。因此，八地菩萨才是不动地。但事实上，许多生下为肉蛋的人也并不都是觉悟者，如虚云老和尚，虽然生下是个肉蛋，但他仍然是苦修到五十多岁才开悟的，那肉蛋似的出生，并没有使他成为不修的觉者。

黑歌手也一样。虽然他是以肉蛋的形式出生的，据说也经历了诸多磨难。他的第一个磨难，便是母亲死了。他不能像其他孩子那样享受到母爱。后来，每想到这一点，紫晓的心中总是一阵阵抽疼。

其实，黑歌手并没有感觉到这一点。对于一个不曾“得到”的人，也便无所谓“失去”。

3

流传于凉州的另一种说法是，黑歌手虽然没有得到母爱，却得到了另一种更珍贵的爱。据说，在他出生不久，村里人便看到有五个小女孩陪着他玩。据说，那便是来自娑萨朗的空行母化现的。据说，空行母是一种证悟了空性的女神。红尘和娑萨朗之间的所有联系，便是由空行母们完成的。所以，当你得到了空行母的青睐时，你就有可能进入那秘境净土。

于是，在当初的黑戈壁上，黑喇嘛及其信徒常做一种叫金刚空行母的火供，一边观想持咒，一边将空行母喜爱的吃穿用物投入火中。按黑喇嘛的说法，火是空行母的口。后来，修炼大手印瑜伽之后，紫晓也喜欢做这种仪式。

在这个传说中，黑歌手是空行母们喜欢的人物。有人甚至说，那些围在他身边的狗，其实也都是空行母们化现的。这一点，他很像一个叫古古如巴的瑜伽大师。古古如巴就常年生活在印度的毒龙岛上，老跟他在一起的，便是一群狗，据说是母狗，据说狗大师跟那群母狗一同双修一种密法，后来，人们便称他为狗大师。关于他的故事，出现在一本叫《玛尔巴大师传》的书里。据说，在印度语中，古古如巴的意思是“跟狗在一起的人”，汉人们便索性称其为“狗大师”。

4

在紫晓听到的关于黑歌手的传说中，最温馨的，是他跟父亲的故事。虽然父亲曾将他扔进了狗窝，那是他一时的气愤所致。扔他的时候，父亲将他当成了“要债鬼”。在凉州人常用的词汇中，“要债鬼”大多是骂儿子的。因为，在跟你有关系的所有人中，只有你的儿子可以不费任何心机地夺走你的一切，无论你如何提防，你一死，他总会将你生前辛辛苦苦积累的财富一舌头掠了去。所以，凉州人总是将儿子当成“要债鬼”。这种说法当然不妥，因为按老先人的说法，儿女分为四类：一是报恩的，一是报怨的，一是讨债的，一是还债的。最初的时候，黑歌手的父亲便将他当成了讨债的。他一生下，便讨走了母亲的命债。在佛教故事中，就有一位高僧将某对夫妇前来讨债的儿子打入水中淹死，以此来报答他们对自己的供养之恩，据说那是魔王投胎。黑歌手的父亲也听说过这个故事。所以，最初，他对儿子的生死，是不放在心上的。

据说，黑歌手是吃着母狗的奶长大的，但怪的是，他没有成为我们常见的兽孩，比如狼孩、猪孩等等。那些兽孩的寿命大多不长，其智力也很低下，据说这跟他吃的奶无关，而取决于其生存环境，正所谓“环境决定命运”。所以，后来，紫晓相信那娑萨朗秘境的一个重要理由，便是黑歌手的神奇命运。她一直认为黑歌手的存在是一个奇迹，因为按一般的科学理论，狗窝里出来的，只能是狗孩。只有得到了来自秘境净土的神力加持，黑歌手的出现才有了可能。

在寻找黑歌手的许多天里，紫晓的眼前总会出现一个眼大大的、脖子细细的小孩，很像电影《三毛流浪记》中的三毛。那便是紫晓眼中小时候的黑歌手。那时，他还叫肉蛋。他总是跟一群狗待在一起，那些狗都像粉丝仰慕明星那样望着他。不过，紫晓想象不出那些狗的模样，她眼前总是晃动着常在樟木头看到的那种宠物狗，它们肯定跟西部狗相差太远了，于是，她索性将那些狗都当成了苍狼。

一想到苍狼，紫晓的心中便溢满了温情。无论是过去，还是现在。她发现，在她的生命中，苍狼是一个神奇的按钮，随着它的出现，一个神奇的世界便在眼前打开了。生命中诸多的意外和精彩，都跟苍狼有关。她时时会想到那个樟木头的大杂院，想到大杂院里的各种人物。一切都显得遥远而泛黄，有种恍若隔世的感觉。那儿仿佛是一条人生的起跑线，许多人都在那条起跑线上，开始了自己的人生之旅，而后，每个人便因为心性的不同，显出诸多的差异来。她明白，那些命运的差异，便是心的差异。

她心灵的升华，显然跟苍狼有关，正因为有了苍狼，她才会寻找黑歌手，才会进入西部，才会走进一连串神奇的故事里。

于是，紫晓的心中，便有了无数个黑歌手。

5

她先是看到如血的残阳下，有一群狗，那是一群大大小小的苍狼，它们欢快地蹦跳着，跟着那个叫肉蛋的孩子。紫晓看到了青青的草原，还有雪山，还有戈壁，还有风中翻飞的黄尘，这是她一向对西部的印象。后来，她真的见到歌手时，并没有发现草原和雪山。因为那是夏秋之际，雪都化成了一条条河流。凉州人管那河流叫谷水。

她很想想象出黑歌手的欢乐，可很奇怪，紫晓脑海中的黑歌手总是很忧郁，一副悲天悯人的模样。不仅仅是他，就连黑将军、黑喇嘛们，也跟黑歌手一样。记得很久以前，她读《墨子》一书时，读到的墨子以及他的那些追随者，也都一样。他们都承载着一种很沉重的东西。她想，那些沉重，也许是人类中最高贵最值得珍惜的一种东西，现在，它已经很稀罕了。她老是想，也许，当初在录像中，看到黑歌手的影像时，最打动她的，便是他的这份神韵。

紫晓还看到了一种巨大的寂静。虽然那画面里有许多苍狼在撒欢，却有种逼人的寂静。她在樟木头从来没有感受到那种寂静，那儿总是在沸腾和喧闹，无论在大杂院还是在常昊后来的公司，她都觉得是在面对一团沸腾的大火，总觉得有一种能热恼灵魂的浮躁，那便是欲望的力量。但她想到黑歌手时，却首先感受到大地的那种静谧，虽然它也不乏力量，但其力量更多地表现为涌动的“势”，而不是鲜活的力。紫晓在想到黑歌手时，便明显地感受到那种暗涌的大势。瑜伽老师将它命名为“临在磁场”。据说，那些修炼有成者都有强大的“临在磁场”，这便是他们拥有众多信仰者的物质基础。它像磁铁那样有着强大的磁力，总能磁化一些跟自己有缘的生物，并将那些对磁性敏感的物质紧紧地吸引在自己的周围。据说，许许多多的信仰团体就是由其领袖的“临在磁场”产生的凝聚力形成的。

紫晓发现西部有着许多跟“临在磁场”相似的巨大力量。西部的山水、人物、民俗风情，甚至那种传说故事，都对她有着神秘的裹挟般的吸引力，她说不清为啥。她甚至相信，那种所谓的“临在磁场”也许不仅仅是人才有，当一种文化沉淀了多年之后，它定然也会产生灵性，因此也会孕育出其文化的代言人。她后来发现，黑歌手身上，确实有一种西部独有的神秘东西。

第十八章　寻找黑歌手

1

紫晓给灵非讲了她寻找黑歌手的过程。本来她以为，那寻找会跟大海捞针一样。没想到，在那个生命的瞬间，黑歌手却像守候在那儿，等着她出现呢。

一切，都显得十分自然。

从紫晓的叙述中，灵非看到了凉州。凉州的天空飘着黄尘，似乎是沙尘暴。此前，她还没见过沙尘暴呢。紫晓觉得萦在自己心里的，也是沙尘暴一样的感觉。对常昊，她仍有种依恋。每次都这样，离开他的时候，她才会发现他以前待她的许多好来。她明明知道，那些叫她依恋的行为，仅仅是他在当初某次感情冲动时的偶然所为。如今时过境迁，常昊早不是过去的常昊了。可她总是沉浸在他那偶然的情绪激动带给她的记忆里，感动着她自己。她就是在这样一次次的自我安慰中，熬过了许多个不眠之夜。

凉州在历史上虽然有名，但在紫晓看来，它不过是一个很寻常的西部小城。除了有那匹名扬天下的铜马外，只有寻常的街道、寻常的城市建筑、寻常的人流，但紫晓还是觉出它隐藏着一个巨大的不平常：在这座小城里，至少还有一个能叫那凶猛如狮的苍狼乖乖跟了他走的人物。

紫晓想，这是个什么样的人物呢？

紫晓到处询问黑歌手，可怪的是，许多凉州人并不知道黑歌手。这是预料之中的事。许多在外界天摇地动的人物，在本地却可能默默无闻。

她开始另一种打听，这儿有没有狗市？

啥狗市？一女孩问。

就是交易狗的市场。

没有。女孩说。

紫晓失望地出了门。来时，她想在凉州的狗市上打听，只要那苍狼在狗市上出现过一次，人们肯定会忘不了的。谁料，凉州无狗市。

但紫晓想，没狗市不要紧，总会有花鸟市吧？紫晓就走向了花鸟市。在花鸟市场，她一打听，就有人告诉她黑狗王的故事。紫晓后来才知道，黑歌手就是黑狗王。

谈到黑歌手时，紫晓的语气里充满了激情。灵非于是明白：她跟常昊的事完了。因为她在谈常昊的时候，眼里从来没发出过这样的光。

紫晓说，对黑歌手，知情的凉州人说法颇多，一说是他自小爱狗，每日里总是与狗为伴，白天呼啸来去，夜里伴狗入眠，身上充满狗性，无论哪儿的狗，一见他都会心生亲近之意，不会伤害他；另一说是他自小杀狗，无论大狗小狗，一见他，都无力逃遁，只好束手就擒，最后被他弄进汤锅。还有一种说法，说他得到异人传授，修菩提心法已得大成，视众狗为父母，众狗亦视之为父母，一见他，就像稚子绕母膝那样亲热。此外，尚有多种说法，但无论是哪种原由，结果都是一样：无论多么凶恶的狗，一见黑狗王，都会低眉顺眼，俯首顺从。

灵非问，究竟哪种说法对呢？

紫晓说，都对。

2

跟着一个闲人走近黑歌手家时，紫晓的心情很紧张。她似乎很怕这个人，她想，能叫她那凶猛的苍狼乖乖地跟他而去的人物，究竟会如何凶恶？她将他想象成《加勒比海盗》中的那位海盗船长，或是《水浒传》中的黑旋风李逵。不过，她更愿将他想象成芭蕾舞剧《天鹅湖》中的那个魔王。紫晓最爱看《天鹅湖》，除了喜欢那美到极致的音乐外——她认为，那天籁般的音乐是人类最伟大的旋律之一——她最喜欢的，就是那个魔王。每次看到那个穿着绿色斗篷的充满野性的精灵旋风般裹来时，她就感到莫名其妙的兴奋。她甚至认为，人种之所以退化，正是因为人类消解了那种魔王般的野性力量。此外，她还喜欢那个黑天鹅。相较于那些被人类的所谓文明调教得无比典雅的白天鹅，黑天鹅的出现真是一道炫目的闪电。那份鲜活和生命力，跟魔王的不可一世一样，一直渗入她的灵魂深处。在她的灵魂舞台上，魔王和黑天鹅是前景，而白天鹅则跟天鹅湖一样，仅仅成了魔王和黑天鹅的背景。

灵非认为，紫晓的这种独特思维，成为她后来惊世骇俗的那个行为的理论基础。

关于她跟黑歌手的相见经过，成为灵非联想的一个重要内容。灵非一直想象他们的见面场景。他想出了无数个场景，每个场景都充满诗意，奇妙无比，但他每次将它们讲述给紫晓时，她都是淡淡地笑笑。

那个黄昏，紫晓走向黑歌手家。在紫晓的印象里，黑歌手的家很简朴，丝毫没有一点“王气”。那时，西部独有的那种灿烂的丽日已悬上山头，将几抹红光涂在一个清瘦汉子的脊背上。

紫晓说，黑歌手看上去并不起眼。要是他不说话，很容易被看走眼的。他是那种一开口就会光芒四射的人物。

在几道血光之中，那汉子转过身来。他一脸淡然。本来，紫晓积蓄了许多愤怒。哪知，一见他，竟说不出一句话来。

因为她发现，非常熟悉眼前的这个汉子。她终于记起了，在上大学的时候，当博物馆讲解员的她，跟他有过一段时间很短的交往。

记得那时，他带给了她一种十分强烈的感觉。她老是去找他。许多个瞬间里，她甚至觉得自己被一种巨大的情感裹挟了。她身不由己地跟了他一个星期。后来，她约他去海边。不知何故，在一个海边的渔村相遇之后，他们便分手了。

记得，他们的相遇和他们的分手，都有种被裹挟的感觉。相遇，是为那种巨大的情绪裹挟。分手，是因为那种巨大的情绪倏然而逝。

过后，她虽然怅然许久，但总是奇怪那种她莫名其妙的缘。

我知道你会找来的。那人淡淡地说。

你为什么要这样？紫晓问。

黑歌手望着紫晓。他的眼睛很干净，是那种明白后的干净。他说，我仅仅是不想叫那苍狼，成为贵妇人膝下的玩物。因为那是纯种的祁连山苍狼，它跟雪狮子一样高贵和珍奇。我也一直在找它。当我第一眼看到它时，我的心就被震撼了，遗憾的是，它竟然成了你们的宠物。

他问，成了宠物的苍狼，还是苍狼吗？

他说，我宁愿杀死它，也不想叫你们驱役它。死了的它仍会成为图腾。活着的它，要是被你们奴役的话，它就异化为一堆行尸走肉了……不过，你放心，现在它还活着。我的朋友正带了它，寻找能播撒它种子的土地呢。可是，狮子乳是不能进尿壶的。它必须找到一头真正的母苍狼，才能实现我的愿望。

他说，现在，你可以有两种选择：一是你去报案，我的行为，早构成犯罪了。另一种，我希望你能完成一件善举。我希望这世上能有更多的苍狼种子，它们充满野性和强悍，在西部的旷野里呼啸来去，而不仅仅是出现在你的膝下。

紫晓说她选择了后者。关于她在见到黑歌手那一刻的心理活动，她仅仅用了一个词：震撼。

十多天后，紫晓回了家。所有见过她的人，都说她变了。灵非用一句话概括了那变化：以前，她的视线总是凝聚在某种东西上；现在，她的瞳孔，已变成了无云晴空。

3

跟那些流行于凉州的传说一样，紫晓的叙述里，也有三个黑歌手。一天，我问紫晓，你喜欢哪个黑歌手？她说，我都喜欢。每一个黑歌手都是他。她的眼中，有种掩饰不住的喜悦。

紫晓说，黑歌手最早被人们称为狗王，那时，他只有十三岁。他和父亲去粮站上粮，有条警犬扑向父亲。黑歌手一下揪了狗的顶皮，捡块砖头，打光了狗的牙齿。自那后，所有的狗，一见他，就会缩成一团，瑟瑟发抖，低声呜咽。紫晓说，就是从那时起，黑歌手发现，他不怕狗。换句话说，他发现，人们并不像他那样不怕狗。

发现了自己不怕狗的他开始被人们称为狗王，他无惧地走向每一条有主或无主的狗。可无论多么凶恶的狗，一见他来，都会伏下身子，跟大臣见了暴君那样缩着身子战栗不已。狗王于是开始了他人生中第一个阶段的行为：杀狗。紫晓说，他家的茅屋里开始溢满了肉香，没人算得清他杀过多少狗。他记得清的，是他吃过三十八条狼狗。其中的三条狼狗，是凉州的一个土皇帝家的。关于那人的故事，曾成为轰动一时的新闻。一天，他的狗咬伤了某个孩子，孩子父亲打死了那条咬人狗。后来，土皇帝利用职权，逼活人为死狗披麻戴孝。这一下，惹怒了许多有良知的人。狗王是其中之一。不到十天，他就将土皇帝剩下的三条狗变成了粪便。至于寻常的当地笨狗，叫狗王吃了的，真是不计其数了。

结果了无数条狗命的狗王身上充满了叫狗们战栗的杀气，这是凉州人一贯的看法。正如狼和狐子总是惧怕猎人一样，狗王那裹挟了一身的杀气，也使所有的狗魂飞魄散。无论多么凶恶的狗，只要一见狗王影子，都会四肢酸软，伏地不起。直到有一天，一件奇怪的事，改变了狗王的后半生。

关于那件奇怪的事，说法颇多：一种说法是狗王弄了两只狗崽子，那母狗追了来，在狗王家门口嚎哭不已，绝食多日而死。另一种说法是，某日，狗王夜行，他发现身前身后围了无数的狗，据说它们是叫狗王吃了的狗的灵魂，它们一起涌了来，围了狗王嚎哭，直到他发愿不再杀狗才忽然消失不见。还有种说法是，某日，狗王想吃豺狗子，追至山里，见一老僧，割下自己的双耳，叫狗王下酒，叫他以后别再屠戮生灵。在凉州，还流传着许多狗王脱胎换骨变成歌手的故事。

紫晓认可的，是第一种说法。在她的叙述里，我看到了那条折了崽的母狗——不，那个没了孩子的母亲。它渗出了那个月夜。我最爱月夜，总能在月夜里品出一种诗意。可是紫晓口中的那个月夜却充满了凄惨。我看到了浓得化不开的雾，那是真正的愁雾。这世上，没有比母亲的哭更揪心的了。紫晓说，那哭声是肆无忌惮的，声音幽咽哀婉。我甚至能想象得出那种韵律和氛围。在那种氛围里，那个失去了孩子的母亲渗出了月夜，飘向狗王那可怕的散发着无穷杀气的孤零零的院落。

紫晓说，黑歌手家是个独庄子，西部有好多这样的院落，它们前不着村，后不近店。那房舍极其普通，唯一显示其特殊的是堆在后院的那堆狗骨头。不知道为啥，黑歌手一直没有卖那骨头。紫晓说，他的屋檐是用狗头骷髅砌成的。明白之前，他将它当成了荣耀。明白之后，它成为激励他行善的一种警示。紫晓说，每次见到那环绕着院落的骷髅头，歌手眼里就充满了阴郁。

我仿佛也听到了那阵狗哭，它跟无数丧失了爱子的母亲的嚎哭一样，充满了绝望和悲哀。那哭声传出老远，荡向鸣沙山。紫晓说那山很像一道屏障，将哭声跌来荡去，整个大地就充满了哭声。她发现那时的狗王走出了那个很是简陋的小门，他的影子很清瘦也很模糊。我看不清他的脸，我一直想象不出狗王的脸。在我的印象里，他应是豹头环眼，虬髯如刺，猛如张飞，可紫晓总是说他清瘦阴郁。我看到月光水银般泼入他的肌肤，我甚至怀疑正是那种忧郁的月光清洗了他心头的杀气。他茫然地注视着哭声的起处，对于他，这是从不曾有过的事。几乎所有的狗都闻气而逃，而这个母亲却嚎哭着一步步逼近了他。他定然也感到了对方身上有股巨大的气场，那是母爱的力量。它甚至能抵消自己心头的杀气。我看到他的眼里多了一种亮亮的液体，我想那是他融化的心，或是种入他心头的忧郁。远方的山峦都成了剪影，他看到的世界，只是被那嚎哭浸泡的幻影。我听到他发出了一声轻微的叹息，仿佛梦醒后的叹息。在我的印象里，那声叹息惊天动地，跟悉达多太子睹明星悟道时的惊叹一样壮美。

我还看到了狗王眼角里悬挂的一滴泪。紫晓说，狗王的母亲死得早，在生下他的当晚就流血而死，按当地的说法是跟了血腥鬼。狗王和父亲相依为命到他十五岁那年。就是在他弄死了土皇帝的狗的次日，父亲走进了那个高大的庄门，换回了自己的儿子。一个月后，父亲死于看守所，据说是急病。但据知情者说，他是被犯人打死的。他的身上布满了伤痕，被草草地送进了火葬场，变为一堆干净的骨灰。紫晓说，这种事，在凉州是很寻常的。她找狗王那天，就看到了一位老人抬着儿子的尸体走向医院。他儿子的死法跟狗王爹一样，也是身上布满了伤痕。老人想借助医院太平间的寒冷定格儿子的死亡，直到换来叫儿子的在天之灵瞑目的判决为止。

没了父母的狗王心头充满了仇恨。那段日子，他的杀狗已不再是为了食物，而是为了宣泄心头的仇恨。他走向一条条一见他就伏地哀鸣的狗，将一个绳圈儿套上狗的脖颈，背了就走。紫晓说，这是凉州人专用的杀狗方式，据说狗血里有大量的滋补养分，吊死的狗最有营养。狗王的院墙上，挂满了狗皮，院落变得腥臭无比。墙头上的狗骷髅已由原来的一层变成了两层。常吃狗肉的狗王眼里泛着红光，狗肉独有的土腥味腌透了他。狗王所到之处，男人欢欣鼓舞，因为他们可以吃到不花钱的狗肉。只要你张嘴，他就可以为你弄来你需要的各种狗。渐渐地，村庄四周已很难看到游荡的狗了，狗王就骑辆破自行车，游遍凉州。狗王所到之处，定然是狗毛乱飞，狗肉飘香。

但奇怪的是，从来没有一个女人愿意嫁给他。因为在凉州人眼里，杀生害命是很缺德的。没人愿意将女儿许配给一个让狗都战栗的屠夫。

狗王家那布满骷髅头的院墙成了叫女人望而生畏的魔窟。

那一年，狗王名声大噪，无人不知。许多人出高薪，请他去偷他们瞅中的珍贵猛犬。

狗王摇摇头。

4

黑歌手向紫晓讲述了那个月夜里母狗的嚎哭留在他心头的震撼。从来没有感受过母爱的他，在那个模糊的月色里看到了一个母亲。在他的幻觉里，她就是他的母亲。记得爹老讲他的母亲。在父亲的讲述里，母亲是个瘦瘦的干瘪女人，常年的劳作损害了她的健康。当母亲怀了他时，日子仍然很紧巴，父亲偷了狗给她补身子，就是说，他在母亲的腹中时，就开始了吃狗肉。因为狗肉的滋养，他变得健康无比。他像肿瘤一样在他妈的肚中发酵着。他说，定然是他迅速长大的体积造成了母亲后来的死亡。这当然有可能。因为根据狗王对母亲死亡的描述，她似乎是死于大出血。凉州有许多这样的死者，血腥鬼便成为当地最可怕的厉鬼。但狗王似乎不必为母亲的死亡负责，没人要求一个腹中的孩子去承担他不能承担的责任。

母亲的死成为黑歌手一生摆脱不了的原罪，他成了凉州人眼中不吉祥的人。在幼年时，村里娃儿就骂他“克娘娃”，一见他，娃儿们就一惊一乍地叫，提醒他那个梦魇般的事实。没人跟他玩，没人告诉他世上还有一种叫母爱的东西。只有山中弘化寺的老喇嘛不嫌他，教他识字，教他读那些他不明含意的经文。为了排遣寂寞，他囫囵吞枣地记下了许多经。在许多个夜里，当夜里的蛙声吵醒熟睡的他后，他就望着天上哗哗哗翻着波浪的银河，诵那些他似懂非懂的文字。虽然老喇嘛也陆续告诉了他那些经文的含意，但真正意义上的消化，是需要时间和阅历的。一天夜里，老喇嘛将他叫到床头，说他要回娑萨朗了。老喇嘛告诉了他跟奶格玛大手印瑜伽的因缘，并将类似于衣钵的东西传给了他，还给他灌了顶，向他讲述了一种叫“奶格五金法”的密法。他似懂非懂，但囫囵吞枣般记下了老和尚的话——多年之后，他才真正明白了那些话的含意。次日，等前来批斗的红卫兵拥进山门之前，老喇嘛就死了。此后，人们就拆了弘化寺，用拆下的木料修了学校的教室。

狗王心头抹不去的经文并没消去他的杀气，可见那种鹦鹉学舌般的念经根本改变不了心。虽然在静的极致里，狗王心头仍会滚过一串串流畅的经文，但那些狗并没有改变自己成为粪便的命运。在父亲死亡之前，狗王仅仅是为了满足自己的口腹之欲。跟吸食海洛因会上瘾一样，狗肉成为他生命的另一种难以解除的瘾。闻到狗肉香，神仙也跳墙，狗王认为自己天生就是吃肉的。在他眼中，狗根本不是生命，仅仅是食物而已。他眼中的世界，只有大狗、小狗、老狗、少狗、煮狗肉、炒狗肉等等。

父亲死后，狗王心中多了仇恨。父亲进狱是为了替换儿子，是为了替弄死了别人的狗的儿子承担责任。他一路路追溯上去，发现造成他父亲死亡的原因还是跟狗有关。要不是土皇帝的狗狗仗人势，他也犯不着打抱不平。是那些狗和连狗也不如的人，使他失去了人世上唯一的亲人。自那以后，一见到狗，他就想到了死去的父亲。他的杀狗，不再是为了满足口腹之欲。他在用杀狗这样一种方式宣泄自己心头的仇恨。

直到那个月夜里，他听到了狗母亲的嚎哭。

紫晓说，直到那夜，他才发现，狗也是母亲。

紫晓说，那改变了狗王命运的第三种说法其实也发生在那夜。在某个恍惚里，狗王发现身前身后围了无数的狗，它们似乎是死去的狗们的灵魂。狗魂们一起涌了来，围了狗王嚎哭，直到他发愿不再杀狗才忽然消失不见。

紫晓说，狗王真的看到了那一晕晕水波样围着他的狗，它们都在嚎哭。它们都是母亲，都发出跟那条寻崽的母狗一样的哭声。那情形，是他在被第一条母亲狗的哭声弄出了心头的巨大震撼后出现的。记得他流了泪。狗王是从不流泪的，他甚至在见到父亲的骨灰盒时，也没流泪。但那夜，他觉得一股莫名其妙的温暖涌出了眼睑，他坚硬的心就是那时被融化的。他看到了不远处月光下的黑影，黑影很瘦小，跟父亲讲过的他妈一样瘦小。他想不到那瘦小的黑影竟然能发出那样一种凄绝的声音，那声音很像狼嚎，袅袅升至空中，化为愁雾降下，就笼罩了狗王的天。他就在那种浓雾中流着泪。他恍恍惚惚地觉得，那嚎哭的母狗，明明是他的母亲呀。

从没见过母亲的狗王曾梦到过母亲，他梦到的母亲也很像狗，你当然可以理解为日有所思夜有所梦。狗王多次听到母狗为了护崽发出的那种哀鸣，那是绝望无助却又柔到极致的声音。狗王想，要是他的母亲还活着的话，一定也会发出那种声音。他梦中的母亲就发出过那种声音。那声音在他梦里激起了一晕晕温柔的波晕。醒来后，他还是久久地沉浸在那种境界中，直到次日清晨，后院狗骨头堆的腥臭才冲去了他心头所有的柔情。

朦胧月色中的母狗恍惚成了一点暗晕，但狗王还是看清了它。那形容，跟他梦到的母亲一样。只是梦中的母亲没有那样长嚎而已。狗王被一股巨大的柔情包裹着。他在那种感觉里泡了许久，待他醒过来时，他就发现四下里有无数的狗。他相信那真是狗，它们黑压压地朝着他哭。那哭声的质感很强，浪一样涌动着，像海潮冲刷着礁石一样冲刷着他。这种场景一直留在他心头。多年之后，当紫晓一直认为那是他的幻觉时，狗王还是说，不，那不是幻觉，那真是被我吃了的狗们的灵魂。

为了排遣那涌来的哭浪的挤压，狗王开始默诵老喇嘛教他的那些经文。

忽然，他感到一种醍醐灌顶般的战栗。那个瞬间，他竟然明白了心中所有经文的含意。从此，他就会在一种善美旋律的裹挟下，唱出善美的歌。

紫晓说，此后，歌手就诞生了。

狗们对歌手的认可经历了相对漫长的过程。刚开始，他走向那一条条狗时，狗们仍会像以前那样伏卧战栗，他却只是摸了它们的头流泪。他像给人摩顶的活佛那样，抚摸着一只只战栗的狗头，向它们诉说着自己的忏悔。歌手的忏悔很有意思，他并没有说自己当初不该杀它们的同类，不，他没说那些话。他只是像当年老喇嘛待他时那样，用爱抚的目光抚摸着狗，然后轻缓地唱那些他已明白了含意的经文。就这样，他抚平了一条条狗的战栗。它们的目光由惊惧而渐渐安详。后来，所有见到他的狗都朝他摇起了尾巴。半个月过去，歌手周围就有了一大批追随者，它们前呼后拥着，呼啸而来，呼啸而去。

有时的夜里，歌手就跟狗们卧在一起。

他成了真正的狗王。

雪漠 著

西夏的苍狼（下）

中国大百科全书出版社

第十九章　错位

1

紫晓与灵非唯一的一次暧昧约会，发生在紫晓从西部回到樟木头的某个夜里。那时，她已经不能再接受常昊。她像厌恶脓痰一样开始厌恶常昊，于是搬回了娘家。

后来的紫晓承认，那是她一生里最感到失重的一段时间。

那时，孤独的紫晓常进一个发廊，叫“迷死你”。发廊里有个长头发“屠夫”。那是个有名的大坏蛋。怀里常揣大砍刀，一尺八寸长。动不动就抡起来，剁戴金镯的女人腕子。进过五回局子。陪过三次杀场。坏过几百个女孩的身子。连亲娘亲老子也不认，常揍得他们吱哇乱喊。常昊说。

叫“高老鸹”。

是个吸毒犯，想勾引紫晓去卖淫，为他筹集毒资。

以上内容，都是常昊的原话。

那时，常昊常跟踪紫晓。那些天，他把所有的生命用于跟踪和窥视。

灵非答应跟常昊去“证实”。

常昊与灵非骑了摩托，沿着潮湿的街道，驶向樟木头镇中心的那个美发厅。透过美发厅宽大的门玻璃，灵非见到了紫晓。紫晓坐在一群女孩当中。紫晓很烦。在那个棺材一样沉寂的家中，紫晓不能不烦。

那时，紫晓进入了离开常昊后的第一个艰难阶段。

这是另一个危险期。

过惯了自由、放纵、好吃懒做的生活，而骤然正常有序，这需要适应。或浪子回头金不换，或破罐子破摔，重返旧辙。

这是脱胎换骨似的煎熬。紫晓显然需要外援。紫晓需要排遣寂寞。

常昊指着一个正推门进美发厅的男人：瞧，就是他，老板。

于是灵非看到瘦削的背影和披肩长发。从其发型上可以看出：他有浪漫气质。这样的男人易讨女孩喜欢。

“叫高老鸹。”常昊说。

高老鸹走向紫晓，在紫晓身旁暧昧地坐下。紫晓忽然跳起来，可能高老鸹摸了紫晓。他们显然早就认识。高老鸹在指手画脚地说话。

常昊像条暴怒至极的老狗一样咻咻咻地喘气。“婊子！婊子！”他低哮着。

夜真是个好东西。夜里的光明很可怜。因为光明里的一切，都被隐在夜里的眼睛窥了个一清二楚，而被窥视者却懵然无知。

多可怕。

灵非于是想到了所谓神鬼。他是相信有神鬼的，而且是明朗的智信。神鬼是隐在夜里的眼睛。只是这眼睛明察秋毫，远比灵非们的眼睛管用。当自以为是的人们在为所欲为的时候，却忘了隐在夜中的那一双双眼睛。

举头三尺有神明。老人们说。

那夜，紫晓待到十点。后来的紫晓说，那是她父母的作息时间表。

紫晓说，她想当一回乖孩子。

常昊于是请灵非一定把“高老鸹”的底细告诉紫晓，叫她当心。

2

紫晓下一次约灵非的时候，正是中秋节。灵非采访了当地的草龙舞，拍了照片，写了稿子。那草龙舞，据说已有二百多年历史，原为表达丰收后的喜悦，渐成习俗了。

那草龙身子，由一条粗尼龙绳再扎以稻草而成，粗可盈尺，长达数十米。龙头是稻草编成草辫捆扎的。手电筒当龙眼，红彩灯当龙牙，拆开的蛇皮袋线做龙须，再遍插燃着的香，龙便在香气缭绕中鲜活起来。

几条草龙聚集在宗祠门口，在锣鼓鞭炮声中，几十条汉子举起手中的竹棍一齐舞动，草龙就狂扭起来，拽着一路香气，蜿蜒到一户户人家，驱散邪气，带来祥瑞。热闹一阵后，草龙们才回到了宗祠口，在一片火光之中，升天了。

这时，灵非接到了紫晓电话。她要灵非找个安静地点，她有事求他。灵非便在朋友的小屋里会了紫晓。

那夜的紫晓，打扮得很漂亮。紫晓化了淡妆，扫了淡眉，穿了套裙，带了矜持。后来，灵非才知道，那夜的紫晓着意设计了一切，但那夜的灵非并没看出她的着意。在情感上，灵非有时很迟钝。

那时的灵非，并没计划在那个晚上发生故事。灵非的生活很有计划。很有计划的灵非从不打乱计划。

紫晓计划了那次约会，而灵非却没将它列入“计划”。

这就是所谓的“阴差阳错”，也是一种“缘”。

“无巧不成书”的“巧”，是因了“缘”。“无巧”也因了“缘”。

数以亿万计的生灵中的某一个“灵非”与某一个“紫晓”在“无始无终的时间”里的某个瞬间，相遇在“无边无际的空间”里的某一个小屋，是因为“缘”。

同时，紫晓用一个不眠之夜“计划”了的那夜，灵非正好没把她的“计划”列入“计划”，也因为“缘”。

紫晓坦率地谈了追求她的一个叫“高老鸹”的长头发老板。她说老板很帅。他明确告诉她，他喜欢她，甚至算得上“爱”了。紫晓很兴奋。从紫晓身上，灵非看出女人都爱听假话。一个虚假的“爱”字居然令紫晓那么激动。生活中确有一见钟情，如张生之见崔莺莺——“怎当她临去时秋波那一转……魂灵儿飞在半天”——但绝不可能产生在玩女人如吐痰的“高老鸹”群里。聪明的紫晓居然看不出那虚假？抑或，紫晓宁愿相信这虚假？

最令紫晓感动的是，高老鸹叫紫晓不要再接触他。他很坏，吸毒，勾引女人，跟他接触，她会学坏的。高老鸹说他正因为爱她，喜欢她，才不愿骗她。高老鸹很坦率：我是流氓我爱你。

常昊请灵非给紫晓谈的，她都已知道。

灵非觉得自己无话可说。

3

灵非后来将与紫晓那夜的约会归于没有“缘分”。许多人生的设计，便因为无缘而流产了。

灵非记得那夜的灯光昏暗。昏暗的灯光下坐着打扮得很漂亮的紫晓。紫晓用很亮的眼睛望灵非。

按说这是很暧昧的场景，总该发生些很暧昧的故事。

那个沉重的有关吸毒老板的话题很快结束了，但谁都没有转入新的话题。紫晓在等待着什么。灵非也在等待着什么。

沉默中间，只插进一个小话题：紫晓说很寂寞。灵非叫她去找柳莺。紫晓说，有时候，女人并不能解除女人的寂寞。

一切都赤裸裸了。

灵非觉得，心已被沉默的氛围煮沸了。接下来，该发生些故事了。于是，他临时“计划”了两个细节：

一是门虚掩着。灵非问，锁了还是开着？紫晓答：随便。

二是灵非掏出奶糖，问紫晓吃不，紫晓说扔过来。

紫晓的回答，斩断了后面的故事。

要是紫晓答“锁上”，或是紫晓“伸手要糖”。也许，另一个结局的故事就随之发生了。灵非将紫晓的“扔过来”理解为：“你别过来了，只把糖扔过来。”

亮晃晃的灯光下，灵非无法越过那咫尺的天涯。

沸腾的情绪顿时降温。

“回吧。”灵非说。

“你想回吗？”紫晓问。

4

这个情节与《安娜·卡列尼娜》中的某个情节很相似。列夫的哥哥柯兹尼雪夫爱上了华仑加，两人同去郊外。柯兹尼雪夫积蓄了许久，想说出求婚的话。两人在沉默的幸福中等待着。那是短暂而漫长的幸福的等待，心跳加速，时间静止，整个宇宙都在等待信号的发出……

突然，华仑加问：“白蘑菇和桦树菌到底有什么不同？”

托尔斯泰写道：“……这句话一出口，两人都明白事情完了。原来想说的话不会再说，而在这以前他们达到了顶点的激情也平静下来了。”

这是一个精彩的细节。许多人都遇到过这种情景，但只有托尔斯泰揭示了这个心灵的小秘密。

有时候，许多事情的发展趋势往往因一两句话而改变。

灵非的文友爱上一位女教师，也经历了这样一番幸福而痛苦的期待，也是“心跳加速，时间静止，整个宇宙都在等待信号的发出”。这时，发生了一件小事：挂在椅背上的衣服掉在了地上。等他捡起衣服，激情已过去，勇气已消失。从此，两人一直没能再营造出一个能表白爱情的氛围。

后来，女教师嫁给一个公认的粗人。原因很简单，仅仅是，在一次期待中，他毫不含糊地出手了。

梁子听了灵非的述说后哈哈大笑。

“你们文人，真是多事。女人，天生就喜欢叫人进攻。你不进攻，她还会怨你。”

“女人喜欢进攻型男人。”他说。

5

日子像石磙一样前行，把许多记忆都轧碎了。

灵非没想到，那个与紫晓的值得大写一番的暧昧约会竟如此简单，简单得只剩下一两个细节了。人生有许多情节是不可加以理性的。一旦理性之光照到感情所营造的氛围上，朦胧的美荡然无存。一如后来的灵非回忆起这个场景。

爱情亦然。

几年后的一个夏日的黄昏，紫晓的一句话，揭示了爱情的真谛。

紫晓说：“爱情是一种感觉。”

确实如此。爱情，仅仅是一种感觉，是一种特殊的朦胧的感觉。感觉一旦消失，爱情便等同于肉欲了。令千古骚人讴歌不已的爱情，若没朦胧含蓄的感觉，便简单到一个器官占据另一个器官了。

《西厢记》中的张生，于某日，于某寺院，遇到了佳人崔莺莺：“正撞着五百年前风流业冤”，“宜嗔宜喜春风面”，“未语人前先腼腆，樱桃红绽，玉粳白露，半晌恰方言”，“颠不剌的见了万千，似这般可喜娘的庞儿罕曾见”。

于是，感觉产生：“是兜率宫，休猜做了离恨天。呀，谁想着寺里遇神仙。”“只教人眼花缭乱口难言，魂灵儿飞在半天”，“神仙归洞天，空余下杨柳烟，只闻得鸟雀喧”，“望将穿，馋口涎空咽”。

相思郁结：“我透骨髓相思病染，怎当他临去秋波那一转！休道是小生，便铁石人也意惹情牵。”

离愁产生：“灯儿又不明，梦儿又不成，窗儿外淅泠泠的风儿透疏棂，忒楞楞的纸条儿鸣；枕头上孤零，被窝儿里寂静。你便是铁石人，铁石人也动情。”

胡思乱想："白日凄凉枉耽病，今夜把相思再整"，"帘垂下，户已扃，却才个悄悄相问，他那里低低应"，"晓夜将佳期盼，废寝忘餐。黄昏清旦，望东墙淹泪眼。病患要安，则除是出几点风流汗"。

病体难愈："离恨千端，闲愁万种"，"鬓似愁潘，腰如病沈。恨已深，病已沉"。

相会喜悦："软玉温香抱满怀。呀，阮肇到天台，春至人间花弄色。将柳腰款摆，花心轻拆，露滴牡丹开。但蘸着些儿麻儿上来。"

——都是感觉。

那时，张生认为治他的病患的上等药便是莺莺的"香唾"了。得此良药，病体遂愈，优哉游哉，胜似神仙。但这香唾，一经理性之光的照射化验，其成分定然和崔母、法本诸人的唾液没大的区别。前者很香美，后者很恶心。其区别，就是感觉。

爱情，是一种感觉。

这一发现，曾令灵非伤心不已。

但他很快便释然了。

因为他发现，一切都是感觉：幸福是感觉。痛苦是感觉。快乐是感觉。忧愁是感觉。贫富、贵贱、冷暖，甚至生死……也仅仅在于感觉。

当时的灵非，感觉到与紫晓相会的那个夜晚很美。那感觉，一直延续到他的理性之光照亮之后。那时，一切都简单化了。那时的激情已消失，那时的感觉也无存。剩下的，只有情节——简单到令人伤心的一两个细节。不久，这情节也会为岁月淹没。

虚幻的稍纵即逝的"无常"的感觉左右了人生。

明白了这，便是"看破红尘"。

后来，灵非常想，要是那夜的紫晓叫他"锁门"，叫他"把糖拿过去"，会咋样？答案是未知的。也许，这是个开端，像黎明前的黑暗。接下来的，或许是一个明晃晃的天了。在这个明晃晃的天里，会发生许多可称之为"爱情"的故事。也许，会因此改变两人的人生选择和人生轨迹。

许多未知的命运，常常由一件小事来裁决。

有人称其为命运，有人命之为机遇。

6

在多年后的理性之光照耀之前，灵非印象中的那个与紫晓相会的夜晚的确很美。

他们路过那条街道时，许多人正在拜月姑。沿途的天台上，挂着高高的灯笼。人们摆了月饼、柚子、芋头、菱角、香蕉等物，祭祀那个美丽的天体。那柚子和芋头芋仔，象征“和睦”“富足”和“母子相连”。人们烧香点烛、烧元宝，对着月亮开柚子。谁要是找不到对象，你就在月下焚香燃烛吧，月老定会成全你的姻缘。

月亮很亮。平日里，城里人都忽视了月亮，忽视了这个让每个恋人都感觉极美的天体。

但在那晚，人们不再忽视月亮。记得紫晓说：呀，月亮好美。她的声音很柔，像水面上哗哗闪过的月光。

灵非与紫晓游过月色下的街道，游向另一个相约的小屋。灵非不知道，此后的人生里，他将上演怎样的故事。若能读完命运的剧本，也许，就没那个叫“遗憾”的词。……不，还是不读的好。不知道后来情节的他，沉浸在美好的朦胧中，带一个溢漾着幸福的叫紫晓的女子，在月色中游向未知。

灵非在后来的印象中，把一切排除在外了，只留下了一个王国。王国里只有两人。

他甚至不要那个卖烧饼的。

记得灵非一路在说笑，又记得啥也没说。遗忘这东西真好，把许多清晰都朦胧了。

他们进了小屋。灵非清晰地记得，自己开锁时手颤抖了。但紫晓没注意到，她正在看那个小院。

这是个樟木头常见的小院。灵非不明白，她为啥那么认真地看？

月光透过薄薄的窗帘，照着相约的小屋的一切。暧昧的小床发出暧昧的气味。灵非印象中的那夜，总是很朦胧，连床单的颜色也朦胧了。

权当是粉红色吧。

粉红是新娘的颜色。后来的某一天里，紫晓会在她的日记里写上一句话：“你不是说粉红是新娘的颜色吗？那我以后，就用新娘的颜色来记日记吧。”

紫晓毫不犹豫地占领了那团粉红。

灵非便坐在沙发上。沙发距床有几尺远。这是真正的咫尺天涯，半个小时后，灵非才能感受到这一点。

月光下的紫晓像大理石雕塑。她仰起头，望着窗纱外的月亮，许久，没说一句话。灵非静静地望紫晓，让那美那静流到心里，荡成一泓温水。

在那盏昏暗的灯打开之前，他们坐了许久。这是一段很美的时间。激情荡漾，感觉滋生，肉欲将动而未动，美人又在月下，万籁俱寂，心跳轰鸣，关关雎鸠，在河之洲，虽无啥雨雪霏霏，却正是杨柳依依。有美人兮，思之不忘；一日不见兮，思之若狂。

无聊不？

其实，在那段凝固的静默中，灵非当时并没品味出美来。美的产生，需要距离。许久之后，在紫晓离开了樟木头的某个月夜里，灵非才被浓浓的惆怅笼罩了。那时，他才觉得自己经历过一个很美的月夜。

而当时，他却只是像《安娜·卡列尼娜》中的那个柯兹尼雪夫一样，只是“心跳加速，时间静止，整个宇宙都在等待信号的发出”。

他只是在焦虑中期待。他期待“软玉温香抱满怀”，或是“檀口揾香腮”，或是“呀！阮肇到天台。春至人间花弄色。将柳腰款摆，花心轻拆，露滴牡丹开”。

灵非认为当时的紫晓也一定期待着什么。那时的紫晓，是个很需要异性抚慰的女人。在这个月夜来临之前，紫晓已离开常昊许久了，似乎正需要异性的爱抚。

灵非记得此夜之前的某个阳光灿烂的下午，紫晓曾深情地注视过他，许久。灵非害羞地低下了头。一个男人竟然害羞地低头了，在一个女孩前，这使灵非一直遗憾不已。

那夜的紫晓也望他，薄薄的窗纱只是为朦胧的月光更添些朦胧而已。紫晓的眼睛分明很亮，一直亮到几年之后。灵非一直以为这是个幻觉。但他相信这感觉很真实。

那夜的紫晓定然用那样的眼睛望他。

可是什么都没有发生，只有静默。

月光下的静默。

月色下的暧昧氛围越来越浓，紫晓沉浸其中了。她只是望他，用那双会说话的眼睛。她以为夜色消解了她的目光。她不知道，灵非已读懂了那双很亮的眼睛。这眼睛，将在他心中亮到多年之后。

这时，灵非才明白，什么是咫尺天涯。

他明确地知道紫晓的等待，但没法走出第一步。

不知过了多久，灵非才发觉自己没开灯。他慌乱地问，开不开灯？——不过，可找不到灯绳。

随便。紫晓说。

而后，紫晓说了一句世上最愚蠢的话，她会为这话懊悔许久。她指着月光下晃动的一条细绳，说："哟，那是灯绳。"

灯于是亮了，朦胧的美轰然倒塌。

紫晓显然明白这话引出的恶果。她看到了灵非苍白的脸色。紫晓很后悔。紫晓知道这愚蠢的提醒打碎了朦胧。

一切都历历在目地呈现在灵非的面前。灵非感到一切都很陌生。月光下朦胧的紫晓消失了，留下一个陌生而熟悉的实体。昏黄的灯骤然显得贼亮，亮光粗暴地挤跑了月色营造的很美的氛围。一切都裸露出尴尬。

紫晓笑笑。她知道，自己笑得很蠢。

完了。灵非觉得完了，今夜的情节完了，就这样。

走出小巷时，灵非看到了飞扬在空中的孔明灯。那灯，是用宣纸密扎的，形状像一个倒挂的布袋，里面搭着一个空架，空架上放着一个火盆，点燃后，热气充满灯内，灯便飞扬在空中。

在娃儿们的欢呼追逐中，孔明灯渐渐远去了。

那是灵非和紫晓唯一的一次相对亲密的接触。

后来，紫晓告诉灵非，那个时候，她想通过情感的嫁接完成一次自救，但没有成功。于是，她只能向下山的圆石那样，滚向一个她无法预知的所在。

第二十章 油把佬

1

大行和王纪去旧货文物市场找油把佬。

油把佬开过油坊，当过大把佬，也即管理过一个油坊。那油坊外表看来很寻常，但里面却有几根用很大的树做成的油梁，上面还吊了几块磨扇石，这些重量再加上油把佬们用力的绞拧，就会将胡麻中的油榨出来。

油坊中的大把佬分的清油最多。一天，他遇到了喜欢吃油饼子的黑喇嘛，老给他炸油饼吃，黑喇嘛吃高兴了，就给他说些轻易不外传的货色。油把佬便成了黑喇嘛的弟子，据说得了些真东西。

后来，出现了电动榨油机，出油率高收费又低，老油坊就渐渐没人光顾了。别的油把佬都改了行，也就没人再叫他们油把佬了。唯独这大油把佬因为其形容仍一身油腻，常年不洗澡不洗衣，仍是油把佬相，人们就仍以"油把佬"称之。

"油把佬"有绝活。

"油把佬"得到了黑喇嘛传下的观伏藏法。相传，此法也由奶格玛传承下来，其弟子琼波浪觉便深通此法，掘得了大量的伏藏，成为富甲一时的人物。依此财势，他才兴建了一百零八座寺院。

关于此法的原理，说法不一。有人说是他修成了天眼，地下伏藏，一看便知，哪儿有金，哪儿有银，哪儿有玉，几乎是一目了然的；有人说，其实，这是一种技巧，那些叫《搜地灵》和《黄土通穴经》之类的风水书上专门有这类方法。精通此理者，只消在坟上挖一把土，就能闻出墓中埋的是男是女，年岁多大，伴有何物，因何病而死。凉州有许多道士就深通此法。此外还有诸多说法。

油把佬的绝活是，他一边按自己的脉搏，一边观那罗盘，便能知道地下埋的何物，数量多少，墓口在哪个方向，距地面多少米。你只要依他指定的范围下挖，到了指定地方，只消一脚，便能踹开墓门。墓中藏物数目，大多如其所言。

没人知道他究竟是靠啥方法测知的。

油把佬接活不要钱。他只抽份子。就是说，他要按出土物件数目的十分之二作为自己的工钱。

这当然是很大的工钱了。据说，有些墓中，只珍贵的玉器，就可能几百上千件，不少是稀世之珍宝。

当然，你可以不用油把佬。那么，你可能会一连几个月地挖到被人盗过的墓，也可能挖到永远打不开的墓。有一种墓，是用牛血石灰和米汤混浇而成的，千年之后，硬逾钢铁，你用巨锤砸上钢钎，可能连个白印子都咬不出来。而要是你一过夜打不开墓，那么警察就可能在次日的夜里守候在那儿，等你入套。

2

油把佬蹲在市场的一个角落里，像条思念儿时风流韵事的老狗。他形容猥琐，其貌不扬，要是没有行家介绍，你根本看不出他是个身怀绝技的人物。便是在凉州，他也是个被当地人忽略不计的人物，很少有人知道他的底细。

但一些外地人却知道。这些人大多腰缠万贯，他们是常年待在凉州的古董贩子。他们知道，那个形容猥琐的油把佬是有些真东西的。这“真东西”

除了指他的绝技外，还包括他手头有大量真正的古物。

这年头，假货多。假货比例最高的，便是古董。据说，只有从墓中挖出的是真货。但也不一定，有好些制造假古董的人，就是将假古董埋入墓中，再设下套子，诱使那些古董贩子们跟他去盗墓。有时，贩子们满以为自己买到了真货，其实，他们不久就会发现：他们买“新”了。那些看起来“货真价实”的瓷器，其实是当代人做的。

但没人怀疑油把佬的货色。

那些贩子谁都知道，油把佬的东西是真货色。而且都知道，油把佬手中，有许多稀罕的好东西。也知道，还有许多稀罕物件正源源不断地流进油把佬的家中。

油把佬的前面，只摆着几枚铜钱。那是很寻常的铜钱，比如“乾隆通宝”啥的。在古董行里，这等于是他的招牌。没有好价钱，油把佬只会卖那些铜钱。这类铜钱，只有在祭神或是行其他祭祀时，起到类似于“药引子”的作用，用以象征“招财进宝”的缘起。比如，祭神或是开业时，随了那司祭者“招财进宝”的吆喝声四处里乱滚的，有象征元宝的核桃，有象征“早发”的红枣和发面，更有象征金钱的铜钱。不过，找不到铜钱的时候，许多人也可用当代的硬币来代替。油把佬的生意就显得很寡淡。在川流不息的人流中，谁也不会在意那个瘦鬼一样的油把佬。他面前的红布上，那几枚铜钱总是显得可怜兮兮。有时——这种时候并不多——甚至还有人将他当成乞丐，在他面前的红布上丢下几枚硬币或是角票。油把佬也一脸淡然，不动声色地接受那施舍。

很少有人知道，这个形似乞丐的人，可能是凉州城中最富有的人。要是遇上识家，他手中的宝物可以买下整个凉州城。

以上这些内容，是大行后来才知道的。

3

谈好了价格，大行和王纪便组织了人马，跟油把佬去盗墓。不知为啥，王纪一再选中了西夏墓。西夏人墓少，他们重生轻死，除了一些达官显贵之外，寻常百姓是不重殉葬品的，所以，揭墓贼们不喜欢西夏墓，而喜欢汉墓。大行想不通，为啥王纪喜欢选中西夏墓？问其原因，他只是淡淡地说，有人喜欢西夏文书。

夜很黑。对于盗墓贼来说，黑夜当然更安全。白天已经瞅好了目标。那是一个看起来很像是山包的所在。那儿每天由当地的农民踩来踩去，还踩出了一条小路，但他们不知道那是西夏墓，因为这儿到处是这样的山包。但山包与西夏墓之间有种细微的差异，只有行家才看得出来。这个信息便是油把佬提供的。每天晚上，他都来这儿抓蝎子。当地人总能看到那许多个山包之间，时时有磷火一样的东西在飘，也有好奇地前来探询的，他们就会看到那手电筒照着一只只蝎子。于是，只要看到山包间的亮影，谁便都知道那是抓蝎子的。当然，没人知道那抓蝎子的油把佬其实在寻找另一种东西。

因为这墓的信息是油把佬提供的，所以，他提出，要从掘得的古董中选上一半，作为他的工钱。他说他当然也可以吃独食的，但他身边几乎没可用之人，他不想叫自己的儿孙染指此事而安家落户于牢房，他不想叫另一些“蝎虎子”在掘开古墓之后，再将他埋到里面。过去，老有这种事发生。据说，他还想通过王纪，找到一个能够“吃”大量古董的下家——在这一点上，大行天花乱坠地谈了半天——换句话说，他需要一条能将文物卖出更好的价钱的通道。

仍用那几个农民。按王纪的说法，干这号事的人，也需要职业训练，干久了，一些必需的职业道德便也就上身了。后来的事情发展证实了王纪的话是对的，其中一个农民因另一件事事发落网后，他并没有供出大行们。因为他知道，咬紧牙不招，坐牢几年后出来，他还可以过正常人的生活，要是他出卖了伙伴坏了规矩，这辈子就完了。不说别的，人家只要花钱雇人买你的一条腿，你的后半辈子便免不了受孽障。

多人乘车到了磨嘴子墓群北面的大手印坛城。据说这儿也是一个秘境。就是说，那在外人看来很寻常的地貌，其实有着另一个神奇的世界。对这种世界，说法不一。修瑜伽的叫秘境，是法界能量的聚汇之地。佛教也可以叫人间净土。风水师认为这儿风水很好，气功家认为这儿气场很好。那些科学家则认为这儿有能量极强的暗物质。据说，这种地方，有神秘的光道和许多净土相通。大行虽然不是信徒，但他也不是无神论者，对这种被世人认为是圣地的所在，他还是有些敬畏。也许，正是因为当地人也顾忌了这一点，它才没有遭遇到被盗墓的厄运。

天阴着，有种怪怪的闷。这是大行的感觉。他知道这很不好。因为，要是他认为掘这样的墓会败运的话，那他肯定会败运的。除了不好的心理暗示导致的不吉之外，还因为他的那种不祥的心理状态跟法界的某种同样不祥的能量达成了共振，自然会招致某种结果的。这时，他倒有些羡慕王纪，这是个不信因果的无神论者，他认为为了达到自己的目的，可以不择手段的。他根本不相信人间会有啥主宰善恶的神灵。更不相信，仅仅是念几句佛号或是布施一点钱物就会改变命运。他的理由是，像历史上建立了无数寺院的梁武帝都免不了被饿死的命运，一般人的那点善想改变命运无异于杯水车薪。他还有一个理由是，凉州有几位修寺的和尚，为修建寺院耗费了一生心力，却大多短命而死，甚至没得善终。所以，他是不信因果的。他只相信一点，要想改变命运，必须不择手段地去做。大行想，也许，有了他的这种观点，别说盗墓，就是杀人越货，也不会有丝毫的歉疚的。但他的信神和王纪的不信神一样，是很难改变的一种生命本质。所以，在日后的多次盗墓中，大行的心情很是复杂，他总是边盗墓边忏悔。也许因为有了这一点，他跟王纪的人生才最终有了一个巨大的反差。

夜很黑，没有风，没有星星，没有人影。这儿的百姓虽然进入了现代社会，生活习惯却凝滞在过去了，大多是日出而作，日落而息。即使是他们知道村庄旁的墓里有许多稀罕物件，能卖好多钱，他们也不会去盗墓的。原因除了祖宗认为盗墓是最缺德的事之外，还因为他们根本无法将那些东西变成现金。即使他们手头有稀世之宝，他们也不会明白其价值。前边说过的那个出事的农民，在某次挖土时，发现了一个勺子，他觉得很好玩，就带回家里，洗净后放在面柜里挖面。一天，文物贩子发现了它，农民要价一百元，贩子还价七十元就买到了它。后来，这物件在香港卖了三十万美金，因为那是汉代的熨斗，平底，形似勺子，那凹处放木炭。后来，那文物贩子落网时，供出了货主，农民就被逮了去，坐了五年牢。

此后，当地农民中，即使是有胆量的人，也至多为盗墓贼流流粗汗，当当苦力。

4

六个苦力轮流挖，挖到深夜，尚不见墓。快要到天亮的时候，就停工了，将那挖出的土再次填入，并将那山包弄得跟过去的模样差不多，再回到城里。夜里再去，将那弄酥的土重新扔出，继续挖那坚硬的被尘封了千年的土。那土已经很瓷实了，必须用镐，才能啃下一星半点。大行们很高兴，因为越是这样，越意味着没被人盗过，虽然吃力，虽然慢，虽然有可能被警方发现而设伏的危险，但这种地方，只要能捞上一把，后半辈子的吃穿就不用愁了。当然，大行想到的还是尽快能还上那高利贷。一路上，王纪老是谈那些被摘去了器官的毁约者。大行分明听出了他话里的威胁成分。一想那事，头就大了。

王纪安排参与掘坟的当地农民在白天为他们放哨，看看有没有人注意到他们的行动。若有异样，他们就只好忍疼割爱了。好在一连几天，这儿都很少来人，即使有人过来，也没人诧异那些新土，因为当地农民垫圈都来这儿挖土。那个后来犯事的农民就是在挖土时挖到那汉代的熨斗的。——没人在乎哪个土包上出现了新土。再加上凌晨收工时，大行们总要安排农民将一些浮土撒在掘出后复填入的新土上面，不细瞅，你甚至看不出明显的挖掘痕迹。

一连干了六天，终于见到了墓壁。油把佬很高兴，根据经验，这次他们找到了一个肥窝子。但他们没有想到，这窝子的出现，会令他们哭笑不得。

事情并不像人们传说的那样，即按那油把佬算出的范围掘下去，到那地方，他只消一脚，就能踹开墓门。

这次，他们没有发现墓门。

他们发现，那墓竟然是被某种东西浇筑而成的。说不清那是啥东西，但肯定不是混凝土。按油把佬的说，那是用牛血或是人血——加以石灰、谷糠、糯米汤等诸物，混浇后，再锤砸夯杵而成，硬逾钢铁。选个力气最大的农民，抡圆了镐，砸下去，也只能在那墓壁上咬出一个白点，可怕的是，那白点甚至显得更硬了。

真邪了。

他们用微波电阻仪进行了检测，竟然发现，墓中有许多种不同电阻的物件，其丰富程度，超过了他们的想象。

从见到墓壁的那夜，六个农民轮流抡那铁镐，挥了一夜的汗，却没有咬下核桃大的一块，只是那接触镐头的所在凹了一些，但谁都可能看出，那凹处，也许会成为将来最难咬的所在。因为，或是牛血谷糠或是别的不明神秘之物，令那墓壁显得坚硬而富有弹性。要是能拉来电的话，他们或许可以用电钻或是电锤咬出一个缺口，但这儿离村庄很远。当然，即使是很容易拉电的话，他们也不会傻到送货上门去自投罗网的地步。

据油把佬说，市里的文物局在村里安排了几个文物巡视员，每月发五十元补助。别的农民倒没啥，事不关己，高高挂起，但要是叫文物巡视员觉察了，人家一报案，公安局马上就会闻讯而来。

在农民抡镐的声响中，三个“老板”拧着眉头，束手无策。

那无奈而沉闷的声音响到凌晨时，大行们安排农民再将那掘出的土填入墓中。他们已经掘了几十次，又填了几十次。一次比一次更接近希望，但这次，他们都显得很沉重。

王纪说，我明天打个电话，叫那边快递些无声炸药来。那玩意儿声音不大，只有闷闷的一声，别人听到，也不会太在意的。

油把佬叹道，只好这样了。

5

谁也想不到，那抡镐声竟真的惊动了文物巡视员。后来，大行认为是天意。本来，没人在乎那种声响的，当地有一种叫捣地鬼的生灵，一入夜，就会捣地。人们就会听到一种嗵嗵的声音。许多时候，这种声音每夜都有。久了，人们也会将那铁镐的沉响当成捣地鬼。

但据说那夜，那文物巡视员偏偏警觉了。次日一大早，他就去巡视。他发现了被掘过的墓包，更发现了那几个农民在临走前撒下的几泡尿。那湿湿的尿迹提醒他：有人刚盗过墓。

他一报案，警车马上就上了山。车上还坐着文物局的人。他们也懒得先破案，一商量，上报市上同意，找来炸药。几声巨响之后，他们便发现了一个世界。

这成为凉州历史上最辉煌的一次考古发现。

据说，那是一个西夏国师的墓。文化专家取出了一套用紫檀木雕成并包以金皮的车马仪仗，共有四十九个金光闪闪的人——后来，听王纪说，每个至少价值百万美金；还有大量的金银物件，还有穿着金缕玉衣至今仍没有毁坏的肉身，还有数以百计的西夏物品和大量的西夏文书。王纪说，那西夏文书更是价值连城。

几天之后，这个发现就震惊了世界。不过，文物局并没有公布这个发现的缘由，他们根本没有提到盗墓的事。他们很怕世界知道他们的管辖区内盗墓贼横行。也许因为这一点，公安局也没有立案来调查此事。再说，那闻讯云集而来的农民，把所有的线索都攘踏尽了。

大行们也随着那蜂拥的人流观看了文物局的发掘过程。每看到墓中出来一件东西，他们便会经受一次炼狱。后来，他们都面如土色了。油把佬坚决地叫他们离开了现场。

6

此后的一个月里，大行们啥也不想干，每日在宾馆里长吁短叹。王纪提来了几十扎啤酒，他们疯狂地猜拳，疯狂地灌那苦水，疯狂地呕吐，疯狂地吼叫、唱、闹，然后睡个昏天暗地。谁也不想提那个话题，可不经意间，谁也会冒出几声叹息，骂几声老天爷，骂几声自己，然后叹气、狂笑、嚎哭……最后再喝成一摊软泥。

油把佬倒很超脱。他认为，得到的是我的，得不到的肯定不是我的。这是命。没办法。若不是你的，得到之后，反倒是大祸呢。这一说，大行们心里平顺了些。是的。要是他们得到那么多的宝物的话，不定会出啥事呢！不说别的，只公安局的穷追不舍就很麻烦。

但无论咋自我安慰，一想那出土的物件，谁的心都会咯吱咯吱地疼。

宣泄了月余，心上的疼感钝了。他们又开始蠢蠢欲动了。这次他们有了经验，为了避免上次的那种重大失误，他们首先准备好无声炸药，要是再遇到那种情况，先用炸药炸开便是。王纪还请了个定点爆破高手，以前当过兵，是工程兵中的爆破能手，复员后，一向不得志，老是咒骂社会，一副愤青模样。说好随叫随到，用一次给一千元工资。

这次，他们又选了一个西夏墓，不知为啥，王纪带的那张古墓图上，标明的都是西夏墓。因为西夏人仍以游牧为主，除了一些受汉文化影响的王公贵族外，寻常百姓并没有厚葬习惯。但王纪说，头儿之所以选择西夏墓，是想寻找一件宝物，据说那宝物是从印度传到西夏的。问具体是啥宝物，王纪也说不知道，只说是类似文书的东西。大行说会不会那宝物已被别人弄走？我们再也不可能找到它。王纪说，那宝物非寻常宝物，它是以文书的形式流传下来的某种文化。那个时候，大夏皇帝李元昊命人将此宝物书写若干，作为重宝赐给对西夏立有大功的寺院和大臣。奇怪的是，虽然在各地也发掘过一些西夏文书，但并没有发现李元昊视为重宝赏赐功臣的那种文书。

据说，李元昊幼年时曾算过命，说他将来贵不可言，但不得善终，会为亲人所杀。这一预言，困扰了他一生。当了大夏皇帝之后，他曾多次请来高人神算为他算命，皆言他贵不可言，但不得善终。西夏人以战死为荣，以死于床笫为羞，李元昊为了避免将来为亲人杀死，每次一遇战事，他总是身先士卒。他始终觉得头上悬着一柄宝剑，不定何时会落下来。这种感觉很糟糕。日久天长，已成了李元昊摆脱不了的梦魇。所以，他是真的希望自己能战死沙场，成为党项族人眼中的英雄。从他年轻的时候，他就一直冲锋在最前线。他成为党项民族中最勇敢的人，也因此赢得了普遍的尊敬。便是当时的大宋，虽然屡受西夏的欺凌，但却不得不承认李元昊是个英雄。不惧死者，往往可以生。

为了摆脱命运的噩梦，从登上大夏皇帝之基后，李元昊开始寻找能改变命运的妙法。他除了大兴佛事外，还派了许多高僧前往印度和藏地，寻找能改变命运的办法。他先派一个精通藏语的僧人叫扎西的去藏地。当时藏地名气最大的人是一位叫琼波浪觉的大师，当时有十万弟子。扎西打听到琼波浪觉是印度瑜伽大师奶格玛的传承持有者，他便向琼波大德求法，希望得到能改变命运的光明大手印瑜伽，但琼波大师说，奶格玛曾授记她的瑜伽必须先单传七代，而后才能广传。扎西便无奈地回到了大夏国。李元昊再令他前往印度，他游学多年，边学梵文，边寻找奶格玛，历经千辛万苦，终于得偿所愿，找到了奶格玛，供以万两黄金，才得其瑜伽传承。回到大夏国，将那能改变命运的瑜伽供养给了李元昊。李元昊命扎西用西夏文翻译该瑜伽并造了仪轨，先传给自己的亲人，叫他们如法修习。后来，李元昊将此瑜伽赐给他看重的功臣。黑将军是其中之一。

据说，当时修炼奶格玛瑜伽的许多人都得成了成就。但因为国事繁忙，战事频仍，李元昊和其子宁令哥反倒疏于修炼。那时，李元昊四十出头，正当壮年，他觉得自己有的是时间，便想在处理好政事后再闭关专修。但命运并没有给他更多的时间，在四十六岁那年，遂为儿子宁令哥所杀。

据说，得到此瑜伽法的许多人中，有不少真的改变了命运。那瑜伽的名字叫“奶格玛五大金刚法”，简称“奶格五金法”，其中最精髓者，便是光明大手印。据说，依此法修习，可以证得永恒之果。

王纪说，虽然他认为这也许是个传说，但头儿却将它当成了史实。他说，许多时候，传说便是史实。西方有许多学者，便是按荷马史诗中的记载挖到了许多被岁月掩埋的古代城市。

大行说，头儿想来也在寻找永恒，可这世上，真的有永恒吗？

7

黑将军是当时公认的光明大手印瑜伽的权威。

据说，在死之前，他发出过一个感叹：“我死不要紧，怕的是此瑜伽背后的精髓密义，再也没人知道了。”

这一感叹，跟嵇康的“广陵散从此绝矣”有异曲同工之妙。

在某本关于西夏瑜伽术的小册子中说，黑将军是当时在世的光明大手印瑜伽系统最完整的传承者。虽然当时有许多西夏贵族和将军都得到了此瑜伽的修持仪轨，但大多只停留在“理”的阶段。由于其智慧和精进程度的限制，许多人在“事”上的功夫远远没有达到大手印瑜伽的传统要求。

那些号称改变了命运的人，也大多只知道该瑜伽的一鳞半爪，有的在生起次第上着力较多，有的重修拙火，有的重修幻身，或者别的，像黑将军这样能全面地集大成者，寥寥无几。

据说，光明大手印瑜伽跟流行于当时印度的其他瑜伽最大的区别是，其他瑜伽或重肢体，或重心灵，而虔修光明大手印瑜伽，除了身心皆得自在之外，还能建立一个人间净土。它是一个智慧的帝国。所有修者，无不离苦得乐。李元昊和黑将军们那时想建立的，便是光明大手印瑜伽追求的那种净土。这成为他们的乌托邦。

奶格玛最著名的传承者琼波浪觉比李元昊大十四岁，他们生在同一个时代。在诸多世俗者的眼中，他们都成功了。李元昊登基当了大夏皇帝，建立了中国西部最伟大的帝国，将大宋揍得嗷嗷乱叫。琼波浪觉则在雪域的香地建立了他的信仰帝国，只出家僧侣便有十万，史书上称之为“香巴噶举”。

但这两种法脉的诸多修炼者，距光明大手印瑜伽的终极追求，尚有很大的距离。

单纯的世间法的成功，或是出世间法的成功，并不是光明大手印瑜伽追求的真正成功。

在一本关于李元昊的秘传中说，大夏皇帝李元昊想在世间法达到完美之后，再趋入出世间法证得究竟，但历史没有给他这样的机遇。四十六岁那年，他便被儿子宁令哥所杀。

据说，他在被儿子割去鼻子流血而死之前，曾欣慰地说，我虽不免于死，但那大手印瑜伽却会依托大夏之力，大放光明于天下。

据说，临死前，李元昊非常懊悔，说他虽然得到了无上瑜伽，但一直将闭关实践它的日期放在战事平息之后，他生时不知谁是他，死时不知他是谁，糊涂而来，糊涂而去。那本来能够改变他心灵和命运的秘法，却一直没有真正改变过他，历史上的他一直以凶残多疑的外相著称。他有好的发心，却因为没有行为，终于成为历史上一个遗憾的定格。关于他的故事，笔者在小说《西夏咒》中有过记载。

又据说，临死之前，李元昊降旨：日后所有西夏功臣的墓葬中，都必须放入两本书。据说，一本是《奶格玛秘传》，一本是光明大手印瑜伽的西夏文译本。这两本书，将以伏藏的形式传承一种文明。奶格玛曾授记，说在因缘聚合的时候，这些伏藏将会被有缘者发掘出来，进而利益无量的众生。那时节，修习奶格玛瑜伽而离苦得乐的人，会像天上的繁星一样多。这种传说，一直以口耳相传的方式流传于红尘的某个群体中。

后来，大行认为，紫晓手中的那本秘传，便是西夏的伏藏之一。

8

大行们继续挖掘西夏墓。他们先后挖过好几处墓，都没有挖出什么宝物，更没有见到文书啥的。西夏文书十分奇缺。历史上虽也多次出土过西夏文书，但相较于其他朝代，西夏文书仍显得很稀罕。不知是曾被人盗过，还是别的缘故，大行们虽开了好几座西夏墓，都没有多少东西，虽有当地烧制的一些粗瓷器，如神汉捉鬼用的鬼瓶子啥的，但没啥价值。

这夜，他们又开了一座墓。在这座墓的开掘上，油把佬显示出其高超的本事，那几个农民真的按他说的范围和深度下挖，而且也是真的在某一处，油把佬一脚踹开了洞口。

洞里喷出一股腥臭至极的气，臭得叫人闭气。大行在洞口燃了表纸，进行了祷告，并奠了酒，烧了贿赂地下亡灵和神灵的纸钱。这些纸钱才是他们用得着的。地下的那些金银财宝，对于那些死者，早就没有了意义。

待那腥臭淡了些，大行打开手电，照了进去。他竟然发现了一堆蠕动的白，他吓了一跳。活见鬼了！他叫。王纪一把抢过手电，一照，也抽了一口冷气。蛇！他叫。

电光果然照出了一堆白蛇，它们蠕动一阵，四散开来。看那样子，至少有上百条。大行想，这墓差不多近千年了，这群蛇是如何生存的？它们吃啥？喝啥？真是怪事。

一个农民说，铲死算了。

油把佬说，别伤它们。它们不是寻常的蛇。它们是这墓的守护神呀。他燃了表纸，祷告说，各位神灵土主，是神入庙去，是鬼投生去，别再守这儿了。叫我们取点小财，糊个口。

王纪问，要不要扔些火进去？

油把佬说，不用。人家千年了，早有灵性了，别伤人家。

几人静静地在洞外待了一阵，也没有做平素里常做的那些事，比如扔进火球，或是放进公鸡等。四面的黑压了来，大行觉得心有种奇怪的憋。他觉得那团白在心里头滚。

大约待了一刻钟，油把佬又亮了手电，往洞里四下里扫。瞧，没了。他说。果然，那局促的墓穴中空荡荡的。

这成为大行一生中最感到莫名其妙的事之一。因为进洞之后，他用手电照了那墓穴，见那墓壁，也是用砖头加以糊汤石灰浇砌的，看不到任何缝隙和小洞，但那上百条蛇就真的没了。不知它们迁至何方，也不知它们如何生存。

这个洞中，他们几乎没动任何东西，因为没啥明显值钱的物件。虽有许多殉葬的兵器，但他们进入不久，铜器们就发出毕毕剥剥的声音，并很快散成了一堆。不用细看，大行也知道，这些东西都碎成块了。

最叫他们震撼的，是墙上的一幅壁画。他们看到了一个将军，他昂首按剑，傲视远方。大行永远忘不了他的神情。那是一幅能准确地诠释出何为英雄的最逼真的画面。一种英雄之气从那人坚毅的表情上显现了出来，大行甚至觉得他身上正发出一种大气，扑向自己，把自己挤压得十分渺小。

墓不算很大，但其正室还是比一般的墓大，因为要陈列许多兵器。中央的主棺中有一具很大的尸骨。按现代的人算法，那人身高似乎不下两米，其小腿骨尤其长得扎眼。只是那小腿骨只有一条，另一条小腿骨用木头雕成。

听得那油把佬说，这是个英雄。

这还用说。大行想。他的心中竟然充溢着一种肃穆之情。他为打扰这样一位英雄的宁静有了一点歉意。他也听到了王纪不规则的呼吸，想来其内心也受到了触动。

油把佬说，我们走吧。

几人就出来了。

后来的大行，每当回忆起那个场面，他总是激动不已。他认为，那次开墓而没取物件，是他们一生中最光彩的事件之一。

9

出得洞来，大行看到了一个同样神奇的事。他看到他们租用的吉普车上空，有一个巨大的蛇一样的黑影。看得出，那是条蟒蛇。

油把佬和王纪们也看到了。

那巨大的脖颈从另一处更黑的地方伸来，悬在吉普车上空，形成一道巨大的剪影。大行觉得有只手捏住了自己的心，恐怖像迎风撒来的炒面那样扑向他。一只手抓住了他的手腕，不知是王纪的，还是农民的。反正不是油把佬的，他知道油把佬不会这么失态。这老头，天塌下来，也就那副蔫疲相，似宠辱不惊，似物我两忘，似麻木不仁。

从巨大的剪影上可以推测出那蟒的身形极大，后来，油把佬说它至少有大的水缸那么粗，不会短于十米。他说他冷静地观察过。不过，大行有些怀疑油把佬说的冷静，他的理由是你为啥不打手电？这一反问确实有力。因为在场的许多人都忘了打手电。虽然这是盗墓贼的习惯使然，一出墓穴，他们是不会打手电的，因为那扎眼的亮光会招来怀疑的眼睛。但突遇意外时，谁都被那恐惧所震慑，忘了打开手电也是实情。

后来，对于大行的反问，油把佬淡淡地说，我怕那亮光会激怒它。

这倒是真的。

在月牙儿洒下的淡淡的白光下，那黑影很有质感，尤其是那双绿灯笼似的眼睛，一直晃在大行的后半生里。

那巨蟒四下里望了望，缓缓地下了身子，像洇入宣纸的墨痕一样，渐渐地渗入夜里。

这时，在场的人才长长地出了一口气。

回去之后，油把佬说，这次，他们算捡了一条命。他们的那点善念，使他们躲过了一次命难。

大行问为啥？

油把佬说，那将军的英灵成神了，有了巨大威势。那大蟒和上百条小白蛇，也许是他的护法，更也许是他生前的眷属，死后执著不散，才投生为蛇。更也许，那些蛇是土地神的化现。许多时候，土地神会化现为癞蛤蟆，太岁爷也会化现为肉灵芝，诸多的神灵也会化现为灵蛇。

油把佬说，要是他们在墓中生了贪心，那墓早就塌了，他们肯定会被活埋。对于有大力的蟒神来说，弄塌一处墓穴比吐口痰还容易。

对这种说法，大行当然相信。

10

又开了几处墓，挖出了一些并不值钱的物件。大行想换成钱，还了那高利贷，洗手干别的。他总是摆脱不了良心的谴责。几乎每天夜里，他都要做噩梦，或是有个巨大的身影压了他不放，或是被警察追得浑身是汗。

王纪说，这些东西值不了多少钱，离你需要的数目距离很大。再弄一点，待能挣够那钱了，再洗手不迟。

他们将那小东西出售了，制了些盗墓必需的工具，又找了几个志同道合的可靠伙伴。他们盗了的几处，被人发现后报官了，市长发怒了，叫立了案，警察就开始在一些地方巡夜。只是警力有限，偌大个凉州，丢进十几个警察，等于炒面柜里放了个屁，是冲不起多少漩涡的。

为了应付变化后的局面，王纪决定增加几个伙伴。这一来，就有了专人的分工，谁雇车找人，谁点火喷酒，谁捉放公鸡，谁四面望风，谁专门打通公安局的关节——在这一点上不惜花钱。更有人待在城区的公话亭旁，要是掘墓处出现了危机，就向警察提供虚假的盗墓信息调虎离山。

因为合作者多了，他们就定了一套规则：每次盗墓成功之后，所有人员和盗出的物品要合影。卖这些东西时，这些人员必须同时在场，然后，按卖出的价格现场分红。

王纪花钱从兰州雇了最好的越野车，后来，车主人坚决要用车入股，不要现钱，要求分红。此车一经开动，凉州的所有警车连车屁都休想闻到。他还不知从何处弄了一支步枪，是海外的狙击手专用枪，射程极远而准确率极高。只要它占据了制高点，落入眼的警察，别想活着靠近。

一见到那枪，大行很害怕。他觉得自己正滑向一个深渊。他想，这感觉，也许跟初上梁山时的卢俊义差不多吧。他觉得自己被王纪裹挟了，似乎越走越远了。他明白他知道得越多，全身而退的可能性就越小。前走，跟政府为敌，决不可能有好果子吃。后退，除了那狮子大张口的高利贷外，说不定还会有一个黑洞洞的枪口在等着他。

有时，大行也会想到在樟木头大杂院中的那些日子，一切显得遥远而温馨。那是他一生中最难以忘怀的岁月。他第一次到了一个全新的所在，眼中的一切都那么新鲜。那时，他有着吞天吐地的理想，他想他定然能改变命运，他想不到自己会落到当揭墓贼的地步。

现在回过头来，再想以前走过的路，他才发现自己走了很多弯路。但那个时候，没人告诉他那是弯路，他的农民父亲不知道那是弯路，他的那些被上等人称为“吊吊灰”的朋友也不知道那是弯路，他没有一个为他指路的人。只有在一次次被碰得头破血流之后，他才知道那是弯路。他觉得自己的生命就这样飞逝着。……而现在，他走的，已不仅仅是弯路，而成错路了。他像急流中的一片落叶，不知自己将飘向何处。

那些日子，他彻夜做噩梦。许多个梦里，他在淫雨中流浪，看不到亮光，找不到熟人，不知道方向，一切都阴沉着脸，没有一点令他快乐的色彩。

一天，大行将自己的痛苦告诉了油把佬。油把佬说，你不用怕，等挖出那光明大手印的伏藏，你就可以照着修习了，你只要证到一点净光，就能消除宿世的所有罪孽。

直到这时，大行才算明白了油把佬们真正想找的东西。

第二十一章 永恒

1

灵非继续着那本书的译写：

寻找永恒的奶格玛又走向了印度。

她问了许多人，那些人都不知道啥是光明大手印，但他们知道永恒，并要她修一种特殊瑜伽，说是修到跟梵天合二为一时，便找到了永恒。

奶格玛于是修炼。

由于奶格玛一直在修奶格星球的无想瑜伽，定力很好，她稍一变通精进，就达到那瑜伽的要求了。很快，她便见到了梵天。她发现，梵天是个很老的老头儿，头发白白的，胡子长长的。奶格玛问，你便是永恒吗?

梵天笑了，问，你也在寻找永恒?

奶格玛说，是呀。

梵天说，我在年轻的时候就找永恒，我找了不知多少万年了。记得那时，你们奶格星球上的国王——我们叫他2X长寿天主——跟我一起找永恒。我们都以为找到了永恒。可是，我们慢慢发现，我们也在慢慢变老。我想，要是一个人在慢慢变老的话，那他得到的，肯定不是永恒，对吗?

奶格玛想了想说，你说的那个国王已经死了，他是我们星球上的第一千一百二十五任国王，后来，他死了。死之前，他发现自己会变成地球上的一头猪。当然，这也是一个传说而已。传说毕竟是传说，是当不得真的。

梵天叹道，我也知道他死了。我也知道他变成了猪。虽然他变的猪跟寻常的猪不太一样，但国王变的猪也是猪，对吗?

奶格玛笑道，对的。国王变的猪也是猪，就像广州的牛拉到美国还是牛一样。不过，我不明白，他为啥变猪呢?

因为他修的是无想瑜伽，修无想瑜伽的人，肯定会变猪的。

奶格玛问，我也一样吗?

梵天说，不一定。你要是像2X长寿天主那样修无想瑜伽，肯定会变猪的。除非，你修别的瑜伽。要知道，种啥种子，开啥花，也就结啥果子。

奶格玛又问，你知道光明大手印吗?

梵天说，我听说过这个词，据说是种很高深的瑜伽，但也只是听说而已。

你也不知道咋修光明大手印?

梵天打个哈欠说，我要是会修那瑜伽，也就不是梵天了。梵天有梵天修的瑜伽呀。正因为修那瑜伽，我才成了梵天。明白不?

奶格玛还想问啥，旁边的一位侍者说，行了行了，梵天累了，叫他歇会儿好吗?

奶格玛只好走了出来。

出了大门，侍者悄悄解释说，梵天这些天老犯困，唉，老了就老了。早些年，他是那般的雄伟。关于他的传说里，有无数充满男性雄风的故事。现在，他见了天女，却打起哈欠了，倒是常想到他死去的妻子。

奶格玛吃惊地问，天母死了？

那人道，死了三年了。梵天老想她老想她，就老得更快了。

奶格玛想，这能衰老的梵天，肯定不是光明大手印呀。

2

奶格玛又走向埃及。她问人们，啥是永恒呀？因为在埃及，人们都不知道啥是光明大手印。提到永恒，他们倒都知道。于是，他们说，永恒就是那金字塔呀。

那些人说，打爷爷小时候起，金字塔就是金字塔，现在，那金字塔仍在，难道不是永恒吗？

奶格玛说不是。她讲了秦长城的故事，告诉他们，即使暂时看来是永恒的东西，也在经受着岁月之风的剥蚀。那岁月的罡风削呀削呀，多高的建筑都会被削平的。

埃及人听了，都惶恐了。他们想象不出没有金字塔的日子咋过。

但一个埃及的智者却说，虽然物质的金字塔会被岁月之风削成一缕缕烟雾，但那“金字塔”的概念，却会一直伴随着埃及人的。它难道不是永恒？

奶格玛笑道，是的。相对于埃及人来说，那概念是永恒的，但要是埃及人都消失了之后，或是在千年万年之后，埃及只成为一个历史概念的时候，那永恒在哪儿？

那智者道，千万年之后，即使埃及变成了另一群人类的土地，叫他们换了名字，埃及也会化成概念，存在于历史书之中。同样，金字塔也一样。它们就都以概念的方式永恒着。

奶格玛很想问他，要是整个人类都消失了呢？

但她想到了那个丧身于火中的老夫子，很担心她这一问，那智者也会沮丧而死，便说，也许，你说的这也是一种永恒。但我找的永恒，不是作用于历史，而是作用于当下。我找的永恒，只有在对当下的人生有用时，才有意义。离开当下生活的那种存在于故纸堆里的永恒，我不需要。

于是，奶格玛离开了埃及。

3

因为听说金刚持在印度，奶格玛就一直在印度寻找。她渡过了一千九百九十九条河流，遭遇了无数的智者，也经历了无数的传奇故事。

直到有一天，她在某个尸林上空见到了金刚持。

她看到了一处光彩四射的坛城。那金刚持也有着跟奶格玛一样的彩虹之身。不同的是，金刚持的是纯净虹身，据说是能够永恒的。奶格玛的却不是。

金刚持问，孩子，你为啥找光明大手印？

奶格玛道，我要寻找永恒。

金刚持问，你找到永恒了吗？

奶格玛说，没有。我找遍了整个法界，都没有找到永恒。

金刚持于是笑了，说，孩子，你已经接近光明大手印了。

奶格玛吃惊地问，真的吗？

金刚持说，是的。真正的光明大手印，就是认识到世上的一切都是幻化，都不会永恒的。当你明白了这一点，并放下一切执著时，你便找到了光明大手印。

奶格玛似在梦幻之中。她怯怯地问，我是在做梦吧？

金刚持朗声笑道，孩子呀，当执著的大海倾覆，当所有贪婪都化为云烟的时候，你会发现，你的生命里无处不是光明大手印呀。那时，你会发现，这世上纷繁的现象，都不过是梦幻游戏呀。当你见到这真理时，你便已超越那烦恼的大海了。

奶格玛问，我如何才能做到像你这样呢?

金刚持说，当你对真理及其载体生起信心的时候，当你对它传播的真理不生怀疑的时候，你就要向往那种光明，并开始走向它。

你就这样走呀走呀，一步步接近那光明。直到有一天，你就会融入那种光明。这时，你便远离了贪婪、仇恨和愚昧。

孩子呀，你要想融入那光明，别无他法，你只需构建一条信心的光缆。那智慧光明便会借着那缆，从那光明的源头，流入你渴求真理的心中。那时，光明大手印的觉悟浪花，才会朝你微笑呢。

孩子，现在，你仅仅是在理上明白了这个真理。当你在事上证到这个真理，并能用那真理之光照亮你的整个人生时，你才真正得到了光明大手印。

孩子，靠近我，我教你那走近真理之法……

4

就这样，奶格玛把光明大手印带回了北俱芦洲，但奶格星球上的人根本不信。他们不信流传了亿万年的传说中的光明大手印竟是如此简单。他们从此不再叫奶格玛为散人，而称她为疯子。渐渐地，奶格玛在奶格星球成了众矢之的，许多人骂她骗子、疯子和魔鬼。许多人扬言，要将奶格玛开除出奶格星球。

他们还焚烧了奶格玛记录的关于光明大手印的所有文字。

但是，那个传说至今依然是个传说，依然感动着亿万个奶格星球人。跟以前不一样的是，来地球寻找光明大手印的人越来越多，次数也越来越频繁了。因为那面临毁灭的黑云已完全罩住了奶格星球，他们即使不想动作，那环境也会逼他们行动了。

于是，地球人便老是看到满天的彩虹，老是看到一些移动的光团。人们大惊小怪着，管那光团叫飞碟啥的。他们当然不知道，那便是仍在寻找光明大手印的奶格星球人。

但奶格玛却坚信金刚持，相信她得到的，是真正的光明大手印。于是，她离开了奶格星球，以地球人能接受的方式，成为一个地球公民。

后来，奶格玛在地球上的一百零八处凶煞之地，进行了苦苦的修炼。关于她神奇的修炼故事，是下一本书的内容。

再后来呢，奶格玛便证得了光明大手印。

那时，她才发现，光明大手印那永恒的无垢净光，正是从她无执无为的清净心中升起的……

第二十二章　寻找娑萨朗

1

紫晓用音乐家收集素材专用的高清录音机录下了黑歌手讲的故事。录音很清晰，清晰得能让人感受到说话者的表情和语气。时有漠风掠过的声音，仿佛在为歌手伴奏。

黑歌手的语速很慢，很从容，仿佛在讲一件遥远的跟自己毫不相干的事。灵非曾用凉州方言来形容，便是“声音慢溜溜地像喝米汤”。那份从容、安详和恬淡，仿佛来自天国。

那些日子，紫晓老是听录音。听时，她的脸上充溢着安详的美，有种圣洁的光。

灵非一直想搞清紫晓对黑歌手的感情性质。从她听那录音的表情上，灵非看不到一点肉欲的成分，甚至也看不到世俗的爱情。但在后来他看到的日记中，却发现紫晓对歌手有着浓烈的爱。而且，那爱明显带有红尘的特点——就是说，即使从世俗男女的角度看，紫晓似乎也真的爱上了黑歌手。

灵非就这个问题问过紫晓。紫晓笑了笑，说：“他承载了我对男性的所有向往。”

又说：这里面有爱，但分明又超越了爱。

就是从录音中，灵非知道了黑歌手寻找娑萨朗的故事——

2

丫头——请允许我这样称呼你——要知道，在我们的称谓里，这几乎是最亲切的了，丫头。它远比女士啥的亲切，而那“小姐”一词，早已成了被污染的河水。

许多人称我为狗王，你要知道，其实我不是啥王。这世上哪有王呀。若说有，“王”便是已经控制了自己心灵的那个人。此外，没有王。连那成吉思汗也不是王。因为他也被自己的心奴役着。被外物奴役的人，是不配称王的。

我小时候的故事，你已听说了很多，我不知道哪是真的，说实话，我真的不知道哪是真的。生命本来就是梦，哪有啥真的呀！你瞧，一切都在哗哗地变，像污水中翻起的水泡一样，忽而生了，忽而灭了，哪有个定数。

你只要记住一点，你认为真的那个故事，便是真的。但事实上没有真。我一直在寻找真。我找呀找呀，我觉得我找到了真。但是不是真的，还是一个未知数。你要明白我说的真，便是永恒。当我们找不到永恒的时候，一切便都是假的。

可这世上，真的有永恒吗？

我不知道。

我希望它有。小时候，我就希望它有。没有永恒的话，一切便没有意义。许多人都在寻找永恒。可他们找到了吗？我不知道。我不知道每一个人找到的永恒，是不是真的永恒？

关于我小时候的故事，你自管按你听说的那样去理解。要知道，生命中的一切，其实都只是记忆而已。而所有的记忆，它跟你的想象一样，仅仅是生命中留下的一点印记而已。

别执著它。

我只想告诉你你不知道的我。

我甚至不想告诉你人们所说的狗王的事。要知道，那些东西，它同样跟记忆一样，只是水月镜花而已。

我想告诉你另一个故事，理解了它，你便理解了我。虽然，我不一定非要你理解我，但多一个人理解你，总比少一个人好。许多时候，一个人的一生中，甚至不可能有一个人理解你。所以，古人才有了“知音难觅”的感叹。

下面，你听我的述说。

3

我是在歌声中长大的。是的，歌声。你当然看到了，我跟你所在的东莞不一样，跟那温州也不一样，你甚至还可以用“严酷”二字来形容，但那是你的理解，事实上，我并没有觉出啥“严酷”。凉州人最看不惯的，就是你看他们的那双自以为悲悯的眼睛。你们以为他们过得很苦，值得同情。事实上他们不知道自己过得很苦。他们反而觉得你们过得很苦。是的，凉州人很快乐。凉州人发现世上的一切都是快乐之源的时候，就很快乐了。你不见凉州街头的那些瞎贤就是你称为“盲艺人”的那类人吗？他们同样很快乐。你不瞧他们笑得多欢。是的，他们瞎了眼睛，他们没有楼房，他们没有你们认为的那种享受，但他们很快乐。因为他们发现生命正泄洪一样东流着。你们追求的一切亦然，你们无论如何追呀追呀，都追不上那泄洪般东流的无常。那是一种非常厉害的溶液，会把一切都腐蚀得无影无踪……是的，一切。包括你的生命，包括你的楼房，包括你的宝马小车，更包括你惜爱无比的美丽容颜。无论你如何执著，那东西都会无孔不入地渗来，将你的一切消化殆尽。

凉州人知道这一切。

他们更知道，他们抓得住的，只有当下。所以，他们总是很在乎当下的快乐，瞧呀，他们都在笑，都在唱，凉州于是有了许多歌。那歌，不仅仅是那些瞎贤在唱，许多人都在唱，那便是凉州小调，便是“花儿”，便是“贤孝”，便是我生命里须臾也不曾离开的那些旋律。

所以我说，我是在歌声中长大的。

我是听着许多歌长大的，也是唱着许多歌长大的。

那个时候，甚至有人叫我歌王。但你知道，我不是歌王。那时，我虽然会唱许多快乐的歌，但我并不真正的快乐。因为我想找到真正的永恒。我不能容忍没有永恒的日子。

我从一位人称老喇嘛——有人甚至说他就是黑喇嘛——的人那儿传承下来的最美的歌，便是《婆萨朗》。是的，后来我才知道，那便是老祖宗传说中的永恒的净土。那时，我最爱听的，是《婆萨朗》；最爱唱的，也是《婆萨朗》。我最拿手的歌，便是《婆萨朗》。歌词的开始是这样的——

日月两盏灯，天地一台戏，
你我演千年，谁解其中意？

那个时候，每当我唱起这开头时，我就觉得有种巨大的沧桑向我扑来。那种感觉就会裹挟了我，将我裹入一种澄明之境。我便是在那种澄明之境中进行演唱的。

那个时候，凉州人最喜欢我唱的《婆萨朗》。因为婆萨朗代表永恒。凉州人喜欢永恒。他们对世间的这种乐呀闹呀，都喜欢，但更向往永恒的净土。他们觉得虽然红尘中不乏热闹，但只要有婆萨朗，生命就有了意义。有时候，他们会一起唱——

奶格玛，奶格玛，
我生命的奶格玛……

我就是在唱婆萨朗的歌声中长大的。对那个叫婆萨朗的存在，我是深信不疑的。

要知道，那时，我是多么快乐呀。那时的凉州人是多么快乐呀！

没有什么比看到永恒更快乐的事。

所以，当许多人认为我小时候经受了多少苦难时，我只是微微一笑。

我相信你能理解我的述说。

4

父亲是被我的歌声感染的第一个人。

因为他发现，我从那澄明之境中流出的歌，是我从来没有学过的内容。要知道，黑喇嘛虽然教过我《娑萨朗》，但他教给我的只是一些固定的东西。他只是教我融入一种旋律，根据那歌声和旋律去看娑萨朗，开始我是看不到的。你要知道，我说的看，在瑜伽修习中也叫观想，就是用心灵去看。刚开始的时候，我真的看不到。我甚至看不到任何形象，也看不到任何光。那时，那纷飞的杂念，搅乱了我心灵的澄净。我的心像被大风吹皱的水面，是看不到那种澄然之境的。但我坚信，只要我一直看下去，我便会看到它。我就那样边唱，边用心灵去看，我就这样一直看了十二年。开始的时候，我只是机械地唱，我像完成家庭作业的孩子一样，虽然没有从中尝到乐趣，但我知道必须完成作业。每天早上和深夜，我都那样唱着。我机械地唱那些似懂非懂的来自远古的词句。我总是被那旋律陶醉。虽然我看不到那净土，但我总是能感受到来自净土的一种能感动我的东西。我总是泪流满面。我就那样唱呀唱呀，有一天，我竟然真的看到了娑萨朗——那真是光彩四射啊。那一刻，一种巨大的幸福向我袭来。

自看到了娑萨朗起，我的生命中便有了招之即来的乐。我觉得我看到的，也许是一种永恒的东西。因为无数的老先人都在讲那个传说，他们中的许多人也看到了那个叫娑萨朗的地方。我看到的，跟他们描绘的，很是相似。你想，当世世代代中的无数的人都看到了那个所在时，那不是永恒又是什么？当然，这是我那时的想法。

再后来，婆萨朗的模样越加清晰，也越加坚固。它更像一个图腾。我想，自己是有必要将这个婆萨朗唱给世界的，于是，我开始了自己的演唱。

从那以后，凉州人才真正知道了婆萨朗。

歌声中，许多很老的老人微笑着离开了世界，因为他们知道了婆萨朗。因为老祖宗传下来的话是：当他们坚信世上存在婆萨朗时，就会在死后到达那个所在。

5

后来事件的发生缘于一件小事。

那时，凉州人已经无人不知道婆萨朗，大家都相信这世上有个婆萨朗，也相信人们所有的幸福源于婆萨朗，更相信人们在历经了苦难之后，就会从这个世上回归到那个净土。人们都快乐地生活着。他们一点也没有感受到生活中还有啥苦难——当然，即使真有苦难，人们也会消解了那苦难，因为老先人的传说里，尘世上经历的苦难越多，到了婆萨朗就会越快乐。后来，一些懂科学的人，将那个世界称为负宇宙，更有人称它为秘境。据说，秘境中的一切，跟显境中的一切成反比。又据说富人是很难进入那秘境的。这一点，很像基督教中的一个说法：富人上天堂，比骆驼穿过针眼还难。凉州同样的说法是，任何贪婪的人，都不可能到达婆萨朗。

后来，凉州城里来了个弹棉花的温州人。他叫文舟，他举个很大的弓，用一个锤子敲击。就在嘣嘣的声响中，许多庥成了块的棉花被弹酥了。那个温州人就那样弹着弹着，由小青年弹成了老板，又弹出了一些其他的产业。后来，他在凉州城里买下了一块地，建了一个商场。

一天，我正在那商场的茶馆里唱《婆萨朗》——需要说明的是，我不是卖唱的艺人，我是行吟的诗人。那时，我的身后追逐着无数的漂亮女孩，她们是凉州最亮豁的妹子。当然，现在的凉州城里，已经没那么多亮豁妹子了，因为她们或外出打工，或上了大学，就再也不回来了。我眼中的凉州无论多美，她们都更喜欢外面的世界。

自从那个温州人出现之后，一个亮豁妹子就叫他吸引了去。她叫梦萦。梦萦是那时的凉州城里最美的女孩。我唱歌时，她一直在对我笑。那时，梦萦的眼眸就是我生命的娑萨朗，里面荡漾着能令我窒息的巨大幸福。她爱听我唱《娑萨朗》，她向往娑萨朗，她一生的梦想便是能到达娑萨朗。她每天早晨都在唱我教她的《娑萨朗》。当我在那茶园里唱起《娑萨朗》时，她是伴唱者之一。有了她的伴唱，我的歌声会更加感人。

那时，茶馆里总是充满我陶醉的声音——

仿佛，已有千年，
焦渴的心灵总在期盼。
期盼一缕清风，吹去我心头的热恼。
期盼一份智慧，洗去我无明的云翳。
期盼斩断生老病死的绳索，
期盼彼岸的生命新绿。

你也许看过新疆的《十二木卡姆》。对了，它很像我在凉州唱《娑萨朗》时的场景。只有歌手才能体会到那么美的女孩伴唱时的那份陶醉。

一天，我唱《娑萨朗》时，文舟忽然发笑了。他问：你为什么要唱《娑萨朗》？你想达到什么目的？这一问，我噤住了。你知道，我从来没有想过这个问题。我唱就是了，何必要问为什么唱？何必要达到什么目的？你知道，我唱《娑萨朗》，是因为我喜欢唱，唱它时我很快乐，仅此而已。于是我说，我没有目的。那个文舟哈哈笑了，他说，还有没有目的的行为吗？他说任何人做事都有目的，从来没有没目的的人和没目的的事。可我真没这样想过。我们凉州人做事，做就是了，是从来不问目的的。许多时候，快乐地做事本身就是目的。此外哪有啥目的？我爹每年都要养好多鸡，来一个朋友，他就杀一只，煮了吃，而那些朋友，除了吃鸡外，帮不了他的啥忙，可爹仍是杀。他不像那些温州老板，请人吃鸡，总要达到啥目的，达不到目的的话，他是不可能请人吃鸡的。后来，我才知道，我们之间的那次碰撞，是迟早要出现的。

在那个茶座上，文舟仍是一声声问我那目的。我目瞪口呆了许久，我想不出我的目的，也想不出如何找到一个能为大家接受的目的。我只觉得快乐，唱它时我很快乐，大家听它时也很快乐。若说有目的，这便是目的了。我于是说，我快乐地唱它，本身就是目的。

文舟大笑了。我永远忘不了他的那种笑，那是一种仿佛看透了一切鬼把戏的笑。笑了一阵，他说：我知道，你有两个目的，一是在骗吃骗喝，二是想骗来一个老婆。当然，如果可能，你还想形成一个产业——不过，你的产业是不可能有潜力的，因为，你唱的一切，都是假的。你要知道，假的东西是占有不了市场的。

他的话引起了许多人的愤怒。他们不是愤怒他说我骗吃骗喝，因为事实上我也确实靠它吃饭，在很长一段时间里，我那行吟诗人的身份，为我带来了许多生活上的方便。凉州人最伟大的地方，便是对文化有种与生俱来的认可。他们也不愤怒他说的我想骗一个老婆，因为好些人真的发现有许多姑娘喜欢我。你要知道，凉州的姑娘跟其他地方的姑娘一样，也有颗诗意的心，只是后来，在生活砂纸的打磨下，她们才由杜鹃变成了一只老母鸡。他们愤怒他说的我唱的是假的。这就像你对净土宗老太太说极乐世界是假的一样可恶。

他们愤怒地围了文舟，愤怒地吼叫，你咋说婆萨朗是假的？你再乱说，我们砸碎你的骨头。

文舟却笑问道，你们说它是真的，你们谁亲自到过那个地方？谁？谁？谁？！

谁能告诉我那儿是啥样子？那儿有啥人？那儿发生了怎样的故事？谁告诉我？谁告诉我？！

文舟这样连连发问之后，那些愤怒的人就哑了。

瞧见没？没有到过的地方，没有见过的地方，没有经过的地方，不是假的是啥？他老是唱这样没影子的事，不是骗吃骗喝是啥？

于是，那些听众又开始问我，你唱的，是真的吗？

我回答，是真的。

你到过那地方吗？

没到过。

没到过你咋知道是真的？

我很难过。我虽然知道那个地方是真实的存在，也在净境中看到过它。但它是一种秘境，没有胜缘和信心是很难到达的。这个故事流传了千年，老先人说无数的凉州人都生活在那个地方。但我也确实没到过那个地方，因为按老先人的说法，那是有信仰的人死后才能到的地方。虽然，也有许多修炼奶格玛瑜伽的成就者到过那所在，但那些故事也活在传说中。按凉州人的说法，耳听为虚，眼见为实。

最让我难受的是，梦萦的那双漂亮眼睛里，也充满了怀疑。

文舟说，你是不是个骗子，只有一个办法证明。那便是，你必须证明，你亲自到过那个地方。

一些平日里忌妒我的凉州人也说，对！对！

我知道文舟的目的，他想趁我离开凉州的这段日子赢得梦萦的心。我虽然洞悉了他的阴谋，但我没有任何办法来反驳他。因为我看到，梦萦似乎也赞同了他的这个提议。

我别无选择。

于是，我离开了凉州城，去寻找我歌中的娑萨朗。

6

你别问我找了几年，也别问我到过哪些地方。因为真正寻找的人是没有时间概念的。他的心中只有寻找本身。他甚至也没有空间概念，因为最专注的寻找，是超越了时空的。

我只有遵从心灵的召唤，踏上了寻觅之路。我不知道娑萨朗在哪儿，我只知道它在前方的某个所在等着我。我坚信它真实地存在于这个世界上，坚信它一直在向我微笑。最初的时候，因为离开了梦萦，我的心中很是失落。但我没有办法。我忘不了她那怀疑的眼神。要知道，当文舟勾起了她的怀疑之心时，我就知道她迟早要离开我的。我知道，我那在她眼中虚幻的娑萨朗，根本抵不过文舟的那几座实实在在看得见摸得着的大厦。当她的信根没被摧毁时，娑萨朗是个美丽的世界。当她的疑心生起时，娑萨朗就可能是巨大的谎言。我甚至已经看到了某种结局，但我别无选择。我没有理由要求一个女子守候自己并不相信的梦想。

我就在那种失落之心中寻觅了许久，我同样也不知道花了多少年。你要知道，我是多么希望有个女子陪伴我一同寻觅呀，可是没有。即使是那些相信有娑萨朗的凉州女子，也不愿放弃眼前的一切跟随我去寻觅。没办法。她们可以信娑萨朗，因为她们需要一种寄托。但是这种寄托要她们付出一种实际的代价时，她们就宁愿放弃守候。你要知道，凉州女子是最能说服自己的。她们可以说服自己去爱一个自己并不喜欢的男人，去像伺候狗一样伺候他一辈子。即使有怨有悔，她们也总能说服自己。也许，没有我的歌声的时候，她们也会失落一阵，跟我的失落一样，但很快，她们就能说服自己去面对新的选择。

我只能一人上路了。

我带着我那点简单的行李，一个三弦子，几件生活必需品。开始，我一直在没有人烟的地方寻找。我翻过了一座又一座的雪山。当然，那所谓的雪山，也仅仅是在山顶有一点积雪而已，别的雪都化成了水，流入凉州的大地。陪伴我的，只有我的影子和歌声。许多时候，我会唱着《娑萨朗》上路。那种响了千年的旋律，使我忘却了自己的孤独。唱累的时候，我便住口歇息，但怪的是，我分明地听到了满天的《娑萨朗》。我不知道谁在唱，但我确实听到了它。那是一种大美的旋律。我走遍了祁连山所有的沟沟壑壑。我醒着梦着都在找娑萨朗。我告诉你，最初的很长一段时间里，即使在梦中，我也得不到娑萨朗的一点音信。虽然那歌声一直在我的生命里响着，但我找不到那个实体的娑萨朗。

再后来，我放弃了空间上的寻觅，我开始了心灵上的寻觅。我就是那时进入黑戈壁的。因为传说中那儿有个秘境，据说就是娑萨朗，可我看到的只是一片被太阳炙烤得泛黑的荒滩。在那儿，我边寻觅，边唱《娑萨朗》。我在那个城堡山的遗址上住了三年。一个放羊老人供养我所有的吃喝。他没有多少钱，但人不穷。他给过我五只母羊。我每天放它们出去找吃的。它们为我提供了生命需要的奶。

我不知道我找了多少年。但我可以告诉你，后来，那些母羊一只只老死了。我于是知道，要想在这秘境之地找到娑萨朗是不可能的。即使我真的能进入秘境，那文舟也不会相信的。因为那个秘境是一般人看不到摸不着的，它跟我的歌声同样虚幻。于是，在最后一只母羊死去的时候，我走出了黑戈壁。

再后来的寻找，我不再有心灵上和空间上的分别。我只是沉浸在《娑萨朗》的旋律中，走我命运中该走的路。我同样不知道我走了几年。

在一个血色的黄昏里，我忽然进入了娑萨朗。

我发现那娑萨朗竟然是一座小城，跟凉州城很相似。当我进入那小城时，有无数的人向我拥来。你知道，那个瞬间，我如遭雷殛。

7

我就是在那寻觅的过程中老了的。

当我回到凉州城的时候，梦萦已经是几个孩子的母亲。她嫁给了文舟。

需要告诉你的是，我走进凉州城时，我的心已空荡荡的。我像失去了父母的孩子那样，除了巨大的悲哀和失望之外，我的脑中一片空白。

以前茶座的那儿已建起了几座商厦，据说是比文舟更大的老板建的。我在广场的听贤孝的人群中发现了以前的几个伙伴。他们都老了。他们已认不出我了。我很想离开那儿，但我又不知道走向何处。

终于，一个人认出了我。他高声问：你找到娑萨朗了吗？大家都以为你死了呢。

他这一嚷，许多人围了过来。后来，我才知道，我寻觅婆萨朗的事曾经传遍了凉州，许多人在期待我的寻觅。有好些人就在期待中死去了，另一些人却渐渐淡漠了我的故事。因为没人再唱《婆萨朗》，许多人又找到了另一个叫核桃园的地方，他们不再听歌，而是打起了麻将。那儿便成了举世闻名的赌博场。

广场上却仍有知道婆萨朗的人，他们便是那些盲艺人，人称瞎贤。在他们的传播中，人们才时不时记起一个去寻找婆萨朗的凉州人。所以，很快便有许多人围向了我。

一个问，你找到婆萨朗了吗？

我沉默着。我不知道该如何回答。

许多人都这样发问。我却只能沉默。我找不到合适的方式告诉他们真相。

后来，文舟来了。他也很老了。当初的精干小伙变成了大腹便便的阔佬。一见面，他就说，你呀你呀，我开个玩笑，你还真去找呀。瞧你，老成这副样子了。怪我怪我。

他又问，你找到了吗？

我点点头。

他吃惊地说，还真有呀？

我点点头。

告诉我你的答案。他说。

8

我只好告诉他：

我发现的婆萨朗是另一个凉州。那儿也有瞎贤，也有小曲，也有文舟，也有一个叫梦萦的女子。那儿的一切，都跟镜子折射图像一样，也有一个唱《婆萨朗》的人，人称黑歌手。

屁。文舟笑。

屁。屁。人们也笑。

我又告诉他们，每个人有不同的婆萨朗。那里的一切，都没有高过他自己的心。

屁。文舟笑。

屁。屁。人们又笑。

我于是慢慢地告诉他们我经历的婆萨朗。我讲我漫长的寻觅，我讲我见到的真相，我告诉他们婆萨朗中也有跟凉州一样的纷争。这儿的变化，都折射在那儿了。只是，我不知道，他们是我们镜中的影子，还是我们是他们镜中的影子。

屁。屁。许多人于是散了。

倒是有几位老人怅怅地望着我。他们知道我是个不撒谎的人。他们面如土色，如丧父母。一个怯怯地问，你说的，是真的？

我点点头。我只能点点头。

只听得那人道，没活头了。说完，萎倒在地，竟然死了。

那些老人也萎倒在地。虽然没死，但他们连回家的气力也没了。此后的几天里，他们苍老得非常快，都赶趟儿似的死了。

9

我找到婆萨朗的消息风一样卷向凉州。人们都知道了我的故事，都传递着我的发现。

阴云从此笼罩了凉州。那些向往婆萨朗的人们都痛苦不堪。一些人想，既然婆萨朗是那样的，还不如玩麻将呢。于是，凉州人开始及时行乐。文舟很是开心，他卖力地宣传着我对婆萨朗的发现，于是，他的娱乐城常常爆满。

我开始反思我的发现。我不知道我是发现了真理，还是传递了谬误？

第二十三章 紫晓的心

1

紫晓从西部回来了。

灵非怀疑她的生活里定然发生了大事。这可以从许多迹象上看得出来。以前，她最大的爱好是逛商场，她老是买衣服。她说只有在花钱时，她才有一种满足感，才觉得自己活得还有点意思。灵非发现她真的很孤独。但自凉州之行后，她再也不进商场了，她老是恍恍惚惚地呆坐，时而发出甜美的笑，时而却又叹息。灵非发现，她的眼里再也没有了别人。

灵非甚至怀疑她跟黑歌手之间定然有过肌肤之亲，因为只有性爱，才能使两个邂逅男女的感情迅速升温。否则，在短短的十多天时间里，不可能使她发生天翻地覆的变化。

但灵非的这种猜测一直没有得到证实。

后来，在紫晓的日记上，灵非看到了她在那段时间写下的几段文字：

与你交往，总有全新的、超强的力量冲击着我原有的观念。这是来自西部的黑压压的龙卷风，大漠的飞沙走石的沙尘暴，我感受到中华文明传承下来的一股异常鲜活的生命力、穿透力。真不知哪来那么强的、让人无法逃脱的磁力！原谅我先前的孤陋寡闻（我真是个南方小脚女人）。因为你，除了爱你，还让我对西部这块土地肃然起敬，这是一块培育优秀男人的了不起的大地。

……樟木头空荡荡的，我踏着自己的脚步声回了家，独坐。突然觉得自己像跌落在寂寥无人的空谷里，你消失了，不知去向。多么盼望奇迹出现啊，你那忧郁的眼眸突然跳了出来，说：紫晓，我在呢！

很想写短信，强忍住了。我对自己说，他累了，睡着了，别吵醒他，让他甜甜美美熟睡一觉。可怜的孩子，在外寻觅了这么久，终于找到家了。……坐在床前，凝视他安详的睡态，且用那羽扇，轻轻摇拂，不让霓虹迷离的都市喧嚣、匆促恍惚的旅途风尘、变幻无常的世俗热恼，扰了你的清梦。

我想低声唱戏给你听好吗？丝丝缕缕萦绕耳畔，牵着你梦之舟楫，划回了江南，划回了水乡——

（貂蝉拜月）一支清香炉内焚，跪在尘埃告神明：貂蝉自小丧父母，自怜身世太飘零。幸蒙司徒来收养，百般垂爱似亲生。遭不幸国事多艰难，梦醉歌舞心不忍。近日里，常见老爷双眉锁，长吁短叹泪涟涟。莫不是，为了董卓乱朝纲，老爷他苦无良谋除奸佞。有心为他解愁闷，只不过女儿家难以去动问。心焦急，意彷徨，无奈何，独对明月诉衷情……

我知道，你不会醒的，就让我痴痴傻傻地一直陪你吧。我在胡乱猜了，你如何对凉州人说呢？说你看上了一个小女子，想把她带回家来做丫头。我都能想象出你说这句话时的复杂神情，含混不清，有点心虚又有点羞愧，垂着头不敢看人们的眼睛，但到底还是说出口了。

打开我记忆的箱子，一道链子一道链子拉开，一个格子一个格子找了一遍，抚摸你留下来的印记，你那古老的经文，那股熟悉的温热的气息扑上来俘获了我，浑身绵软无力，只想躲在林中，闭上双眼，假装熟睡，却瞒不了一颗心要泄密，怦怦怦狂跳，睫毛时不时忽闪……感觉到你的臂膀在用力抱紧，要挤碎我的骨头了……打开杭白菊，泡了一杯，乍沸的开水直冒白烟，但还是急急吞咽了一大口，瞬间，一股热辣辣的火线直刺下去，烫痛了心，终于也把自己从迷梦中烫了醒来——

窗外，夜色幕垂，空寂森冷，一轮鹅黄色的嫩月，如十五六岁少女般明媚纯净，俯视着我，俯视着千万年来，亘古至今绵延不绝的红尘中，轮番上演的一出又一出的故事。此情未变，变了的只是男女主角。演戏的人执手相看泪眼，烟雨朦朦中，王者那纵横戈壁的马蹄声，早已远在天涯了。

2

紫晓告诉灵非，近些年，常昊对她的控制已达到了她无法忍受的地步。她必须定时给他发短信或是打电话，告诉他她的心情或是别的。要是有时忘了，他就会打过电话来，以爱的名义，骂她个狗血淋头。常昊对紫晓的所有控制，都是以爱的名义进行的。因为爱她，他才关心她，才在乎她，才骂她，才离不开她。

所以，无论紫晓处在怎样的境况里，常昊的短信和电话都会像网一样罩了来，把她拉回一种梦魇状态。

这次一回家，紫晓就觉得屋里再也没有了她的空间。屋子虽大，但觉得到处都是常昊，都是他以爱的名义对她的干预和侵略。

紫晓叫灵非看了常昊发给她的几条短信：

“你除了一次外，每晚我都不知道你什么时候回去什么时候睡，你冷淡得我心有点发寒。”

“很多时候我并不是要对你发脾气，而是愤怒你不懂我的爱。那让我很痛苦焦躁。你不能一次又一次地这样。总这样，我很怀疑我有一天会因此入魇。你好像根本不理会我的爱，每到这时，我就想毁灭整个世界。”

“当有一天我心中唯一的希望和永恒破灭之后，我便宁愿万物俱毁。我不怕地狱也不怕轮回，只怕失去当下，而你却不知是故意还是无意，总把当下变成一片凉冷的寒气，一块无意识的石头。我很难熬，你知道吗？”

“我不能明白你怎么可以把对我的煎熬当成你的享受？”

“如果我变得和哑巴一样，不和你说话；我变得跟聋子一样，也不用听你任何语言；我变得跟空气一样，这就是你所谓的爱吗？”

“告诉你，当我所做的一切你都视而不见的时候，我的坏情绪就会开始蔓延。而你每天都接那么多的电话，偏偏说我打电话时让你耳朵疼。你说这话的时候，却不知道在伤害我。你让我有一种在杀害自己所爱的人的痛苦。”

紫晓说，类似的短信一天有很多条，而且每一条她必须要回。这同样成了她摆不脱的梦魇。

灵非说，是不是他发现你有了啥变化？

紫晓苦笑着，以前也是这样，只是近来变本加厉了。

有一天，常昊的手机丢了，一整天没给她发短信，紫晓像被松了绑似的，虽然那绳索还在，但还是比一直紧勒着舒服了很多。她强烈地感受到如释重负的轻松和自在。那个下午，射进屋里的炽热阳光霎时变得祥和起来，家里的杂乱和琐事也从她心头卸了去……一切浮躁的扰心事物都像被洗礼了似的。那时，紫晓什么都不愿做，只想随意地躺着。她只想用这种最奢侈的方式享受和沉浸在这从天而降的自由和宁静中。

3

这天，常副市长的夫人生了病，来广州看病。灵非去看她。他是紫晓的朋友，也是能给她长面子的朋友之一。常昊发迹之后，紫晓在常氏家族里的处境变得微妙起来。要是紫晓生个儿子，她“正宫娘娘”的地位还能得到确认，可她偏偏又一直没有生育。在温州人眼里，要是你不生育，婆家随时可以找个理由休了你，然后，再娶个能为他们生儿子的女人。

灵非的看望，给了紫晓很大的面子。灵非发现，一说起他的记者身份，副市长夫人的眼睛就亮了。紫晓很高兴，但灵非仍然发现她心事重重。

这时，发生了一件小事。灵非后来认为，它是最终让紫晓改变选择的重要事件之一。

那时，常昊正忙着给紫晓调动工作。自打紫晓成了常家媳妇后，她就不再属于她自己，她同样成了常家政治版图上的一粒棋子。那时，常昊已打点好了一切，接收单位的领导要求见紫晓。

就是这次见面，紫晓惹恼了常昊。当着灵非的面，常昊骂紫晓是白痴，说你怎么那样跟领导说话？你应该怎样怎样说。常昊指出了紫晓言行的诸多不妥，并用一种污辱性的语言骂她。灵非想，别说仅仅是说错了几句话，就是她真做了天大的错事，也不该当着朋友的面那样污辱她。

灵非这时才发现，在常家，紫晓并不像传说中的那样受宠。

紫晓的眼里溢满了泪。她咬着嘴唇，眼中泛出一种奇怪的光。

灵非永远忘不了她那双决然的泪眼。

紫晓告诉灵非，以前她认为，女人有了美貌就有了一切，她遇到了许多追捧者，这使她比一般漂亮女子更心高气傲，没想到常家的官僚气氛会像黑夜一样压着她，使她不能畅然呼吸。

4

后来，紫晓对灵非说，就在常昊当着他的面污辱她的时候，她的心已不在，爱已不在。在她过去的生活里，像他遇到的那种污辱性的情节，可以举出许多。

那个流泪的下午，她决定追随黑歌手，去传播他认可的那种真理。对能在短短的十多天里就让紫晓做出如此重大决定的男子，灵非一直心生敬畏。

他忘不了紫晓谈过的一个细节：某个夜里，常昊将他们的结婚证撕成了指头蛋大的碎片，扬了一地。紫晓边流泪，边拼凑，用了大半夜时间，才粘好了结婚证。那时，在她眼里，它是她生命的全部。它寄托了她曾经的所有期待和荣耀。

那个神秘的黑歌手竟然一下就摧毁了紫晓精心构建的世界。

这是一个怎样的男子呢？在凉州，他和紫晓发生了怎样的故事？

紫晓说，离开黑歌手后，她就害了无可救药的相思病。一想到他那漫长的寻觅，她就忍不住流泪。每天夜里，她都将自己关在房里想他。虽然倒锁了房门，但门外的脚步声仍会敲击她的心脏，那股纯粹的思念经常像小鹿似的因受惊而逃开，深深地密藏起来。但脚步声消失之后，这小鹿又悄悄地探出身来，用一双温柔无邪的大眼睛，专注地看着她的爱。

紫晓说，记得最难熬的，还是大年夜。又一年快要过去了。辞旧迎新的门槛上，她总是特别软弱，会不由自主地想起很多很多的人和事，蛛丝一般拂过的情愫都可能触动她一直自以为结茧的内心。

从她的日记上，灵非看到了那时的她——

5

就着咸鸭蛋，喝了稀粥，找个借口，出了家门。在观音山下，遇到两个吹唢呐的流浪老艺人，他们的灰白头发在寒风中哆哆嗦嗦，像头顶上涂了一团团泥潭里捞起的旧棉絮，我弯腰把硬币放在他们跟前的盒子里。上电梯时，又遇见一个拿着辨不出颜色的帽子正在弓身乞讨的人，我也放了几个硬币。这是我记忆中第二次给乞讨者硬币。以前我是径直走过，几乎没有感觉。而今天，我看到他们都觉得亲切，我在心里答应过你，要力所能及，帮助向我们求助的人；并感激他们给我这个机会，来表达我对这个世界的爱与眷恋。

可相思还是在那夜降临了。它真是个不好对付的庞然怪物。用“刻骨铭心”来形容吧，这好像是描述一个过去的印迹。而我所处的，是现在进行时。

相思肯定是你不在我身边的时候才在的。

如果把相思比作物体，它是堵在我胸口的一块硬硬的带尖棱的结石，吐不出，咽不下，消不去，化不了。就这样堵着。心情好的时候，堵得轻一些，若有若无；特别想你的时候，或挂掉电话的时候，它就堵得越来越紧，压迫得我无法轻松自由地呼吸；最难受时，这结石骤然变大变重，好大一坨，拽着我直往下落，掉到一个无底无光的深渊里，不，深渊还有底的，我的心掉入的，是一个无底无光的虚空。

如果用颜色来比拟相思，它显然不是黑色，黑色是绝望；自然也不是亮色，亮色是在你身边的时候。这坨裹着我往下跌落的是灰色，心情好时，是疏疏松松的浅灰，间或还有浪漫典雅的哑银灰；心情不好时，就是密密匝匝的铅灰了。

我终于忍无可忍，想跑往一个僻静的所在，记下这些日子来所经受的折磨，告诉我的“王”，让他心疼，但最主要的是，让他清清楚楚地了解：如果有一天晓儿不治，那一段艰难的日子是怎样折磨着她，这真是活生生的煎熬了。度日如年呀。

我不认为“不治”是不幸，如果这样的折磨与煎熬没有尽头，我真的情愿长眠不醒。我真是害怕我真的会在某个瞬间熬不过去了，一念之差，放弃了你。我一松手，你就会遁入人海，消逝无踪了。如果失去你了，我的活，还有什么意义？你飓风般地出现，真是上天创造的奇迹。要是没有了你，我就成了一个缺了半块心永难弥补的残疾的人。

想起姐婆教我的那些古老的木鱼歌，你说读懂它们需要资格。同样，爱一个人，也需要相应的资格。你给了我幸福与快乐，而带给我的苦痛、折磨、煎熬则是几何式的翻倍。如果另换一人，说不定可以爱得游刃有余，享乐其中，而我，真的是苦不堪言。就像一个孤老婆子的朝圣之路，一步一叩首，五体投地，最先受到考验的是体力。

我唯有虔诚。你说过，你的自省是爱和智慧创造的奇迹。但我想，虔诚也许是获得爱和智慧的必须态度。否则，爱和智慧，就如夜中昙花，没有孤独、持久、如一的专注守候，说不定就在我累极打盹的刹那间，它开了，又谢了。

你当然不需要对你的那些言行负责。你只是讲了你真实的生命经历，做了你真心想做的事。而我，苦心经营多年，外人看来近乎美满的生活，却像孩子们手下的积木城堡，被命运的手轻轻一推，便成了一堆废墟。

老天爷也不需要对这废墟负责。老天爷总是对的，他想怎么安排总是有道理的。但这次，他却像一个顽皮的小男孩，恶作剧似的精心埋伏了这么多的巧合和细节，然后躲在不知哪个角落，兴致盎然地看着我一步一步走进他设计的圈套，我不知道他希望看到什么结果？

那么，总得有人对这个废墟负责吧？

我发现，就是我自己。是我自己亲手摧毁了自己的世界、自己的生活。

写到这里（这时已是凌晨一点，常昊不知躲哪儿去了），我就像那些惊悚片中最后暴露的答案一样惊诧，令自己汗毛悚然，我竟是杀死自己的凶手。——我竭力维护着与这一事件相关的无辜者不受负面影响，但我又已经摧毁了原来的世界，摧枯拉朽，不留余地，做绝了。到最后，才明白，我杀了我自己。

这是何等严密又轮回的逻辑！

在喜庆的春节，我居然能把浓情蜜意的日记写到这么惨烈阴森的地步，也足见我已接近疯痴了。

好在我还有一丝丝理性提醒自己：“不要自己吓唬自己，上面的文字只是一种发泄，发泄内心的苦闷与无名的抑郁。”

好在我还能天真、善良地抚慰自己：“别这么想，这件事你一直不愿伤害别人，也不会伤害别人，你是个好女人，老天爷也会怜惜你的，他会懂你的苦心的。”

渐渐地，心平静下来了，胸口也松缓下来了，灰色也清淡多了。渐渐恢复到一片清澈剔透、波澜不惊的湖面了……

间或，有燕子低飞，翼尖轻划过水面；间或，有娇懒、嫩黄的垂柳，叶尖轻拂过水面，不时掠起一圈圈涟漪，那是荡漾开来的柔情，那是诗境中的晓儿，迈出了农历新年的门槛，听到远方的马蹄声近了，更近了，快要见到她朝思暮想的他了。见他那天，要穿什么衣裳呢？要准备好他的换洗衣服和全新的床单，要在这众目睽睽、光天化日之下，不动声色地完成这些女红功课，还真难倒晓儿了……最后，可万万不能让自己憔悴成一片枯叶，而要像一枚鲜活、水润、洁净的果子，毕恭毕敬地奉上，供奉在他的掌心里。

下午起雾了，地上覆了一层潮潮黏黏的水膜，差点滑了一跤。临近傍晚，雾气愈浓，窗玻璃上溅开了一粒粒水钻，又下雨了，路灯迷迷濛濛的。我在窗前站了很久，不知他现在何处？在做什么？心情可好？是不是也想晓儿呢？……前几天的思念，都是在应付那些无聊的间隙中硬挤硬冒上来的，所以想他想得特别用力特别辛苦，但从下午开始，杂事做完了，倒锁了门，让这么一大片空白、干净的时间，没有电话铃声与敲门声打扰，专心想他，静静想他，从记忆中秘藏的盒中悉数相伴时的点点滴滴，一颗心都成了蜜饯似的。

把几只柜子清理了一遍，把心也清空了一遍。其实大多数东西早该扔到垃圾桶去的。心室全被黑歌手占满了，装满了对他的思念和怜爱。

6

紫晓对灵非说，她把黑歌手的照片藏了，时不时拿出来看。她吃惊地发现，数十年西部粗粝的沙尘暴，竟不能卷走他粗犷豪放的外表下如发丝般细腻缠绵的绕指柔情。她甚至会傻想，西部的男人都这么完美吗？她说，他的一个人就是一部历史，就是一个世界，这部历史的沧桑和世界的多彩，恐怕让她迷恋一辈子都读不完、读不够。

紫晓说，黑歌手改变她最大的，是帮助她学会了分辨与选择，那是她一生中最有力的挽救。他用自己人生的历练，告诉了她什么是世上最美好最值得珍惜的。那真是大师的行为艺术。她说，真诚、善良，对美的感悟与珍惜，本来曾是她的血肉，但它们带给她的，并不是世俗意义上的成功，而是无穷无尽的刺痛、失眠、流泪和迷失。而有时候，她稍稍动用一点小聪明，就能轻易地得到物质与金钱，获得世俗意义上的成功。但在她沉沦的同时，她的真性情总是无法自抑地，从沉寂的海底浮现出来，时时折磨她的灵魂。

她说，是黑歌手告诉了她：她在都市的挤压下最想放弃的，其实是生命里最该珍惜的东西。

紫晓觉得身体里有两个自己存在，而且是两个极端，一个是纯感性的，而另一个是纯理性的。因为两个“她”之间完全没有交流，所以她们几乎都是单独出现的，像轮值一样，要么带着紫晓进入纯精神而不受任何现实和逻辑打扰的感性世界，要么就把她领进极端的现实。进入理性世界的紫晓敏感又警惕，她会不由自主地像侦探一样不厌其烦地梳理一个个逻辑，然后才做出判断，决定下一步的方向。内心的两个紫晓像签了协议似的，从不在对方“值班”时干扰对方。不过，为了适应生活，理性紫晓在这几年日渐担起了全部的大梁，她几乎很少休息了。虽然很疲惫，却让外在的紫晓越来越像女强人了。

但完整的紫晓由两个极端组成，像太极的阴阳一样，少了阴或阳，便不叫太极了。同理，只有一个极端存在的紫晓便不是紫晓。和常昊在一起的这几年，因为缺乏空间和土壤，感性紫晓便慢慢把自己隐匿起来，随着她越来越少露面，理性紫晓也逐渐忘了另一个她，以为那个擅长逻辑的现实主义者就是她的“本来面目”。直到黑歌手出现之后，生活仿佛发生了从未有过的山崩地裂般的崩塌，彻底让理性的紫晓看清了所处现实的虚幻，她才恍然大悟：原来理性的自己，只不过是水中月——仅仅是感性紫晓的幻象而已。这时，她才算真正成了女人。灵非一直认为，黑歌手激活的，其实是紫晓休眠了多年的女儿心。

紫晓的内心世界一直是紧闭的。只有她自己有钥匙，但她对自己也极少敞开，这跟她从小的生存环境有关。她跟父母有着深深的代沟，小时候就算敞开心扉，父母也无法理解，而童年的她也不知道如何敞开和表达自己。在私奔后的第一年，紫晓把常昊当成了最好的朋友和最亲密的人。她告诉对方所有的秘密，但也许是文化的差异，常昊根本走不进她的心。开初几年，他爱的，仅仅是她的肉体。对于她心灵的需求，他根本不在乎。渐渐地，紫晓又把那开启了很长时间却无人问津的大门关上了。关上门后她自己反倒自在了，她随时愿意就随时躲进去，外部世界便和她隔绝了。在自己与世无争又与世无关的世界里，让感性紫晓尽其所能地撒欢撒野，直到不得不恋恋不舍地离开为止。关上心门，把钥匙归还理性的紫晓掌管，然后那个感性紫晓便挥手“拜拜”，消失得无影无踪了。

虽然理性的紫晓错当了好些年的主角，结果差点把真正的自我弄丢了，也多亏她做了几年主，才阴差阳错地激活了紫晓的许多潜能，让紫晓不至于太低能。要是一直让感性紫晓得势，那紫晓也就废了一半。感性紫晓总是很懒，她是能懒的话决不会多做或多想半步的。感性紫晓只想做小孩，只想逃避现实。她既单纯又懒惰，既倔强又懦弱，情感丰富，所以多愁善感又优柔寡断，从而也折射出理性紫晓正好相反的特质和个性：心思缜密，条理分明，责任心重，固执又好强，死爱面子，脸皮薄得跟纸似的……把这两者组合起来，就是看似简单却又复杂、看似复杂其实也很简单的紫晓了。

跟黑歌手的相遇，点亮了紫晓的生命激情，激活了她那些休眠的生命和信仰潜能。她觉得一个世界打开了，她接通了黑歌手的世界。那是最自由最隐蔽最神秘的所在。

开始是感性的紫晓做出了离开常昊的决定，理性紫晓却在否决它。两个紫晓争来斗去，主人就经历着灵魂被剥离的痛苦。紫晓把这个过程比做越剧《追鱼》中的鲤鱼精。在鲤鱼身化为女儿身的过程中，她甘愿承受千刀万剐的剧痛。她说，只有剥卸全身血肉粘连的恶俗鳞片，才能脱胎为干净女子，才能跟她的爱携手于大漠夕阳的余晖中。

第二十四章 秘境的歌手

1

黑歌手的声音仍充满了沧桑——

丫头，你别问娑萨朗在哪儿。我也不好说，因为说出来的都不对。但可以肯定的是，它确实存在于这个世界上。当我进入它的时候，是非常清醒的。我甚至还狠狠地掐了自己的大腿。按凉州人的说法，梦中是感觉不到痛楚的。那么，感觉到痛楚的我，肯定不是在梦中。

当我非常清醒地进入娑萨朗时，我发现，它跟我歌中唱到的几乎一样。甚至可以说，它是我歌中娑萨朗的形象诠释。过去的多年里，当我唱起《娑萨朗》的时候，那里面的人都是活着的，他们跟我身边活着的凉州人一样生动。就是说，他们同样活在那个叫娑萨朗的所在。

那儿同样有文舟们，也有梦萦和其他的凉州女子。我问他们，这是娑萨朗吗？他们都笑了。他们说，这是娑萨朗。但后来，我才发现，他们也在寻找一个地方，他们寻找的地方便是凉州。

这是我感到最奇怪的地方，凉州人在寻找娑萨朗，娑萨朗人却在寻找凉州。而这两个地方却是惊人的相似。甚至可以说，一个是世界，另一个是镜子里的世界。只是我不知道，凉州是镜子呢，还是娑萨朗是镜子？

那儿跟凉州唯一不一样的地方是，那儿的歌手是一个老人。他跟我的名字一样，但他很老了。他也是行吟诗人，他跟我唱着同样的歌。只是他老了，老得看不出年岁。他的歌声中溢满了沧桑。

我问他，这是真的娑萨朗吗？

他笑了笑，反问我，啥是真的？

他笑道，世上有真的吗？

他一笑，我便觉得自己坠入了梦中。

2

我同样说不清在那儿住了多久，我甚至怀疑自己是否离开过那儿。因为，它很像凉州的镜中影像。于是，当我进入凉州的时候，我仍怀疑自己是不是离开了娑萨朗。

那个年老的歌王告诉我，几百年前的某一天，印度的娑萨朗发生过一桩非常血腥的大事——当然，世上有好多娑萨朗——那年，一支外道大军进了印度，他们一手举着屠刀，一手拿着一种经文。他们给了印度人两种选择，要么接受经文，要么领受屠刀。许多不接受经文的寺院都在战火中化为灰烬。就是在那个时候，娑萨朗由显境正式变成了秘境。

有两个人带着两种文明的传承离开了战火中的娑萨朗，一个进入西夏，融入黑将军一系的智慧大海，另一种流入中国的汉地。他们大多一系单传。那智慧的烛光就那样在岁月的飓风中似熄未熄，燃到今天。

有位你很熟悉的老人是其传承者之一，她的名字叫心印。

你别吃惊。是的，她便是你的姐婆。

你也许还记得那些她教你的木鱼歌？

是的。就是那些你奶腥呵呵地唱的木鱼歌。你是不是发现，它的形式跟凉州贤孝惊人的相似？尤其是你姐婆雅唱的那种。它们的主要伴奏乐器甚至都是一个东西：三弦子。我在唱《娑萨朗》时，用的也是它。许多凉州瞎贤，用的也是它。这不仅仅是一种偶然的巧合，因为它们来自一个源头。那三弦子，象征三种东西，有人称为“佛法僧”，有人认为是“精气神”，有人认为是“儒释道”，有人认为是“天地人”，有人认为是“日月星”，有人认为是“气脉明点”，有人认为是“上师本尊护法”，有人认为是基督的“三位一体”……总之是说法很多，有多少种人类，就有多少种说法。不同的心，赋予它不同的含义。

至于那些木鱼歌，你当然不知道它的含意。你可能不知道，那些非常顺口、你却不知道含意的东西，当你弄明白了另一种文字时，你便会明白那内容。

是的。它们是西夏文的音译。

它们的内容，便是大手印瑜伽中非常重要的部分，人们称之为方便道。方便道以顺世为特点，随顺众生，与时俱进。虽然名为方便道，它却是精髓中的精髓。没有它们，黑将军一系的传承便会残缺不全。这也是黑将军一系虽经千年的苦心经营却一直不能弘宣于世的重要原因。

以上内容，便是那个娑萨朗的行吟诗人告诉我的。

从那之后，我开始了另一种寻找。在命运的召唤下，我开始走向岭南。沿着某个神秘图谱的暗示——我只能称它为暗示，因为那是用带有象征意味的语言写成的，它模糊、含蓄、多解。我走了很多路，我甚至觉得自己已触摸到你姐婆的心。在某种净相中，我也能读懂她欣慰的神秘的笑。一个自称白轻衣的女子也时不时光顾我，她总是神秘地笑着，说些不着边际的暗示。

我访查过许多岭南歌手，跟他们学过流传于岭南的那些古老的歌，如客家的山歌、佛山的龙舟歌、中山的咸水歌、地水南音等等。后来，终于在东莞的木鱼歌中发现我寻找的讯息。要知道，那木鱼歌本名“沐浴歌”，即沐浴心灵之歌。后来，人们说走了音，就成“木鱼歌”了。跟凉州一样，它的主要载体也是盲艺人，人们便叫它“盲佬歌”。东莞的盲佬，就是凉州的瞎贤。木鱼歌跟凉州贤孝一样，也源于唐代的变文。虽然孤陋寡闻的人们对它知者不多，但在国外的著名大学多有收藏。德国有一位叫歌德的歌手，他写过一本叫《浮士德》的长歌，他就称赞过东莞木鱼歌《花笺记》，称它是谜一样的“伟大诗篇”。

于是，我将搜寻的目光停在了东莞。我按着那本古老的书中记载的地貌特征开始寻找。一天，我终于在樟木头的原始森林中，发现了一个所在。那是跟黑喇嘛建立的城堡山有着相同意义的所在。只是外观上稍有区别，在西部，它是城堡山的形式；在岭南，它却更像茶园。你不知道，那个古老的茶园遗迹竟然有两万多亩……是的，至少有两万多亩。除了那个巨大的茶园外，那个所在还留下了许多神奇的地名，如耀佛丛林，如菩提径等。这语汇，同样来自那种神秘的传统。

我被那个茶园惊呆了。我找到它的时候，那儿不见人烟。这世上，除了那些守候它的非人——我们称之为护法——外，没人知道那儿会有这样一个地方。它被世界所知是后来的事。无数的石头垒成了围子，围住了那个茶园模样的所在。你简直无法想象那石垒工程的浩大，那石头，有重达千斤的巨石，间以各种形状的石头，大小不一。石垒高一米许，或长或短，呈阶梯状，从半山腰伸向山顶。石垒旁树木茂密，树藤纠葛，宛如屏障。至今，有些茶树仍然泛绿，有的树龄，已逾三百年。那茶园，至少是五百年以前的产物。

后来，我访查过许多学者和当地老人，没人知道这石垒为何人所砌，没人知道这茶园为何人所建，志书上更不曾记载。这，后来成为樟木头的一个历史之谜。

但关于这个茶园的故事，却记载在一本神秘的书中。你以后会看到它。那上千段石垒和高墙般的密林，曾掩蔽过一个神秘的世界。那儿跟桃花源一样，真的是“不知有汉，无论魏晋”的。它们不管时代的更替，它们执力于守候的，是传承了千年的一种文化和精神。

它跟西部黑戈壁的城堡山一样，是娑萨朗在这个世界的另一种投影。

3

回到凉州之后，我却开始了反思。

因为我发现，知道了真相的凉州老人都一个个沮丧而死了。他们肯定到不了婆萨朗。因为他们没想到心中的婆萨朗竟然是那种样子。他们死得很痛苦。没有比信仰的破灭更痛苦的事。因为失落，他们承受着信仰破灭后的那种幻灭之苦。有的人怨恨老祖宗骗了他们，这类人死后便堕入了地狱，因为那地狱便是他们怨气的化现。有些人放弃了对智慧的向往，他们便陷入了愚痴，变成了畜生。也有的，如丧考妣，惶惶不可终日，他们仍在四下里求索。因为失去了灵魂的依怙，他们饥渴异常，奔波经年，四方求索，于是成为饿鬼。

丫头，老祖宗传说中的三恶道，其实都是自心的化现呀。

那时，我是多么后悔呀。我想，我应该忍住文舟对我的嘲弄，不要将真相告诉人们。我当然可以说，我没有找到婆萨朗。即使是这样说，人们心中也坚信有个婆萨朗。那时，每个人可以根据自己不同的需要，设计自己的婆萨朗。这样，活着时，他们有灵魂的依怙，死后，也会有心灵的归宿。因为，那生命中的终极之地婆萨朗，是他自己的心灵化现的。他们相信，在婆萨朗，会顿顿吃油饼子卷猪肉。因为，那时的凉州人眼中最美的食物便是油饼子卷猪肉。都说，福不可重受，油饼子不可卷肉。谁要是吃一顿油饼子卷肉，连老天爷都忌妒呢。那时，我每天的歌声中，总会唱到那些顿顿吃油饼子卷肉的婆萨朗人，馋得凉州的汉子婆姨直流口水。

还有，在我没将真相告诉他们之前，每个凉州人都活得自信而从容。他们认为自己是天地间的一个活宝，只此一家，别无分店。当他们知道自己可能是那个叫婆萨朗的镜子中的影子时，心中的恐怖可想而知。无论是自己成了别人的影子，还是世上还有个一模一样的自己，都是他们不愿接受的事。更何况，他们向往了不知多少辈子的婆萨朗，不过是跟目前的生存环境差不多的所在。

于是，一切都倒塌了。

愁云惨雾笼罩着凉州。一切，都显得冷灰死灶。

我于是知道，真理是不能撕破的。

我知道自己接下来该做些啥了。

4

奇怪的是，我总能在不经意间进入娑萨朗。正是在这一点上，我怀疑我进入的，也许是一个秘境。

没想到的是，凉州的故事同样在娑萨朗发生着。一位寻觅凉州的娑萨朗汉子也发现了凉州。他同样发现，真实凉州的发现，也颠覆了娑萨朗的幸福。

我于是怀疑，凉州和娑萨朗，其实是一幅织锦的两个侧面。它们其实都存在于我的心中。

那两个国度的愁云惨雾，同样是我心中的映像。

记得，我心中的某道光明之缝，就是在那时打开的。

于是，我开始了已经中断多年的演唱。茶座虽然没了，却有了一个更大的场所，那便是凉州的文化广场。那儿已经有了许多盲艺人，他们唱着各自的歌。我也深入其中了。首先，我告诉所有的人，我到过真正的娑萨朗，那儿并不是凉州的映像。那儿是一个极乐世界，那儿美丽无比，人们快乐无忧。相较于以前我唱过的娑萨朗，我增加了许多新的内容，因为这时的凉州人也有了新的需要。世界飞速地发生着变化，人们的心也日渐复杂了。于是，我歌中的娑萨朗也更加丰富美丽。

我首先忏悔我前些时对娑萨朗的妄语，我说我是在检验人们的信根，没想到反倒毁了好些人的信根。人们开始了对我的诅咒，说我诽谤净土，必堕地狱。我在人们的诅咒声中微笑着，因为我明白他们说的地狱，其实也是自心的化现，就跟我看到的娑萨朗一样。有什么样的心，就有什么样的娑萨朗。同样，有什么样的心，便也有什么样的地狱。那时节，唾星如雨，在凉州上空纷飞着，尤其是那些死去亲人的人，他们更将我当成了十恶不赦的骗子。他们一想到自己的奶奶或是爷爷在死前的那种沮丧，便义愤填膺，恨不能生啖我的肉。那时，正在演唱的我，时不时会觉得脸上一疼，流下一堆黏物，那是人们扔到我脸上的鸡蛋，我于是舔食了它。那些纷飞的鸡蛋，可以让我整整一天不吃别的东西而自由地歌唱。我欢快地忏悔着，忏悔我过去的罪孽。我也欢快地歌唱着，歌唱着一个全新的娑萨朗。后来，鸡蛋开始变得不再纷飞，而在我面前整齐地排列了。那是那些老奶奶对我歌声的认可。她们将家中的鸡蛋作为对我歌声的奖励供养着我。是的。她们说是“供养”。她们只有在供僧时才用这个词。在她们眼里，我跟那些僧人是一样的。不，我甚至比那些僧人更受尊重。因为僧人们虽然也会说极乐世界啥的，但那是众生共有的，娑萨朗却是凉州老祖宗传下来的，是“只此一家，别无分店”的。凉州人更喜欢娑萨朗，因为那儿有凉州人的祖宗。千千万万的祖宗在那儿汇成了亲人的大海，那儿亲情四溢，快乐无忧。那儿有凉州人最喜欢吃的油饼子卷肉，还有油糕面皮子啥的，总之是你想吃啥就有啥。

听我唱娑萨朗的人越来越多，别的盲艺人面前已经没多少听众了，他们的生意大受影响。他们连吃饭的钱都没了。于是，他们联合起来诽谤我。他们诽谤我歌中的娑萨朗，他们说我是大骗子，说我的歌是酒中的话梦中的屁，是当不得真的。他们力量很大，因为他们人多，一个瞎子有一把三弦子，几十把三弦子几十个牦牛嗓门的齐唱很是厉害，那种声响撑破了凉州。他们压息了我的声音。我遇到了比文舟更可怕的人。文舟的怀疑如果是毛毛雨的话，瞎贤们的吼声就成瓢泼了。这一来，许多人又叫他们引了过去。

我不能在凉州文化广场待了，我收起三弦子，找到了一个安静的所在静养心性。我觉得我已完成我该完成的。至于世界咋样，跟我没啥关系了。闲暇时，我看看月亮，沐沐清风，倒也逍遥了好一阵。

听一些常去广场的人说，那些瞎贤为了绝后患——他们怕我卷土重来抢他们饭碗——便肆意糟蹋我歌中的娑萨朗。他们将世上最恶毒的词汇都泼向了我。这阵势，也像古印度时的六师外道对释迦佛的中伤，更像那些犹太祭司对耶稣的嘲弄——你别笑话这个比喻。真是这样。许多时候，狂犬吠日是人类常演的节目。

随着那些中伤的日渐汹涌，娑萨朗再次死去了。跟上次不一样的是，上次的死去仅仅是人们的失落所致，这次却成了纯粹的断灭。因为那些瞎贤决不相信世上会有一个叫娑萨朗的所在。他们认为，那一切，仅仅是我编出的假话，是为了骗吃骗喝。这是非常可怕的事。以前，我告诉他们真相，还仅仅带给他们沮丧的话，这次却直接毁了人们对娑萨朗的向往。于是，许多凉州人索性不再去向往那些在他们眼中纯属扯淡的事。那些日子，不但打麻将的人数剧增，而且街头多了许多抢劫者，更发生了几十起入室杀人案。

要知道，瞎贤们是看不到太阳的。他们的眼中肯定没有太阳。他们心中的太阳跟能给他带来温暖的火炉相若。他们当然不信那些他们不曾看过或是摸过的东西。但他们的人多，鼓噪声总能淹了我的声音。没办法，我也只能随顺因缘。但我知道这样的日子不会太长。凉州人是不可能允许自己没有盼头的。即使是那些瞎贤的牦牛嗓门撑破虚空，也不会吹落太阳。

果然，待得那些被瞎贤们的嗓门搅乱了心的人们又搅乱了凉州时——有些觉得没有活头的女人还喝了农药——有几位有识之士终于发现了其祸乱的根源。他们开始商量，要将那些糟蹋了娑萨朗的瞎贤驱出文化广场。

瞧这世界，跟万花筒一样热闹呢。

5

瞎贤们种下的恶因终于招致了恶果。几个愤怒的百姓手拿棍棒扑向他们。官方也派出了许多人清理文化广场。

一个瞎贤怒吼：驴日的，老子们要个饭，你们也欺哩？

一人也吼：瞎孙，瞎是你的活该瞎。老子又没有戳瞎你的驴卵泡子。

另一人也吼：你要饭成哩。可你的狗嘴里胡咧咧些啥？

闹了一阵，便将那些瞎贤驱出了文化广场。很长一段日子，他们只能在寺院门口，或是市场门口，以乞讨的形式谋生。百姓不准他们再唱糟蹋娑萨朗的歌。他们只要一提娑萨朗，就会有人一脚将他面前的盛钱铁盒踢出老远。时不时地，就会爆出一声灿朗朗的巨响。不用问，肯定是哪一位胡说的瞎子又遭到了惩罚。

到后来，没有一个瞎子再敢亵渎娑萨朗。

经过多方寻觅，人们又找到了我，要我继续当我的行吟诗人。这是他们认可的称呼，以示我跟那些盲艺人的重大区别。更有人称我为奶格玛文化的传承者和专家。人们在文化广场专门留出一块巨大的空地，供我吟唱那首扬名凉州的长诗《娑萨朗》。这是一首长得没有边际的诗，我不知道何时能唱完它。因为时代一变，那诗也会相应地变化。它从我的心中源源不断地流出来，流向无数需要它的人的心中。

后来，听的人越来越多，小小的广场已经盛不下蜂拥而来的听众了。他们被我的《娑萨朗》激励得热血沸腾。相较于娑萨朗的美丽，他们已经忽略了现实的险恶和不如意。那种对娑萨朗的向往成为他们生命中最美的歌，那种韵律消解了苦难，消解了不如意，成为他们活的意义和理由。他们的生命天空重新进入一个善美的时节。每天，有许多人都在念诵"奶格玛千诺"，以表达自己对娑萨朗的向往和敬仰。

因为有许多乡下老人不能到城里来听我演唱的《娑萨朗》，各地的请愿团也随之入城了。他们强烈要求我能送文化下乡，向他们提供来自娑萨朗那善美的营养。虽然凉州人多地广，但能够唱《娑萨朗》的只有我一人，原因是《娑萨朗》是神性的歌，它跟一般的贤孝不一样。它几乎没有固定的词曲。唱它时，只要你诚心洁虑，虔心祈请，你的心便会跟造化相应，那大美的韵律便会从你的口中流出来。除了以上的要求外，你只要做到去机心、明本觉、任自然、明大道即可。

别看这要求简单，可做到的人极少。因为大家都希望靠自己的所能得到东西，这便是人们所说的功利心。但唱者有功利心时，他唱的内容便不是真正的《娑萨朗》，就会变成另一种东西，他是不可能打动别人的。我唱《娑萨朗》是因为爱，瞎贤唱贤孝是因为用，这便成为我跟他们相异的分水岭。

也正因为如此，那些乡下的请愿团总是扫兴而归，因为广场中的那些听众决不允许我离开广场。那时，不仅仅是听歌成瘾者需要我，而且那些重症病人尤其是绝症病人也需要我。凉州是著名的癌症高发区之一，有许多药物已失去疗效的病人，他们生活的唯一快乐就是听我的歌。他们当然更希望死后能够到那个所在。因老祖宗留下的传说中，爱听《娑萨朗》并向往娑萨朗的人，死后便会到达那个所在。这个传说，成为那些苦难人生命中的盼头。

狭小的广场越来越狭小，人流如堵，即使我的嗓门再大，也不能使每个人清晰地听到我的声音了。于是，一些人建议使用扩音设备，但由于《娑萨朗》中有强烈的信仰色彩而遭到文化部门的拒绝，在一些官员的眼中，信仰等同于迷信。他们说，要是《娑萨朗》像寻常的贤孝那样只涉及文化没有信仰色彩，那他们肯定会大力扶持的。现在，他们的不反对便是最大的扶持了。再说，在城中心放扩音设备会影响周围市民的生活。这种说法，是很能站住脚的。

于是，我开始想另一种思路。我想，如何让一滴水不干涸？只有将它放入大海。同样，要想让《娑萨朗》真正永恒，也只有让它回归到民间。那时我想，要是所有的凉州人都会唱《娑萨朗》，娑萨朗才会真正深入人心。

我开始寻找一些愿意唱《娑萨朗》的艺人。我放弃了那些老艺人。因为在一块被污染的破布上，是很难绘出好画的。《娑萨朗》是人间最美的史诗，唱它时必须心灵干净、纯朴。任何机心，都会使那净美的歌声变味。我着意选择那些单纯的孩子，先教他们一些基本的训练。我的训练内容很简单：先叫他们爱自己的亲人——不是一般的爱，而是无私的没有任何条件的爱。那种爱没有目的，那种爱本身便是目的。然后，他要将对亲人的这种爱扩散到爱世人上，最后甚至要像爱母亲那样爱自己的仇人。当他将自己的那种大爱打成一片，充满自己的生命时空时，他才有资格唱《娑萨朗》。因为，《娑萨朗》是爱的声音，当你去机心、勿造作、事本然、明大道时，则随缘触目，无处不是娑萨朗。只有到了那时，你的口才是娑萨朗大美的出口。

我首先从三百个愿意学《娑萨朗》的孩子中选了十三个。我为什么选十三个呢？因为祖宗的传说中，娑萨朗的守护者，是一个叫玛哈嘎拉的护法神。几乎所有的《娑萨朗》传承，都要修炼一种叫“十三尊玛哈嘎拉”的瑜伽。所以，十三这个数字，对于奶格玛的信仰者来说，是很吉祥的。这一点，正好和西方相反。可见，吉也凶也，其实全是心的分别。

我选的那些孩子都是盲人。一方面因为盲人目盲，少了色的诱惑，更容易接近本真。另一方面，还因为正常人觉得自己有更重要的事做，比如挣钱，比如出名，还有诸多跟生命本体无关的东西，他们并不知道，生命中最值得做的事，其实就是唱那大爱的歌呀。

按照老祖宗传下的规矩，我带着那些孩子进了地窖。对，就是凉州农民贮藏土豆的地窖。我选了十三个地窖。窖里垫了石灰，以去潮气。然后，我铺了麦草，备了食水，教了他们简单的课程。那些课程除了弹三弦必要的技艺外，主要在于心性的训练。我教他们观想，教他们诵“奶格玛千诺”，教他们用大爱去熏修自己的心，以一步步祛除他们的贪婪、仇恨和愚痴，让他们本具的智慧光明显发出来。

这个过程至少是三个月。

三个月中，一个孩子生病退出，两个孩子因亲人的思念而退转，三个孩子耐不住寂寞而放弃。最后，如法如量完成闭关的，只有七个人。

这便是我的七粒优良的种子。正是因为有了他们，我们的《娑萨朗》才有可能放出更大的光明。

6

三个月的心性训练完成之后，那七个孩子开始跟我学习《娑萨朗》。这个过程约有三年。这个过程说难则难似登天，说易则易如反掌，要看个人的悟性了。对于一个合格的硬盘来说，复制一些数据，只要连上数据线，发出命令即可。而对于一块石头来说，向它传送那数据几乎难如登天。这中间的差异，老祖宗用两个字来形容：相应。这所谓的相应，便是两颗心的共振，李商隐用一句诗便说出了它：心有灵犀一点通。

七个孩子中，两个孩子过于聪明，太有机心，没法领悟真谛，知难而退了。他们也很想唱《娑萨朗》，可是他们不知道，真正的《娑萨朗》不是学来的知识，而是自性的智慧。任何在心外用力而想得到《娑萨朗》真谛者，必然会以失望告终。这两个孩子记忆力超人，过目成诵，总能记住许多词句，他们记住了我唱过的许多内容。但他们的演唱却怎么也打动不了人。无论他们如何表演，听众都明白他们在表演。而任何表演的东西，都是不可能打动世界的。于是，他们的所有努力，最终都成了一种造作。于是，他们最终成了《娑萨朗》研究学者，而没有成为歌手。

剩下的五个孩子，都找到了自己的真心，他们终于成为优秀的《娑萨朗》歌手。他们率性而歌，情动天地，每每放歌，总能让人如醉如痴，魂荡神摇。他们的歌声，有着各自的特色，形式虽异，但精神相通。经过几年的历练，他们分别得到了我的精髓。五个人，分别得到了我的身、口、意、功德和事业。根据他们不同的特点，我分别起了不同的名字。老大称密集郎，其歌声如飘风骤雨，有“大珠小珠落玉盘”之神韵，其歌中知识极多，被《娑萨朗》学者称为百科全书。老二为幻化郎，其歌声轻灵至极，听时让人如梦如幻，如坠云雾。听他的歌，你不用着意去观想，你的心灵就会进入如梦如幻之境，诸多执著随之消融，心灵渐趋空灵澄明。老三称为欢喜郎，其歌充满喜悦，容易让人生起法喜。此人老是微笑，在他眼中，只要心中清净，世上并无苦难，人间便是娑萨朗，何须妄求他方。几乎所有听他唱歌的人，都会忘了人间的苦难，心生欢喜，烦恼顿消。老四我命之为和合郎，此人修一味瑜伽有成，分别心完全消失，他的歌声和合了诸多智慧，包容了许多人类共有的财富。他的歌中提倡垢净一如，无来无去，无执无舍，圆融无碍。常听他的歌，能净化心灵，得到真正的宁静。老五我名之为威德郎，其歌声庄严肃穆，正气凛然，威中有德，德中生畏，令人肃然起敬。

这五个孩子成长起来之后，《娑萨朗》才算有了新一代传人。

他们的歌声迅速传遍了凉州。

7

那么，我为什么要花这么大的气力去寻找你呢？

丫头，你可知其中密意？

因为，我的那位我眼中超过生命的恩师离开这个世界前告诉我，奶格玛传下的瑜伽有两部，一部重方便，一部重智慧。两部几乎在同一个时期传出，分别传向东方的两个所在，一个传向雪域，一个传向大夏。雪域一系的瑜伽和《娑萨朗》承载的精神，是其智慧的传承；而你的姐婆的那一系，是方便的传承。这方便的传承随着客家人的第三次迁徙转移到了岭南。它的重世间法的方便影响了岭南人的心灵，后来这一带经济的发达跟这关系极大。因为不同的心灵，会有不同的命运轨迹。那千年间潜移默化的结果，便构成了独特的文化。

要知道，那两个传承，各有侧重，但各有缺陷。单纯地重智慧而不重方便，便容易陷入曲高和寡，不为世人所理解，终而掩埋于岁月之中；而要是单纯地追求方便，则易陷入世间琐屑，而难以超越，失去终极意义。只有智慧和方便合而为一时，光明大手印瑜伽才会与时俱进，成为人类共有的财富。

这便是我找你的真正目的。

所以，我需要的，不是一条苍狼，而是苍狼的主人。

黑将军传下的文化，已经传承近千年了，它像大地下的暗流，更像风中摇曳的烛苗。它需要一个突破的契机。

《娑萨朗》不能只唱响凉州，更要走向世界。

没有那些应世的方便，便没有与时俱进的可能，也没有走出尘封历史的机会。

我想你听得懂我的话。

你也许更能读得懂我的心。

要知道，你我的身上，都背负着千年的宿命。

8

丫头，我的恩师还告诉我，只要方便和智慧两种瑜伽和合为一时，那娑萨朗便不再是远离人间的幻境。那时，人间无处不是娑萨朗。

他还告诉我，当我们真正明白了智慧和方便的和合之法时，那娑萨朗便不再由向往和信仰而得，而成为一种能够被创造的真实。

与众不同的是，这两种瑜伽的和合，需要爱。没有爱，便没有和合的可能。而且，这种爱，不是小爱，是大爱。是大胸怀、大境界、大悲悯而生起的大爱，在这种爱的基础上，产生能够创造娑萨朗的某种行为，进而证得明空智慧，实践终极超越。

只是，当初，我为了寻找娑萨朗，耗去了太多的生命。那时，我并不知道真正的娑萨朗是在我觉悟的心里。那心外的寻找，耗去了我太多的生命。但没有那种寻找，也不会有我今天的明白。人说，踏破铁鞋无觅处，得来全不费工夫。我那踏破铁鞋的觅，又何尝不是真正的工夫呢？

我确实踏破了铁鞋。

可我也确实老了。

一般人是无法理解王洛宾在三毛找到他时的那种怅然的。因为他明明知道，虽然他是三毛命定的寻找，可是他老了。更也许，一个老了的王洛宾，才是真正的王洛宾。没有经历，便没有智慧。而许多时候，那过长的经历，却总在耗尽人最珍贵的生命。没有我寻觅娑萨朗的人生经历，便没有今天的我。

我一直在寻找你，你也一直在寻找我，我们虽然都找到了对方，但我却老了。你也许记得曾四处流传的一首诗：君生我未生，我生君已老。恨不生同时，日日与君好。是的，写那首诗的人，是确确实实感受到人间的许多无奈的。

虽然我是恩师印证过的证得了光明大手印的人，我无疑是他最优秀的传承者。我心中已真的了无牵挂——那些我宿命中必须完成的事，不是我的牵挂，而是我活着的理由——我自己认为我已经得到了大自在。但有些人看我的时候，却只能从我的身上看到一种大无奈。是的，大无奈。何为大无奈？大无奈就是那种无力回天的怅然。我常说：孤独源于内心的明白与无奈。我多想把心中的觉悟抓出来，塞入需要它们的人的心中，可是不能。要知道，人世间最难的事是改变人心，从孔子、老子、佛陀起始，多少人想改变人心，但真正圆满了所愿者又有几人呢？孔子成了丧家之犬，老子不知所终，释迦佛有末法之忧，他们证得的那种世人眼中的觉悟，何尝不是大无奈呢？举世皆浊我独清，众人皆醉我独醒，前不见古人，后不见来者，念天地之悠悠，独怆然而涕下。这便是大无奈呀。大孤独便是大无奈。法门无量誓愿学，众生无量誓愿度，烦恼无量誓愿尽，菩提无上誓愿成，都是大无奈之后的大精进呀。

我的生命中没有女人，没有属于我生命意义上的女人。从我懂事的那天起，我一直在寻找属于我的女人。那寻找，成了我成为歌手的动力。我的歌声的所有动力便是那种寻觅。没有寻觅便没有诗意。我一直找呀找呀，有时候我觉得我找到她了，可是我马上就会发现，她不是。于是，就在那无尽的寻觅中，我成长着，失落着，直到有一天，我忽然发现，我老了。就算是真的找到我命运中的女人，我也老了。老了的我，不可能给她一些女人需要的爱了。当然不是身体的原因，主要还是我的心灵已经归于平静，再也掀不起一点波纹了。

这状态，用一种勉强的表达就是：有大悲悯而无热恼，有大快乐而无欲望。

9

不过，在我还没有进入这种状态之前，也有过一次所谓的艳遇。只是我不知道，那个“她”还算不算女人？

那时，我还是歌手，我的《娑萨朗》为我赢得了许多歌迷，他们视我的歌为生命中最重要的享受。一些研究口头文学的大学甚至还邀请我参加一些学术会议。那时，我还年轻，你要知道，年轻时的我，还是很帅的。虽然帅这个词不一定适合我，但你可以换“酷”呀啥的，都不要紧。

一天，我正在月下禅修。在静的极致中，一位女子来找我，她告诉了我关于灵魂的故事。她讲的故事，我们会在后文详述。

她身穿白衣，在朦胧的月色中飘然而至。我们就在戈壁上的那个断壁残垣上谈了一夜。那女孩说她生活在梦中。你知道这世上有许多人生活在梦中。她说她经历过人间最令她痛苦失望的欺骗。在很长一段时间里，她已不再相信世上有爱。她追求完美，但生活总是在欺骗她。她就这样一直活在向往和对现实的失落之中。那天，她告诉我，你已经唱过了《娑萨朗》，哪怕你以后不再唱歌也不要紧，但我要你成为一个人格完美的人。因为你只有成为人格完美的人，你的《娑萨朗》才有意义。你的活着，才会成为人世间许多人心目中的烛光。许多人——尤其是女人——才会在绝望的时候想：这世上，无论如何肮脏，至少还有一位纯善纯美的黑歌手。而这一个事实本身，就足以支撑她在苦难的人生中发现光明。

她说她很爱我，但也不希望我和她之间发生故事。因为她忍受不了这个事实本身。她不希望她心中的黑歌手也和一个世俗的女人发生做爱之类的事。

她就是这样说的。

我问她的名字时，她告诉我，她叫白轻衣。她喜欢这个名字。无论这名字是不是她的本名，都不重要。你只要记得，这世上有一个叫白轻衣的女人。

她还告诉我，这世上，可以有许多绯闻，无论怎样的男人，都可以有绯闻，但黑歌手不可有。因为黑歌手已成为一个象征，人们想到他时，就会想到娑萨朗。娑萨朗是不可亵渎的所在。黑歌手的所有行为，都必须是娑萨朗的具体化现。

就这样。

我至今还记得她的声音。那是一种交织着梦幻色彩的声音，带一点磁性。有了磁性和梦幻色彩，就成天籁了。记得那时，戈壁的风轻悠悠吹来，暖暖的，柔柔的，我的身与心皆化了。我们就在那戈壁上静静地交谈着。我感受到的确实是一种心灵的默契。一种奇妙的韵律在我们的心灵间流淌着。

她还说，你也许看过一本叫《达·芬奇密码》的书，书中的耶稣有心爱的女人。后来，他的传承者为了维护某种不可动摇的东西，花费了许多力量掩埋了那个历史事实。他们是对的。要是耶稣真的有一个心爱的女人，那么基督教就不可能成为今天的样子。拥有女人或是为女人所拥有的男人，永远只属于那个体的女人。没有女人的人，才会赢得所有的女人。基督教最先感动的，肯定是女人。梵高要是拥有了爱情或心爱的女人的话，他便没有现在那样深入人心。所以，为了你的娑萨朗，你甚至不可以有女人。

她就这样告诉我。

不过，她还说，要是你找到你一直寻找的那个女人时，你也可以娶她为妻——当然，对于一位歌手来说，这是最下策的选择，但我们不能要求你失去人间的许多快乐——不过，你必须要做到，你不可以在妻子之外有任何人，甚至包括我。听说修瑜伽修至最高境界时，可以有双修的伙伴，但你不可以有。你不能做除你的妻子之外再寻找情人的事——无论你用任何理由。因为你显现的，不是那种因缘。你只能这样。我们不希望唱《娑萨朗》的歌手，也会像世上的其他男人那样有许多蝇营狗苟的事。无论其理由多么堂皇，我都不希望看到那种示现。

因为这世上有太多的口头正经的人，我们不仅仅希望看到一个真正的歌手，还想看到一个真正的行者。

我们不仅仅希望听到你的歌，更希望看到一个完美的歌手。

你也许不知道，我的命运就是在那夜改变的。

10

那个叫白轻衣的女子是黎明时分离开的。来时是朦胧的夜，去时是朦胧的晨，我甚至没有记下她的形貌，只记得她一袭白衣，洁然似雪。

她告诉我，这辈子，她再也不会来见我。

她又说，从此，我的心中没有过你，你的心中也没有过我。好吗?

我笑道，遵命。那我将你从我的生命中删除。我发现她变了脸色，但又不置可否地笑了。

然后，她就那样走了。我不知道她来自何处，走向哪里，我甚至有种在梦中的感觉。只有她走前偷偷塞在我小包中的几千元钱在证实我不是在梦中。我不知道她为什么给我那么多钱。后来，我将它全部分给了最需要帮助的人。那些钱消失之后，她的是否存在又变得梦幻般虚朦了。于是，我始终觉得自己在梦中。

从那以后，我不再寻找我梦中的女人。我觉得我已找到了她。她梦中而来，又梦中而去。

我的生命便是因这白衣女子而变成了两个阶段。前一个阶段，我是歌手；后一个阶段，我是不着袈裟的苦行僧。我甚至认真地研究了戒律，无论小乘、大乘还是密乘的戒律，我都研究并实践。此前，我知道自己不需要戒律，因为我觉得自己不会犯戒。此后，我却觉得自己需要戒律，因为这个世界需要我这样。我要让世界看到一个真正的歌手，一个真正的《娑萨朗》的代言人。

我一直将这女子当成我的母亲、我的妻子、我的导师、我生命的空行母。我觉得从那以后，我的生命中，不再需要世俗的女子。

所以，即使在遇到你的时候，我仍然觉得，你就是那个女子的另一种化现。

所以，老了的我，即使在遇到像你这样美的女子之后，却仍然没有那种常人眼中的遗憾。

仅仅因为我曾许诺过那个女子。

有时，我甚至觉得，自己的后半生，就是为那个许诺活着的。

我相信你会理解我。

有人说，我跟白轻衣的故事发生在净境中。他们说的那种净境，是禅定功深者才可以经历。我不知道，因为我明明白白地知道，世上所有的东西，都是梦幻。

我知道，无论我的生活中是否真有过一个白衣女子，对于我来说，并不重要。因为所谓“真实经历”的本质，也不过是记忆。它跟想象或是联想没有本质的区别。那哗哗哗变化着的世界，带给我们的，仅仅是记忆或是印象。而且，岁月之水总在冲刷着那印象，它们会像风中的沙痕一样，一天天浅了，最后归于无迹，还原为一个巨大的虚无。

所以，你不要去追问那个故事的真实性，也不要追问那个女子是否是人间女子。按一位瑜伽行者的说法，那个女子其实生活在净境之中，因为她的一点善念，她以非人的形式存在于这个世界。在西方的电影中，那非人也被称为精灵。

我却不管她是否是非人，在我的生命中，一切都是梦幻，一切却又真实不虚。我相信，凡是在我生命中留下过记忆的东西，都定然存在过。无论它以怎样的方式，它都定然存在过。它或是存在于当下的世界，或是存在于另一个生命时空。对此，我们不必追问。在我们的生命里，我们去享受它，但别用理性去思辨它。许多时候，思辨伤害的，总是诗意。

可以告诉你的是，在我的生命中，那个白轻衣是个真实的存在。我甚至能每每于不经意间，触摸到她的脉搏，感受到她的气息。

以后，我会告诉你她讲的故事。

第二十五章　泣血的吟咏

1

紫晓觉得常昊越来越难进入她的世界，而且她也越来越不愿意他进入甚至是靠近她的世界了。紫晓只有在独自一人待着的时候，才会彻底放松，并且完全放任自己的思绪，任它在想象的空间里肆意妄为。那是她觉得最自由最享受又最依恋的时刻。这时候如果常昊突然出现的话，紫晓就不得不迅速地掐断所有的想象和觉受，一来怕蛛丝马迹让常昊发现了她的异样，把她的私人世界也侵占了；二来是不想叫常昊的气场破坏了氛围，还不如直接掐灭它算了。那扫兴的感觉就跟一对正浓情蜜意的情侣在好端端的二人世界里忽被一个陌生人闯入一样，而且还得强装出一副“一点都不打扰，你来得正好”的热烈欢迎态度。

每天清晨刚醒来的半迷糊状态，也是紫晓最美好的时光之一，在半梦半醒间，她喜欢借助一点主控意识和身体的迷醉给自己营造幻想和梦境。她总是喜欢反复沉浸在相似的幻境和情感体验中。如果把人生比喻成由一个个记忆组成的镜头，那么紫晓所做的便是不断地放大和制造她喜欢的镜头和记忆，并让它们逐渐地充满她的整个生命。这是紫晓最私密的所在。

紫晓和灵非待在一起聊天时，也会产生那种觉受。她和灵非几乎无话不谈。正是从紫晓的讲述中，灵非知道了她少为人知的处境。

一天，紫晓正跟灵非讲黑歌手的故事，她很开心，脸上焕发出恋爱少女般的红晕和光彩。忽然，紫晓的手机响了，她马上变了脸色。灵非知道是常昊打来的。以前，也老有这样的场景，紫晓无论到什么地方，常昊的短信或是电话总是时不时飞了来。一般情况下，紫晓总是马上去接，但要是她正忙或是不方便接，那铃声会一遍接一遍地响下去。铃声中有种追杀般的执著。每到这时，紫晓总是面如土色。

这一次亦然。常昊的电话打了很长时间。紫晓一边解释，一边揉着耳朵。挂上电话的那一刻，她一脸茫然，憔悴万分，仿佛一下子苍老了十岁。

那一刻，灵非真想哭。

紫晓是灵非遇到的最完美的女人，有着轻盈的气息、完美的品格、玲珑剔透的天分、善解人意的精细，跟她接触的所有人，都会喜欢她。灵非一直想不通，她竟然会选择那时还是混混的常昊。

紫晓告诉灵非，当常昊第一次露出他的真实嘴脸时，她真的绝望了。她一直想自杀。她觉得自己的这辈子完了。她在最美、最有选择权利的时候，却做出了一生最糟糕的选择。

灵非说，我深深地理解了你父亲那时的痛苦，他想把你塑造成他向往的那种女子，他耗费了生命中最黄金的二十多年，他用爱的刻刀一刀刀雕刻着他心中的美玉，想让它变成人世间最精美的艺术品。他差一点就成功了。后来，你的优秀证明了你父亲雕刻的成功，但你用你的逃跑和选择，一下就打碎了你父亲的美梦。

灵非说，我相信，你父亲在发现你堕落的那一刻，真的是生不如死。

灵非这一说，紫晓才理解了当初父亲的苦心。

她的心一阵阵抽疼。

2

趁着常昊又一次打了她，紫晓搬出了翠景花园，跟她妈住在一起。她只带了几件衣服，那是她自己的钱买的。别的，她都没带。

每天早晨，她都修大手印瑜伽。她很想躲到那个清凉的世界里，永远不出来。

这次，她是真的想逃离了，就算常昊没有打她，她也想逃离了。逃离命运牢笼的念头早在不知什么时候就深植在她的潜意识里了。她一直听到一个鼓励她逃的声音，只是在梦里这个鼓励的声音更清晰更响亮，于是多年来她总是在梦里逃，总是在梦里的各种险恶环境或情节里逃，没有人帮她。她甚至在梦里学到并积累了一些逃跑的经验和勇气。可是，她没有清晰的逃离原因，更没有明确的目的地，所以和现实生活一样，紫晓在梦中也没有成功逃出过。与其说她是在逃，还不如说是在找一个出口。无谓反抗的疲惫几乎让她放弃挣扎的念头了，但常昊短信和电话的追杀像赶马的鞭子一样，一鞭一鞭地唤醒埋藏在紫晓内心深处的潜意识，激起她反抗的潜能。紫晓宁愿累死也不愿挨那鞭子了，她并非承受不了痛，而是受不了鞭子长了眼睛似的跟随她所带来的无形折磨和无止境的压力。所以，常昊的打给了她最大的鞭策，更重要的是明确了她逃的理由和方向。

真相的残酷并不在于具体的事情，而在于对它的消化过程。接受现实的那一刻是很短暂的，通常那一刻的痛苦只是一个开始，因为她还没对恐惧反应过来便急迫地去准备应付它了。当她“安排”妥当后，才发现真相远远超出她的承受。她一边恐惧着，一边绝望着，像看着要将她千刀万剐的妖魔张牙舞爪地过来了，却只能静静地等着——其实，那痛已割到心里了。

她想到了自己以前面对某次病魔时的境况。那时，面对病魔，最大的恐惧只是死亡而已，那种恐惧依托在各种执著和不舍上，现在看来，那还算幸福啊，还有点不舍和执著，还有终点。而现在，一想到家及开门的那一刻，她便产生了巨大的压力。小时候她常常不愿回家，从小就爱往外跑，读书就往远的地方报考。即便不热爱学习却热爱上自习，虽讨厌学校却宁愿留校午休……她当初选择常昊还暗藏了一个重大的原因：常昊那毫无规律的生活方式和理念让她以为找到了自由的出口，为了自由她义无反顾地做出了选择。她以为没有比父亲的阴影更糟糕的生活。结果她的选择只不过是在中阴身阶段看到的幻影，她掉进了另一个更惊险的轮回中，父亲的影像在这个轮回中竟无比的亲切。

这夜，她梦见一群头插鸡毛的人抬了她走，到一个很美的地方，同她做爱。她就在高潮中直到早晨。醒来，床单上湿湿的一摊。那么大一摊，把她吓坏了。她很乏，瘫了似的乏。妈躺在身边，睡得很熟，出气声很匀，悠悠的，为小屋添了许多迷醉。紫晓闭了眼，想想梦中的事，觉得好奇怪。

紫晓一直躺到中午，看那篇《早晨从中午开始》，是个叫路遥的人写的。以前，紫晓的早晨也是从中午开始的。紫晓看到了书中那很苦的写作过程。紫晓想不通的是那些作家都认为自己干的是拯救人类的大事，仿佛没了他们，地球就不会转似的。这种自以为是的伟大令紫晓很好笑。不知有多少书在出版的同时就成了废纸，也不知有多少作家在这种自以为是的写作中死去。真是可怜。紫晓的早晨也是从中午开始的。紫晓不觉得自己有多伟大。她愿意轻松地活着。等有一天轻松不了，就去死。不过，她还是很尊重路遥，觉得他是个认真的人，只遗憾他没有破除那一份执著，否则，写作也许会很快乐的。

人还是轻松些好，紫晓以前这样认为。活人嘛，就像走一段路，就算是文人说的人生之路吧。走路难道不是越轻松越好吗？背的包袱越多，累的还是自己。遇到黑歌手之前，紫晓是很少想未来的，活一天算一天。遇到黑歌手之后，紫晓的心中才有了未来的位置，但同时就感到累了。不过，累归累，却奇怪地觉得活有了意义。

有人敲门。紫晓以为又是妈。妈老是担心，以前担心她嫁常昊，后来又担心她离开常昊。

还在敲，很响地敲。紫晓嗔道：“妈，叫我静一静好不好？”

“啥时候了？还睡。她贪吃贪睡不干活，不可教也。……嘿，懒尸妇道，讲起好笑，半昼起床，水也唔挑，地也勿扫。头发蓬松，冷锅死灶。唔理唔管，养猪变猫……”

紫晓听出是柳莺的声音，她唱的是客家有名的一个童谣，就披了衣，开了门。柳莺微笑着进来，她一边刮脸装羞，一边仍在轻声地唱：

老公打哩，开声大叫；
去投妹家，目汁像尿；
娘话么用，爷骂不肖；
诈死跳塘，瓜棚下嬲；
早知如引，贴钱唔要……

柳莺像所有女孩那样向往爱情，自她到了东莞之后，几乎每年的七月七，她都要到望牛墩参加“七姐诞”，去“拜七姐”。这节日，是纪念牛郎织女或董永七仙女的。据说，这天只要虔诚祭拜，就能够积福，就能够找到可心的郎君。

后来，柳莺果然遇到了梁子。梁子爹叫凉州瞎贤算了命，说梁子们要是在二月二龙抬头那天订婚的话，会一生幸福的。梁子们就准备在那天订婚，但令柳莺感到遗憾的是，那二月二，却是东莞东坑的“卖身节”。那“卖身节”源于明朝，大户们多在二月初二时张榜招工。每到这天，四方青壮年皆来找雇主，遂成节日了。据说这一天，卖身必须购物，购物定会遇仙，买物必遭好运。于是，数以万计的人争相来到东坑，争相淋泼仙水，争相购物寻仙，争相观赏花车。虽然“卖身节”的“卖身”，只是出卖劳动力的另一种称谓，根本不是柳莺认为的“卖身”。但柳莺认为，那“卖身”二字，其实暗示了她的命运。因此，她总是坦然地接受生活给予她的一切。一天，她的钱包被小偷偷了，饿坏了。梁子的身上也只有几块钱，就买了碗米线。她吃米线，他喝汤。这是个很美的故事，紫晓很喜欢。紫晓喜欢柳莺的幻想。柳莺不爱读书，却想供养出一个诗人来。虽然这理想很不现实主要是因为梁子不爱读书，这世上哪有不读书的诗人？但紫晓看来，这世上，有理想总比无理想好。

柳莺说挣上楼房，就结婚。那时，梁子就可以安心写他的歌剧和诗了。

柳莺一进门，就嗑瓜子。柳莺嗑瓜子的样子很好，男人都这样说。柳莺就老嗑瓜子，弄得舌头上老是泡。

梁子一进门，便望着紫晓笑。梁子的笑很下流，很像多情的诗人，尤其他见到令他感兴趣的女孩的时候。梁子见了紫晓就这样笑，柳莺似乎不高兴，瞪了他一眼。梁子就缩了头，半晌不语，贼嘎嘎望紫晓。

梁子从衣袋里掏出烟，点了烟，深吸一口，惬意地说："早上的瞌睡真香。人说'鸡儿骨头羊脑髓，东方亮的瞌睡小姨子的嘴'是四香。别的，我不认可。这瞌睡，嘿，可真绝了。"

紫晓笑道："你好的没听下，坏的可记了个清。"

"啥坏的？"梁子说，"不就是小姨子的嘴，有啥香的？女人的嘴，嘿，香个啥？长这么大，我真觉不出女人的嘴有个啥香？女人身上，只有一个地方香。"

柳莺于是就嗔。柳莺的嗔很好看，是那种前面可加上"娇"字的嗔。这是爱丈夫的妻子才有的嗔。柳莺觉得自己真成妻子了，她很幸福。

梁子搓搓头，笑道："其实，世上还有种比什么都香的东西。不过我不说，怕吓坏了你们。"不久之后，柳莺才知道，梁子指的是海洛因。

柳莺说，他们是常昊打发来的。常昊说，他也不求啥了，只希望紫晓给他个面子。因为，在温州人眼里，离婚是很糟糕的事。温州人认为：离婚要是女方的错，说明你不会识人，没有能力；要是男方的错，说明你不够义气，没有德行。要是你连家庭都搞不好，咋能领导一个企业？

紫晓说，我的事，你们别管了。再说，你们也管不了。

3

出了紫晓娘家，柳莺对梁子说，她咋觉得紫晓有点傻呀。

梁子说，这哪里是傻，简直是疯了。两人唏嘘了许久。

太阳白孤孤的，在空旷的天空里惨白出可怜了。老百姓并没有因风的缘故待在家里。楼门口有了许多摊点，卖各种小吃的，已不顾风天上市了。水果摊、菜摊什么的，都待在自己该待的地方。他们都缩了膀子，在风里跳舞。

几个姑娘举了口罩，叫："两元一个，两元一个。"这几日，听说又有了啥传染病，口罩又吃香了。

柳莺很可怜她们。

柳莺以前就卖过口罩。要不是后来她换了心思，她也许只能像那些女孩，举个口罩满街叫。

可现在，不了。

女人是很容易变坏的。一变坏，就难成金不换的回头浪子了。因为她再也无法忍受曾经的清苦生活。

柳莺想，她们纵然把那些口罩全都卖了，又能卖几个钱？柳莺便想自己要是落到那个地步会咋样？这一想，竟使她不寒而栗了。

柳莺看过电影《骆驼祥子》。她印象最深的，就是小福子的爹怨小福子的那话，怨她放着现成的东西不卖，却叫家人受苦。

柳莺觉得，那老头真是看透了。

经历过某种特定生活的女人会看淡许多东西，尤其会看淡脸面，会看淡肉体。

脸面是什么？一张纸。在没有捅破前，它确实很重要，所谓“人活脸，树活皮”。可那张纸撕破之后，便简单得只剩下沧桑了。

柳莺就看淡了肉体的交合。她经历过一些男人。他们一个个离她远去后，她脑中几乎没留下什么痕迹。

“他们”是什么？“他们”，仅仅是一个器官而已。

但柳莺并不是看不起那些女孩。她能体会出她们在卖出一个口罩后的欣喜。她们的心灵，是一片没被污染的纯洁的天空。

她们的未来，也还是一张白纸。在这张白纸上，可以画最美的画，可以写最美的诗。而柳莺却觉得自己的一生就这样了，她似乎没有了任何盼头。她老是感叹，说自己生命中很重要的东西似乎倒塌了。

柳莺常把自己想象成《魂断蓝桥》中的女主人公，没有那种经历且有特殊感悟的人，不会真正看懂那个故事。

“战争撕碎了一切”。那个故事将悲剧的诞生归于战争。柳莺的悲剧原因又是啥呢？

生活的无奈？金钱的罪恶？自己的无知？都是，又都不是。

于是，柳莺便归于命了。她只有认命。

柳莺说，每当夜深人静的时候，她总是不甘心地凭吊自己的人生中倒塌的东西。

柳莺无法想象自己会再过那种举着口罩在风中瑟缩的生活。

4

灵非看到了紫晓那段日子的日记，内容很是模糊零乱——

这冬季如此漫长，似乎走不出了。我的歌手，请拉我一把！

阴沉的天，罩着阴沉的街，到处灰蒙蒙的。发丝儿想颤，就叫它颤吧。苍凉的大街上，总找不到那种久违的寻觅。

还是孤零零流浪吧。呢喃的，总是风儿。倒不怕你的撕扯了。破碎的已破碎。悔恨是昨日的事。早没牵挂了。笑也是你，哭也是你，醉也是你，梦也是你。——总是孤独。

前世的今日，因为有你，才没在隆冬驻足。今世的今日，人面桃花消融了，望长空，竟然连鸟影也无。怎奈何寒气的相逼呀。你不牵手，索性就葬在雪里吧！这雪，便当成另一个你。心的世界枯枝败叶了，只待寒风来收拾。那时，连你可恶的名字，也叫狂风卷了去。发黄的往事，从此不再提起。未来的时光里，你想来也不翻那昨天的日记。

曾以为一路有你，才明白你在泡影里。心如朔风。无法恢复的，是昨日的温度。还是流浪吧，在这个小城的冬季。

把沉重吹出心底，拧一首凄婉的心曲。错弹了高山流水，在迷醉的沧桑里，我终于失去了自己。跌落吧，心。如那片黄叶，在风中，飘零出自己的轨迹。心头的牧歌早息了，仿佛一场梦。寂寞敲打空旷的脑海。幸福总是发黄的字。

一直期待你的光顾，但风起了，云散了，空守的，仍是那个扎我眼眸的名字。记得吗？那个冬日，那个你讲述“灵魂”的冬日，你温馨的睿智，可是三月的阳光呢。小鸟依人的我，总是你绿色的影子。记得耳旁的风说：好羡慕。可今夜，终于冻僵我凄婉的心曲。

苍茫的暮色里，另一种“雪”在飘零，也扎眼，扎心。踏一路萧瑟的寒风，独自辗转在寂寞里。

你究竟在何方的云中？莫非，真要我化为相思树？可知？

不争气的梦里，还会出现憔悴的你。

听，你那揪心的诗句又在叫了——

怕只怕孤寂的梦里上演心事
怕只怕深陷的沧桑纹泄露秘密
怕只怕晓风残露里的孤影
怕只怕无月的夜里独步

每每在痴呆里晶出你的容颜
每每在无奈的瞬息有你
每每把诅咒化为寸断的柔肠
每每在笑声里哭泣

不争气的失神的眼
总在出卖
那灵魂里包裹了千层的秘密……

5

紫晓在焦渴中等待践约时刻的来临。

她做了一个梦，很怪的一个梦。她非常清晰地记得这个梦的点点滴滴。

后来，她给灵非讲述了这个梦。正是从她的梦中，灵非发现了深藏在紫晓心底的绝望和挣扎。

紫晓是这样讲她的梦的——

梦里没有任何时空的概念，但我知道自己正处在一个空荡荡迷宫般的地下室里寻找出口，空间里没有窗，只有昏黄暗淡的压抑的灯光。我在地下室梦游着，耳边一直有一个清晰的声音在说："逃出去！逃出去！"（后来我知道了那声音是下意识的我，它总在给我答案和指示）循着声音，我终于找到了一扇紧闭的大铁门，看不到门外景象，也不知道怎样把门打开。我正在找门锁的时候，忽然不知从哪里冒出来两个护士打扮的女人，她们是直奔我来的，像厉鬼附身一样利落得近乎没有过程就把我抓住绑在一张两边有扶手的单人椅上。之后不知道她们对我做了什么，我可能昏迷了一段时间，醒来觉得膝盖有点疼，看见其中一人正往我膝盖里注射什么，随着针筒内液体的下降，膝盖上针眼周围的皮肉便迅速地溃烂流起脓来。这镜头实在太尖刻了——但它只不过是射向空中的箭，它力量虽猛却无法冲出云霄也无法击穿我的梦魇——眼前的画面令恐惧伴随着肾上腺的突升当场激起我无比勇猛的潜能，就跟我束手就擒时的过程一样，我挣脱绳索及踢飞两个护士等几乎是在一念间完成的，然后我不要命地奔向铁门，远远便看到那铁门早就打开了。我没想到挣脱是那么轻易。回想起刚才那两个护士是多么凶神恶煞大力大猛呀！那两道原先看来牢不可破隔绝希望的大铁门，竟然自己就打开了。一切峰回路转的情节都过于顺畅，以至于内心原来那强烈的反抗意识也一下子松懈了，等它再度被意识到时，不经意地已深陷另一个梦魇。

（灵非补充说，其实太多情况的"顺"往往都是梦魇骗取你下放意识的圈套和假象，目的就是让你乖乖地任由业力引向它的更深处。）

……我冲出铁门，眼前的景象让我失望极了，原来铁门外还是地下室，那是昏暗光线下的一条没有尽头的走廊，我看到对面也有一扇很相像的门。进此门成了我当时唯一的选择，于是我毫不犹豫地进去了。这是一个正方形的房间，不大，约四五十平方米，很简陋，同样昏沉的光线。跟前一个房间最大的不同是竟有几个男人，他们似乎在开会。我的突然闯入让所有人都惊愕了一霎。其中一人便马上反应过来，热情地招呼我。那一刻我竟然没意识到那反应表明了他们早知道“其他人”的存在，而我却傻呵呵地像抓到救命稻草一样认真又期盼地叙述在对门的一切遭遇。男人们听完非常气愤，其中一个还抓起电话咒骂了一通，我才知道他们是对门的“上头”，顿感委屈得到了安慰。“上头”打完电话对我说他们不知道那边竟有这情况，他们都很生气，一定会处理并让我安心回去。于是我满怀感激并把所有的压抑、恐惧抛诸脑后，回去了。我怎么“回”的情节不重要到没了印象。我便再次身处故地。迷宫般的地下室依然空荡、压抑、毫无生机，我也仍像幽灵一样游荡着。不知是我下意识的安排还是梦魇头头出于对我灵魂招安的让步，那两个护士消失了。……在梦里据说她们被调走受罚去了，我有一种快意和轻松。“听说”（却不知是谁听说，明明这就没别人）这里调了新的看管人，是一个英国贵妇人形象的中年女人。当我在迷宫的某个角落发现了她和她助手的踪迹时，就偷听了她们的对话——我自己都佩服梦魇的编剧能力了——我惊愕地发现她俩竟是之前的那两个护士乔装的。原来所有人都是一伙，他们在演戏，一切都是假的，统统都是欺骗……知道真相的那一刻快让我呕吐了。一种从未有过的那么强烈的厌恶感令我记起了曾经一直想找出口的愿望，在那恍然大悟的晴天霹雳下，一个念头忽地闪过——我必须逃出去！……几乎在念头升起的同时，我的眼前出现了一片光明——我真正逃出了那混沌的地下世界。我从未想到真正意义的寻找出路仅仅是一念。

只是，此刻的我仍未苏醒，我进入了下一个奇异的梦魇……

紫晓说，就这样，我总是陷入无尽的梦魇和孤独。后来，妈说：“你孤独？为啥不找我？”我无言。妈混淆了孤单和孤独。孤单是身心的感觉，孤独是灵魂的无奈。孤独是心灵无法沟通的痛苦，是情绪不能宣泄的沉闷，是钟子期死后俞伯牙的寂寞，是白云深处无人家的冷寂，是高处不胜寒的苦笑，是内心世界与外部环境冲突时的胶着，更是大彻大悟前的迷惘。

真正体验过孤独者，或为智者，或是疯子。前者超越了孤独，后者为孤独吞噬。当孤独降临时，任何亲人无能为力，除非他能进入对方的灵魂深处，跟那孤独的心灵产生共振。

许多个夜里，我蹒跚在大坑口水库旁的山道上。我望着夜色中的坟墓。那一座座白色的建筑，很是扎眼，那是人类永恒的归宿。我发现它们老是望着我，时不时会含蓄地微笑。

有时，我甚至会蹒跚一夜，回小屋时，已到凌晨。我孤独地回到房中时，常昊却不知在何处幸福地呼噜呢。

6

紫晓在日记中写道：

……午觉醒来，那个孤独的身影仍在心里蜗居，不到我的风景里来。我只好静静地坐在院里，茫然地看那过眼的云。心虽似遐想的风筝了，牵线的，却仍是无奈的西部。多希望，永远地依在你怀中，观观星星，望望月亮。当然，还有些不着边际的奢望哩。

你何苦那样地寻觅呢？莫非，真要把自己埋入寻觅？埋了……埋了也好。人想夺，却再也夺不走你。纵然埋了，也只与我化蝶吧，在秋风里，相偕出美丽的轨迹。

更希望相聚的日子里，飘着柳絮，充满禅意，你我牵手在灿烂里。可你，总是潜入夜的风，听不见你落花流水的诺言。每每扎入眼眸的，仅仅是秋风中飒飒颤动的那抹憔悴的白日。

莫非，我已成读透的书？莫非，你是在逃避？……好你个冤家，总惹出这难以名状的情绪。心，好累……委屈的泪，又流向累的心里，荡漾着说不出的痛楚……你干脆走吧，走吧！干脆……散了。这人生，这相聚，已是恼人的梦魇了。昨夜，又想了一夜，也哭了一夜呢。

相思使人老，不要相逢好。

遇了你，才发现：孤独，不是曲终人散的寂寞，而是撕咬灵魂的痛楚。

真想大声地哭呀！挥洒出所有的埋怨和孤独。

可知？我多像那水中的花啊，强要留住一抹红，但奈何辗转在风尘里！少年的云彩飘走了，带走了七色的笑靥。这难走的路上，谁与我偕行？莫非是风？是雨？

那个夏日的黄昏总是落雨。落雨的黄昏里，总没有爱雨的你。只好讪讪了，款款步入雨帘，凝眸四顾，在雨雾里，品味伊人赐予的那份孤独。

你还是来吧，我至真至纯的依怙。你带着历史的风韵步入桃源，我也经历了千百次生生死死的轮回呢。你总该明白，我这份等待的心情。

至爱，悄悄地，乘了这雨，来看看雨帘中的我。莫让我的红颜在春光里悄然失色。明知你坚硬如岩，但仍舍不下沧桑的额头和憔悴的心事。雨下得紧。心中一片悲苦。

于是哭了。在这黄昏的雨中，我带着一身缟素，发酵着那个寻常的故事，用累世的辛酸凭吊自己。凭吊声里，青春远去，红颜老去。他仍是一块黑色的碑石，矗在她风流朴素的眼眸里……

7

梦里，我与你比翼在祁连山下。你说祁连在古代匈奴语中是“天”的意思。管他呢，只知道，这行者，还有个名字叫歌手。

梦里的天很热，我一路笑闹，一路歌声，总是那一句“千年等一回”。梦里的我们，肯定可爱得要命！

到了祁连山脚下，我们下了马。梦里都是山，都是光秃秃的黄色的山。山脚下是绿油油的梯田。你一甩歌喉，唱起那神秘的《娑萨朗》。我心中升腾起说不出的骄傲，真想对着高山喊：“我爱你！”与你在一起，我就特别激动。尤其在大自然的怀抱里，在那朴素的远离尘世的环境中，更觉得太阳的可爱。喧闹的都市里，人声鼎沸，物欲横流，哪有属于我们的净土呢？

沿了山路，笑笑闹闹，到一座陡峭的高山下。那山两边尖小，中间坦荡，一顷瀑布，汹涌而下，如半空中垂下的白色哈达。我把马拴在路旁，叫喊着跑向水边。你把手浸在水里，向我甩了一把水珠。我边甩边叫，说你甩多少下就爱我多少年。于是，我坐在石头上不动了，任你这个冤家甩吧，让你甩一万下十万下吧！让我坐化成一尊化石，任你永远地甩下去吧！你甩到五百下时，我已是满脸的水了。衣服也湿了，凉得发抖。于是，我跳过去，搂了你，幸福地哭。你却大叫，说咋才五百年？于是我后悔了，想，真该成块化石的，任这冤家，洒他个千年万年的。我的心陡然沉重了，不去理你，对着高坡上的祁连人家发呆，口里却呆呆地重复你的话：咋才五百年？咋才五百年？你于是拔了根狗尾巴草逗我，说："晓儿，在山上挖个洞，我们一起修五百年行，成不？修成正果，就永不分离了。"这话，如一股强大的洪流，把我冲得天眩地晕了。我的心中汹涌着令人窒息的幸福。可爱的太阳啊，我明知这不过是一句美丽的神话般的诺言，但你的话又是多么有分量，丝丝入扣，扣我心弦，我似乎觉得天使就在眼前飞翔……

梦醒的时候，夕阳西下，湖上薄雾又起。宝山依然沉默着，质朴得叫人心酸。碧水激荡着，仿佛重复着梦中的那个诺言。

我下了楼，在湖边捡了几块美丽的小石头，如同捡拾了一生的诺言。

真想哭……

8

记得，被劫持的那个黄昏噩梦般清晰。

那天也刮着风。太阳很白，像苍白的裹尸布。玉米织成的青纱帐摇摆着，晃出许多诡秘。

——这是后来回忆时的感觉。

而当时的一切都在微笑。黄昏的余晖里，我斜倚墙角，接受清风的拂凉。一声燕鸣，掠过那一方被土墙切割的蓝天，悠然呈现在眼眸里。于是那种物是人非、恍若隔世的情感又袭了来。泪水悄然滑落……

那堵黄色的短墙，曾是你伫立临风、眺望伊人的角落。风里雨里，你一手遮着额发，一手扶着墙，用一种平凡的姿态站成了一抹独特的风景，一直看到亲爱的伊人洒脱可爱地从小路的尽头迤逦而来……

意外的是，曾是你伫立临风、眺望伊人的那儿，却出现了三条大汉。

像电影里常看到的镜头那样：他们阴了脸，黑夜一样，缓缓走来，带着兔鹰的自信。

“请吧。”一个说。

我们被关进一间屋里。那几人问你要一张图。

一条绳子溅了水，在你的天空里呜呜呜画弧。这节目重复了许多次。直到一天夜里，大行偷偷放出了我们。

瞧，那样一次惊天动地的经历，写出来却如此简单。

你说得对，无论怎样的经历，其本质仅仅是记忆。

记忆是没有自性的。

9

他乡可好？

在灵魂被拷问的日子里，太阳是否仍在命中高悬？风是否带去我的问候？是否还有梦？梦中是否有人同行？

我的日子没有时间，时间早成思念的代称。我的命运里不再有太阳，太阳已落入玉米地中。我的笑声里没有欢乐，欢乐总是叫血泪淹没。我的生活里不再有清凉，热恼已腌透孤独灵魂。

老想那边的三月，老想三月里鲜活的你，老想风中飘过的曲子，老想命里设定的牵手。虽然溅出的血泪淹没了梦，虽然白昼的梦里消失了温馨。

那行行银笺记载着心的历程，缕缕秋风不再有向晚的温存。我依旧祈求上苍：能给我精彩的人生。

精彩的人生里定然有你，就如那姗姗远去的五月酒杯。五月酒醉透过三月的伊人。

三月的伊人今在何方？秋风飒飒了，秋风无语，秋风不解风情，秋风里无你的笑，秋风早淹没三月的伊人。

命定的泪水在秋风里滑落。秋风如水。万泓秋水洗不去心头的热恼。那就由泪带出吧，挥洒成旱裂的黄昏。

明知此后的日子定然艰辛，明知艰辛的后面定然清凉。那就叫生命放飞吧！君不见，天蓝风清呢。

相约的日子遥遥无期，如百年一夜的漫漫长路。哈雷彗星渐渐远了。身后的风中，从此不再有翻飞的长发。

总是孤独，总是在孤独里发呆。孤独的日子你不入梦。孤独的梦里总是独行。

明知你是远去的黄鹤。明知此后，只剩千载空悠的白云了，却要问：日暮了，何处是我命定的乡关？

也许还在梦中，秋梦无痕。人面桃花消融了，望长空，竟然无半只鸟影。

桃花岛却在梦中笑着。一个叫奶格玛的女子说：够了，这人生。在开满桃花的岛上，她朝我吻了又吻。

多少命定的风流远去了，近的是唾星。唾星好，天降大任的时候，它总会垂青。

只是无你的日子难耐。时光的锯齿，总在心头划动。只好由它划吧！本就千疮百孔了，添几道口，想来也只是几阵阵疼。

还是走吧！漫漫夜路是我生命的轨迹。一人就一人。司马迁不就一人吗？听，那本《史记》说了：“能阉割了的，便不是真正的人……”

10

站在午后的云影里，茫然望去，街道乏味如裹尸布。落寞的路人行色匆匆，却又一片死寂。无处寻觅那个影子，我只有咀嚼孤独。或在孤独里放飞思绪，一任褪色的往事，拨弄茫然里翻飞的青丝。无言的风中，憔悴的心茫然四顾，再也找不到回家的路。孤独的幽灵你在何方？可知，你寂寞的眉眼映在天边，写满我无法看懂的文字。

老是一抹惨淡的心境。

老是一腔难诉的相思。

从那时起，你的那间小屋，常进入我的梦里。我便幸福地沐浴在小屋的灯光里了。每个清晨，我伴着心头的灯光吟诵。而后在灯光的目送下姗姗远去，到另一个嘈杂又寂寞的所在。那永恒地亮在心头的灯光，成为我生命里最美的音符。

那间简陋的小屋，成了心中永远无法比拟的风景。它遮挡了世俗的风雨，舒展了青春的长发。依了它，欢笑，哭泣，度过了又一个雨季。

……梦中的背影又消逝在天的尽头。憔悴的影子牵动我无奈的眼眸。

……这个黄昏飘着碎雨。浓浓的悲凉引来肆无忌惮的风和满眼的无奈。黑色的雨伞隔不断绵绵细雨。这无尽的愁绪，何时清理？岁月如雨滴，滴滴催人老。时光酿成了永远的迟到。

伤痛是命运的悖论。是否放弃，放弃这比生命还珍贵的故事？

朦胧的雨雾里，我茫然伫立。风吹来，心颤抖。独自徘徊在滂沱的雨里，面上平静，心在痛哭。

你轻轻地来，在风中，雨中，田野里，微笑驻足。那身影总是憔悴，总是孤独，如一叶方舟漂泊在陌生的海里。你莫非邀请清风做伴侣，谁与为欢，嘘寒问暖？！

11

读着那些混乱的文字，灵非觉得自己陷入了一团更大的乱麻。

他很想理清：紫晓的爱，本质上是不是仍是一种世间之爱？

那文字中，他并没有看到超越。他看到的，似乎仍然是情欲。

他于是想，女人追求的超越，其实也许是情欲的一种变异。

第二十六章　天大的墓碑

1

除夕夜，常昊按过年时祭祖的习俗，给祖宗们上了三牲：鲮鱼、猪肉、鸭蛋。这是东莞祭祖时常供的东西。常昊很迷信，总是相信祖宗能保佑他发财。

常昊像丧家的癞皮狗一样在街上乱转的时候，好些店铺已贴了年画和春联，有些人家的门上还扎上了“葱蒜”，以示吉祥。可怪的是，沿街竟有人摆小吃摊，卖糖不甩、濑粉、龙舟饭、麻涌香蕉啥的，常昊吃了虎门麻虾和烧猪。

一些娃儿开始了“卖懒”。他们穿着木屐，拿着一个熟鸭蛋，蛋上有支燃着的香。在木屐的橐橐声中，娃儿们唱——

卖懒去，等齐来，
今晚人人来卖懒，
明朝早早拜新年，
拜了新年尝大吉，
尝了大吉尝银钱！

卖懒！卖懒！
卖到年三十晚，
人懒我不懒！

卖懒仔，卖懒儿，
卖得早，卖俾广西王大嫂；
卖得迟，卖俾广西王大姨。

娃儿们边唱，边走到井边，将燃香插在井沿上，剥了熟鸭蛋，边走边吃。据说，他们一年的懒就这样卖完了，来年就会成为勤快的孩子。

常昊觉得好笑，他不信那样叫几声，吃个鸡蛋或是鸭蛋——他发现有的孩子甚至还吃煮山芋呢——那懒惰就会没了。

记得初来东莞时，他也卖过懒，可第二日，他照样睡到了日上三竿。那一年，也没有丝毫的迹象表明，他比往年勤快了一些。不相信能卖懒的他，无论咋卖，那懒也不会离开他。倒是他很想吃炒鸭蛋，一想到炒得很老的黄黄的硬硬的鸭蛋，他就咽了一口唾沫。

忽然，他发现那卖懒的娃儿中有一个很像紫晓，心动了一下。现在，他现在才希望自己跟紫晓也能有这么个娃儿。他知道，对于女人来说，娃儿是拴野马的缰绳。他后悔自己当初引产了那个孩子。

常昊到了紫晓家的那个小区了。

此刻，他觉得紫晓家的那幢楼好高好大，黑黝黝像座天大的墓碑。大门口进出的人都像紫晓，但都不是紫晓。一个个紫晓来了，又化成一个个不是紫晓的女人走了。她们好幸福，常昊想。她们可以自由地出入那个有紫晓的所在。而他不能。昨天，他就叫新来的保安呵斥了一顿——他们并不认识常财神，常昊也不想叫熟人知道这件很没面子的事。他怀疑是紫晓的阿爸安排过的——那老头一直没有接受常昊，无论常昊是穷光蛋还是大款，都拒绝他上门。他不能容忍他拐走自家女儿。那次“拐走”，打碎了他生命中的许多幸福。

对紫晓的阿爸，常昊有种奇怪的怕。

他知道门房里肯定有保安窥视的眼睛。说不准此刻的他，早成被搜寻追逐的符号了。他不敢进去。他知道一进去，就会被赶出来，仿佛他是一条患了麻风的狗。

这场面出现多次了。

夜很冷，飘着雨。没有风，但那阴冷却像水一样往骨肉里渗，一直渗到心里了。心里的冷才是真正的冷，衣服啥的，都不起啥作用了。

紫晓阿爸的那张冰冷而阴沉的脸又在常昊面前出现了。那双小而亮的眼睛，望着常昊，发出很冷的光。常昊不由得打个寒噤。常昊很怕他，这也许是他的天敌。他怕他，跟老鼠怕猫一样，是天生的。也许是那次市场里的猛揍，揍破了常昊的胆。更也许，常昊被老头身上的“大官气”震住了。

常昊骨子里很怕官。

常昊的父亲也很怕官。以前，哥没当副市长时，父亲一听常昊挂了紫晓，吓坏了。——那时，父亲将教授也当成了官。父亲说：惹不起呀，娃子。当官的都是喝血贼，吃人不吐骨头的。把你弄到班房里，你连头三脑四都不知道的呀。又说：娃子，石头大了转着走。惹不起，总能躲起。找个本分丫头过日子，多好。活人了世嘛。

父亲很怕官，也很怕紫晓。

常昊把紫晓领回家的时候，父母忙前忙后，战战兢兢。紫晓总是睡到很晚才起。吃饭时，妈都不敢叫醒紫晓。

父亲把怕官的毛病遗传给了常昊。那是灵魂深处的怕。以前，一见身上有大官气的紫晓父亲，常昊就觉得自己给刺小了一半。他甚至也怕自己的二哥。后来，即使他有很多钱，从心底里还是怕官。他在给当官的送钱时，总是战战兢兢的。要是对方不接受，他便惶惶不可终日，总觉得天要塌下来。对方一接受，他会怀着感恩的心长嘘一口气。每次送钱出来，他都觉得自己是个贱骨头。挣的钱多钱少，改变不了本质。无论他在人前如何吆五喝六，他本质上还是个怕官的农民儿子。因为只有他知道，官太强大了。踉死他，跟踉死个蚂蚁一样。便是上了福布斯排行榜的大富豪，只要官愿意，都随时能将他们下到牢里。常昊知道自己创造了无数个能坐牢的理由，干得越大，理由越多。

那幢大楼很像紫晓的父亲，即使它不声不响地静立在那儿，也能叫人觉出一种挤压。那种挤压感很强，仿佛要扑面而来，想碾碎他似的。常昊很讨厌这幢黑夜里显得很高很大的楼。

常昊不再望那幢楼。

门口的灯很亮，照着那常年关闭的大门。大门栅栏像电影上的监狱栏杆，让人感到很阴森。

一个女人出来了，是紫晓。

常昊的心动了一下。前边过去的几个女人都像紫晓，但都不是紫晓。常昊觉得这个肯定又不是紫晓，但他愿意把她当成紫晓。即令是一瞬间的欣喜，也比长时间的冷寂好。

但这一个确实是紫晓。

因为她身后还跟着她妈。

紫晓可以有许多个“紫晓”，但她妈不可能再有第二个了。常昊太熟悉她妈了。

紫晓妈少有的胖。走路的姿势更是少有：那纯粹是肉体的运动，机械而无一点生机。仿佛行路时，她的灵魂还在沉睡，肉体便由了前趋的脚拖了去。这是个自以为是的女人。以为自己能像神婆子一样未卜先知，并逢人就吹嘘自己的这点“特异功能”。

她长得很像紫晓。

甚至可以说，紫晓的五官就是照着她造的。但紫晓惊人地美，她则奇异地丑。那种胖，那种无灵魂的机械运动，那种自以为是的浑浊，使她显得十分丑陋。

也许，要是时光倒流二十年，她会是另一个紫晓。但这是非常叫人遗憾的假说。因为换句话，二十年后的紫晓，定然会像今日的她。但前者叫人产生美感，后者则只能倒人胃口了。

一见紫晓的妈，叫人甚至对紫晓的美不再信任。觉得紫晓的美像街上流行的假冒伪劣产品，虽有诱人的外表，但不耐用，很快就会显出丑陋来的。常昊第一次见到紫晓妈时，就这样认为。

这一个，确实是紫晓。

若没有她妈，常昊一定会扑上去，一定会软磨硬缠地把紫晓带回家。以前许多次了，都这样。但她妈在场，常昊不敢。他将对她老公的怕，移到了她的身上。以前，一见他，她就会骂他“死狗”。有时候的骂，更多了泼妇的神韵。

紫晓向北走去。紫晓走得很快，把妈扔出去老远。紫晓显然不喜欢妈当她的影子。紫晓一向讨厌父母的过分关心。常昊知道她的这一习性。

紫晓进了一家商店。十分钟后，她又回家，给常昊留下了一片巨大的空寂。

2

直到夜半，紫晓再也没有出来。街上行人渐少。那股寒气却鼓荡成风刀了，一下下往脸上刺，而且，这风是那种被称为漩涡儿的风，任你站在哪个墙角，都挡不了风刀的欺凌。那高楼，仍在静默中挤压常昊。他渴望紫晓能出来，能像过去无数次地从那座高大的建筑物中跑出，跑向他，由他拥了，开路！

在这样冷寂的夜里，常昊都有些不敢相信过去曾拥有过紫晓，曾那样幸福地拥有过紫晓。总像是个梦。以前，他不知道珍惜她。待得发现她可能要离开他时，他便慌张了，觉得自己有些对不起她。

那时是多么幸福。那么美的紫晓，离开了父母，跟了他。他们可以跳麒麟舞，做饭，唱歌。他们可以无拘无束地闹，可以由了性子睡，想啥时起床，就啥时起床。

那是多么遥远而美丽的过去呢。

虽说，紫晓离开他只有几天。可常昊觉得，已过了多年。昨日的一切，显得那么悠远，模糊出奇异的美来。他想不通，他那么对紫晓好，一天恨不得打三百个电话，她为啥就不理解自己呢？

他很后悔打了紫晓——虽然他只是揪了她的头发撞了几下墙。他怎么能够揪她的头发呢？他怎么能够打离开了父母跟他私奔过的紫晓？他狠狠砸墙，把那只揪过紫晓的手惩罚得流血了，但还是解不了恨。

常昊懊悔得流下了泪，哭出了声。热热的泪，流过冰冷的脸，加剧了脸的冰冷。

要是此刻，紫晓出来，他会在她面前下跪，磕头，祈求，痛哭，求她原谅。他会叫她用那双美丽的脚踢他的眼，狠狠踢，踢青他的眼窝，直到踢出她灿烂的笑来。

常昊很喜欢紫晓的笑。此刻的夜里没有笑，只有风，只有像刀子一样欺人的风。

常昊后悔方才紫晓出来时，没有扑上去请她原谅。他知道，她妈肯定会骂他，内容很难听，还会骂他“死狗”。不过，即使叫她骂上一顿又何妨？你不就是爱面子吗？面子值个啥？上回私奔后，你不是有过无数次被她妈称之为“耍死狗”的行为吗？再“死狗”一次，又有何妨？至少，你可以很近地看看紫晓可爱的脸。

夜很深了。

家属楼上的灯全熄了。街上几乎没了行人。常昊觉得自己已被干冷干冷的风吹成僵尸了。脚有些不听使唤了。还是回吧。今夜，紫晓肯定不出来了。

这后半夜，将是一个煎熬的漫长的后半夜。

常昊望一眼那黑里晃动的高大建筑物。回吧。他想。

到哪儿去呢？那幢没有紫晓的孤寂的小楼常昊一刻也不想待了。现在，那是个坟墓。而且，最糟糕的，是那里的每一件东西都提醒着紫晓浪漫的存在，与现时的孤寂产生着鲜明的反衬。常昊受不了。常昊知道，今夜将是一个不眠之夜。常昊想找一个能排遣寂寞的所在。

他长长地叹口气，像幽灵一样，向一个酒吧飘去。

3

“瞧，又是那死狗。”紫晓妈说。

“是吗？”紫晓淡淡地说。

阿妈早就发现了常昊。紫晓想。那确实是常昊，在那个结婚以前常等她的角落里，紫晓一眼就能看出是常昊。紫晓很烦，很烦常昊，也烦家中的沉闷。阿爸总是不看她，不和她说一句话。阿妈则总是絮叨，骂常昊，也骂紫晓。弟弟很冷淡地待她。紫晓觉得，自己快憋出病来了。

被常昊撞过的地方瘀了血，眼珠也充血了，阿妈说她是“自找的”。阿妈的言外之意是：“谁叫你不听爹妈的话？谁叫你跟了那死狗？谁叫你以前不学好？”等等。

果然，阿妈在说“自找的”十分钟后，就把这一连串的“谁叫你”都“问”出来了。紫晓很生气，但紫晓什么都没说。

在客家人眼中，只有坏姑娘才会私奔。坏姑娘是没有发言权的。

紫晓很闷。紫晓最怕看父亲的那张脸。父亲的脸依旧阴沉得像墓碑，令她窒息。吃饭时，父亲也想有意说几句笑话，可没人笑。阿妈是个不幽默的人。阿妈很实在。阿妈总在不该笑的时候笑。弟弟能笑到点子上，但他边咧嘴边望父亲，声还没发出就僵在脸上了。

紫晓觉得气氛很紧张。大家都在心里相约了似的，怕打破某种东西，都小心翼翼地避着它，都故作出一种轻松来，反倒显得更紧张。

紫晓有些受不了。

她便待在自己以前住的小屋里。紫晓很喜欢小屋里的那种暖融融的氛围。她可以自由地坐，卧，翻书，睡觉，哼几首自己喜欢的歌。

许多日子，紫晓一直生活在喧闹之中。周围的世界一直在喋喋不休，紫晓早腻歪了。回到自己的小屋里，紫晓感到很宁静。她需要这种宁静。她像一艘航船，经了那么多的大风大浪后，该到宁静的港湾里歇歇了。

一切，都远去了。那些岁月，那些经历和所谓的爱情、幸福、痛苦、梦幻，都远去了。她只想一个人静静地待几天，只想什么也不去想地过日子。

看到常昊瑟缩在风中的身影，紫晓很平静。仿佛那是个与己无关的人，她竟然不恨他。她甚至讨厌阿妈喋喋不休地骂常昊。

紫晓只希望自己静静地待着，谁也不要打搅她。

紫晓睡得很熟。

4

次日醒来，已到上午十一时。阿妈做好了八宝粥，枣儿放得很多。紫晓的腿上也有瘀青，阿妈问了医生，医生叫她多放点花生和枣儿喝喝八宝粥试试。阿妈就做了八宝粥。

紫晓喜欢喝阿妈做的八宝粥。

紫晓懒洋洋地起床，懒洋洋地洗漱，懒洋洋地喝完八宝粥。阿妈便说："早晨，那死狗还等。"紫晓懒洋洋嗯一声。

阿妈说："你阿爸说了，你的事你自己决定。要是你定了，告诉他一声，他去找律师。"

父亲一直看不起常昊，他眼中的混混暴发户也是混混。对常昊的一些来钱路数，父亲并不随喜，每次别人提及，他总露出羞与为伍的表情。他不希望别人将他跟常昊联系在一起。

从常昊拐走了女儿起，父亲就想把他送进大牢，只要紫晓同意，他肯定能找到理由的。

紫晓知道父亲恨常昊，那是意欲千刀万剐的恨。常昊糟蹋了他那么好的女儿，常昊叫他的家族蒙了羞，常昊为他铸造了一个终身无法接受的事实。

妈说，自打她私奔之后，父亲就一直沉默不语。弟弟不成器，父亲的所有希望都寄托在女儿身上，常昊打碎了他的生命中最重要的盼头。

每次提起常昊，父亲总会冷笑。

紫晓很怕阿爸阴沉的脸，更怕他的冷笑。前者只表明他的心绪。后者，却意味着他要有所动作。阿爸一直想把常昊送进监狱。他像躲在暗处盯着仇家的受过伤的老狼，一直在等待机会。虽然常昊后来成了女婿，父亲有些投鼠忌器，但那种复仇之心，并没有泯灭。他清楚地知道常昊的软肋在哪儿。

“你说呢？”阿妈小心地问，“要不，通过法律解决？”

紫晓很讨厌这个话题。她只想一个人静静待几天，可阿妈老问，老揭这伤疤。紫晓很反感，但她只是皱皱眉头。她不想刚进家门就和阿妈斗嘴。

紫晓知道，常昊最怕她。她知道他的许多秘密。每一个秘密，都能将他送进大牢。每次打了紫晓，常昊总是会惊慌失措。紫晓很喜欢这种恶作剧。

中午，父亲和紫晓正式谈了话。

父亲说已问了他当公安局长的同学，对方的回答是：常昊的那些事，只要抖出来，坐牢没问题。问题是，你的女儿是不是真告？阿爸无法回答他的发问，就问紫晓。紫晓却总是沉默。

阿妈也劝，要是她真的想离婚，那伤也是个理由。按法院的判决走的话，她还能分一笔很大的财产。

紫晓摇摇头。

5

下午，紫晓给灵非打了电话。

她的声音很平静。她只是问，他曾许诺的要保护她的话还算不算数？若算数，就到她家门口来，雇辆车。她要去照张相。她补充道，那是她阿爸叫她照的。他想把伤固定下来。她不想刚进家门就惹父亲生气。

紫晓的伤显得很重，眼球红得可怕。一个巨大的青包垂在眼球下。紫晓有意侧了身子，把半个还漂亮的脸转向灵非。

“哟，一株开花的树呀。”灵非笑道。

紫晓斜倚在灵非那张窄窄的单人小床上，任暖融融的阳光照着慵懒的身子，懒洋洋跟灵非聊天。

这是她后来回味不已的镜头。

紫晓记得，那张小床上，有一条粉红的护裙，在阳光下异常醒目；还记得，徐悲鸿的八骏在床单上扬蹄奔驰。紫晓于是产生了极强的冲动，想卧在上面，香香地入梦。

紫晓记得，灵非屋里有满壁的书。屋里有浓浓的书卷气。灵非坐在书卷气里，一直坐进紫晓后来的梦里。

记得那日没话题。

紫晓记得，那个灿烂的日子里没有话题。那只是一次交谈。目的是享受谈话本身的乐趣。紫晓记得他们说了好多话。但除了找灵非的那个理由外，她记不起任何话题。清晰的，只是充溢在心中的、浓得化不开的情绪。

那是真正的谈心。心与心之间没有距离。没有欺骗，没有心机，没有利益，没有猜测，没有隐瞒。只有交流，心与心在交流，信息与信息在互换，能量与能量在传递。

紫晓的心被那和谐的氛围腌醉了。

还没有淫欲。一男一女，在一个阳光灿烂的日子里，在一间偏僻的小屋里，在心与心的交流达到那么和谐之后，竟然会没有淫欲。

紫晓曾许多次设想，要是灵非像常昊那样求欢，她会不会接受？但紫晓死活想象不出那个场面。她无论怎样调动想象力，也无法叫灵非发出常昊的笑，说出常昊的话，干出常昊的事。正如一个虔诚的佛教徒无法把佛陀想成小偷一样。

紫晓的眼里和心里，灵非一直没变成常昊的样子。灵非永远变不成常昊。

就是在这次交流之后，灵非才真正进入了紫晓的内心世界。

6

那个下午，常昊一直盯着紫晓。紫晓打电话，紫晓坐车，紫晓进了灵非在麒麟巷的小屋。常昊都知道。

常昊候在门口，想等紫晓出来的时候，把她劫到家里。没结婚以前，常昊多次劫持了紫晓，紫晓也多次迎合了常昊的劫持。

那个下午，灵非送紫晓出了大门。

在跳麒麟舞的某个夜里，常昊发现，紫晓频频望灵非，他便认定：紫晓爱上了灵非。紫晓和她爱的男子，在一间屋里，待了一个下午，会发生什么事？

不言而喻。

常昊甚至想象出了所有细节。在同紫晓接触的几年里，他最不信任的就是紫晓。紫晓说："长相知，不相疑。"但常昊是"越相知，越相疑"。常昊认为，紫晓一旦与男人独处，便会上床，便会发出那种颤颤的呻吟。

常昊甚至"看"到了那种场面。常昊想在紫晓的胸口插上一刀。

紫晓一走出大门，常昊马上变成了疯子。他一脸扭曲，口喘粗气，目射红光，脸却铁青。他扑向紫晓，伸出手。他想揪住紫晓的头发，把她扔在街上，踢出血和惨叫。

灵非挡开了常昊的手。

"我从此再不相信人！"常昊叫。

"没想到，灵非，你竟是这样的人！"常昊大叫。

灵非冷冷一笑："怎么？你以为我做了啥？那就做了。"

灵非没有辩解。灵非一直没有辩解。他不是为别人活的。他为自己的心灵而活。对得起心灵就成，他不想辩解。

常昊的口中流着涎液。他显然气疯了。他知道紫晓喜欢灵非。紫晓肯定愿意和灵非上床。紫晓肯定上了床。但他决不会想到两人间尚隔着一张纸。有时，那张纸有泰山那么厚。

“跟我走！”常昊叫。

“不！”紫晓说。

常昊于是扭住了紫晓。

紫晓问灵非：“你救不救我？”

灵非答：“只要你求救。”

常昊马上松了手。常昊知道灵非武功很好。灵非屋里有个巨大的石锁。除了他，没人举得起。

紫晓笑了。“我是我自己的。”她挥挥手，微笑着打了的，扬长而去。

常昊开始骂紫晓。他把最肮脏的词都泼到紫晓身上。他的骂引来了许多人。灵非知道，自己的身上又该多些污点了。随他吧，他想。

果然，此后多年里，常昊向认识灵非的人都发表了自己的捉奸过程。

他说：“灵非是个十足的淫棍。”

第二十七章 白轻衣的故事

1

在那本《奶格玛秘传》中，也记载了白空行母的故事。白空行母是大手印瑜伽的护法女神。在浩如烟海的唐卡中，白空行母的形象最为独特，她两腿像杂技演员那样反折而起，直竖身后，露出莲花。在瑜伽传统中，莲花象征女性生殖器。据说，人在临终的时候，只要将神识投入白空行母的莲宫，便能往生净土。

这一说法，深入人心。于是，大手印瑜伽的方便道中，有一种迁识之法，便是将白空行母请到头顶，借助特殊的呼吸和观想之力，将神识送往白空行母的莲花。你只要一次次训练，一般在七天左右，你的头顶就会出现一道缝隙。只要你愿意，你随时可以将神识迁往白空行母的莲宫之中。这样，你就可以自主生死，不堕恶趣。

瑜伽行中有一种说法是，无论你生前作恶多少，只要你“放下屠刀”，便会“立地成佛”。凭借忏悔之力，你就可以往生净土。那种往生是带业往生，意思是你可以带着你的恶业前往净土。到了净土之后，那净土的空性光明，就会像炎阳照耀霜花儿一样，将你的恶业蒸发得无影无踪。

白空行母迁识法，是奶格玛瑜伽中最殊胜的方便法门。

相传，四川大地主刘文彩生前无恶不作。那件著名的泥塑“收租院”，将其残暴刻在了历史的耻辱柱上。此人死前十年，自知罪孽深重，必堕地狱无疑，遂前往西部，找到黑寡子，供了黄金五百两，求得了白空行母迁识法。他苦修七日，打通卤门。后来，历史的车轮碾来了。他被绑上法场，执行枪决。在法场上，枪未响时，忽听他闷叫一声："啪！"便往生净土了。时人皆以为他被吓死了，其实是他用迁识法往生了。这种说法流传极广。虽然显示了迁识法之殊胜，但因为违反了因果率，世人都不随喜。大家说，那恶霸，该遭恶报的。于是，人们都说他吓死了。

《奶格玛秘传》中有许多故事，写的是大手印瑜伽一系的传承故事，其中的许多人物，被视为奶格玛的化身，我称之为奶格玛的精神载体。

其中，便有那个叫白轻衣的女子。

2

虽然在《奶格玛秘传》中也有"白轻衣"之名，但它跟我们后面的故事大相径庭。

人们说后来的紫晓已经具备了和白空行母面对面交流的能力。历史上有过许多类似的事例。雪域的宗喀巴大师著述时，就得到了文殊菩萨的点拨。印度的无著也在净相中见过弥勒，弥勒给他讲了一本书。后来，无著将此书记录了下来，此书很有名，叫《瑜伽师地论》，这是人类文化史上不可忽略的一座高峰。瑜伽行者若不懂此书，是很难臻得究竟的。

紫晓见到了白轻衣并将其灵魂述说记载了下来，便跟无著的著述性质很相似。据读过该内容的识者说，它是书中最精彩的内容。虽然因为因缘使然，有人不一定喜欢它，但要是没有该内容，本书的价值便要大打折扣了。

在我的创作中，常常会出现一种滑稽：笔者认为最精彩的内容，一些读者和编辑不一定喜欢，老是有人跳过这类章节，或是建议我删了。其实，分歧的关键在于，我的文学追求跟他们不一样。他们更喜欢故事和情节，我则注重作家独特的生命感悟。前者是任何作家都能完成的，后者则是只有笔者这类作家，才能贡献出的独有。我常说，筷子是探不出大海之深的。要想真正品出大海的奇妙，要先变成潜水员才成。

下面的白轻衣的故事，选自紫晓的日记。虽然灵非认为是创作，但紫晓却说她是记载。问及原因，她只是一笑。

在灵非看来，那甚至不是单纯的故事，而是流淌的灵魂。

在这个故事中，紫晓也是其中的主人公，即博物馆中的那个女孩。但叙述者，却是那个叫白轻衣的女子。灵非不知道该不该叫她女子。她更像精灵。在灵非看来，那个白轻衣其实是另一个紫晓，是她的生命的另一种展现形式。但对此说法，紫晓并不认可。她说那白轻衣确实是另一种存在。

灵非理解紫晓的说法。他说，这至少也是对世界的一种看法。

对那些文字，灵非看得惊心动魄。

他甚至有些相信了紫晓的说法——也许，那真是比真实生活更真实的一种存在。

下面是白轻衣的故事——

3

别问我是谁？

我也不知道我是谁。许多时候，名字仅仅是符号。

你可以叫我白轻衣，因为我曾是个白衣女子。但那是多年前的事了，在一场不期而至的意外里，我被定格成现在的模样。但我不知道这算不算“我”了。我的美丽和青春都被一种特殊的方法蒸发，留在人间的，仅仅是个布满粗纤维的躯体。每天，一个女孩会指着我剖开的胸腹，介绍道：“这儿是肝，这儿是肺，这是子宫……”

你也许明白了，我便是她，那个博物馆里的人体标本。

但那是我吗？

我的美丽呢？青春呢？我明明知道，那一切已离我远去。在多年前的那电光般的一闪中，我不再是我。但不甘心的我，却不忍心抛下没被人爱过的躯体，虽然美丽已消失，但那是我活过的唯一证据。当然，我还有其他见证的，如首饰和衣物等，可它们都成了别人的。真正打着我烙印的，只是这亭亭玉立的少女身子。

但无着无落的我已没有了“我”，没人在乎我的存在，只有那女孩例外。每次，她进来时，总是对我示意：“又打搅你了。”出去时，说：“谢谢你的合作。”

就这样。

一拨拨的人来了，一拨拨的人走了，虽有许多人关注我的躯体——男人们总是偷偷地窥那羞处——但他们的表情，都明白地告诉我：这是具尸体。尸体是没有灵魂的。你知道，从这博物馆建立至今，人们都这样想。没人知道，这具曾经美丽的躯体旁，会有个无着无落的不甘心的灵魂。

你知道网吗？万千条细细的绳子纵横密织成千万个桎梏，那鱼儿，就在里面跳呀跳呀，可无论它咋跳，也跳不出那柔柔的无处不在的力。后来，鱼儿就累了，终于放弃了跳，终于认命了。认命之后，它便没了生命。

也许你明白我说啥了。当千万人都想念“没有灵魂”时，那念想就织成了网。我是网中的鱼儿。我极力地跳呀，跳呀，我想告诉人们，我就是那个灵魂。可没人听得到。一日日，一年年，那网一直裹挟着我。后来，连我自己也认为：这世上，真没有灵魂的。

你知道，当我相信世上没灵魂时，我绝望了。那美丽的身体被制成了标本，可还有我。我明明是有感觉的呀！虽然我说出的话，谁也听不见——人类的耳朵需要声带的帮助。但我有思想。有思想的我，也该算个存在吧。不是有人说“我思故我在”吗？

但我终于疲惫了。因为一拨拨的人都在用无声的念头告诉我：这世上没有灵魂。记得当初，听到第一拨人这样念想时，我抗争，我甚至愤怒地发出一种波，你也可以理解为生物场或是生物脉冲；第二拨人这样念想时，我就想：随你说吧，对脑袋被浆成花岗岩的人，我懒得计较；但第三拨人这样想时，我就开始动摇。我想：这世上，真有灵魂吗？

那么，我是啥？

我惊恐地跑到镜子旁。我明明立在镜前，可镜中一片空白，啥也没有！我成了一阵风吗？那风，算不算灵魂？

记得那夜，我哭了。当你发觉自己是个巨大的虚无时，是否有过跟我一样的战栗？

没人理睬一个没有肉体的女子——我还算不算女子呢？——的哭。我没有哭声，没有眼泪，但我在哭。我多想有哭声和泪水呀，可你知道，没有身体的依托，我仅仅是缕无助的风。

我渐渐被人们“没有灵魂”的念力消解了。我甚至也相信：这世上，没有灵魂。我渐渐渗入那冰冷的世界。我懒得再思考。

后来，在那个冰冷的所在，我甚至没听过“灵魂”一词。

我被所谓的科学消解了。

直到那天，一道闪电般的光芒激活了我。

4

那天，来了一拨人，据说是歌手和学者。我不知道二者的区别。在我的感觉里，这世上，只有男人和女人。男人爱看女标本，女人爱看男标本。想来，那歌手和学者，也定然离不了这一套。果然，男人们最爱看的，仍是我的胸部和另一处。胸部已完全纤维化，另一处亦然。那天，你也看得很细，但你在想：“多美的女人，也不过是这样的构造。”你心里溢满了无常和沧桑。你很宁静。你拿着念珠，一晕晕光，涟漪般扩散着。

那女孩，仍在对我指戳：“肝在这儿，肺在这儿……”

忽然，你发问了：“灵魂在哪儿？”

女孩噤住了。另一人问：“真有灵魂吗？”你说：“有的。”你的语气很坚决。你知道，就在那一瞬，一道闪电般的光芒激活了我。

你是第一个在那所在肯定了有灵魂的人，而且，语气是那样决然。我觉得有种奇怪的变化发生了，“我”渐渐凸现了出来。先前那“群体念力”织成的网完全消失了。我清晰地感到了我的“实在”。

你抖了一下。我知道，你定然觉出了我的存在。于是，此后的某一天，你问女孩，那女子是怎样死的？她说：“我不知道。”

不知道，就别去知道。重要的，是如何善待你知道的。

你静静地出去了，我尾随而去。我多想和你谈谈灵魂问题呀。可你只顾和友人聊天。我只好化成一只蝴蝶，绕着你一下下飞舞。你的朋友惊奇了，说：“瞧那蝴蝶。这回，会有个女孩喜欢你的。”

我害羞了，飞向远处。

5

人们终于走了，博物馆的大门关闭了，一切静了。我飘向一面镜子。自打我被世人弄疑惑的那天起，镜中就再也看不到我的影像。无论我如何搔首弄姿，镜中总是一片空白。你的坚信激活了我的坚信，我坚信有灵魂存在。果然，镜子里先是一片空白明净，渐渐洇渗出红唇的轮廓。……仅仅是个红唇的轮廓，但我还是惊喜了。相较于以前的一无所有，这红唇，多叫我惊喜呀。

你不知道，那一瞬，我是一种怎样的心情。我眼中的你，是能叫白骨长肉的恩人。是的，恩人。当世人用“没有灵魂”的念力消解了我时，你却告诉我灵魂的存在。对于无着无落总怀疑是否实有的风一样的我，有什么比确信自己的“实有”更叫人惊喜的事呢？

于是，那默默远去的影子，一直在眼前飘。

我想，如何让你觉出我的存在和感激呢？没有鲜活躯体的我，已不再有爱的载体。我没有发音的声带，没有溢情的眼眸，没有拥抱的臂膀，没有相依的胸腹。虽然我也曾拥有过它们，但已被制成了标本。标本是啥？标本仅仅是供人们参观的“僵死”。

人们为什么不在拥有鲜活生命的时候销魂地相爱呢？我不明白。

现在，虽然你的智慧闪电般击穿了我，我感激，甚至……爱慕，但我已没了爱的资本。一个女子，有爱的念想，而无爱的资本，这世上，还有比这更悲惨的事吗？

你明白那种绝望和无奈吗？

我多想问你一些问题，比如灵魂，比如解脱，比如未来……它们都困扰着我。在我拥有肉体时，我不曾想过它们。那时，肉体的需要和欲望淹没了灵魂的追问。虽然那时，我有问询的资本，我有声带来表音，我有眼眸来表意，我有手来记录文字，但那时，我没有追问。当那能追问的依托消失之后，所有的困惑才裹挟了我。我如陷身于巨大的黑夜，没有交谈的朋友，没有请教的老师，没有阅读的书籍，只有困惑。它浓雾般包裹了我。我看不到一点希望和出路。你能感受到那种绝望吗？要是你经历过可怕的梦魇，也许就能明白我的处境。只是这梦魇，是没有尽头的。时不时，就有条溅了水的鞭子抽我一下，提醒我，我已没了美丽的躯体，已没了爱的资本。

我羡慕那个博物馆的女孩，她青春，美丽。你看得见她的明眸善睐，还有她的热情，和毛孔里渗出的青春。虽然你总想放弃文学，而专事灵魂的修炼。可许多个女孩，构成了人类。那诸多的牵挂就织成了大爱，面对她们时，觉悟是个惨白的词。

只是，她的眼神很使我忌妒。你知道，我也有过那样一双眼睛。可惜的是，那时的我，从来没有那样望过人，换句话说，我没爱过。那时，我被红尘中的另一种事塞满了大脑。我不明白，这世上，最该做的事应该是爱。后来，在我无法爱时，我才明白了爱。

就这样。

但至少，我应该向你表明。我感激你，甚至……爱你。

我想找个女孩，充当我爱的载体。莫笑我，她拥有爱的资本。你知道，灵魂如风。那无孔不入的风，会将我的爱意注入另一个灵魂的深处。

后来那不可思议的灵魂裹挟，就这样开始了。

6

你知道，你很迟钝。据说智慧的人都显得迟钝。不是说大智若愚吗？你就是，你甚至显得木讷呢。女孩说："看来，你和我一样笨！不过，我是天生的笨，你是透着智慧的笨。"

虽然，我以那蝴蝶的形象，一次次显现，但你却不明白，那是我。那是我唯一能在这世上展示的形象了。你知道，从你的光明激活我的灵魂至今，我在镜中隐现的，仅仅是个红唇。那红唇，稍加变异，就成了蝴蝶。就这样。我找过你多次，后来连你也诧异了。你想到那年冬季，你去放生，也有蝴蝶在绕着你飞舞，也跟我一样顺时针旋。你知道这是吉祥旋，信徒们绕佛塔时，就这样。那个放生的冬季，你看到的蝴蝶，是山神的女儿。你知道这。于是，你将校园里环绕你的蝴蝶也当成了山神的女儿。这所大学虽依山而建，山神虽有个女儿，但这回不是她。这回是我，是一个被消解多年又被你拯救的灵魂。你一点也没想到是我吗？虽然你已觉察到我的存在，但你仍在沉默。你明白，所有行为终究会归于虚无。你只想在虚无中建立永恒。可这世界上，真有永恒吗？

湿润的海风吹拂着你的脸颊，你安详宁静而祥和。你的脸上透出一种红润，那是宁静溢满心灵后的特征。我很喜欢你。你的心承载着一个世界。……别笑我。许多时候，一串电光，能立马击碎亘古的黑夜。这不奇怪。当身边充满了被物欲熏蒸却没有灵魂的躯体时，你那丰富宁静而博大的灵魂世界，怎不叫我神往和迷醉。我渐渐从好奇中走出，融入爱的旋律——要知道，她仅仅是我的载体。当然，这对她不公平，因为她也滋生了一种东西。那觉受，你可以当成我的赐予。我说过，只有灵魂，才能往一个敞开的灵魂里注入新的东西。

你的迟钝，构成了另一种诱惑。她的世界里，没人婉拒过她。你知道，得不到的东西，才是最美的。我默默地注视着你。我只想让你明白一种神奇，并让你从那神奇里，品出一个感恩的灵魂。

你分明感觉到了。在大海边的那个夜里，你想超度我。你做了，但你知道，此刻，我不想被超度。无论多大的神通，也无法超度自甘沉沦的灵魂。你虽在虚空中观出了你的坛城，但我不想去。我更想经历一次灵魂的邂逅。你不知道，我还没被爱过呢。我虽历练过红尘，但没被人爱过。我不甘心。我眼里所有的超度，都不如一次鲜活的爱。

我不去！

我亦步亦趋地跟定你。我甚至已将她当成我自己。她于是一次次发短信。有时想来，灵魂很可悲，连那短信啥的，也得依托肉体。要是灵魂能发短信，我不会再依托她的。因为，我发现她老是逃课。在她眼里，你一日日高大着。这很可悲，男人是不可以高大的，男人应该可亲。在女人眼里，高大是一种挤压。

不过，我却被你感动了。

在一次演讲中，你谈到了我。你说："看那女子的轮廓，活着时，她定然是个美人，但是她死了。死了以后呢，仍睁着一双寻觅的眼睛。我静静地望着她。她张着嘴唇，多想说出爱字呀，可是口已死去；她多想拥抱呀，可是手已死去。所以，有人问我，参观博物馆时，你最大的感受是什么？我告诉她，最大的感受是：在活着时，要好好地爱。"

你是读懂我灵魂的第一个男人。

只有一个有智慧有大爱的男子，才能读懂没有肉体的灵魂在爱面前的那种无望和悲戚。你听过飘风刮过山岳时的厉叫吗？那就是我的嚎哭。

我似乎觉得，我爱上了你——要是一个灵魂也有爱的权利的话。

我将会陪伴你。

你觉出了我的存在吗？

7

我再一次飘向镜子，在夜深的宁静里。

我静立在镜子前，希望看到我当初的美丽。但镜上显出的，仍是那抹虚朦的红。它如宣纸上渗出的一滴红墨，渐渐洇渗开来。……比起上一次，红唇更艳了些。

我凑上前去，吻那红唇。它虽是我灵魂的隐现，我却将它当成了你。我慢慢地凑了去，巨大的幸福扑面而来。我甚至看到了你的迎接，那智慧的眼里充满了慈悲。原以为，我该吻到那湿润的，可是没有。我的吻，如风撞击镜面，我空有吻的念想，却无吻的质感。我的心一下子悲了。

我明白，我连吻的权利也没了。

一双眼睛却隐约在镜中了。你见过水中月吗？就那样，被风吹虚的那种。那是我的眼睛吗？应该是的。我想对你诉说，于是有了红唇；我想追问求索时，就应该现出眼睛。你不是说“万法唯心造”吗？我求索的心，难道造不出寻觅的眼？虽然它仍是虚朦，但它终究会清晰的。像那红唇，不是也由若隐若现，变得猩红欲滴吗？

那眼，渐渐清晰了，很古典的一双眼睛。忧伤的轮廓。此刻，你定然也感受到那双眼睛。在静静的夜空里，它凝望着你。我看到你静卧在床上。你的身旁，有几个男子。他们正口惹悬河地谈些无聊的话题。你的手机时不时唱响。在另一个空间里，她也在那儿。同室的女孩都睡了。她则睁了眼。你们用短信交谈着。我听得懂你们诉说的心灵。

我终于发现，她有些离题了。她为啥不问我想听的事呢？

我叹气，飘到外面。夜空很大，可以由了我舞蹈。我能觉出那海面上吹来的清风，带点腥味。

我很想约你出来，跟你在操场上散步。可是你知道，许多时候，人类的一个细小举动，对我来说，却是不可能实现的奢侈。但是你，是否觉出，夜空中有双窥视你的眼睛？还有个想吻你而不得的红唇？

我发现，你的心有些乱了。你若有所思地按那键。

你们的话，都有些言不由衷。

也许，这正是人类的愚蠢。

等你没了肉体时，你才明白，能说真话，是很幸福的事。

8

我去找你。

我们走向海边。你很激动。那海风、海浪、大海独有的气息令你迷醉。更令你迷醉的，是她……我差点说出“我”字，这是很伤感的事……当你的情感不得不由另一人替代时，确实很遗憾。你是否发现了我的存在？除了那一次次拜访你的蝴蝶，你是否有过别的感觉？

对了，那天早晨，你照镜时，不是发现了一个红唇吗？那红，从镜里渗出。你定然当成了镜子本来的图案，其实那便是我。你同室的那个作家是看不到红唇的。他仅仅看到有个漂亮女孩来找你。他极力地劝你跟她好，他显然被感动了。但他的眼中，这仅仅是个浪漫故事。他不知道故事后面，还有个哭泣的灵魂、期待的灵魂、寻觅的灵魂、渴望爱和被爱的灵魂。

你有双慧眼，在故事之初，你就发现了背后的神奇。自你见我的刹那，你眼中的我，就不仅仅是个肉体。你明明发现，那款款而来的女孩背后，还有另一个灵魂。你甚至感觉到她对你的友善和感激。

你知道，那时，我是多么幸福呀。在别人眼中的存在，是最大的价值体现。尤其，对于你这样一个能窥出灵魂秘密的男子。

我们走向海边。我说：“我们去朝圣好吗？”你说：“好呀。”“你真去呀？”我惊喜地叫。我想，能完全地拥有你几天，是红尘中最美的事。我和你拉了钩。我能读懂你的心。你一直想去朝圣，你一直在找那个相约的人。二十多年前，你曾和一个女子相约，可是她死了。死前，她叫你等她，等她回来时，陪你去朝圣。你一直在寻觅再来的她。你当然隐瞒了这个故事。你只说，跟你朝圣的，定然不是个俗物。我很感动你的述说。我也向往过娑萨朗。听说那儿很美。听说是个神奇的地方，有许多护法的神灵，他们会不会容许我这样一个干净的灵魂去朝拜呢？不知道。只记得，在我拥有肉体时，我也想去朝圣。可是后来，我终于被消解了。一个没有梦想的灵魂，是很容易被庸碌消解的。

我终于没到达圣地。没有去过的地方，才是最美的地方。

你说你终于找到能一起朝圣的人了。我很高兴。我真的很高兴。但很快，我有点沮丧。我怀疑，你指的，是不是她？

是她吗？

我于是想起，陪你散步的，似乎是她；跟你说话的，似乎是她；邀你去朝圣的，也似乎是她。

你是否忘了她后面的我？

也许，你真忘了。

在宁静之光照耀你心灵的时候，你定然会觉出我的存在。你那显现的智慧，会窥破虚假，正如静水可照出世界一样。可是现在，你的心静吗？你不是觉出了荡漾的春水吗？你不是品出了汹涌的诗意吗？那么，你是否品得出隐在生活深处的我？

你是否真忘了，她其实是我的载体。正如一个美丽的瓶中，盛满了醇酒，你不该醉倒在瓶的美里。

你应该静下来，倾听那灵魂的述说。所有的外现终将消失，留下来的，应是灵魂的轨迹。面对相同的故事，她会说："所有的感情不过是记忆。"我会说："所有的存在，都是生命的证据。"有时，生命的价值，也正是存在本身。

两个不同的灵魂，对生命有不同的阐释。有爱的依托者，反倒忽略了爱；无法实现爱者，却明白爱之珍贵。可惜的是，明白了爱的，却无法去爱，她甚至无法去表达爱。她不得不去依托一个也许并不懂爱的红唇。

我多希望，那镜子里隐现的红唇能发声，说出那个"爱"字。但那隐现，仅仅是隐现。它是期盼后的产物，取代不了鲜活的生命。

我知道，她已裹挟了你。你的生活中，有多次去朝圣的机会，你放弃了。而这次，你是真心实意地接受了。你是否想到了那个相约？

你是不是有了醉意？这大海，这景致，这女孩……是不是还该有我？我是否也是你醉的理由？你知道，我设计了你们的邂逅……不是设计，是参与。我用一个灵魂所能发出的所有能量，帮助两个邂逅的灵魂升温。

海风吹着，如同我对你的抚慰。我何尝不想拥你入怀呢？可是，就让海风做我爱的依托吧。你静静地品那抚慰，看那正为你跳舞的女孩。瞧她，一身灵气，在暗夜里起舞了。每个细节都溢满活力，还有那从毛孔里溢出的青春。你由衷地赞叹。其实，你不该赞美她。因为许多时候，赞美是一种诱导，等于告诉对方：对，就这样。你只管静静地品就是了。对，就这样，纯洁了心，坦然了意，在静默中，品那大美。

可你的眼神，真让我忌妒呢。

不过，我就当你在品我灵魂的舞蹈。你见过那随风舒卷的云吗？你见过那自由跌宕的浪吗？你见过那草原绿风中撒野的马群吗……它们，都有灵魂舞蹈的韵味。不过，你还是品这女孩，这世上，最美的语言是女孩的笑。

不是吗？瞧你。

记得，那是你的第一次失眠。你发觉，你被巨大的力裹挟了，滚出宁静，滚向未知。这是从没有过的事。

你觉出了恐怖。于是你淡淡地说，我还是回去吧。那儿，有好多事呢。她不易察觉地叹气，凝眸，望望远处，说，去吧。

那夜，是邂逅后的第一次失眠。

9

镜中的影像渐渐清晰了，除了红唇，除了眉眼，还有脸的轮廓。我发现她有着古典美。那是我吗？我不知道。只记得，我生命存在的当初，不是这般清秀的。莫非，灵魂就是这样子？我整夜整夜在博物馆里走动，品那移动时细微的风声。我分明感到了不易察觉的风声，我很惊喜。要是你明白我真的相信没有灵魂后的绝望时，你就能理解我了。人，怎么能没有灵魂呢？当这个美丽的影子成为我灵魂的证据时，我被巨大的幸福裹挟了。

一夜的飘忽，清晰了脸的轮廓。风声也洗出了衣带。我能看清自己的形体了。那样子，不是被制成标本前的我，分明来自更古老的年代。我不知道它是汉是唐，这不重要。只要灵魂存在，久远也罢，当下也罢，并不重要。我还知道灵魂有着更久远的历程。只是这灵魂，只属于能感受灵魂的人。世上有许多人是没有灵魂的，肉体一没了，魂也飞了，魄也散了，他们就从世上消失了。不为灵魂活着的人，是不配有灵魂的。

我的灵魂也在舞蹈，可你看不到。你只能欣赏一个女孩的舞蹈，你无法感受一个灵魂的狂欢。这是你的可悲。你宁静时，虽能感觉到我，但我们没法交流。我面对的，是无云翳的天空和无波纹的大海，我希望你能走出那宁静，来面对一个鲜活的我。但你失去那宁静后，外现的虚幻却又想迷了你的心智。

我发现，有人的地方定然无你，你只在寂寞里晶出。稍有异响，你就惊鹿般逃出，消失在无尽的怅惘里。于是我总在祈祷：不要风，不要雨，只要你默默的眸子。

但我分明发觉了你的失眠的窘态。

我知道你在犹豫。你明白朝圣之行会通向未知。你还感到了那种裹挟，它越来越凶猛。那就拒绝了她吧。哪儿也别去，你还是回到你静静的所在。从你宁静的心里，流出纯净的文字。

看到了你和她都在失眠，我有些后悔当初了。

我不知道，我是否犯了一个错误。

10

对她那鲜活的灵魂，我完全失去了影响力。没办法。爱可以复活一个幽灵，爱同样可以激活一个女孩所有的生命能量。我分明感受到那种强抑的汹涌。你知道，那种力量很巨大，已远非一个飘泊的灵魂所能控制和左右。我于是有了上帝的悲哀。听说，上帝创造了人类后，却再也无法控制人类。我也一样。我点燃了她。可是，她已被激活，成为另一个灵魂。她已不再是我的附庸和载体。她开始有了梦想。而人一旦有了梦想，连上帝都拿她无能为力，因为那梦想，已取代她心中的上帝。

我每每发现自己的无能为力。

你想，当你的一个载体开始背叛你时，你会有怎样的心境？也许，许多自杀者，就是因为其载体背叛了心灵。他不得不用极端的方式予以了断。

但我是无能为力的。我不能惩罚不属于自己的肉体。我只能在一个偏僻的角落里静静地望着燃烧的你们。令我欣慰的是，你只有圣洁之光，而无私欲之气，这是很难得的。她也是。你们在跟对方的接触中提升着自己，我很感动。这时代，已经很难发现有这样的人了。当物欲掩蔽了心的明净之后，我已经许久没见这样的光明了。

我既感到欣慰，又忧戚不已。

毕竟，我点燃了一对邂逅的男女。没有我，他们会擦肩而过，走向各自的宿命，终于被茫茫人海淹没。当然，你也许会依托艺术走入相对的永恒。但因为有了她的出现，你的生命会绽出一朵奇异的浪花。虽然仅仅是一瞬，但在你生命的时空里，它会为你提供滋养，会成为你生命的激情和动力。

显然，你理解这一点，相约的那夜，你说："你是我生命的诗意。"是的，是诗意。但悲哀的是，在你心中，她越来越浓，我越来越淡。

但你分明是越来越惶恐了。

灵魂开始燃烧，总在烫伤理性的你，也正因了那灼人的热，才能发出炫目的光。在这个冰冷的世界上，就有了一种能感动心灵的大美。

相约的净土遥远而神秘。它远到心外了，成为惊喜和未知。你发现，你的生命深处，有股巨大的力量正席卷而来，它可能会冲垮你所有的程序。

瞧，那感觉又卷向了你，如大雾迷了天边的树。她是树上栖息的寒鸦，一匝匝绕着，总不肯离去。倒是风沙鞭子般抽来，相思便凋零了，化为风中的黄叶。

空旷的天地寂寥无声，无人咀嚼那独行客的孤独。于是，你总在牵挂那邂逅的蝴蝶。面对那亘古的大荒和生命的须臾，你已不在乎面子。

那真是一个可怕的未知。

11

海风吹落了藕上的莲子，却吹不去你的牵挂。于是你逃出了人群。你想也许在无人处，会有一串微笑的风铃。那大海生下的贝壳，会发出梦中才有的声音。

你便去了海边。

你想静静地看海。海边的小村遥远而局促。你漫步在街头，心里盛满了期待。这是很糟糕的。那期待，也叫“求”，你是否忘了“有求皆苦”？是的，有求皆苦呀。你是否觉出沁凉入骨的孤独？你是否品出灵魂难耐的焦灼？你是否期待一个巨大幸福漩涡席卷而来？你是否还感到一种从没体验过的恐怖？

是的，恐怖。

前面的路通向未知，你却不知道哪儿是归宿。你更不知道，幸福是双刃剑，在感受到刻骨铭心的幸福时，也伴有刻骨铭心的相思之苦。这世上，没有免费的宴席。

记得那天，你说：“你给我一个理由。”

她说：“还需要理由吗？多累。”

是的，许多东西是不需要理由的。理由是功利的诠释。在灵魂最深的那个角落，需要体验，需要感悟。最不需要的，是功利性的诠释。所以，你忘了那理由。

你走在街头，一心空旷。海风吹来时，心柔得发颤。这是个阳光灿烂的日子。海边有一群女子，叽喳着嬉戏，但你的眼中无人。你只想宁静地品那风，品那海，品海风的呢喃。但你宁静得了吗？那期待，遥遥走来。你想去朝圣。你明明知道，那朝圣路上将发生故事。她说过：“该发生的，终究会发生。”

但我的悲哀已浓成了浆。你的心中，已没了我的影子。你的脑中，盛满了她的故事。我呢？我在哪里？你应该明白，她，仅仅是我的载体。她的所有存在，仅仅在实践我的念想。

我真想哭。

深夜的镜里，我已完全清晰了。那是个古代女子，看不出年代，这样好。许多时候，清晰是美的大敌。那就朦胧吧，你就当我来自唐朝，或是西夏，或是楼兰……在一个不经意的恍惚里，你我曾相遇，种下了邂逅的种子。为了等践约的你，我宁肯被制成标本。但我的灵魂，却一直在寻觅。你能感受到一个寻觅灵魂的忧戚吗？你能体会到有爱的念想却无爱的资本的女子的痛苦吗？你知否，当你面对一个寻觅的至爱却不能尽心表达爱时，我该有多么沮丧？

天空的雁鸣诉说着我的悲戚，秋凉了，凉意渗入了心。博物馆空旷孤寂，还有冰凉。是的，冰凉。镜中的影子有种冷清的美，她冷冷地望着我，一脸无奈。我能读懂她的无奈。那两个沸腾的灵魂，将无奈衬得更深。我有些后悔多事了。那吹皱的池水，搅乱的，还是我自己。那被我设计的牵手，扎疼的，也是我自己的眼眸。先前，你心中尚有灵魂的追问，那追问，还能唤醒一个沉睡的灵魂。现在，你发现没？你的灵魂也已迷失。

你憧憬着未来。那憧憬里，无疑有毁灭的废墟。你的所有世界都已毁灭，所有规矩都被不期而至的飓风卷得七零八落。你定然沉醉在恶作剧中。那现成的世界，已因一个女孩的微笑而走向崩溃。

对此，你是深深地觉察了。你后来说："我终于发现一个女孩的可怕魔力了。它可以摧毁一个人所有的道心。今生里，我忘不了这可怕。"

那可怕，我也觉察到了。我还感到一种失落。你知道，导演甜蜜的我却注定孤寂。因为你的出现，我已发现那博物馆有种可怕的冰冷。我甚至不想再栖身了。于是我时时飘向镜子，跟镜中的古典美人倾诉。

她，仍是忧戚着脸。觉醒的灵魂都这样。许多灵魂一旦觉醒，就再也不会沉睡，于是，海子们卧了轨，海明威含住了枪口。我对她说：女子，你大可不必。先前，你仅仅是缕有灵性的风，现在，你已复苏。消解的魔咒被解除。你有了形体，虽说能欣赏那形体的，仍是你自己。世人的眼眸里充满了物欲，他们无福欣赏你的大美。

那古典女子身着红衣。后来，你看到的，就是她。她睁了那双穿越时空的眼，她定然看到了你的梦想和被梦想摧垮的世界。朝圣的路上充满诗意和陷阱，你终究会被迷失的。你虽然长着哲人的头颅，但我明明知道，其实，你还是个孩子。这世界真怪，孩子未必都是哲人，但哲人定然是孩子。只有那最干净纯真的心，才能触摸到被物欲掩盖了的大真大善和大美。

可你还是个孩子呀！

那可以瞭望的毁灭令你惊恐，就像看到大灰狼的牧童。你的生命里，从不曾有过如此席卷的狂潮，从不曾想过那心甘情愿的毁灭。我劝你逃遁吧。朝圣是遥远到心外的故事。

别笑我。也许你认为我在吃醋，是的，有一点，我不否认。我也是个女子。在一个近在咫尺的浪漫中，却没有自己的位置。但毕竟，我是个历经沧桑的灵魂，我明白，世上的许多事，是一言难尽的。

风呢喃着，缱绻而来，拂向心头。将那浓浓的相思催得更浓。女孩又充满了心。你是真将她当成了赴约的风吗？但你终究是你，你明白那是大梦，可我知道你愿意沉醉其中。你呀，你明明知道那是大空，又何必动心呢？

心是什么？心仅仅是念想，是牵挂，是不经意间的怅惘，是博物馆里晶出的冷寂。其实，世上本无所谓心。心也是无常的，灵魂也是。先前，我有形体时，总是千般计较，万般算计，总爱将那肉体裹出一份亮丽，而独独忘了去爱。对世俗的贪念挤走了全部的爱。后来，形体没了，除了伴我的那身衣服，一切都成了别人的。伴我的，只有不曾爱过的那个遗憾。这遗憾，如溅了水的鞭子，时不时就抽向我。

你丝毫没感觉到，你也变成了鞭子吗？

当看到你窖满了相思的心里都写着她的名字时，我明明知道，那里面，没有我的影子。你不是最重灵魂的吗？看来，其实打动你的，还是女孩的形体。

是的，她很美，小巧，优雅，青春，质朴。她的声音，还带点磁性，充满异域色彩。但这一切，仅仅是她的形体。你定然不明白她有怎样的灵魂。是的，你读不懂她。也许正是这一点，裹挟了你。面对她时，如面对大自然，总觉她清朗见底的后面，有种不可测度的神秘。

其实，你觉出的那神秘，正是我呀。当一个历经沧桑的灵魂附着于一个青春女孩时，她怎能不神秘？

可是，你偏偏从心里挤出了我。

你叫我咋说呢？

12

知否？正在你孤卧荒村被相思煎熬时，镜中的我已清晰无比。那份古典，足以叫你动心呢。你知道，我多么惊喜。我屡屡品那曳风的裙裾。那是种很美的质感，告诉我一个生命的证据。不用任何人的证实，我已经拥有了自己。

那夜，你出了宾馆，不是在树丛旁看到一个女孩吗？那就是我。

你知道，拯救我灵魂的，是爱。是爱，将我从消解中拔出；是爱，给了我活的感觉；是爱，让我有了自我；同样是爱，使我有了铭心刻骨的相思。我多想告诉你这一切，可是，面对你时，我仍是无能为力。

瞧，你又在写诗了："风拂心头意，喃然如静泣。晴阳勿醉眠，告我妙消息。"你将她赠你的画贴在墙上，时时咀嚼。你躺在床上，风从窗外拂向你相思的心。你是否知道，有好多东西，一生下，就注定要走向死？

你不是老是谈"灵魂"吗？可你在乎过我这个日渐鲜活的灵魂吗？你个好龙的叶公呀。我真想说服你，远离这邂逅吧。你明明知道，那生命狂潮，会席卷你的所有宁静。在许多个不经意的恍惚里，你也在长叹。但你想，毁灭就毁灭吧。

我很感动你的毁灭，也忌妒你的毁灭，更惋惜你的毁灭。你明明知道你的宿命，有许多东西，仍等你践约呢，不是吗？

你逃吧，逃离这毁灭你的邂逅，让娑萨朗定格在遥远的期待里。要不，在一个不经意的恍惚里，我再告诉你一个故事，告诉你另一个关于灵魂的故事。

你听懂我的话了吗？你为何唏嘘？

瞧，期待的她正打扮自己，对每个细节，她都在精心设计。这次邂逅，也是她生命中的大事呢。但她更向往那未知。你知道，她喜欢冒险和浪漫。人世上所有的历练，都会成为她人生的财富。而你，稍一懈怠，世上就少了几部书。

逃吧，命里该清醒的你。

而你的心里，却在说着那个词："随缘"吧。可你是否知道，有时的随缘，其实是毁灭的开始。

不过，你别笑我这般急切。我真不是在吃醋，虽然我有一点点的忌妒，但那只是一点点……还有点恼火，也只是一点点。我只是后悔导演了这场我无法结束的游戏，虽然在这过程中，我也拯救了自己。问题是，没拯救前的我，仅仅是一点觉受。现在，却不得不经历灵魂历练的痛苦……只希望，你别将它当成忌妒。我承认，有一点点忌妒。仅仅一点点，更多的是失落、孤凄、绝望。你知道，渴望爱情的我，总没有爱的载体。这是无法消除的梦魇呀。连崇尚灵魂的你，都迷醉那美的形体，何况这个被庸俗和实用充斥的世界。

我不知道该怎样劝你。瞧我，又走调了。我本想劝你放弃这毁灭的邂逅，可话一出口，就变样了。仿佛我在劝你去爱呢：趁着有爱的载体，去爱个天翻地覆。……不，我的思维很乱，我无法清晰地说服你。我真的很矛盾，我既希望你趁着有爱的载体去销魂地爱，又怕那失控的爱火会烧了你自己。那么，由你选择吧。我仅仅是个旁观的参与者。

毁灭也罢，随你。

但我还想做最后的救赎。

13

我看到，你的灵魂正绞杀着你。

你说你只好沉默了，虽然你想唱歌。可这城市，已一天天占领了你的家园。不投降的你，再也找不到自己的调儿。

西部的歌王早已死去，还有那个叫三毛的女子。世上便不再有知音了。

失声的你，却不想失语，于是你说：那就谢你吧，赠笔的女子。

还是大漠好，没那么多规矩。因为那规矩总在杀你。你只愿骑了枣红马，撒野在风里。风里有你的歌。那些城里人耳膜太嫩，总嫌那旷野的天籁，扎疼了自己。

总想找个温暖的港湾，叫那不讥笑的海风，熨去你心头的疲惫。可没人喜欢你一身的风尘，还有那燃烧的灵魂。不想灼伤别人的你，只好灼伤你自己。

总想找个僻静的所在，悄悄抹抹沧桑的眼角。虽说那泪，正在折射世界，好些人喝彩着。可你只是个独行客呀！莫非，真不能舔舐你遍体的伤口？

为了捡回你的宁静，你叮嘱自己：就把她变成琥珀吧！别叫她的顾盼，扎疼你自己。于是，你矛盾着。心说：爱她吧，我想呢。智慧说：正是那距离和遗憾，才定格了美丽。你说，能定格的，还有艺术。你想用堂吉诃德的智慧，定格她的美丽。你想，当你扑向风车时，定然会听到一声娇笑。你沉闷的世界，便一片光明了。

你想，该走的终究得走，正如那远去的雁鸣。不用凭吊和牵挂。只管将她变成琥珀，挂在胸前。寂寞时，她会时不时碰你的心呢。

14

她袅娜而来，曳着清风，牵着雨意，带着微笑，溢着仙气。你明白你的毁灭到了。你定然也看到了她身旁的我。是的，跟她同行的，还有个白衣女子。你知道，我不仅仅是无奈的旁观者。

你带了她，走向戈壁，这是个长满荒草的戈壁。西部的戈壁是真正的戈壁。那儿没草。这多草的所在，就溢满了诗意。我听到两个声音在你心里斗着：一个说，爱吧，趁着有爱的载体；一个说，逃吧，生命里还有更重要的事。前者有许多未知，每个未知都是毁灭的开始；后者却趋向静默，那静默的大美里，有孤独，有空寂，更有永恒的诗意。前者说：爱她吧，瞧，多美的女子，哪怕爱的结果是毁灭；后者说：你还应该有更大的爱。小爱转瞬即逝，大爱相对永恒；小爱是个人觉受，大爱是心灵的滋养。

你就在这样逗着自己。

我偷偷地笑。因为我明白今天的结局。

你后来才知道，我终于完成了最后的救赎。

荒草在风中摇曳，石头静默着。你被诗意裹挟，在逗她。你说着许多话，每句都是言不由衷的恶作剧。看到她的难堪，你偷偷地笑。你在享受那谈话的过程，却总是忘了目的。虽然许多时候，过程就是目的。但今天，你似乎该说些别的事。

没有别的事，你想，就这样。在无尽的生命时空里，邂逅仅仅是邂逅。虽然这是次可怕的邂逅，它裹挟了你的所有真诚。但邂逅仅仅是邂逅。她说了，它仅仅是一种记忆性的东西。

她静静地坐在石头上，她似乎在沉思。她传递着一个个讯息，她需要一份保证，一个理由，一份鼓励。她彷徨在人生的十字里。你显然明白，我也明白。我觉出，天地间的一切为之一滞。有时，一个女子内心的硝烟，不弱于一场战争。

你定然也知道这一切。为啥不给她一个鼓励呢？哪怕一份暗示。

那戈壁蔓延而去，走向未知。据说可通向大海，但仅仅是据说而已。在另一个据说里，该通向娑萨朗的。娑萨朗是块神奇的土地，在神奇的土地上，应该有些神奇的故事。生命里，该发生这样的故事吗？我想也是该的。不过，你知道，我总是词不达意。

你品出了她许多的暗示，心里还是念叨：“随缘吧。”

随缘吧。

有时，随缘的含意是放弃。而有时的放弃，是死亡的代名词。你也明明知道，此番放弃之后，一切仅仅是记忆。记忆是哈在镜上的气，总是由浓到淡，从有到无。将这份鲜活呆板成记忆，你愿吗？

你说，随缘吧。

随缘也罢。可你为啥恶作剧般地逗她呢？你应该悄悄转身，走向你该去的地方。那儿没有水，没有草，那儿是一堆真正的戈壁。真正的戈壁里，有一个真正的你。

我品出了无奈。

那场景会定格在你的生命里，又会在你的笔下鲜活成永恒。有草的戈壁，潮湿的熏风，沉思的女孩，还有浓得化不开的抉择，都在叩问你，叩问她，叩问你们生命的未知。

一个声音说：放弃吧，放弃这生命的邂逅。一切，仅仅是记忆。

另一个说：随缘吧，有聚必有散，有乐必有苦，巨大幸福的背后，往往是巨大的痛苦。

两串无声的叹息，在风中摇曳。

你想告诉她灵魂的故事。她悄声说：我是个俗人，没法承载那高贵。你想，是的。西部的尘埃很大，但还是西部，因为那尘埃里有大美。城里的女生，已被海鲜吃坏了胃口。她们的小脸很局促，说话时，就只好闭上眼睛。

你想，白毛风起的时候，你定然找不到她。她只在春天里微笑。你却要骑了枣红马，去寻觅被风吹散的羊群。那刚生的羔子，已被野狼叼走。长叹一声后，你抹把泪，也知道，那泪，仅仅是凭吊一个远去的生命。

你于是想：随缘吧，凯撒的事归凯撒，上帝的事归上帝。世上的一切，都有它各自的宿命和位置。

她取出一支笔。看得出，这是她的心爱之物。你说："这很吉祥。"是的，对你来说，没有比送笔更吉祥的事了。我很高兴，在看得到的日子里，你会用它记下那灵魂的故事。

放弃后的相赠，令你感动，这无欲无求的行为，会温暖你的孤寂。

那遥远的净土遥不可及，可及的，是无奈的分离。

"去吧。"你心里想，"该去的，终究会去的。"虽然你明白，那去，是一种无法挽回的遗憾。你却说，去吧，你想来明白了一个乡野的灵魂，它是团燃烧的火。远离他吧，别烧成灰烬。你灵魂的宣纸，只配叫那书生，画一些小桥流水。无论你咋个坚强，也承载不了骏马的驰骋。渐去渐远吧，别在视野里踟蹰。你的所有顾盼，都会消解了自己。

你于是坐在石头上，凝成另一块石头。我牵了她的手，走下山坡。我读得出那种遗憾和犹豫，但我还是说："走吧。"

你明明知道，这最后的裹挟，真是为了你好。你应当感激那个拽她前行的白衣女子。

你静静地坐着，随缘是个有力的词。

天地静默着，窥视着无以名状的一幕。一个默默凝视，一个渐渐远去。

一切，都渗入那场不期而至的风里。

15

你当然想不到，那随缘的分离，会成为永远的疼，你总是不敢触摸。敢触摸的，是定格的回眸。风仍在呢喃，心却逃入不可名状的遗憾里。命运说：感谢我吧，正是那遗憾，才定格了美丽。

命定的朝圣已流产，远山仍在呼唤。悠长的声音里溢满了血丝。你赧然一笑，大山呀，我又不是你女儿。

不再去看海，海总在讥笑你。他说："你呀你，你不该消解你自己。"你仰天长叹。你知道，海是个见多识广的老人。不像那大漠，永远是个孩子呢。

你已不在乎她是谁，虽然你忘不了那个名字。你仅仅是份牵挂。有时还有倾诉。当那倾诉波及更广时，你就有了写作的理由。感动不了她的你，只好去感动世界了。世界都喝彩着。你想，有时候，一个女子的微笑，才是真正的意义。

你知道前面定然有精彩，可那精彩总在心外。心外的风景，属于另一个跋涉的脚步。你只在乎那平常的女子，她总在用平常的姿态，笑出不平常的景致。

风中的雁鸣很大，都说："别找了。你知道，她仅仅是心头的幻影。"你摇摇头。你知道幻影的前方，还有一块领地，那儿，山花烂漫呢。

大团大团的云朵滚向你，像疾飞的乌鸦，总在搅乱你的期待。期待已成昨日的蝴蝶，冬眠在深秋的草丛里，却说：命运的乌鸦呀，发一个她的声音。

你的心中本该有别的，只是她侵占了你的领地。冷极的刹那你想睡去，又怕那寒意，会冻僵你的血液。于是，你大叫，那儿，有聆听的人吗？

16

你要明白，那是我一生中最重要的炼狱。

没有那次经历，我永远是个孩子。

我们走吧。

一个老了的男子和一个依然美丽的女子，一同走向我们的宿命。

我明明听到了那阵歌声。那是空行母在唱。她们唱的，也是《娑萨朗》。她们的《娑萨朗》，有着她们的旋律。我依稀听到那白衣女子的声音，是那种带点磁性和梦幻色彩的声音。从她的声音里，我听出了一种欣慰。我觉得那是她对我最大的奖赏。

我们走吧！

走进大漠深处，走入我们的宿命，那儿有许多正在唱《娑萨朗》的孩子。他们的歌声渐渐嘹亮了。只要过了变声期，他们的声音就不会走样了。他们需要你，也需要我，他们需要生命中两种相异和互补的滋养。按老祖宗的传说，当两种滋养相合时，人间就会变成娑萨朗。是的。我相信是这样。

我看到了那涌动的大潮，那是沙海，又何尝不是生命中的另一种激情？

我们甚至不知我们会走向何处，我仿佛觉得我们在走向西夏。我们的身边有苍狼。它也有它的宿命或是使命在等着它。它是另一种精神的载体。

我分明看到了白空行母，她依然那么美丽。虽然我不曾窥清楚她的容颜，但我读得懂她的气息。是的。是那种轻盈的无欲无求的气息。那清凌凌的风吹着轻盈盈的衣，你定然也喜欢那种飘逸。那不是人间的感觉。我相信它来自娑萨朗。

17

是的，还是抹去人间的尘滓吧。我们的生命里，应该有另一种境遇。

是的，命运在颠簸中走向未知，一若毫无亮光的茫茫长路。明知此后，只剩下千载空悠的白云了，却要问，日暮了，何处是我命定的乡关?

于是，我想去朝圣。我想去寻觅娑萨朗，也想找到另一条雌性的苍狼。

世界已成寒冷的冰窟，就像没有星光的冬夜。灵魂已经觉醒，我无法挥去那扑面而至的寂寥。

天空更飘起了雪花，寒意总是入骨。天地苍茫着，有心跋涉到远方，但又割不断这牵挂。那灵魂的焦灼，时时咬我呢。

朋友，别笑我的认真和痴迷。当整个世界都迷失时，总该留下块心灵的净土，不要杀戮，不要算计，只要那份至真至纯，相携在夕阳的余晖里。

那就去朝圣吧。

无言的清晨开始了跋涉，跋涉的脚步只有寂寥。你的歌声息了，只有相思，它是越窖越浓的酒，总在醉倒跋涉的你。心灵的家园却渐渐近了，远的是怅然，还有那个不敢触摸的名字。你说，还是挥挥手，作别那邂逅吧，还有遥远的路要走，有心背负了它，却总是沉重。怕只怕，轻装的你，再也没有了嘹亮的声音。

荒山无尽地萧索而去，荡向遥远的未知。你默默地走，只有脚步在陪你，还有那牵挂和心头的寻觅。明知这世上早没绿了，你还是安慰自己：走吧，转过那山角，会有另一种惊喜。

沿途的戈壁诉说着无言的悲戚，你却只想挥洒那份倾诉，明知这躯体终究会成灰，趁着还有言说的依托，就在静默中流淌那份大爱吧。瞧，无常的脚步正匆匆走来，消解着一个个自以为是的躯体。远古的钟声却在劝着，老是说：“怕啥？前边有更美的景致。”

你于是又融入了西部。在一处山洼里，有座绛红色的寺院。它曾是你前世。今天，你来找它。它说：“来吧，践约的心灵和失约的你。”山道上多了落叶，泥泞里，有几个顶礼的女子。我敬畏她们的虔诚，相较于尚有牵挂的我，她们是真正的朝圣。

早晨的青藏高原很冷，就像她离别时的眼眸。你读不出一点热量。心却燃烧着，它温暖不了一个女子，却想温暖世界。我知道它的狂妄，却说：成呀，随你。

我终于发现，我并没读懂你。昨夜，当我进入你的梦境时，我发现，那儿竟然是无波无纹的大海。经历了毁灭般的邂逅，你竟然宁静如斯。留下的，仍是天空般宁静的大爱。

那么，我们前行吧。

当然，你也可以带了那个女子，莫管红尘中的唾星；带了我，带了我寻觅的灵魂，融入一片更加碧蓝的天地。我们走向那最高的山坡，那儿曾是相约的海底。砥石已堆满皱纹，贝壳已成为化石，我候不回失约的风和践约的你。总想融入你，可又怕你的澄明，会消解了我自己。就让我们相视着定格吧，定格在一个充满阳光的大风天里。那风虽吹了千年，但吹不老我沧桑的寻觅。我期待着，在下一个相约的劫里，也拥有我爱的载体。不要风，不要雨，不要醉，不要歌，只要你我，相拥在血色黄昏里。那时，大海的蔚蓝遥遥而至，我也如女孩般美丽。鲜活的我牵了沉思的你，浪漫出另一种命运的轨迹。

沿着朝圣的小道，走向山顶的白塔，塔尖上有圣光。光中诸圣，都长着她微笑的眸子。你知道这是大敬。可他们终于飘远了。风中没有你寻觅的觉悟。

我们于是走上那山坡，雪山在眼眸里凝视。还有那灵魂的净土，跟你我，一齐咀嚼在静默里。女孩依然那么美，她的心里也无尘滓，没有念想，没有牵挂，只有晴空般的清明和劫火般的热情。你望着她，她望着你，相融在各自的眸子里。许多时间，对方的眸子，照出的，正是你自己。

听，梵乐响了。那古老的钟，古老的韵，携着古老的爱和古老的美，一齐走向那相约的黄昏。岁月的涛声遥遥而来，还有岁月的飓风，它老吹老吹，吹走了一个个活过的形体。那无爱的形体，仅仅是个被规矩腌制的标本，就像当初的我。那就爱吧，趁着还有爱的载体。

古老的涛声也涌动着，一晕晕荡向未知。谁也说不出那个字，那个无以名状的字。那个字很像梵文，但无论你咋嚼，也嚼不出它的真谛。我看到了一片绛红色的袈裟，袈裟里应该有你。可你知道，袈裟是另一种奢侈。

你的眸子澄静而深邃，我望不见底。但我看到了一个世界，那所在，我不曾经历。那是怎样的澄明和洁净呀，没人能注释，包括她，那个曾充当我载体的女子。她静立在你的风景里，心已陶醉，眼却迷离。我读得懂她的心事，她也在向往那雪山和圣地。许多时候，向往是真正的目的。我明白了，有时候，觉醒的灵魂是注定要孤独的。你定然想那个被凿了七窍的混沌了。我不是她。我宁愿痛苦地觉醒，也不愿被消解在博物馆里。

雪山升腾着，渐渐大逾天际。雪山的尽头有一个所在，那是你前世的岩窟。我听到你发自心底的慨叹。你定然在想，只不过打个盹儿，奈何沧桑如斯?

但路却鲜活着蹿向远方，你和她是否该一步步走了去？而我，该挥手了。那声悠远的梵音里，我忽然明白了归宿。

我望着你，命运的智者。你望我吧。望我这个想爱却没有载体的灵魂。我的心中窖满了相思和感激，窖满了牵挂和觉悟，窖满了她，也窖满了你。

我静静地望你的眸子。

我发现，那眸子深处，有个神奇的世界。那儿，有个星宿湖。据说，所有星星的灵魂，都在那儿。据说，那湖，是奶格玛的眼泪变的。我知道，那是我的归宿。只是你再也找不到杜鹃，即使在梦里，也没了它的吟咏。因为它已泣尽了血，撕裂的灵魂，再也发不出声音。

但我会融入你的眸子，融入你眼中的星宿湖，融入那一片澄明，融入那一片碧绿。我的所有情缘和牵挂，都会化为一滴泪，挂在你沧桑的眼角。

你别擦去它，就叫它晶莹地舞蹈吧。

瞧，这世界，正摄入它无尽的梦里。

第二十八章　尾声或是开始

1

灵非理解了紫晓。

那白轻衣的故事，诠释了她心灵的许多东西。

离开樟木头前，紫晓去看望了她的姐姐。因为父亲给了姐姐噩梦般的记忆，并异化了她的人生，姐姐一直没有嫁人。她对所有的人都充满了仇恨。她的抑郁，也损害了她的健康，她提前二十年进入了老年。

虽然姐姐也视紫晓为路人，但紫晓还是看望了她。她不知道自己这一走，啥时候回来。她将姐姐也当成了政治的牺牲品。异化的政治毁了父亲的大半生，异化的父亲又毁了姐姐的一生。看到干瘪但仍是充满仇恨的姐姐，紫晓很想哭。她想，她用仇恨困住了自己的一生。她将属于自己的那些物品，都留给了姐姐。

离开樟木头时，她只带了一些莞香。

这是除了记忆之外，她带走的唯一有着东莞印迹的物产。

家中的一切，她都留给了常昊。律师劝她用法律去争取属于她的一半家产——据说数目巨大——她只是淡然一笑。

那莞香，是灵非送紫晓的。莞香亦称沉香。那白木香树，经过数十年的风刀雨剑、雷殛电击、虫咬蚁蛀、百般磨难，更经过开香门、采镰头香等千刀万剐后，树干才会进化为脂腺，流出丰富的油脂，结而成胆，遂生沉香。那沉香质地坚硬，油脂饱满，可雕成器物，入水即沉，故名沉香。它在常态下不生香味，只有遇火焚烧，才会溢出奇香，开关窍，通气脉，盖压群秽。以前的东莞人女儿出嫁时，多送上等莞香当陪嫁。

灵非说，那紫晓，是曳着香风到达西部的。

他说，这是个很好的缘起。因为那个叫奶格玛的瑜伽大师创立过一种古老文化，就叫香巴噶举。那“香巴”的含义是：“来自香地的人。”《娑萨朗》的故事，就源于香巴文化。

据灵非考证，东莞的香树在唐朝时传入岭南，据说它源自娑萨朗——只是这娑萨朗，不知是否是黑歌手寻找的那个？在一本叫《光明大手印·实修心髓》的书中，有位叫琼波浪觉的大师，就是在“檀香林”遭遇了一位伟大女性司卡史德。在那本砖头厚的书中，还有许多关于“香林”的记载。

后来，为了写《奶格玛传》，灵非专程前往印度考察。他发现，在书中记载的尸林中并没有檀香树，而都是白木香树。它们是两种不同的乔木。沉香是瑞香科常绿乔木的油脂所凝，檀香则源自檀香科常绿小乔木。真菌侵入白木香树干，其体内的酶与树木细胞的淀粉产生反应，流出香脂，才是沉香。灵非在书中记载的“檀香林”所在，发现的，便是大片的白木香树。那儿已成为印度的一个宝地，盛产沉香。他于是认为，书中的“樟香林”，其实是白木香林，它跟东莞的莞香是同一个树种。

再后来，灵非在一本远古的书中找到证据：那莞香，跟大手印瑜伽一样，也来自神圣的印度。

2

紫晓走出樟木头的时候，那个大杂院的院墙上已经写了“拆”字。据说，这地方，已列入镇政府的拆迁范围。因为香港有家工厂要搬过来，这儿要建厂房啥的，大杂院眼看是不能存在了。住户们也开始寻找新的所在。忙碌的间隙，也会有人提起那个叫紫晓的女子和其他人，但一切，都像风尘中远去的那条黄狗，显得遥远而模糊了。

这天，那个杀了十多年鸡的老王爷死了。上厕所时，他栽入粪坑，泡了一夜。蔡奶奶请人捞出了他。因为没有子女，在厕所旁灿烂的太阳底下，他躺了三天，成一堆比粪更臭的肉了。

他的一切都成了别人的，包括家具和存折——他的枕套里，竟然有十多个存折，总额超过二十万……属于他的，仅仅是伤害了千万条弱小生命的业绩。

在鸡的惨叫中，老王爷辉煌地笑过，又终于在惨叫里死去。

老王爷的脸上，盖了一张灵非编的报纸，上有两张照片：

一张来自博茨瓦纳：

一位土著部落的猎人，赤身裸体，教儿子打猎。飞刀瞄准的，是另一个带孩子的父亲——那老猴子，正跟小猴子嬉戏呢。

另一张照片来自美国：

一个出征的父亲，含泪吻别爱子。不懂事的孩子哭着，仿佛在问："爸爸，为啥要出征？"

灵非替他答了："为了杀另一个父亲。"

3

紫晓走向西部的时候，世界已热闹成糨糊了。一只只异兽在餐桌上惨叫，一只只珍禽在枪声中呻吟。南斯拉夫战火正炽。孩子们灿烂成血雨。妈妈的嗓门早哑了，她们再也哭不出声。"上帝的鞭子"更改了名儿，叫什么核武器……瞧呀，威风的导弹又呼啸了，扑向驻南使馆的那个熟睡的新娘，她的名字叫朱颖。

屠夫的行径为青史称道，屠刀的血污光照汗青。风靡天下的，是屠夫的文集；人们津津乐道的是，是屠夫的威风；人们苦苦追求的，是屠夫的成功。

嗜杀的屠夫，可知：屠刀下扭动的，也是母亲。

那时，另一个屠夫的文集，又风靡天下了。他的一生，公认的圆满：立功、立德、立言集于一身。他的立德，是屠夫的伪善；他的立言，是屠夫的风雅；他的立功，是屠夫的残忍。在他的千古不朽下，千万个母亲哭瞎了眼睛，千万个孩子失去了父亲。在滚滚血水汇成的河流中，他得意地笑着，成为中兴名臣。

对这个名扬千古的屠夫，老百姓认得最清。

叫他——“曾剃头”。

一代千古伟人，“独服曾文正公”。

长江后浪推前浪，一代新人换旧人。

恶的种子，长出的，定然是恶行。

黑歌手的《娑萨朗》于是微笑了，发出了一晕晕清凉的光明。

4

灵非已完成了他的作品，起名为《无死的金刚心》，写了一群寻找永恒的人。他坚信他因此会不朽，因为他展示了一个从来不曾公开过的世界。

不过，紫晓原打算写的另一个版本的《奶格玛传》却没能完稿。她说她不想用笔去写它，她想在后半生里用自己的生命去书写它。对此说法，灵非深表理解。他说，也好，这世上，不缺少智慧之书，缺的是用生命去实践智慧的人。

灵非阅读了笔者的部分书稿。他说，你书中的紫晓和柳莺，其实是一个人不同的生命版本。柳莺是过去的紫晓，紫晓是后来的柳莺。她们是同一个生命体的不同展现。差异的，仅仅是明白的与否和选择的不同。同样，书中的常昊和梁子等人，也其实是一幅织锦的不同侧面。仅仅因为相异的土壤、机遇和选择，才有了相异的人生。

他说，书中的信仰世界和世俗世界，又何尝不是一幅织锦的两个不同侧面呢?

后来，紫晓告诉灵非，她和黑歌手之间，并没有发生人们期待的故事。黑歌手在寻觅娑萨朗的过程中度过了最美的时光。他的心灵已经远离了凡俗的爱。他有大悲悯而无热恼，有大快乐而无欲望。他那清凉而安详的生命中，再也无法点燃我们期待的那种肉欲之火。

灵非隐隐有些遗憾。

紫晓说，黑歌手用了大半生的心血去寻找娑萨朗，但在那个生命中最重要的相遇时刻，他才知道了什么是真正的娑萨朗。

紫晓说，只要去寻找，谁都会找到娑萨朗的。

但问及白轻衣，紫晓却含笑不语。至今，我们仍不知道白轻衣的真正底细。她只是告诉灵非，在西部的许多艺术形式里，都融入了白轻衣的魂魄。

紫晓还谈到了大行，说他还上了那笔欠款之后，就金盆洗手了，也终于没有被割肾。他的良知总能在关键时刻拯救他。据说他皈依了黑歌手，开始创办西部苍猊繁殖中心——为了避免引起人们的误解，他决定用“苍猊”而不用“苍狼”。东莞原教委主任蒲岳在关键时刻又帮了大行一把，利用他的党校同学资源进行牵线搭桥，凉州政府很是重视，提供了许多贷款。大行发愿，要繁衍出无数纯种的苍猊，以承载来自西夏的某种精神。

灵非很诧异，紫晓咋用了“皈依”和“发愿”这种词?

5

在西部苍猊繁殖中心开业不久，常家发生了一件大事。

常副市长出车祸了。

事情很简单，常副市长的车开上了一条已经竣工但还没正式开通的高速公路。这当然是违规的。不过，在当地人眼中，市长的违规不能算违规。只是他没想到，在迎面转弯处，会开来另一辆同样违规行驶的车。那辆温州人非常熟悉的豪华轿车被撞成了一堆废铁。常副市长福大命大，没有当场死亡。他被送往广州，经过许多天的抢救，他终于活了过来，住进了一家有名的疗养院。

只是他没有了任何意识。据说，只有在护士说“常市长，该你讲话了”时，他才会发出快乐的笑声。

好些温州人当然不信一个植物人会对开会讲话那么有感情。于是，虽然常副市长不再有权力，但前来探望者仍络绎不绝。其中很大一部分人，仅仅是想验证那个温州人都知道的传说。

紫晓离开樟木头一周后，常昊就向法院递了诉状，要求跟紫晓离婚。虽然紫晓“私奔”在先，但最先起诉离婚的，却是常昊。这捷足先登的一招，为常昊挽回了不少面子。

为了专程看望常副市长，大行陪着紫晓来到广州。灵非发现，紫晓的脸上洋溢着红晕，据说那是得到了安宁和幸福的女子独有的。大行却老是谈那个苍猊繁殖中心。他说，黑歌手在国内狗市上无人不知，前来捧场者极多。“狗鸨子”霍宝也来了，因为他掌握着各地优秀獒种的行情，大行就请他担任了繁殖信息中心的主任。大行说，他想再深入祁连山深处，争取找到一条纯种的母獒，作为繁殖中心未来的王牌。对“中心”的未来，大行很有信心，他说不提别的项目，只那苍狼的配种业务，就有很高的收入。各地的养獒专业户闻讯而至。按市场行情，像这么纯种的苍狼，配种一次，费用不会少于十万。大行说他已说服了黑歌手，以尽量放宽配种条件。他说与其让一些杂种癞皮狗占据狗市，还不如叫苍狼多留一些充满阳刚野性的基因。毕竟，多一条苍狼比少一条苍狼好一些。大行说，今年苍狼的配种日程早已排满，好些人甚至交了预付款。这样，即使没有贷款，他们也有了充足的资金。

紫晓告诉灵非，王纪背后的那只黑手正是“油把佬”。这是谁也想不到的事。紫晓说，因为黑歌手的名气太大，已成为世人眼中大手印瑜伽的当然传人。而“油把佬”想做的，也正是这一点。据说，那个在瑜伽行内有相当地位的高人“油把佬”，一直想将那传承了千年的文化当成自家院里的柴火。当他发现黑歌手的名气越来越大、开始盖过他的时候，他就有了另一种心思。这类故事，曾出现在《六祖坛经》里。至今，“油把佬”的许多弟子仍反对黑歌手。他们四处传言，说黑歌手是魔的化身。

但灵非最关心的，却是《娑萨朗》。他想，也许，紫晓着力最多的，定然是《娑萨朗》的弘扬和传播。不料，问紫晓时，她却只是安详地笑着。

灵非跟他们一起去疗养院看望常副市长。

出车祸前，常副市长是温州有名的美男子，总是衣冠楚楚一丝不苟，人们从来没见过他的头上有一缕不驯顺的发缕。但在疗养院，出现在他们面前的他，却面无表情目光痴呆，脑袋像发面那样虚肿着。据说，那是激素贿赂的结果。

听说，常副市长成了植物人的消息传出不久，常昊挨了别人的一顿打。他的挨打，也成了温州商界的一个新闻。因为在常副市长出车祸前，这简直是不可思议的事。常家人的挨打，标志着常氏家族已开始走向没落。

看到早已不像常副市长的常副市长，紫晓流了泪。她掏出五万块钱，递给她以前的嫂嫂。嫂嫂极力推辞。紫晓说，我知道你们不缺钱，但这是我的一点心意。

哭了一阵，紫晓走向常副市长，对他说，谢谢你当初参加我的婚礼。你那时的光临，给了我很大的面子。现在，请你原谅我的离去给你带来的不快。

但常副市长面无表情。他已经无法接受她的感谢和歉意了。

紫晓掩面而泣。

看到这情景，灵非的心头也堵了一团铅灰。

他们正想离开时，看到温州的新副市长也来看常副市长。因为来了领导，本来对病人不理不睬的护士殷勤地揪了常副市长的腮，一下下晃动，边晃边说：“哎，你今天好些吧？好些吧？”那护士是个胖婆娘，她的脸上充满了嬉戏的神色，仿佛在逗一只猴子。

紫晓的脸抽动了几下。灵非的心也抽疼着。灵非想，与其这样没有尊严地活着，还不如叫他死掉呢。

看到常副市长面无表情，护士就揪了他的耳朵，大声说：“开会了！开会了！下面请常副市长讲话。大家鼓掌！”

话音未落，常副市长竟发出木呆的快乐的笑。

新副市长笑道，我还以为别人瞎说呢。果然这样。他也像看猴戏那样笑了。

紫晓泪流满面。灵非拉了她，走出病房。在走廊里，她哭出声来。她说她死也想不到，他曾是那么的叱咤风云，现在却成了别人眼中的演猴戏者。他的所有努力，仅仅成了官员们酒桌上的笑料。

一年后，常副市长死了。

紫晓说，他终于解脱了。

但是，在温州和樟木头，灵非还是常听到关于常副市长的话题，因为保险公司的职员在说服人们买人寿保险时，总是会提到常副市长……

——2010年12月7日三稿完成于东莞

——2016年1月修订于沂山雪漠书院

●雪漠

谈超越和永恒（代后记）

1

表面看来，《西夏的苍狼》的写作缘于跟东莞文学院的签约。

的确，这是它出生的一个重要契机。没有这次签约，我不可能远离家乡数千里，客居在广东的山区小镇樟木头——后来，对这儿风景的痴迷，变成了我的一种执著，竟有点“乐不思陇”了。

我的生活，也因为这次签约，发生了很大的变化。我曾对东莞文联林岳主席说：跟东莞签约改变了我后半生的生活。确实，要不是这次签约，我还可能静静地待在西部的“关房”里，时而执笔，时而打坐。我绝不会想到，在数千里外的南方，会有一处我喜欢的地方，会有一个“爱我的”和“我爱的”群体。原以为会老死在凉州的，不想我这棵老树，却忽然移往他乡，绽出新枝了。

生命因善缘而改变。所以，我总是提倡与人为善。许多时候，我们小小的一个善行，改变的，却可能是别人的生活甚至命运。

我跟东莞文学院签约的决定，主要缘于雷达老师的推荐，也因了妻子的一句话——

一年前的一天，妻说：只希望我们平平静静地过下去。这当然是个美好的祝愿。我听来，却成了另一种含义：我们就这样等死吧。于是，我就想，该换一种活法了。

正是为了“换一种活法”，我才走出家门，来到南方。没想到，那块土地竟然欣喜地接受了我。在广州亚运会前夕，我竟然成了亚运火炬手，事儿虽不大，却象征了这块土地对我的接纳。

在一些朋友的帮助下，诸多因缘，一起齐备，我便客居于此了。很快，我有了一种鱼儿跃入大海的感觉。也许，那些加入“中国作家第一村”的朋友，跟我有着相似的感受吧。

我发现了另一座无与伦比的文化宝库。

记得，初到东莞时，有人告诉我：“这儿是文化沙漠。”后来，我才明白，真正的“文化沙漠”，不是东莞，而是那些没有发现能力的心。我在东莞发现的，仍是一座博大精深的文化宝库。这儿除了木鱼歌这种可以与凉州贤孝相媲美的文化之外，几乎每个乡镇都有其“绝活”。它们同样根植于中国文化的肥沃土壤中，却又与时俱进，结出了时代和地域的硕果。那些明显异于西部的民俗风情，更激活了我休眠的许多诗意。

东莞跟我的家乡凉州一样，同样是一块有着浓厚底蕴的文化沃土。

2

对《西夏的苍狼》的主题，我思考了很久。对永恒的追问，一直伴随着我的生命成长过程。书中黑歌手的所有寻觅，其实也发生在我的生命中。

我一直在寻找永恒，却又明白，这世上没有永恒。我明知世上万相如风中远逝的黄尘，却又想定格存在。我洞悉这一悖论，却总是乐此不疲地追问，故自号“大痴”。

一天，广州的杨菲菲——她为我提供了本书中的一些客家生活细节——问我，您为啥叫大痴？

我告诉她：因为，我想在无常中创造永恒，我想在虚无中建立存在，我想在虚幻中实现不朽。我知其不可为而为之。这不是大痴，又是啥？

经过了二十多年的大手印文化熏陶，我有着看破红尘后的超然，却又提倡积极入世。我们虽然改变不了世界的终极结果，但却能改变我们当下的态度。看不破的“积极”，是愚痴，它多为贪欲驱使，如蒙了眼拉磨的驴子。“看破”后的消极，是人生大敌，佛陀称之为“焦芽败种”。有了出世眼光，有了“看破”的智慧，还要有入世的积极，才是大丈夫的行为。我老说：“以出世之心，做入世之事。”老祖宗推崇的菩萨，便是“看破”真相后，却依然“精进”地想改变世界的人。他们明知那所有的改变，也不可能永恒，却仍用乐此不疲的行为，在虚幻无常的世界中，营造一份相对的不朽。萤火虫虽只是短暂的存在，却是暗夜中最美的风景。

在深圳文博会上，我发现了一幅俄罗斯油画：黑暗笼罩着旷野，四顾无人，却有一个亮灯的窗口。它的光明虽然有限，却唱着暗夜里最美的歌。那歌的名字，定然叫“希望”。

我研究和实践大手印文化的目的，不是为了让我有巨大的“能量”，去改变世界。不是。我的所有目的，仅仅是想让我的心属于我自己。我不是想改变世界，而是无论这世界如何改变，都改变不了我真心的自主。对这一追求，《金刚经》如是形容：“不取于相，如如不动。”

换句话说，我想做的，便是实现终极的超越，做到心灵的真正自由。

对这种终极超越的向往，渗入了《西夏的苍狼》。

3

东方哲学的智慧精髓便是超越文化——“超越”何尝不是人类文化的精髓呢？——不过，西方人所说的超越，是有条件的超越。东方哲学提倡的超越，则是无条件的终极的超越。

2009年，我曾在复旦大学、上海交通大学、同济大学、上海大学、上海图书馆等处作了巡回演讲，其主题便是超越。同年11月，我跟铁凝、王宏甲等作家一同出访法国，参加“中法文化论坛”。我在法兰西学院作过一次演讲，主题也是超越。

法兰西学院创立于1795年，是法国独具一格的最高荣誉学术机构，下设五个学院。其中文学院设有四十个院士，终身制，只有在某成员去世后留下空缺时，才通过全体成员的投票选出新成员。被选为院士则意味着从此进入法国文化历史的殿堂，成为“不朽者”，其名字会刻在学院墙壁上，令后代永志不忘。——瞧，法国人想追求的，跟《西夏的苍狼》中的黑歌手一样，也是“不朽”或“永恒”。

那次“中法文化论坛”的形式是，由中国和法国选择最有代表性的作家和学者，就某一题目展开演讲并进行对话。我演讲的题目是《文学与灵性》，跟我就同一题目进行演讲和对话的是法兰西院士弗罗伦斯·德雷，她生于1941年，其父让·德雷也是法兰西院士。弗罗伦斯·德雷是法国著名的作家、演员、翻译家和剧作家。二十岁时，她在电影《圣女贞德的审判》中曾扮演贞德，其文学作品多次获奖，久负盛名。

在演讲中，我重点介绍了大手印文化的超越智慧对文学的灵性滋养。因为当代人的灵魂已经陷入了热恼和焦虑之中，物欲的膨胀及人心的浮躁，给这个世界带来许多不安定因素。一方面，许多人陷于热恼和焦虑，不能自拔，他们非常需要心灵的滋养；另一方面，那些有益的文化滋养却早已尘封，无人问津了。在心灵滋养的供应和需求之间，出现了明显的断裂。

在中国作协张涛先生和翻译的建议下，我没有读备好的稿子，而作了即兴发言。演讲很成功，现场气氛非常热烈。我于是有了很多汉学家朋友。

从法国回来后，法国汉学家柳烟（音译）来信称："我非常喜欢您的小说，也很喜欢您写的那些又偏僻又比人类伟大的风景，使我感到十分平静。如在道家思想中，如在一幅山水画中，人占的位置很渺小，如一滴水那么微小，才不去迫害他自己和他人的环境。所以，我很爱看您写的大自然的美妙和神奇，它们都富有诗意。您的甘肃老家离巴黎都市的吵闹很远，离我们也很远，但幸好，通过文学的存在，可以缩短距离，也可以让我们感觉到什么边界都没有了。"

在我们身边，其实有许多能够普世化的、能为世界认可的好东西。只是我们自己闭了眼睛，没有去发现罢了。

4

在法国，我的演讲题目是《文学与灵性》。后面的文字中，也渗入了这方面的内容。

灵性就是超越后的"自由"。自由超越了任何人类的概念、限制以及诸多的标准。超越是大手印文化的主要特质。

本书中的黑歌手想实现的，其实也是超越，他演唱的《娑萨朗》也是灵性的产物。

超越的追求缘于孤独。而真正的孤独，缘于灵魂的明白和无奈。

我也曾陷入孤独。我想建立永恒和不朽，但这个世界上却没有永恒。我们找不到永恒，我们没有任何办法留住眼前的一切，我们无法建立岁月毁不掉的东西。这样，我的追求和世界的本质之间就构成了巨大的反差，这就是我的孤独。我解决不了这个问题，许多作家解决不了这个问题，许多伟大的哲学家解决不了这个问题。所以，他们孤独，他们痛苦。他们觉得这个世界飞快地向我们不知道的地方消失而去，我们没有办法留住它，没有办法留住哪怕一丁点我们愿意留住的存在。正是这样一个无法解决的问题，造成了我以前的孤独。所以，我很长时间没有办法写作，因为我找不到写作的意义。虽然我觉得这个世界可能会让我的作品永恒，但我知道这个世界都不知道能存在到什么时候。因为人类制造了那么多可以毁灭这个地球无数次的核武器和原子弹；因为这个地球上许许多多的人在疯狂地掠夺地球的资源，破坏着我们的家园。前些天，一个朋友告诉我，威尼斯的水平面上升了，那个美丽的城市也许在不久之后就会成为水下城市。这个世界飞快地消失到我们不知道的所在，而我们却想建立永恒。

这是许多智者不能不面对的一个命运悖论。

这也是人类没有办法解决的问题，所以，我们是孤独的。真正的孤独不是挣不到很多的钱，不是得不到利益，不是得不到名声，也不是电视、网络对作家和纸媒体的挤压，不是这个。这种心外的东西造就不了孤独。孤独是发自内心的东西，跟外部世界关系不大。当一个作家非常在乎世界对你的看法时，说明他已经堕落了。他想追求美貌的女孩子，得不到时，他可能痛苦；他想拥有很多的金钱，想成为比尔·盖茨，而不能如愿的时候，他也可能失落。像他们的这种失落情绪不是孤独。孤独是一种境界，是一种很高的境界。耶稣想爱人类，他想博爱，但这个世界却容不下他，要把他钉死在十字架上的时候，他是孤独的。他会说，神呀，原谅他们吧，他们不知道自己在做什么——这就是孤独。在菩提树下觉悟的释迦牟尼，看到世上许许多多的人被一种虚幻的、正在消失的假象所迷惑，心中充满了贪婪、仇恨和愚昧。他觉得不能马上让这些人明白真理解除痛苦时，他是孤独的。当中国的孔子想向整个世界宣扬他的“仁爱”、却又不得不像丧家狗那样流窜的时候，他是孤独的。

真正的孤独是一种境界。

真正的超越就是从你非常在乎的外部世界中跳出来，超越这个世界。这才谈的到自由。若将世界喻为一个池塘，超越就是池塘里的莲花。从世界池塘里长出你自己的莲花，这才叫超越。当你已成为一朵莲花后，开始俯视池塘时，你发现里面有很多莲子，它们都可能成为莲花。但是，因为某种原因它们不得不陷在淤泥中不能发芽。这时，这朵莲花可能会孤独。它希望所有的莲子都能从淤泥中超越出来。当它不能实现这一愿望时，孤独随之产生。孤独就是这样一种东西。

超越则超越了一切概念。所有的名词，所有文学中的主义，都不是超越。超越是这个世界上的一切都不能限制自己心灵的自由。同时，这个世界上的一切，又都成了创作主体的心灵营养。世界可以让那颗心灵长大，可以让它丰富，可以让它博爱，可以让它包容一切。当整个世界不再成为枷锁，反而为我们提供了无数的营养和无数的可能性时，才能谈得到超越。

我也像书中的黑歌手那样，一直在寻找超越。我发现，大手印文化认为的超越自由和西方人所说的超越自由不太一样。上次我出访法国时，发现好多人在罢工。他们把改变自己命运的机会，寄托在政策、法律等外部因素的保障中。他们要求的这种权利，是作为自己得到幸福和自由的一个条件。但大手印文化不是这样，大手印永远把目光转向自己的内心。它认为，超越在于心灵。当我们消除了贪婪、愚昧、仇恨的时候，当我们心灵的本有光明焕发出来的时候，当我们消解了小我真正做到了大爱和无我的时候，就可能得到自由。

黑歌手和紫晓追求的，便是这种自由。

5

德国哲学家马丁·布伯写过一部书，叫《我和你》。他认为，人类实现不朽有两种可能：其一，是用至大无外的永恒宇宙吞没个人人生，让个体通过把自身的有限性，投入到宇宙的无限过程来获得自我超越，实现不朽；其二是用至大无外的“我”来吞没宇宙及其他存在者，把居于无垠时间流程中的宇宙当做“我”之自我完成的内容，由此铸就“我”之永恒。

对此，也可以理解为，第一种是消解自我。当博大的宇宙和大自然消解了自己的贪婪、愚昧、仇恨的时候，自由可能产生；另外一种就是当自己的心灵能包容整个宇宙和自然界的时候，自己的心像宇宙一样博大、丰富，像大自然一样宽容、无所不包的时候，也可能实现自由。

中国的智者们追求的自由是后一种。他们面对的，永远是自己的心灵。他们以战胜自己的欲望来赢得世界，而不是靠掠夺和侵略来征服世界。他们不会把自己认为的某种真理强加给世界，去实现某种所谓的自由。

大手印哲学中，永远是以塑造自己的灵魂为主。这个“灵魂”的“灵”字就是我们谈到的“灵性”，文学真正追求的正是这个东西。灵性和灵魂跟物质的关系不大，当人类基本的生存条件满足之后，幸福、自由、快乐都取决于心灵的明白与否。在我看来，那些罢工的法国人的生活已经很好了。他们肚子里有很好的食物，身上有很好的衣服，还有这么美的环境，很奇怪，却有很多人感到痛苦。

而本书中的黑歌手，只要能唱出心中的歌，他就会很快乐地活着。

中国西部是歌声的海洋，每一首歌都像大海的浪花一样，谁也不知道歌的曲目究竟有多少。西部许多地方，都有黑歌手这样的智者。正是有了他们，西部文化才绽出异常绚丽的色彩，喷涌着陈思和先生常常谈到的那种大地般的活力。

西部老百姓吃着小米粥、馒头、玉米这类东西，但他们觉得很快乐。为什么？因为，西部文化认为，大自然给了我们很多东西，能够让我们生存，我们当然很快乐。这时候，除了享受快乐和明白之外，我们不应该去掠夺别的东西。当我们用这一杯水能维持生命的时候，绝不去掠夺别人的大海；当我们有一个苹果的时候，我们就把香蕉和其他水果让给别人去吃、留给子孙去吃。我们觉得没有必要把世界掠夺过来，放在自己的家中。

所以，西部人向往的自由，是消除自己内心的贪婪、愚昧和仇恨。他永远不去管这个世界怎么样，他活得照样很快乐。

中国文学中最本质、最充满灵性的，也是这一点。《红楼梦》的作者曹雪芹有时候吃不饱肚子，他爱喝酒，但常常没有酒喝。就是在这样的条件下，他的心灵却得到了自由，写出了不朽的《红楼梦》，里面充满了灵性的智慧。《西游记》讲的取经故事，也代表着中国人对灵性的求索之旅，它是一次灵魂的旅途、生命的旅途。一个人从动物性的人，被生下之后，充满着欲望、愚昧、仇恨。他为了实现自己的人生超越，一步步向西天走去。西天在传统文化的概念中，代表着圣地，象征着一种比人类更伟大的存在。在取经的过程中，主人公遇到了许许多多的妖魔鬼怪。当然，那所有的妖魔，都是我们内心的贪婪和愚痴所化。

我们每一个人在实现超越的过程中，必然要面对自己内心的欲望。当一个人真正降伏了欲望时，才能实现终极的超越。在中国古代哲学和大手印文化中，都充满了这种超越的智慧，我们把这种超越称为“得道”。这个“道”，是大自然的规律，是一种能与这个世界和谐相处的智慧。当一个人拥有这种智慧时，他就实现了超越。老祖宗于是说：“朝闻道，夕死可矣。”

在大手印文化中，更多地强调一种活着的理由。我们为什么活着？一个作家要追问为什么要写作？这就是活着的理由。中国几千年间的那些哲人，都在追问这个东西。老子、孔子、诗人屈原都在追问。当屈原找不到活着的理由时，他就放弃生命不活了。因为，他觉得存在的理由消失之后，存在是没有意义的。

在中国西部，有一种有灵性的狐狸，它老是拜月亮。当月亮出来的时候，它就作揖磕头，产生敬畏和向往，希望自己能像月亮那样放出光明。西部人把这种动物叫狐仙，这“仙”字，包括了超越、灵性和智慧等。而同时，我们又将不明白活的理由的人，称为“混世虫”，即浑浑噩噩过日子的虫子。

本书中的紫晓离开常昊的原因，也许就是不想做“混世虫”吧。

也许，正因为有了这样一种精神追求，人类才能活得更快乐、更明白、更自由。文学跟宗教、哲学、其他文化的目的一样，其终极目的就是给人类带来自由和快乐。离开了这个目的，文学就没有意义。所以，我常说，好的文学，必须做到两点：第一，世上有它比没它好；第二，人类读它比不读好。做到这两点的时候就是好文学，做不到这两点的时候就不是好文学。

好多人说：雪漠，文学拯救不了世界。我说，是的，文学有时连作家也拯救不了。比如司马迁，比如陀思妥耶夫斯基，暴君的屠刀总能随心所欲地伸向那些优秀的作家。但是，文学的无力是暂时的。因为，岁月或时光很快会让那些暴君的生命消失，但托尔斯泰、陀思妥耶夫斯基这类作家的作品却永远定格在人类文明的时空中。

更多时候，文学能拯救的，只是作家和跟他有缘的读者。不过，当每个人都能从文学中拯救自己时，就等于拯救了世界。所以，我始终认为，无论读者也罢，作家也罢，能拯救自己的，永远是他自己。他是在拯救自己的过程中实现了超越。不过，当世人都能拯救自己时，也就拯救了世界。

6

我常说的自由和超越，跟西方人所说的自由和超越不一样。西方人常说的自由，更多地由制度、物质、宪法等因素来保证。我所说的自由，是无条件的自由。什么是无条件的自由？就是每个人心中都有一种光明，它不一定依靠外部世界和外部条件来实现超越，而是明白的内心本身就能实现超越。这个世界虽然很复杂，但许多对我们的限制和束缚并不是来自外部世界，而是来自我们的内心。因为在我们的内心中，充满了各种概念，我们称之为“分别心”。人类的所有痛苦、烦恼都缘于概念和分别心对心灵的束缚。

大手印哲学认为，当人类通过清洗自己内心的污垢，通过清洗自己内心的贪婪、愚昧、仇恨，扫除了诸多垃圾之后，人类本有的、像佛陀和耶稣那样伟大的心灵的光辉就会焕发出来。当我们的心焕发出这种光明后，就可能实现超越。

换一句话说，西方人的自由更多地像月亮一样，它借助一种外界的力量，包括法律、物质或其他的一种制度性的保障来实现自由。我追求的自由像太阳，它本身要能发光，它要去照亮这个世界，而不是让世界照亮它。

当我们的心灵足够强大时，就能和这个世界对话。那时，我们的心也是一个非常博大的世界。它可以和这个世界对话、沟通、交流，但世界却别想侵略它。所以，我追求的超越，是要丰富自己的内心，清除心中的垃圾，让它像太阳那样发光，去照亮这个世界。就是说，世界无论有没有光，都不要紧，我自己的心会发光。

那么，文学如何实现这种超越呢？文学更多的是一种净化，净化自己的灵魂。一个作家，当他真正地拥有主体性的时候，就是当他的心灵博大、足以吸收这个世界的诸多营养，却不受这个世界的许多诱惑的时候，自由才可能产生。

这种自由是什么表现呢？

第一，他有一颗巨大的悲悯之心，却没有烦恼。他觉得这个世界给他的东西够多了，他不会贪婪地寻求更多的东西，不会掠夺更多的东西。大自然给他这杯水就够了，他感觉大自然太美了，他有一种感恩的心，他绝不会去掠夺更多的水。因为有了这种世界观，他远离了贪婪，自然也远离了烦恼。当我们拥有一颗巨大的博爱、悲悯之心，就自然没有贪婪和烦恼了。

第二，我们追求的自由是快乐的，从内心向外散发着大快乐，却没有欲望。一个满足的、自由的心灵可以观察到欲望，但欲望却干扰不了他。

真正自由的心灵就像镜子一样，能照出世上的一切，但外界却别想干扰它。它非常宁静。无论我们的来和去，镜子都是那样宁静。

我追求的智慧就像这面镜子一样。房子中有无数的人来来往往，镜子是明明了了的。但它不会看到美女就哈哈大笑，也不会看到醉鬼就非常讨厌。它本身也是一个世界。我追求的，就是能拥有明镜般的智慧，去照出整个世界，但世界却别想影响它。

就是这样。

黑歌手在寻觅娑萨朗的过程中，最后得到的，便是这种快乐和悲悯。

7

在“中法文化论坛”的那次对话中，法兰西学院院士德雷问我：你认为能有多少作家实现你所说的这种超越?

我告诉她，东方文化首先认为，一个作家首先是一个“人”。什么是人呢？人就是具有人的主体性。中国西部百姓对人的最高评价就是他是个“人”，再高的评价就是他是个“好人”。骂他的时候就说他“不是人”。

我所说的这个超越，就是真正的“人”应该追求的智慧。人不应该是外部世界的奴隶。只有这样，他才会成为我认为的完美的“人”。

一个作家，首先应该是一个完美的“人”。你要有一颗独立的心灵，有一种不受这个世界诱惑的智慧，有着非常强大的主体性。只有在这样的基础上，你才有可能成为一个作家，才可能成为好作家。这应该是一个作家的底线。如果没有这种智慧，他不可能成为好作家，他只会制造文字垃圾，他只是一个写字的人，而不是一个作家。

一个作家，首先是要有独立的人格、拥有完美的心灵、拥有智慧、拥有博大的胸怀。在这个基础上，他才可能成为作家。如果没有这个基础，他不可能成为好作家。

所以说，我们认为的许多作家，其实不一定是作家，甚至不一定是“人”。

因为，这个世界上最可怕的就是，一些没有智慧的人，却老是推销自己非常狭隘的“智慧”。比如，他甚至可能利用暴力和屠杀，将这种非常狭隘的“哲学”“智慧”推销给世界，根本不去管这个世界是不是真的需要。如果一个作家被这样的暴力文化同化之后，就会去讴歌暴力。人类历史上充满了这样的东西，我们的世界历史中，几乎所有被我们讴歌的英雄，都是杀人最多的屠夫。

所以，直到今天，人类中的许多人并没有发现自己的局限，相反，他们仍在讴歌屠杀。你想，这个屠夫杀完人就死了，这种讴歌的文化却依托文字流传了下去，继续毒害下一代人类。于是，人类充满着暴力。这一代人死了，罪恶就会依托这种非常肮脏的文明，传给下一代人。所以，地球上的战争越来越多，民族间的仇杀也越来越多。

因此，一个作家如果没有达到“人”的标准去写作，这是罪恶。他会依托自己所谓的才华，把那种暴力、把那种仇恨传播开来，让整个世界都恶化。

8

在广东，最令我惊喜的，是这儿有许多我爱的或是爱我的朋友。他们大多是某一行业中的精英。在这儿，我甚至对百姓眼中的“官”也有着很好的印象。

真是这样。在广东，最令我高兴的，是这儿竟然汇聚了如此多的人才，竟然有着许多热爱我作品的读者。有不少读者从我的作品中得到了滋养，成为对社会有用的人。某次，我刚住进东莞文学院，就拥来了数十位“粉丝”。东莞文联林岳主席每次谈及，总是感叹不已。

这一切，同样成了我的写作理由。

在东莞樟木头镇的一个山清水秀的所在，我完成了《西夏的苍狼》。跟我所有的小说一样，书中的部分构思和内容，十多年前就已有了雏形。那时，我便想写西部人到南方后的生活。不过，后来我才发现，《西夏的苍狼》并没写出西部人在东莞的生活，它其实成了一个寓言，它有着更广泛的外延和更值得追问的深度。它虽有毛病，却有其独有的光芒。许多时候，没有毛病的作品，便没有优势。因为，凭啥获益者，便因啥受到限制。有时的流行因素，恰恰可能是文学之大敌。

更也许，《西夏的苍狼》中那些世人眼中的毛病，恰好正是我的追求。我说过，我总是在打碎一些东西，其中也包括我的小说理念。我常常警惕的，就是时下流行的文学对我的污染。

也许，正像雷达老师在兰大演讲时说的那样：在目前的文学背景下，雪漠是个异数。

但我的想法却是，要是我写的和大家一样，我就不写了。我最珍贵的生命，最该写的，是一些无可替代的作品。所以，即使有无数不喜欢我的理由，那些最挑剔的评论家也会承认：雪漠的小说，是无可替代的。我写出的，是只有我能写出的作品。任何人的作品，都高不过他自己的心灵。

有一个很奇怪的现象是，我在刚开始写小说时，就有了一个包罗万象的构思。那时，我将它起名为《老顺一家》，我想通过对一家农民命运的描写，写活一个时代和世界。我想告诉世界我所有的生命感悟。那个小说虽然没有面世——其实它已经整形后变成了别的小说——但我后来的所有长篇小说，都是它的成长。它就像一个树根，长出了《大漠祭》《猎原》《白虎关》，也长出了《西夏咒》《西夏的苍狼》和后面待写的《木鱼歌》。对前者，人称“大漠三部曲”。对后者，我称“灵魂三部曲”。

这，便是为什么我的许多小说总是开始于十多年前的原因。

那时，我并不懂小说创作的诸多技巧，我只想写出一个我感悟到的世界。而我在明白之后感悟到的，总是一个巨大的混沌。它是一种巨大的存在，我无法清晰地表达出来，总觉得我能说出的，并不是我想表达的那个东西，真的是“不可说，不可说，一说就错”。真正能读懂《西夏咒》的朋友，也许就会明白我在说啥。

所以，我最初想写的那种能包罗我之所悟的全息作品，注定是不可能成功的。幸运的是，后来，它虽然没有长成巨人，却承载了我生命和智慧的全息。后来，它的不同元素、不同章节，都像一粒粒种子那样，发芽，抽枝，开花，结果，成长为一部部新的长篇了。

我于是想，一个作家的作品，也许真像一些人说的，是一种生命的定数。我目前发表的几乎所有长篇，都源于我为文之初的那些“种子”。那时，我不过二十出头。我用了近三十年时间，才让那些种子发芽、抽枝，长成了大树，创造了一片很大的绿荫。

也许，这片绿荫，在日后的若干年里，还会带来许多清凉呢。

9

按我写作的惯例，《西夏的苍狼》还应该打磨几年。但为了践约，它只能面世了。我当然可以改得更好——我对小说所有的改，总是伴随着我的成长。就是说，我对作品的修改，可能是无止境的。生命不息，学习不止，成长不止，对作品的修改也不止。生命成长时，作品便也会成长。《西夏的苍狼》亦然。也许，它会以另一种方式——比如我会写另一部小说，来实现我的修改愿望。

虽然我可能写得更好，但该书仍是我最心爱的作品之一。毕竟，《西夏的苍狼》实践了我的另一种文学追求，体现了我对世界的另一种解读和感悟。我说出了许多该说但一直没有说过的话。

更重要的是，它是我写作处于黄金阶段的作品。写它时，我仍然涌动着无穷的生命激情，书中的主人公，也成为我的另一个生命体，承载了我的很多向往。

更也许，它会告诉世界，雪漠的作品为什么会有那样一种巨大的转折。从《大漠祭》《猎原》《白虎关》到《西夏咒》《西夏的苍狼》，我完全变成了另一个人。不管朋友们喜不喜欢，它总是我生命中的一个重要现象。在《西夏的苍狼》中，你会看到那种转变的由来和动力所在。

最后，该谈谈我感激的人了。这也是我的惯例。我总是忘不了那些帮我的朋友。没有他们的善心，便可能没有我的成功。所以，在过去出版的小说中，我总能提供一长串的感谢名单。这次，有点例外了。我重点谈一个人。

《西夏咒》出版之后，妻看了之后，说，你在书中写了许多应当感激的人，但最该感激的，却没有提到。她说我应该感激陈亦新，因为书中的诸多修改和构思，都是他提供的。这是实情。我不善于编故事，命运便给我送来了一个善于编故事的儿子。由于我自小就严格训练他的想象力，他的构思才能是我望尘莫及的。在这一点上，正应了“善有善报”之说，我在儿子身上的所有生命投入，都得到了超值的回报。他是我的第一读者和最后定稿者。

陈亦新还是我生命中的“恩格斯”，他源源不断地向我送来那些“英镑”。他一直在打理着一个私人文学院。由于他的努力，我才不再像过去那样为生计奔波了，也有了一些帮助别人的所谓“善举”。在《西夏的苍狼》中，我引用了他和陈建新的几段文字。某年春天，我们一同去藏地朝圣。那次经历，我直接嫁接到了主人公紫晓的身上。

还有许多帮过我的朋友，人数很多，不胜枚举，一并致谢了。

在此，向所有我提到的或是没有提到的帮过我的朋友表达我的谢意。

愿你们明白、快乐、清凉、平安！

（2000年10月－2017年1月）

附录：众说纷纭话雪漠

一、关于雪漠

● 最近，当当网举办了2016年中国最有影响力的小说家评选活动，参评的作家阵容很强大，雪漠票数很高，名列第一。人民文学出版社的2016年十大好书评选，雪漠得票也最多。雪漠有很多读者。为什么？第一，雪漠当然是个优秀的小说家，比如他的长篇小说《大漠祭》写了20年，语言也好，人物形象也好，正面的观照西部农民艰辛的生存，写得非常好。后来他又有《猎原》《白虎关》这样传统的现实主义作品。然后，雪漠就慢慢向文化层面转型，就有了《西夏咒》《西夏的苍狼》《无死的金刚心》，被称为“灵魂三部曲”。他有个特点就是根深深扎在西部的土壤和人民里面，使他的创作成为源源不断的活水。但是我也特别想说，雪漠又不是我们传统意义上的作家，他不是只做小文学的，他走向了文化与大视野，这是雪漠近几年转型成功的秘密。

雪漠最近出版的一批作品发行都非常好，如《空空之外》。我觉得他转向了关怀深层、关怀灵魂，有些作家没有意识到这点，在今天这个大转型的时代，人人都会遇到精神的困境，面对很多精神的问题，我们被物质的枷锁锁着，想跳跳不起来，所以我们会遇到很多人生的问题。雪漠很敏锐，同时我认为他的作品还是很民间、很通俗、很亲和的，一一直面这些人生的问题。所以他后来的作品主要是关于生命的哲学，关于生活的哲学，关于人生的意义，关于生命的意义，这才是他作品发行量大的原因，文学界还没有认识到雪漠这点。实际上雪漠的转型是很成功的。

雪漠是一个有宗教情怀、宗教精神的文化传播者，他还是一个大爱的传播者。雪漠作品中也不光是宗教，早先他作品中藏传佛教因素多一些，后来是我们传统的佛教，现在我看他是儒释道都讲。习主席讲到，作家要传承和弘扬中华美学精神，从中华传统文化里面发掘宝藏，要弘扬中国的民族精神。雪漠在这方面做了很多工作。

——雷达（中国作家协会创研部原主任、中国小说学会会长、著名评论

家），2017年1月12日中国大百科全书出版社“雪漠图书中心”成立仪式上发言

● 我为什么看重雪漠？我觉得雪漠与张承志是中国当代西部文学作家中最有精神性的。它不仅仅是小说写得多美啊，或者故事写得好看不好看啊，它不是这个问题，它关心的是人怎么活，人的生命应该放在什么样的地方，我们说安身立命。它没有那么多的物质性的东西给我们安身立命，所以它追求一种超越性的东西。

——陈思和（复旦大学中文系教授、当代著名文艺理论家、批评家），《西部文学的自觉与自信》，2015年8月24日做客上海思南读书会与雪漠、曹元勇对谈发言

● 十年磨一剑只是一个传说，但却是雪漠文学事业的真实写照。以十几年时间，反复锤炼一部小说，没有内心深处的宁静，没有一番锲而不舍的追求，没有一种深远的文学理想和赤诚，是难以想象的。我们今天的文坛，太需要这种专心致志的创作态度。我劝大家读一读《大漠祭》，你会被西部农民生存境遇的真实性深深打动，你会体会到它跟充斥图书市场的文学快餐不同的品格，也会重温文学给予我们的那种真正意义上的审美体验。

——徐怀中将军（著名作家、解放军总政治部文化部原副部长），2002年4月6日“第三届冯牧文学奖”颁奖会上发言

● 雪漠老师在今天的中国是很少有精神追求、有精神高度、有精神信念的作家，我觉得他的文字、他的生活状态，他的这样一种存在的方式，就是一种精神的、文学的方式。

——陈晓明（北京大学中文系教授、著名评论家），2016年4月23日北京大学雪漠“故乡三部曲与西部写作”研讨会发言

● 把雪漠作为西北文学突出代表的作家，已经变得毋庸置疑，理解雪漠的作品也就离不开对“西部”这个大背景的把握。……雪漠并不是直接把日常经验临摹进作品，而是站在西部的大地上，激活了西部的文化底蕴、历史传承，以及那种来自大地的气息。西部有很多看起来神秘的传说、经验和体验，在这种经验的基础上去研究雪漠，就会发现，他确实能在自己的作品中，把西部神话重新激活，重新建构起一个神奇的超验世界；也能在这样一个后现代时代，以文学的方式挑战我们的感觉方式。这是雪漠作品的一个独特意义。

——陈晓明（北京大学中文系教授）《发现动物与人的消失：关于雪漠〈野狐岭〉的断想》，《光明日报》2014年10月31日

● 我觉得雪漠，无论是他整个的创作生涯，还是现在摆在这里的《野狐岭》，都是值得我们去研究和讨论的。雪漠的笔为我们呈现了一个如此独特的世界，将人类生活的小世界写得如此丰沛、饱满。在整个小说中，雪漠展示了这样一个复杂的世界。这么多复杂的声音展示了一个精神的世界，一个超越层面上的世界。整体看起来，我个人对雪漠有一种发现。用“发现”这个词只能是对我个人的一种意义，其实雪漠已经不需要发现了，但是对我个人来讲，确实体会到雪漠非常雄强、非常阔大的力量，不由自主地被他打动，被他折服。而雪漠的笔韵又是如此强劲，如此细致，让我们看到中国人或西部骆驼客们对人生、对世界、对死亡、对仇恨等等非常充沛的人类情感。而这样一个即将消失的西部骆驼客的文化生态，雪漠如果不写，可能以后永远不会有人知道了。此外，书中那些饱满有力的灵魂声音，也独具雪漠自己的特色，不但有文学意义，而且具有强大的灵魂力量。

——李敬泽（中国作协副主席、党组成员、书记处书记），2014年10月19日中国作家协会雪漠长篇小说《野狐岭》研讨会发言

● 我觉得“雪漠图书中心”的成立，不仅对雪漠先生很重要，对中国

大百科全书出版社也很重要，因为雪漠作品已经具有了相当的影响力。而我们在精品品牌运作过程中，有两个重要的因素，一个是品牌有足够的内涵，雪漠的作品相当的丰厚；第二个方面是它有比较强的影响力。从这两方面来讲，雪漠都具备了品牌的前提和基础。

雪漠老师是一个重要的作家，特别是在西部文学，应该是一个代表性的人物，创作力非常旺盛，作品很多。同时雪漠也是一个重要的文化学者。他的作品有两个重要的支柱，一个是西部。当然西部也有变化，因为雪漠老师最近生活在南方。那么以北方文化为根基，将南北文化交融，这对雪漠老师的文学创作起到了重要影响。第二点是他身后传统文化的根基，这方面也有很多的著述，包括新作《老子的心事——雪煮〈道德经〉第一辑》《空空之外》。在文化层面同样产生了非常重要的影响。

因此，雪漠老师是不多见的作家，既在小说创作上取得了丰硕的成果，同时在文化的研究、文化的阐释上也有很多重要的成果，这两者结合起来就构成了雪漠老师作品的厚重、范围的广泛，因此也构成了成立雪漠图书中心的可能性和必要性。

——管士光（人民文学出版社社长），2017年1月12日北京“雪漠图书中心”成立仪式上的讲话

●《白虎关》与《大漠祭》《猎原》写法上大体是一致的，《大漠祭》《猎原》我都写过评论文章，表扬雪漠是“大漠一曲凉州词”。我觉得他写得很荒凉。有那么多人在写西部，但精神上写得最像的只有雪漠，包括他的意象、人物设计等。比如像周立波、温亚军这样的作家，他们写当下生活的时候，西部的那个感觉能出来，与其他地域不一样。但是雪漠的小说，整体上那个西部精神的表达比他们要纯粹。所以，雪漠是一个非常值得研究的作家。

这些小说看过之后，我有种感觉，在当下的文学创作里，雪漠是被低估了的一个作家。

——孟繁华（中国文化与文学研究所所长、沈阳师范大学教授、著名评论家），2011年4月19日中国作家协会《西夏咒》《白虎关》作品研讨会发言

● 我也同意孟繁华说的，雪漠是一个被低估的作家，我还要再加上两个字，被“严重”低估的作家。其实，我们很多当代作家是严重被高估的，但雪漠确实被严重低估了。读了《西夏咒》，我认为雪漠是个大作家。我很喜欢读《西夏咒》，这跟很多人不太一样。《西夏咒》读起来确实很难，没有多少个读者能读下去，我不知道这本书的销量怎么样，但是我想，喜欢《西夏咒》的人读下去，是会着迷的、会被感动、会被震撼的。我觉得写这本书需要强大的智慧、强大的思想驱动力，它不是平平之作。所以，《西夏咒》确实是雪漠把自己抬上了一个台阶，这样的作品也是让我们很欣慰的。

——陈晓明（北京大学中文系教授、著名评论家），2011年4月19日中国作家协会《西夏咒》《白虎关》作品研讨会发言

● 雪漠是一个很有信仰、很有信念，也很自信的作家，这一点，我非常佩服，因为中国作家中灵魂写作的人毕竟还不多。这部作品显示出雪漠创作思想、创作路数不断地在调整，在开拓，继续着成熟和探索。虽然作品可能有的人不一定能适应，不一定读明白，但是我们打开一看这书的内容形态，就立刻断定这不是一般的手笔，这就是一个作家的成熟。他的调整是一个作家对自己的挑战，不管成功到什么程度，都是值得肯定的。

——胡平（鲁迅文学院副院长、评论家），2014年10月19日中国作家协会雪漠长篇小说《野狐岭》研讨会发言

● 雪漠天然就有一种呼风唤雨的能力。他能把各种各样的事物、各种各样的事件、各种各样的人物都召集到里边来，有时看上去好像不太相融，好像哪个和哪个都不搭，但是他有这个能力，非常强悍的构建能力，这是特别适合写长篇小说的一个才华，格局特别大。他眼中的西部世界，好像隔绝

于现代社会之外，自成一体，有一个整体性的信念在这儿，有个整体的核在。我惊叹他那种强悍性，很广阔的、很浩荡的这种才华，这是长篇小说的“气”所在。

——岳雯（中国作家协会创研部青年评论家），2014年10月19日中国作家协会雪漠长篇小说《野狐岭》研讨会发言

● 雪漠面对西部的大自然，面对西部生活于困境中的人们，他是充满感情的。对于西部的天空、大地、沙漠、草木、鸟兽，他都那么熟悉，都跟他们建立了一种形照神交的亲和关系，让我们看到了普里什文对俄罗斯大地熟悉的那种程度，哪怕是一只麻雀，哪怕是一条蛇，他都会带着一种非常亲切的、非常熟悉的眼光和态度去观照它，去描述它。雪漠对沙漠的那种景象万千的、富于变化的景观的描写，就我现在读到的小说和见诸文字的东西，我发现没有比他写得更丰富的。雪漠试图写出在西部非常贫瘠的条件下，人们所承受的肉体折磨和内心痛苦，体现的是一种很宝贵的人道立场和人民立场，和对苦难密切关注的叙述态度。

——李建军（中国社会科学院文学研究所研究员、评论家），《人民立场和苦难意识》，2002年12月11日鲁迅文学院雪漠作品研讨会发言，《飞天》2003年第3期

● 在文学将相当多的篇幅交给缠绵、温情、感伤、庸常与颓废等情趣时，雪漠那充满生命气息的文字，对我们的阅读构成了一种强大的冲击力。西部风景的粗砺与苍茫，西部文化的源远流长，西部生活的原始与纯朴以及这一切所造成的特有的西部性格、西部情感和它们的表达方式，都意味着中国当代文学还有着广阔而丰富的资源有待开发。雪漠关注的不仅是西部人的生存方式，他还想通过对特殊的西部生活与境况的描绘，体会与揭示人类生存的基本状态。在当下文学叙述腔调日益趋于一致之时，雪漠语言风格的特色显得更为鲜明。短促有力、富有动感的句式，质朴而含意深厚的西部方言

以及西部人简练而直率的言说方式，使我们获得一种新的审美感受。

——2002年第三届冯牧文学奖“雪漠获奖评语”

● 我想告诉人们，甘肃不但有敦煌，有莫高窟，还有雪漠。

——陈全林（佛道文化专家、《益生文化》杂志主编），2011年11月25日北京中央民族大学“光明大手印”书系研讨会发言

● 雪漠是西部文化的“名片”。

——张柠（北京师范大学中国当代文学与文化中心主任、著名学者、文学评论家），2015年9月21日在北京师范大学与雪漠对谈《西部想象与西部文学的精神力》发言

● 开始动手写《大漠祭》时，雪漠只有二十五岁，到《白虎关》定稿、出版时，雪漠已经四十五岁了，中间相隔了整整二十年，雪漠将自己生命的黄金岁月，几乎全部给了祖国西部这个农民和他的一家，这在中国文学史上也是少见的。

——李星（中国小说学会副会长、《小说评论》原主编、著名文艺评论家），《从〈大漠祭〉到〈白虎关〉》，《甘肃日报》2009年8月14日

● 雷达说：“雪漠的出现已经成为一种独特的文学现象，他代表了一种文化、一种精神、一种人格、一种理念。”近二十年一以贯之的积累、磨砺和打磨，雪漠的创作相对独立、连贯而系统。他的创作手法独具一格，创作风格细腻而不失大气，在近二十年来日益浮华而趋于商业化的文学界，成为当代小说创作史上一个相对完整的个案，具有重要的研究价值。

——赵春（上海师范大学硕士），《雪漠的宗教情怀与小说创作》，《上海师范大学硕士学位论文》2008年4月

● 雪漠应该是我们甘肃的文学“英雄”之一。因为，在我的阅读中，甘肃的长篇小说在全国产生影响，应该是从雪漠的《大漠祭》开始的。以前虽然甘肃也有一些小说在全国产生影响，但多是短篇小说。在《大漠祭》出版的时候，作为甘肃的写作者，我们都感到非常自豪。所以，我说雪漠是甘肃的文学“英雄”之一。他在这么短的时间里，就写了这么多的著作，而且是接连不断地出版。

——牛庆国（《甘肃日报》专题部主任、著名诗人），2014年12月20日西北师范大学文学院“雪漠长篇小说《野狐岭》研讨会”发言

● 雪漠老师被冠以西部作家，既标签化也低估了他的创作。当然，这或许也是出版社从阅读视野、市场需求的角度所进行的一种营销策略。西部是这样一个特定的文化时空、历史时空、自然时空，无论其自然景观、文化构成、历史层叠都表现出多元化性、融合性，历史的层级、文化的层级，它复杂多元而一体。……但显然，雪漠的创作早已走出甘肃、西部，他的创作的日常性与俗世性、哲学性、宗教性，都将使雪漠的创作达到一种高度，成为当代文坛的重要收获，一种无法忽视的存在。

——何莲芳（新疆教育学院人文学院教授），2016年4月23日北京大学雪漠“故乡三部曲与西部写作”研讨会发言

二、关于“大漠三部曲”

● 《大漠祭》描写了大西北腾格里沙漠边缘某个小村庄一年中平平淡淡的生活。在普通的不能再普通的日常生活情节中，作者以极其真切的情感、惊人的叙事状物的笔力，写出了奇特的西部民风和沉重的生存现实。

——《文汇报》：《西部农村生活跃然书卷》，2000年10月11日

● 《大漠祭》是一部很好的小说，有浓郁的生活气息，人物鲜活，提供

了世纪之交西部农村的原生态。……它深深地吸引了我，打动了我。

——叶辛（中国作家协会副主席、著名作家），2000年10月10日上海文化出版社举行的《大漠祭》新闻发布暨研讨会发言

●《大漠祭》的题旨主要是写生存。写大西北农村的当代生存这自有其广涵性，包含着物质的生存、精神的生存、自然的生存、文化的生存。所幸作者没把题旨搞得过纯、过狭。它没有中心大事件，也没有揪人的悬念，却能像胶一样黏住读者，究竟为什么？表面看来，是它那逼真的、灵动的、奇异的生活化描写达到了笔酣墨饱的境界，硬是靠人物和语言抓住了读者，但从深层次看，是它在原生态外貌下对于典型化的追求所致。换句话说，它得力于对中国农民精神品性的深刻发掘。

——雷达（中国作家协会创研部原主任、中国小说学会会长、著名评论家），《生存的诗意与新乡土小说》，《小说评论》2001年第5期

●《大漠祭》采用的显然是类似《红楼梦》《金瓶梅》的创作方法，而且相当成功。《大漠祭》中没有中心事件，更没有英雄人物，有的只是普通的无法再普通的日常琐事：驯兔鹰、捉野兔、打狐狸、吃山芋、喧谎儿、劳作、偷情、吵架、捉鬼、祭神、发丧等，情节也不复杂。故事的结构上，无非是用灵官一家串起村子里外的一串人物。但是，由于作者对农民了解的深切、感情的深厚真挚，虽然是琐事，虽然是普通农民，读来依然能吸引人。给读者的印象是，所有的事情，都是真的；所有的人物，都是“活”的。

——吴金海（原上海文艺出版社编辑、《大漠祭》编辑），《〈大漠祭〉内容摘要之编后记》，《飞天》2001年第3期

●《大漠祭》的确是一部令人耳目一新的优秀之作。它的艺术特色是多方面的，而其中对大众语汇的开掘采撷和广泛运用，是获得巨大成功的重要因素。……有人开玩笑说，《大漠祭》写绝了沙漠，前无古人，后无来者！

大有“曾经沧海难为水，除却巫山不是云”之慨。

——赵雁翼（著名作家、原甘肃省文学院院长），《〈大漠祭〉的语言》，《飞天》2001年第8期

● 《大漠祭》是一部清醒地观照我们农民父老历史和现实的生存境况和生命状态的书，是一部深刻地揭示了他们几乎为人所忽略了的坚韧的生活欲求和复杂的精神走向的生活史、心灵史。《大漠祭》揭示西部生活所达到的深度，表明作家具有相当开阔的文化视野，具有比较中把握自身的自觉。

——张明廉（西北师范大学中文系教授、文艺批评家），《西部农民凡俗人生的真实与诗意》，《飞天》2001年第5期

● 雪漠的长篇小说《大漠祭》，是一部文学含量深厚的值得多角度多层面品评的作品。它题旨深刻，言直事核，情节、人物颇具典型性，是一部具有教育和认识价值的作品。如果对作品的情辞所在，浮观其表而不深探其内，则可能产生歧见，而这正是因为《大漠祭》意蕴深邃的缘故。浅池观鱼，评论家美学家们还有文章可做吗？

——杨文林（著名诗人、《飞天》原主编），《贫不博文——读雪漠长篇小说〈大漠祭〉随想》，《飞天》2001年第7期

● 在理与情的价值掂量上，《大漠祭》的文学视角有了巨大的转换，它确立了人的个性存在和生存价值。作者和书中人物共同承受着生活的重负，享受着生活的欢娱，为自己因追求人生真谛而躁动不安的灵魂寻觅一块栖息的精神家园，在这寻觅的过程中，充分显示了人类灵魂世界的丰厚。在作品中，人的生存本相的丰富性、多面性，外在的生存活动，内在的生存心态，自觉意识的精神活动，潜意识下的心理活动都得到了最充分的展示。这也是文化视野下的文学观的基本内涵，它极大地丰富了文学的表现领域和审美再创造空间，是意识形态视野下的文学观所不及的。正是在这个意义上，《大

漠祭》的文学价值和现实意义具有巨大的超越性。

——朱卫国（甘肃省广播电视大学党委书记、西北师范大学研究生导师）、杨万寿（河西学院公共课教研室主任、副教授），《不同文学观视野下的两个文本——〈创业史〉与〈大漠祭〉比较分析》，《甘肃高师学报》2002年第7卷第3期

● 同长篇小说《大漠祭》一样，雪漠不多的中短篇小说，都有着深沉的恋乡情结。对农民和乡村深厚、真挚的情感，是一种深入骨髓的亲情。雪漠怀着热恋乡土的赤子之心，对乡村的历史和现状、农民的命运和前途，进行多方面的思考，显现出强烈的历史责任感和进取精神。一个作家影响一批读者，一批作家影响一个民族的文化。我一直认为，作家的重要职责和价值所在，就在于不仅要像别人那样介入生活，而且要用自己的作品拓展精神活动的深度和广度，要有助于提高本民族的文学语言。雪漠的作品在应用地域特色浓厚的方言俗语表现农民的现实生活上，做出了可贵的尝试。

——彭岚嘉（甘肃省当代文学研究会副会长、兰州大学文学院教授、博士生导师），《关于雪漠的小说创作》，《飞天》2002年第4期

● 《大漠祭》描写的是西部农村原生态生活，作者用鲜活的生活化语言展现了西部独特的风土人情、生活面貌、丰厚的文化底蕴以及沙漠边缘地带农民的现实生存状态，塑造了老顺等一系列个性鲜明的人物形象，由此体现出作者对历史理性和人文关怀的深沉思考，显现出极大的思想张力和审美张力，表达了作者悲天悯人般的诚挚的人格态度和复杂情感。

——朱卫国（甘肃省广播电视大学党委书记、西北师范大学研究生导师），《猎猎大漠风悠悠西部情——〈大漠祭〉简论》，《社会科学战线》2002年第2期

● 《大漠祭》正是实践了作家的观点并取得了较高成就的一部描写西部

农民生活的作品。作者就这样在作品中“平静”地叙述着当下西部农村的现实，对于读者来说，却是一部不平静的历史。读者从中读出了历史画面的真实再现、历史脉搏的跳动、人物灵魂的展示、农民生存境况的窘迫、农民命运的无奈等。更重要的是，透过历史的真实引起人们的普遍关注，认识和思考现实中的社会问题，进而探索解决存在的问题。

——杨万寿、唐援朝（河西学院中文系教授），《平静中书写农民的历史——论雪漠和他的〈大漠祭〉》，《丝绸之路》2002年第9期

● 谢（晋）导的膝盖上摊着一本书，书名叫《大漠祭》，他今天要与我谈的就是这部书，他问我有没有看过这部书，我说书名我知道，但内容没看过。我看到他的脸上顿时掠过一丝淡淡的遗憾，他说，这部书写得好，他被震动了，看了这部书，他才感到中国西部是怎么一回事，感到中国贫困地区农民生活的艰辛和悲苦。与他相交的这么多年中，我还没有见过他对一部小说有这样的推崇。即使是在中国文坛上曾经轰动一时的那些书，他也没有这么推崇过。这个谜团直到后来我才明白了，那天他谈了对《大漠祭》的感想后，就用那双充满睿智的目光注视着我，突然说，你也应该写这样一部书。

——顾志坤（国家一级作家、上虞市文联副主席），《谢晋说，你该与故乡结缘了》，《上虞日报》2002年5月22日

● 我以为《大漠祭》真正感动我们的，得之于对中国农民精神品性的深刻挖掘。它承继了我国的现实主义优良传统，包融着一种强烈的忧患意识和正视现实人生的勇气。它不回避什么，包括不回避农民负担问题和大西北的贫困现状。它的审美根据是写出了生存的真实甚至是严峻的真实，因为只有这样才能起到真正激人奋进的作用。

——雷达（中国作家协会创研部原主任、中国小说学会会长、著名评论家），《我看〈大漠祭〉》，2002年12月11日鲁迅文学院雪漠作品研讨会发言，《飞天》2003年第3期

● 《大漠祭》以极其真切的情感，叙事状物的惊人笔力，真实再现了西部大变革前夜农民的痛苦蜕变，反映了他们艰辛的生存境况和执著的人生追求。小说不仅仅写“活”了农民，而且写“活”了一个特定的领域——沙漠。奇特的大漠风光和西部民风，鲜活沉重的生存现实，死死活活的感情纠葛，在著名评论家雷达看来，“它们是凝结了作者多年心血的一次生命书写。那种从内向外涌动的鲜活和饱满，即使最有才气的‘行走文学’作者也很难达到”。

这部作品更引人注目之处在于，当下，文学已经将相当多的篇幅交给了缠绵、温情、伤感、庸常与颓废等情趣。《大漠祭》的“直面底层人生”，俨然成了评论界呼唤多时的“真正的文学力量”。

——《中国青年报》：《〈大漠祭〉能否带给文坛新力量？》，2002年12月14日报道

● 在这灿若群星的甘肃小说作家群里，我以为最明亮的一颗是雪漠。他的心血之作《大漠祭》出版伊始，我就一口气读完了。掩卷沉思，深为作品所包容的强烈的忧患意识，悲天悯人的胸怀，以及那扑面而来的泥土清香，一个个鲜活的人物形象，生动的语言，逼真的细节描写，拍案叫绝，击节称赏。在我们和上海以及北京方面全力宣传和推荐下，这部作品已经在全国产生了强烈反响，并获得了一系列荣誉：上海图书奖、华东图书奖、第三届冯牧文学奖，入围2000年全国长篇小说排行榜。自出版以来，可以说好评如潮，影响与日俱增。在文学相对疲软的今天，《大漠祭》能引起如此轰动的效应，是很值得思考的一件事，特别是对我们甘肃的文学创作，有着多方面的启迪。

——张炳玉（甘肃省文联原党组书记、副主席），《甘肃文学的新崛起——〈大漠祭〉对我们的启迪》，《飞天》2002年第8期

● 雪漠以他丰富而痛苦的“原型”资源，真实地揭示了西北地区农民

生之艰难、死之无奈、爱之盲目、病之痛苦的沉重的生存状况及生命形式。作家的视野不只是停留在由物质的贫困和由此体现出的政治、经济这一“外现”的“硬”性文化层次上，而是将忧患的笔深触到以原始的惰性、凝重的习惯势力、繁缛的礼俗、固化的秩序为对象的人的观念、思维方式、价值尺度这些“深隐”的“软”性文化层次，它牢牢地维系着社会的稳定，构成了一种“集体无意识”的文化秩序和心理状态。愚昧、保守、狭隘的小农意识、乡土观念决定着农民的心理状态，而这种心理状态又决定着农村的社会秩序。《大漠祭》的作者有意去逼真地模拟现实生活，践约了他文学精神最可贵的品质——真实。它是对走向全球化时代的当代中国文坛某种浮华夸饰、浅薄虚妄现象的一种抵抗和嘲讽，在警醒人们睁眼正视这个民族的生存图式和农民的精神现状时，努力打破一种虚拟的文化自足的怪圈。

——赵学勇（中国现当代文学研究学会理事、兰州大学中文系教授），《全球化时代的西部乡土小说》，《新华文摘》2003年第5期

● 读《大漠祭》，我们感到作者是和农民群众打成一片的。他的笔端充盈着对农民父老兄弟的深情：悲天悯人的深切同情和发自内心的深深的热爱，而对腐败、对骄奢、对不义，作者像农民一样感同身受地充满鄙夷和憎恶。作者笔下的农民形象，既贫穷、愚昧、粗野；又淳朴、浑厚、善良、坚忍、勤劳、聪慧能干。既没有被丑化，也没有被拔高和美化。《大漠祭》的农民形象是高度真实的，一个个好像不是出现在纸上，而是在生活中活着。《大漠祭》真正做到了为农民写真，为老百姓说话，为时代画像。作者的指导思想就是：“我想写出历史，写出老百姓的生活。”这就是《大漠祭》价值之所在。这样的作品有其长远存在的价值。

——尚缨、汉滨（河西学院美术学院教授），《西部文学的新收获——〈大漠祭〉读后》，《文艺理论与批评》2003年第1期

● 雪漠塑造了老顺，老顺成就了雪漠。老顺以他作为艺术形象的说服

力，告诉了读者这样一个现实：在人类文明进入二十一世纪的今天，中国仍存在着深深的生存苦难。老顺们忍辱负重，坚韧而执著地行走着，但他们生存的痛苦是难以想象的。他们好像被抛入了一个黑暗的隧道，无法找到光明的出口。雪漠用锐利的解剖刀，通过老顺的形象，切开了生存残酷的一面，平静的叙述中回荡着悲剧的韵律和浓烈的忧患意识，他在呼唤我们关注老顺们，让他们像一个真正的“人”那样活着。

——李文琴（兰州大学中文系博士），《“大漠”中的老顺》，《小说评论》2003年第1期

● 《大漠祭》是一曲真正的悲歌，悲从作者心中来，悲到读者心中去。这是一曲令人感慨万千的时代悲歌，这首歌，唱着我们民族的悲痛，唱着广大农民的辛酸。

——孔会侠（河南郑州师范学院文学院讲师、评论家），《满腔热血，几多感慨——读长篇小说〈大漠祭〉有感》，《当代文坛》2004年第1期

● 《猎原》是一曲苍茫辽远的《凉州词》。

——孟繁华（中国文化与文学研究所所长、沈阳师范大学教授、著名评论家），《当代·长篇小说选刊》2004年第6期

● 只要人类尚未进入大同世界，其形象所昭示的意义便会长存。我甚至发奇想：为免西夏文书命运，应该借助先进科技，把这部书发射到另外一个星球去。亿万光年之后，那个星球上的生命研究宇宙，《猎原》就会成为一份参照：“噢，地球是这样毁灭的。”

——崔道怡（《人民文学》原常务副主编、著名评论家），《地球是这样毁灭的》，《文学报》2004年5月13日

● 《猎原》在那浑朴淳厚的事象中，似乎裹藏了含而不露的意向，那就

是在为西部造影中反思西部，在为人生摹相中审视人生。

——白烨（中国社会科学院研究生院教授、中国当代文学研究会会长、著名评论家），《读雪漠的长篇新作〈猎原〉》，《文汇读书周报》2004年5月31日

● 我们在《猎原》里读到的，不是一个人的命运，也不是一个家庭或家族的变迁（这些都是当下长篇小说最容易展现的内容），《猎原》展示的是一个群体人的生活场景，注重的是场景之下的冲突与交融。或者说，这不是一个可以改编成连环画的故事，更像是一面墙壁上展开的油画，有场景、有人物、有表情，也有故事的痕迹，但效果却不在故事的起伏线索中，而在整体的、强烈的视觉冲击中实现。说到底，雪漠不是想去塑造一个生命个体，而是要通过群体的雕塑实现对一个世界的诉说。

——阎晶明（中国作协书记处书记、《文艺报》总编辑、著名评论家），《〈猎原〉笔记》，《文艺报》2004年6月8日

● 雪漠不管是有意或无意，他还是比较靠近现代，这就是对存在、对存在的一种认识。雪漠的小说中，没有简单地去诠释鲁迅先生的国民性思想，没有很生硬地迎合某种声音，也没有用官僚化的思想来诠释农村生活。它身上，再也找不到上世纪农村革命史诗像《创业史》这类作品的影子。它只写了河西走廊农民一年四季的艰辛生活，这种生存被写得非常鲜活：他们存在着，他们沉默着，他们已经习惯了几千年的这种生活。小说表现的强劲程度，是我们很多作家所不能比的。作者对他所描写的生活非常熟悉，他不需要专门去搞一种寓言化的写作或者形而上的概括，或者整体象征，它本身就有一种象征意义。

——雷达（中国作家协会创研部原主任、中国小说学会会长、著名评论家），《雪漠小说的意义》），《人民日报海外版》2004年6月18日

● 看得出，雪漠的执著追求、淡泊名利和近乎苛刻的灵魂重塑，都源于“爱”。一个作家，只有抛弃“小我”，融入“大我”时，其作品才可能有大气。那种“大气”，绝非造作的装腔作势，更非作品篇幅的宏长，而是作家人格的显现。读《大漠祭》时，从字里行间，我们都能读出那独有的大气和悲天悯人的胸怀。这一切，无疑都源于他那份深沉的爱。

——阎世德（《兰州晨报》社新闻调查部主任、记者），《走近雪漠》，《兰州晨报》2005年1月29日

● 雪漠的语言极具地域特色，心理描写也十分细腻，人物刻画颇见功底，特别是对西部女性的描摹相当传神，这都是应当充分肯定的。然而，光有这些并不能成就雪漠，有些西部作家比他在这些方面可能做得还更好，但雪漠之所以让我们记住，就在于他的作品中，还具有上面所讲到的那种独特的精神力量和魅力。

——朱辉军（中国文联出版社原副总编辑、文艺评论家），《评〈狼祸——雪漠小说精选〉》，《文汇报》2005年1月4日

● 《大漠祭》的世界是西部人的世界，西部人的世界充满西部的精神气儿。从作家营构家园世界的绵密之笔中，倾听到生命脉息的沉重与灵魂震颤的回响。丰富的人生体验和痛苦不堪的历史记忆扎根于作家的心灵，他以痛彻入骨的苦难精神谱写出一曲迟迟走不出“阴霾”的古老歌谣。他敏感的触觉，最终被生于斯长于斯的乡民世界的悲剧命运结构所攫取。真正的诗化意蕴，就沉潜于这种痛苦深渊之中，并由此升起人类精神之光。这也许是文本所呈现出的“诗意的生存”味太浓的一个很好注脚。

——韩伟（兰州大学文学院博士研究生）、王彩凤（西安工业学院人文学院硕士研究生），《生存状态的描绘与西部精神的展示——评雪漠的长篇小说〈大漠祭〉》，《唐都学刊》2005年第21卷第1期

● 如果说《大漠祭》中，作者凭借扎实的生活体验和敏锐的艺术感觉以及对乡村各种社会关系深透的理解，真实地再现沙漠边缘地带农民生活的艰辛和无奈，鲜活地袒露犹如在“一个巨大的磨道里转圈”的人生图景，作品所呈现的乡土风景中，浸透了作者对土地的深情关爱、对故乡的深情关爱、对身处贫困仍无怨无悔活着的父老乡亲的关爱，那么，到《猎原》里，这种从乡土风景中升华出来的乡村情感，就为一种浓烈的忧患意识所替代。千百年来的开发，使这片本来就很贫瘠的土地更加满目疮痍，森林锐减、草原退化、沙漠推进，沙尘暴越来越多，荒漠化愈演愈烈，动植物种群日益减少，水资源的短缺日渐严重……生息于此等境地的农民，还继续向濒于崩溃边缘的大自然索取。生存成为无望的挣扎，艰难与困苦成为家常便饭。所以，作家意图通过文学的方式警示人们：人类的生存应当是与自然和谐相处，失去良好的生存环境，人类的生存和可持续发展就难以为继。

——彭岚嘉（甘肃省当代文学研究会副会长、兰州大学文学院教授、博士生导师），《与狼共舞的困惑与悖谬》，《当代文坛》2005年第3期

● 雪漠的创作长于鸿篇巨著，读其《大漠祭》和《猎原》，有一种亲历浩瀚干涩的沙漠之感。……反之，雪漠的短篇却显得妩媚灵动儿女情长。我读《美丽》便有这样的感觉。……就在这仿佛是一片黑暗，读者可能暗暗期待着文本里的人性丑恶与残忍如何在绝望中爆发出来，人是如何按照当下流行的道德期待蜕变为兽时，雪漠却给了我们一个意想不到的奇迹。

——陈思和（复旦大学中文系教授、当代著名文艺理论家），《什么是美丽的最好定格》，《上海文学》2005年第9期

● 我老眼昏花，已很少读长篇小说。前些日子翻开雪漠的《大漠祭》，居然被它牢牢吸住，一头扎了进去，随着书中人物的遭遇时忧时喜，甚至感叹落泪。掩卷之后心情仍然久久不能平静。我感动，也高兴，为大西北出了这样一位作家而高兴，为西部文学增添这样一部力作而高兴，情不自禁要为

它喝彩。

——欧阳文彬（著名上海老作家、文学翻译家、资深编辑），《为〈大漠祭〉喝彩》，《新民晚报》2005年

● 开始动手写《大漠祭》时，雪漠只有25岁，到2007年9月《白虎关》定稿、2008年出版时，雪漠已经45岁了，中间相隔了整整二十年，雪漠将自己生命的黄金岁月，几乎全部给了祖国西部这个农民和他的一家，这在中国文学史上也是绝无仅有的。与如实记录了现代语境中西部如老顺一家几代这样的农民的艰难而尴尬的生存同时，则是雪漠对长篇小说叙述的执着探索。如果说在《大漠祭》中他是以质朴、逼真的生活流式的原生态叙述，并以西部沙漠原始奇异的生产生活方式和西部农民独特的品性而产生了巨大的文学征服力的话，那么《猎原》则以孟八爷和猛子侦捕盗猎者线人的行走者身份，见证了草原的凋蔽，草原人在严重的生态危机下生存的绝望和惨烈。在沙漠和草原深处所发生的牧人为了争水争草的以命相拼和盗猎者的铤而走险，以及老顺等村民和国际盗猎集团的斗争等情节，显然有了些文学的合理想象。而在《白虎关》中我们则看到了他对西部农民，特别是女性精神苦难和心灵寄托的热切关注，有了更为自觉的生命和灵魂的悲剧感和超越意识。

——李星（中国小说学会副会长、《小说评论》原主编、著名文艺评论家），《现代化语境下的西部生存情境——雪漠：从〈大漠祭〉到〈猎原〉》，《小说评论》2005年第1期

● 《大漠祭》是甘肃文坛的骄傲，雷达先生认为这本小说的出现，对乡土小说、西部小说的发展都具有重要的意义，甚至对中国文学的发展都会产生一定的影响。这样的评论不知道会被多少人认可，但是，打开小说时扑面而来的是令人感动的质朴，在这样一个浮躁的时代里，作家沉默着写作的态度本身就是一座丰碑。

——白晓霞（兰州城市学院中文系教授），《〈大漠祭〉中的民俗世界

及其象征意义》，《河西学院学报》2005年第21卷第6期

● 雪漠在《大漠祭》中的人物身上倾注着感性，这种感性却又透过冷峻、质朴的语言形式得以表现。这使得《大漠祭》与他两年后才推出的《猎原》有所不同。在同样的冷峻、质朴背后，《猎原》较多地传达出了对生存的反思和追问。

——《〈大漠祭〉为谁而“祭”？》，新华社2005年3月14日报道

● 在《大漠祭》中，作者表现的是西部自然原始状态下的生活，尽管有痛苦，但这痛苦只是源于普遍的人道主义原则，和对人应该有的生活的希冀，并没有更多的思想、理念的寄寓，所以它在丰富中表现出单纯，在残酷的生存现实中表现出人与自然、人与人的关系的和谐。而在《猎原》中，作者显然不再满意那种原生态的真实，而寄托了较多的他在当代都市文明中的种种认识和感受，不仅追求真实，而且追求思想的深度和巨大的概括力，追求苏珊·朗格文论中所说的那种艺术的“抽象”。

——李星（中国小说学会副会长、《小说评论》原主编、著名文艺评论家），《现代化语境下的西部生存情境——雪漠：从〈大漠祭〉到〈猎原〉》，《小说评论》2005年第1期

● 雪漠是小说学会发现的一个作家，他的《大漠祭》和《猎原》被认为是新世纪以来西部文学的代表作，雪漠本人并因此而获得“冯牧文学奖”的文学新人奖。

——陈骏涛（中国社会科学院文学研究所研究员、中国社会科学院研究生院文学系教授），《贴近地面的叙事》，《滇池》2006年第1期

● 雪漠把自己的目光对准了现时西北农村的农民，写出了他们在生存环境日益恶化的背景下的挣扎和无奈、痛苦和忧伤、坚韧和顽强。雪漠的小

说给人最强烈的感受就是浸透在字里行间的那种质朴而又沉重的情感负载，是那种对现代化进程中农民实际生活能力被无形弱化的现实不能无视的责任感。尽管这几年也有不少反映“三农”问题的小说发表，但多停留在表层的抒写，很少有像雪漠那样的将自己精神的血脉牢植在农村与农民之中的作品。

——何清（苏州科技学院图书馆馆长、人文学院教授），《论雪漠小说的价值取向》，《小说评论》2006年第4期

● 雪漠满含悲悯和怜爱的眼睛在他们的嬉笑怒骂、憨笑和眼泪里注视着宿命的苦难。他以良知和人道主义精神笔耕数十载，揭开粉饰的太平，还原历史以真实。从长篇到短篇，他继续着他的思考，这类人的命运扯疼了他的心，他永远走不出他童年的那个村庄。短篇小说《沙娃》既是对他长篇小说中人物命运的继续思考，也是某种意义上作家本人心路历程的象征。对传统的坚守和对现代的拥抱让他痛苦着、敏感着，最后终于汇成一条淙淙的小溪。我们相信它执著的奔跑和对两岸风景的采撷，终会对文坛注入活力，也给人们带来别样的风景。

——韩春萍（中央民族大学少数民族语言文学系博士），《现代语境下的陇军小说》，《创作评谭》2006年第2期

● 雪漠的成功，一方面应归功于其作品丰厚的生活底蕴，另一方面则缘于其作品中所弥漫的浓厚的宗教意识。通读雪漠的作品，你会被遍布于其中的博大的宗教情怀所感染。无论是其长篇小说《大漠祭》《猎原》，还是短篇力作《沙娃》《美丽》，都无一例外地贯穿着作者的一个最基本的思想线索——人生是无常的，一切现实的存在都是虚幻的，人生的争与斗是无意义的。因而作者永远是用一双满含悲悯的目光注视着出现在他笔下的一个个人物。

——宋洁（兰州大学文学院讲师），《论雪漠小说的佛教文化色彩》，

《运城学院学报》2006年第4期

● 《猎原》和《大漠祭》都有一个鲜明的特色，即追求语言的原生形态。作者非常熟悉西部民间尤其是甘肃凉州一带的民间话语，通过对方言俗语、土话乡音的巧妙化用，大大激活了汉语的表意功能，提高了作品的艺术魅力。我们读雪漠的小说，往往会产生一种原创的感觉，这在很大程度上就是由于语言的功劳。那种贴切地道，那种鲜活生动，那种韵味，是令人拍手叫好的。在中国当代作家中，像雪漠这样对民间方言充满信任，并乐此不疲地吸收和探究的作家，已经不多见了。

——唐瀚存（兰州交通大学文学与国际汉学院副教授、评论家），《苍凉的大漠深处的声音》，中国作家网2007年1月22日

● 雪漠的小说创作，还原了西部“神话”的内在底蕴。他把辽阔粗犷的西部极其细致地、大规模地描写了出来，击碎了文学史上那些符码化的西部想象；他第一次描写出了正在膨胀的西部与消失的西部，对于现代人与自然的暴力关系表现出深刻的忧虑；他创造出了真正意义上的西部猎人、牧人和农民等边缘人的艺术典型，勾画了西部人的精神灵魂。他以西部农村生活的逼真描述，揭示出西部农村在现代化过程中悄悄发生的那些细致而坚硬的变化，对于由于历史实践、边远地域、贫穷及其观念造成的西部之痛，对于弥漫于西部的怀旧与无可奈何的复杂时代情绪的反映，显出现实主义小说新的精神向度。

——程国君（陕西师范大学文学院教授、文学博士），《审视“西部”之痛——论雪漠的西部书写及其文学价值》，《河西学院学报》2007年第23卷第6期

● 《白虎关》是对几千年农业文明的反思之作。当一个新的时代来临之时，一个真正的作家应该直面生活，写出无愧于时代的作品。该小说关注的

不仅是西部人的生存方式，还想通过对特殊的西部生活与境况的描绘，体会与揭示人类生存的基本状态。在当下文学叙述腔调日益趋于一致时，《白虎关》的语言风格和特色将更为鲜明，质朴而含意浓厚的西部方言以及西部人简练而直率的言说方式，使人们能获得一种新的审美感受。

——《厚重如大地，壮美如雪山——雪漠新作〈白虎关〉出版》，《甘肃日报》2008年9月4日

● 读到甘肃实力派作家雪漠最新长篇小说《白虎关》……这部作品以厚实的生活内容、鲜明的文化特色、深刻的思想主题以及独有的艺术表现，让我们看到了甘肃作家的不懈努力正在使一个地域富有特色的小说不断引起文坛关注，产生全国影响。据我所知，雪漠就是一个能够不断写出好作品的甘肃代表性作家。

——木弓（《文艺报》副主编、著名评论家），《甘肃又有好作品——雪漠长篇小说〈白虎关〉》，《文艺报》2008年第40期

● 雪漠在小说的后记中写道：“当这个世界日渐陷入狭小、痛苦、仇恨和热恼时，我们的文学，应该成为一种新的营养，能给我们的灵魂带来清凉，带来宽容，带来安详和博爱。”阅读《白虎关》，我们看到了西北大漠人生的挣扎，也感受到了他们爱的执著，我们可以从中感受到清凉、宽容、安详和博爱。

——杨剑龙（上海师范大学都市文化研究中心主任、上海师范大学人文学院中文系教授），《生的挣扎与爱的执著——读雪漠的长篇小说〈白虎关〉》，《文艺报·周六版》2008年第44期

● 雪漠小说大都围绕腾格里沙漠上的人与自然的关系展开。对溃败了的大自然的书写，对现代人性迷失的深入反思，对宏大的生命境界和意义的探寻，使他的小说在生态文学创作中显得卓尔不群。因此，对雪漠小说中蕴含

的生态意识的研究极为必要。

——张玉（三峡大学文学院硕士），《雪漠小说中的生态意识》，《文学教育（上）》2008年第6期

● 在去年所有的排行榜和评奖中，都没有《白虎关》这部小说的踪影，但我认为它是2008年最好的小说之一。比作者自己的《大漠祭》高出了不少。仍写西部农民，仍写生存的磨难和生命力的坚韧，但细节饱满、体验真切、结构致密，并能触及生死、永恒、人与自然等根本问题，闪耀着人类良知和尊严的辉光。一部能让浮躁的心沉静下来的书。

——雷达（中国作家协会创研部原主任、中国小说学会会长、著名评论家），《08年我看好的几本书》，《新快报》2009年1月12日

● 雪漠的写作以其粗犷硬朗的西部气象令人惊异，它使西部文学在今日中国文坛显得更加强健旺盛。数年前，雪漠的《大漠祭》《猎原》就在文坛刮起一股颇为强劲的西北风，最近雪漠的《白虎关》由上海文艺出版社出版，可以让人明显感到，雪漠在小说艺术上的冲劲更充足了，这是一部闪耀着西部气象的有力道的作品。

——陈晓明（北京大学中文系教授、著名评论家），《西部叙事的美学气象与当代机遇》，《小说评论》2009年第1期

● 我读这个《白虎关》马上就联想到我们现代文学史上一部经典之作，就是萧红的《生死场》。你看那个语言，包括女儿死了，妻子死了，那种语言就是萧红似的语言，非常质感地把生命把握起来。这种文学力量在我们中国二十世纪文学史上，在整个现代化社会中太少了。为什么我们总是提不起来萧红的东西？我认为我们这个血脉太缺少在整个现代化进程中我们忘记的民族自身的一种精气。我们自己把它抛弃，并认为这是一种落后的东西。其实我觉得雪漠捡起来的正是萧红的精神，是整个文学史对我们民族精神的一

个探讨，这才是西部的一个概念。

——陈思和（复旦大学中文系教授、当代著名文艺理论家、批评家），2009年10月复旦大学《白虎关》研讨会发言，发表于《文艺争鸣》2010年第3期

● 相对于东部文学来说，西部文学更显得厚重、沉稳与博大，其作品更多地掺杂了悲壮、崇高的敬意，以及对艺术的敬重与神圣，还有一种欲罢不能、无法割舍的历史使命感。而这其中，雪漠是西部中年作家中的优秀代表。雪漠的长篇小说《白虎关》更关注了当下西北农民真实的生活状况与灵魂的颤动，那种残酷、疯狂、血腥的生活状态，以及人性的悲悯、搏杀、麻木与无奈。贾平凹先生多年来一直以大城市西安为创作基地，而雪漠却坚守在凉州这个小城。《白虎关》是雪漠长期生活在农村并深入观察、凝神思考的结晶，它是继《秦腔》之后西部文学出现的又一部扛鼎之作。

——栾梅健（复旦大学中文系教授、中国当代文学创作与研究中心副主任），2009年10月22日复旦大学《白虎关》研讨会发言，《文艺争鸣》2010年第3期

● 《白虎关》是一部真正写出了中国农民之心的小说。它对中国农民心灵的把握非常细腻，是真正在写农民的灵魂，真正地让人物回到农民的心上。我觉得《白虎关》把以往的乡土小说里的一些经验进一步地表达了出来。这部小说很有深度，确实是今天乡土文学创作的一个突破。……我觉得能真正写出中国农民的心灵，并能达到这样一个高度的作品不是太多。

——王光东（上海大学文学院中文系主任、教授、《上海文学》编委），2009年10月22日复旦大学《白虎关》研讨会发言，《文艺争鸣》2010年第3期

● 雪漠的小说跟其他作家的小说不一样。很多作家把写作当成一种职

业，讲一个故事，讲一个人，再讲一个事情，其实这些跟他自己的精神生活是有一定的距离的。而雪漠的作品读起来感觉不会是与自己无关的。小说内容虽然也在客观地叙述一个事件，但看的过程中你会被它所感染。我还是比较喜欢这一类作家，而不是那种纯粹地讲跟自己没有什么关系的一个故事、一个事件。雪漠的作品给我的印象非常深。

——杨扬（上海作协副主席、上海市作协理论专业委员会主任），2009年10月22日复旦大学《白虎关》研讨会发言，《文艺争鸣》2010年第3期

● 读雪漠小说《白虎关》时，有四个字打动了我，就是“活人了世”。任何一个地方的人都在活，总之从生下来到死，就这么回事。雪漠对西北土地上的人怎么活的记录深深地打动了我。一个作家对生命珍重到什么程度？我们对这个时代的文学究竟还需要多大程度的关心？有血有肉有生命的人不仅仅局限在物质层面，那么在某种观念上要去演绎点什么？当老舍写《骆驼祥子》的时候，老舍自己说过这么一句话，他说：“用深入人物之心的心去写这个人，那笔尖上能滴下血来。”

——徐德明（扬州大学文学院教授、博士生导师），2009年10月22日复旦大学《白虎关》研讨会发言，《文艺争鸣》2010年第3期

● 雪漠小说用的语言，不是一个书面语或是小说的生活语言，张力、冲击力非常大。这个张力是什么呢？是从非常世俗化的、功利化的、充满欲望的生活细节里面，包括从人与人之间的冲突，到非常纯净的、带宗教意味的精神升华上，显示出的小说极大的张力。小说的张力非常大，它所表现出的那种最琐碎的、最世俗的、最充满欲望和血腥的生存状态，给了人以情感上、精神上的穿透力。……在处理宗教和世俗、宗教理念与人文理念这样一个关系上，雪漠的处理方式和张承志后期的作品正好是一个对照。特别是《心灵史》这样的小说，它以宗教的眼光来对待世俗的生活，是我们应该尊重的。但在文学上这种处理方式会引来非常多的对底层生存状态的排斥。而

雪漠恰恰是倒过来，以人文的东西来包容宗教的信仰行为和宗教的精神，这应该是文学的一种处理方式。从我个人角度说，这一点是非常好的。

——宋炳辉（上海外国语大学教授、《中国比较文学》常务副主编），2009年10月22日复旦大学《白虎关》研讨会发言，《文艺争鸣》2010年第3期

● 读雪漠小说《白虎关》先是被打动，后来是被震动。这本书之所以打动我的地方就是，写到了很多农村人的梦想，而他们的梦想得不到施展、得不到实现，并残酷地被作者给毁灭了。后来我看到月儿死掉时，我非常地伤痛，咋这样狠呢？还有莹儿，哪怕给她留一点后路也行。我们设身处地地再想想我们自己的活。雪漠的书就牵着我让我放不下来，扣着我往下读。

——周立民（巴金故居常务副馆长、巴金研究会常务副会长），2009年10月22日复旦大学《白虎关》研讨会发言，《文艺争鸣》2010年第3期

● 雪漠把日常生活叙事写得如此惊心动魄，离开了宏大叙事之外没有人可以把它写得如此惊心动魄。

——朱小如（《文学报》主编、著名评论家），2009年10月22日复旦大学《白虎关》研讨会发言，《文艺争鸣》2010年第3期

● 《白虎关》与《大漠祭》有一个区别，就是对最普通人精神世界的活动的描述。这个活动不仅是一个外在的挣扎，对苦难生活的一种搏斗，它也与内心世界的剧烈活动是同步的。把这个写出来，我觉得就超越了所谓的一般底层文学。能把精神的世界和与外在生存世界的搏斗写出来的，我觉得就是高于一般的对普通人生活的写作。雪漠在写精神的时候，有一个很好的写法就是与日常生活联系起来。其他知识分子常把精神与物质分成两个东西来写。而雪漠写这些人的精神世界是从更大的世俗生活的平面上来体会、来挖掘、来发挥的。他不是把精神倒过来，而是把这个意向往上走，一直往上走，走向“花儿”的境界，是“天地有大德曰生”的那个“生”。

——张新颖（复旦大学中文系教授、中国现代文学研究会理事），2009年10月22日复旦大学《白虎关》研讨会发言，《文艺争鸣》2010年第3期

● 中国作家在处理乡村解体过程中已经提供了很多写法，如《受活》是一种写法，《秦腔》也是一种写法，我刚才说的李佩甫《金屋》也是一种写法，还包括尤凤伟的《泥鳅》这种写法。雪漠的这种写法相对于那些作家来说，他增加了一些新的东西，更具有内在性，不是一般的心理描写，而是在企图揭示一些灵魂的痛苦和困惑。……祝福雪漠，经过这么多年的磨砺，还是拿出了非常有分量的、在当代文化氛围里还是很有冲击力的、非常值得关注的这样一部作品。

——王鸿生（同济大学人文学院教授、中国文艺理论学会常务理事），2009年10月22日复旦大学《白虎关》研讨会发言，《文艺争鸣》2010年第3期

● 雪漠在西北作家中、在当代作家中是非常难得的，他很有原创能力。

——魏心宏（上海文艺出版社副总编、《小说界》杂志主编、出版人），2009年10月22日复旦大学《白虎关》研讨会发言，《文艺争鸣》2010年第3期

● 雪漠称得上是独一无二的作家。他的独特，不仅仅因为他是作家中少有的大手印文化研究学者，也不仅仅因为他的小说是当代西部文学的标志性作品。真正打动我的，是他的写作状态——他喜欢一遍一遍地写东西。对于不满意的作品，他会毫不犹豫地扔掉重写，而不是去改。在网上，他有一拨忠实的铁杆粉丝。因此关于雪漠的网页估计是中国作家中首屈一指的：雪漠网、雪漠文化网……更不用说雪漠华人佛教博客、大渡博客等诸多的博客，看过才略知雪漠在网络上的影响。

——舒晋瑜（《中华读书报》编辑、记者），《大隐隐于西北，大红红于网络》，《中华读书报》2010年11月1日

● 为什么《白虎关》三十多章开篇引用“花儿”？意在“花儿”有所隐喻。“花儿”歌词中主要的修辞手段是比兴，但是小说家立意不在普通修辞，他采用的是一种文化姿态，甚至暗含了一种不自觉地对西北本土传统文化的自恋。“花儿”体现地方人文，小说意在探讨“花儿”的传统人文精神与当代几个女子生命的对话，在凝定的传统艺术与急剧变化的当代生活之间的矛盾缝隙中，审视这几个平民儿女的悲剧生涯。

——徐炯、徐德明（扬州大学文学院教授），《〈白虎关〉中“花儿”的叙述功能》，《扬子江评论》2010年第1期

● 《白虎关》是雪漠呕心沥血多年的一部长篇小说。这部作品延续了《大漠祭》《猎原》等作品的故事内容，但其思想精神已经超越前几部作品，渗透了人类世界共同的命运与人生，思索人类世界共同的出路，并在文学修养和灵魂锤炼方面达到了和谐统一。作者运用现实主义手法，对凉州文化、民风民俗、地域景观等的描写，让读者能身临其境般感受西部；并用琐碎真实的生活细节诠释了“人生”，以此表达了对生命的感悟和即将消失的农业文明的凭吊。但同时，过多生活真实的突出，让小说的艺术特色及创造方法受到了评论界的争议，在此应给予公允的评价。

——贾玲俐（兰州大学文学院硕士），《西部农村生活的绝唱——论雪漠的〈白虎关〉》，《兰州大学》2010年

● 雪漠是一个具有强烈人文关怀的作家，对西部农民生存怀着强烈的忧患意识。心灵的抵达、情感的融入、责任的担当、良知的坚守成为他塑造鲜活农民形象的精神动力。雪漠笔下的农民形象及性格命运更多悲剧色彩，这是作家悲剧审美观的具体体现。他笔下的乡村世界不是一幅诗意的田园之画、一曲哀婉的游子之歌、一阕忆旧的惆怅之词，而是一幕直抵西部农民精神与物质困境的悲剧。

——郭茂全（兰州大学文学院博士、讲师），《西部儿女的悲歌——评

雪漠“农村三部曲”中的西部农民形象》，《河西学院学报》2010年第26卷第3期

● 张爱玲在《倾城之恋》中塑造的白流苏，与雪漠在《白虎关》中塑造的兰兰、莹儿，在情感经历中有许多相似之处，尽管她们分属于不同的时代。作为女性，婚姻的不幸让她们只能在改嫁或守寡之间选择，但两者都是女性永远的梦魇。原因是传统封建思想的影响、男权中心的社会结构、经济上的贫困和依赖等。三位女性的情感历程，为我们提供了窥见中国女性生存困境的窗口。

——杨坤（安徽师范大学文学院硕士），《改嫁或守寡：女性永远的梦魇——以〈倾城之恋〉和〈白虎关〉中女主角为例》，《温州大学学报》2010年9月第23卷第5期

● 从读《大漠祭》开始，已经觉得他笔下的那个“大漠”是非常独特的，后来接着读《猎原》《白虎关》，后两部作品在前一部的基础上，给我们塑造了一个非常独特的形象，我觉得在雪漠的大漠世界里有诸多的形象，在这些诸多的形象里面最独特的就是这个“大漠”，雪漠笔下的“大漠”不是作为那些人物的生存空间，不是作为那些人生故事的一个背景出现的，它就是一个活生生的生命体，是具有独立意义的艺术形象。它既严酷，又不乏温情；它贫瘠但又丰腴；它荒凉但又蕴藏着生机；它摧残甚至毁灭生命，但是它又创造养育生命。它是非常复杂、活生生、有生命的，不是我们一般在其他作品里写到的“大漠”，就是把它作为一种背景来对待，把它作为一种陪衬来对待。而雪漠的“大漠”就是一个独立的艺术形象，我觉得他是用自己的生命去接近、去触摸、去亲近“大漠”的，与他笔下的大漠真的是息息相通、血脉相连的。他把自己的生命，对生命的感悟全部灌注在这个大漠里面。

——张明廉（西北师范大学文学院教授），《独特的“大漠世界”》，

2010年12月24日兰州大学雪漠作品研讨会发言

● 雪漠把小说起名为《白虎关》真是很有意思，我们知道左青龙右白虎，这是中国的传统观念。这个白虎，是我们西部的象征，关，就是关隘，《白虎关》作为一种象征，我觉得暗示着西部的农业文明。我们西部开发比较晚一些，滞后一些，所以西部也是中国传统农业文明的最后一个命题。白虎关挡不住历史的滚滚潮流，在社会转型的今天，在现代化进程日益加快的当下，作者唱出了农业文明最后一曲凄美的挽歌，青山遮不住，毕竟东流去，但是在这大潮面前，我们应该何去何从？这是这部小说给我们的重要启示。

——彭金山（西北师范大学文学院教授），《溃退的〈白虎关〉》，2010年12月24日兰州大学雪漠作品研讨会发言

● 作者从看待人性的方面揭示了人与物的关系，从人这方面看，人的物种是客体，而从自然物种来看，人也是客体。在人与自然的关系上，人不能无限制地掠夺自然，作者虽然对走出去表示赞同，但是走出去也是抱有疑虑，如果我们不能从自然关系上反思，如果我们不能改变我们对自然这种野蛮的掠夺和开发关系，随着科学技术的发展，这种新的生活方式会使人与自然的关系再度恶化，根本上解决不了人类的发展问题，从这个意义上来说，雪漠的小说无疑是人类未来发展上的预言。

——张门诺（兰州大学文学院博士），《雪漠小说的叙述特点及形式上的意义》，2010年12月24日兰州大学雪漠作品研讨会发言

● 雪漠从《大漠祭》就开始写的“老顺一家”，到了《白虎关》就真的遇到了“白虎”当关，作家是沿着一个普普通通的农民家庭，在一场速度、深度、广度都是前所未有的中国乡土社会转型中的遭遇一路写来，苦苦挣扎的生存现实触目惊心，金钱社会的刺激与传统的农业文明的解体，对农民的

精神世界的冲击令人悲叹，除了被动地接受现实似乎别无选择。毫无疑问，雪漠的社会责任感和现实关怀精神，正是通过对偏远之地的农民在物质与精神层面所遭遇的双重困境的描写来体现的。

——何清（苏州科技学院图书馆馆长、人文学院教授），《无力的挣扎与无望的救赎——雪漠的〈白虎关〉释义》，《苏州科技学院学报》2011年5月第28卷第3期

● 从《长烟落日处》到《大漠祭》，再到《猎原》和《白虎关》，二十年的创作见证了雪漠在文学领域内的日渐成熟。尤其难能可贵的是，在这二十年的创作中，雪漠始终保持着那份大悲悯和大同情。这种悲悯与同情始终加护着雪漠的创作。雪漠为沙湾村的众生塑了栩栩如生的群像，将农民真实的生存现状全景式地展现在读者面前，既非为了揭露他们的愚昧可悲，也不是要将他们的苦痛如炫耀一般地暴露于光天化日之下，而是要通过这样一种大气浑然的叙述，向我们平实地诉说在腾格里沙漠的边缘挣扎着的“生与死的一行列”，从这一点上说，雪漠的小说堪称是西部乡村生活的忠实绘卷。以三部长篇小说百万字的总篇幅，这样的绘卷在中国西部文学史上也足以占有自己的一席之地。

——朱墨（复旦大学文学硕士），《沙湾村的人间喜剧——从〈大漠祭〉到〈白虎关〉》，复旦大学硕士论文，2011年

● 雪漠的文字确实展现着不一样的风景，你可以从美学的角度、艺术的角度、风格的角度如此这般地说，但最要紧的，雪漠的文字展现着一种自然生态，展现的是在如此艰辛的生态环境中求生的人，而人生现实就在那文字之中，生命就在那儿，原版原样。在一定程度上，雪漠观照的是人的灵魂，雪漠用真切的肺腑心肠在体恤和切近着人们的灵魂，有温暖与爱伴随着。

——刘青汉（兰州交通大学文学与国际汉学院教授、副院长），《沙漠生态与生命告白——雪漠生态文学举要》，《生态文学》，人民出版社2012

年5月第1版

● 雪漠在二十多年的创作实践中，完成了反映西部农民生存现状与灵魂救赎的三部长篇小说：《大漠祭》《猎原》《白虎关》。三部作品主要写西北大漠边缘的农民在改革开放之后的生存现状，城市对乡村及乡村经济的残酷掠夺，农民在社会转型时期的骚动、挣扎与无奈，以及他们灵魂深处的苦痛和精神追求。这些小说的叙事地点在大漠深处一个叫沙湾村的地方，主要写老顺一家的凡尘琐事。从《大漠祭》对老顺一家人生存现状的真实写照到《白虎关》中对几位女性灵魂追求的阐释，雪漠的创作不断地超越，达到了一个新的艺术高度。

——彭青，《西部农民生存真相的现实关照与灵魂救赎——雪漠“三农”题材小说创作论》，《飞天》2011年第5期

● 雪漠以《大漠祭》《猎原》《白虎关》三个长篇，以“大漠三部曲”的形式，表现了西部人顽强地进行人生抗争的故事。雪漠对生活认真的思考来自他亲历的生活体验，他的这几部小说关注的是普通人——或曰“底层”，或曰“大众”，或曰“弱势群体”，前景是西部农村，背景是正经历着天翻地覆变化的中国社会，线索是农民的苦难，以“死亡”和“苦难”为节点诠释了西部人对待人生、人性、情感和灵魂的态度，同时，作品也显现了农民身上“阳光”的一面。……雪漠的作品融入了他对人的生存与发展的追问，他所表现的以凉州人民为中心的人生抗争方式正是现代人进行人生抗争的主要向度。

——哈建军（兰州大学文学院副教授、博士），《论雪漠小说人生抗争的积极向度》，《小说评论》2012年第2期

● 雪漠的《白虎关》是新世纪描写西部农民生存和生活状态的力作，两部作品不约而同地写出了西部农民在社会全面转型中生活目标和人生意义等

方面的新追求。随着西部乡村世界中的自足机制被打破，西部农民自感主体性日渐弱化，不仅产生了生存焦虑，而且有了渐失家园的荒原体验。这一切为我们反观现代化进程提供了一个恰当的视角，也对我们反思社会发展给农民带来的困境具有启示意义。

——孙玉玲（河西学院文学院讲师），《从小说〈白虎关〉和〈凿空〉看西部农民的荒原体验》，《廊坊师范学院学报》（社会科学版）2012年4月第28卷第2期

● 《白虎关》是西部作家雪漠的又一长篇现实主义力作，在这部作品中，作者展现了西部农村生活的变迁。显性的地域文化与隐性的哲理思考相结合，以诗一般的语言表达了思辨的哲学精神，在一定程度上打破了地域文学之限。

——李贤（安徽蚌埠学院文教系助教、硕士）、曹永光（山东省安丘市大汶河开发区十里中学教师），《论〈白虎关〉的三重意蕴》，《重庆科技学院学报》（社会科学版）2012年第14期

● 雪漠是这个时代少有的用生命写作的作家之一，他一直秉承的真实、质朴的创作方式也是对当代中国文坛浮华夸饰、浅薄虚妄之风的一次扭转。雪漠的出现确实给当代中国文坛注入了一股新鲜的血液，也为中国乡土小说的创作提供了一个新的模式——用日常化的写作方式反映一代农民的生命历程。

——赵维娟，《雪漠小说创作论》，兰州大学硕士论文，2012年3月

● 这三部长篇“定格”的，不仅仅是生活，更是灵魂。对前者，《大漠祭》《猎原》着力较多；对后者，《白虎关》更为侧重，书中便有了那些经受历练的灵魂们。系列长篇创作的提升和深化需要有大的境界、大的格局、大的眼界、大的胸怀，小人物亦可承载“人类”的全息。题材并不重要，重

要的是，写作主体如何摆脱渺小、媚俗和卑下，如何让自己的灵魂伟大起来，如何叫你感受到的独特世界跃然于纸上，给世界带来全新的善美。

——王锐（河西学院中文系副教授、硕士），《系列长篇的创作诱因与接受困惑——雪漠“大漠三部曲”引发的思考》，《西华大学学报》（哲学社会科学版）第29卷第4期

● “一个真正的现实主义艺术家，应善于把对世界的独立的实际存在的特殊感觉带到自己的作品里。”雪漠就是通过独立人性思考而书写西部的作家，正因为他拥有人类赋予作家的权利和自由与对西部实际存在的独特感受，才能写出一部部流传千古的“真实的西部人文神话”。一部优秀的人文作品，它首先要反映现世人生存状态中存在的问题。《猎原》作为一部“真实的西部人文神话”，它具有不可否认的寓言性特征，它是二十世纪西部的一部真实的人文历史神话启示录。

——卢洪涛（陕西师范大学文学院教授），《西部：一个真实的神话——〈猎原〉启示录》，《榆林学院学报》2013年1月第23卷第1期

● 雪漠的《白虎关》是西部文学中的一部重量级的作品，作品描绘了一幅西部大地上的民俗图景。在这幅五彩的民间社会图画中，有回响在西部大地上的民间歌谣，在人们内心扎下深厚根基的民间信仰，还有独具特色的西部民俗世界。它们是小说的重要组成部分，显示了一种对农耕文明的挽歌情调。

——张惠林（甘肃河西学院文学院讲师），《西部大地上的民俗图景——读雪漠〈白虎关〉》，《甘肃社会科学》2013年第3期

● 基于西部与东部、乡村与城市文化时空的差异，雪漠“大漠小说”中的边地与边地之外的空间对垒形成了时间上的传统与现代的冲突；间离与建构的是虚实相生的文学意境。在现实主义与浪漫主义交叠叙事中，其小说文

本中的疾病隐喻、等待主题、父权制度等文化主题的书写，表征的是女性的生存悲剧意识与边地世界的文化忧郁意识。

——许心宏（安徽财经大学文学与艺术传媒学院讲师、文学博士），《基于空间诗学的女性书写与悲剧意识——从雪漠“大漠小说”的女性意象说起》，《华北电力大学学报》（社会科学版）2013年12月第6期

● 雪漠作为一名有深厚乡村体验、关注底层苦难、反思人类命运的作家，抱着“做一个真实记录者”的创作观而孜孜不倦地埋首于他的“大漠人”系列，以边缘化叙事方式书写西部河西走廊、沙漠边缘的农民在现代化进程中的生存真相，揭示人类基本的生存状态。至此，我们已经大致勾勒出了雪漠小说中的人类学思想：在对地方文化知识的深描和认同以及“他者”的对话观照中反思现代文明对人类思想观念及生态自然产生的巨大冲击。他的成功很大程度上源于他的“边缘”叙事立场和叙事方式，那些曾经被遮蔽的“边缘”群体在他的记忆深处得到完美复活。

——谢美英（宜宾学院文学与新闻传媒学院），《雪漠小说的人类学解读》，《创作与评论》2013年12月号（下半月刊）总第179期

● 阅读雪漠的“乡土三部曲”，给人一种连筋带肉般的真切感受，那就是“大漠—人—乡土”的一体性，它们完全构成了鲜活的“这一个生命整体”。雪漠通过对贫瘠的西部生存空间里寻找“活法”和“盼头”的男女及其命运的展示，和对一整片有个性、有生命的大漠的描绘，从而达到对西部乡土，特别是对西部贫瘠热土上人们的物质和精神状况的深刻描写。

——张继红（兰州大学文学院教授），《“大漠—人—乡土”的一体书写及其局限——论雪漠的“乡土三部曲”》，《文艺争鸣》2013年第3期

● 在《猎原》中，雪漠没有着意编织一个首尾周全的完整故事，他把神思文采全部倾注于原汁原味生活情景的精雕细刻，以一种朴素的语言静静地

叙述西部农民的生活状态，在这样一种平静的叙述中把关注的眼光从西部生存上升到整个人类。雪漠在平静地叙述、揭示西部人生存真相的同时，又对现代化背景下的西部出路寄予着深深的关切与忧虑之情。自我启蒙与启蒙自我的主题使《猎原》不再仅仅是西部牧民生活的真实记录，而具有了全人类的普泛性意义，成为了揭示整个人类生存困境的寓言——真正的威胁是那颗蒙昧的心，这一题旨的揭示彰显了雪漠文学全人类的意义，这已不仅仅是一种简单的自我书写，而是与整个人类休戚相关的人类命运的书写。

——刘镇伟（西北师范大学文学院教授），《平静叙述中的痛彻之思——简论〈猎原〉》，《丝绸之路》2013年第4期

● 中国不同地域的乡土文学描绘了不同的地域文化，雪漠所发掘和采集的西部凉州乡土文化是中国文化强有力的补充。雪漠笔下的西部民风民俗，烙着深刻的西部印痕，是西部社会风俗、生活习惯、历史文化传统的凝固再现，是揭开西部文化神秘面纱的精神符码。

——孙英（兰州工业学院社会科学系文学硕士、讲师），《雪漠文学创作中的西部文化解读》，《河西学院学报》2013年第29卷第4期

● 雪漠的《白虎关》是西部文学中的一部重量级的作品，作品描绘了一幅西部大地上的民俗图景。在这幅五彩的民间社会图画中，有回响在西部大地上的民间歌谣，在人们内心扎下深厚根基的民间信仰，还有独具特色的西部民俗世界。它们是小说的重要组成部分，显示了一种对农耕文明的挽歌情调。

——张惠林（河西学院文学院讲师），《西部大地上的民俗图景——读雪漠〈白虎关〉》，《甘肃社会科学》2013年第3期

● 在《猎原》里，雪漠以现实主义的手法再现了当代中国西部农民在日益恶化的自然生态环境和异化的社会生态下卑微而又坚韧顽强活着的生存境

况，以及他们在日常生活中所显示出的精神文化生态，全面展现了西部农民与自然生态之间的紧张关系，深入反思和探究了西部农民的精神文化生态和社会生态之间的隐秘关系。在国家大力提倡生态文明建设的今天，阅读和研究雪漠的《猎原》是很有意义和很有价值的，它对我们建设生态文明和美丽西部会有很多意想不到的启示作用。

——宋俊宏（湖北民族学院文学与传媒学院博士、讲师）、张树铎（甘肃武威一中），《西部的忧思——生态文学视域下解读雪漠长篇小说〈猎原〉》，《河西学院学报》2014年第30卷第1期

● 雪漠“在平静中书写农民的历史”，作为新世纪初崛起的新一代西部文学代表作家，他的小说创作被称为是“为‘缺钙’的中国当代文坛注入了‘钙质’”。他的“大漠三部曲”饱含着深切的同情与深沉的忧患意识。正基于此种意识，研究者们对他的文学创作从不同角度进行了细致而全面的论述。

——瞿萍（西北师范大学文学院硕士），《城市与乡村碰撞中的人道主义书写——雪漠的“大漠三部曲”研究》，西北师范大学硕士论文，2014年5月

● 雪漠笔下的西部农民的苦主要来源于生活，贫穷、多如牛毛的杂税、疾病以及婚姻的不如意。他们将苦反复咀嚼，深埋心底。他们的乐不可能用钱去换取，因而他们的乐往往呈现出简单的色彩，有的人为一件不足挂齿的事，有的为了出心中几口怒气，甚至为一句话，他们的苦和乐呈现出立体的形式，往往苦中有乐，乐中含苦，他们乐天知命却又在极端的状态下反抗天命，既逆来顺受接受苦难，苦到尽头又会产生强烈的“革命”意识，用农民独特的方式来报复上天的不公。

——李月（西南大学新闻传媒学院 2011 级硕士），《从雪漠小说看西部农民的苦乐世界》，《西江月》2014年4期

● 苦难是文学一个永恒的主题。雪漠对农民苦难描写的创新之处就在于，他不仅为我们展示了西部这样一个生态环境极度恶化的“自然的荒原”，还展示了一个道德沦落的“人性的荒原”。把西方的“荒原”意识引入乡土小说中，这是雪漠对乡土文学的一个新贡献。

——边雅妮（山东大学文化传播学院），《雪漠小说中的“荒原”意象——以小说“大漠三部曲”为例》，《青年文学家》2015年6月20日

● 雪漠的长篇小说《大漠祭》，是一部文学含量浓厚的值得多角度多层面品评的作品。 它以写存在写生活为主旨， 描绘了腾格里沙漠地区民众生活的风俗长卷，是一部具有教育价值和认识价值的作品，从这部作品中我们可以窥探到雪漠的小说世界中重要的审美内容——那就是他浓浓的乡土情结。

——刘菊莲（甘肃武威职业学院教师），《〈大漠祭〉中所反映出的乡土情结》，《文学教育》2015年第11期

● 《大漠祭》自发行之日起就吸引了文学界的众多眼球，人们从不同的角度对其进行了阐释。作为一名土生土长的武威籍作家，雪漠对武威（古代称为凉州）有着深入骨髓的认识。苍茫恶劣的自然景观、奇幻的大漠风情；生活之中的民俗、民俗之中的生活；丰富的方言土语、浓烈的生活气息，便成了作家向世人浅吟低唱般诉说的地域文化讯息。

——王素音（武威职业学院讲师），《〈大漠祭〉中蕴含的地域文化》，《白城师范学院学报》 2016第4期

● 雪漠承接了我国20 世纪20 年代乡土小说的许多传统，其小说真实地展露了西部底层农民生活中的层层苦难，包括物质的贫困、城市对他们的掠夺和排斥、没有出路等，充满着浓浓的人文关怀气息。

——左燕梅（西藏大学农牧学院公共教学部讲师），《沉重的苦难——论雪漠小说中西部农民生存的艰辛》，《名作欣赏》2016年08期

● 雪漠的《白虎关》塑造了一大批生动鲜活的西部农村妇女形象，通过她们无助的忍耐，无望的寻找生活出口，固执的坚持作为妻子和母亲而忽略作为女人的故事，为读者描写了一部西部农村女性的生命史诗。突出表现了西部农村女性在面对生活的磨折时所体现出的忍耐、精神上对自我的寻找以及对生活的体悟和思考。但是，作者饱含的悲悯情绪和人文关怀也让他笔下的小说人物在思想上超出了她们的文化身份，无形中拔高了她们的思想认识，赋予了太多超出她们文化背景的体悟和哲思。

——孙旭（博士），《雪漠的〈白虎关〉：悲怆与绝望的女性生命史诗》，《宁波大学学报》（人文科学版）2016 年1月第29 卷第1期

● 雪漠"是用温情和关爱抚摸这些生活在底层、尽力地挣扎着的农民的灵魂"。"大漠三部曲"中的青年农民在现实的人生历程中，继承了父辈的乡土身份和性格基因却并未因循父辈的生活脚印。面对特定时代下的生存困境，他们没有默忍命运的安排和苦咽人生的不幸，而是挣脱命运的枷锁，大胆地追求幸福。他们的生存困境并未因他们的奋斗而在很大程度上得以改善，他们的人生憧憬也未能如他们期盼的那样得以实现，但是他们作为西部乡土青年的代表，以他们对困境的不屈和抗拒姿态展示出他们生命的活力与光辉，写下了人生中浓墨重彩的一笔。而雪漠也因对这些形象典型性和复杂性的深情摹写和刻画为当代文学人物画廊增添了几抹亮色，具有鲜明的时代特征和地域特色。

——刘敬伟（兰州财经大学讲师），《雪漠小说中青年农民的生存困境与命运抗争》，《重庆科技学院学报》（社会科学版）2016 年第 2 期

三、关于"灵魂三部曲"

● 《西夏咒》这部作品完全打破了作者以往的写作风格，精神内涵上也有了重大的突破，超越了以往乡土农村小说的范畴，从对中国农牧文化的思

考提升到了对整个人类历史文化的探索和反思，融历史与当代、现实与梦幻于一体，渗透了作者真实的生命体验，已远远超越了文学、宗教、哲学的范畴，上升到了人类学、社会学的高度，其境界远远超越了以《大漠祭》为代表的所有作品。

——新华网：2010年6月25日报道

● 《西夏咒》是一部交织了历史的梦魇、现实的挤压、灵魂的求索以及终极的追问的小说，雪漠自己把它称为“一个巨大的混沌和寓言”。它，不对，应是他，向我们展开了一道门，透过这道门，我们才清晰地看到“生活在另一个‘时空’中的人们”。

——杨菲菲（国内知名潮流杂志《1626》全国编辑总监，被《中国图书商报》评为“2010年中国刊业十大新锐主编”。原《香巴文化》杂志主编），《〈西夏咒〉——一个巨大的混沌和寓言》，《周末画报》2010年第613期

● 如果你读完《西夏咒》之后，也像我一样，心中有着泄洪般的涌动，请不要忽略那心灵的拷问！看看这世界吧，这社会的冷漠，难道不是我们每一个人的罪过吗？这“怪物”，是我们亲手喂养长大的！

——陈思，《冷漠的时代》，《文艺报》2010年7月14日

● 如何处理文学性与宗教性之间的平衡？雪漠没有回避宗教终极价值与人的理性判断之间可能产生的道德窘境，以巨大的勇气冲破启蒙与宗教的隔膜，完成了自己的思想突围。尽管对价值终端确定性的信念和宗教虚幻性之间的矛盾可能会破坏信仰，但作家不是传道士，以面对黑暗、反抗绝望的巨大勇气探索人类思想的边界和心灵的痛苦，永不放弃对于真理的托付（Commitment），这才是文学的自由与尊严。

——张懿红（兰州城市学院中文系教授、博士），《雪漠的思想探险：

从启蒙到宗教》，2010年12月24日兰州大学雪漠作品研讨会发言

●《西夏咒》跟以前的小说相比较来说有一个转变，这个转变就突出地表现在对永恒和精神意义上的追求上。在《西夏咒》里面，历史和文化是这部小说的背景，透过这个背景，作者探索了一些人生、人性、生存等等精神方面的追求，那么，对精神的追求，应该说是走出了西部。

——马梅萍（兰州大学文学院教授），《〈西夏咒〉关键词：轮回、苦难、修炼》，2010年12月24日兰州大学雪漠作品研讨会发言

● 在雪漠创作的过程当中，实质上从《西夏咒》开始，他对精神传奇的书写，表现得就更加突出，甚至在阅读的时候，都能感受到雪漠先生自身在表现精神传奇时的一种精神亢奋。在这样一种传奇的书写里面，实际上涉及到的核心东西，在我看来，就是关于生与死、悲与喜的问题，以及在生死、悲喜面前人类的超越。我想，这样一种精神的传奇，恰恰来自于前面生命的传奇，这都是因为多重的苦难的叠加，特别是在《西夏咒》的叙事里面，战乱、饥荒，以及藏传佛教里面的宗族的、家族的，以及地理的环境，都造成了苦难的多重性，对于这样一个人们难以抗拒的苦难，人们就可能追求超越。

——古世仓（兰州大学文学院教授、博士生导师），《执著于表现生命与精神的传奇》，2010年12月24日兰州大学雪漠作品研讨会发言

● 雪漠或许在文学之外，在文学圈和文坛之外。数年前我读他的作品《白虎关》，就觉得他是在文坛之外，那样的作品很硬气，但有些生涩，有些愣。但《西夏咒》确实让我意外，惊奇于数年时间，雪漠这部小说不同寻常，如此大胆，他像是被什么神灵附体，否则，哪有这样的胆量，哪有这样的手笔，哪有这样的气度？神灵附体或许有些夸张，但他从宗教关怀那里获取直接的精神动力和信心，这倒是不用怀疑的。

雪漠可以说是当代中国作家中极少数有宗教追求的作家，据说雪漠当年

修行过，研究过世界上的多个宗教，其关注宗教有二十多年的历史（有关雪漠研究宗教的自述，可参见他的《白虎关》后记，后来在《西夏咒》后记中他又再次引述了这段表白）。他尤为致力于研究大手印，他写的《光明大手印·实修心髓》是一本颇有影响的书。尽管他表示他不会成为教徒，但他确实有相当执著而深厚的宗教情怀。

——陈晓明（北京大学中文系教授、著名评论家），《文本如何自由：从文化到宗教——从雪漠的〈西夏咒〉谈起》，《人文杂志》2011年4期

● 从“大漠三部曲”到《西夏咒》，孤独、灵魂、超越、生命意义、岁月毁不掉的价值……这些形而上的诉求，差不多是雪漠最感兴趣的话题，几乎称得上是“雪漠关键词”了。《大漠祭》里的雪漠叫苦难和孤独腌透了心；《猎原》中的雪漠开始反思苦难、人性与死亡，追问“这生命，究竟有啥意义”？《白虎关》里，从两个弱女子的生命挣扎中，雪漠找到了生命的意义，那便是——灵魂超越。于是，《西夏咒》中的雪漠，一改往日百科全书式的写作，以巨大的悲悯和超越的智慧，驾驭了一个叙写千年罪恶的题材，叙事也由沉静转为诗性的汪洋恣肆。而《西夏的苍狼》，雪漠干脆甩开了他熟悉的大漠和西部千年的历史，直奔那堪当灵魂依怙的信仰，走向了他称之为“娑萨朗净土”的永恒。从叙事上看，这已经不是常规意义上的小说了，称之为寓言也许更恰当。

——陈彦瑾（人民文学出版社编审），《诗意雪漠：有关爱与信仰》，《文艺报》2011年2月21日

● 《西夏咒》是灵魂的驳诘和追问，是对超越性命题的思考。……《西夏咒》以灵魂的辩驳进行了一次生命本相的正视和生存终极价值的探问。将我们的目光引向头顶的星空，思索亘古宇宙中人类的价值和意义。而且，《西夏咒》化入了世界多样文化，并进行了思考。它表现了中国作家在书写中国时，超越中国，转化和融合人类优秀文化，表达人类性命题的努力。从

这些方面我们可以把《西夏咒》看作是一种超越性的写作，在当代文坛具有鲜明的独特性。

——叶淑媛（甘肃联合大学讲师、文学硕士），《混沌之境中的终极价值探寻》，《河西学院学报》2011年第27卷第6期

● 如果说“农村三部曲”让我更加深切地认识、体味了西部人民生之艰辛、爱之甜蜜、病之痛苦、死之悲哀，那么《西夏咒》则让我深思时间与空间、历史与现在、道德与人性。如果说“农村三部曲”是关于“生存”的思考，《西夏咒》则是关于“存在”的探索。

——李晓禺（兰州大学文学院博士），《雪漠的超越——从“农村三部曲”到〈西夏咒〉》，《石河子大学学报》2011年8月30日

● 《西夏咒》是当代文学中一部富有钙质的别样的文学作品，阅读它，会让患有精神佝偻病的我们受益匪浅。

——宋俊宏（兰州大学文学院博士），《魔幻背后的历史真相》，《阅读与写作》2011年第7期

● 雪漠从开始创作到现在，已经二十多年了，这二十多年当中，一个作家在一个地区、一个领域、一种写作状态，完成五部长篇小说，我觉得非常不容易。我在看《西夏咒》这部作品时，是非常激动的，现在的长篇小说当中，能够比较深入地挖掘跟自己生命血液相关的，即有民族文化特性的长篇小说，也不是太多。

——何建明（中国作协党组成员、副主席、书记处书记），2011年4月19日中国作家协会《西夏咒》《白虎关》作品研讨会发言

● 从文学角度来衡量，这是一部细节饱满、体验真切、结构致密，并能够触及生死、永恒、人与自然等根本问题，闪耀着人类良知和尊严的辉

光，一部能让浮躁的心沉静下来的作品。但要说清《白虎关》好在哪里也不容易，容易产生一些歧义和误解。作为一部现实主义作品，它和《大漠祭》一样，仍然以“老顺一家”展开故事，而且具有典型现实意义，是不难理解的，比如西部人的坚韧人格、西部女性的自我意识觉醒。但我觉得这一切，都不重要，重要的是它是一部有精神内涵的作品。有些作品作者写得很生动，生活也很鲜活，但我总感觉抓不住。一句话，就是缺精神的东西，缺少一种内在的照亮的东西，缺少一种思想贯穿的东西。……《白虎关》是一部精神内涵非常深厚的东西。

——雷达（中国作家协会创研部原主任、中国小说学会会长、著名评论家），2011年4月19日中国作家协会《西夏咒》《白虎关》作品研讨会发言

● 看了《白虎关》之后很震撼，我觉得这是一部留给现代也留给历史的书。现在一般读书时，觉得好作品一定能留下来，坏作品一定会淘汰。我觉得坏作品一定会淘汰是可以证明的，但好的为什么一定能留下来呢？无论从精神上，还是逻辑上，都不能证明好作品就一定能留下来，大部分还是会被淘汰的。这个作品能不能留给历史，要有几个条件：一、写得好，有它精神上的含义，能够往下引申，能够留给历史；二、后来人无法重复，不可取代他的作品。在我看来，《白虎关》有很多内容，随便一个小章节，后来人都很难能写得像他这样。

——吴秉杰（中国作协创研部原主任），2011年4月19日中国作家协会《西夏咒》《白虎关》作品研讨会发言

● 雪漠的作品是守根的文学，不是寻根的文学。从《白虎关》到《西夏咒》，我觉得雪漠活在自己的一个精神世界里，不是文学世界里，他的精神世界就是他的“根”：他的那片土地、那个民族文化。雪漠的写作与张承志的写作有异曲同工之妙，都有一种宗教般的虔诚，对这个民族，对这片土地都有宗教般的情怀。刚才陈晓明同志用了一个“灵魂附体”的写作，我觉得

这个词用得很恰当，就是把自己的灵魂全部附体在那个民族的“根”上，所以，应该是守根的文学，是民族的根、神的根，这精神的“根”就是整个人性的精神，不仅仅是中华民族的根，而是整个人性的精神。

——彭学明（中国作家协会创联部主任、文学评论家），2011年4月19日中国作家协会《西夏咒》《白虎关》作品研讨会发言

● 我觉得《白虎关》后记中“朝圣”的“圣”应该在这里。就是对几千年的文明，可以为中华文化创造一个辉煌文明，进行记录式的一种描绘，贡献了“老顺一家”这样一些人物，是一个作家的职责。一些东西都在流逝，对农耕文明的留存，再过三十年，或者再过五十年、百年之后，我们再读这些东西好像在读文献一样，回望一种文明的消失，之前的一种留影，我觉得这是一个很大的意义，我觉得“圣”可能在这里。

——何向阳（中国作协创研部副主任），2011年4月19日中国作家协会《西夏咒》《白虎关》作品研讨会发言

● 《西夏咒》完成了雪漠对历史的另类文本的表述。就像他在接受采访时所说，这里的西夏既是西夏，又不是西夏，这是对人类历史的另类文本表述，要突出一种历史精神，他以“西夏”来泛指整个人类的历史，似乎以写“凉州”来书写人类历史的一种栖居，它在历史和现实之间穿梭，在梦想和现实之间做一种很正式地秉持他内心的一种表达，这部书就有了人类历史探索的一种韵味和反思，具有人类学、社会学的广泛意义。那么就此意而言，我认为这是一部能够进入世界文学视野的书。其他的，我们可以做智者见智、仁者见仁的一种探索。仅就此而言，这是一部能进入世界文学视野的书。

——肖惊鸿（中国作协创研部创研处副研究员），2011年4月19日中国作家协会《西夏咒》《白虎关》作品研讨会发言

● 继“大漠三部曲”之后，雪漠又推出了长篇小说《西夏咒》。《西

夏咒》打破了作者以往的写作风格，精神内涵上也有了重大的突破，通过对西夏岩窟里发掘的历史秘籍的解读和演绎，为我们展示了鲜为人知的西部人文景观，从对中国农牧文化的思考提升到了对整个历史文化的探索和反思，融历史与当代、现实与梦幻于一体，渗透了作者真实的生命体验。这部作品刚一面世，在社会上引起较大反响。全国各地的读者自发组织了“读书会”“读书沙龙”等等，各类的研讨、研究、对话等活动在网上网下形成了一大热潮。

——《人民日报海外版》，2011年4月26日第7版

● 我们如何在今天这个浮躁的当下，这个欲望驱使的社会，能够发出属于我们自己的声音，具有普世性价值的东西来？这是我们要努力的方向，而雪漠先生已经在领跑了。所以，我愿意追着你走。

——张强（中国语言大学教授），2012年6月7日《无死的金刚心》中央编译出版社座谈会发言

● 《无死的金刚心》不同于一些传统的藏密大师的传记，也不同于西方的、印度的、密宗的大师的传记。我以前读过很多藏密上师的传记，像《密勒日巴大师传》等我读了很多。雪漠老师这个传记在文学方面、语言方面具有当代性，我们读起来非常通俗、非常优美。所以说，这个时代的人读起来非常殊胜，如果你读一些藏文原版的书籍，读起来会很古奥，在现代因缘上不是特别的契合，就像古代的典籍现在人读不懂一样。所以，雪漠老师用当代的语言，把古代的精髓完全诠释出来了，这就是很大的贡献。

——陈全林（佛道文化研究专家，《益生文化》主编），2012年6月7日《无死的金刚心》中央编译出版社座谈会发言

● 雪漠老师的书我也拜读了，觉得他的书和一般的书不一样，真是内心智慧的流露，是开悟的人。这是一般的作家、一般的作品无法企及的。看这

个书确实让人受益，说能“成就”读者是真实不虚的。

——翟玉忠（北京大学特约研究员），2012年6月7日《无死的金刚心》中央编译出版社座谈会发言

● 《无死的金刚心》这部书，我从目录一直看到最后，雪漠大师对密宗的大手印做了很深的研究。这部书，诸位要好好看看。雪漠大师的贡献很大。

雪漠先生告诉了我们中国很了不起的东西，这是我们现在唯一没法解决的问题。老子、孔子的文化都好办，好解决，但外来的佛家，到现在，不只是中国，全世界的人都不知道。你说释迦牟尼传了什么法呀？无从得知。所以，雪漠先生提出了“金刚心”。雪漠大师写了这部书，我很佩服他。

——叶曼（曾任辅仁大学哲学系副教授、文贤书院创始人），2012年6月8日《无死的金刚心》北京座谈暨新书推介会发言

● 阅读《西夏的苍狼》，对于生活在世俗社会浮躁的读者来说，会有一种清凉的感觉，小说能让读者冷静下来，进而反思生命的意义与价值。之所以能有这样一种效果，这与小说采用的一种由“笔者”与书中人物建构的叙事框架有一定的关系。

——陈永有（上海师范大学人文与传播学院硕士），《灵魂的清凉之旅——读〈西夏的苍狼〉》，《重庆三峡学院学报》2012年8月

● 雪漠的小说是独一无二、无可替代的。从现实主义的胜利到超越精神的高标，这是对雪漠小说创作历程的总结。《大漠祭》《白虎关》《猎原》是现实主义，后来的《西夏咒》《西夏的苍狼》《无死的金刚心》是探索精神和灵魂的超越。从现实的世界上升到了心灵的世界，就像《大漠祭》中的灵官必然上升到《西夏咒》中追求灵魂自由的琼，写《大漠祭》的雪漠必然上升到写《西夏咒》的雪漠一样，这是对心灵追求的必然过程。

——左燕梅，《厚重的现实和精神的超越——雪漠小说浅论》，华中科技大学硕士论文，2013年1月

● 雪漠“灵魂三部曲”的叙事，更因为对终极真理的探寻，因为“信仰的诗学”，其智慧之光也有着一般“灯”传统的文学无法比拟的穿透力量。在今天这个信仰普遍缺失的年代，雪漠以小说形式完成的这部“信仰的诗学”，无疑有着时代急需的思想价值、精神价值和文学价值，值得研究和探讨。

——陈彦瑾（人民文学出版社编审），《信仰的诗学与“灯”叙事——解读雪漠“灵魂三部曲”》，《飞天》2014年第4期

● 《西夏咒》揭示了人性之深，至善和至恶两个极端，善与恶、光明和黑暗、肉体与灵魂之间的较量和抗衡，将人类的神性和兽性揭露得淋漓尽致，从个体到群体，从历史到文化，层层递进，步步深掘，直达人心，探究了其根源之所在，表面看来纷纭莫测，气象万千，纵横交错，一片混沌，但如果抓住了灵魂之深，便能透过表象，解开人类历史苦难之根，便能发现人性之真相生命之奥秘。所以，《西夏咒》之所以难懂，难理解，在于它进入了灵魂的时空，与我们眼见的世界似乎有一定的距离，打破了我们惯常的思维空间。

——古之草，《试论〈西夏咒〉系列》，《解读雪漠》中卷，中央编译出版社，2014年12月第1版

● 雪漠采用的极端形式霎时在我们眼中呈现为高度原生态的记忆表达，续接着民族性的传奇、传说、神话和史传性实录的香火而非单单是西方小说技巧的挪移，《西夏咒》的先锋性流淌着质朴而古拙的本土文化血液：从古西夏的母体溢出，属于中国西部，属于大手印佛学，更属于整个东方文明，是一种自我建构的本土先锋性。

——胡行舟（北京大学中文系本科生），《母体与更生——雪漠长篇小说〈西夏咒〉的本土先锋性》，《解读雪漠》中卷，中央编译出版社，2014年12月第1版

●《西夏咒》一反雪漠小说创作自然粗朴、客观呈现的现实笔调，采用了一种融叙述、传说、梦境、想象、呓语于一体的魔幻手法，而且小说中时空背景、人物关系，甚至人物自身都处于错杂混乱的状态，似乎作者有意要给读者造成一种阅读期待遇挫的迷惑感，让读者于错乱中品味人生的真假虚实。陈晓明教授敏锐地捕捉到了这一点，认为雪漠的书写是一种“被附体的写作”，是中国作家少有的对宗教资源的一种运用，为当代文学提供了极端而稀有的文学经验。

——马梅萍（兰州大学文学院教授），《多元文明交汇之地的生命轮回——雪漠小说〈西夏咒〉与河西文化的地域特征》，《甘肃理论学刊》2014年9月第5期总第225期

●《无死的金刚心》是融文学之优美、密宗之传奇、修证之法门、佛密之见地、雪漠之修证、祖师之相应、传承之加持为一体的著作。

——陈全林（佛道文化研究专家，《益生文化》主编），《寻找的悲歌——过程是美丽的——读雪漠〈无死的金刚心〉札记》，《解读雪漠》中卷，中央编译出版社，2014年12月第1版

● 读每一部雪漠作品的时候，我都有一种强烈的感觉：书中所有的情节，都像风中的黄叶般悄然落下，鲜活的，是一颗又一颗不隶属于任何时代、任何地域的心灵。在读《西夏的苍狼》时，这种感觉尤甚。

——陈思，《独一无二的奇迹之作——读〈无死的金刚心〉有感》，《解读雪漠》中卷，中央编译出版社，2014年12月第1版

● 《西夏咒》虽然看起来非常梦幻，像一本魔幻小说，但实际上它留下的仍然是一种历史的真实，这种真实超越了人们概念上的真实，超越了地域，超越了时空，它穿梭千年，从心灵与灵魂的层面，记录了那片西部土地上曾经发生的故事。

——孙英（兰州工业学院人文社会科学学院讲师、硕士），《论雪漠的创作理念》，《哈尔滨师范大学社会科学学报》2015年第1期

● 《西夏咒》是一部透过生活看人性，透过死亡看生存，透过人物看文化的悲悯之作。《西夏咒》看似是对遥远的西夏历史中小村落金刚家的记述与描写，但其实是对人类的描写，对人性的描写，充满了对现实的批判。善与恶的争斗，人类在困境中的妥协，善终于超脱、打碎了这个恶的世界，而堕入黑暗中的人们却像孤魂野鬼一样在世界飘零。没有具体批判哪个时代，却又批判了所有时代；没有具体批判哪个人，却批判了所有心怀恶意的人。

——熊天舒（武汉大学附属中学），《浅论雪漠作品〈西夏咒〉》，《青年文学家》2015年第35期

● 如果你读雪漠的作品，包括听雪漠说教，认为雪漠的思想真是一种大智慧，你心中实际上就已经有了雪漠。剩下来的就是你对他的作品更加用心的阅读和体味，等到有一天你在不经意间油然一笑，也就是你真正领会了雪漠、懂得了雪漠的时候。

——於可训（武汉大学文学院教授，博士生导师、文学评论家与文艺理论家），《主持人的话》，《小说评论》2016年第6期

● 雪漠强大的主体性精神促使他不断超越已有的创作，是非常有创作活力的作家，他不受文坛大王旗变换的影响，听从心灵的召唤，沿着自己的精神脉络，走出了一条特立独行的道路。他最开始的创作具有魔幻现实主义的特点，1988 年发表的《长烟落日处》相当成功，但是，他很快放下了这

种创作方法。因为他想描绘父老乡亲痛苦艰辛无奈的生活，而现实主义创作方法最能表现生活的质感和切身的情绪感受。在现实主义受冷落的情况下，他连续写出了《大漠祭》《猎原》和《白虎关》三部现实主义小说。然后为了释放他的跨时空的文化政治人性认知淤积，写下了时空一片混沌的《西夏咒》，颇具先锋色彩，而这时先锋创作已走向衰落。随着他宗教精神的弥散，又写下了《西夏的苍狼》和《无死的金刚心》，这个时代缺乏的浪漫主义小说。六部长篇看似不同，实则都贯穿着作家的主体性和超越精神。

——王庆（华中科技大学中文系副教授），《雪漠的文学超越》，《小说评论》2016年第6期

四、关于“光明大手印”书系

● 作为作家的雪漠，他的小说中洋溢着宗教激情，深含佛理意蕴；作为学者行者的雪漠，他的文化专著，又富有文学韵味。就汉文的表述看，《光明大手印·实修心髓》的文风清丽流畅，富有诗意，读之如饮甘乳，如沐清风，会产生极大的阅读喜悦。作者依托热烈的宗教精神和激情去创作文艺小说，成就卓然；他又用文学语言奉献如此精美的文化专著，难能可贵。他说他创作的所有目的，就是能给世界带来清凉。读《光明大手印·实修心髓》时，我会不由得联想到仓央嘉措的诗和密勒日巴道歌。《光明大手印·实修心髓》揭示了千年来佛教不曾明示的诸多奥秘，是佛教文化与时俱进的产物，必将在佛教文化史上留下重重的一笔。

——纪天材（原甘肃《甘南报》主编、著名藏学家），《〈光明大手印·实修心髓〉：开启智慧的窗棂》，发表于《光明大手印：实修心髓》中央编译出版社，2011年11月第1版

● 《光明大手印·实修心髓》是第一本系统地阐述大手印文化的巨著，具有划时代的文化意义和深远的历史意义。该书作者雪漠先生既是著名作

家，又是优秀的大手印瑜伽行者，本书对濒临灭绝的香巴噶举大手印文化进行了抢救，是一本不可多得的文化著作。

——孙万朋（加拿大博士、香巴噶举学者）

● 从《光明大手印·实修心髓》面世至今两年多的时间里，雪漠已令大手印文化真正融入了当代的传播轨道，并陆续实现着让这千年古老文化摆脱糟粕及桎梏、走向世界的梦想。其实，“当代大手印之父”不过是外界对雪漠在某一范畴领域上进行提炼及高度概括的形容或符号而已，然而雪漠为世界、社会、文化以及历史带来的真正价值，却是远远超出了我所能陈述的，它是真正的浩瀚如烟海、广大如虚空。

——心印法师（原名杨菲菲，曾任国内知名潮流杂志《1626》全国编辑总监，被《中国图书商报》评为“2010年中国刊业十大新锐主编”。原《香巴文化》杂志主编）

● 大手印可是佛的不传之秘啊。如果雪漠老师能把大手印传开的话，真是功德无量！因为，这是即身成就之法，是证量，很不容易。

——叶曼（曾任辅仁大学哲学系副教授、文贤书院创始人），2011年11月25日中央民族大学“光明大手印”书系研讨会发言，《解读雪漠》下卷第130页，中央编译出版社2014年12月第1版

● 多年来，雪漠一直在奋力抢救传承了千年而今有可能从人类文明视野中消失的大手印文化，在雪漠的闭关研修、著述阐发和社会实践下，大手印文化已实现“中国化”“当代化”，既有积极的能动性、鲜活的时代性和有效的实践性，又洋溢着浓烈的生命关怀、人文关怀和人类关怀，成为一套具有中国特色、适应当代社会、影响当代人心的人文学说和能够凝聚文化共识的一种时代文化。

——陈彦瑾（人民文学出版社编审），《兰州日报》2011年12月12日

● 雪漠先生真的能够将大手印文化发扬光大，走向世界，而且雪漠先生也确实是用最好的手段——文学的方式，而不是以前寺院里上师与弟子之间很传统的形式，而用文学作为大众化的一种形式来传播大手印文化，我觉得有很多优秀的、殊胜的优点和它的特性。确实感受到大手印文化在雪漠先生的推动下为整个中华文化能够走向世界，为中国成为文化强国做出很好的贡献。

——史原朋（宗教文化出版社总编），2011年11月25日中央民族大学“光明大手印”书系研讨会发言，《解读雪漠》下卷第130页，中央编译出版社2014年12月第1版

● 我们佛学传到中国来，禅净密，传佛心印，尤其是大手印，直接传佛心印，那么传佛心印，我们一般是在资料上看到的，在三藏十二部里看到，如《大藏经》，要了解这个，我们要到故纸堆里去找。今天，雪漠老师通过自己把这个东西传出来，传佛的心印，是很殊胜的一件事情。

——崔栢涛（清华大学教授），2011年11月25日中央民族大学“光明大手印”书系研讨会发言，《解读雪漠》下卷第133页，中央编译出版社2014年12月第1版

● 大手印作为一种文化，是藏传佛教的一个分支，从文化上看，它涉及到了中外文化的交流、外来文化的本土化、少数民族文化、宗教文化等各方面的内容，还有自身的理论体系、修证的实践体系，同时它又可以从民族学、民俗学、艺术等各个方面来研究，都能够为我们这个创建和谐社会、建设新的社会主义核心的价值体系等等提供有益的养分。

——董巍（中央编译出版社社长助理），2011年11月25日中央民族大学“光明大手印”书系研讨会发言，《解读雪漠》下卷第136—137页，中央编译出版社2014年12月第1版

●《光明大手印：实修顿入》和《光明大手印：实修心髓》，这套书有五个方面：佛法的正见、法脉的传承、实修证量、文字般若、法喻，五个方面完美结合。

——陈全林（佛道文化专家、《益生文化》杂志主编），2011年11月25日中央民族大学“光明大手印”书系研讨会发言，《解读雪漠》下卷第137—138页，中央编译出版社2014年12月第1版

● 雪漠既是作家，创作了被誉为“不可多得的艺术珍品”的长篇小说《大漠祭》，以及《猎原》《白虎关》《西夏咒》《西夏的苍狼》等多部影响人心的小说力作，又是大手印文化研修专家、大手印文化传承者，闭关实践大手印近二十载。经过多年努力，他赋予了大手印文化以新的生命，扭转了传统大手印的避世清修和谈玄说空倾向，强调大手印文化的与时俱进和经世致用，为大手印文化承前启后、与时俱进的标志性人物，被誉为“当代大手印之父”。

——《出版参考》2011年第34期

● “光明大手印”书系对于整个社会的精神提升，是一个非常有益的事情。

——施用勤（中国艺术院教授），2012年6月7日《无死的金刚心》中央编译出版社座谈会发言

● 在雪漠的阐发和实践下，源自古老印度、源自佛教的大手印，已褪去宗教名相的外衣，成为一种学说、一种思想、一种精神、一种智慧、一种生活态度，或者说，一种文化。雪漠大手印学说，自成一家，圆成体系，有积极的能动性、鲜活的时代性和有效的实践性，又洋溢着浓烈的生命关怀、人文关怀和人类关怀，它是世界观、人生观，也是方法论，是适应当代社会人心的一套意义系统。

——陈彦瑾（人民文学出版社编审），《让大手印之光照亮心灵——“雪漠禅”的当代意义》，《解读雪漠》中卷第383、384、386页，中央编译出版社2014年12月第1版

● 雪漠出版过几本小说，甚为畅销，拥戴者甚多，其实他的成就却在藏密修为。他是香巴噶举派的传人，如今在汉地可以说是唯一一位香巴噶举的上师。

——谈锡永（北美汉藏佛学研究会创始人、汉藏佛学研究丛书学术委员会首席顾问、著名国学大师），《喜与雪漠上师见面》，首发雪漠文化网2015年5月27日

● 雪漠是我国极少数具有宗教情怀的创作者，他精通经藏及佛教传统实修，又是一位大手印传承者，写过很多佛教专著。雪漠的小说创作对于人们当下的生活具有十分独特的意义，要认识其作品，需要从雪漠的宗教情怀和创作理念两个方面分别进行探讨，只有这样才能够在真正意义上对雪漠的小说创作有所理解。

——慕芳（兰州财经大学硕士），《雪漠的宗教情怀和创作理念分析》，《青年文学家》2016年08期

五、关于“故乡三部曲”

雪漠回来了！如果说，雪漠的重心一度向宗教文化偏移，离原来意义上的文学有些远了，那么从这本《野狐岭》走出来了一个崭新的雪漠。不是一般的重归大漠，重归西部，而是从形式到灵魂都有内在超越的回归。人们将惊异地发现，雪漠忽然变成讲故事的高手，他把侦破、悬疑、推理的元素植入文本，他让活人与鬼魂穿插其间，他把两个驼队的神秘失踪讲得云谲波诡，风生水起。人们会明显地感到，雪漠变得较前更加丰沛了，不再只是讲

苦难与超度的故事，而将阴阳两界、南北两界、正邪两界纳入视野，把诸多地域文化元素和历史传说揉为一体，把凉州贤孝与岭南木鱼歌并置一起，话语风格上亦庄亦谐，有张有弛，遂使文本有一种张力。人们还会发现，其实雪漠并未走远，他一刻也没有放弃他一贯对存在、对生死、对灵魂的追问，没有放弃对生命价值和意义的深刻思考，只是，人生的哲理和宗教的智慧都融化在形象中了，它超越了写实，走向了寓言化和象征化。我要说，人人心中都有一座野狐岭。

——雷达（中国小说学会会长、著名文学评论家）

雪漠的叙述越来越成熟大气了。《野狐岭》中，多种时间和空间的交汇，让雪漠的小说艺术很有穿透力。他进入历史的方式与众不同，他敢于接近那些神秘幽深的生命事相，他不只是讲述传奇式的故事，而是给你奇异的生命体验。

——陈晓明（北京大学中文系教授、著名文艺理论家）

● 雪漠的这本书里，有很多东西是未完成的，而雪漠的厉害和高明之处就在这里。这也是本书让我肃然起敬的地方。因为任何一种精神的东西，一种写作的视角，都是有限的，你不可能把整个世界弄到里面，只有造物主能做到这一点。所以，里面的采访人也罢，亡魂也罢，故事都只讲了半截，或者说讲了一部分，有可能因为种种原因，采访者必须赶快走出野狐岭，再不出去他自己就变成亡魂了。当然，他有他的使命，至于这个使命是什么，你看书就知道了。它或许就是成为大作家的其中一个秘密吧，这个秘密，是隐藏在作家的精神和生命里面的密码，也是上帝或造物主赋予他的东西。

——曹元勇（上海文艺出版社副总编辑），2014年8月18日于上海与雪漠对谈《从〈野狐岭〉和莫言小说看小说的民间性和世界性》发言

● 雪漠这部书出版之后，在图书界和读者中引起了比较大的反响，这跟

我们最早的估计是一致的。因为雪漠写西北的生活风景有他独到的地方，他前面的两套作品——“大漠三部曲”和“灵魂三部曲”，在文学上也取得了很重要的影响和地位。我们认为，在《野狐岭》中，雪漠的创作又达到了一个新的高度。能得到读书界、评论界和读者的特别关注，我们作为出版方当然也特别高兴。

——管士光（人民文学出版社社长、总编），2014年8月20日上海作家协会雪漠长篇小说《野狐岭》创作研讨会发言

● 对我个人来说，雪漠作品确实一直给我很强的挑战。读他的作品，每一次都对我的理论产生巨大的冲击。我也一直认为，做评论和做批评不是用现成的理论概念去解释作品，而是从作品中获得新的理论元素，理论元素来自于作品，是作品激发出来，然后重新凝聚而成的。所以，雪漠的作品总让我对文学有一种新的思考：过去我们所理解的文学是全面的吗？是完整的吗？是封闭的吗？雪漠作品让我觉得，文学始终是一个未完成时，始终是一个进行状态，甚至始终是一个开始状态。我觉得，这是讨论雪漠作品非常有意义的地方。

——陈晓明（北京大学中文系教授、著名评论家），2014年8月20日上海作家协会雪漠长篇小说《野狐岭》创作研讨会发言

● 雪漠的思考有相当的深度，而且跟当代世界构成了一种潜在的对话。这说明，对当代世界，他也是有一种思考的。虽然现代科学否定了灵魂，或者说灵魂并非一个实体，但至少在文学中，通过言与心的特殊结合，我们也完全能感知到灵魂的在场。雪漠依靠文学语言的独特能量，借助西部这样一种特殊的地域文化，对“灵魂”进行复魅，重新恢复灵魂的活力，这是《野狐岭》所揭示的一个重要命题。

——王鸿生（同济大学人文学院教授、中国文艺理论学会常务理事），2014年8月20日上海作家协会雪漠长篇小说《野狐岭》创作研讨会发言，发表

于《北京青年报》2014年11月28日

●《野狐岭》这部小说，你会直观地发现，百年之后回顾百年之前的事情，看法确实会变得不一样。那么，雪漠就给我们提供了一个进入历史的全新渠道、全新角度，而这部小说也给了我们很多的启发。那么，它在六十年当代文学史上，就有了意义，有了价值。《野狐岭》给我们提供了一个思考的空间，让我们重新反思和认识百年来中国社会的演变。我觉得，从这个角度来讲，《野狐岭》是一本非常好的小说。

——栾梅健（复旦大学中文系教授、中国当代文学创作与研究中心副主任），2014年8月20日上海作家协会雪漠长篇小说《野狐岭》创作研讨会发言

●《野狐岭》的创新无论从汉语小说角度，还是从国际上的小说角度来说，都是值得探讨的。雪漠对自己的创作在每一个阶段都有很高的要求，前面的“大漠三部曲”也罢，“灵魂三部曲”也罢，还有“光明大手印”，都是几卷本的，我觉得他是一个很有野心的作家，他在每部小说中都创造了一个高原，一个互相有联系但又彼此独立的高原，对于这部《野狐岭》，我相信他仍然是有野心的。

——曹元勇（上海文艺出版社副总编辑），2014年8月20日上海作家协会雪漠长篇小说《野狐岭》创作研讨会发言

●“大漠三部曲”的叙述视角大多是平视的，跟生活、跟土地基本上交织在一起，而《野狐岭》这部作品出现了一种俯视的视角。它的这种灵魂叙述特点，不是一般的“穿越”可以解释的。因为穿越小说往往在单纯地讲故事，而雪漠作为一个纯文学作家，是有抱负、有思考、有想象的。

——杨扬（上海作协副主席、上海市作协理论专业委员会主任），2014年8月20日上海作家协会雪漠长篇小说《野狐岭》创作研讨会发言

● 雪漠有一个比其他作家更出彩的地方，就是他能把丝绸之路的文化历史跟整个中华传统文化的核心思想勾连起来，然后借助他的故事和刚才我们说的精神结构，让他的灵魂叙事能够突破中华文化的范畴，我觉得在这一点上，雪漠是有野心的。

——宋炳辉（上海外国语大学教授、《中国比较文学》常务副主编），2014年8月20日上海作家协会雪漠长篇小说《野狐岭》创作研讨会发言

● 雪漠在不断超越自我，从“大漠三部曲”到“灵魂三部曲”，再到今天的《野狐岭》，他一直在变化着。不管怎么说，我觉得雪漠已经以西部文学写作影响了文坛，影响了人生，在中国文坛奠定了他的影响和地位。在《野狐岭》这部作品中，他在叙述上是有追求的，用了采访的形式，用了灵魂对话的形式，还用了不同角度来阐释同一件事。我觉得，他不断想突破自我。对于作家来说，这是特别难的事。

——杨剑龙（上海师范大学中文系教授、当代上海文学研究中心主任），2014年8月20日上海作家协会雪漠长篇小说《野狐岭》创作研讨会发言

● 作者站在一个很高的位置，几乎是站在空中俯瞰历史、俯瞰大地、俯瞰社会、俯瞰人类、俯瞰人性，看得非常通透，也悟得非常通透。《野狐岭》就说，人站在不同的角度、不同的立场，对历史的评判就会产生不同的结果，历史的走向是许多偶然变成的必然。这种说法当中充满了禅意，而且这种笔触在整部作品中时隐时现。雪漠用了很多角度去讲述历史的发展，讲述书中的人物，讲述故事，比如同一件事由好几个不同的人来讲述，就会出现很多不同的观点。

——于建明（云文学网总编辑、上海作协创联室原主任），2014年8月20日上海作家协会雪漠长篇小说《野狐岭》创作研讨会发言

● 写作的自由其实就是思想的自由，如果写得不自由，那肯定是因为你

思想不自由，所以有局限。至于他到底能不能达到神话预言的程度，理论上我们那样思考可能也对，但是，我觉得雪漠确实做到了。在他的所有写作当中，我认为《野狐岭》这部小说给了我一个很好的答案。

——朱小如（《文学报》主编、著名评论家），2014年8月20日上海作家协会雪漠长篇小说《野狐岭》创作研讨会发言

● 这是一本叩问死亡之书。整部小说从一开始，死亡的阴影就笼罩着每一个人，当然，不是说笼罩着这支驼队，而是每个人都逃不出这个命数。在雪漠的长篇小说里，他除了外在的叙事结构之外，也始终有一个精神的结构。我一直强调——尤其对于长篇小说而言——单纯的外部结构不足以支撑一部庞大的小说，作品背后必须有一个强大的精神结构。

——周立民（巴金故居常务副馆长、巴金研究会常务副会长），2014年8月20日上海作家协会雪漠长篇小说《野狐岭》创作研讨会发言

● 《野狐岭》融合了侦破、悬疑、推理等流行的元素，但区别于这些流行元素的是，雪漠的灵魂叙事还多了一个非常重要的维度，即超越的维度。而这个维度，恰恰是为中国文学所缺乏的。以刘再复、林岗在《罪与文学》中阐述的见解看，百年来之中国文学几乎是单维的，有国家社会历史之维而乏存在之维、自然之维和超验之维，有世俗视角而乏超越视角，有社会控诉而乏灵魂辩论。在陈彦瑾看来，存在之维、自然之维，在八九十年代向西方文学的学习中算是给补上了。但超验之维至今仍处于失落中。“雪漠的灵魂叙写和超越叙事，可以说是为中国文学补了这一课的。”

——傅小平（《文学报》资深记者、首席评论员），《文学报》2014年8月28日

● 这部小说充满了一种反小说的表现，碎片化的叙述，人物都是模糊的，不像现实主义文学要求的那样，人物性格刻画得很鲜明，没有一个完整

的故事。现实主义和美学主义还要求有一个完整的故事，一个贯彻的意味，但在雪漠的小说里，这些都没有。所以，这部小说不是一个简单意义上的故事，特色性非常强。

——雷达（中国作家协会创研部原主任、中国小说学会会长、著名评论家），2014年10月19日中国作家协会雪漠长篇小说《野狐岭》研讨会发言

● 在作家群里，雪漠是一个独立的存在。从“大漠三部曲”到“灵魂三部曲”，他的创作发展，走了特别具有个人特色的一条路。《野狐岭》这部小说对于我来说，特点太鲜明了，而且这部小说是在“灵魂三部曲”的基础上进一步的发展。看了之后，有两个非常强烈的感受：一是他把沉默的力量和叙述的魅力都发挥得非常充分、非常强烈，甚至发挥到极致。第二就是他把爱和恨都写到极致，这是他的一个特点，写得这么充分又强烈。

——吴秉杰（中国作家协会创研部主任、评论家），2014年10月19日中国作家协会雪漠长篇小说《野狐岭》研讨会发言

● 雪漠的《野狐岭》，这是今年我读到的最具挑战性的小说。看了《野狐岭》之后，我觉得雪漠还是一直在探索。这部小说很难概括，你说它究竟要写什么，按照我们过去的说法，它背后的诉求究竟是什么？我觉得混沌可能是这部小说最大的优点之一。此外，这部小说最大的特点，我觉得它恰恰对中国传统文学资源和古代文化资源有一种逆向的书写和借鉴。

——孟繁华（中国文化与文学研究所所长、沈阳师范大学教授、著名评论家），2014年10月19日中国作家协会雪漠长篇小说《野狐岭》研讨会发言

● 雪漠的确是一个很有个性、也很有特点的作家。我最佩服他对文学的那种虔诚，让我非常感动。他把他全部的心血都注入到文学之中。他最大的特点还是他强大的写实能力。但是，我更佩服他的一点是，并不是因为他有写实能力，他就满足了。他总想找到一个突破点，总在进行一种新的探索，

他不愿意被这种写实的能力所约束。《野狐岭》这部小说就是形式的神秘，很明显，他试图用一种特别的形式，来承载他的一个新的题材。

——贺绍俊（沈阳师范大学教授、著名评论家），2014年10月19日中国作家协会雪漠长篇小说《野狐岭》研讨会发言

● 《野狐岭》这本书对纯文学有一个启示。雪漠把现代主义技巧、预言性和自我感受三者之间结合得非常好，而且能够写出来，这是一个大格局的过程。在探索现代主义里面，通过西部文化来写现代主义，是八十年代后期的一个余脉，我们叫“老干新枝”。我觉得雪漠就是寻根文学的老干，最后发出一枝新枝来。八十年代以来，很多人的写作势头都开始在衰退，在衰退的过程中，“老干新枝”特别重要，雪漠保持旺盛的创造力，这难能可贵。

——张颐武（北京大学中文系教授、北京大学文化资源研究中心主任、生活方式研究院联席院长），2014年10月19日中国作家协会雪漠长篇小说《野狐岭》研讨会发言

● 《野狐岭》是一个非常复杂的文本，不是说很简单地直接就能够把它抓住。究其原因，肯定是作者在叙事方式上进行了很多的探索，有点像我们八十年代中后期、九十年代初期在阅读小说的时候，对我们的阅读构成一个巨大的挑战。灵魂性是雪漠小说中非常重要的一个东西。他叙事的能力，以及对文化的一种消化能力，应该预备了直陈其事的能力。

——张柠（北京师范大学教授、著名评论家），2014年10月19日中国作家协会雪漠长篇小说《野狐岭》研讨会发言

● 从《大漠祭》《猎原》到《西夏咒》，一路走过来，雪漠都在探索，都在创新。我看了《野狐岭》这本书以后出乎我的意料。……从小说这个角度来看，雪漠用了非常艰苦的努力去处理他那强大的信仰，或者说他心目当中的理想。历史生活的复杂性与不能单一穷尽的现实人性，他要处理这个关

系，在这本书里，我们看到了他的艰苦努力。

——陈福民（中国社科院研究员），2014年10月19日中国作家协会雪漠长篇小说《野狐岭》研讨会发言

● 小说的叙事确实能够展现雪漠在小说叙事方面的能力。从《大漠祭》开始，他的叙述能力越加成熟，最好的就是《野狐岭》，这是最能体现他的叙事才能的一部小说。叙事声音那么庞杂，所有的幽灵都可以参与叙事，再加上作家本人参与叙事，整个叙事驾驭得非常好，内在的逻辑和情节推动的力量非常强。

——吴义勤（中国现代文学馆馆长），2014年10月19日中国作家协会雪漠长篇小说《野狐岭》研讨会发言

● 这部小说有先锋小说回响的意味。采取多个叙述者，追求文本形式美、形式感的角度和叙述方式，幽灵叙事的方式，多个叙事者这种平行的复调式的方式，我认为不仅仅对于雪漠来说可能是一种尝试和创新，同时也映衬了某些先锋小说以前的经验。

——李朝全（中国作家协会创研部理论处处长、研究员），2014年10月19日中国作家协会雪漠长篇小说《野狐岭》研讨会发言

● 我读雪漠的作品有好几年了，这几年来，我发现雪漠的风格一直在变，他每一次的创作都非常不一样。其他作者虽然也在变化，但他们变化的线索非常清楚，而且可以从自身的完整性中去解释它，包括贾平凹、阎连科，甚至也包括莫言。但雪漠不是这样，他是一个非常怪的作家。你从《大漠祭》《猎原》看到《白虎关》，再到《西夏咒》，现在又跑出了《野狐岭》，你会觉得，他的变化不是表现手法上的变化，而是某种内在的作用于文学的灵魂上的变化，这一点是非常震撼我的。

——陈晓明（北京大学中文系教授、著名评论家），《重构西部神

话》，《中国艺术报》2014年11月5日

● 对雪漠的创作状态，我打过一个比方："像火山一样喷发。"上次在兰州大学开研讨会时，我发现雪漠先生还记着我的话。现在看来，这个比喻也是确切的，《野狐岭》再次证明了这一点。读了这本书后，我觉得，他又开始了新一轮的探索。

——张明廉（西北师范大学中文系教授、文艺批评家），2014年12月20日西北师范大学文学院雪漠长篇小说《野狐岭》研讨会发言

● 雪漠的每一部作品都是厚积薄发的，尤其是对民间文化的体验和挖掘，确实具有丰富的内容。西部大地上的生活，西部的地理环境、文化土壤和社会背景，对他整个创作的影响是根深蒂固的。

——朱卫国（甘肃省广播电视大学党委书记、西北师范大学研究生导师），2014年12月20日西北师范大学文学院雪漠长篇小说《野狐岭》研讨会发言

● 《野狐岭》揭示人性的复杂性、劣根性的同时，也开通了由木鱼爸、驴二爷、马在波、齐飞卿、陆富基等形象铺就的一条路——一条大善的、宽和的、忍让的路。虽然作家想以开放性的叙述方式增加故事的视角和意义，但小说还是传达了一种价值观，就是人生在世应该注重修行、品德、宽宥。它在作品中占有显著的地位。

——雷岩岭（兰州城市学院文学院副院长），2014年12月20日西北师范大学文学院雪漠长篇小说《野狐岭》研讨会发言

● 回到《野狐岭》，我觉得，它所表达的野狐岭，不仅仅是地理意义上的野狐岭，而是一个"野狐岭"的世界。在我看来，这个世界非常宽泛，甚至将岭南文化包含其中，是一个多元的文化世界。所以，我在那两篇文章

中，就围绕几个关键词对《野狐岭》进行了研究：一是雪漠老师的生命质感；二是灵魂叙事；三是理性的文字。还有一个，就是在文本的隙缝中找到某种感觉。

——张凡（北京大学中国现当代文学博士），2014年12月20日西北师范大学文学院雪漠长篇小说《野狐岭》研讨会发言

● 我们不要仅仅把雪漠放在甘肃的背景下，要把他放进整个的中国文坛来看。他一直都是一个具有强烈宗教情怀的作家，而这几年，他与文坛的接触也越来越密切了。那么，他为什么关注小说的形式？也许，他和当下许许多多的作家一样，都在讲述中国故事，都在表达一种对中国文化的自觉和自信。

——张晓琴（西北师范大学文学院教授），2014年12月20日西北师范大学文学院雪漠长篇小说《野狐岭》研讨会发言

● 创造出这样一个奇特的文体，作者的资源在哪里？他是在什么状态下完成这种创造的？在小说的后记中，雪漠交待了他的写作状态。在这里我简单概括一下。雪漠说，这是一部自由的小说，是自性流淌的结果，就是说，小说没有中心情节，没有中心人物，也没有明确主题，作者甚至是刻意把这些东西都消解掉的。……小说的创作中，作家似乎达到了一种非常自由的状态，用他自己的话来说，就是"玩"小说，"玩"的结果，就是出现了这样一个文本。

——孙强（西北师范大学文学院教师），2014年12月20日西北师范大学文学院雪漠长篇小说《野狐岭》研讨会发言

● 这部小说中，具体叙述者的叙述中，融入了更多的文体元素，比如复仇、侦探、悬疑、武侠、情爱，甚至大量的动物叙事。其中，最精彩的就是动物叙事。这部分描写常常让我想起奥威尔的《动物庄园》，非常精彩。如

果《动物庄园》是政治寓言体的小说，《野狐岭》就是一部人性寓言式的小说。而且，这是一个精神容量非常大的文本，几乎每个叙述者的叙述都可以独立成为一部中篇，甚至是一部长篇小说。

——李晓禺（西北师范大学文学院博士），2014年12月20日西北师范大学文学院雪漠长篇小说《野狐岭》研讨会发言

● 灵魂叙写是雪漠创作的利器和法宝，纵观其作品，我们可以发现雪漠一直在尝试并发展着灵魂叙写的方式。从《猎原》《白虎关》中开始有意地转变叙述视角，尝试从更为广阔的生命视角对笔下众生进行重新审视，到《西夏咒》《西夏的苍狼》中行文叙事中弥漫着浓郁宗教神学的氤氲，以悲天悯人般的神性视角观照西部风土人情，给荒地大漠增添一种不可知的神秘感。可以说，灵魂叙写既是作者在数十年的佛教智慧学习过程中所习得的个人感悟心得，同时也是作者在进行文学创作时有意无意所依托的一种凭借，它为西部叙事开启了一种新的视角和维度，为读者展示了一个从“眼中的西部”到“心中的西部”的独特世界。作者所分享的奇妙世界属于所有人，而灵魂叙写则是雪漠的专利。在《野狐岭》中，雪漠则将灵魂叙写继续探索到一个新的高度，不仅仅是精神内涵，甚至连文本内容与情节设置也开始了“灵魂化”的进程。

——吴浪（西北师范大学现当代文学研究生），2014年12月20日西北师范大学文学院雪漠长篇小说《野狐岭》研讨会发言

● 在经历了“大漠三部曲”的现实主义开掘和“灵魂三部曲”的“神性”写作后，雪漠的长篇小说《野狐岭》转向了对神话、历史和现实的全面整合。《野狐岭》的创作使雪漠又一次“打碎”了自己，不但在写作手法上转向了现实主义写作与神性写作的有机融合，而且在精神层面上转向了自我超越后的现实反观。雪漠如同觉世的苦行僧，在领悟、超越、升华后观照世人的心灵和现实社会。这既是雪漠写作的两次转型，又是雪漠精神的两次超越。

——宋登安（西北师范大学现当代文学研究生），2014年12月20日西北师范大学文学院雪漠长篇小说《野狐岭》研讨会发言

●《野狐岭》故事的讲述者没有容貌没有着装，仅仅是一种声音的存在。因此在同一人称下，叙述视角就要求层次分明而错落有致，并且在叙述视角转化时一定要有标志性内容。雪漠平铺直叙地告诉我们：“持咒召请，许久之后，却只来了一个，那便是巴特尔”，“（木鱼妹）那我还是接着往下说吧。”得益于这种提示与明确，在阅读中读者就可随时转换思维调整立场。也许正是因为这种阅读的难度，雪漠先生说，你不一定喜欢《野狐岭》，但它无疑在挑战你的阅读智力。

——高美姣（西北师范大学现当代文学研究生），2014年12月20日西北师范大学文学院雪漠长篇小说《野狐岭》研讨会发言

●作品思想的高度、见地的深度、文学的纯度，决定了作品的硬度。坚硬的东西经得起时间考验，易引起读者内心的强烈共鸣。雪漠的作品硬度强，能带人寻找精神的皈依。源于生活，来自于生活的作品才不至于“和者盖寡”。随着年岁渐进，雪漠承认自己越来越散淡了。“或禅修，或读书，或写作，看看星星，望望月亮，沐浴清风，聆听雨意，耳闻鸟鸣，眼观翠色，就显得逍遥了。”他称之为“享受雪漠”。是的，只要砥砺前行就不会辜负阳光赋予照射的希望。

——赵武明（《兰州晚报》编辑、散文家），《文学的韧性》，《甘肃日报》2014年12月24日

●小说《野狐岭》是一部幽魂的记忆追溯。对于作家来说，这本书的写作是一种灵魂深处的流淌。对于被采访者的幽魂来说，这同样是由挤压在他们灵魂深处的孤独所表现的宣泄。小说中每一位幽魂的故事都是由大量的心理独白组成的，这种不受外部客观环境限制的独白，更有利于作者塑造人物

形象，也更可以实现自由化的语言表达。当然，这对于人物语言的提炼也是一个巨大的考验。从整体上来说，小说《野狐岭》的语言运用是成功的，每一位幽魂都有不一样的语言魅力，甚至读者凭借人物的语言可以勾勒出人物的具体形象。

——宋雯洁（西北师范大学文学院硕士），《一场形式与内容角逐下的生命追寻——简评〈野狐岭〉》，《飞天》2015年05期

● 《野狐岭》的叙事有两条线索，却都贯穿和承载着关于“寻找”的主题。外层叙事在历史与自我的双重寻找中联结着宏大叙事与个体言说的经络，内层叙事在“镜”与“灯”的双向寻找中用救赎与超越的智慧之光烛照着俗世的百态人性。两条线索上的各自“寻找”既构成了作品的叙事内容和形式表达，又在某种意义旨归上，开掘着作品题旨的多维性和丰富性。

——刘雪娥（西北师范大学文学院硕士），《论〈野狐岭〉“寻找”主题的意蕴表达》，《甘肃广播电视大学学报》，2015年第25卷第1期

● 雪漠的《野狐岭》是长篇“大漠”与“灵魂”两大叙写主题的一次碰撞与交融。……整部小说给人以强烈的生命质感，作家试图通过对个体、物种以及历史的“超越”来实现对人的灵魂的一次“跨界”，把万物生灵与人类相提并论，共同礼遇，以期在芸芸众生间筑起一座“众生平等”的神性桥梁。

——张凡（北京大学中文系博士）、党文静（石河子大学文学艺术学院硕士），《生命质感和灵魂超越——评雪漠的〈野狐岭〉》，《海南师范大学学报》（社会科学版）2015年第3期

● 《一个人的西部》是雪漠老师将自己剖析给大家，让我们看到了曾经的雪漠，让我们知道雪漠是如何完成自己的，如果你有这份坚持和信心，你也可以完成自己。……《一个人的西部》中，我们看到了雪漠老师一直很自

信，正是这份自信让他与周围环境格格不入，正是这种格格不入他才没有被环境同化。而我们很多人就是没有保持住自我，最终迷失了自我。

——瞿萍（西北师范大学文学院硕士），《评〈一个人的西部〉》，《飞天》2015年11月

● 雪漠是非常推崇陀思妥耶夫斯基的，他觉得陀氏才是真正能沉入人的心灵、挖掘人性深处的作家，但他自己所追求的创作状态却是彻底摒弃这种纠结，达到一种内心平和。一个本身有很高宗教修为的作者，以期用文学来展现自己超然的心境，虽然作品中有大量凡人的爱恨生死，但最终的指向仍是对这一切的摆脱和超越，作为写作的最高目标，这显然是一种“自觉地有意识”，一种指向性极为明确的功能，所以它与只沉浸于自己的“喃喃自语”而从不过分在意这“言说”背后之深意的另一种创作状态还是有着本质的区别。

——陈嫣婧《先锋写作的“原生”与“偏离”——以〈野狐岭〉为例》，《文学报》2015年12月17日第114期

● 《野狐岭》的创作过程，可以视为雪漠先生小说观念的突变与实践的过程。他要从既有的小说观念的包围之中，奔突而出，颠覆原有的小说创作程式与规范，打破固有的小说创作的套路，另辟蹊径。

——杨新刚（曲阜师范大学文学院副教授、文学博士），《包蕴宏富的混沌存在与言说的敞开——〈野狐岭〉叙事主题及叙事策略刍议》，《海南师范大学学报》（社会科学版）2016年第6期

● 窥破了人间秘密的雪漠，层层否定了世俗世界中的救赎希望，进入到永恒的灵魂之境。这意味着他彻底斩断了现实主义的思考进路，以召唤灵魂的方式对现实进行蒙太奇式的剪辑。这样的书写方式确实为雪漠提供了“玩小说”的空间，同时也使他的小说丧失了内在的规定性。对现实和世界的决

绝抛弃，使得小说丧失了进一步言说的可能，注定只是一场灵修式的顿悟。

——李静（北京大学中文系博士），《穿越尘世的窄门——〈野狐岭〉的救赎之道》，《扬子江评论》2016年第3期总第58期

● 如果放在“寻根”的谱系中，雪漠的《一个人的西部》《野狐岭》《深夜的蚕豆声》等以“西部”为主题的作品会呈现出另外的意义：他把寻根的文化诉求向前推进了一步——我不能说雪漠完成了这种诉求，因为文化的耦合是不断磨合的过程，可能永远都无法完成——具体来说就是，雪漠对西部文化的这种书写、想象和确证的时候，他没有站在一个启蒙者的视角或者外来者的视角对其进行批判或者反思，而是完全用他自己的方式展示了中国西部文化的一种自主性，这一点对中国当下写作来说是非常重要的。在这样一个内在的视角里面，雪漠以西部为中心，其实是发现了中国文化的一种自主性和历史性。在今天文化再造或者文化创新的语境中，我觉得他的写作对我们来说有很大的一个启示意义。

——杨庆祥（中国人民大学副教授，中国现代文学馆首批客座研究员、特邀研究员），2016年4月23日北京大学雪漠“故乡三部曲与西部写作”研讨会发言

● 我读《一个人的西部》的时候，如果从文学的角度来讲，觉得他可能有点把自己内心的东西外露了，但是作为一个作家来讲，这样综合的多面性的自我解剖，可以让我们更多地了解作家更真实的心路，了解他整个的追求。所以看他的长篇散文，你确实可以看到他整个的生命和文学的历程。

我读雪漠作品的时候，也有很强的这样一种感觉。在这里你看到一个有强烈宗教情怀的人……他生活在西部，有那种神的灵性，但是没有现成的文化系统来接纳他这个情怀。所以你看到他这种写作和他后来的发展，他在自己写，自我补偿，同时把他的写作带给世人，所以才能对很多粉丝产生非常深的、非常强烈的精神上的、文学情怀上的影响。如果说雪漠在给西部定

格，我觉得他是以自己的独特道路赋予了西部一种神格。

——邵燕君（北京大学中文系副教授），2016年4月23日北京大学雪漠“故乡三部曲与西部写作”研讨会发言

● 今天中国社会和知识界最关心的问题可以说是全球化时代中国文化的主体性问题，这种主体性的讨论，要寻找一个突破的路径。我在读雪漠作品的时候，经常会非常惊讶，他的文化素养，他的艺术想象力的资源，包括宗教性层面的内容，是我很不熟悉，但又觉得非常有意思的东西。我认为，恰恰是这些东西，是雪漠所讲述的中国故事中非常值得重视的内容。

——贺桂梅（北京大学中文系教授），2016年4月23日北京大学雪漠“故乡三部曲与西部写作”研讨会发言

● 《野狐岭》，我个人认为，到现在为止是雪漠创作当中最好的作品，是值得一再阅读的作品。刚才说到“饱满”很准确，这个感受大家是一样的。如果是一个有经验的阅读者的话，你不仅读过《野狐岭》，还读过其他作家的很多作品，你比较一下就知道，为什么我们说《野狐岭》是非常饱满的作品。你会看到当代中国很多写作者的创作是拘泥于一面，以一面进去，非常狭窄地、非常单调地支撑起一个作品来，所以，那类的作品是配不上“饱满”这个词，但是《野狐岭》配得上。

——陈福民（中国社科院文学所研究员），2016年4月23日北京大学雪漠“故乡三部曲与西部写作”研讨会发言

● 像《西夏咒》，我甚至很难定义它是不是小说，它那么富有宗教性和超越的精神的容量，跟我一般认识的小说非常不一样……《深夜的蚕豆声》是一个解密读本。现实生活太烦杂了，如果我们没有那样的精神超越性，耐不下心来读那么多长篇小说，雪漠创造力又那么旺盛，我们就可以读这本小说。这本小说是他精心选出来的，且精心阐释的一个作家的箴言书。所以，

我还是觉得它不是小说，用小说的方式来解读都是错误的。为什么他要不厌其烦地说这么多东西？就是因为他没有把它当作小说，把它当作箴言书。

——丛治辰（中央党校讲师），2016年4月23日北京大学雪漠“故乡三部曲与西部写作”研讨会发言

● 回过头来，重新审视《深夜的蚕豆声》，反而能够发现格局小的好处来。这个时候，我们会恍然大悟，只有民众的生活世界才能给西部写作提供具体可感的内容与形式，使之不至于成为一些空洞的符号和姿态。西部的文化、伦理、情感结构和精神世界，也是凝聚在故事人物鲜活的日常生活之中的。……对于西部文学来说，依据题材本身把故事写得好看，有时候并不困难。困难的恰恰是在宗教、历史、地域、民俗，以及神秘主义和幽灵叙事等修辞层面之外，捕捉更为内在的东西，挖掘人物的精神状态，这才是西部写作必须赋予的稳固底色。这也是《深夜的蚕豆声》更让人感动的原因所在。

——徐刚（中国社科院文学研究所助理研究员），2016年4月23日北京大学雪漠“故乡三部曲与西部写作”研讨会发言

● 我注意到，很多评论指出了这部小说的奇幻性和超越性，但是我更留意的，是小说对历史进行反思的维度。在小说中，比较集中地表现了作者对20世纪历史的某种荒谬性的认知，类似的论述其他地方也出现过，比如对于要去“革命”的人的描写。类似这种篇幅不多，但是我想这是小说一个特别基本的维度。

——崔柯（《文艺理论与评论》杂志编辑部主任），2016年4月23日北京大学雪漠“故乡三部曲与西部写作”研讨会发言

● 雪漠老师的小说可以用一句话来概括：一切都是相由心生。这有几层意思：首先，所有的故事都要经过雪漠老师的眼睛的注视，经过雪漠老师内心的淘洗。雪漠老师的小说因此与他本人的精神格局、灵魂高度、文化忧思

息息相关，从根本的意义上来看，雪漠老师的小说总是对于他精神格局、灵魂高度、文化忧思等的表现或诉说。其次，雪漠老师的小说一般比较重视对人物内心的探索，常常注重从平凡坚实的生活中探察人物的灵魂世界，这些都是对于人内部世界的勘察。这也是雪漠小说的一个特点，概括来说就是关注灵魂，定格文化。这个特点让他的小说有一种与别人不一样的东西，总有一种灵魂的思辨，有一种文化的情怀，因此余味绵长。

——龚自强（北京大学中文系博士），2016年4月23日北京大学雪漠“故乡三部曲与西部写作”研讨会发言

● 谁是雪漠的理想读者？我也在问这个问题。特别我在读《一个人的西部》，我想一定是有内心世界、有精神追求、有现实困惑、希望寻求精神超越的这样一些人。或者更进一步说，可能有宗教信仰，我觉得他更直接地谈论了他的信仰问题。

——饶翔（《光明日报》文荟副刊副主编），2016年4月23日北京大学雪漠“故乡三部曲与西部写作”研讨会发言

● 现有对《野狐岭》的文学研究多围绕着西部写生、灵魂叙写、形式创新等维度展开，在研究方法上没有跳出“内容—形式”二分的框架。然而，作者雪漠认为小说的形式是由作品的内在精神塑造的。因此，理解《野狐岭》形式的特殊性意味着必须同时把握文本的精神构造。木鱼妹执著而孤独的复仇、哥老会盲目的群体革命、木鱼歌的礼乐教化都没能改变末日沉沦的命运。而野狐岭上的“胡家磨房”则是通往极乐世界的入口，木鱼妹和马在波在其中实现了灵魂飞升，上行到尘世之外。小说借助对世俗社会层层否定得以推进，这使得雪漠不得不采取一种旁观者的视角，用召唤灵魂的方式组织写作，用宗教启示去反对言语的逻辑，亦即“反小说”。在这样的研究视角下，才有可能有机地理解《野狐岭》的内容和形式。

——李静（北京大学中国语言文学系硕士），2016年4月23日北京大学雪

漠“故乡三部曲与西部写作”研讨会发言

● 如果仅仅把《野狐岭》视为西部小说，实际上就看轻了这部小说的高端思想艺术价值。很大程度上，所谓的“西部写生”也只不过是小说的外壳而已。借助于西部大漠这一外壳，跃入存在的意义层面，在这一意义层面上传达表现作家对于生命的一种真切的思考与体验，方才应该被看作是雪漠最为根本的思想艺术追求之所在。与其说《野狐岭》是一部西部小说，反倒不如说是一部对于人类的生命存在进行着深度艺术思考的小说更恰当一些。

——王春林（山西大学文学院教授、著名评论家），《直面历史苦难与人性困境的灵魂叙事》，《中国图书评论》2016年第5期

● 就如同《钢铁是怎样炼成的》一样，雪漠的《一个人的西部》其实就是在写雪漠是怎样炼成的。他从西部那样一个贫穷的普通的农村家庭，经过几十年自己的努力，最后变成了今天可以坐在这里给大家讲课，在文学创作方面，包括在大手印文化方面都有很高成就的这样一位大作家，那么，他走过了怎样的一种生命历程？当然，每个人有每个人的人生历程，但雪漠的人生经验是不可复制的，雪漠只有一个。但是，他的成功经验当中，他为什么能成功？他的成功就跟他的坚守，跟他的坚持，跟他刚才所讲的那种超越性的精神信仰是有关系的。哪怕生存再艰难，生存条件再严酷，面对再多的人生苦难，面对生命当中再多的所谓的“逆行菩萨”——那些给你的发展、给你的成长制造障碍的那些因素——但是雪漠始终没有放弃，他始终坚守着自己的精神信仰。

——王春林（山西大学文学院教授、著名评论家），2015年9月22日与雪漠对谈《西部文学的地域性和超越性》发言

● 雪漠的《野狐岭》，他作为虔诚的信仰者，对“冤孽”有一种觉悟，这种视点使得他的小说高出了一个层次，这是很令我吃惊的一个地方。在

《野狐岭》里，雪漠看问题的视点，他把佛教对世界的看法，当成自己内部的生命。也不是说，我要学那个东西，而是那个东西就是我，我就是这样一个人，我就是这样看待"冤孽"的。"冤孽"，最后的走向，在佛看来一定是超度，也就是最后的和解吧。矛盾、冲突、世仇、憎恨等消极的感情，对这个世界破坏性的作用，在他超度的眼光看来，最后有一种和解在里面。我用了一个术语：和解。这种和解令人觉得心情舒畅，让人感到这个世界有留恋、有可爱的一面。如果说中国当代文学在这一方面有进展的话，我觉得雪漠的作品可以作为个案去研究。

——林岗（中山大学中文系教授、评论家），2015年12月3日第六届香巴文化论坛与雪漠对谈《从〈野狐岭〉谈中国文学的灵魂维度》发言

● 雪漠的长篇小说《野狐岭》交替使用第一人称和第三人称叙述，采用了以倒叙和预叙为主的多种叙事方式。这些叙事方式，与小说故事内容相得益彰，既是对传统艺术手法的继承，更是基于传统艺术手法的艺术创新。《野狐岭》叙事人称的合理运用，以及叙事时间的巧妙处理，值得叙事学研究者和学习者关注。

——韩一睿（甘肃广播电视大学文法学院），《叙事人称与叙事时间在〈野狐岭〉中的运用》，《长江大学学报》（社科版）2016年10月第39卷第10期

六、关于"雪漠图书中心"

● 雪漠图书将成为中国出版集团又一个重要的品牌产品，也将成为中国出版集团响应和落实中央"一带一路"战略构想的重要的民族文化产品。雪漠先生的系列作品，将在今年3月份举办的伦敦书展上有一系列的重要推广活动，相信雪漠图书中心的成立将打造出更多的精品，创造出更多的社会效益和经济效益，带给社会更多的惊喜。

——李岩（中国出版传媒股份有限公司副总经理），2017年1月12日北京“雪漠图书中心”成立仪式上的讲话

● 自2013年中央“一带一路”战略构想提出后，民族文化品牌成为“一带一路”经济互通的重要载体。“雪漠图书”诞生于西部，成熟于西部，见证了西部的变迁，“雪漠图书中心”也正是在“一带一路”的战略号召下诞生。“雪漠图书中心”是中国大百科全书出版社针对作者雪漠的图书而成立的专业的图书中心，是对全版权运营的又一次探索，除此之外，更有我们对它特殊的文化期待与情怀。

“美”是我们对于“雪漠图书中心”的期待之一。“智”是我们对于“雪漠图书中心”的另一份期待。无数数据表明，温暖人心的，不骄横跋扈的文化，自身会具备渗透与传播的力量，而那些浮躁的、喧哗的、哗众取宠的，会热闹一时，却终会被遗忘。“雪漠图书中心”需要传播的就是这种文化。这也是我们对于文化内容上“智”的理解。

当然，就目前看来，“智”不仅涉及内容，更触及体验。文化早已不是高居庙堂之上，而需要接地气，服务读者。在当下，则需要提高读者的体验感。这是新时代读者对我们提出的新要求，同时，也是我们对于“雪漠图书中心”满满的期待。

——刘国辉（中国大百科全书出版社社长），2017年1月12日北京“雪漠图书中心”成立仪式上的讲话

● 雪漠是文学作家，他的《新疆爷》《野狐岭》和“大漠三部曲”，为文学史增添了新的作品。雪漠还是文化学者，他的《老子的心事——雪煮〈道德经〉第一辑》《空空之外》，不仅对文化经典有新的阐释，而且以自己的实践和苦修，获得了更加独特的领悟和深入浅出的表达，堪称知行合一的文化学者。在此共同的认识上，我们面临着机遇，同时也面临挑战。

总体来说，目前国内出版界还缺乏一整套完善的作家品牌打造包装制

度。雪漠图书中心成立了，但是究竟需要怎么样做，才能产生社会效益和经济效益？定位出版文化成为了当务之急。在我看来，出版文化理应精致、不小众，具有普及性又有独一无二性。成立中心以后，我们面临的形势更具挑战性。客观的说，是在传统的大背景下，运用多维的传播方式。面对社交媒体，我们需要发声，当务之急是确定自身的媒体定位，媒体定位其实与出版文化相对应。找到了定位，也就找到了向媒体发声的方向，也就找到了属于我们的调调，也会形成品牌的连锁反应。

——刘国辉（中国大百科全书出版社社长），2017年1月13日首届北京香巴文化冬季论坛上的讲话

● 我觉得“雪漠图书中心”的成立，不仅对雪漠先生很重要，对中国大百科全书出版社也很重要，因为雪漠作品已经具有了相当的影响力。而我们在精品品牌运作过程中，有两个重要的因素，一个是品牌有足够的内涵，雪漠的作品相当的丰厚；第二个方面是它有比较强的影响力。从这两方面来讲，雪漠都具备了成为品牌的前提和基础。

雪漠老师是一个重要的作家，特别是在西部作家中，应该是一个代表性的人物，创作力非常旺盛，作品很多。同时雪漠也是一个重要的文化学者。他的作品有两个重要的支柱，一个是西部。当然西部也有变化，因为雪漠老师最近生活在南方。那么以北方文化为根基，将南北文化进行交融，这对雪漠老师的文学创作起到了重要影响。第二点是他身后传统文化的根基，这方面他也有很多的著述，包括新作《老子的心事——雪煮〈道德经〉第一辑》《空空之外》。在文化层面同样产生了非常重要的影响。

因此，雪漠老师是不多见的作家，既在小说创作上取得了丰硕的成果，同时在文化的研究、文化的阐释上也有很多重要的成果，这两者结合起来就构成了雪漠老师作品的厚重、范围的广泛，因此也构成了成立雪漠图书中心的可能性和必要性。

——管士光（人民文学出版社社长），2017年1月12日北京“雪漠图书中

心”成立仪式上的讲话

● 雪漠老师著述丰厚，不仅是今日文坛极富创造力的实力派作家，也是当今少有的有传承、有修证、有成就的文化传承人、文化学者。在今天，文学和文化双栖的作家不多，有真正的文化传承和强烈的文化使命感的作家更是少有，这也是我为什么数年来不遗余力推崇雪漠的原因。

习总书记在第十次文代会上指出，作家“要对博大精深的中华文化有深刻的理解，要有高度的文化自信，要善于从中华文化宝库中萃取精华、汲取能量”，我觉得，雪漠老师正是这样一位作家，他的所有著作，都深深契合着时代呼唤民族文化自觉与自信的文化大语境，因此，我认为，用文学作品“定格一个真实的中国”的雪漠，用文化作品“为往圣继绝学”的雪漠，无疑是今天文化复兴时代应运而生的重要作家。

——陈彦瑾（人民文学出版社编审），2017年1月12日北京“雪漠图书中心”成立仪式上的发言

●雪漠

灵魂的寻觅《西夏的苍狼》番外篇

很想与你偕行江湖
一手执剑
一手搂定白衣的你
倚马啸西风
挽长弓
射下你声声笑语

1

“紫晓”们，开始学着起舞了，虽然步履还不太稳，踉踉跄跄的，但毕竟起步了。这就好，只要坚持下去，认准目标，定然会跳出最美的舞。望着那冉冉上升的朝阳，我想，黑夜终究会散去的。

紫晓虽是《西夏的苍狼》里的女主人公，但我想，当我们告别过去时，都会是“紫晓”，都可能会成为新的人类。这是我的期待，也是黑歌手的期待，同样的，也是我们每个人的期待。在《西夏的苍狼》中，就充满了这样的期待。

《西夏的苍狼》的创作较为仓促，它是我与东莞文学院的签约项目，我必须在一年内完成，所以在艺术的打磨上稍欠火候，这是我感到遗憾的地方。即便如此，在艺术构思上，它仍然有种天才的东西，像黑歌手对娑萨朗的寻觅等。

因为时间的关系，我对生活、对文化的诸多思考，在书中都没有尽兴展开，粗线条一般，缺了一种细腻，但里面对娑萨朗的寻觅，对永恒的寻找，对白轻衣的描写，以及对西部黑将军、黑喇嘛、黑寡子、黑歌手等人的叙述，读起来仍让人热血沸腾，激动不已，里面涌动着信仰和真理的光芒。

和我的《西夏咒》《无死的金刚心》一样，《西夏的苍狼》也是一种信仰和寻觅的文本，里面有很多思想的火花，有很多碎片和未完成体，包括大杂院的何去何从，包括紫晓的未来，包括黑歌手寻觅之后的一些生命体验等，都值得大写特写。这其中，每一个构思，每一细节，展开之后都是一部好小说，都有可能成为汪洋大海。如果以后机缘成熟，我有可能会重写它。

《西夏的苍狼》的创作，是我的一次重要转折，无论在生活上，还是在创作上，该书都阐释和记录了变化中的雪漠。虽然不太成熟，但仍然是一部充满着生命原动力的作品。里面的很多东西，不能仅仅以艺术的标准来衡量，它更多的是一种生命的东西。它是生命的印记、生命的记录，是对生命某种感悟的一种描述。从小说的角度来看，也许有些遗憾，但是从生命的角度来看，却充满着无穷的激情和无限的可能性。

这次，中国大百科全书出版社雪漠图书中心重新出版《西夏的苍狼》，也正如评论家雷达老师在今年“雪漠图书中心”成立仪式上所说的，我近几年转型成功的秘密就在于，从小文学走向了大文化，走向了大视野，我不再仅仅只是传统意义上的作家了。从“大漠三部曲”（《大漠祭》《猎原》《白虎关》）到《西夏咒》，到《西夏的苍狼》，大家可以看出，我的创作实现了一次又一次的转型。很多人会在这本书中研究雪漠的思想和变化，而不是研究他的小说技法。

所以，读者要想了解雪漠，一定要看看《西夏的苍狼》，读过之后，你就知道雪漠的文学和文化之间是如何转化和互动的。它其实是这个过渡期非常重要且不可忽视的作品。它虽然还没有得到足够的重视，但在我的生命中，却是占有重要位置的枢纽。它标志着，我生命中某个寻觅的阶段，已被定格成了文字。它同样是我曾经活过并着力求索的证据。

书中的黑歌手对娑萨朗的思考，奶格玛对永恒的寻觅，其实也一直存在于我的生命中，对它们进行艺术性的表述，则第一次出现在《西夏的苍狼》中，在我出版的所有作品中，都不曾有过。也许，不久以后，我会以另外一种方式，或形象化，或艺术化，进行重新描述，来再现这种思考。因为这种思考，是每个人都会有的。如果没有这种思考，人和动物是没啥区别的。

《西夏的苍狼》虽然有遗憾，但有着无穷的活力和诗意，仍然是一部具有鲜活生命能量的作品。在书中，对传承了千年的大善文化，我进行了深思，并将它深情地喷涌了出来。所以，它是我生命中必须写的一部作品。在我的一生中，也许很难再写出这样一部既有遗憾又有激情的作品。

2

有人说，自“大漠三部曲”之后，我的作品越来越难读了，包括一些评论家和学者。要是无法进入这个世界，只能在门外看看热闹而已，但只要能读进去，你定然会收获别处没有的风景。

我用二十多年写了“大漠三部曲”之后，人生发生了变化，不再仅仅关注人的生存状态，而更关注他们的心灵追求和灵魂向往，以及除了物质需求之外一种形而上的东西。我自己也从单纯地关注现实世界，开始构建一个巨大的心灵世界。我在成长着，长大着，所以我的作品也在不断成长，不断长大。

我说过，喜欢我的作品，是需要资格的。要是你的灵魂没有向往和寻觅，是不会进入我的艺术世界的。在这个时代，真正有灵魂向往的人不多。

曾经，有人问过我，什么是灵魂？我回答说，灵魂是活着的理由。在“大漠三部曲”里，爱是莹儿活着的理由，为了这个活着的理由，她宁愿不活。所以说，莹儿是有灵魂的人。

那么，这世上，到底有没有灵魂呢？ 这有待于我们去寻觅。《西夏的苍狼》就是一部关于寻觅、关于永恒的小说，从中你会发现一个比人类更伟大的存在。

《西夏的苍狼》中，我就写了一个白轻衣，她是博物馆里的一个灵魂。在某次意外中，她死去了，后来被制成了人体标本。但这个灵魂一直没有离开，一直存在着，但人们却看不到她，也感受不到她。她在冰冷的博物馆里飘荡了很久，很久。直到后来，一位歌手觉出了她的存在，并肯定了她。于是，她和他之间，就有了一段诗意的邂逅。

在我的生命中，这是我真实的一段经历。

2005年9月，我到大连大学参加中国小说学会第八届年会，期间，我和很多作家一起参观了大连大学的博物馆。在那里，我与“她”不期而遇了。我能感受到那个无依无靠的灵魂。在艺术家敏感的心灵中，我与“她”有过交流，当然，我们的交流，更多的是一种灵魂的碰撞。我肯定了“她”的存在。

"她"是一个渴望爱和被爱的灵魂。

看那女子的轮廓，活着时，定然是个美人，但是她死了。死了以后呢，仍睁着一双寻觅的眼睛。我静静地望着她。她张着嘴唇，多想说出爱字呀，可是口已死去；她多想拥抱呀，可是手已死去。所以，有人问我，参观博物馆时，你最大的感受是什么？我告诉她，最大的感受是：在活着时，要好好地爱。

当然，我说的爱是大爱，非小爱。在《西夏的苍狼》里，你可以看出紫晓是如何从小爱升华为大爱的，同时还可以看到，黑歌手是如何用爱拯救紫晓的。白轻衣的那段经历，也映射了紫晓的许多秘密。所以，我说："小爱转瞬即逝，大爱相对永恒；小爱是个人觉受，大爱是心灵的滋养。"黑歌手，用自己的大爱，用自己的人生历练，激活了紫晓沉睡的心灵，激活了她的女儿心。

那年，在大连海湾，我用传统的方式让"她"实现了升华。"她"如一滴水进入了大海。后来，我将"她"的故事，以艺术的形式写入了小说中，从而用文字定格了这样一颗灵魂。

读懂了"她"，你也许就能读懂人类灵魂的秘密。

3

在《西夏的苍狼》里，我仍然写到了爱情。

那么，什么是爱情？

"爱情，是一种感觉。这一发现，曾令灵非伤心不已。但他很快便释然了。因为他发现，一切都是感觉：幸福是感觉。痛苦是感觉。快乐是感觉。忧愁是感觉。贫富、贵贱、冷暖，甚至生死……也仅仅在于感觉。"

书中，灵非和紫晓最终没有燃起爱的火花，而黑歌手与紫晓，却撞击出了劫火般的大爱。所以，在《一个人的西部》里，我说："世界上最浪漫的不是情人，而是真正意义上的明白人。"

从《西夏咒》开始，我笔下的爱情，便有了一种超越，而不再囿于世俗意义上的男欢女爱了。琼和雪羽儿，紫晓和黑歌手，琼波浪觉和莎尔娃蒂，上演着另一种爱情，惊天地，泣鬼神。虽然表面看来，主人公们的爱情仍有着浓浓的烟火味，但其背后却是另一种东西。是爱情，但又不仅仅是爱情。读懂了它，你就能读懂我后面的作品。

他们的爱情，在这个时代，显然是曲高和寡，很异类，很稀罕，但在人类的历史长河中，却是别一种浪花。在我的“灵魂三部曲”里，读者会看到世界上还有另一种爱，它不是俗爱，不是单纯的男女情爱，而是一种无我的爱。

我的禅诗集《拜月的狐儿——雪漠的情诗或道歌》里，写满了这种爱。那耀眼的圣洁之光，刺穿了整个的黑夜。我不知道，这种胜义之爱，有几人能读懂？我的一生里，都在寻找它。要是寻不到，我就会把它定格在书里，成为一种期待。我说过，没有期待，也就没有我的创作。

不管是男人，还是女人，其实一生中都在寻找自己心中的那个他（她），一直在寻找，因为每个人的心中都有对诗意的向往。爱情，便是最美的诗意。有的人，寻觅了一生，也未必能寻到真爱。

《西夏的苍狼》里的紫晓，就是一个有诗意的女子。她对黑歌手的情感，虽然超越了世俗的很多东西，但还没有真正升华为一种信仰，是貌似信仰的一种爱情。换句话说，表面上，她在追求信仰，实质上，却在向往一种完美的爱情。她对黑歌手的思念中，有一种暧昧不明的东西。他们之间究竟有没有发生过故事？她会发生什么变化？未来又会如何？都像谜，说不清。因为，其中有着无数种可能性。

真爱，其实是一种信仰，无条件的，很纯，很美，散发着清香，滋养着人的灵魂。世上有了真爱，人类就不孤独了。

所以，紫晓和《无死的金刚心》里的莎尔娃蒂不一样，莎尔娃蒂对琼波浪觉的爱情，是一种信仰，虽然有着爱情的名相，但她将那份守护最终升华为一种信仰。琼波浪觉回来，还是不回来，对她来说已不重要了，重要的是，她会一直等待下去，生生世世。即使死去，她的灵魂仍在等待，这是她对爱的誓约。我们从她写给琼波浪觉的情书中，可以读出她灵魂升华的轨迹。这是她与紫晓的区别。

所以，真爱能让人升华，而俗爱则容易让人痛苦。有人问，如何寻找真爱呢？我说，爱在心内，何须外寻？当你的心中有爱时，就有爱了。

那么，现实生活中，当爱情与信仰纠结时，我们又该怎么做呢？我曾跟人民文学出版社的编审陈彦瑾女士有过一次对话，我说："爱是可以升华和转化的。首先一定要有爱，从爱信仰开始——但这肯定不是世俗的爱，而是对某种精神的敬畏和向往，这是一种大爱，并且把这种爱用于行动，用于亲人，用于周围的人，用于社会，并且精进地修习禅定，慢慢地你就会有智慧和定力。以是原因，基督教总是提倡要像爱上帝那样爱人类。"

在《西夏咒》和《无死的金刚心》里，琼和琼波浪觉都曾被情所困，在没有明白之前，情是女难，但明白之后，情是大用，是成道的助缘。不过，对于修行者来说，爱情与信仰几乎是对立的，因为爱情是排他的，信仰是利他的；爱情是执著的，信仰是破执的。这两者之间必然产生冲突。所以，信仰一旦遇到爱情，就会变得分外纠结。以是缘故，爱情与信仰之间的矛盾统一，是千年来难以解决的问题。能够真正超越的人，并不多。

在我的"灵魂三部曲"中，我以小说的形式表现了这个问题。特别是在《无死的金刚心》里，琼波浪觉能从女难中超越出来，得益于他还有一个更高的追求——他向往奶格玛，奶格玛代表真理。他在寻找奶格玛的过程中，实现了升华，破除了情执。这也是小爱升华为大爱的必经途径，你必须要有更高的精神追求，要一直向上，一直向上，这种向上的牵引力，会让你最终实现破执。

所以，书中的司卡史德对琼波浪觉说："信仰的本质是向往。能让你向往的对象，必须是不可亵玩的存在。信仰必须是升华的爱。没有升华，便没有爱。"

4

在《西夏的苍狼》里，我还写了一只狗，西部人叫它苍狼，或老山狗，或藏獒。因了它的丢失，紫晓和黑歌手相遇了，演绎了一段生命的传奇。苍狼的丢失，也是这个时代的某种象征。

苍狼虽然是一只狗，但是它跟其他狗不一样，有一种高贵。它绝不会因为一点点食物，或者一只美丽的母狗，就忘乎所以，变成哈巴狗。它虽是狗，却体现了圣者的尊严与高贵。

在《猎原》里，就有了它的身影。虽然它是一只老了的老山狗，但老了的老山狗，狗心没老，威风犹在。它一吼，全村的狗都寂了。即使在一群癞皮狗堆里活了一辈子，它仍是老山狗，没被熏成“狼孩”。

有读者说，《猎原》里，最令人难忘的镜头，就是该走了的老山狗缓缓走向沙坡的那道剪影，宁静、安然，而又庄严。知道宿命的它，活得像老山狗，死得也像老山狗，静静地来，静静地去，好个坦然。

这就是苍狼。它是孟八爷的知音，也是紫晓和黑歌手一直在寻找的东西。

在《西夏的苍狼》里，我这样描写它：“苍狼的神情很傲慢，但不是那种浅薄的傲慢，而是从骨子里透出的一种王者之气。他想起了书上看过的一个词：佛慢。也许，那佛慢便是苍狼的这种神情。苍狼淡然地望着远处，眼神中充满了辽远和苍茫，那眸子里盛的，仿佛是整个世界。大行想，纵然是地球马上要爆炸时，它也不会惊慌失措的。”

苍狼的这种王者之气，同样也震惊了紫晓。后来，黑歌手告诉她，我宁愿它死去，也不希望它变成贵妇的宠物。所以，真正的苍狼，它像圣者般淡定从容，有一种从祖先那儿继承下来的原始大力。在某种程度上，它的身上，有着人类该有的尊严和向往。但现代人，已经丢失了这种东西，所以，书一出来之后，很多人都说自己是“紫晓”，都在寻找“苍狼”。这是很值得关注的一种现象。

那么，什么是王？黑歌手告诉紫晓，那就是，已经控制了自己心灵的人。自己永远是自己的王。不管世界怎么样，心都如如不动，不受控制，不受诱惑，不被干扰，也不失落，那么你就是王者，就是自己心灵的主人。王者之所以有王的姿态，是因为他有一种强大的心灵力量。他的心量像大海一样宽广，假象不能迷惑他，利益不能动摇他，美色不能诱惑他，他的心属于他自己。所以，我经常说，世界是心的倒影，要让心属于你自己。

怎样才能让心属于自己呢？我的所有作品及我的所有行为，包括我这个“标本”，其目的就是想告诉你，如何在虚幻的世界里让心属于自己，让自己拥有人的主体性。这需要放下。放下一些跟生命和智慧本体无关的东西。当你的人格达到一定境界时，灵魂自然就会很强大，骨子里就有一种佛慢，在瑜伽修炼中，这被称为内证功德。

与其说小说中的紫晓在寻找苍狼，实际上，她也在寻找自己的心，她需要力量。在没有遇到黑歌手之前，她和无数的人一样，心不属于自己，总被外物所奴役，所控制。如在小说中，她就被常昊以爱的名义追杀得无处藏身，甚是疲惫。后来，与黑歌手相遇之后，黑歌手用自己人生的历练，告诉她如何分辨和选择，这是她一生中最有力的救赎。所以说，黑歌手是紫晓生命中的贵人——也即影响并改变她心性的人。

其实，我们每个人都是紫晓，生命中都需要寻觅，寻觅比人类更伟大的一种存在。如果没有这种寻觅，人的活和动物的活没有区别。这也就是紫晓最终离开常昊，走向西部的原因。她想换一种活法，活出真正的人生来。有了这种寻觅，紫晓才从那个大杂院里走了出来。当然，大杂院也是这个时代的一种象征。

5

人生如戏，戏如人生。我的每一部小说里，写的都是一场场命运大戏，每个人物都是戏中的角色，在不同的舞台上，演着属于自己的人生。从这些戏中，你是否能找到自己的身影？

《西夏的苍狼》也是一场戏，演着关于人类终极梦想的故事。这是大戏，里面的人物都是演员，角色不多，都很简单，但都在演绎着我的思想，或者说，他们都是我的“想法”。

对于世界来说，这是我的另一种亮相。从这部小说中，读者会发现另一个雪漠，他们熟悉而又陌生的雪漠。熟悉，是因为大家都知道写“大漠三部曲”的雪漠，而写“灵魂三部曲”的雪漠，却是陌生的。虽然有的人还能觉出雪漠的那种味道，但因为灵魂对他太陌生，所以就敬而远之了。

对于我自己而言，雪漠之所以是雪漠，不在于写了“大漠三部曲”。“大漠三部曲”只是我人生中完成的第一部分，虽然用去了我二十多年的时间，但我无悔。那么，明白了命运之后，我就走向了灵魂的求索，这就是“灵魂三部曲”。求索之后，我还想分享那所得，于是就有了“故乡三部曲”，有了“雪漠心学大系”，有了《空空之外》《老子的心事》等。

与其说“大漠三部曲”展示了一个大漠之子，那么，在“灵魂三部曲”里，则出现了一个灵魂歌手，他率性、自由、无拘无束，如黑歌手一样，唱着生命中最美的《娑萨朗》。

《西夏的苍狼》中的紫晓和黑歌手，都在说着一些关于永恒和乌托邦的话，都在演绎着我的“想法”。可能有人会不理解，认为小说就是小说，小说的主人公怎么能不是人物，而是作者的想法呢？

其实，有时候，世界需要的，是一声大喝，而不仅仅是含蓄的微笑。对于脚后跟一样迟钝的心灵来说，微风的轻拂不起作用。我只好大声地说我想说和该说的话。书中的人物，也在跟我一起说话和演戏，仅此而已。这是一部智慧小说，承载了一种世界需要的智慧。它的主人公，便是雪漠想说的话，是雪漠想表达的思想。

陀思妥耶夫斯基就是这样的。他的小说，仅仅是他影响世界、与世界对话的一种方法，他的思想、境界和想法，才是他最重要的东西，而不仅仅是小说的情节，或者小说中的某个人物。这是他自己创造的一种非常独特的写作方式。他只能在这种方式下写作。因为，只有这样的容器，才装得下他的思想，其他的容器，只会阉割甚至束缚他的思想。

那么，当我自己成为一个世界的时候，我的写作就很自由，我从来不管那些流行的文学概念和规则。人们设定的那些概念标准，根本无法定义我的小说。我一直说，在我的世界里，我是自己标准的制订者。我从来不去迎合世界，只管流出灵魂中最美的歌。很多读者喜欢我的作品，很大原因就在于，他们不仅喜欢作家雪漠，更喜欢思者雪漠。因为，在我的作品里，处处闪耀着思想的火花，闪耀着智慧的光芒，这是我灵魂中独有的东西。

近来，很多读者经常将我作品中的某段话摘选出来编成“雪漠精语”“雪漠心语”，放在网络上，放在微信群里传播，或将我的某些话语作为座右铭，以此激励自己，战胜自己。还有的人，写文章时总是喜欢引用我书中的文字，以此来证明他的某些观点或看法。他们爱读雪漠的书，传播雪漠的书，很大程度上，是他们认可雪漠的思想，认可书中所承载的大善文化。

我多次说，人不过就是一堆骨头、一堆肉组成的东西，如果没有思想，没有灵魂，没有精神，没有一种形而上的追求，那么人存在的意义不大，因为肉体终究会消失，不会长久。世上没有长生不老的人。但是，有一种人能够相对永恒，那就是能留下思想、智慧或精神的人。这些看似虚无的东西，却能照亮人的心灵，使其明白、清凉、博大。它不会随着岁月的流逝而流逝，会一直薪火相传下去。

所以，当你看到长发虬髯的雪漠时，不要认为那就是真实的雪漠。是雪漠吗？是，但又不是。为什么呢？因为他随时都在变，少年、青年、壮年、中年，身体总在变化着，衰老着，他也不会永远年轻。他也会生病，胡子也会花白，你说，到底哪个是雪漠？百年之后，这个“雪漠”更找不到影儿了。

所以，真正的雪漠，是他所有行为的总和。相应的思想、境界、文化整合在一起，才叫“雪漠”。雪漠离了雪漠的思想和灵魂，剩下的，不过是一堆骨肉而已。

雪漠的作品也是如此。它是承载雪漠思想、雪漠灵魂和雪漠精神的容器。大家读我的书，一定不要停留在文字上，不要停留在情节上，而要感受文字背后那颗滚烫的灵魂，并将那份感动体现在行为上。

6

黑歌手是明白前的我，也是无数个想要寻觅的读者。在明白之前，我和黑歌手一样，也经历了一段很长时间的寻觅。《西夏的苍狼》便记录了我曾经走过的那段路，虽然有点简单，还没有完全展开，但我想表达的“想法”已经呈现出来了。

黑歌手一直在寻觅，寻觅老祖宗传说中的娑萨朗。这里的娑萨朗，其实是一种象征，象征着比人类现实世界更伟大的一种存在。他寻到了吗？寻到了。只是他寻到的这种存在高不过他的心。所以说，他寻到的“娑萨朗”只是另一个凉州。他并没有达到真正的超越。但是，他已经进入信仰之门了，有一种诗意的东西，正在指导他的人生。

这种寻觅需要吗？需要。黑歌手的寻觅，让他从庸碌的世俗生活中超越了出来。他在历练和困境中升华了自己，内心变得非常宁静、自由，他唱的“娑萨朗”，是灵魂中最美的歌。

娑萨朗是一个超越现实的心灵世界，是一种向往的代名词。无论什么样的人，心中都有一个娑萨朗，孔子的大同世界也罢、柏拉图的理想国也罢，名字虽然不同，但它们本质上都是娑萨朗。正是“娑萨朗”的存在，使人类成为了真正的人类。假如没有了“娑萨朗”，人类就会卷入纷繁的世俗生活中，难以超脱。正是有了这种向往，有了对一种精神的向往，人类才真正成为了“人”。

在《西夏咒》里，琼也在寻找，他寻找雪羽儿，他的寻找是为了超越苦难，实现一种解脱。而《无死的金刚心》里，琼波浪觉也在寻找，他寻找奶格玛是为了超越欲望，实现人类的终极真理。可以看出，不同的心，有不同的寻觅；不同的寻觅，又实现了不同的超越。但有一点，他们都是为灵魂活着的，都有着坚定不移、持之以恒的信仰。所以，我的“灵魂三部曲”，实际上，是为那些寻找信仰、寻找永恒的人而写的。这是人类文明中最美的风景。

在我的小说中，所有的主角其实都是文化，人物只是文化的载体。每个人都承载着与生命息息相关的文化。他们可能有大量的心灵独白，有大量的心理描写，但那些心理活动折射出的，既是灵魂的密码、命运的密码，也是人物所承载的文化。它跟人物形象和具体的情节一样，构成了我的作品。

有什么样的文化，就会铸就什么样的灵魂。有什么样的灵魂，就会有什么样的命运。我的小说都是文化的载体，展现了文化的丰富性和多彩性。书中的文化像一股股潜流，始终深藏在文字的背后，虽然时不时地，作者就会跳出来发点议论，冒点怪声，但也只是为了不让自己失语。沉睡得太久，是需要大声的。

文化像是游荡了千年的幽灵，自始至终，会影响着每个人的命运。要是没有它，我的创作就只是一场短暂的游戏。游戏一结束，宴会就散去，无论多么热闹，都只是幻梦一场，哭笑之后，留不下什么东西。

读过我的《无死的金刚心》后，读者就会发现，黑歌手的寻觅和琼波浪觉的寻觅还是有区别的，他跟我的寻觅也有距离。寻觅后的黑歌手只是感受到了一种更伟大的存在，他还没有真正的明白。不过，黑歌手的寻觅展现了一种大美，他在寻觅中实现了升华，在远离屠杀中超越了自己。从修行层面上来看，他没有像琼波浪觉那样，实现究竟意义上的超越，但在文化层面、精神层面，他仍是大手印文化的传承者。包括书中的黑将军、黑喇嘛、黑寡子，也都是一种精神的传承者。他们从千年前的某个源头，相继将某种精神传递至今。

这也就是紫晓为什么要寻找苍狼的原因。书中说："只是其精魂的载体，必须借助苍狼之助，才能生起大力。"苍狼象征了那种原始的、野性的原创力。同样的，黑歌手寻找紫晓的目的，就在于他需要一只"母苍狼"，共同来实现一种文化的传播。他说，《娑萨朗》不能只唱响凉州，更要走向世界。没有那些应世的方便，便没有与时俱进的可能，也没有走出尘封历史的机会。所以，只有"方便智慧合"，才能"星光遍大宇"。

我也是这样。我曾说过，我在寻找好种子，我在等待好种子，我想培养好种子。中国优秀传统文化要想走向世界，走向未来，必须有一批人才，必须学会入世。也因为这，我才会离开凉州，后客居岭南，现在又定居齐鲁。

马祖道一得道后，回到老家，想先度他的乡亲们。但乡亲们一看，那新来的大成就者马祖，原来是马簸箕的儿子，于是哈哈大笑，一哄而散了。马簸箕是谁？他是马祖道一的父亲，以编簸箕、卖簸箕为生，人们就给他起了个外号，叫马簸箕。人们看不起马簸箕，也就不会相信他儿子证得的真理；没有信心，马祖道一就不可能让他们也解脱。这种现象，哪里都有，因此人们才说“外来的和尚好念经”。所以，我们每个人都要走出自己的生存环境，走出“马簸箕效应”，走向新的世界，寻找一种新的可能。

达摩祖师就是这样。他之所以从天竺来到中国，不只因为震旦有大乘气象，也是因为，他必须走出“马簸箕效应”，寻找真正能传承文化的好种子，才能将真理传播出去。

我经常说，学习经典也好，传承文化也罢，都要做到经世致用。一种文化，不论多么优秀，如果不为人知，或困于一个很小的范围里，那么就不能影响社会，不能改变人心，对社会、对世界就没有什么用，它的存在价值就没有多大意义。

所以，在完成了自己之后，我毅然走出了清修的关房，想用这只秃笔，告诉世界，人还有另一种活法。我们的生命里，应该有另一种境遇。只要我们去寻觅，去朝圣，去历练，前方的拐角处，定然有大美。

《西夏的苍狼》讲的，便是这样一个故事……

——2017年3月22日写于沂山雪漠书院